天津《红楼梦》与古典文学论丛

赵建忠 ◎ 主编

红楼梦

与史传文学

汪道伦 ◎ 著

宋　健 ◎ 整理

HONGLOUMENG
YU SHIZHUAN WENXUE

知识产权出版社

全国百佳图书出版单位
——北京——

图书在版编目（CIP）数据

《红楼梦》与史传文学 / 汪道伦著；宋健整理 .-- 北京：知识产权出版社 ,2020.3
（天津《红楼梦》与古典文学论丛 / 赵建忠主编）
ISBN 978-7-5130-5104-0

Ⅰ . ①红… Ⅱ . ①汪… ②宋… Ⅲ . ①《红楼梦》研究 Ⅳ . ① I207.411

中国版本图书馆 CIP 数据核字 (2020) 第 021734 号

内容提要

本书系文集，作者主要对《红楼梦》中的主要人物进行了深入剖析，并将人物与史学环境相融合，从每个红楼人物中读出当时历史背景；以《红楼梦》中所涉人物为切入点，重点阐释中国史传文学的写作笔法，论述了红楼人物的史学价值。

策划编辑：徐家春

责任编辑：李婧　　　　　　　　　　责任印制：孙婷婷

天津《红楼梦》与古典文学论丛　赵建忠　主编

《红楼梦》与史传文学

汪道伦　著　宋健　整理

出版发行：**知识产权出版社** 有限责任公司		网　　址：http://www.ipph.cn
电　　话：010-82004826			http://www.Laichushu.com
社　　址：北京市海淀区气象路50号院		邮　　编：100081
责编电话：010-82000860转8594		责编邮箱：laichushu@cnipr.com
发行电话：010-82000860转8101		发行传真：010-82000893
印　　刷：北京建宏印刷有限公司		经　　销：各大网上书店、新华书店及相关书店
开　　本：880mm×1230mm　1/32		印　　张：14
版　　次：2020年3月第1版		印　　次：2020年3月第1次印刷
字　　数：400千字		定　　价：75.00元

ISBN 978-7-5130-5104-0

津沽红学研究概述
——《天津〈红楼梦〉与古典文学论丛》导言

"津沽红学"系指出生于或籍贯为天津以及长期在津工作的学者作出的学界公认的红学成果。早在中华人民共和国成立之初，周汝昌先生就出版了红学代表作《红楼梦新证》，奠定了其红学大家的地位。老一辈学者中取得重要红学成果的还有：出生在天津并且在这座城市学习、生活过的杨宪益先生及其英籍夫人戴乃迭女士共同完成的《红楼梦》英文全译本，得到了红学界和翻译界的广泛肯定，他们的译作在忠实原著的基础上，文学性和创造性都很突出；长期在南开大学任教的加拿大籍华人学人叶嘉莹先生，写过《从王国维〈红楼梦评论〉之得失谈到〈红楼梦〉之文学成就及贾宝玉之感情心态》的长篇论文，系统地评析了王国维红学的得失，这是一篇很有分量的红学力作；"脂学"是红学的重要分支，毕生致力于中国古代小说文献整理的南开大学朱一玄老教授，其红学资料整理方面的成果就包括《红楼梦脂评校录》。

由天津红学家与古典文学教授共同策划完成的《天津〈红楼梦〉与古典文学论丛》（以下简称"论丛"）即将由知识产权出版社郑重推出，这不仅是天津红学及学术圈的大事，也是值得进入天津文化史的事件！出版前夕，出版社审稿人和论丛撰稿人希望我写一篇"导言"性质的文字置于卷首，以便向广大读者介绍这套书的基本内容和特色，作为本论丛主编，于公于私都是义不容辞的。《天津〈红楼梦〉与古典文学论丛》收录的文章以红学为主，兼及明清小说及古典文学，本论丛集中收录了改革开放后天津学人取得的重要学术成果。下面按照出版社编排次序重点介绍本论丛收录的相关红学论述：

宁宗一教授《走进心灵深处的〈红楼梦〉》分为上、中、下三篇，上篇为小说研究总论性质，中篇为经典文本赏析，下篇专谈天才伟构《红楼梦》。其中，《心灵的绝唱：〈红楼梦〉论痕》，开宗明义强调"读者面对小说中人生的乖戾和悖论，承受着由人及己的震动。这种心灵的战栗和震动，无疑是《红楼梦》所追求的最佳效应"。《追寻心灵文本——解读〈红楼梦〉的一种策略》具体指出"《红楼梦》心灵文本的追寻，使这部旷世杰作的多义性成了它艺术文化内涵的常态，而对《红楼梦》任何单一的解读都成了它艺术内涵的非常态。事实上，对《红楼梦》心灵文本的追寻，极大地调动了读者思考的积极性。每一位读者都有可能根据自己的生活经验和审美体验，思考《红楼梦》文本提出的问题并且得出完全属于自己的结论"。面对《红楼梦》"死活读不下去"的尴尬与困窘，作者仍提出应努力进入心灵世界去解读曹雪芹这部文学经典，为读者构建一条心灵通道。本书结尾篇《为新时代天津〈红楼梦〉研究进言》，系作者在京津冀红学研讨会上所提三点建议，即：第一，珍重、维护和强化《红楼梦》研究共同体，使《红楼梦》研究群体得以健康发展；第二，"红学"永远在进行时，为此，反思旧模式，挑战新模式是必然的前进过程；第三，为了拓展《红楼梦》的研究空间，我们亟须创造性思维。此文最后仍满怀深情地呼唤"曹雪芹以他的心灵智慧创造了他的小说，我们同样需要智慧的心灵去解读《红楼梦》"，足见与作者倡导的回归"心灵文本"一脉相承。

陈洪教授《红楼内外看稗田》收《由"林下"进入文本深处——〈红楼梦〉的"互文"解读》篇，该文结合《世说新语·贤媛》《晋书·列女传》记载，尝试对《红楼梦》的深层内涵进行探索。作者通过互文研究的方法，找到孳乳《红楼梦》的文化和文学的渊源。与此相联系，运用"互文"的思路，在《红楼"碍语"说"木石"》篇中对小说成书背景等方面的研究也有新收获。作者指出，"《红楼梦》中的'只念木石''偏说木石'，和历代文士歌咏的'木石'有着文化血脉的联系，显示出作者在价值取向上的自我放逐，同时又是和当时统治者标榜的主流话语'非木石'构成特殊的互文关系，曲折地流露出作者倔强地'唱反调'情绪。""碍语"者何？该文认为"木石"系其首选，并引述瑶华对爱新觉罗·永忠《因墨香得观〈红楼梦〉小说吊雪芹三绝句》诗批注"此三章诗极妙。第《红楼梦》非传世小说，余闻之久矣！而终不欲一见，恐其中有碍语也"为证，可备一说。而《〈红楼梦〉中癞僧跛道的文化血脉》一篇，也是把目光向文化传统的深层透视，认为"癞"与"跛"承载了讽世、批判的思想内涵。至于《〈红楼梦〉脂评中"囫囵语"说的理论意义》篇，则是站在中国古代小说批评发展史的角度去论证，按脂砚斋批语云"宝玉之语全作囫囵意……只合如此写方是宝玉"，而在贾宝玉囫囵难解的话语中，最有代表性，与全书主题密切相关的，莫过于"水、泥论"，印证这观点的，正是所收《〈红楼梦〉"水、泥论"探源》。

《畸轩谭红》系赵建忠教授红学论文选，分四个专题：（1）红学新史迹。近年来作者一直致力于红学史方面的探索，并获批 2013 年度国家项目"红学流派批评史论"，有些思考形成文章已发表，如《红学史模式转型与建构的学术意义》等。（2）红学新观点。如作者提出的《红楼梦》作者问题的"家族累积说"以及《曹雪芹家世研究存在的观点争鸣及当代新进展》《〈红楼梦〉后四十回的不同观点论争及新进展》等，介绍了改革开放以来较重要的红学争鸣。（3）红学新文献。本专题侧重收录了一组与《红楼梦》续书新文献相关文章，如《新发现的程伟元佚诗及相关红学史料考辨》《红学史上首部续书〈后红楼梦〉作者考辨》《〈红楼梦〉续书的最新统计、类型分梳及创作缘起》等。（4）红学新视角。如收入本专题的《"非经典阅读理论"

在〈红楼梦〉续书研究中的尝试》，系作者为《红楼梦学刊》编审张云专著《谁能炼石补苍天：清代红楼梦续书研究》所作的书评。还有《大观园"原型"探索及〈红楼梦〉研究中的两种思路》，是作者对大观园问题研究、思考的产物。《〈红楼梦〉小说艺术的现当代继承问题》一篇，系作者为女作家计文君《谁是继承人：红楼梦小说艺术现当代继承问题研究》写的书评，意在借助于《红楼梦》经典在传播中的呈现特别是对后世作家的影响，以逆向的方式显现《红楼梦》的文学意义和真实内容。另外，为方便读者明了红学发展史的轮廓概貌、脉络流变，书末附了"曹雪芹与《红楼梦》研究史事系年（1630—2018）"。

鲁德才教授《〈红楼梦〉——说书体小说向小说化小说转型》，专门收录有"红学篇"，其中《〈红楼梦〉读法》特别强调，第一回至五回是《红楼梦》总纲，读者尤其应该仔细品味，并具体指出"第一回开篇作者就明确向读者提示小说的创作意旨，不否认和作家的经历有关，可又特别强调将真事隐去，'假语村言（贾雨村言），敷演故事'，别把小说看成是作者的自传"；"第二回，积极入世的贾雨村充当林黛玉教习，不过是为日后由他护送林黛玉至荣国府做引线。而冷子兴向贾雨村演说荣、宁二府，则概括介绍了荣、宁二府的发展历史及主要代表人物的性格特征"；"第三回，由于小说家将宝、黛设置为表兄妹关系……这样，林黛玉进入荣国府同贾宝玉会合，透过林黛玉的视点介绍荣国府"；"第四回，贾雨村借贾政题奏，复职应天府……为小说中的人物提供了社会背景。贾家由盛而衰的历程，也影响了人物发展的轨迹，可能是小说家要表现的一种意旨，但不是主要主题。贾雨村为讨好薛家而徇情枉法的错判，却又把薛宝钗推进贾府，这样，宝、黛、钗拧在一起，展开了木石前盟与金玉良缘的矛盾冲突"；"第五回，小说家虚构贾宝玉神游太虚境，看金陵十二钗正副册，听唱红楼梦曲子预示了贾宝玉与众裙钗的悲剧命运。红楼幻梦仍是小说的主色调，甚或是作家认识世界的主要视点"。此外，同专题文章还包括《传统文化心理与〈红楼梦〉的典型观念》《〈红楼梦〉打破传统写法了吗？》《贾宝玉的理想人格与庄禅精神》等，也颇给人启发。

《〈红楼梦〉论说及其他》系滕云先生所著，除外篇部分收录的评论明清小说《三国演义》《水浒传》《儒林外史》及当时的评点家李卓吾、金圣叹外，内篇全部讨论红学方面内容，如《也谈贾宝玉的鄙弃功名利禄》《曹雪芹典型观初探——〈红楼梦〉人物性格刻画的艺术成就》《〈红楼梦〉人物形象的客观性》《〈红楼梦〉文学语言论》等。值得注意的是，《抽丝剥茧说脂批》一文系统地表述了作者的学术见解，如认为脂批不具备李卓吾、金圣叹、毛氏父子、张竹坡之批所显示的各自的世界观、历史观、政治观、哲学观、文学观、小说观，尤其是社会现实观的大理识。脂砚斋不懂得曹雪芹何以发愤、何所发愤、所发何愤作《红楼梦》……尽管脂砚斋作为评点名家成色不足，但脂砚斋毕竟做出了具有历史性的、属于他的大贡献：第一，脂评本有传承并开来的贡献。请注意笔者说的是脂评本而非脂评的贡献。脂评本是曹雪芹创作《红楼梦》未完成就已经以手抄本形式流传于世的众多抄本之一……第二，由于脂评本原藏带雪芹自评注，或混入小说正文，或被裹入脂批混同脂批，遂使在《红楼梦》文本之外，雪芹思想的另一种载体，记录雪芹初创《红楼梦》时措笔情形和想法的另一种亲笔，获得保存，这也是脂评本贡献于中国文化史的特功……第三，脂批提供了有关雪芹生平的若干信息……第四，脂批提供了有关《红楼梦》八十回后情节的若干信息，包括贾家及一些人物的命运变迁、结局，包括若干关目，以及八十回后全书回数规模的信息。

《〈红楼梦〉与明清小说研究》系李厚基先生遗著，由其早年所带的研究生林骅、郑祺整理完成。"明清小说研究部分"的文章有

《〈聊斋志异〉刻画人物性格的几点特色》《浅谈〈聊斋志异〉的艺术心理节奏美》《〈三国演义〉的主题和它的认识作用》《试论〈三国演义〉的结构特色》等；红学部分主要包括《闪闪发光的思想性格 无法摆脱的悲剧命运——谈贾、林等为代表的恋爱婚姻悲剧》《漫话〈红楼梦〉的作者和读者——红楼艺苑掇琐之一》等。收入丛书中的《景不盈尺 游目无穷——从金钏儿事件看〈红楼梦〉艺术构思》，体现出作者的治学特色。文章透过金钏儿这个"小人物"，进入《红楼梦》的整体宏观艺术构思，诚如作者所论述的"从金钏儿事件来看，真是以小概大，咫尺千里。虽然景不盈尺，但令人游目无穷。一个情节包涵了多少丰富的内容：不仅清晰地写出了这个天真的少女惨遭残害，以此对封建社会提出强烈的抗议；通过这个事件也巡视了许多人物的思想性格，烛照了他们（她们）的灵魂；同时，从一旁有力地推进了全书的主要矛盾线索，用来揭示出恋爱婚姻悲剧的必然的社会原因，反映出这个行将崩溃的封建贵族家庭的真实的生活面貌。自然，还必须从整体来看，曹雪芹所创造的每一个情节、故事，每一个人物，既有独立存在的意义，又互相依存，与其他各个方面有千丝万缕的联系，如果脱离了整个作品，是难以理解它的作用和所居的地位的"，正所谓"景不盈尺 游目无穷"。作者毕业于北京大学，曾受教于中国红楼梦学会首任会长吴组缃教授，收入本丛书的文章就有《吴组缃先生教我们读〈红楼梦〉》。

《〈红楼梦〉与史传文学》系汪道伦先生遗著，宋健同志整理完成。红学部分主要由《人性发展的艺术画卷——试论〈红楼梦〉是怎样一部书》《〈红楼梦〉风格浅论》《无材补天 枉入红尘——〈红楼梦〉思想赘述》《中国传统文化中的情学与〈红楼梦〉》《中国封建伦理文化的解体与〈红楼梦〉女冠男亚的新座次》《〈红楼梦〉彼岸世界中的文化雏形》《〈红楼梦〉的真假两个世界》《〈红楼梦〉中的隐线脉络》《哲理与艺术的交融——〈红楼梦〉哲理内涵探微》《〈红楼梦〉"注彼而写此"的艺术手法管见》《〈红楼梦〉塑造形象中的人物相生法》《以虚出实 以幻出真——谈〈红楼梦〉中的虚幻手法》《〈红楼梦〉平中见奇的艺术》《以儿女常情谱写儿女真情——论林黛玉性格内涵》《〈红楼梦〉对曲艺的融会贯通》《〈红楼梦〉中的枢纽性人物——贾母》《试说"说不得"的贾宝玉》《美丑正反的辩证人物——王熙凤》《兼并立冠军之美而居殿军——秦可卿排位深思》等研究文章组成，文章侧重于《红楼梦》的艺术理论研讨，作者对古代史论、文论、诗论、画论和小说理论具有极为丰富的知识，且能融会贯通，左右逢源。此外，作者对中国古典小说与史传文学的关系问题也进行了探讨，收入本丛书的文章就包括《从踵事增华到虚实相生——中国古典小说与史传文学艺术渊源发微》《略其形迹 伸其神理 ——中国小说与史传文学艺术渊源探微》《文其言与文其人——谈经典与小说的渊源关系》《传奇事写奇人——谈经史与小说的渊源关系》《记言与写心——谈经史与小说的渊源关系》等。

孙玉蓉先生著《荣辱毁誉之间——纵谈俞平伯与〈红楼梦〉》，上编重点谈了俞平伯的学术经历及与友朋的交往，下编系俞平伯《红楼梦》研究年谱。作为"新红学"的开创者之一，俞平伯的《红楼梦辨》在红学史上具有不可替代的地位，但晚年对自己曾主张的"自传说"进行了反省，指出"自传之说，明引书文，或失题旨，成绩局于材料，遂或以赝鼎滥竽，斯足惜也"，进而认为，"虚构原不必排斥实在，如所谓'亲睹亲闻'者是。但这些素材已被统一于作者意图之下而化实为虚。故以虚为主，而实从之；以实为宾，而虚运之。此种分寸，必须掌握，若颠倒虚实，喧宾夺主，化灵活为板滞，变微婉以质直，又不几成黑漆断纹琴耶"。他还进一步指出自己早年对高鹗续补的《红楼梦》后四十回肯定得不够。在他生命的最后时刻，念念不忘的是对《红楼梦》后四十回的再研究，感到自己对高鹗保全《红楼梦》的功劳评价得还不够。俞平伯认为《红楼梦》续书的版本很多，唯有高鹗是成功的。不管怎么说，《红楼梦》现在是完整的，如果只有前八十回，它是否能有现在的影响都很难说。他为高鹗辩护说：续书中有败笔，不能求全责备。前八十回就没有败笔了吗？他要重新撰文评论后四十回的价值，给高鹗一个公正恰当评价，然而，晚年的俞平伯已力不从心。

《文学·文献·方法——"红学"路径及其他》，系由南开大学两位青年博士孙勇进、张昊苏合著。他俩的共同导师陈洪教授在"序"中谈及高足时说："入选丛书的作者多为红学界的耆宿，八十高龄以上者超过半数。这显示了津门红学悠久而深厚的传统……不过，'江山代有才人出'，诸多前辈奠定了坚实的基础，发展还要寄希望于后昆……勇进、昊苏的研究，对于方法与路径有较多的关注。二十年前，霍国玲姐弟活跃于京师时，勇进便著长文讨论文献材料使用的学术规则问题。黄一农'e考据'提出后，昊苏也就其价值与限度著文讨论。"具体而言，"勇进篇"主要包括《"索隐"辩证》《索隐派红学史概观》《一种奇特的阐释现象：析索隐派红学之成因》《无法走出的困境——析索隐派红学之阐释理路》《〈红楼梦〉与中国人生悲剧意识》《〈红楼梦〉对中国古代小说叙事艺术的全面继承与创新》《〈红楼梦〉的写实艺术与诗化风格》等；"昊苏篇"主要包括《〈红楼梦〉文本研究的初步反思》《经学·红学·学术范式：百年红学的经学化倾向及其学术史意义》《对胡适〈红楼梦〉研究的反思——兼论当代红学的范式转换》《红学与"e考据"的"二重奏"——读黄一农〈二重奏：红学与清史的对话〉》《〈红楼梦〉书名异称考》《"作践南华庄子"考：兼及〈红楼梦〉涉〈庄〉文本的学术意义》《畸笏叟批语丛考》等。

收入本丛书中的《红楼与中华名物谭》与前九种写作风格迥异，作者罗文华多年来致力于文物收藏和鉴赏，因而从屏风、如意、较得心应手。作者充分挖掘和利用历史文献和实物资源，详征博引，不仅提示和解读了《红楼梦》中一些很有价值的文化问题，而且在更加广阔深厚的中华文化背景下证实了这些名物的重要意义和特殊作用。从解读《红楼梦》的角度看，作者写出了名物在标志人物身份、塑造人物性格、展示人物关系、推动情节发展等方面所发挥的特殊作用。作者还通过很多名物与《红楼梦》文字之间关系的解读，印证了《红楼梦》的写作年代。如名物中的如意，是中国特有的一种象征吉祥的民族传统器物，古代帝王、豪族、文士、僧人等都有执握如意之好，以此求得称心如意与平安祥和。尤其是清代中期，是中国封建文化和传统工艺集大成时期，也是如意发展的鼎盛时期。帝王们的推崇，更使如意的制作水平登峰造极，而最喜欢如意的人则非乾隆皇帝莫属，他不仅刻意搜集民间的精美如意，还令宫中造办处制作如意，而且大量接受地方官员进贡的如意。作者介绍了很多乾隆皇帝喜爱如意的史实，指出"《红楼梦》中，对贾府这个皇亲国戚之家，多有关于如意的描写，尤其是元妃对贾府最高人物贾母的赏赐，首选金、玉如意，这些情节完全符合乾隆皇帝重视如意的历史背景。"证明《红楼梦》写作于乾隆时期，有力地支持了曹雪芹对《红楼梦》的著作权。

这套丛书是对天津地区《红楼梦》与古典小说研究成果的一次集中检阅。丛书中的老、中、青三代学人的十部著作，基本代表了天津该领域学人研究的总体水平，反映出天津《红楼梦》与古典文学小说研究的发展历程及方向。某种意义上讲，这套丛书也折射出天津《红楼梦》与古典文学小说研究史。需要说明的是，上述文字只是作为丛书主编的简单介绍以便导读，作品究竟如何，读者才是最权威的裁判。

赵建忠　己亥仲夏于聚红厅

目　录

人性发展的艺术画卷

——试论《红楼梦》是一部什么样的书

研究《红楼梦》究竟"谁解其中味"呢？二百年的红学史，若将其所解之味一一叙出，恐怕很难成"味"，所以力排众议者多，只此一家者无！虽然"归杨归墨""楚河汉界"的固阵坚守是有的，但有时也难免互相"侵犯"一下。久之，胜负未见分晓，而红学史的分流却已形成。分流不等于断流，流派虽不一样，但其源、其流仍是相关相联的。因此，红学史也和其他史一样，否定之中包含有肯定；肯定的确定，必然要有所否定。试就红学史上讨论《红楼梦》旨义概要言之，总觉所解之味，五味杂陈者有之、怪味者有之、以自己的嗜好加上各种"添加剂"者有之；还有一些解味者，刻意求解，但在似与不似之间，往往把"似"等于"是"，在"不似"中端详其"似"。因此，肯定与否定的统一联系，就形成"似与不似"的差异，而这种差异，一时难以缩小，但也没有把对方根本否定。

一、"淫书说"和"情书说"

"淫书说"和"情书说"❶本是对立不容的，但《红楼梦》确实没有讳淫。因此"淫书"说者宣称"红楼梦一书诲淫之甚者也"，曹

---

❶ "淫书"与"情书"说，见一粟汇编《古典文学研究资料汇编·红楼梦卷》上册15页。中华书局出版社，1963年12月出版。"情书"说见花月痴人《红楼自序》《古典文学研究资料汇编》上册第55页。

雪芹"槁死牖下是他写淫书之报"。❶ 曹雪芹对自己的著作被污为"淫书"，好像心中早已有数，所以对"淫""情"之别，事先成竹在胸。他的"意淫"与"滥淫"的界分，从表面上看，没有完全排除"淫"，但对"淫书"之污，是预先做好"防守反击"的。就《红楼梦》问世以来，"淫书说"虽逐渐被世人淘汰，但男女之间总有"淫""情"之别。"淫""情"的标准人人有之，但并没有一个精确的界限；大体上看，人人有情，人人有"度"；即适度为"情"，泛滥为"淫"。情的本身就有适度之节。若以男女之情的从头到尾全过程来看，异性相吸的本身，也是本性使然，若绝对地把男女欢爱作为"淫"而排除，是构不成"情"的。只是"淫"之为义包含有占有欲的无厌足之心，"淫"的无限膨胀，必然要排除人人所需的欲求来满足自己的欲求。但也应承认欲求是产生情的诱因，欲求与人性的发展是紧密相关的。历史的发展与人性的发展往往是同步的。《红楼梦》中的主人公之所以要带"情根"入世，也是被世人称为"情种"的入世。情中的欲求，有其自然而然的天性，因此用不着大惊小怪。《元题本西厢记》❷ 后面附有《秋波一转轮》，认为莺莺临去时的秋波一转，是"情动于内者不可遏，则神之驰于外者不可掩"，是"情欲相感，本诸天而具于我"。故金圣叹狠批那些认为《西厢记》是"淫书"的人，指出："淫者见之谓淫耳"❸。曹雪芹的"意淫"说，之所以不把"淫"排除尽净，就是因为它跳不出"情动于内，神驰于外"的"本诸天"的自然规律。"意淫"是"滥淫"的见异思迁和占有欲无限膨胀的克星！笔者一直认为"意淫"非意中淫念，"意"是"情"的统帅，以意帅情。

---

❶ 梁恭辰认为曹雪芹写《红楼梦》是"海淫之甚者也"，《古典文学研究资料汇编》第 15 页。

❷ 《古本戏剧丛刊初集》，北京图书馆藏明刘龙田刊本。

❸ 《金圣叹批本西厢记》《读第六才子书》《西厢记》，上海古籍出版社，1986 年出版，张国光校注。

《红楼梦》是"情书"，但必须承认它是在饮食男女的大欲中铸造的情书。离开了这纷繁复杂的大欲世界，《红楼梦》这部千古独秀的"情书"是写不出来的。

在"情书说"与"淫书说"的争执中，对"淫"都讳莫如深，视"淫"为雠仇，加上传统的"万恶淫为首"观念的影响，好像"淫"之为义就是男女贪欢纵欲的专义词。其实大家知道"淫"是一个多义词。《说文》云："久雨曰淫"和霖字同义，"三日以上大雨"为霖。《词源》等工具书，保留原意，又引申其浸淫过度意，于是有"贪色为淫"的解注，包括男女不按礼私交的行为。于是一提"淫"字，就容易使人想到男女寻欢作乐。加上"万恶淫为首"的罪名广为流行，差不多人人讳淫，其实"淫"本为过度意。异性间的本能相吸，并不算过分。但如果由爱慕变为贪求，由一夫一妻变为三妻四妾，到三千佳丽，到尽天下女子供我占有，这就是淫。所以曹雪芹有"意淫""滥淫"之分，但在具体划分时，情淫之间确实存在难以割断的联系。以秦可卿为例，她的判词是"情既相逢必主淫"。这个女子美兼钗黛，才逾熙探，近忧远虑，筹措周详，算得是"裙钗一二可齐家"的人物，然而结局是"淫丧天香楼"❶ 使她成为出污泥而被染的人物。这里大家很关注的一个问题是"淫""欲""情"三者有没有牵连？有哪些牵连？能否划清界限？这个问题实在太大，就在《红楼梦》中，它的时间跨度，从史前洪荒时代，到人之初时代，再到人类发展时代，人类的发展变化很难概述，但人性发展的核心"情根"，却贯穿始终。就带着情根入世来看，"淫""欲""情"都在"气"的混沌时期，就从青埂峰进入了人的世界。这不正暗示时代历史就

---

❶ 甲戌本脂砚斋重评《石头记》第十三回回末脂批："秦可卿淫丧天香楼，作者用史笔也。老朽因有魂托凤姐贾家后事二件，嫡是安富尊荣坐享人能想得到处。其事虽未漏，其言其意则令人悲切感服。姑赦之，因命芹溪删去。"

是一部人情、人欲的发展史吗？所以王国维说"宇宙——生活之欲而已"❶。还在物质形成演变的洪荒时代，自然物的各种关系应该是自然的。但物与物之间的不公不平好像天生就有的。石头的遭遇，好像就应包括在史前时期。"物不平则鸣"，倒是比人先知先觉。石头遭遇不公不平后，又被弃在"情根"之地，而这情根之地又恰好是"不公""不平"的根据地，因为这不公不平，是产生情之"根"，情根与天地同生！到入世来以后，"情根"必然要产生"人欲"。这才使僧道的蛊惑得逞，才能使石头入世"受享"几年。情欲虽从"气"的混沌时代就有了，但真正发挥作用还是在"人"的时代。自从"情根"入世以来，不管以后的时代历史怎么变化，历史的发展总是与人情人欲同步的。所以王国维认为，求欲之心无度，便产生人人求欲，人人不能遂欲，所以痛苦。情与欲的关系是欲生情，情节欲，二者有天然联系，不能绝对排斥。"淫"的膨胀，当然必须在情的克制之内，但克制则可，消灭则不能。从情史上看，《西厢记》《牡丹亭》不讳淫，《红楼梦》也不讳淫。"淫""欲""情"就像"黄河之水天上来"一样，从天上来时就不是清一色的，不讳淫是承认事实，但不等于"诲淫"。"淫欲情"随时代的进化也不断进化，特别是情的进化，不仅使淫欲受到升华，而且使情的本身得到不断净化，就像大浪淘沙的过程一样，在淫人中淘出情人，淘出天下古今第一情人！当然淫与情的牵扯还是存在的，在天地生人时期，"一丝半缕的邪气"就混入了人的"臭皮囊"中，所以真要动手术，把正邪两气连体割开，实在不容易！由此可见，《红楼梦》中这个"今古未见"之人的一生，是在人的大欲世界中铸情、诲情的。因此，不可能要求他绝欲绝淫。这大概是人性间必然的隐性联系，多少涉及"隐私"权吧？只要在"情"的督导节制下，淫欲还是允许它有一定空间的。

---

❶ 王国维《红楼梦评论》《古典文学研究资料汇编·红楼梦卷》第一册第252页。

所以《红楼梦》是从混沌初开时期，从自然物中挖掘出"情根"，带入人类世界，贯穿整个史前文化和人类文化，直到清王朝这个最后封建王朝，人性的发展变化都是在动态变化中演进的。

二、索隐派与政治小说

在评红史上，影响较大的是政治小说说，即蔡元培先生主张的索隐说。他认为《红楼梦》是"吊明之亡，揭清之失"，"红字多影朱字，朱者明也，汉也"❶。此说被胡适讽之为"猜笨谜"，但其政治小说说的影响却十分深远。从 20 世纪 50 年代以来，谈小说的"道"的人大有人在，《红楼梦》何能例外？一时乌进孝被选为佃农代表，刘姥姥被推为被侮辱的农民，"四大家族"史上升为《红楼梦》之纲。至于批《水浒》批宋江更不在话下。但也不能因此说小说中绝对没有政治。在《红楼梦》中，虽然不是暴风骤雨似的斗争，但也是明显的物腐虫生。而这物腐虫生的过程，不仅是"可观"的"小道"，而且是"大观"中的"大道"！今天研究《红楼梦》，不管综观历史，联系社会，还是深究哲学，融贯中西，恐怕都不能抛开各种哲学、政治思想，否则"可观"就会被割裂得"不可观"了。这并非说只有研究政治思想才"可观"，而是说作者所经历的"树倒猢狲散"的历史，也是一种悲剧式的生活经历，其一生的感受，包括政治潦倒、思想困惑，人生索求，人性回归，都是今古未见的。看来蔡元培先生的"索隐"有它的政治外延和内涵，而且可以不断被扩大、被深化。就连不愿"猜笨谜"的胡适先生，也提出了有名的"自传说"。当然"自传"不是《红楼梦》，这也是毫无疑义的。但若说《红楼梦》中没有作者生活经历，没有家族史实，没有国史背景，没有亲人影子，谁也不敢下这样的断语。如果能正其所非，扬

---

❶ 见《古典文学研究资料汇编·红楼梦卷》第 572–573 页。

其所是，在红学研究中是一项很有意义的工作，也是今后无法回避而又必须面对的一项工作。

为什么一块补天弃石，被曹雪芹废物利用，写成一部古今中外未见的奇书？为什么《红楼梦》笔触所及是从大荒、史前、人类的历史长河中演绎出来的？《红楼梦》大旨谈情，在史前史后的情天情海中为什么只取儿女阶段之情？史前史后人类发展的核心动力究竟是什么？人为什么不只是正邪两种，还有正邪两气相交相融的第三种？"成则王侯败则贼"是天的定律还是人的作为？可见《红楼梦》确实有隐可索！从开宗明义中就隐去了真事，而这些真事都在以后的故事情节中化作了大海的点滴水珠。研究《红楼梦》当然不应该去"猜笨谜"，但从若干水珠中窥探太阳也是可以的！

三、人性与世界的抵触说

在评红诸说中，最具有开放性的一说，就是节录在饮冰等人的《小说丛话》中的一段话："开辟以来，合尘寰之纷扰"都可以概之为"人性与世界的抵触"。"非特中国为然也"。❶ 此说涉及"禁区"人性说。多年以来，由于这个禁区禁令森严，使得许多哲学家、理论家、艺术家举步不前，谈人性而色变！所以对本来与人并生共存的人性，知之为不知，知而不言，弄得一部人类发展史都成了阶级斗争史，人性统统成了阶级性。其实只要有人就有人性，人性的核心是人欲；人欲的无限泛滥和扩大化，就会演为军事化、政治化；人欲的争斗往往是弱肉强食，胜王败贼，这就是历史，人云这就是阶级斗争史。可是其斗争的核心动力——人欲，能区分为哪个阶级的人欲吗？人欲有大小之分，但无有无之别，能称之为历史逐鹿之争是无欲之争吗？今天谈人性，当然不会噤若寒蝉，但仍觉忐忑不安。

---

❶ 见《古典文学研究资料汇编·红楼梦卷》第 572–573 页。

"人性与世界的抵触"，当然包括全世界宇宙空间。讨论这个问题，最怕下笔千言离题万里。如果"空间"加上"时间"，充实为"人性与人类发展史的抵触"，使虚中有实，盯住人类与人性发展史这条主线，似乎比较省力。饮冰等人的文章虽然提出了"人性与世界的抵触"，但缺乏《红楼梦》中的具体论证，只笼统地说"红楼梦不能预烛将来之事变"，只发觉人性与道德的不两立："无人性复何道德之有？"所以"道德之戕贼人性"必须"一拳槌碎之""一脚踢翻之！""使上穷碧落下黄泉，而更无余地以自处者也"❶。这当然有五四精神的闪光，把正统派指责的"风月情浓"推为人性的代表，所以《红楼梦》中要除去"败家的根本"就必须除去"风月情浓"，要维护正统派的"道德"，就必须去掉"人性"❷。由此看来，《红楼梦》回归人性的探求，必然包括史前史后和将来，必然包括大观园以外的整个人类世界。所以《红楼梦》思想内涵的描述，实际上是人性发展史的艺术画卷！它是超国界的。在这绘画过程中，必然要冲破人为的人性禁区和或明或暗的各种拘禁，在前人敢想、敢言的基础上，是可以在上下求索中深入下去的！

《红楼梦》中，贾宝玉所追求的人性回归，在他的一生中是无怨无悔的。他一生"率性而行，动生抵触"❸，弄得他在古今时空中不能对号入座，在未来的前景中不能预购一张席票。其人性发展确实曲折坎坷，举步艰难。但曹雪芹仍导之使进，促之向前。其痴呆愚顽，似傻如狂，寻愁觅恨的独特表现，就是"动生抵触"的必然表现。难怪这幅人性发展画卷中的代表人物，被画成具有写意性的"今古未见"之人物；但他又确实是"思而得之"的传神人物！

---

❶ 见《古典文学研究资料汇编·红楼梦卷》第 572–573 页。

❷ 同上书。

❸ 同上书。

四、对整个封建社会的"叛逆说"

"叛逆说"影响较大也较普遍。在笔者这代人中，至少在笔者个人的思想认识中，就接受此说。此说认为"《红楼梦》是对整个封建社会的批判和否定"。"贾宝玉、林黛玉都是封建统治阶级的叛逆者"❶。相对整个封建制度而言，贾宝玉、林黛玉是具有叛逆性的。但叛逆性在《红楼梦》中，只是逐步蜕化的一个过程，也就是说既没有蜕化为鸣蝉，也没有蛹死壳中。如果说贾、林一生是人性回归自然的追求，但并没有达到"彼岸"，始终是追求中的不断追求。如果把贾、林短暂的一生与历史长河融会贯通，它就不限于对封建制度的批判，它还涉及洪荒时期与整个人类历史，还有不断地对未来的探求。因此，《红楼梦》的旨义恐怕不是对封建制度的叛逆性所涵盖得了的。

贾、林二人从仙境到凡尘，本想补仙界的不平与不自由，在仙境中是日夜悲号惭愧。到平凡的尘世以后，而凡尘中的不平与不自由比仙境更甚；看不到"彼岸"，只好混世。而宝玉又被认为是"天下无能""古今不肖"的"孽根祸胎"，只好在人间"觅是非"，最后是"悬崖撒手"回归青埂峰。看来石头入世，徒有叛逆言行，不知从何叛起，觅来的是是非非，也无所适从。因此《红楼梦》中的"悬崖撒手"不仅是弃现世，而且是弃古往今来的仙界与凡尘；古今一概化灰化烟，被大风吹散，连"彼岸"也没有了；"彼岸"也在化灰化烟混沌一气的史前世界中。《石头记》中的石兄，虽欲寻求古往今来人性发展的中心线，但经历了与"气"同处，与太虚俱来，又禀气而生的轮回反复；还发现了一种正邪两气相交相融而生的连体人，这是天性以外（即正人、邪人）"天不拘兮地不羁"的天然人。

---

❶ 何其芳《论红楼梦》，见刘梦溪编《红学三十年论文选编》，百花文艺出版社，1984年出版。

这正是今古未见之人的代表。其代表性不仅是对封建制度的叛逆性，而是一种无形的贯穿通史的无休止之战斗性！以石头的轮回经历为代表，先后涉及史前无知无识的正在演化中的物质和有史以来的封建制度、伦理道德，人性人欲、人情物理等公开或潜在的明争暗斗。这场超越文明史的斗争，从史前、史后一直到"白茫茫大地真干净"。在人性人情发展这条中心线上，最后只好又点染出洪荒时代的青埂峰，人性人情的发展，在经历了不知几世几劫之后，又回到了"天不拘兮地不羁"的本元一气的时代！

叛逆对封建社会来讲是封建社会的内部斗争。但进一步就封建社会内部结构来讲，结构之间的矛盾才是真正的"内部矛盾"。叛逆与封建制度之争，在《红楼梦》中不是"双赢"而是"双败"，在"树倒猢狲散"时，叛逆一方也散了，这种促使"树倒猢狲散"的变化，不是叛逆一方在起主导作用，而是"物腐虫生"的"大树"内部从量变到质变。这就是封建贵族"五世而斩"的必然！所以叛逆说可以成为一种破的说，但只是在六七环，离十环红心还是有一定距离的。

五、悲剧中的"悲剧说"和"欲求说"

此说出自王国维。悲剧中的悲剧说和欲求有内在联系，但欲求不一定是悲剧。我们之所以把二者联系起来论述，是因为二者联系的核心是"宇宙—生活之欲而已"。"欲就是生活的代表"。宝玉就是"宝欲"。王国维认为"人的自然生存，有不自然的拘禁"。"人人求自然"，"必然产生不自然，人人回归自然并非人人如愿"。这就是说"欲之为性无厌"欲中要求解决的问题，是人人回归自然，而不受拘禁。因此欲的追求永远不能满足，这就必然产生痛苦。王氏认为凡《红楼梦》中之人，"与生活之欲相关者，无不与痛苦相始终"。其实《红楼梦》中之人，不仅是"与生活相关者"的代表人物，而且是超越《红楼梦》时空和封建历史的代表人物。它代表了人欲发展演进的整个过程。所以王氏认为《红楼梦》中"金玉之合，木石之离"，并不需要"有蛇蝎之人物，非常之变故"，只不过"通常之道德、通常之人情、通常之境遇为之而已"。人与人的关系，是一种在人的欲海中浮沉的关系，是"通常"性，而非"非常"性！这就是《红楼梦》难逃"金玉之合""木石之离"的"通常"原因。

王国维的说法影响很大。他的启迪意义在于"宇宙—生活之欲而已"，打破人欲的时空限制，认为人对欲的追求是贯通古今的。宝玉之被称为"宝欲"，就是成为名实相符的古今生活之代表。生活中的悲剧根源，大都源于欲之不遂及其不遂的各种苦痛。以补天石的来历来看：从垫脚石到炼成灵性已通的灵石，到弃石，到幻形入世，到混世，到返回青埂峰。这种无限时空的经历，都以"宝欲"贯穿之。而"宝欲"之中的"宝"者，"情"也！这就说明欲与情是不可分的。把"通常之道德，通常之人情，通常之境遇"的演进变化与人人求欲、人人不遂欲相关相联，于是就形成"情欲淫"三者之间的必然牵扯。求情遂欲与自私膨胀欲在宇宙中互相"逐鹿"，在"今古未见之人"混世以前，尚不见鹿死谁手。在漫长的情的建设中，对淫欲问题只能导之使流，而不能壅之使溃！

人性是与时俱进的，时代的洗礼会使人性不断变化。如是非观、道德观、伦理观、价值观，乃至家庭观、两性观，都不会一成不变。时代的进步不断升华人性，而人性的变化，必然涉及人的变化，这也是自然的。不过《红楼梦》中的情痴情种是不能架空的，若将《红楼梦》的情痴情种绝欲去淫，那不知《红楼梦》之情是什么样子？当然把淫欲情不加区分，混而笼之，是不能谈《红楼梦》的；反之把淫欲情中的淫欲去净，也不能谈《红楼梦》。

王国维把人类生活的代表归之为"欲"，从淫情表象寻根追源到古今人类的生存所系，认为人的一生，欲求无厌，"一欲既终，他欲随之"。人生百年，所取得的"成绩"，都不能超越"保存自己及种姓之生活之外"的事。此一人生活之欲与种姓之欲的关系。因此欲是与人类生活发展始终关联的。"文化愈进，其知识弥广，其所欲弥多"。所以说"欲与生活与痛苦，三者一而已"。因此生活的本质就是欲，求欲不足，痛苦继之。由此可见王氏把"人欲"作为"一以贯之"的人生人性的动力挖掘出来。这可以说是王氏评论《红楼梦》的思想核心。而《红楼梦》中的主要人物，差不多都在求人生之解脱，但却没有一个解脱。至于宝玉的最后出家，王氏一语以蔽之"出世者，拒绝生活之欲者也"。只有拒绝人欲，才能落得一个"无立足境，是方干净"！人欲之求，从混沌初开到宝玉弃世，是永无止境的，所以悲剧中的悲剧就不会落幕。而悲剧的悲剧，可以从宝玉弃世而暂时停演，而史前史后所扮演的所有悲剧角色，又岂止贾宝玉和林黛玉！

以上对红学史的批评研究中，只概括了几种明显的观点，还有一些引人关注的说法，不能一一涉论，如工商业者反封建压迫说、市民文学作品说，近来仍在争论，可能在争论中有所发展，不妨稍待。若从中国封建社会末期的经济发展来看，阶级关系的变化是客观存在的。工商业者的出现，也是事实，市民阶级也在逐步扩大。但《红楼梦》并不是写市民和工商业者的创业发家，像"三言""二拍"中的某些作品那样，把人欲之求与谋取万贯家财联系在一起。这些作品虽然在人性发展、个性解放方面与《红楼梦》的人性笔触有相似之处，但对人的个性特质和突出特征的表述是不一样的。持此说的邓拓先生是大胆而又谨慎的。他引马克思《政治经济学批判》导论的话说"关于艺术，谁都知道它是某些繁荣时代，并不是与社会的一般发展相适应的"❶。"它正是这个未成熟的社会关系的反映"❷。所以邓拓说《红楼梦》"是代表 18 世纪上半期的中国未成熟的资本主义关系的市民文学作品"。结论虽然谨慎，但不大谨严。既然当时资本主义尚未成熟，《红楼梦》就不可能是市民文学的真实写照，何况在《红楼梦》中"资本主义关系"也不太容易寻觅；特别是具体社会关系的资本主义更不容易寻觅。就是薛家一家皇商，仍然是"封"姓而不是"资"姓。若以《红楼梦》全书映证，那就难免失真了。

六、超越时空与瞬息华年

以上概述了各家各派的主要观点，虽然这些观点并不全面，但就《红楼梦》而言，它和经史不同，它写了史前无史之史。女娲补天，虽有所本，但石头的遭遇确是无史之史。所以《红楼梦》写的是今古未见之人与今古未见之文；而这种今古未见之人与今古未见之文，在《红楼梦》中只是瞬息年华，而史前未见之史与今古未见之文，只在衔玉而诞与悬崖撒手的瞬间烟消云散。难道"十年辛苦"写成"不寻常"的书，仅仅是花了天大力气的"荒唐言"？看来这超越时空的"荒唐言"与"瞬息年华"的人生，是可以从中揣摩出《红楼梦》是一部什么样的书的！

笔者曾说《红楼梦》前五回是全书的"系列楔子"❸，现在看来虽有偏重形式之嫌，但就前五回中所叙的人间天上的故事，对全书的真事隐，字字有形！正如《易·系辞下》云："其称名也小，其取类也大，其旨远，其辞文，其言曲而能中。"这就是石头经历一番

❶ 邓拓《红楼梦的社会背景和历史意义》，见《红学三十年论文选编》第 7 页。

❷ 同上书。

❸ 汪道伦《红楼梦中的隐线脉络》，见《红楼品味录》，华艺出版社 1999 年出版，第 77 页。

梦幻之后，隐去了几世几劫的真事。把史前的"天"与"物"拉近了，把有形可触的物人化了，把大自然的自然演化与改变大自然的补天之力联系上了，把灵石的被弃与入世求"享受"挂上钩了，把经历一番梦幻与历劫尘世融为一体了，把超越时空的悠悠世界与石兄入世后的青少年的瞬间一生合而为一了……这真可以说是一种比天高比地厚旷世绝今的大思想家的大手笔！

现在我们虽然有些意识到《石头记》之所记，从女娲到石头记事完结之日，包括从补天之前到入世之后，所记不过"实录其事""大旨谈情"，是"借通灵"撰《石头记》。所以开头第一回的标题就是"甄士隐梦幻识通灵"。在介绍此书来历时，以女娲炼石百分之百的合格，但却不能百分之百采用，所以把单单剩下的一块弃在青埂峰下。可见"借通灵"，确实有可借之处；合格不一定合用，正可借来说明天上人间无差别，史前史后都有一把辛酸泪。请看《石头记》开头的地理环境：姑苏城内一条十里街（失礼街），仁清巷（人情巷），葫芦庙（糊涂庙），主人公叫甄士隐（真事隐）。开宗明义就交代，要大旨谈情，必须是在充满人情之地，没有礼仪之邦，糊里糊涂的世道，还要将真事隐去，才能以假做真，以无为有地写一部"假语村言"。所以《石头记》之文，除石兄入世以后的经历而外，都是天地之文，不即不离，若即若离。只有带着"情根"入世后，在铸造儿女真情中，才能与儿女真情相关相联，相辅相成，以人性回归以一贯之。

这里涉及"情"和"性"的问题。先说什么是"情"。《礼记》云："喜怒哀惧爱恶欲，七者不学而能。"情是七种天性组合而成。"爱"只是七情之一，此外喜怒哀惧恶欲也是情。其实七情只是一种大体区分，七情的每一种情，都与其他六情相关相联；而联系较紧密的就是"欲"。所以《说文》云："情者人之欲也，人欲之谓情。"至于"性"，荀子《正名》篇云"生之所必然者谓之性"。性情并没有什么根本的不同，所以《说文》中又引董仲舒云"性生之质也，质朴之谓性"。这都是说明性情就是事物的本性，是"生之所以然者"。因此石兄在经历几世几劫之后，幻形入世时，还把"情根"带上，这都是不得不带，不能不带的。有史以来的悠悠天地，其贯穿历史的中心，可以以四字概之："人情物理"，而这四个字在石头入世前，不曾真正获得；在入世以后，又是寻而未得。究其原因，物之生也，并没有什么物理，而是仙人们对物的利用时选用不当，鉴别不清造成的；从石兄的历世中可知待物的不公、用物的不当，在仙性（也就是人性）中就具有不公不当之"理"。"物理"实际上是人理所造成的。不管女娲是否有心，把补天石弃在（实际上是安置）"情根"之地，以情为根，以手下留情的实际行动突出表明人的本性是以情为"根"的，所以作者才说《红楼梦》是"大旨谈情"的书。情是人的本性，但人的本性具有"性相近，习相远"的变化无定性。除了须眉浊物外，就是女人的一生，也有三个阶段变化，即宝珠、死珠、鱼眼睛的变化。可以说《红楼梦》是时无古今、地无中外的追寻情根的发生发展及其出路。即使是如花似水的清香女孩，也不愿她们长成大人，更不愿让她们嫁人，原因是怕她们女孩阶段很快完结，宝珠就要发生质变。这难道是开天辟地以来的空前笑话吗？实际上不管是石兄入世前的史前文化及历史文化，要剔除须眉浊物泥做的骨肉，使女儿变回水做的骨肉，都是不见先例的。所以大观园的女儿国、金陵十二钗的正副册、又副册中所有的女儿，都只能以她们的瞬息华年展示一下明媚鲜妍短暂的春光而已！人云《红楼梦》写女孩子的年纪太小，殊不知这些女孩儿的岁数大一天，宝珠的光彩就要早褪一天。百年人生，有多少年是完美的？所以李贽才追求"童心"的回归，并大声疾呼："童心者，真心也！"❶呜呼！童心何在？悠悠时空无处觅，大观园内一瞬间！

---

❶　李贽《童心说》《焚书》卷三。

《红楼梦》风格浅论

《红楼梦》问世二百多年以来，索隐者有之，考据者有之，探佚者有之，研究思想艺术者有之，查证曹氏家族者有之，然而《红楼梦》究竟是何风采，至今仍不十分清楚。新旧红学家们，横看侧观，各有所得，然而庐山真面目却仍在识与不识之间。鲁迅先生说得好："自有《红楼梦》出来以后，传统的思想和写法都打破了。"这是对《红楼梦》总的评价。然而，传统的思想在哪些方面被打破了？传统的写法又在哪些方面被打破了？打破以后又创造出什么样的艺术风格？对这方面问题的探索在红学研究中，不能不说是一个薄弱环节。笔者很同意研究《红楼梦》必须和中国传统的文化联系起来，因为《红楼梦》是在中华民族土壤中生长出来的。就以《红楼梦》的风格来讲，离开了中华传统文化渊源，是得不出正确结论的。《红楼梦》打破了传统的思想和艺术，那是和传统的思想和艺术相比较而言的。如果鲁迅先生不熟谙传统文化艺术，他就得不出上述的结论。正因为《红楼梦》把传统的思想和艺术都打破了，所以文学史上一些著名的风格论，均不足以用来论《红楼梦》。如刘勰的"八体"，是较早的著名的风格论："一曰典雅，二曰远奥，三曰精约，四曰显附，五曰繁缛，六曰壮丽，七曰新奇，八曰轻靡。"其中"新奇"可以用来说明《红楼梦》在思想和艺术上的独创性，但不能概为风格。其他各体对于《红楼梦》来讲均有隔一层之感。至于司空图的《二十四诗品》中的"含蓄""缜密""绮丽""自然"等，如用于《红楼梦》的局部或某一方面还是可以的，若用于概括《红楼梦》的整个风格，那就难免有以偏概全之嫌。

要研究《红楼梦》的风格，首先要研究《红楼梦》从思想和艺术上打破了哪些旧传统，从而又进一步创造了什么样的新传统。

一、毁灭应该毁灭的东西——对传统悲剧的突破

《红楼梦》是不是一部悲剧？我认为应该是一部悲剧。但它不是一般的悲剧，而是一部具有崭新意义的特殊悲剧。从中外文学史上看，悲剧确如鲁迅先生所说：悲剧"将人生的有价值的东西毁灭给人看"，这里面包含一个谁毁灭谁的问题。传统的悲剧是没有价值的东西毁灭了有价值的东西，而最终是没有价值的东西依然故我。《孔雀东南飞》的悲剧在封建社会具有典型意义，若说这个悲剧"有力地揭露了封建礼教，封建家长制的罪恶"（游国恩主编：《中国文学史》）也未尝不可。但刘兰芝、焦仲卿毕竟是被逼而死，"罪恶"是客观存在，不是刘兰芝、焦仲卿以死来"揭露"的。刘母的所作所为是受礼教保护的，而代表封建礼教、封建家长的刘母，在毁灭了一对青年夫妻的爱情和生命之后，不是依然故我吗？杜十娘愤怒投江，以死来反抗封建婚姻制度。这在封建社会来说，达到了应有的高度。但作为反对这桩婚事的身为布政使的李甲之父来说，那是视有如无的。窦娥死得何等悲壮，但对不分好歹的"地"和错勘贤愚的"天"，仍然毫无损害。梁祝化蝶，马家富贵依旧；侯李出家，满清统治无伤。这些悲剧都是没有价值的东西毁灭了有价值的东西，而没有价值的东西仍然牢不可破地成为封建社会的统治力量。中国传统的悲剧结局，可以说是理想的绝望和绝望中的理想；理想的绝望当然是毁灭，而绝望中的理想则是浪漫主义的虚幻结局，即六月飞雪，梁祝化蝶之类。外国的悲剧也相差无几，如《罗米欧与朱丽叶》剧中的主人公为了爱情的自由而表现了悲壮的斗争，但结果是自己的毁灭，而邪恶势力却毫无损伤。罗米欧、朱丽叶之死，虽然

使蒙太玖和凯普莱脱互相敌视的两个仇家和好了，毁灭真正爱情和生命的社会根基仍是根深蒂固。而《红楼梦》的悲剧和上述作品相比有一个最大的不同点，也可以说是相反的不同点，就是《红楼梦》毁灭的首先是快要毁灭的世界，即真实地具体地写出了封建贵族大家庭的毁灭。这在所谓雍乾盛世写出这种旧家族毁灭的过程，是很有意义的。而人生有价值的东西，在《红楼梦》中却进行大力歌颂，并通过书中的主人公贾宝玉和林黛玉作了种种具体的追求和争取，虽然最终这种理想的追求也随着"树倒猢狲散"而破灭了，但理想的光辉在《红楼梦》中却是永存的。恩格斯《致斐迪南·拉萨尔》书中指出，悲剧的实质是："历史的必然要求和实际上的不可能实现。""历史的必然要求"和"实际上的不可能实现"是矛盾的，但在条件未成熟时，它又是现实的。悲剧既然是"历史的必然要求"，那就终究要实现。正因为如此，作家才能凭此树立起他坚定的审美理想，读者也才能据此与作者产生共鸣。而在当时历史条件下还不可能实现的理想，却成了作者读者共同承认的自由王国。虽然其结果是"实际上的不可能实现"，但它并没有毁灭，因为它是有价值的东西却被无价值的东西毁灭，所以有它不能毁灭的价值。《红楼梦》恰恰在这一点上突破了以往的悲剧，它首先是毁灭了应该毁灭的东西，其次是人生有价值的东西虽然同归于尽，但它却充分显示了不能毁灭的价值。《红楼梦》具体毁灭给人看的，并不是有价值的东西，而是赫赫扬扬的封建贵族大家庭。作者由赫赫扬扬写到"树倒猢狲散"，由风流富贵花柳繁华写到"落一个白茫茫大地真干净"！这才是彻底的毁灭！这种毁灭在中国文学史上还是罕见的。《红楼梦》中所毁灭的东西，对明天来说是无价值的，但也应该看到这种无价值的东西，对于人生有价值的东西来说却具有强大的摧毁力。这种摧毁力的能量是伴随着新的思想和体现这种思想的新人的产生而不断地表现出它的残忍性和顽固性。在封建势力还占统治地位的历史条件下，人生有价值的东西的毁灭是必然的。然而《红楼梦》的可贵之处，就在于对这种具有摧毁新的生命力的旧势力，如实地描写了它的毁灭过程。而以宝玉黛玉为代表的具有生命力的人性人情的解放活动，已经在一片热情的颂歌声中，固定在人们的心里。其结果虽然是两败俱伤，但对"末世"的明天来说，它的价值却是永存的。所以《红楼梦》的悲剧有两种属性，一种是"树倒猢狲散""落一个白茫茫大地真干净"的无价值东西的应该毁灭的悲剧；一种是对"天不拘兮地不羁"的人性人情自由追求的永存价值！《红楼梦》不是悲剧的毁灭美，而是"历史的必然"和实际上没有实现的理想美。《红楼梦》毁灭应该毁灭的东西并不美，而作者通过书中主人公执着追求的东西才是真正的美。

我们弄清楚《红楼梦》这种悲剧结构，才能进一步探求《红楼梦》的风格。

俞平伯先生在1921年给顾颉刚的信中，对《红楼梦》的盛衰问题说过下面一段话："由盛而衰，由富而贫，由绮腻而凄凉，由骄贵而潦倒，即是梦，即是幻，即是此书本旨，即以提醒读者。"这几句话对《红楼梦》写百年旺族的盛衰史来说，概括得不错。正因为贾家大族有一个盛衰、富贫、绮腻凄凉、骄贵潦倒的发展过程，所以《红楼梦》的风格的基调才不可能是单一的。它既有花团锦簇、绮丽华艳的文风，又有沉郁悲歌、凄凉寂寥的笔调。绮丽华艳之文大都是对自由"女儿国"及情种情痴情天情海的颂文；凄凉寂寥之文大都是对"盛席华筵"转眼云烟的悼文。这种绮丽凄凉所构成的《红楼梦》文风的双重性，就使《红楼梦》在"花柳繁华"与"红袖啼痕"，"富贵风流"与"情痴抱恨"相依相存，相交相融而形成一种"一水中分"而又会合无痕的行云流水的美学风格。

《红楼梦》的作者是由盛到衰的过来人，有不堪回首的往事，也有"到底意难平"的执着追求。在不堪回首的往事当中，最值得留恋的是胜过"堂堂须眉"的"当日所有的女子"。作者不能因为"今日茅椽蓬牖，瓦灶绳床"的生活而使闺阁"泯灭"，所以以"情种""情痴"的贾宝玉为中心，写出了大观园女儿国情天情海的绮丽文字。同时也应该看到，作者对于生他养他的封建贵族大家庭，不管在伦理上还是在生活上都有千丝万缕的联系。因此，在"追踪蹑迹"地描写荣宁二府的盛衰史的过程中，必然产生一种发自内心的悲悼情绪。所以书中不时地出现一些虚幻悲凉的气氛。可贵之处是作者虽然有一种自发的哀悼情绪，但如实地写出了生他养他的封建贵族大家庭的彻底毁灭。如果作者自己照顾自己的话，完全可以像高鹗续书那样写它死而复苏，来一个"兰桂齐芳"的光明尾巴。从这一点看，《红楼梦》的悲剧确实写出了历史的必然。这个历史的必然，并非轻易写得出来，那与作者执着的理想追求分不开。"树倒猢狲散"的结果，不仅是贾府的毁灭，更重要的是作者理想的执着追求的不可能实现。这种理想的执着追求，一方面表现为对"女儿国"中的人物尽情地歌颂；另一方面就让该毁灭的东西去毁灭。因为作者对人生反思的结果是"枉入红尘"，而书中的主人公对于封建统治阶级来讲是"无材补天"的"孽根祸胎"，这样，作者笔下的主人公贾宝玉不仅不能接荣国府的班，而且还不断地向着逆向方面发展，而逆向发展的道路又被这个封建大家族所堵死。因此，不管是在对理想的热情歌颂当中，还是在对应该毁灭的东西的如实描写当中，作者都有一种"到底意难平"的愤恨之气。所以《红楼梦》是属于"怨毒著书"的范畴。就全书来看，不管是绮丽的颂歌也好，还是凄凉的悼文也好，始终寓着一个"愤"字。这就是那块被女娲所弃的顽石由入世而出世所贯穿始终的一条线索。由此可见，《红楼梦》的风格基调是绮丽凄凉与抒恨泄愤交织而成。绮丽是对自由王国美妙理想的颂扬，凄凉则是作者坎坷一生的凄风苦雨。而抒愤泄恨则较为充分地体现了作者的个性特征，也即是作者的人格特征。风格的核心是人格，而人格的成因离不开时代因素。现实的社会生活作用于人，人就要有感而作，"心之忧矣，我歌且谣"（《诗·魏风》）。这就是作者"壮年吞之于胸，老者吐之于笔"（二知道人《红楼梦说梦》）的沉郁悲歌。

二、极处生变，极处生辉——对传统温柔敦厚的突破

《红楼梦》对传统思想和艺术的突破，还有一个重要因素，就是对人的性格解放和人性人情的自由追求，在封建社会来说，已经达到了极限。在《红楼梦》之前，《西厢记》中的张生、崔莺莺也可算得上情之痴者也，然而他们只是在两性结合上冲破了封建伦理的极限，而最终的结局则是金榜题名后的洞房花烛。《牡丹亭》中的柳梦梅、杜丽娘，也是一对情痴，杜丽娘死而复生之后，柳生状元及第，由皇帝亲自裁断完婚，"情"的胜利和君主恩赐又联在一起了。只有《红楼梦》才在情的问题上达到了封建社会人性自由解放的极限。《红楼梦》是在这种极限中展示出来的新天地。人到极处性情必然发生的新变化，文到极处必然生发出奇异的光辉。这也是《红楼梦》形成特殊风格的原因之一。

中国封建社会，束缚了个人自由。人性解放、个人幸福、个人地位，全被囿于封建秩序之中。中国的文学虽然极力主张言志抒情，但把言志抒情铺上一条"温柔敦厚"的单一轨道，企图使所有的文学都在这条轨道上行驶。但事实上言志抒情是双轨并驰的，有"温柔敦厚"的轨道，也有"独抒性灵，不拘格套"的轨道。"温柔敦厚"的轨道，是封建社会的抒情轨道，它的核心就是要节制人的性情。"温柔敦厚"是儒家的中庸之道。什么是中庸？孔颖达疏云："中和之为用。"所谓"中"就是"喜怒哀乐之未发"，所谓"和"就是"发而皆中节"，就是所谓"澹然虚静""而当于理"（孔颖达疏），反

映在文学上的风格特征就是"含蓄蕴藉"。焦循在《毛诗补疏序》中解释"温柔敦厚"是："不质言之，而以比兴言之；不言理而言情，不务胜人而务感人。"梁启超在《中国韵文里头所表现的感情》中说，中国人的抒情"是拿灰盖着的炉炭"，"情感才发泄到喉咙，又咽回肚子里去了"，"是咬着牙龈的长言永叹"。这对"温柔敦厚"的中庸风格描绘得十分形象、准确。但也应该看到"温柔敦厚"作为抽象的风格标准，具有统治力量。不过就具体文学作品来看，是很难把发泄到喉咙的情感咽回肚子里去的。就拿主张"温柔敦厚"的孔子来说，他的性格是："温而厉，威而不猛，恭而安"，但他也很难控制自己的感情。悲颜回之死，而曰："天丧予！"骂宰予昼寝，而曰："朽木不可雕。"责冉求聚敛，要发动学生"鸣鼓而攻之"！子见南子，子路不说（悦），孔子不得不诅咒发誓。这些表现和"温而厉，威而不猛，恭而安"的性格不能说是很统一的，原因在于孔子也有感情、也有个性。有人认为中国文化既以伦理为中心，那就形成了"中国传统文化中强调同一而忽视特殊性这一最核心、最突出的特点"（《关于人的个性问题》发表于《光明日报》1987年12月10日）。强调伦理同一，那是事实。由于强调的绝对性，在具体的人身上，有它同一的伦理色彩，但也有与众不同的个性，个性是任何人都不能例外的。要表现个性，"温柔敦厚"就不能不攻破。早在《诗经》里头，就不那么"温柔敦厚"了。《伐檀》《硕鼠》并未抑怒，《野有死麕》更未掩情，到了那种程度，发泄到喉咙的感情是怎么也咽不回肚子里面去的。这里有一个很重要的问题，就是不管什么事，只要到了极处，就要向反的方向转化。人的感情到了极处是不可能"温柔敦厚"的。从整个伦理思想的大方面看也是如此。在中国历史上，汉武帝黜百家崇儒术，以伦理为中心，企图把统治思想归于一。然而魏晋之际，清远玄谈的文风，飘然洒脱的性格，崇尚自然的风气，是向传统伦理的一次挑战，是在未能否定传统伦理观念下的逆向发展。宋代以来，理学统治加强到无以复加的地步，无疑这是传统伦理观念强化到顶点的时期。然而元明清的戏剧、小说自然形成一股强大逆流，《西厢记》《牡丹亭》《水浒传》《金瓶梅》《儒林外史》《聊斋志异》《红楼梦》相继向传统伦理冲击，在冲击中形成独自的创造力。而这种创造力，正是民族文化的生命力，也是风格形成的重要因素。

《红楼梦》作者忧愤心理的长期压抑，不可能不抒发。在封建社会，作者所经历过的生活中，在贵族家庭里面，恐怕只有天真烂漫的女孩子还能体现人的真情实性。这是作者忧愤心中的一点光明，所以作者要将"儿女真情发泄一二"。既曰"发泄"必然要打破"温柔敦厚"之旨，出现一种与封建正统思想逆向发展的趋向。而这种逆反趋向的核心，就是人性人情的自由解放。在《红楼梦》中人性人情的解放，绝不仅仅表现在男女爱情上。"大旨谈情"的情，远远超过男女爱情。就宝玉来说，他是笃于爱情的，但从他的情极情痴来看，又是超爱情的。《红楼梦》总是表现了愤极、悲极、情极的美学观。正统文学的情，除民歌外，很少达到极限，而《红楼梦》则把情推到可能发展的极限，紧扣事物的极处来写人物的新性格、时代的新思想。盛极必衰，物极必反，情极必痴。写荣宁二府就是从盛极到衰的转换关头开始写的。写贾宝玉、林黛玉都是从情极中来塑造这对新人物的。从大的方面来说，《红楼梦》的"大旨谈情"就是理治逼到极处的产物。理治就是要泯情，以一个"天理"来灭去"人欲"。所以汤显祖在"理"的逼迫下，把"情"与"理""法"对立为"两个世界"。他的"世总为情，情生诗歌"（《汤显祖集·耳伯麻姑游诗序》）的情本说，就是因为有一个"有法之天下"向世人进行"灭才情"（《青莲阁记》）。所谓法就是为了保障理治得以顺利推行的一套法定制度。正因为"法之天下"泯灭才情，所以他才追求"情之天下"，而"情之天下"在"法之天下"统治下是不可能实现的，所以才"因情成梦"写出了一部"因梦成戏"的"情之天下"的《牡丹亭》。曹雪芹在"情"和"理"的问题上，可以说和汤显祖是一脉相承的，不过曹雪芹却把汤显祖的"情之天下"大大发展了。他胜过汤显祖的地方是，并非"因情成梦"，把理想写在梦中，而是把理想中的"情之天下"具体描写在荣国府的大观园中，集中体现在贾宝玉、林黛玉身上。在曹雪芹笔下的现实当中全都是一个情字。所以脂砚斋说《红楼梦》的"作者是欲天下人共来哭此一情字"（甲戌本十七、十八回），全部书都"是一篇情文字"，是"情痴之至文"（庚辰本十七、十八回）。《红楼梦》是在"大无可如何之日"写作的。也可以说《红楼梦》产生是在现实中的"山穷水尽"之时，写出了理想中的"柳暗花明"。第一回中被女娲所弃的补天石，就是因为被女娲逼到了"山穷水尽"的地步才"幻形入世"而产生柳暗花明的境地。石头入世以后，现实中的"女娲"逼得更凶，"行动都有人管"，而且潦倒一生，一事无成，被人视为"混世魔王"，最后又逼回青埂峰。当然女娲逼石头入世，实际就是贾宝玉的出世。所以从大的方面来看，《红楼梦》是极处生变，极处生辉的文学，这就形成了《红楼梦》穷通变幻的奇妙文风。大的方面如此，在小的具体描写中也是如此。第三十三回写宝玉挨打，是"两极"相交的千古奇文。一方面宝玉把他的父亲逼到了"极处"，"引逗"了琪官，得罪了忠顺王爷，祸及贾政，危及贾政的"冠带家私"，贾政再也不能退让了。再加上所谓"淫辱母婢"，把贾政气得丧失去了人性，故有此一场下死手的毒打。另一方面贾政也把宝玉逼到极处，逼到生死关头，毒打不算，还要用绳子来勒死他。而宝玉不仅无一字告饶，反而对黛玉说："便为这些人死了，也是情愿的。""两极"相交的结果，贾政在贾母的高压政策下让了步，父权也在一定程度上被剥夺了。宝玉在贾母的庇护下更加为所欲为。没有想到贾政这一逼，反而逼出了后面大观园嬉戏玩乐任情由性的性格解放的"情之天下"

的绝妙文字。可见《红楼梦》在这"两极"相交而生辉的文字当中，根本找不出一点"温柔敦厚"的影子。不"极"则不变，不变则不能"新奇别致"。宝玉要反其所反，贾政要反宝玉之所反。在"两极"相交的过程中，父子性情纤毫无隐。

另外《红楼梦》在一些细节描写上，也是极处生辉。如第三十回"龄官划蔷痴及局外"，都是把情推到极处，然后转化为"痴"的天性流露之文。又如第三十五回"白玉钏亲尝莲叶羹"，宝玉自己不小心把汤碗碰倒，烫了自己手，没有觉得，却只管问玉钏儿："烫了哪里了，疼不疼？"弄得傅氏家的两个老婆子说他是"中看不中吃"的"果子"。《红楼梦》第十八回，黛玉误认为宝玉把她绣的荷苞送了人，一怒而剪了香袋，二玉发生争执。脂砚斋于此处批云："情痴之至文""怒之极，正是情之极"。黛玉的"情极""情痴"都是从"怒之极"的汪汪泪水中滚下来的！

"大旨谈情"的《红楼梦》和"温柔敦厚"的传统风格是不能相容的。"谈情"必然要和泯情、限情的封建伦理观念发生尖锐冲突，何况《红楼梦》中所谈的"情"是"情极""情痴"之情，而表现"情极""情痴"的主人公则是"开辟鸿蒙"以来的"情种"。而这个"情种"所处的土壤，则是"诗礼簪缨之族"的封建贵族大家庭。虽然把"情种"植根在这样一个贵族大家庭中，如果它和这个贵族家庭发生直接的冲突，那无异于鸡蛋碰石头，又怎么能写出"情痴""情极"的至文呢？很显然直接冲突的结果是"情种"会很快被铲除。因此，必须在这个封建贵族大家庭中开创一个理想的环境，建立一个"情"的天地。大观园女儿国的建立，就是作者匠心独运的结果。大观园是荣国府中一个自由清洁的小天地，它是由省亲别墅的省亲者亲自决定划归宝玉及众姐妹居住的，这一决定就使省亲别墅蜕化而成为一个"情种"的大花园，这就可以避免和荣国府发生直接的冲突。因为大观园中的女儿们可以组成一个情的自由王国，特别是在表达儿女真性情方面，不受"温柔敦厚"的限制，可以任情由性地发展。同时相对荣国府来说，大观园是一个缓冲地带。这样，就给情的自由驰骋开拓了新的局面。由此看来，大观园中绮丽、华艳的文风，情极情痴的表现，正是避开荣国府，暂时免去一场直接的冲突，才能在《红楼梦》中出现"天真烂漫，相见以天"的人类真性情的文字。《红楼梦》第五回在警幻等仙姑们所处的室内，其窗户的两旁有一副对联："幽微灵秀地，无可奈何天。"甲戌本脂批云："两句尽矣，撰通部大书不难，最难是此等处。可知皆从无可奈何而有。"大观园的"幽微灵秀地"，正是在"无可奈何"的环境逼迫下产生的，反过来说，也正由于"无可奈何天"的逼迫，才写出了"幽微灵秀地"的传世奇文。

三、"天不拘兮地不羁"——对传统性情的突破

《红楼梦》之所以把"传统的思想和写法都打破了"，其中还有一个重要原因，就是《红楼梦》所表现的人的性格的解放和人的真性情的自由追求，超过了历史上任何一部文学作品。

叶燮《原诗》云："作诗有性情必有面目。"《红楼梦》是写性情解放的书，当然有其性情解放的面目。作品中的面目，实际就是风格特征。要弄清《红楼梦》的"面目"，一方面不能脱离作者的主体意识与审美观念，另一方面要研究由作家主体意识审美观念加工后的主要人物形象的性格特征及其作品的基本风貌。研究《红楼梦》作者的主体意识，最大的根据还是《红楼梦》本身。关于曹雪芹的历史资料，可供参考的不多。敦敏忆雪芹诗，说他"狂于阮步兵"，并取别号为"梦阮"。阮籍之为人是大家所熟悉的。《晋书·阮籍传》说他"其外坦荡，而内淳至""当其得意，忽忘形骸，时人多谓之痴"。看来曹雪芹是很羡慕阮籍其人的。从"外坦荡而内淳至"和当

其得意忘形时所表现的"痴"和曹雪芹很相似。而这种"痴"却是后天形成的。按《晋书·阮籍传》所记"籍本有济世志，属魏晋之际，天下多故，名士少有全者，由是不与世事，遂酗饮为常"。"济世之志"也就是曹雪芹的"补天"之志。一个是"济世"遭忌，一个是"补天"被弃，所以同属于"狂"，同归为"痴"。这种"狂"和"痴"正是性情被逼于"极"处的变态，是由正向反的逆向发展。反映在作品中，则有"人自为人，吾自为吾"（徐祯卿《与同年诸翰林论文书》）的鲜明个性风格。曹雪芹写《红楼梦》正是以傲骨嶙峋之气"写出胸中块垒"（敦敏《题芹圃画石》）之文。曹雪芹的一生，是"结抑郁之怀，抱落拓之感，品高境狭，所遇无欢"（敦诚《哭复斋文》），即使在穷愁潦倒之日，仍然"诗胆如铁""刀影交光"。所以《红楼梦》之文，确实体现了"人不敢道我则道之，人不敢为我则为之。厉鬼不能夺其正，利剑不能折其刚"（谢榛《四溟诗话》）的刚直顽强之气！贾宝玉本来就是顽石的化身，顽石本非"宝玉"，只因他投胎到封建贵族大家庭中，成为传宗接代的人，这就必然把他视为"宝玉"。而宝玉乃是假（贾）的，根本不像那位甄（真）宝玉，终与"仕途经济"同流合污。而贾宝玉"纵然生得好皮囊"但"腹内原来草莽""潦倒不通世务""愚顽怕读文章"，一生顽固不化，最后返回青埂峰，现出它原来的顽石本相。这都是《红楼梦》"独抒性灵"的神异之笔。袁宏道在《答李元善》中写到："文章新奇，无定格式。只要发人所不能发，句法、字法、调法，一一从自己胸中流出，此真新奇也。"《红楼梦》是从作者心血中自然流出来的书，字字是血。正因为如此，《红楼梦》就具有非常真实自然的风格。什么是真实？用作者的话来说，就是"半世亲睹亲闻"的"追踪蹑迹""实录其事"。这种真实既是现实生活的真实，又是作者思想感情的真实。从创作上看，只有作家充分具备这种主体感情的真实性，才能塑造出人物的真实形象。汤显祖在《焚香记总评》中曾指出:"其填词皆尚真色,所以入人最深,遂令后世之听者泪,读者颦,无情者心动,有情者肠裂。"《红楼梦》因其是"尚真"之作,所以确如汤显祖所说,收到了催人泪下、令人肠裂的效果。真实和自然是不能分开的,真实必须自然,无真实则无自然。人的性情也是这样,只有写出人的真情实性,才能写出人的自然。王国维《人间词话》云:"词人者,不失其赤子之心者也。故生于深宫之中,长于妇人之手,是后主为君所短处,亦即为词人所长处。"这对李煜词的评价恰到好处。《红楼梦》中的贾宝玉,是生在侯门公府之中,长于姐姐妹妹之间。由于他有"情种"之性,是"补天"的短处,然而却是千古以来"情痴""情圣"的长处。

这里不得不谈一谈《红楼梦》中的自然,是对传统文化自然观的一次凝练表达。

中国文学中的自然,特别是诗歌中的自然,和道家的"道法自然"相通。"道法自然"的意思是"道"生万物,是自然而然的,"生而不有,为而不恃,长而不宰"(《老子》十章),"道"生养万物,并无所求,不为己有,不为己功,也不为之主。无欲无私,自然无为,这种思想在魏晋时期颇为流行。由于当时社会多乱,政治多故,一些上层人士及知识分子在仕途受阻,时不我用时,很自然地以道家的飘然超世思想来自我解脱。不过这些人的清高往往和富贵相联系,富贵不可求,便转而自我清高,于是"富贵于我如浮云"的思想,也就从自我感慨中飘适而至。不过魏晋人士崇尚自然摆脱了儒家的礼法约束,也是事实。他们在"千岩竞秀,万壑争流"的大自然中,自我陶醉,使自己心灵受到大自然的洗涤。"从山阴道上行,如在镜中游"(王羲之语),这种崇尚自然的物我相融的思想,是魏晋人士借自然景物的自然来表现人性的解脱和个性上的自由,实际上仍然是借自然界之景而抒个性解脱之情。只不过人情与自然妙合无垠,尘世烟火气已被涤荡洁净而已。陶潜的"采菊东篱下,悠然见南山"和后来李白的"相看两不厌，唯有敬亭山"就是人情与自然妙合无垠的典范。但它也并未超尘出世。陶渊明比李白涤荡得更洁净一些，但当"耕植不足以自给"时，又一度当了八十多天的彭泽令。以后真的安心田园："静念园林好，人间良可辞。"但他毕竟是"世与我而相违"才"复驾言兮焉求"的。洁身自好，仍是由于不得已也。历史上的文人在超然物外，洁身自好方面，很难有超过陶渊明者。总之，中国文学的自然，归根到底仍没有跳出"温柔敦厚"的圈子，虽然在较大程度上摆脱了礼教的束缚，但又使自己的性情化合于大自然的境界之中。这实际上是借自然以自慰，促使自己走向乐天安命的自我解脱的地步。它只能在怡情乐性方面与自然化合，而不能在任情由性方面解放自我。也可以这样说，自然景物的自然美，使失意文人的情怀有了寄托，再不去求其他了。乐天安命的思想，使自己性情就此打住，更不至于发展到极处。所以说它并未彻底摆脱"温柔敦厚"的思想。本来在个性自由方面，刚刚突破儒家礼教，却又与道家的自然无为思想化合，使自己的个性追求化实为虚，在涤荡烦愁的同时也涤去了奋进意识。虽说"久在樊笼里，复得返自然"，但若离开自然界的山水景物，这种"自然"就不存在了。而人类的自然，人性人情领域的自然，即使是桃花源里面的人，也不过是超人类的想象而已。《红楼梦》确实表现了人的真情实性，体现了人的自然风格。

《红楼梦》里面的自然，并非是单指作者行文时的真实自然，而是适应人的性情自由，从人的性情自由发展中来写人的自然。它不是把人的性情与自然景物化合，而是使人的性情在现实的旋涡中向未来发展。从今天的人的真性情揭示出明天的人的新性情。这就赋予了传统文学的自然以崭新的内容和意义，把自然从山水景物的移情化性中改造过来，使它成为人的性情发展的轨道。这样一来写人的性情自由，必然要和传统的礼法对立，"温柔敦厚"的框子就必须打破。若从"情"与"礼"的对立上看，打破"温柔敦厚"框框的当然不始于曹雪芹，明清时期的一些哲学家、诗人、学者、戏剧家、小说家已经肇其端而辟其径。这对《红楼梦》的写作是有影响的。如李贽在《焚书·论政篇》中就提出"顺其性而不拂其能"的主张。他认为人之所以失去本性是"有德礼以格其心，有政刑以絷其四体"（《答耿中丞》）的结果。因此，李贽进一步提出性情即自然的命题。他在《焚书·读律肤说》一文中说："盖声色之来，发于情性，由乎自然，是可以牵合矫强而致乎？故自然发于情性，则自然止于礼义，非情性之外复有礼义可止也。惟矫强乃失之，故以自然之为美耳，又非于情性之外复有所谓自然而然也。"李贽不仅把情性与自然同一看待，而且否定了情性之外的礼义，提出情性的自然发展即礼义。这在明清的进步哲学家中难能可贵。对书中的主人公贾宝玉、林黛玉的描写，就是情性与自然的同一。如果把李贽的"顺其性不拂其能"，改一个字，即"顺其性不拂其情"，那是较恰当的。林黛玉顺其性则灵心慧性，满纸生花，拂其情则哀婉悱恻，洁来洁去；贾宝玉顺其性则得意忘形，为所欲为，拂其情则痴呆愚顽，悬崖撒手。就二人的性情来讲，顺之则生，拂之则亡。黛玉为拂情而献身，宝玉为佛情而出家。一个从不信神信鬼，从不崇道尊佛的人去当了和尚，这不是什么解悟，而是回青埂峰去恢复顽石本性，仍过着"天不拘兮地不羁"的人类史前的生活。当然，这里似乎有一种反古复本的思想，然而这种反古复本的思想，在曹雪芹的审美意识中，就是今天的真人真情和明天的新人新情。今天的真人真情，作者有亲身感受，是能"追踪蹑迹""实录其事"的。但对明天的新人新情，就只能是感情激奋中的产物，是"古今无双"的人情物理的自我创造。特别是贾宝玉其人，正如脂砚斋所评："听其囫囵不解之言，察其幽微感触之心，审其痴妄委婉之意，皆古今未见之人，亦是未见之文字。""所以为今古未有一宝玉"。（庚辰本《红楼梦》十九回）

同一回书中，脂砚斋还有一段批语：

> 按此书中写宝玉，其宝玉之为人，是我辈于书中见而知有此人，实未目曾亲睹者。又宝玉之发言，每每令人不解，宝玉之生性，件件令人可笑。不独于世上亲见这样的人不曾，即阅今古所有之小说传奇中，亦未见这样的文字。于颦儿处更甚。其囫囵不解之中实可解，可解之中又说不出理路，合目思之，却如真见一宝玉，真闻此言者，移之第二人万不可，亦不成文字矣。

这种于当今世上不曾亲眼目睹过的人，"古今所有之小说传奇中"未曾见过的文字，这不仅使脂砚斋"说不出理路"来，恐怕就是曹雪芹也说不清是什么"理路"。前面提到的反古复本的思想，是和求新创新的探索联在一起的。魏源在《定庵文录叙》中说：

> 夫忽然得之者，地不能囿，天不能嬗，父兄师友不能佑。其道常主于逆，小者逆淫俗，大者逆运会，所逆愈甚，则所复愈大，大则复于古，古则复于本。

贾宝玉是"所逆愈甚"才"复于古""复于本"的。这种返本复古的精神，是在追新探异中，对未来世界尚不十分清晰的情况下，以作者的理想精神幻化而成。这就是《红楼梦》中的"尚古纯风"。"尚古纯风"并不是返回上古的时风中去，而是追求人的纯真之情，反对一切束缚人性的封建道德礼法，从哲学上看，不能说与老庄崇尚的"朴素""自然"没有关系。但老庄在崇尚朴素自然的同时，却要毁灭人的灵性，返回到原始社会无知无识的境界中去。而《红楼梦》中的"尚古纯风"则是充分歌颂人的灵性，歌颂人的自然的纯真之情，并凭借人的性情、理想、智慧去争取、去实践。而贾宝玉、林黛玉的所作所为，就是这种争取和实践的具体体现，只不过封建礼教封建势力根深蒂固，即使到了"末日"也难以冲破罢了。由此看来老庄的"自然"是和"无为"联在一起的，是"无为"而超脱。而《红楼梦》中的自然，是人性发展的自然。要达到这种自然，必须是"有为"，不仅"有为"，还要"为"而不屈。

贾宝玉的出现，在古今人性人情的追求者中，很自然地夺取了天下第一、古今无双的桂冠！因此，《红楼梦》的风格就具有古今所没有出现过的人性人情自然发展的风格。

四、在繁缛处牵筋动骨——风格中的两极统一

上述可见，《红楼梦》对传统思想和艺术的突破，关键是对人性人情自由解放的突破。突破与反突破的相互联系、相互冲突，是《红楼梦》风格形成的基本条件。就突破的一方来说，"情种""情痴"的种种活动，是作者主体审美意识的集中体现，是半生潦倒以后的追忆、补叙和创作。所以在字里行间，作者总是情不自禁地带出凄凉的笔墨来。这种凄凉的笔墨，正是作者凄凉身世的真实反映。所以即使作者调动满腔热情去铺陈绮丽华艳的人性人情自由驰骋的文字，但怎么也抛不开悲凉的气氛。所以，满腔热情的颂诗般的文字当中，必然要以悲剧的暗示和凄怆的笔调。再就反突破的一方来看，那是个"百年旺族"，虽然面临末日，但仍是一个皇亲戚国的大贵族。而生长在这个贵族家庭的"孽根祸胎"，也不能不把老太太、老爷、太太列到第一、第二、第三的位置上，把他的知己、情人列到第四位。他的"逆"向行为不仅没有和封建伦理彻底决裂，而且还必须在这个贵族大家庭中施展。但残酷的现实是，这个贵族大家庭堵死了这个"孽根祸胎"的发展道路，而且随着"树倒猢狲散"的"末日"来临，谁也没有能逃脱灭亡的命运！因此，《红楼梦》在

写"百年旺族"的时候，"悲凉之雾"确实"遍被华林"。

所以不管是情的突破者也好，情的反突破者也好，都是盛衰相连，成败相关，反映在风格上就是繁缛中露筋骨，热情的颂歌声中有悲声，繁花似锦的文字当中有悼文。话石主人云："《红楼梦》叙事，每逢欢场，必有惊恐。如贾政生辰忽报内监来，凤姐生辰有鲍二家之事，赏中秋贾赦失足，贺迁官薛家凶信，接风报查抄之类，皆是否泰相循，吉凶倚伏之理。"这不只是《红楼梦》的表现手法问题，而是形成《红楼梦》风格的现实因素。"否泰相循，吉凶倚伏"，实际上是"否"前之"泰"，"凶"前的"吉"，"泰"中之"否"，"吉"中之"凶"。这不是循环，而是盛衰发展的必然。比如《红楼梦》十九回写宝黛二人绵绵情意，文字香艳绮丽，但其中却有牵筋动骨之处。这回书写宝玉来到黛玉处，正值黛玉午睡，二人对面躺在床上，情意绵绵。黛玉发现了"宝玉左边腮上有钮扣大小的一块血渍"，原来是宝玉在姐妹群中"淘漉胭脂膏子"带出来的痕迹，黛玉用自己的手帕替他揩拭了，并说道："你又干这些事了，干了也罢，还必定要带出幌子来，便是舅舅看不见，别人看见了又当奇事新鲜话儿去学舌讨好儿，吹到舅舅耳朵，又给大家不干净惹气。"黛玉在情意绵绵当中并未陶醉，她头脑清醒，只要稍有一点"幌子"被人发现，就会弄得大家（包括她自己在内）都"不干净"。可见作者即使是写两情相契、两心相映的文字时，也没有失去"警惕性"。再如《红楼梦》四十九回，写"白雪红梅"之景，"割腥啖膻"之趣，作者未尝不沉醉，但到了五十四回写芦雪庵联诗之乐，却伴以暖春坞春谜之悲："溪壑分离，红尘游戏，真何趣，名利犹虚，后事终难继。"（史湘云《点绛唇》）像这样的例子举不甚举。总之《红楼梦》的行文，每写乐事，必寓哀音；每写情事，必示警信。比如三十二回"诉肺腑心迷活宝玉"，宝玉在黛玉面前把积压在心里话都掏了出来，先对黛玉说了"你放心"三字，黛玉故意说"不明白"，宝玉点头叹道:"好妹妹,你别哄我,果然不明白这话,不但我素日之意白用了,且连并素日待我之意也都辜负了。你皆因不放心的缘故,才弄了一身病,但凡宽慰些,这病也不得一日重似一日。"几句话把黛玉说怔了,觉得"竟比自己肺腑中掏出来的还觉恳切"。说得黛玉不能自持,回身便走。宝玉情极发呆,错把送扇子来的袭人当黛玉,继续说道,"好妹妹,我的心事,从来也不敢说,今儿我大胆说出来,死也甘心。我为你也弄了一身的病了,又不敢告诉人,只好掩着。只等你的病好了,只怕我的病才得好呢,睡里梦里也忘不了你。"清佚名氏的《读红楼梦随笔》对此有一段批语:

> 宝玉肺腑之言,虽是儿女之私,并无苟且之意。乃袭人闻之辄谓将来难免有不才之事。真以小人之心度君子哉!袭人心下暗度,如何处治方免此丑祸。呜呼,此宝玉不成亲关键也,黛玉死,宝玉亡胥于从乎定矣。

本是儿女真情,却被袭人以"不才之事"视之,并在宝玉挨打之后,为王夫人献策,以维护宝玉"一生的声名品行"危言耸听地触动了王夫人心事,"提醒了"王夫人,确定了镇压对象。作者在写肺腑真情的同时,就埋下了抄检大观园之"祸"。《红楼梦》就是这样根据无情的现实,写出了福兮祸所伏的文字。这并非作者故意如此,实不得已也。强悲为欢,抑怒为喜是有条件的,这个条件就是曹雪芹孕育十年的骄子贾宝玉及其知心人林黛玉天真烂漫绝假纯真的性情展现,只有在展现这种性情时,才能使曹雪芹的"赤子之心"净化无尘,清爽透体,化悲为欢。然而,客观经历的悲愤事实,是怎么也不能抹去的。"燕市哭歌悲遇合,秦淮风月忆繁华"(敦敏《赠芹圃》),"秦淮风月"毕竟是"忆"的境界,"繁华"景象,已是过眼云烟。乐中之悲,喜中之愁,必然在文风上形成繁缛中的牵筋动骨，花团锦簇中的花谢花飞。

　　总之，《红楼梦》毁灭了应该毁灭的东西，但毁灭中有悲悼之情；《红楼梦》歌颂了人生有价值的东西，但歌颂中有两败俱伤之悲。《红楼梦》以热情洋溢的抒情诗的笔调写出了情天情海的文字，描绘出人的性情领域中的自然发展，创造了人性领域的自然风格。当然这种风格既是现实的真实又是在作者审美理想主宰下超现实的表现，特别是体现在"情种"贾宝玉身上。因此，"历史的必然要求"和"实际上的不可能实现"：在宝玉身上不是侧重表现一方面，而是两方面的"两极"统一；在不可能实现中体现了历史的必然。而这种"两极"的统一也反映了作者的现实感受与审美理想的统一。因此，在《红楼梦》中，兴衰、成败的双方，始终是两极相交相融的，这就形成了《红楼梦》的基本风貌。从全部《红楼梦》来看，"盛席华筵"与"情痴抱恨"，"花柳繁华"与"红袖啼痕"，"富贵风流"与"万艳同悲"始终是相依相存，相交相生的。《红楼梦》的这种风格特征，是由"末日"与"明天"，"绝望"与"理想"，时代环境与作者的人品思想所决定的。

　　《红楼梦》在毁灭没有价值的东西的同时，却创造了人生有价值的东西——人性人情自然发展的美学风格。

无材补天　枉入红尘

——《红楼梦》思想赘述

中国文学有发愤、抒愤的传统。这个传统在《红楼梦》中得到继承和发展。传统的抒愤，大抵限在"怨而不怒"的感情范围内。《红楼梦》则不然，它不仅有"怒"而且怒见诸于具体言语行动之中，一部《红楼梦》就是这种"怒"的言语行动的汇集。《红楼梦》（甲戌本）在"无材可去补苍天"的句旁批下"书的本旨"四字。应该补充指出的是，书的本旨是"无材补天，枉入红尘"八个大字，并不像脂砚斋在"枉入红尘若许年"句旁批的"惭愧之言，呜咽如闻"那样凄怆。青埂峰下石头的入世和最后"悬崖撒手"的出世，不就是"无材补天，枉入红尘"的再现吗？只要不愿替封建统治阶级效犬马之劳，不做人肉席上的菜肴，那么封建专制的天就不会有你容身之地！所以"无材补天"是因，"枉入红尘"是果。《红楼梦》的思想自有其因果渊源关系。

一、情的出路与人的出路

（一）"将儿女真情发泄一二"

《文心雕龙·情采》篇提出"为情而造文"的命题，这在中国美学史上可以说是一个带根本性的问题。中国文学基本上是以情为本的文学，从《诗经》直到明清小说，无情的文学是没有的。当然这里所指的情，是喜怒哀惧爱恶欲之情，而不是狭隘的男女私情。《红楼梦》就是以"无材补天"之情，造"枉入红尘"之文。极言之，全部《红楼梦》之文，都是从"枉入红尘"的"枉"字上生发出来的。"无材补天"的神话，实际就是作者"枉入红尘"之后，"兴衰际遇"的缩影。"枉入红尘""枉"在何处？最根本的一点，是那块石头带着"情根"入世。《红楼梦》第一回谈到女娲炼就三万六千五百零一块补天石，"用了三万六千五百块，只单单剩下一块未用，便弃在此青埂峰下"。《红楼梦》（甲戌本）批云："堕落情根，故无补天之用。"是的，如果把情根带入人世，就不能补封建社会之天，所以一部《石头记》在空空道人眼里看来，只不过"大旨谈情"。这都是石头带了情根到人世来之故。情，笼统地说，世人都有，为什么石头带来的情就不堪补天，而成为"枉入红尘"的根本原因呢？这是因为《红楼梦》所谈之情，不是一般人所理解的男女私情，而是人的真性情，当然也包括爱情，但不只是谈爱情。《红楼梦》谈情，是在寻求人的真性情的出路。在封建社会，寻求人的真性情的出路，实际上就是寻求人的出路，这种出路，在《红楼梦》中表现为：要冲开一条解放人性人情的道路，使人情变为人与人之间平等关系的联系纽带。作者经历了半生潦倒之后，深知这条道路无法冲开，本想"蝉蜕于浊秽"，但结果却落得一个"万目睚眦"的下场。所以"枉入红尘"不是轻易能够得出来的结论，而是凝聚着作者一生的恼恨、愤懑和反思。作者把它一生的恼恨、愤懑和反思，用来精心培育了一粒"情种"，这是十年辛苦所培育出来的情的新品种。这粒情种虽然在《红楼梦》中萌芽、滋长、开花，但最后还是以枯萎告终。这就是"天下无能第一，古今不肖无双"的贾宝玉从"幻形入世"到"悬崖撒手"的一生。贾宝玉这粒"情种"之所以新，主要在于它的内部结构和历史上的情相比，具有许多新的因素。首先就爱情方面看，《红楼梦》中的爱情，用作者的话说，是要"将儿女之真情发泄一二"。什么是真情？在封建社会来说，真情即不受封建等级、封建道德、封建礼教束缚的人的天然之情。在封建社会要追求这种真情，就必然和封建的门阀婚姻相对立，和功名利禄相对立，和封建礼教相对立。如果像许多才子佳人小说、戏剧那样，使爱情发展为洞房花烛与金榜题名合流，受到功名利禄的污染，成为大团圆的结局，这哪里还有什么儿女真情？哪里还有什么情的新意可言？《红楼梦》中的爱情观之所以是一种新的爱情观，就是因为它展示了封建社会"末世"的明天的爱情，不仅使爱情不受洞房花烛与金榜题名合流的污染，不受一切封建礼法、道德的污染，而且还使爱情和"皮肤淫滥""偷香窃玉"之徒划清界限。这就从封建统治阶级历来的陈腐观点——淫情相混中分出了泾渭，把爱情建立在志同道合的基础上，达到心交神往的境界。这在贯穿全书的木石前盟与金玉良缘的冲突中表现得最为明显。贾宝玉这粒情种中的爱情，已经达到了封建社会爱情的新高度，这粒情种所开出的爱情之花，是一朵出污泥而不染的真情之花！

要将"儿女真情发泄一二"，那就必须冲破扼杀人性人情的封建罗网，否则就没有情的出路可言。贾宝玉和林黛玉所共同培育的爱情之花，是斗雪的红梅、傲霜的黄花，是在"一年三百六十日，风刀霜剑严相逼"的环境中开放的。然而和宝黛二人爱情相对立的还有所谓金玉良缘。金玉良缘就是一面等级森严的罗网，上有皇妃的撮合，中有王夫人、薛姨妈姐妹的合谋，下有袭人、麝月等人的支持。因此，宝黛二人在大观园内培植起来的爱情之花，却招来皇宫、家庭、亲戚、下人等各种势力的反对。就家庭关系来看，有母子冲突、姐弟冲突、主仆冲突；从社会关系看，有亲戚冲突、君（元妃）臣冲突。宝黛爱情承受如此重大的压力，那就必然形成一场毁灭性的悲剧。在《红楼梦》中，这场悲剧集中体现在大观园女儿国的兴亡史上。本来宝玉、黛玉在培植爱情之花的过程中，很自然地形成了以宝玉为核心的大观园女儿国。这是一个体现真性情的理想王国，"君臣"们好像都是"水做的骨肉"，确实给人以一种"清爽"气。这在混浊的贾府里面，建立起这么一个清新的岛国，那是多么不易。可是"明媚鲜妍能几时"？女儿国的命运就像春残花落一样的凋谢了。对女儿国进行残酷镇压的，不是别人，正是宝玉的生身母亲王夫人！王夫人对女儿国的突然袭击，一举而死晴雯、丧司棋、逐芳官，最后把宝玉置在她直接监视之下。女儿国就被"国王"的亲生母亲所毁灭。建立女儿国与消灭女儿国的冲突，是一场母子冲突，也是一场情与封建伦理道德的冲突。这场冲突的白热化，不是抄检大观园，而是宝玉诔晴雯。"高标见嫉，闺帏恨比长沙；直烈遭危，巾帼惨于羽野。"这种怒目金刚式的语言，可以清楚地看到宝玉咬牙切齿之情："钳诐奴之口，讨岂从宽；剖悍妇之心，忿犹未释！"宝玉矛头所向直指害死晴雯的"诐奴""悍妇"。这"悍妇"恐非实指王善保家之流，她们只不过奉命行事而已。而对发动这场突然袭击的王夫人来说，倒是名实相符的"悍妇"。不管怎么说，宝玉的愤恨，反映在《芙蓉诔》中，和悲愤而又节怒的《离骚》相比，只有过之而无不及。

贾宝玉这颗"开辟鸿蒙"以来的"情种"，当然不仅包含爱情因素。"情种"实际上是一切情的母。明代冯梦龙所编文言短篇小说集《情史类略》的序言中指出："天地若无情，不生一切物。一切物无情，不能环相生，生生而不灭，由情不灭故……万物如散钱，一切为线索，散钱就索穿，天涯成眷属……倒却情种子，天地亦混沌。"如果按照这种"情种子"的观点来看问题，天地间的一切事物都是由情而生，而儒释道三教教义中的天生万物，道生一切的观点亦将被彻底否定。《红楼梦》所谈之情，就类似这样的情。仅以儿女真情来说，就和历来男女私相爱悦之情大不相同。《红楼梦》第十九回，宝玉无意之间发现茗烟与万儿私通。宝玉虽然禁不住大叫："了不得！"也骂茗烟："珍大爷知道，你是死是活？"但他首先提醒万儿："还不快跑！"追出门去告诉她："你别怕，我是不告诉人的。"让她彻底放下思想包袱。甚而进一步对她希奇古怪的名字"万儿"进行琢磨，想到她将来可能有些"造化"。这是一种什么样的情？这是天下古今无双之情，借用王昆仑同志的一句话来说，宝玉"保留着人间最无邪的原始性的同情心"（《红楼梦人物论·宝玉的直感生活及其归宿》）。也就是说这是一种反本归源的人的真性情。封建礼法，封建道德，在茗烟万儿事件上，被宝玉本能地撕得一干二净。他虽然骂茗烟，那是因为按封建礼法来看，确实是一件"了不得"的事，是一个"死活"问题。若被贾珍发现，对茗烟、万儿来说确实是一场灾难。这不是责难，而是保护！所以在一瞬间就显露了他那"最无邪的原始性的同情心"，对万儿不仅关怀备至，而且还祝愿她将来有些"造化"。试问若不是"开辟鸿蒙"以来的"情种"，古往今来谁能有这种感情？再看《红楼梦》十五回，宝玉在送秦可卿丧的路上，至一农家休息。宝玉见什么都新鲜，见了纺车就去转着玩。"只见一个约有十七八岁村庄丫头跑了来乱嚷：'别动坏了！'"宝玉笑着回答，因没有见过，想"试它一试"。"那个丫头道：'你们那里会弄这个，站开了，我纺与你瞧。'"瞬间，这个名叫二丫头的女孩子被家人叫走了。到临走的时候，宝玉还留心寻找二丫头。"见二丫怀里抱着她的小兄弟，同几个小女孩子说笑而来。宝玉恨不得下车跟了她去，料是众人不依的，少不得以目相送，争奈车轻马快，一时展眼无踪。"宝玉对二丫头绝不是像秦钟那样起了低级下流的淫念，而是使他又一次感到"清爽"起来。因为这个转瞬即逝的二丫头，和贾府中所有的小姐、丫环都不同，在她身上完完全全地体现了最纯真无瑕的女儿真性情。这是宝玉在荣国府的小天地中从来没有遇到过的。所以被二丫头那种最纯真无瑕的性情迷住了。要是宝玉在这一农家待上一天半日，二丫头一定会被优先选拔出来成为他的女儿国成员，并立刻批准她的国籍。因为宝玉所追求的真性情，在二丫头身上体现得较为完美，所以他才"恨不得下车跟了她去"。可惜这个寥寥数笔仅仅用了一百个字左右描写得神情活现的二丫头，在《红楼梦》中，再没有第二个了。由此，我们可以领悟到宝玉著名的"女儿论"和"女人三段论"的真正意义。"女儿论"和"女人三段论"的共同点，都是对女儿的歌颂，说得明白一点，就是对女儿真性情的歌颂，不同点是对立面的不同。"女儿论"的对立面是"浊臭逼人"的臭男人；"女人三段论"的对立面是比男人还该杀的老女人。但这不同之中又有相同之处。女人之所以被分为三段，是因为第一阶段做女儿时，最为纯真，像颗宝珠。到了第二阶段，嫁了男人，受了男人气味的污染，就由宝珠变成毫无光彩的死珠了。到了第三阶段，干起事来比男人还要凶狠，珠子竟然变成了鱼眼睛，像周瑞家的、王善保家的那样，这就比男人还要可杀！女孩儿时期天真烂漫之情，一方面被男人溶化，另一方面又被男人溶化后的老女人所溶化。男人身上的"浊臭"气味，就是被封建礼教、封建道德所腐蚀、糜烂的气味。好端端的女儿一沾染这种气味，受到这种细菌的传染，就再也不是"水做的骨肉"了。像二丫头那样的女孩子，在封建社会，确实是"一时展眼无踪"的，因为这种带有天然的真性情是要被封建礼教吃掉的。"女儿论""女人三段论"的本身，就说明人的真性情的出路，在封建社会是一条绝路！连宝珠般的女儿也要变成和臭男人一样的人。所以《红楼梦》只能将"儿女真情发泄一二"，不能给真情的发展开拓出一条道路来。"发泄一二"是带有浓厚的作者主观感情色彩的。因为这种真情不能实现，那就"发泄""发泄"吧！这就是作者在"奈何天，伤怀日，寂寥时，试遣（的）愚衷"！所以作者以十年辛苦来写这"开辟鸿蒙"以来的唯一"情种"。

（二）寻求人与人之间平等交往的友情

这颗"情种"在儿女真情方面没有寻到出路，那么在情的其他方面找到了出路没有呢？全部《红楼梦》的回答也是否定的。

贾宝玉的情并非专注在女儿身上，尽管他在所有的女孩子身上，都能过得去，那是因为他坚信他的"女儿论"的结果。但"女儿论"中所指的"浊臭逼人"的臭男人，也不是指所有的男人。在《红楼梦》中，有些男人是例外的，如秦钟、蒋玉菡、柳湘莲、北静王、茗烟。这些人在宝玉看来不仅不臭，而且在一定程度上能和宝玉的"情"相互交流。宝玉初见秦钟，马上想到的是："可恨我为什么生在这侯门公府之家，若也生在寒门薄宦之家，早得与他交接，也不枉生了一世。"森严的封建等级制度，限制了宝玉的友情。他要冲破这种限制，并对侯门公府的生活进行了诅咒："锦绣纱罗，也不过裹了我这根死木头，美酒羊羔，也不过填了我这粪窟泥沟，富贵二字不料遭我荼毒了！"这是一种要求人与人之间平等、自由交往的友情。秦钟的俊俏风流是宝玉所喜欢的，他对秦钟有相见恨晚之感。但就是这种平等、自由交往的友情，对宝玉来说也是难以实现的。秦钟很快就夭折了，我们且不管他。但还有一个蒋玉菡却给宝玉惹出一场大祸。《红楼梦》三十三回宝玉为了琪官（蒋玉菡）几乎被贾政打死，就是因为琪官和宝玉自由交往，宝玉帮他摆脱忠顺王爷的控制，在乡下躲了起来，这就是"无法无天的事"。同是一个琪官，在"忠顺王爷驾前承奉"，成为玩物，并被忠顺王爷据为己有，一刻也不能离开，反而是天经地义的事，而和宝玉交往，就"无法无天"。这是因为宝玉和琪官的平等交往的友情触及到忠顺王爷的私欲，因而就祸及贾政，危害到贾政的"冠带家私"。再加上金钏儿事件，宝玉差一点死在他父亲的大板子下。即使是友情，只要触动统治者的私利私欲，涉及封建社会的等级制度，那同样没有出路。尽管宝玉被打得死去活来，没有一字告饶，并对黛玉说："便为这些人死了，也是情愿的。"但这种追求平等友情的结果，却和贾政的"冠带家私"发生尖锐的冲突。如果说宝玉在追求儿女真情方面，形成了母子冲突的话，那么宝玉在追求友情方面却形成了封建家庭中的父子冲突；父子、母子冲突的核心，就是宝玉这颗"情种"的情，要在这个封建大家庭中滋生、萌发，而父母双方却成了铲除这棵情苗的同盟者。

（三）反对仕途经济的愤世嫉俗之情

宝玉的情，除了在儿女真情、平等友情之中寻求出路以外，还有一种情的冲撞，这就是反对仕途经济与国贼禄蠹的冲突。这也是宝玉带着"情根"入世，而不能"补天"的一个根本原因。在《红楼梦》中，仕途经济与功名利禄，对宝玉来说，那是水火不相容的，即使是水做的骨肉的女儿，只要稍微涉及仕途经济，宝玉的"清爽"劲不仅立刻消失，而且怒火中烧，使史湘云、薛宝钗也为之下不了台。像贾雨村那样的国贼禄蠹，宝玉连见都不愿见他，如躲瘟神似的躲开他。而对待那些传统的"文死谏""武死战"的忠贞之士，则被宝玉统统视为沽名钓誉之徒。这种对"补天"之士的愤恨、蔑视之情，和以往的嫉俗避世之士有着很大的区别，就以曹雪芹敬慕的阮籍（雪芹字梦阮）来说，就很不一样。《晋书·阮籍传》："籍本有济世志，属晋魏之际，天下多故，名士少有全者，籍由是不与世事，遂酗饮为常。"阮籍的"酗饮为常"，是基于"济世之志"不能实施，苟全性命，不得不故为狂放。陶渊明有"悠然见南山"的情致，但他早年亦有济世之志，也时仕时隐。而曹雪芹笔下的贾宝玉，好像天生下来就绝意于仕途，一岁抓周，即专挑脂粉抓。青埂峰下先天的顽石本性，一开始入世就露出来了，而且始终未改，可见宝玉这粒"情种"，对世情——严格说来对"政情"终身深恶而痛绝之！这就是"天下敢称第一，古今难得有双"的"情种"的又一特征。

（四）划清"淫""情"界限

曹雪芹在精心培育情的新品种过程中，还有意把"情"和"淫"对立起来，划清"情"与"淫"的界限。宝玉和黛玉的爱情，不仅和金玉缘对立，而是在更大范围内和"淫"对立。木石前盟与金玉良缘，那是在爱情观、婚姻观上，显示出儿女真情不受门阀观念和功名利禄的污染。而情和淫的对立，则要划清千古以来淫情不分的界限。《红楼梦》中有一群"皮肤淫滥"的代表人物，那就是贾赦、贾珍、贾琏、贾蓉、薛蟠之流。他们之中有的翁媳通奸，有的婶侄偷情，有的父子聚麀，有的兄弟同槽。这些人都"恨不能尽天下之美女供我片时之趣兴"。这就是"皮肤淫滥"的代表。宝玉之情,泛爱而专,多情而一,对女孩子多以尽心体贴为己任,对林黛玉则心交神住,坚贞无二。尽管他对别的女孩子也有好感,但他能做到"任凭弱水三千,我只取一瓢饮"。宝黛相知,洁来洁去。金玉结缘,悬崖撒手。在宝玉身上"淫""情"界限是很清楚的。要分清淫和情的界限,是不太容易的。金圣叹评《西厢记》,就认为《西厢记》有情亦有淫。他在《酬简》一折戏之前批道:"人未有不好色者也,人好色未有不淫者也,人淫未有不以好色自解者……夫好色与淫,相去则真有几何也耶?"所以他批判冬烘先生认为《西厢记》中写莺莺在红娘帮助下去张生书房就为"鄙秽"的说法:"夫论此事,则自从盘古至于今日,谁人家中无此事者乎?"冬烘先生把因爱情而发展为两性结合的事与淫相混,因为他们只知淫,而根本不知爱情;金圣叹则把男女两性结合的普遍规律与情相混,因为他没有摆脱"食色性也"的圣训。两性结合从古到今确实是家家都有的,但两性结合之前有无张生、莺莺倾心相爱的爱情做基础,这就不一定了。从爱情基础发展为两性结合,是人性人情发展的必然现象,有的虽以性爱为基础,但有无爱情还是有区别的。《红楼梦》中所批判的"皮肤淫滥"之徒,这是人性人情的逆转。在《红楼梦》中,"淫"与"情"两条线就象泾渭一样分明。

宝玉这颗"情种"的"幻形入世",是带着"情根"来的。这个"情根"所生长出来的情,不管在儿女真情、平等友情、憎恶仕途、反对皮肤淫滥等方面,都超越了历史上"情"的高度。所以曹雪芹敢于以宝玉的一言一行来宣传"情道",就像孔子、孟子以他们一生来宣传儒道一样。儒道不行,有《论语》《孟子》传世;情道不行,有《红楼梦》传世。《红楼梦》传世,贾宝玉的"枉入红尘"也就不太"枉"了。有人污蔑《红楼梦》是"诲淫"的书,我们可以实事求是理直气壮地回答他们:不!《红楼梦》是"诲情"之书!

二、两败俱亡　同归于尽

在研究《红楼梦》的思想过程中，不能回避贾府这个封建大家族的兴亡史。贾府的兴亡史是贯穿《红楼梦》始终的。那么贾府的兴亡史，与《红楼梦》的主题思想大旨谈情，究竟是什么关系？这也是《红楼梦》主题思想研究中的一个焦点问题。贾府的兴亡史和"大旨谈情"并不是对立的，也不是两条线。"大旨谈情"是通过"情种"贾宝玉的活动来谈的。要活动必然有一个活动场所，也就是和谈情相适应的环境。所以贾府的兴亡史和"大旨谈情"的进程是既对立又统一的。说它对立，是因为这个环境既是谈情的环境，又是限制谈情的禁区；说它统一，是因为二者紧密相关，相互制约而又相互需求。荣国府就是石头要"受享"几年的生长和生活的环境。也就是说贾宝玉这颗"情种"要在荣国府这样一个侯门公府的家庭中滋生、萌发。而生长这个"情种"的"百年旺族"又到了"末日"之时。因此，在贾宝玉情的探求和冲撞中就和荣国府这个封建大家庭形成两败俱伤、同归于尽的结局。在贾府这个家族的儿孙一代不如一代的形势下，唯有宝玉来历非凡，被认为是贾家的"命根子"。而宝玉从"抓周"到"悬崖撒手"的所作所为，不仅不是贾家的"命根子"，反而是一张"催命符"！贾府抓住这个"命根子"，千方百计使他成为这个百年旺族的接班人。而宝玉却走着相反的道路，为即将倒下的大树起到加力推倒的作用。贾府这个封建贵族家庭需要宝玉，而宝玉却不需要处处限制他的这个家庭。但宝玉毕竟是从小出生在这个家庭之中，他是靠封建贵族家庭养活的。生活上、伦理上的必然联系与精神上、理想上的背道而驰，就是宝玉与他家庭的对立统一。

现在我们来看一看贾府的兴衰史与"大旨谈情"有哪些必然联系。

（一）荣国府与大观园

前面我们已把《红楼梦》"大旨谈情"的范围和情的内涵作了概

要分析。现在我们就来看一看"大旨谈情"与限制谈情的封建贵族大家庭的矛盾关系。从全部《红楼梦》看，在情的问题上，是一个鼎立之势，即育情、限情与滥淫的鼎立。育情，是以宝玉黛玉为代表。他们为培育儿女真情，身体力行，并与儿女真情相对立的世俗人情进行斗争。限情，是以贾政、王夫人为代表，他们对宝玉所追求的情，进行镇压、扼杀。滥淫，是以贾赦、贾珍、贾琏、贾蓉为代表，他们以蹂躏女性，发泄肉欲为能事。而这鼎立之势，还有一个暗中联盟，即限情与滥淫的联盟。贾珍的乱伦，贾琏、贾蓉的胡作非为，贾政、王夫人岂有不知之理？绣春囊事件，王夫人不找别人，直接找王熙凤，这说明王夫人对贾琏、王熙凤的人品是心中有数的。贾珍以上好棺木殓秦氏，贾政虽加劝阻，但贾珍不听，贾政不能说看不出一点消息。焦大醉后当众揭露贾珍等人的丑行，贾府谁人不晓？但"胳膊折了往袖子里藏"，谁敢去认真追查，只好不了了之。这都说明"皮肤淫滥"的行为在贾府被默许了。正如贾母所说，这是"馋嘴猫"一类的事，"从小世人都打这么过的"。唯独宝玉真情的追求不被允许。王夫人派袭人监视宝玉，并亲自决定抄检大观园。而贾政则一贯施行高压政策，并以武力镇压。尽管如此，宝玉这颗"情种"仍然在荣国府这个大的环境中，开辟了一个谈情的根据地——大观园女儿国。这样一来，荣国府与大观园，就互相成为育情与限情的对立面。对立双方在《红楼梦》中是经过势均力敌较量的。最后虽以悲剧告终，但从作者的构思和态度来看，写大观园育情的笔墨是主要的。通过大观园花团锦簇的描写，终于使宝玉成了"情圣"。根据笔者的大体统计，《红楼梦》前八十回，以大观园为活动中心的篇目占三十六回，以荣国府为活动中心的篇目占二十六回，写宁国府主要事件的只占六回。兼写大观园、荣国府，或荣国府、宁国府、大观园兼写的有九回。而第一、第二、第五回书，可归为楔子，不在上面统计之中。特别从第二十三回诸钗进园之后，

《红楼梦》前八十回的大部篇目是写大观园的文字。写宁府主要在十四回之前，围绕秦可卿之死，写宁府之盛，并暗示"肇事开端实在宁"。第十六回元妃晋封，接着是省亲，写荣府之盛，为诸钗进大观园做准备。之后，《红楼梦》以主要笔墨写大观园，兼写荣、宁二府。大观园与荣、宁二府的文字，在《红楼梦》中形成泾渭二流。

大观园女儿国的建立与灭亡，都是和荣府所面临的"末日"与"树倒猢狲散"的大局分不开的。封建统治阶级越到末日，它的统治观念就越僵化、越顽固，在对待新的观念问题上，就越是凶狠残暴。大观园是宝玉这颗情种最适宜滋生的土壤，而宝玉则是荣国府"末世"的继承人。论理，宝玉不会被允许建立"女儿国"的，但由于荣国府后继无人，王夫人长子贾珠又过早去世。于是宝玉就成为荣府的"命根子"，特别是含玉而生的非凡入世，被人认为来历不小，很自然地成了贾家的"宝玉"。这里不得不提到贾母的功劳。由于贾母对宝玉的疼爱，使元妃下令诸钗进园时，不得不特殊对待贾宝玉，让他一齐进住。由于贾母对宝玉的庇护，《红楼梦》第三十三回中宝玉挨打以后，不仅没有使宝玉有任何收敛，反而促使宝玉在大观园中为所欲为。这和贾母给宝玉的"病假"与不允许他会见外客，使贾政父权被剥夺有很大关系。不管贾母、王夫人都希望宝玉光宗耀祖，重振家声，由于这种爱，就不免"放纵"了宝玉。特别是贾母，对宝玉是有意"纵他一点"的。所以大观园女儿国的建立，贾母是有功劳的。王夫人虽然也很疼宝玉，但她和贾政的思想是一致的，不允许宝玉在情的问题上自由驰骋。所以在贾政被剥夺了父权以后，王夫人的母权不仅未被剥夺，反而有所加强。以致在驱逐晴雯时，她敢于拗贾母之意行事，先斩后奏，弄得贾母也无可奈何。再加上在宝玉身边安置一个顾命大臣袭人作耳目，宝玉的言行，王夫人悉知。宝玉虽在大观园，但他却在王夫人的直接监督之下。宝玉在大观中所培育的儿女真情，一旦成功，封建等级、封建门阀、功名富贵、封建礼教……都将被宝玉抛诸脑后，其中当然也包含了王夫人时刻不忘的封建世袭以及自己正室夫人的地位，这就必然表现为大观园中宝玉的追求和荣府的利益发生根本冲突。宝玉追求自己的东西愈多，奉献给荣府的就愈少。他愈是迷恋于大观园中的自由天地，就愈是一个"于国于家无望"的人。荣国府虽然生养了他，但又必须严格禁锢着他。禁锢与反禁锢的斗争结果，抄检大观园，也就成为必然之势。抄检大观园的导火线是绣春囊。绣春囊是"淫"的标志。而王夫人却由此及彼，直接映及晴雯、芳官，间接涉及林黛玉。从思想观念上看，王夫人"淫""情"不辨，把"情"当成"淫"，不分青红皂白，一口咬定晴雯勾引了宝玉。淫情相混，这是封建社会普遍的观点。而对具有人性解放的真性情，往往被视为洪水猛兽，必欲置之死地而后快！抄检大观园，正是这种僵死的、陈腐的封建观念指导下的产物。晴雯临死，对宝玉说："不是我说一句后悔的话，早知如此，我当日也另有道理。"这正是对是非混淆、淫情不分的世道的有力回击！

抄检大观园后，凤姐生病，甄家被抄，宝钗出园，迎春许人，薛蟠娶亲，香菱受难，江河日下的波涛迭起，山雨欲来风满楼，贾府的余日不多了！随着大观园这块情的洁地的被摧残，贾府也被它的统治者僵化、陈腐的观念，凶狠、残忍的手段推到了绝境！女儿国毁灭之日，也是贾府即将倒塌之时。

（二）华筵散场与情痴抱恨

甲戌本《红楼梦》在第一回之前有一个"凡例"，末后有一首七言律诗：

> 浮生着甚苦奔忙，盛席华筵终散场。
> 悲喜千般同幻渺，古今一梦尽荒唐。
> 谩言红袖啼痕重，更有情痴抱恨长。
> 字字看来皆是血，十年辛苦不寻常。

这首诗的最后两句常被人引用，而全诗的思想感情则容易被人忽视。细味全诗，就有"情痴"与"华筵"同归于尽之意。正因为华筵易散，所以才有浮生若梦之感。而"红袖啼痕"与"情痴抱恨"又和"盛席华筵"密不可分。就诗的情绪来看，是"盛席华筵"与"红袖、情痴"两败俱伤的合流。就《红楼梦》全书思想来看，虽然都是同归于尽以后所产生的一种虚无情绪，但"情痴""红袖"的虚与"华筵散场"的虚是不大相同的。作为"情痴"的贾宝玉所感受到的虚，是理想不能实现的虚；"华筵散场"的虚，是侯门公府树倒猢狲散的虚。在作者经过"半生潦倒"之后，他深深感到未成现实的理想和过去了的现实生活都是"悲喜千般同幻渺"，同属于虚。所以从某种意义上讲，贾宝玉追求的是虚，反对的也是虚。追求的虚，可望而不可及；反对的虚，是亲身经历而又成为转眼云烟的历史痕迹。由此看来，宝玉的"枉入红尘"，是有一个范围的，即"枉入""侯门公府""诗礼簪缨之族"的"红尘"。正因为这个"红尘"已属"末日"，所以宝玉也不能做什么"补天"之材。"大厦将崩兮，一木难扶"，何况宝玉又非扶厦之木。"情痴"与"华筵""同幻渺"的思想基础，就是这个红尘中的封建贵族的末日。书中主人公看破了红尘中的一部分，而没有看到贾家大宅以外的更大部分。因此，他也是被他自己看破红尘中的一员。皮之不存，毛将焉附？自己当然也该被否定，也该"化灰化烟"。虽然他极不愿意如此，但没有其他办法，所以落得一个"情痴抱恨""红袖啼痕"，使"千红一窟"（哭）"万艳同杯"（悲）的下场！由此看来，《红楼梦》的"幻渺"思想，并不真正的"幻渺"，"情痴抱恨"的"恨"，化为"字字看来皆是血"的《红楼梦》，那是"此恨绵绵无绝期"的。《红楼梦》是"意有所郁结，不得通其道，故述往事，思来者"。但它不是愁绪无穷的"一江春水向东流"，而是发愤长河中的急流怒涛。它给世人的不单是渺渺茫茫，而是在"华筵"散尽之后，作为过来人的作者，还以十年辛苦进行总结和反思；总结、反思的结果，给人以深刻的认识价值，即"情痴"表面看来虽然与"华筵"同归于尽，但实际上却是"情痴"永存。因为在"树倒猢狲散"以后，"情痴"并未倒，而是复归自然，返回青埂峰。对"华筵"来说，确实灰飞烟灭了。而对宝玉来说却是一个公式的大循环，即顽石—通灵玉—贾宝玉—顽石，终归是生生不灭，盈虚如彼，卒莫消长。

（三）物极必反与反本归真

贾府这个环境与"大旨谈情"的关系，是"物极必反"，同时向反面转化的关系。贾府是水满则溢，乐极悲生，应了"好了歌"中的"好便是了"。而贾宝玉则抱着很大的希望"入世"，又带着最大的失望"出世"，成了"了便是好"。贾府和宝玉同归于"了"，贾府是由"好"到"了"，而宝玉是由"了"到"好"。贾府由荣到辱，宝玉则是"否极泰来"。所以《红楼梦》中，贾府这个环境与生长在这个环境中的贾宝玉，虽然同归于"了"，但"了"得各异。贾府是过眼云烟，"落得个白茫茫大地真干净"。而贾宝玉并未化灰化烟，又到青埂峰下反本归源了。这就充分体现了作者的发愤思想。作者生长在封建贵族大家庭，亲眼看到"树倒猢狲散"，对作者来说，是对家族的绝望，是虚。但作者执着的是"情"。贵族家庭倒了，但"情"是不灭的。虽然"心事终虚话"，但"到底意难平"！真情没有追求到，但可以托诸"彼岸"。"彼岸"是什么？就是顺应人的自然天性，反本归真。这种"彼岸"，只能托诸于幻。"天尽头，何处有香丘？"青埂峰下，无牵无挂，自由自在，再也不向人间觅是非了。这就是"彼岸"，就是"香丘"。贾宝玉在"忽喇喇"将倾的大厦中左冲右撞，结果大厦倒了，宝玉的希望破灭了，然而他虚构的理想世界的蓝图，却并没有消失。贾府与宝玉，同是物极必反，但各反其所反。贾府由荣到辱，由盛到衰，终归于虚，宝玉由"枉入"到"归真"，由"痴迷"到"觉悟"，终归自然。宝玉一生反反以求正，反伪以求真。这是曹雪芹借道家的虚幻教义，而写出了执着的情怀。就形式上看，返本归真是"枉入红尘"的必然归结。它源于老庄思想。但就实质上看，老子、庄子与雪芹的思想形似而实异。老子把原始混沌状态称为"朴"，"道常无，名朴"（《老子》第二十三章），主张"返朴归真"。老子所说的"道"就是"朴"。"同乎无欲，是谓素朴，素朴而民性得矣"（《庄子·马蹄》）。老子、庄子所向往的，就是这种素朴的民性。所以强调"既雕既琢，复归于朴"（《庄子·山木》）。但是老子、庄子所求的素朴的民性，是原始状态，无知无识的"愚民"。"古之善为道者，非以明民，将以愚之"（《老子》第六十五章）。所以他们主张"绝圣弃智""掊斗折衡"，达到"去知识""愚而朴"的境地。曹雪芹和老子、庄子思想最大的不同点是，老子、庄子倒退，雪芹奋进。雪芹追求的是"末世"的明天。贾宝玉这颗"情种"，不是为"末世"的今天而滋生萌发，也不是为"末世"的昨天而复古怀旧，而是为"末世"的明天而追求。《红楼梦》的思想不是"愚而朴"，而是"颖而新"，不是"无为"，而是"有为"。若按宝玉的理想追求下去，不仅不能"补天"，反而要给"天"捅很多窟窿！当然老子、庄子思想与《红楼梦》也有相通之处。贾宝玉之所以"枉入红尘"，归根结底下是这个"红尘"泯灭了人的本性。这和庄子"纯朴不残，孰为牺尊；白玉不毁，孰为珪璋？"的思想是相通的。百年之木，伐而为材，做成祭祀的酒器（牺尊），洁白的美玉，雕琢而为珪璋，自然的天性就丧失了。"幻形入世"的顽石，偏想去"补天"，结果是"枉入红尘若许年"，为了最终保持其纯朴性，只好"悬崖撒手"，涉于"彼岸"，返朴归真，使真性情不致泯灭！

　　《水浒传》是逼上梁山，《红楼梦》是逼回青埂峰。"无材补天，枉入红尘"是曹雪芹的反思，也是对封建社会所有希望"补天"之士的八字真言！

中国传统文化中的情学与《红楼梦》

  《红楼梦》是在中国传统文化的土壤中产生的，而《红楼梦》的产生又把中国传统文化推向一个新阶段。别的方面不说，仅就中国传统文化中的情学来看，《红楼梦》的成就是空前的。当然，没有中国情学的发生发展以及情与礼的长期冲撞，也就没有《红楼梦》；但是，没有《红楼梦》对情的领域的开拓，就没有传统情学的新发展。笔者曾说过："《红楼梦》是'诲情'之书。"这是因为传统的情学都不如《红楼梦》"大旨谈情"谈得那样宏大、精深。中国传统文化中的情学精华应当在《红楼梦》中去寻找。

一、节情与任情的两种情文化

  曹雪芹在《红楼梦》中曾经向天地发问："开辟鸿蒙，谁为情种？"而茫然的天地却无法回答。虽然悠悠千载，情是长存的，但却没有一颗真正的情种！真正的情种在哪里？在曹雪芹的心中和笔下！为了说明这个问题，只好探索一下情的演变发展过程。

  什么叫情？《说文》引董仲舒云："情者，人之欲也。"《礼记·礼运》中说："何谓人情？喜、怒、哀、惧、爱、恶、欲，七者弗学而能。"《荀子·正名》中也认为："性之好、恶、喜、怒、哀、乐谓之情。"情是"弗学而能"的人的本性，而人欲是情的核心。所谓喜、怒、哀、惧、爱、恶六者只是情的表现形态，"欲"才是情的实质。所以荀子在《礼论》中指出"人生而有欲"。情的核心既然是欲，那就必然涉及人间的需求关系。有欲就有求，求就有得有不得，

51

有得多与得少；得多与得少，在心理上当然有不同反应，因此，就有喜、怒、哀、乐的不同情态。情生于欲，如果人欲横流，情泛无边，那就要发生争执。在有了政权以后，人欲之争就在更大范围内表现为政治、军事、文化、外交之争。因此，在情欲问题上就需要调节人与人之间的关系，调节物质与精神的需求关系，而调节这种关系的学问就是情学，也是人学。

从中国文化传统来看，儒家思想是占支配地位的。儒家的人学，实际就是仁学，儒家在调节情的问题上，是有一套系统学问的。其中最基本的一条就是以仁学来统帅情学，更进一步具体化，就是以一套完整的礼制来节制情欲。礼和仁是不能分开的，"克己复礼为仁"，要讲仁，就必须使自己受礼的节制。就仁学来讲，它包括己和人两方面，即自己与他人相依并存不能以自我为中心，就是要推己及人，在承认个人利益的同时又承认他人利益，这就是所谓"仁"。"己欲立而立人，己欲达而达人"，"己所不欲勿施于人"，"老吾老以及人之老，幼吾幼以及人之幼"，个人利益与他人利益共荣共存，这就叫"仁者爱人"。儒家的情学实际就是这种仁学的派生物。儒家仁学既是个人与他人相依并存，不以自我为中心，那么在人与人的关系中，就得承认人人都生而有欲，人人都生而有求。因此，既不能不满足人欲，又不能使人欲横流，或以己之欲求去侵犯他人的欲求。儒家承认情欲，但不主张情欲自然泛滥；既承认它，又限制它，承认限制并行不悖之方就是所谓中和观。"喜、怒、哀、乐之未发谓之中，发而皆中节谓之和"。只有"中和"才能做到人与人之间的相亲相爱。这种中和观下面的情，不论个人与他人，都要克制，都要"克己复礼为仁"。喜、怒、哀、乐不发是不行的，但发而要"中节"。"中节"就是既要克己，又要返回到礼上来，不能不及，更不能过头。但情是具体的，七情六欲不论何人，时时都存在，只要人活着，就有情欲。而仁却是抽象的道德准则，要使人人遵守这个道德准则，那是很难办到的。以抽象御具体，往往要失控，因为抽象的东西在具体的东西面前常常是矛盾的。孔子主张"非礼勿视，非礼勿听，非礼勿言，非礼勿动"。但他到卫国，为了更好地宣传儒道，往见卫灵公的夫人南子，南子作风不正，名声不好，子路很不高兴，孔子只好给子路发誓以明心迹。孔子此举虽有具体情由，但却违反了他主张的"非礼勿视"的准则，虽然不出大格，但也说明原则和具体问题是有一定距离的。儒家是承认"食色性也"的，性就是本性，是情欲。然而在中国正统文化的情学中并没有真正的"愿普天下有情人皆成眷属"的情学。要是有这种情学的话，那就是非正统的，被认为非礼、非法的，和节情相对抗，并付出了斗争代价的，而这种情学则构成了中国文化最具有生命力的情学。就以儒家所推崇的尧舜来说，在情的问题上，也不是很正统的。尧以娥皇、女英二女妻舜，尧没有和舜的父母商量，而舜亦"不告而娶"。这是不符合礼的，而孟子则为之辩解，说什么"不孝有三，无后为大，舜不告而娶，为无后也"。这是不能成为理由的，谁在娶妻之前有后？如果娶妻是为了"有后"，谁都可以"不告而娶"，这样，"娶妻如之何，必告父母"的礼又安在？倒是孟子在回答他的学生万章时说得还比较实际："告则不得娶。"因为舜的父母对舜的态度很恶劣，经常想谋害舜，如告诉他们，他们是不会答应舜娶妻的，所以来一个"不告而娶"。后世的"君子"却能原谅他，说他"以为犹告也"。事实上这桩婚事是很美满的，娥皇、女英对舜的爱情非常深厚。舜出巡，死于苍梧，二女哭舜的眼泪洒在竹上，使竹成为斑竹，后投湘水而死，成为湘君、湘夫人。这恐怕是儒家推崇的"圣君"当中，最为动人的爱情故事了，而这个爱情故事，却是以"不告而娶"开头的。这似乎是儒家所宣扬的正统情学之外的非正统情学。到后来的汉乐府中，非正统的情学是不乏其例的。如乐府民歌《上邪》："上邪，我欲与君相知，长命无绝衰，山无陵，江水为竭，冬雷震震，夏雨雪，天地合，乃敢与君绝！"这种情无须节制，也是不能节制的。降而至于唐宋元明清，红拂、李娃、秀秀、莺莺、杜十娘、杜丽娘，她们的情都是和礼相对抗中得来，都是"非礼"的，"非正统"的。但如果没有这些以情抗礼的斗争，中国情文化就失去了应有的光彩。所以中国的情文化，从四书五经开始直到明清小说，有节情与任情两种情文化。节情文化集中表现在"温柔敦厚"的诗教、"发乎情，止乎礼义"的原则、"乐而不淫，哀而不伤""怨而不怒"的审美标准等方面，特别是"止乎礼义"，那是节情的总闸门。几千年来，有多少情的追求者成了"礼义"下面的牺牲品！但任情的文化始终没有被节制住。正如张载在《正蒙·乾称篇》中说："饮食男女皆性也，是乌可灭？"事实也正是这样，从《诗经》中的情诗到历代的民歌、名士文人的风流韵事，唐宋元明清的小说、戏剧，任情的文化不仅灭不了，反而越发展越丰富多彩。而《红楼梦》的出现，则成为古往今来抒发任情由性，表现真情真性的集大成者。

二、情与礼的长期冲撞

平心静气地说，儒家的节情观，是不能完全否定的。情既然与欲求不能分开，当然不能任其泛滥，应该有所节制。"发乎情，止乎礼义"，只要不绝对化，不和政治上的强化统治联在一起，在某种程度上还是可以接受的。就儒家所倡导的"礼"而言，只是对感情的适当限制，并不是像后来的朱熹那样要消灭情。"礼"，《说文》云："履也。"徐灏笺："礼之言履，谓履而行之也。"就是通过礼把人的感情规范化，在规范内满足情欲。荀子在《礼论》中说："礼起于何也？曰：'人生而有欲，欲而不得，则不能无求；求而无度量分界，则不能不争。争则乱，乱则劣。先王恶其乱也，故制礼义以分之，以养人之欲，给人之求，使欲不必穷于物，物不必屈于欲，两者相持而长，是礼之所起也。'"对情欲来讲，有一个"度量分界"，还是必需的。儒家提倡礼的前提是承认"情"的存在，只是在承认"情"的同时，要以礼节情。宋代胡宏在他的《知言》中说过：

> 人以情为累也，圣人不去情；人以才为害也，圣人不病才；人以欲为不善也，圣人不绝欲；人以术为伤德也，圣人不弃术；人以忧为非达也，圣人不忘忧；人以怨为非宏也，圣人不释怒。然则何以别于众人乎？圣人发而中节，而众人不中节也。中节者为是，不中节者为非。

"中节"也就是荀子所说的"度量分界"，要适可而止，对人的情欲是满足其所好，又节制其所好。但对统治者来说，礼，不是用于节制他们自身，而是用来节制被其统治者。因此，在他们心目中"礼"就应该有一种神圣不可侵犯的内涵；否则，节制人民的威力就不大。《礼记正义》云："天地未分之前已有礼也。礼者理也。其用以治，则与天地俱兴。"礼是先天地而存在的，是天地的自然化，能"与天地俱兴"。这就赋予了"礼"的绝对权威性，你只要承认天地，就得承认礼。这样一来，情和礼的关系就从欲求与节制欲求的关系，进而发展为情绝对服从于礼的隶属关系，"礼"被统治者的政治需要所强化。这样一来，"礼"就从"节情"进而发展为"节人"了。正如司马迁在《太史公自序》中所说："礼以节人。""节人"就是要把情纳入政治轨道中去，不能有任情由性的越轨行动。"礼"成了"节人"的武器。所以儒家在情欲问题上的中和观，有它先天的缺陷，即中和不中。因为统治者的欲求最多最大，而人民的欲求最大限度也只不过"仰足以事父母，俯足以畜妻子，乐岁终身饱，凶年免于死亡"（《孟子·齐桓晋文之事章》）而已。所以"以礼节情"的本身就存在着偏袒性。如果人民的欲求增多，统治者的利益就得减少，

"欲"与"利"是不能分开的。李觏曾对此有所论述，他在《原文》中说：

> 利可言乎？曰："人非利不生，曷不可言？"欲不可言乎？曰："欲，人之情，曷不可言？"……不贪不淫而曰不可言，无乃贼人之性，反人之情！世俗之不喜儒以此。孟子谓"何必曰利"，激也。焉有仁义而不利者乎？其数称汤武将以七十里、百里王天下，利岂小哉。孔子七十所欲不踰矩，非无欲也。于《诗》则道男女之时，容貌之美，悲感念望，以见一国之风，其顺人也至矣。

李觏把不许言利欲的人称为"贼人之性，反人之情"的情的反动者，只谈情而不谈节情，并指出孔子、孟子也是有情欲的具体人，这是实事求是的情欲观，欲和利确实是相关的。所以统治者的节情，实际上是捍卫统治者的既得利益，限制人民利益的增长。可见在情和礼的冲撞过程中，礼不断被统治者所强化，于是以礼节情就不够用了，必须以礼压情，以礼泯情。情与礼的矛盾冲突，逐渐发展到了极端。

到了北宋，程朱理学的兴起，情和礼的冲突达到了历史的顶点。他们把"人欲"与"天理"弄到水火不相容的地步。朱熹就是要以礼泯情。他说："天理存，则人欲亡，人欲胜，则天理灭；未有天理人欲夹杂者。"他又说："欲之好底如'我欲仁'之类，不好底则一向奔驰出去，若波涛翻浪。大段不好的欲，则灭却天理，如水之壅决，无所不害。"把欲看作洪水猛兽，而先天地存在的"理"，反而会被人欲灭掉。理学家怎能不借助于理治（实际是政治）来消灭人欲呢！

中国的情文化就是伴随着情与礼的长期冲突而不断发展和丰富起来的。首先就儒家思想来看，他们虽然以礼节情，但不是以礼泯情。中国的文化现象是可以证明的。从四书五经以来，节情之文有，泯情之文无。因为儒家讲究经世致用，历来很重视文和道的关系；"文以载道"，这是几千年以来的文化现象。文学的社会功能总是不断地被强化。文道一体，而其中"道"的"帅"位是不容动摇的。文与道自然就有第一与第二之分。"帅"的地位过分绝对化，那就只有"帅"而无"兵"，只有"第一"而无"第二"，结果只能是"言之无文，行而不远"。要"言之有文"，就必须"言之有情"。陈琳与骆宾王的檄文，"帅"位是不能动摇的，但又是文情并茂的。就连被讨的对象曹操与武后均为之动容！就以儒家经典的文来看，虽然体现了节情的原则，但洋溢着激情的文字也是不少的。孔子悲颜回之死，而曰"天丧予，天丧予！"哀冉伯牛患传染病，"自牖执其手，曰：'亡之，命也夫，斯人也而有斯疾也，斯人也而有斯疾也！'"这都是十分动人的文字。孔子删《诗》，当然要贯彻"发乎情，止乎礼义"的原则，但《将仲子》《静女》《野有死麕》等真正的爱情诗篇并未被删，这大概也是不能抹煞"食色性也"的客观存在吧。总之，儒家的正统文化，仍然是有情的，只不过为了经世致用，为了"文以载道"，情的因素不得不节制在适当的范围内。

其次，我们再看一看楚文化、汉文化以及魏晋文化。在这个系统文化中，情不仅不受礼的节制，而且产生不少光彩夺目的情学精品。《楚辞》可为楚国情文化的代表，特别是屈原的《离骚》，司马迁称之为"忧愁幽思"之作。屈原自己在《惜诵》中也说："惜诵以致愍兮，发愤以抒情。"从文学史上看，《离骚》真可称为愤诗之冠。就《离骚》中那种呼天抢地、上下求索的感情来看，是不能以"怨而不怒""哀而不伤"的原则来限制的。可以说作者一生的"忧愁幽思"都在《离骚》中得到集中的体现。汉代的《史记》较好地继承了《离骚》以来的发愤、抒情的传统，司马迁在《报任少卿书》中说："动而见尤，欲盖反损，是以抑郁，而无谁语。"他经常过着度日如年的日子："肠一日而九回，居则忽忽若有所亡，出则不知所如往，每念斯耻（指宫刑），汗未尝不发背霑衣也。"（同上）因此，他把满腔结郁倾注在他的《史记》中，所以鲁迅先生评《史记》是"史家之绝唱，无韵之离骚"。"哀而不伤"的框框，是框不住司马迁终身抑郁之情的。以礼节情的礼，在《史记》中则表现为"君之视臣如土芥，则臣视君如寇仇"的"礼尚往来"了。到了魏晋时期，"发愤抒情"表现得更加自然，更加解放。和屈原、司马迁比，一方面具有《离骚》型的哀怨特征，一方面又具有"遗世独立"放达自然的情怀。前者如阮籍的《咏怀》诗，沈德潜称："其源自《离骚》来，反复零乱，兴寄无端，和愉哀怨，杂集于中。"后者以陶渊明为代表，他能蝉蜕于浊秽，自我净化，深感"误落尘网"之非，追求"采菊东篱"之志。这时期"礼"的节制作用可以说微乎其微，"礼"对这些文人来说，已成为可有可无的了。用阮籍的话来说，就是"礼岂为我辈设耶？"还有《世说新语》中，那种以情抗礼，超然而又洒脱的情怀，形成"乐旷"而"多奇情"，在情文学中"别是一色"。这时期在情文化中独具异彩的，还要数民歌，特别是在表现男女爱情问题上，那种大胆、直率的表达方式，不仅《诗经》中没有，就是后来的文人创作也少见。比如《读曲歌》："打杀长鸣鸡，弹去乌臼鸟，愿得连暝不复曙，一年都一晓。"这和《诗经》中那位"辗转反侧"的君子相比，应该说"君子"是望尘莫及的。再如"侧侧力力，念君无极，枕郎左臂，随郎转侧。"这种大胆的爱情表达，哪有什么礼义影子？这时期名士、文人的风流韵事，已经表明"礼"在情的面前是容易被攻破的。最有名的当然要数司马相如和卓文君的"凤求凰"故事了。若按"礼"来讲，这不仅是"淫奔"，而且还是寡妇"失节"。然而千百年来，人们却支持和歌颂他们，成为传诵不衰的风流佳话。李贽《藏书·司马相如传论》说得好：

方相如之客临邛也，临邛富人如程郑、卓王孙等，皆财倾东南之产，而目不识一丁，令虽奏琴，空自鼓也，谁知琴心？……不有卓氏，谁能听之？然则相如，卓氏之梁鸿也。使当其时，卓氏如孟光，必请于王孙，吾知王孙必不听也。嗟呼！斗筲小人，何足计事，徒失佳偶，空负良缘，不如早自决择，忍小耻而就大计。《易》不云乎："同声相应，同气相求。"同明相照，同类相招，"云从龙，风从虎"，归风求凰，安可诬也。

李贽之评，乃借坛说法，借此风流韵事痛斥理学。就评论本身而言，却评出了人们的感情倾向，评定了情与礼的真正是非。

在魏晋时期，礼的防线已形同虚设。潘岳是著名的美男子，他一出门就被妇女们手牵手地围着不让走，并"以果掷之满车"。阮籍的邻居是一位很美的沽酒妇人，阮籍经常去饮酒，醉了就睡在沽酒妇人身边，而其夫也不介意。韩寿踰墙私通贾充女，并偷搽了贾女的进口上等香料。贾充知之，不仅不究，反而以女妻之。以上风流韵事均见《世说新语》及其注。特别像潘岳那样的事，就是今天的西方男女的爱情表达方式，也未必能超过它。可是今天的青年男女的爱情表达方式，往往要"进口"的，殊不知一千多年前的潘岳方式就完全可以"出口"。可见在礼和情的长期冲撞过程中，礼并不是常胜将军，只要敢于向礼发起进攻，就是在封建士大夫、文人、学士的队伍中，也是常常取得胜利的。

三、以情代礼的探求

情和礼的冲突，发展到后来越演越烈，礼的压力越大，情的光辉也更强。到了北宋，传统的封建礼义被"理"所取代，程朱理学公开向人情进行一场大规模的歼灭战。但在这场情与理的大会战中，情的发展已经进入了一个新的阶段。就以唐宋以来的小说、话本来看，《李娃传》《离魂记》《虬髯客传》，已经打破了封建门阀观念和等级制度。《离魂记》是借离魂之说颂倩娘的私奔。《虬髯客传》写红拂慧眼识英雄，私奔李靖。这给宋话本以很大影响。宋话本《碾玉观音》中的秀秀，爱上了崔宁，就要今晚做夫妻，置自己生死于不顾，与崔宁私奔。被郡王打死以后，以鬼魂与崔宁同居，这就是理治统治下的反抗之情。它显示了理能管其生，不能管其死；理能管其身，不能管其魂。秀秀死后之情，也就是生前的情的必然发展。这和明代汤显祖在梦中追求情的天下是同出一源的。清人贺贻孙在他的《诗筏》中提出"人情至处即礼法"的口号。"人情至处即礼法"，是指人情本身就包含有礼法，并不是人情之外还有什么礼法。情发展到情切情痴之时，往往能化除私欲，秀秀为情而死，死后仍与情人同居，没有自我牺牲的精神是做不到的。所以情真情切者自有情中之礼。这种情中之礼体现得最鲜明、最深刻的无过于《红楼梦》中的贾宝玉（下面将具体谈到）。所以情礼冲突到了最尖锐的时候，礼的腐朽本质也就暴露出来了，而情的新生出路也显现出来。物极必反，中国的情文化到了宋元以后，逐渐出现了真情实性，以情代礼的新的情学。明代李贽在他的《焚书·杂述·读律肤说》中说：

> 盖声色之来，发于情性，由乎自然，是可以牵合矫强而致乎？故自然发于情性，则自然止乎礼义，非情性之外复有礼义可止也。惟矫强乃失之，故以自然之为美耳，又非于情性之外复有所谓自然而然也。

这是对"发乎情，止乎礼义"的公开否定。礼义就在情性之内，是"发乎情，由乎自然""自然发于情性，则自然止乎礼义"。这就是情礼对抗中的以情代礼。情性之外的礼，不是"自然而然"的礼，是强加于人的礼。李贽主张的就是情有情之礼。《西厢记》"愿普天下有情人皆成眷属"，这就是情中之礼。如果不是普天下有情人皆成眷属，而是无情人皆成眷属，这又是什么礼？金圣叹在《西厢记·酬简》一折戏之前有一段批语，他批驳冬烘先生说《西厢记》中张生与莺莺的私自媾合是"最鄙秽"的说法，指出："夫论此事，则自从盘古至于今日，谁人家中无此事者夫……谁人家中无此事，而何鄙秽之有与？"这也是情中之礼，因为它是情的发展的必然，这和无爱情的淫媾是有根本区别的。张生、莺莺事，其情的发展是自然而然的，其礼也就是情的自然之礼，也就是互相倾心而结合的礼。而父母之命，媒妁之言，按"礼"而行的婚姻，那是无情人皆成眷属的婚姻，而这种"礼"是情外之礼。情外之礼与情的自然发展长期斗争的结果，最后才斗出了情内之礼，有了情内之礼，才有《牡丹亭》《红楼梦》以情代礼的文学的产生。

汤显祖之所以公开标明一个"有情的天下"，就是要以情代理，取代"有法之天下"。但在"有法之天下"统治下，"有情的天下"是不能实现的。所以汤显祖才不得不"因情成梦""因梦成戏"，把情的天下写在梦中。在现实世界中"理之必无"，在《牡丹亭》的梦幻世界中却是"情之所必有"。《牡丹亭》的问世表明，情只有取代了礼法，才能实现情的自然发展。但汤显祖的"情的天下"仍然具有探索性质，因为这个"情的天下"还在梦境中，还在生生死死的轮回反复中，它还不可能成为现实，和现实还有很大的距离。《聊斋志异》中的爱情观是很解放的，书中的青年男女想爱就爱，一爱就成，大都是如愿以偿的喜剧。但它又是在花妖狐媚的世界中实现的，在现实世界中也不可能实现，所以仍然是种理想中的探求。以情代礼的出现，只能数曹雪芹的《红楼梦》。

四、情的理想世界

《红楼梦》是作者以血泪写成的书，是真正的"情书"。它开拓了情的新世界，但没有彻底越出伦理道德的门限。这个情的新世界仍被封建伦理道德所摧残，致使"情痴抱恨"，在"无可奈何之日"写出了"古今无双"之情。《红楼梦》不仅突破了以礼节情的樊篱，而且跨出了以情代理的领域，把情从梦幻中、神魅世界中拉回到现实中来，展现了情天情海的理想世界。

（一）以情度势

《红楼梦》之情之所以古今无双，其中最主要的一点是，以情度势。具体地说，一切对人处世，品人审事，都是以情为准则。《红楼梦》中人生观的核心是一个"情"字。在《红楼梦》之前的各个朝代中，对人处事、审时度势并不是情，而是"理"和"法"，再就是儒家的道德观。虽然也脱离不了"情理"二字，但总的看来情是纳入理之中的，以合理取代合情，甚至只讲理不讲情。《红楼梦》则不然，书中的主人公贾宝玉观察时势，审定事情，处理人际关系，全都是从情出发，好像情以外再没有什么准则了。《红楼梦》第十九回，宝玉无意中发现茗烟与万儿私通。开始宝玉骂茗烟："青天白日，这是怎么说，珍大爷知道，你是死是活？"这完全是历来的以礼处事的观点。这件事要是贾珍发现，确实是一件"了不得"的事。但宝玉马上就提醒吓得"抖衣而颤"的万儿"还不快跑！"接着又追出去告诉她："你别怕，我是不告诉人的。"随后又琢磨"万儿"这个名字，暗中祝福她"将来有些造化"。短短的一瞬间就谱成了以情处事的"三部曲"。这就是以理处事与以情处事的天渊之别！古往今来又有谁以情来处理过类似的事件呢？而且处理得如此滴水不漏，不是"情种"是做不出来的。显然，这种以情处事是把礼法排除得一干二净的，只要有丝毫礼法的影响，宝玉就不会从性情中自然而然地流露出以情代礼的处理办法来。第三回宝玉出场，见新来的黛玉无玉，便狠命摔自己的玉。此举可以看出宝玉以情处事的雏形哲学。他"满面泪痕泣道：'家里姐姐妹妹都没有，单我有，我说没趣，如今来了这们一个神仙似的妹妹也没有，可知这不是好东西。'"贾母欺之以方，说黛玉也有，只因她母亲去世殉葬带去了。宝玉觉得大有情理，也就不闹了。一方面以情度势，人人均应平等，自己和姐妹应该一样，和神仙似的妹妹更应该一样。接着又以情审事，相信了贾母的谎言。这样神仙似的妹妹与自己就完全平等了。这和他"视姐妹兄弟皆出一意，并无亲疏远近之别"的人际观是分不开的。宝玉和秦钟的关系也是如此。初次见面，就恨富贵限制了他，诅咒他生在侯门公府之家，不能早和秦钟这样的人结交。一贯厌恶读书的宝玉，却为结交俊俏朋友而去读风流书。只要对情有利，他就愿意违反本意去读书。所以宝玉的审时度势完全是从情的基点出发的。正因为如此，宝玉的读书正如其父贾政所指出的一样，"掩耳偷铃，哄人而已"，后来因"香怜""玉爱"演出一场精彩的"顽童闹学"，这正是"掩耳偷铃""读书"的必然结果。

以情度势的世界观必然要和传统的以道德伦常处世的世界观发生尖锐的冲突。在荣国府这个小天地中，宝玉以情度势，以情处事的具体落实，只能是荣、宁二府的上下人众。在这些人众中，宝玉、黛玉是以情度势、以情处事的代表，贾政、王夫人是以理压情的主脑，贾赦、贾珍、贾琏、贾蓉之流是皮肤淫滥的情贼。《红楼梦》"大旨谈情"的形势就是这种鼎立的形势。贾宝玉以情度势的现实活动，当然不能在其他两方面实施，只能在"原本清清白白"的女儿中去"甘心为诸丫环充役"，防止因"前人无故生事，立言竖词"的礼教所熏陶，使女儿们"有负天地钟灵毓秀之德"。所以他的以情处世的观点只有在大观园女儿国中才能实施。大观园以外的世界，不是以理灭情的势力范围，就是皮肤淫滥的肮脏地带。所以他把女儿以外的男人统统称之为"须眉浊物"，特别是对"须眉浊物"中的当朝文武，更是十分痛恨。他把中国历来臣下对君上的传统忠烈观彻底否定，认为"死名死节"的人"皆非正死"。武将之死是"疏谋少略，他自己无能送了性命"；文官之死是"念了两句书汗在心里，若朝廷少有疵瑕，他就胡谈乱劝，只顾邀忠义之名，浊气一涌，即时拼死"。这都是以情度势来看待这类大是大非问题，所以得出和世人相反的结论。正因为他对女儿以外的世界持否定态度，所以他要化灰化烟，随风化了，泯然无迹，"不要托生为人"，只要"女儿的眼泪来葬他"。有了女儿的眼泪来葬他，就是为情而生，为情而死，"死的得时"了。这就是情人眼里的是非观，情人心中的世界观。而这种世界观正是作者"枉入红尘"的一生形成的，没有作者"枉入红尘"，纵观古今的"浊世"，就没有贾宝玉以情度世的世界观。《红楼梦》第十六回元妃被晋封为凤藻宫尚书，加封贤德妃，"荣宁两处上下里外，莫不欣然踊跃，个个面上皆有得意之状，言笑鼎沸不绝"，而宝玉因秦钟生病，把这天大的喜事"视有如无，毫不曾介意"。在世人看来是天大的喜事，而宝玉看来不如秦钟生病事大，所以"视有如无"。他权衡一切事物的衡器只有一架天平，而这架天平上的大小砝码全都是情铸成的。

（二）以情代政

今天人们喜欢谈"感情投资"，而贾宝玉就是"感情投资"的先哲前贤。他只顾投资，不问收获，但收获又是大大的。宝玉的奶妈李嬷嬷说宝玉"是个丈八的灯台，照见人家，照不见自己的"，这也是宝玉用情的独特之处。我们姑不论宝玉在荣宁二府和大观园中的女孩子中都能过得去，就是在嫁了人的青年女子中，他也能过得去。如平儿、香菱，这是受皮肤淫滥之徒蹂躏的两个女性，宝玉对她们充满了同情心，但因为她们都已成了别人的"爱妾"，宝玉不能像对待其他女孩子一样对待她们，但他的体贴之心并没有离开她们。《红楼梦》第四十四回平儿理妆，他不仅"色色想的周到"，而且还亲自帮她梳妆，替她簪上一枝并蒂秋蕙，内心深恨贾琏"只知以淫乐悦己，并不知作养脂粉"，致使平儿"还遭茶毒"，想到这里"不觉洒然泪下"。虽然他为平儿尽了一点心，感到"怡然自得"，但毕竟是"又喜又悲"。香菱解裙，宝玉有同样想法："可惜这么一个人，没父母，连自己的本性都忘了，被人拐出来，偏又卖与这个霸王。"所以他愿意为香菱尽心，使平儿、香菱心悦诚服。到了第五十二回平儿因坠儿偷镯子事发作，她避开众人单和麝月商量，怕宝玉偏在丫头身上留心用意，所以瞒了宝玉、凤姐，大事化了，只说镯子落在雪地里，雪化以后被发现的。平儿深知宝玉，宝玉也深知平儿，双方都以情度势，故深得对方的心。当宝玉偷听到平儿和麝月说上述一段话时，"又喜、又气、又叹，喜平儿能体贴自己，气坠儿小窃，叹坠儿出丑"，这都是感情上的投桃报李，情与情的交流是那样真切而自然。宝玉平时，在处理人际关系时，总是以情服人，不以公子哥儿的势力压人，"没上没下""没人怕他""也没刚柔"（兴儿语）。正因为如此，当他在女儿国主政时期，便以情代政，亲自处理了包括盗窃案在内的几件棘手事情，充分显示出以情代政的"政绩"。

《红楼梦》第五十八回因为朝中的老太妃薨，贾母、邢夫人、王夫人等皆入朝守制，得一月光景。大观园内暂时托薛姨妈代管。但薛姨妈"一应家中大小事务也不肯多口"，只"应名点卯"。这样一来，女儿国国王贾宝玉得以亲政。这一月期间，他亲自处理了几件事：第一，包庇藕官烧纸；第二，春燕妈羞辱莺儿事件；第三，玫瑰露、茯苓霜盗窃案；第四，寿怡红群芳大解放。这四件事较为充分地体现了宝玉以情代政，处理家事后所显示出来的特殊效果。藕官在大观园内烧纸，触犯封建家庭的忌讳，被一婆子发现，要交给主子处治。宝玉不问青红皂白把藕官包庇下来，说因自己生病，梦见花神要钱，命藕官烧的。后来在芳官那里弄明白藕官烧纸是为了死去的荳官，原来她们常演夫妻，恩恩爱爱，发生了同性恋。宝玉听了不仅不反对，反而对藕官的行为"称奇道绝""又是喜欢，又是悲叹"。宝玉很赞赏藕官对荳官的"诚心"，不管同性异性，只要真正有情，宝玉就支持。难怪藕官在感激之余，"便知他是自己一流的人物"。如果藕官真被老婆子送到主子那里去处治，藕官对荳官的一段情意就会被埋没，如果不是宝玉又有谁能发掘出一段掩藏在女孩子心灵深处不可告人之情呢！莺儿受辱事件，是和探春改革，在大观园搞承包制有关。莺儿只不过摘几根嫩柳条编个花篮，采了几朵鲜花放在里面，但因春燕的妈和姨妈承包了花木，"一根草也不许人动""惟利是命，一概情面不管"。结果让春燕的姑妈发现，先是指桑骂槐地暗射莺儿，后又挑唆春燕的娘打了春燕，辱了莺儿。春燕跑到宝玉面前告了她娘一状，由平儿传令把春燕娘打四十大板撵出去！宝玉见她可怜，把她留了下来，并叫春燕"你跟了你妈去，到宝姑娘房里给莺儿几句好听的话，也不可白得罪了她"，并特别嘱咐春燕"不可当着宝姑娘说，仔细反教莺儿受教导"。俗话说清官难断家务事，因为不管哪个清官，他们的断案都是以理以法，而宝玉既不要理，也不要法，要的只是情。以情断案，不仅使春燕她娘口服心服，而且宝玉在断案的同时，已经用他温馨的情把莺儿受辱的心灵熨平了！若按平儿的命令断案，莺儿也出了一口气，但哪能像宝玉那样体贴入微呢。别看这是很普通的赔礼道歉，单就让春燕避开宝钗这一点来看，就不是一般人能想得到的。

玫瑰露、茯苓霜案件，更为复杂，它不仅是盗窃案，而且涉及丫头与丫头、主子与主子、丫头与主子之间的复杂矛盾。玫瑰露本是芳官将宝玉吃剩的半瓶送予柳五儿的，五儿娘又倒一杯送给她哥嫂的孩子，他哥嫂又回送她一包茯苓霜。不料林之孝家因王夫人那里丢了一罐子玫瑰露，正要查访，被莲花儿告发，在柳家的厨房里查出玫瑰露和茯苓霜。芳官去求宝玉，宝玉怕把事情闹大，把两件盗窃案全承担下来，"就说是我哄他们顽的，悄悄的偷了太太的来了"。这件事涉及的问题错综复杂，其中还有一条长期潜伏下来的矛盾，就是封建家庭内部正庶之间的矛盾。赵姨娘、贾环与王夫人、宝玉之间始终存在着争夺贾府继承权的斗争。闹五鬼事件是赵姨娘以庶夺正的低能儿的斗争表现。宝玉处理这次盗窃案，如果挟私报复的话，那是扳倒赵姨娘的极好机会。因为宝玉明知案件的主谋是赵姨娘，是赵姨娘唆使彩云偷给贾环的。但他毫无报复之心，一概承担了责任，救了柳家的、柳五儿、赵姨娘和彩云等一干人，同时又保全了探春的面子，"不肯为打老鼠伤了玉瓶"。以情断案，于理不当，于理来说，这是一笔糊涂账；于情则妥，于情来说，方方面面全都照顾到了，特别是"每日捏一把汗"的赵姨娘听了宝玉包揽下来才"把心放下来"。如果把这里的"情"和儒家的"仁"相比，可以看出儒家是"仁者爱人"，而宝玉是"情者爱人"。"仁者爱人"是"推己及人"，而情者爱人却要"克己恕人""怀德救人"。儒家那点"爱人"之心，怎么能和宝玉这个"情圣"的"恕人""救人"之心相比呢。

至于《红楼梦》第六十二、第六十三两回，写大观园女孩子们为她们的"国王"祝寿，那简直就是一次女儿国的"国庆"盛会。这是女儿国中女儿们情的大解放。她们在酒席宴上"三""五"高呼，"七""八"乱叫，哪有闺阁秀气？镯子叮当，环佩摇幌，怎算小姐风范？而"满厅红飞翠舞，玉动珠摇"，尽性忘我之景又何让须眉？再看湘云醉卧芍药裀，娇憨妩媚之情更兼名士醉仙之态；香菱情解石榴裙，"夫妻""并蒂"之戏，哪来男女有别之限。怡红夜宴，个个"卸妆宽衣，长裙短袄"，直喝到酒罄坛空，每个人均忘情地唱起小曲来。最后男女同榻，香梦沉酣，不知东方之既白。这大概也可以说是古今无双之情吧。自从"以礼节情"以来，两千多年中，只有大观园中的女儿国才真正出现了以情代礼，以情代政的情的自由王国！

（三）女儿真情

《红楼梦》中所谈的情，从总体上看，不外是"世情"与"爱情"。"世情"包括世俗人情，而世俗人情在《红楼梦》中的表现是以传统的"抒愤"方式表达的，即抒发"无材补天，枉入红尘"的一生愤世嫉俗与探索追求之情。而爱情在《红楼梦》中则要翻"大不近情理"的才子佳人的案，一洗"淫秽污臭"的"风月笔墨"，以人间的真情去换新世人眼目。所以《红楼梦》爱情的核心是"将儿女真情发泄一二"。什么是儿女真情？在第一回中，那一僧一道说了一个"绛珠还泪"的故事。这个故事是和"石头入世"相并立的。石头入世是宝玉潦倒半生，一事无成的楔子，"绛珠还泪"则是《红楼梦》爱情的楔子。"绛珠还泪"有两层意思，一是表明受"天地精华"而"脱却草胎木质"的木石之盟是心交神往之盟，不是世俗人情之爱恋；二是强调以眼泪还"甘露之惠"，泪尽夭亡，是洁来洁去之情，而不是慕色贪欢的结合。这就表明《红楼梦》中的宝、黛爱情既无男女两性的结合，又无世俗的婚姻纠葛，这就是《红楼梦》爱情的独特之处。为什么宝黛爱情如此独特？答案只有一个，就是要写"儿女真情"。儿女真情和封建社会的世俗人情是不能相容的，和《红楼梦》中以礼压情的势力是针锋相对的，和皮肤淫滥的肮脏地带是泾渭分明的。这就决定了《红楼梦》中的儿女真情只能"发泄"而不能实施。真正把儿女真情"发泄"到淋漓尽致，而又超凡脱俗的作品，除《红楼梦》外，很难找到与之相匹的作品。笔者认为《红楼梦》中的儿女真情，至少有两大方面的内涵：第一，蝉蜕浊秽，净化无尘的纯真之情；第二，情外无求的情极情痴之情。

宝黛爱情之所以与众不同，就是使爱情独立存在，不与财富、门阀、功名利禄相联系。宝玉认定女儿以外的世界是浑浊世界，而这个世界中的仕途经济、功名富贵、门第等级、世俗流俗，全都体现在"须眉浊物"身上。他认为世上最清白的只有天真无邪的女儿。因此，他的爱情观首先是割断爱情与浑浊世界的联系。爱情是澄净清澈、毫无尘杂的清流，所以女儿是水做的骨肉。女儿的清白与否，不是看她是否失去贞操，而是看她是否与世途经济、功名利禄划清界限。在封建社会，要使爱情遗世独立，那只能是爱情领域中的乌托邦。但不如此，就谈不上儿女真情。中国传统的爱情，总是和门阀观念、等级制度、功名富贵联在一起的，即使是"有情人"，但在"成眷属"时，往往也和金榜题名联在一起。爱情的清流总是要被浊世的浊流污染。《红楼梦》的宝黛爱情是中国情史中唯一没有被浊流污染的清流！所以神瑛的甘露，绛珠的眼泪，来回往复，就是这种儿女真情的诗的境界。从作者的写作意图来看，这是有意创作的一种人间"美中不足"之情。宝黛爱情是美而不完美。美，是一种纯真的理想美；不完美，就是理想美的乌托邦性质，是不可能实现的。所以必然落一个"心事终虚化""水中月""镜中花"的结果。然而这又恰恰是"儿女真情"的真正价值所在！

《红楼梦》中的儿女真情，还有一个创造性的贡献，即在灵与肉的问题上，突破了传统的肉欲的满足。书中的"阆苑仙葩"和"美玉无瑕"共同缔造了"无瑕"的灵的境界，真正体现了"世外仙姝"的爱情。当然这种爱情是充满了浓烈的人情味的，是儿女的常情，但又确确实实是有别于"常情"的纯洁真情！《红楼梦》第十九回"意绵绵静日玉生香"，写黛玉睡午觉时，宝玉去看她，黛玉被他唤醒时的情景，是很能说明问题的：

黛玉只合着眼，说道："我不困，只略歇歇儿，你且别处去闹会子再来。"宝玉推他道："我往那里去呢，见了别人就怪腻的。"黛玉听了，嗤的一声笑道："你既要在这里，那边去老老实实的坐着，咱们说话儿。"宝玉道："我也歪着。"黛玉道："你就歪着。"宝玉道：

"没有枕头，咱们在一个枕头上。"黛玉道："放屁！外头不是枕头？拿一个来枕着。"宝玉出至外间，看了一看，回来笑道："那个我不要，也不知是那个脏婆子的。"黛玉听了，睁开眼，起身笑道："真真你就是我命中的'天魔星'！请枕这个。"说着，将自己枕的推给宝玉，又起身将自己的再拿了一个来，自己枕了，二人对面倒下……

脂砚斋在这里有一段批语："若是别部书中写此时之宝玉一进来便生不轨之心，突萌苟且之念，更有许多贼形鬼状等丑态邪言矣。此却反推醒她，毫不在意，所谓说不得淫荡是也。"此情此景，也只有宝黛二人才能做到。后面还有很亲密的嬉戏，确实写得情意绵绵，但又是最优美最纯真的爱情描写。这段描写，使双方的灵魂都悠游于儿女真情的最高境界中，与肉欲之恋毫不相干。尽管宝玉在黛玉面前有时也较放肆，比如《红楼梦》第二十三回宝玉、黛玉共读《西厢记》，宝玉对黛玉说："我就是个'多愁多病身'，你就是那'倾国倾城貌'"。这种又直又露而带有一点挑逗方式的爱情表达，黛玉哪能受得了？所以气得黛玉"带腮连耳通红"，哭着要告舅舅去。宝玉急得诅咒发誓，请求宽恕，没想到黛玉也回敬他一句："呸，原来是苗儿不秀，是个银样镴枪头。"这一回合是外紧内松，双方心灵的禁区就在这一挑一凑的方式中微微打开，互相打个照面，如此而已。

《红楼梦》所描写的现实生活表明，"淫"能够见容于这个"诗礼簪缨之族"，而"情"却不能有立脚之地。最典型的莫过于尤三姐。尤三姐"淫"时，贾珍、贾琏、贾蓉无不为之倾倒，而且相安无事。但当她择定柳湘莲为终身伴侣时，便立志改过，和以前判若两人。但这种情却不能见容于世，弄得情无所归，情无所托，结果为情而死。《红楼梦》中插入这个形象，不正说明滥淫易存，真情难容么？可惜高鹗续书，不理解这一点，把尤三姐写成了完人，这可以说是好心帮了倒忙。尤三姐这个形象在一定程度上映衬了宝黛所追求的儿女真情，必然是镜中月、水中花。虽然是"无瑕"的，但终究是"心事终虚化"。在《红楼梦》之前的著名爱情作品，不管是《西厢记》还是《牡丹亭》，书中的主人公均免不了男女欢媾，并以最终结合为目的。而《红楼梦》则以充分体现儿女真情为目的，而这种真情连立脚之地也没有，故只好"发泄"一通，让与真情对立的金玉良缘去猎取肉欲，而木石之情，始终是"世外仙姝"之情。"真情"在封建社会永远是"美中不足"的，所以它给后世的千千万万读者带来的是无休无止的"意难平"。

《红楼梦》在描写情外无求的痴情方面，可以说已经到了无以复加的地步。宝玉和黛玉，舍情以外，别无他求。他们的爱情往往到了忘我的境地。《红楼梦》第二十九回"痴情女情重愈斟情"，宝玉对黛玉的心是"只要你随意，我便立刻因你死了也情愿"。林黛玉则是"你只管你，你好我自好，你何必为我而自失，殊不知你失我自失"。双方均为他而不为己，把情建立在对方幸福的基础上，这和一般的占有欲是有着根本区别的。《红楼梦》第三十二回"诉肺腑心迷活宝玉"，宝玉对黛玉道："连你的意思若体贴不着，就难为你天天为我生气了。""你皆因总是不放心的原故，才弄了一身病，但凡宽慰些，这病也不得一日重似一日。"说得黛玉"如轰雷掣电"一般，不能自持，回头就走。宝玉错把送扇子来的袭人当成黛玉，对她说："我为了你也弄了一身病""睡里梦里也忘不了你"，把心中隐密全吐了出来。因情切而忘我，唯情唯一，不知其他。这在古今情人榜上，恐怕无人敢和他争榜首吧。第五十七回"慧紫鹃情辞试莽玉"，说林妹妹要回苏州老家去。只因试的是"情辞"，说得入情入理，把宝玉试得"如头顶上响了一个焦雷一般"，"一头热汗，满脸紫胀"，迷了本性，"已死了大半个了"。这种"急痛迷心"之症表明，宝玉得情则灵，失情则痴，儿女真情还有比这更真的么？旧红学家涂瀛曾封宝玉为"情圣"，情圣者，情之极至，他人莫能及者也。纵观千载儿女情人，这位"情圣"

恐怕是"天下第一""古今无双"的绝对冠军!

（四）情痴抱恨

毫无疑问，《红楼梦》确实开创了中国文化情学中的理想世界。但是《红楼梦》的作者是在雍乾盛世生长起来的，而且出身于"世代簪缨"之族。他的超前意识是基于对现实的不满，但又不能脱离现实的羁绊。对封建贵族家庭生活上的依赖和伦理道德上的联系，决定了《红楼梦》理想世界的破灭。从哲学思想上看，作者是反对程朱理学的，但又是儒家礼教中某些伦理道德的奉行者；从对待生他养他的封建大家庭来看，他诅咒这个家庭，如实地描写了"树倒猢狲散"的全过程，但诅咒中有哀悼怀念之情；从他的反叛态度来看，在封建社会中是达到了一定高度的，但他却不能越出封建纲常的大限。因此，《红楼梦》中情的理想世界，在遭受到封建礼法的摧残时，它的反抗力是微弱的，它的根基也是不巩固的。但《红楼梦》突出的成就在于，把摧残情的理想世界的旧势力也推向了毁灭的境地，而且是干净彻底的毁灭。而被摧残的情的理想世界，却在毁灭中永生。毁灭中永生，当然是指一种理想和精神。问题是情的理想世界为什么不可能成为现实？这恐怕是"情痴抱恨"时需要寻找的答案。所以作者在塑造书中的主人公贾宝玉时，答案也就分散在贾宝玉的各种言行活动当中了。从《红楼梦》的具体描写来看，贾宝玉的身上存在着"三不违"的事实，即某些圣训不能违，父母之命不敢违，伦常观念不愿违。这"三不违"就决定了《红楼梦》情的世界的先天不足，所以书中的主人公贾宝玉并不是一个彻头彻尾的叛逆者。他确实在反叛，但反叛中有顺从，尽管这种顺从有时是违心的，但又确实做到了违心的顺从。他否定很多前人"立言竖辞"的"邪说"，但却提出"除明明德之外无书"。他反对一些经典著作，但却不反对"四书"。他"把一切男子都看成混沌浊物，可有可无。只是父亲叔伯兄弟中，因孔子是亘古第一人说下的，不可忤慢，只得要听他这句话"。他背地里干了不少欺骗贾政、王夫人的勾当，但他在贾政面前却如老鼠见猫，连大气也不敢出，即使贾政不在家，他经过贾政的书房，也要自觉下马，不敢越礼。第七十七回王夫人亲自驱逐了晴雯、四儿、芳官，宝玉"虽心下恨不能一死，但王夫人盛怒之际，自不敢多言一句，多动一步，一直送王夫人到沁芳亭"。王夫人下令抄检大观园，宝玉不敢说一个"不"字。他平时有不少"刁钻古怪的毛病儿"，但"见了外人，必定要还出正经礼数来"。他心中第一个人是林黛玉，但在排位上，却不得不排在老太太、老爷、太太之后的第四位。可见他在生活上、伦理上都和这个封建家庭存在着千丝万缕的联系。他所反叛的对象是生他养他的封建贵族家庭，他所反对的封建伦理教义却是他的家族赖以维持下去的精神支柱。他一方面反对它，另一方面又依赖它；一方面诅咒它，另一方面又奉信它。这就是宝玉心劳力竭，力不从心的缘故。因为这个"力"，存在着先天的不足，有反抗的力，也有制约的力，一身而有两重力。当然两重力的分量并非半斤八两，从《红楼梦》全书来看，总的说来，反叛的力是一股很大的力，只不过有时是以一种潜在的形式来表现的。但是制约反叛的力也不小，而且具有一种摧毁性的力量。就宝玉本身来说，这种制约力也渗透在宝玉性格之中，反叛的是宝玉，制约反叛的也是宝玉。所以宝玉常常表现为"剪不断，理还乱，闷无端"，在感到没有出路时，就想到化灰化烟，泯然无迹。宝玉虽然开拓了情的新世界，但这个世界的基地仍然是封建社会的领地。贾宝玉身体力行为之奋斗一生，企图开拓出一条情的新路来，但这条路是在封建土地上盘桓，所以是一条没有出路的路。这对作者来说不仅仅是"情痴抱恨"，而且是"此恨绵绵无绝期"的。

中国封建伦理文化的解体与《红楼梦》
女冠男亚的新座次

中国的传统文化，是政治和伦理道德相结合的文化。在这个文化系统中，封建宗法专制思想是统治思想。在封建专制的长期统治过程中，传统的伦理道德始终支撑着中国封建大厦，形成历代封建王朝政治思想统治的有力武器。朝代君主可以更换，而封建的伦理道德却不可更换。但随着社会的发展，封建伦理道德也不是一成不变的，特别是到了封建社会后期，封建伦理道德已经由长期的量变逐渐发展到质变阶段，它的衰亡征兆，在封建社会、封建统治者、封建贵族家庭中不断地反映出来。

从文化视野来看，《红楼梦》是对中国封建社会衰亡前夕的"追踪蹑迹"，也是中国封建文化末期由量变到质变的过渡阶段的一面镜子。

一、自杀自灭的真传

从中国历史上看，不管是改朝换代，还是君主的更替，那种"自执金矛又执戈，自相戕杀自张罗"的"自杀自灭"，恐怕不只是某朝某代的断代史实。杜牧在《阿房宫赋》中说："灭六国者，六国也；非秦也。族秦者，秦也；非天下也。"这种由于统治阶级的暴政所造成的自掘坟墓的做法，不只是六国和秦，上至春秋战国，臣弑君，子弑父的事，就层出不穷。这正是周室衰微的症结所在。至于兄弟相煎，母子相残的事，何代无之。就连有名的霸主齐桓、晋文，也是由此而登上君位的。后来的唐宗、宋祖，也是从兄弟、孤儿手中夺取天下的。看来封建社会的伦理道德，在统治阶级手里，是没有约束力的。这也是封建伦理道德先天不足之处，所谓"孔子作春秋，而乱臣贼子惧"，恐怕并非惧其罪恶事实被记录在册，而是惧怕这种"自杀"中的"自灭"。时至今日，不是还有"堡垒最容易从内部攻破的"永恒警策吗？《红楼梦》以贾家大族为一书的框架，并通过探春的口说出这样的话：像我们这样的大族人家，"若从外头杀来，一时是杀不死的，这是古人曾说的'百足之虫，死而不僵'，必须从家里自杀自灭起来，才能一败涂地"。这绝不仅仅是对贾家大族衰败的概括，也揭示了封建伦理文化成败更替的主要特征。

封建社会的自杀自灭，首先反映在理治理念的崩溃上。如儒教中的孝悌忠信，是父子、兄弟、君臣、朋友整个社会关系的准则。但臣弑君、子弑父的人，他们就必须毁弃这个准则。至于仁义道德，也是历代理治者的冠冕，但摘掉这种冠冕的，却正是长期穿戴它的统治者。还有所谓天子，那是受命于天的神圣不可侵犯的权威。但成则王侯败则贼，又推翻了君权神授的思想。像这些伦理信条，在《红楼梦》中当然不可能将其自我毁弃的史实表现出来，但避开政治问题，在日常生活中对理治者抛弃理念的言行，却表现得恰到好处。

贾府的最高统治者是贾母。《红楼梦》第三回，她一出场，儿媳、孙媳、丫鬟，个个屏声敛气，如臣下朝见皇帝一样，威仪赫赫的封建礼仪，可见一斑。但她偏偏放纵一个孙子媳妇王熙凤，让她从伦理道德中跳出来，公然以"老祖宗"来取乐老祖宗，甚至把老祖宗额上的疤痕用来逗乐。为什么贾母如此特殊对待王熙凤呢？因为要真正地享乐，就必须打破封建礼仪、家规。作为理治者的贾母，要纵情地享乐，就只有抛弃伦理家规，这样才能解放贾母享乐之情。如果把贾母的这点小小的享乐之情扩大到封建帝王的骄奢淫逸的生活中去，那么就能看到所谓"脏唐臭汉"。这难道不是冠冕堂皇的理治与藏污纳垢的行为组成的正反混合体吗？贾母虽只是一个大家族的统治者，但她对封建伦理道德的运用，却深得封建帝王的真传。贾琏淫及仆妇，王熙凤一状告到贾母跟前，当三曹对案时，贾母居然把这种行为比作"馋嘴猫"，并认为"从小世人都打这么过来的"。理念被理治者轻轻抛开，以轻描淡写的一句话使贾家上下人等无话可说，就连王熙凤也失去了反驳之力。贾母使自己的孙子返祖为"馋嘴猫"，这难道不是理治对"自己人"的绝妙运用！

再看《红楼梦》第六十五回，贾母对甄家四女仆说她对宝玉的要求，首先是"见了外人，必定要还出正经礼数来"，"若一味他只管没里没外，不与大人争光""也是该打死的"。所谓的"正经礼数"只是在"见了外人"装出来的。有了这一点"正经礼数"，即使"刁钻"一点，也可以"背地里""纵他一点子"，如果"没里没外"，就"该打死"。可见，"礼数"是用来"与大人争光"装点门面的。这就是理治者对理念的实用态度。

至于王熙凤，她是贾府中自杀自灭的主要角色。但不应只看到她放高利贷，谋杀张金哥和她的情人，为贾府抄家制造罪证；也不应只看到她逼死尤二姐，弄死贾瑞的凶狠残忍；更应该看到她之所以敢于如此大胆妄为的原因。在王熙凤身上，伦理道德根本没有约束力，她把贞节观，"三从四德"抛诸脑后，以权术代替理治，玩贾琏于手掌之中。她不怕鬼神，不相信因果报应，信的只是她的心机权诈。因此，她可以在贾府施展手脚。如果传统的封建伦理道德在王熙凤身上能起作用的话，即使她"机关算尽"，也难以得心应手。正由于理治者对理念采取实用态度，所以"理"就没有真正的"治"可言。理治只不过取其所需，为了维护自身的尊严和利益。所以理治的信条总是遭到"自己人"的破坏，因而理治这堵铜墙铁壁，就被"自己人"冲开了缺口。贾赦娶鸳鸯，贾母明知他是弄开鸳鸯"好摆弄我"，但仍给他买了一个十七岁的女孩子，供其淫乐。贾珍乱伦，还与贾琏、贾蓉兄弟同槽、父子聚麀，但"胳膊断了往袖子里藏"，无人敢吭一声。"自己人"既然可以把理治这堵墙冲得百孔千疮，那么"外边人"为什么不可以从这些百孔千疮中冲进来呢？可见封建社会精神支柱的解体，是理治者本身自我践踏的结果。所以当其精神支柱被践踏后，其封建殿堂岂有不坍塌之理？可见"自杀自灭"的戈矛相见和封建的统治信条及伦理道德被毁弃是分不开的。《红楼梦》写百年旺族的"树倒猢狲散"，不仅写其散的生动情景，而且写出了"散"的根源，着力表现出封建统治者对其精神支柱的自我践踏。这样，就把贾家大族的兴衰成败谱写成为"自杀自灭"的真传。这种真传的启迪意义在于，尽管是主宰社会的统治势力，一旦它的精神支柱坍塌，其统治机构也会随之坍塌！

二、兴衰成败的追踪

如果说贾府的崩溃和封建伦理道德的崩溃是密不可分的话，那么在封建伦理道德的崩溃过程中，一些民主精神、个性解放等新的文化因素，也从旧文化的衰亡过程中孕育降生出来。随着历史的发展，传统文化中新旧两种因素也在不断地分化和分裂，各自寻找自己的出路。从《红楼梦》的具体描述来看，在表现封建伦理道德、封建家族衰亡的同时，却生长出一枝清新秀丽、明媚鲜妍的报春花，那就是书中大力歌颂的儿女真情。这样一来，《红楼梦》中理治的"自杀自灭"与封建文化中孕育生长起来的儿女真情，就使传统的封建文化同时要应付两支劲敌，即"自杀自灭"的"自己人"和理治外部的挑战者——人性人情的解放。当然，理治内部的自杀自灭，不管谁胜谁负，他们都会全力对付人性人情的解放者。《红楼梦》中所反映的贾家大族的没落与儿女真情的成长，就是情理双方的矛盾统一体，也是《红楼梦》全书的结构总体。因为情不是孤立的，它是以人人都有的人性人欲为其生命力的，所有情的成长没有不和社会、文化发生各种各样联系的。蒋和森先生在《红楼梦论稿》中说过："爱情，在那个时代，就是意味着对整个社会秩序的严重叛乱。"而这种"严重叛乱"的核心，就是对理治、礼法的叛乱。张生莺莺的恋爱，必然涉及相国门第、家声和封建伦理道德。只要有爱情，封建伦理道德必然要受到冲击。所以门当户对的婚姻，就是针对爱情而又绕开爱情免受人性人情冲击的婚姻，因此，它不是情的结合，而是双方家庭地位、财产的结合，实际上是封建社会社会性的组合。家庭是社会的细胞，门当户对是封建社会性的相当相对。因此真正男女爱情的婚姻，没有不和封建社会性的婚姻相对抗的，没有不和封建秩序相对抗的。因此，衡量爱情价值的主要标志，不是爱情本身，而是看它对封建社会性的冲击程度，是洞房花烛与金榜题名的爱情与封建社会性的融合，是浪漫型神话式的理想境界的体现，还是在斗争中现实性的悲剧结局？才子佳人的作品大部分是封建社会性的融合，就是《西厢记》《牡丹亭》等把情理冲突推向高峰的杰作，也没有能免去这种融合痕迹。而《聊斋志异》中花妖狐魅的爱情，则是浪漫型神话式的以光明的理想来代替黑暗的现实。至于现实性的悲剧结局，则是古已有之的。如刘兰芝、焦仲卿、韩凭夫妇、秀秀、杜十娘等。但这种悲剧结局只表明传统封建文化的以强胜弱，即传统的伦理道德摧毁了自由自主的男女爱情，是有价值的新生因素被无价值的陈腐势力所摧毁。因此，它给人以一种永恒的震撼力："到底意难平！"在众人心里，那些追求爱情自由的牺牲者，永远不会在历史上消失。"到底意难平"的心态，终久是要"平"的。

　　《红楼梦》在情理冲突上，虽和《西厢记》《牡丹亭》一脉相承，但它又不像《西厢记》《牡丹亭》把情理冲突推向高峰后出现了调和色彩。它在表现情理冲突的同时，还揭示了理治势力的内部冲突，从而把封建家庭的自杀自灭真实地展现在封建社会后期面前，使封建家庭的成败与儿女真情的兴衰很自然地组成《红楼梦》的结构总体。它既体现了封建没落家庭与儿女真情玉石俱焚的必然性；也揭示出情理冲突中古今未见的情的发展蓝图。如前所述，封建大家庭的衰落，首先表现为它的精神支柱伦理道德的衰落。这就给儿女真情的生长和发展提供了一定的条件；而儿女真情的成长又必然要和伦理道德礼仪礼法、门阀等级、包办婚姻发生冲突。儿女真情就是在和这些封建文化冲突中发展起来的。可是就封建统治者来说，它愈是到了没落之时，就愈要靠它的精神支柱来支撑其摇摇欲坠的局面。所以封建理治、礼法在对外方面，仍有较强的摧毁力。这样，情理对抗的结果，儿女真情的悲剧结局也是必然的。但又因为这种悲剧是玉石俱焚的悲剧，所以就超越了历史上所有的爱情悲剧。历史上的爱情悲剧，大都是陈腐保守的封建理治礼治的胜利，而《红楼梦》则是从封建理治的自杀自灭过程中来表现情的悲剧的。这样一来，《红楼梦》的儿女真情，就不仅仅是男女爱情了。表面上看来，《红楼梦》中的爱情也是一般的男女爱情，但它始终把男女爱情的发生发展与结局同贾府的兴衰成败联系在一起。衰败时，新生的东西在生长，而新生东西的生长又必然不断地冲击衰败者；反过来衰败的东西仍然要摧毁新生东西；衰败的求生与新生的求发展，既相依相存而又相互拼杀地纠结为一体。这种两败俱伤的悲剧被"追踪蹑迹"地记录在册，所以才成为当时历史条件下因果俱全的双重悲剧。正因为封建家族的没落与儿女真情的兴衰生生死死地纠结难分，所以《红楼梦》中的爱情就成为封建大家族中最敏感的一根神经。在贾家大族中，宝黛爱情可以牵一发而动全身，否则元妃也不会插手变木石姻缘为金玉姻缘了。因此，关于《红楼梦》主题的爱情和封建家庭衰败说的争议，至今未获共识。其实这是一个问题的两个方面，如果"合二而一"，争论也许能够平息。当然贵族大家庭的衰亡，不等于封建社会的衰亡。但作为封建社会缩影的贾氏家族，它的衰亡也可以说是封建社会衰亡的前兆。因为贵族的"家"与封律统治者的"国",实在是密不可分的。修身、齐家、治国、平天下,靠的不是武力,而是伦理道德和理治、礼法。因此,一个封建大家族中伦理道德的衰亡,就不会是孤立的。《孟子·离娄》中说:"天下之本在国,国之本在家,家之本在身。"作为国的根本的"家",正是"欲治其国,必先齐其家"的一体关系。我们当然不能把"家齐而后国治"反过来推论"家败而后国败",但作为"国"与"家"的共同精神支柱——伦理道德,其兴衰成败,都会在"国"与"家"中表现出来。因此,"国"和"家"是不能分割的有机整体。这就是《红楼梦》所"追"出来的"踪迹",而且是封建伦理道德根基动摇过程的"踪迹"。

三、女女男男的座次

整个中国封建社会几乎都是男人世界。从这个世界的组合来看,是"君君、臣臣、父父、子子"的组合,以君父为中心的男人世界,其社会观念就是男权社会,所以一部封建历史差不多都是男人的历史,即使是掌握政治大权的女人也不过只领风骚数十年而已。一般的女人只有在"节""孝"圈子里,做出精神和生命上的牺牲,才能获得一块石头牌坊。在政治方面,女人是不能从政的,"德"与"无才"是相等的,如果过问国家大事,就是"牝鸡司晨";女人更不能追求自由恋爱,只能嫁鸡随鸡,否则就犯了"七出"之二的"淫佚"罪过;女人不能有独立的人格,否则就违反了"三从四德"。总之,以君权、父权、夫权为中心的社会,女人是男人的附属品。但这种几千年以来的伦理道德却掩盖了一个谁也无法否认的事实,那就是男人离不开女人。《易·说卦第九》云:"有天地,然后有万物;有万物,然后有男女;有男女,然后有夫妇;有夫妇,然后有父子;有父子,然后有君臣。"君、父是在有了男女、夫妇之后才有的,没有"女",没有"妇",哪来"君",哪来"父"?所以儒家很坦率地承认,离开了女人就会"无后","无后"

就是最大的"不孝"。离开了女人就不能成家，也就没有"齐家"基础上的"治国"。这本是有史以来的既成事实，但传统的理念硬把它掩盖起来，而且一掩盖就是几千年。这种人人都能看清楚的事实，要恢复它的本来面目，却不是件容易的事。因为男权的统治是以君权为核心，以父权、夫权为基础的社会统治。要推翻男权，首先要推翻君权，同时也要推翻父权和夫权，只有推翻这"三权"，才能推翻封建宗法统治，这确实不是一件容易的事。歌颂儿女真情的《红楼梦》，虽然没有直接推翻男权社会的"三权"，但它却从揭开传统理念掩盖的女人的作用入手，举起儿女真情的旗帜，始终把男女间与生俱来的本性、真情显示出来，以男女间发展本性、追求真情的权力来取代以男人为中心的男人权力，使女人人格的权力、爱情的权力，在社会上占据应该有的席位。这样一来，《红楼梦》中的爱情，不仅与社会、政治、伦理道德发生冲突，而且要把封建伦理所掩盖的真情原原本本地体现在女儿身上。这就把"君君、臣臣、父父、子子"的纯阳世界变成"女女男男"阴阳组合的世界。《情史序》云："生生而不灭，由情不灭故"，排斥女人的世界，实际上是"欲人鳏旷以求清净，其究不至无君父不止"（《情史》詹詹外史序）。人人都成为光棍旷夫，不仅无君无父，而且也没有人类。这恐怕就是《红楼梦》在"君君、臣臣、父父、子子"之外，以儿女真情来展现的"女女男男"之道。这种"女女男男"之道，不仅很自然地要反对清一色的君臣父子的森严统治，而且还把女儿的地位推上最高点，宣称"女儿两个字""比那阿弥陀佛，元始天尊""更尊荣无比"。这表明佛、道两祖都在女儿的座次之下。至于儒教鼻祖孔子，因为亘古以来就被举为圣人，受国法家规的庇护，只好暂不涉及。但在《红楼梦》中，不管从作者的认识高度或感情深度来看，人际之间的顺序，都是"女女男男"的顺序。作者在开宗明义的第一回就公开宣告"当日所有的女子，一一细考较去，觉其行止见识，皆出于我之上"。所以"堂堂须眉"，实在比不上"裙钗"，深感自我惭愧，决心"敷演出一段故事来""使闺阁昭传"，不能"使其泯灭"。这里涉及的女子，是当日"所有的女子"，虽不一定泛指"半边天"，但却包含作者半生经历所涉及的全部女子。如果这些"所有女子"和"君君""父父"平分秋色的话，那么"女女"也应该和"君君"一样，女人有女人之道，像个女人样子。女人是世间二分之一的人"平分秋色"，并非独占秋色。所以女人之道，并非要把纯阳世界变成纯阴世界，因为没有男人，女人也是不可能存在的，只不过要实现男女平等的世界罢了。但是要把男人统治的一统天下，分出"半边天"来归妇女，那就要有必要的措施，起码在舆论上，要有建立"半边天"的声势。所以《红楼梦》中有关女子的舆论，就难免有些踵事而增华了。如有名的"女儿是水做的骨肉，男人是泥做的骨肉"，这虽是七八岁的小儿之言，但若没有"致知格物之功，悟道参玄之力"是"不能知也"的。因为水和泥确实是造过人的原料，女娲就是这样造人的。不过她是把水泥揉合，先精工细做捏成高贵的人，后因怕麻烦，就用绳子在泥中揉合，提出一点泥来，也能成为人。因为她偷工减料，粗制滥造，所以这样的人，就成为低级卑贱的人。但不知精工捏的人是否是男人，绳子提的人是否是女人？如果按几千年的纯阳世界来看，似乎是这样的。而《红楼梦》中的造人论，则是把水和泥分开，以水清泥浊的本性作为女人男人的不同质。这样女人就有了清爽气，男人就有浊臭气，这是天生的。这确实是从"致知格物"中得出来的人的起源论。这当然不是推翻猴子变人的理论，而是从男人和女人的不同质中分出泾渭，为女人矫枉而过了一点"正"。所以曹雪芹通过贾宝玉的口，说女儿是"老天"的"精华灵秀"生出来的"人上之人"，是"天地钟灵毓秀之德"培育出来的人。如果从此作为人间排座次的依据的话，"人上之人"岂能不坐第一把交椅？只要看一看大观园女儿国中的女儿，哪一个不是在人性人情方面返本归真，清清洁洁的"人上之人"？这些"人上之人"的人品，当然不可能概而为一，但她们却有殊途同归的共同点。林黛玉天然洁质远尘埃，是捍卫人格尊严、追求爱情自由的自觉者。晴雯傲骨英风，抄捡大观园时，奋起反抗，临死不屈。鸳鸯敢于粉碎"大老爷"的逼婚，宁肯"一刀子抹死了，也不能从命"。此外，史湘云豪爽直率，性情天然，以女中巾帼而兼名士风流。妙玉云空不空，情潮时涌。司棋敢作敢为，以身殉情。就连贵为皇妃的贾元春，也想冲出那"不得见人的去处"。这些不同的言行心态，归根到底，都是谋求女人做人的权利，捍卫女人的人格尊严，追求女人与男人的平等权力。这些东西，是千载以来女人所梦想而未能实现的。而《红楼梦》的女儿们却敢于冲击封建理治的牢笼，使千载以来女人的人格、人品在冲击中闪出耀眼的光辉。这大概就是"人上之人"名实相符的原因吧。当然女女男男的座次，和君臣父子的座次是相对的。"女女"和"君君"的含义相似，即为君的应有为君之道，而作为女人的也应该有女人之道，要和君、父一样，像个君、父样子。那么女人要真像个女人，最重要的是要使自己从奴隶地位中站立起来；从封建伦理道德的桎梏中解放出来；从浊臭的男人世界中分化出来；形成清清爽爽的"半边天"；既要使另一个半边天的人见了人见人羡，又不至于针锋相对，使男人附首称臣。

至于"男男"，在《红楼梦》中，也有它的特殊含义。简言之，男人是从浊臭污泥中蝉蜕出来的男人，起码是置几千年男权专制于不顾的男人。这种男人虽不很多，但却被曹雪芹找到了一个代表，那就是贾宝玉。

《红楼梦》第三回写贾宝玉出场，有两首著名的《西江月》：

无故寻愁觅恨，有时似傻如狂。纵然生得好皮囊，腹内原来草莽。潦倒不通世务，愚顽怕读文章。行为偏僻性乖张，哪管世人诽谤！

富贵不知乐业，贫穷难耐凄凉。可怜辜负好时光，于国于家无望。天下无能第一，古今不肖无双。寄言纨绔与膏粱，莫效此儿形状！

作者认为这两首词，"批宝玉极恰"，"极恰"就是再恰当不过之意。为什么作者有如此评价呢？因为相对封建社会的"君君、臣臣、父父、子子"男权社会的严格规范而言，"此儿"是一个所谓"君不君，臣不臣，父不父，子不子"中特殊类型的人。其父曾断言，将来会"弑父弑君"。如果用封建男权社会的标准来看，宝玉就是一个"男不男"的人，是会被人"万目睚眦"的。如果以《红楼梦》中的女儿观点来看，他就是"闺阁中的良友"，女儿们的知音，大观园中的无冕之王。因此，《西江月》词中的某些句子，是可以反其意而理解的："天下敢称第一，古今难得有双，一切纨绔与膏粱，能效此儿形状？"就连曹雪芹的文字知音脂砚斋，也被宝玉弄糊涂了，不知宝玉是何等人物，只好下一句囫囵生咽的评语："今古未见之人"。但这"今古未见之人"，又确实评得不错。从宝玉的出身看，他是被女娲精工炼成的补天石，而又无故被弃，被一僧一道点化为扇坠大小的玉石，而幻形入世。所以他是先天生成的"假（贾）宝玉"。这就是"纵然生得好皮囊，腹内原来草莽"的先天成因。所以他一入世就遭到其父憎恶，骂他为"酒色之徒"，将来会发展到"弑父弑君"的地步，要下死手打死他，"以绝将来之患"。所以宝玉的一生是"枉入红尘"的"混世魔王"，最后只好"悬崖撒手"，返回青埂峰。综观宝玉的一生，"入世"不一定就积极，而"出世"也并非消极；与其入世汇入"臭男人"之流，不如出世返回青埂峰。出世的回归地也就是他的出生地——情的策源地青（情）埂峰，这是真正的返本归源。所以宝玉的一生，若按封建伦常观念来看，他确实是"臣不臣""子不子"的人物，也就是正统观念下"男不男"的人了。看来女娲抛弃此石，是事出有因的；正因为此石是"男不男"的人，所以他不能成为补天之材。当初石头一再要求一僧一道带他去大富大贵人家去"享受"几年时，这一僧一道只好以"假宝玉"来包装好它，并在投生时把品牌塞在他口里，尔后又一直挂在脖子上，使人一见而信为宝玉。这样，才能使贾家"老祖宗"把他当"命根子"来看待，虽然被其父看穿了他的真面目，但也无可奈何了！

就这样一个千古奇人，在《红楼梦》中，却成为"女女男男"中"男男"型的代表人物。那么他的男人之道是什么呢？从上述可见，贾宝玉男人之道就是要打破封建伦理道德规范的男权世界，抛弃传统的修齐治平的男人的神圣使命，置几千年以来以男权为中心的最大专制于不顾，一生为女儿尽心尽性、尽力尽智，一视同仁。除了与黛玉结为生死之交的知己外，对薛宝钗、史湘云相亲如姐妹；对香菱、平儿体贴入微，一举而开启她们的灵犀通渠；对袭人宠之纵之，使其有半个主子的地位；对晴雯娇之护之，以侍儿之卑微显人格之尊严；对万儿，则以自己的心灵去净化所谓"淫行"，使"淫"化为"情"；对二丫头，虽然"瞬间相会""展眼无踪"，但"恨不得下车跟了她去"，心交神往，早已将其拉入女儿国了。就是刘姥姥胡诌的茗玉小姐，因成精庙毁，使宝玉"盘算了一夜"，特派茗烟去"踏看明白"，"再做主意"。至于对藕官烧纸的同情和开导，对龄官画蔷的痴迷入魔，对夏金桂妒病的关切，特向王一贴求疗妒汤，一厢情愿地恨不得治好夏金桂，再增加一个清清爽爽的女儿。这些言行表明，宝玉的信念是"山川日月之精秀，只钟于女儿，须眉男子不过是些渣滓浊沫而已"。他要在寻找出灵真境界中，蝉蜕浊秽，抛去自身的"臭皮囊"。宝玉首先从男权社会中解脱自我，使自己不再担负男人的社会道义，并在女儿中去适应解脱中的自我；同时也促使女儿们的解脱，在双方解脱中共同铸造儿女真情。这是"女女男男"个性、心灵的自然体现。

可见，《红楼梦》通过"闺阁昭传"的"一段故事"，把人世间座次做了调整，在"君君、臣臣、父父、子子"的伦常道德之外，以一大群小儿女的言行、心态、理想、志趣来表述"女女男男"之道，把男尊女卑的座次重新调整为女冠男亚的座次。男女座次的调整，意味着封建秩序的大变革，至于如何变革，变革以后的社会情景如何，这恐怕属于《红楼梦》中的"彼岸"问题了。

四、摸着石头过河的彼岸

《红楼梦》中女女男男的世界，显然没有真正建立起来，这是"幻形入世"的石头在红尘中没有能过渡到彼岸的缘故。从比喻义上说，石头的幻形入世，也是"过河"，虽然石头本身已是"灵性已通"，但涉脚尘世后，也在不断地摸着人世间的"石头"过河。因为石兄心中的"彼岸"，并不是十分清晰的大目标，可以大踏步地前进，而是若明若暗，似真似假的境界，只好摸一步，进一步，一旦遭到旋涡暗流的冲击，也难免被河水淹没。尽管《红楼梦》中女女男男的座次是超历史的、超现实的，但这个超现实的具体图景，曹雪芹并没有画出来。因为曹雪芹摸了半生的石头过河，也没有能达到彼岸，在旋涡暗流的冲击中，回头一看，出发时的"此岸"，却成了茫茫一片。所以他写回头的事，可以"追踪蹑迹"，而对超现实的事，却"不敢失真"地去再现一个"桃花源"。那么《红楼梦》中摸着石头过河的彼岸，究竟有没有一个轮廓呢？笔者认为，大体则有，具体则无。这是因为未来的图景，只能由未来的人来画。就是先进的革命家、政治家，也不能要求他们把未来的图景具体画出来，更何况曹雪芹了。明乎此，我们探索《红楼梦》的彼岸，就可以实际一些了。

《红楼梦》中的"彼岸"，是从"此岸"产生的，并由此岸出发的。任何理想都是当时现实的产物。现实生活中有应该扬弃的东西，也有景仰追求的境界，这种境界就是"彼岸"。但这种"彼岸"又不等于未来的现实。从历史的观点来看，对古代思想家、政治家、艺术家的要求，主要是看他们在追寻什么，而不是看他们追寻到了什么，而他们的追寻又往往是从现实的不满开始的。因此，"此岸"与"彼岸"不能断然分开，而且"彼岸"中闪光耀眼的亮点，大都是"此岸"中孕育出来的，所以任何理想境界，都不是凭空产生的。

大家知道《红楼梦》是追踪蹑迹、不敢失真之作，但这不等于说《红楼梦》中的故事情节是历史上的原事原物。从作者的思想感情来看，有一种扬弃过去而又依恋过去的矛盾心情。作者是在"奈何天，伤怀日""忆"昔日的"秦淮风月"。从《红楼梦》中所"忆"的境界来看，作者虽然不是回归过去，但对过去确有一种美好的景仰在。"盛筵难再"，但又有重温盛筵的心灵感受。重温可以，重开则难，故终归为"梦"，终归为"幻"。就是"当日所有的女子"，虽然胜过"堂堂须眉"，那也只能在红楼"梦"中将其梦境再现出来。那些锦心绣口、聪明秀丽、才华出众、天真烂漫的女儿们的丰富多彩的生活，毕竟已成为昔日的春天。尽管这"昔日"当中，有作者的爱，有作者的情，有作者的希望和追求，但终归是"弃我去者，昔日之日不可留"。这种依恋惋惜之情，自然充满了一种美好的景仰，今昔对比，甚至有今不如昔之感。当然这并不包括作者扬弃的浊世在内。这些美好的景仰，如能遗世独立，建立起"幽微灵秀地"，排除那"无可奈何天"，这难道不是"彼岸"的新天地？所以从"此岸"到"彼岸"，就《红楼梦》是在批判陈腐文化当中探索未来文化，这是没有错的。

当然这种未来文化，如果以一二三、甲乙丙来罗列的话，那难免有笨伯之讥。所以前面才提到这种文化大体则有，具体则无。至于何谓大体，笔者认为主要是体现人性人情解放的所以然。摸着石头过河，就是要摸出"事势自然"，既要防止闪失，又要顺势前进。而这种"所以然"或"事势自然"，就是先哲前贤所说的"道"。章学诚在《原道上》中说："道者万事万物之所以然"，"故道者，非圣人之智力所能为，皆其事势自然，渐形渐著，不得已而出之，故曰'天'也。"这里有两层意思，第一，"道"在万事万物之中，也就是"道寓于器"（同上）；第二，"道"是万事万物的"所以然"，即"事势自然"。章氏表明了"道"的存在发展、变通的观点。正由于"道"是万事万物的"所以然"，所以它的发展必然是"事势自然"，是"渐形渐著"表现出来的。因此，道的表现是"不得已而出之"的"天然外露"。章学诚的观点，把传统的圣贤之道和时代的发展变化联系起来了。"道"是可变的，是"事势自然"的天然外露。因此，"道"就具有自然的推陈出新的发展规律。《红楼梦》所揭示的贾府的兴衰成败和儿女真情的天然发展，就是从这种"事势自然""渐形渐著"的人、事、情中表现出来的。因此，这种"道"既体现了封建"末世"发展的必然，又体现了儿女真情蝉蜕于浊秽的新人新事新情的"天"然形态。章学诚虽然晚生于曹雪芹 20 多年，但他的"道者万事万物之所以然"的观点，对历史上的事物也是适用的。《红楼梦》中女女男男之道，也是这种"事势自然"天然外露之道。把这种道用在儿女真情身上，就是儿女们人品人格独立自主发展之道；这种道不仅在《红楼梦》时代只能算"彼岸"的星光，就是后世若干年也不能保证能完全实现。

这种"彼岸"形态的文化，在《红楼梦》的具体描写中，是有所表露的。在宝玉挨打后的第三十四回，是对宝玉情的能源动力的剖析。当袭人问宝玉："怎么就打到这步田地？"宝玉叹气说："不过为那些事，问他作什么？"在"打到这步田地"时，还认为挨打"不过为那些事"，不值得一问。这充分说明宝玉打而不服的心态。他心里想的"那些事"值得如此下毒手吗？在宝玉看来，干"那些事"哪有错？忠顺王爷可以独霸琪官，我贾宝玉为什么不可以帮助琪官挣脱其被凌辱的地位呢？所以他才对黛玉说"便为这些人死了，也是情愿的"。要知道这是在贾政下死手把宝玉打得死去活来的情况下说此话的，而且是对黛玉说的，谁能怀疑这话的真实性呢？愿为"那些人"而死，确实是宝玉情的动力，也是宝玉的性格核心。为了追求真情，不惜舍命以求。正因为如此，当宝钗为他挨打而动真情时，他不仅"心中大畅，将痛苦早丢九霄云外"，而且表现出义无反顾的决心："我便一时死了，得他们如此，一生事业纵然尽付东流，亦不足叹惜。"真情与"一生事业"比，情重于一切。宝玉心中的天平砝码，全是情铸成的。至于"一生事业"，则无足轻重。所以王夫人为此事而束手无策，他对袭人说："我常常掰着口儿劝一阵，说一阵，气得骂一阵，哭一阵。彼时他好，过后儿还是不相干。"这确实是从情根（青埂）处来的顽石。更重要的是，宝黛定情，却正是宝玉被打得死活之际发生的。两条旧手帕，三首回肠诗，将二人的"情中情"凝而为一。可见，仅从《红楼梦》第三十四回中，就已足证明，宝玉不把"那些事"当回事，愿为"那些事""这些人"而死；愿为"那些事""这些人"把"一生事业""尽付东流"；为"那些事""这些人"把他母亲气得哭骂无休，束手无策。这种精神在《红楼梦》"彼岸"中，正是耀眼的星光。

再从日常生活细节中看，贾宝玉无时不在寻求适应自己性情解放的理想境界。《红楼梦》第八回，宝玉在薛姨妈家饮酒，被他奶妈李嬷嬷拦阻，以他父亲问书来吓他。弄得宝玉放下酒杯，"垂了头"。黛玉却站出来说："别扫大家的兴，舅舅若叫你，只说姨妈留着呢。这个妈妈他吃了酒，又拿我们来醒脾了"。"往常老太太又给他酒吃，如今在姨妈这里多吃一口，料也不妨，必定姨妈这里是外人，不当在这里也未可定。"弄得李嬷嬷哭笑不得，只得承认"林姐儿"的话"比刀子还尖"。这固然是写林黛玉的好文字，但也表明宝玉的性情解脱离不开林黛玉这样的女儿们，离了她们，宝玉的性情解脱就没有适宜的土壤和良好的气候。反之，像李嬷嬷这样的女人，就是束缚宝玉性情的女人。当宝玉醉酒回到贾母跟前时，贾母问："老奶子，怎么不见？""宝玉跄跄回头道：'他比老太太还受用呢，问他作什么，没有他，只怕我还多活两日。'"表面看来，宝玉也有报复心理，其实这是性情解脱受阻之故。"没有他，只怕我还多活两日"，这是任情适性的大实话。随后听说枫露茶被李嬷嬷喝了，宝玉气得将手中的茶碗"往地下掷，豁啷一声，打个粉碎"，马上要回贾母，撵他的乳母。如果是别的女孩子喝了枫露茶，宝玉会如此发火吗？恨只恨这个老女人偏偏是他性情解放的一大障碍！所以宝玉的"爱博而心劳"是有条件的，这个条件就是必须适宜于儿女真情的发展，更要有建立"幽微灵秀地"的气候和环境。这一条件，只有在女儿中才能获得。因为在女儿中，确实有真情在。《红楼梦》第十九回，宝玉去林黛玉处，两人面对面躺下，由于宝玉爱吃女孩儿口上的胭脂，他左腮上留下了胭脂膏痕迹。黛玉用手帕亲自给他擦了，并说："你又干这些事了，干也罢了，必定还要带出幌子来，便是舅舅看不见，别人见了，又当奇事新鲜话儿去学舌讨好儿，吹到舅舅耳朵里，又该大家不干净惹气。"这说明宝玉的行为不仅得到黛玉的谅解，而且得到黛玉的指点：干是可以的，但千万别带出"幌子"来，不然自己也会被卷进去的。宝玉明明是"吃"别的女孩子口上的胭脂，为什么黛玉怕牵连呢？这并非是说黛玉怕宝玉以这种放肆的行为对待自己，而是自己在性情解放中，比宝玉警觉性高，自我保护的意识较强。因此，要宝玉干得巧妙一些。这种思想是相当开放的。如果把"吃女孩儿口上的胭脂"和西方进口的"接吻"相比较，东西方文化的差别，恐怕就在于谁能表现得更有诗意情韵些。所以黛玉对宝玉的行为不仅毫无醋意，而且还给以指点。这种表现不要说封建社会中的女孩子极为罕见，就是今天开放型的姑娘们，又有几个人能有黛玉的胸怀呢？笔者之所以敢于冒"低级"之讥而以此为例，就是因为此中有真情，而且是真正开放型的真情！

　　还有一个值得注意的问题，就是在女儿群体当中，个人的理想、志趣追求，并不都是一样的。宝钗、袭人是守礼型的女子，和黛玉、晴雯是不能并论的。但在情的问题上，这些人的人欲的原动力还是原封不动地保存下来了。《红楼梦》第四十六回，宝钗因黛玉说酒令引用了《西厢记》《牡丹亭》中的话，要"审问"她，黛玉"羞得满脸飞红"，央告宝钗"好姐姐，原是我不知道随口说的，你教导我，不再说了"。宝钗终于说出了真心话，原来她"也是个淘气的"，早已背着家人把"西厢""琵琶"及元人百种读熟了，即使是"从""德"型的女子，也"是个淘气的"。这哪是"兰言解疑"，明明是"兰言交底"。所以黛玉敢于借戏谑之机敲打宝钗："好姐姐，饶了我罢，颦儿年纪小，只知说，不知道轻重，作姐姐的教导我，姐姐不饶我，还求谁去？"看来在情的问题上，所有的女孩子都不能例外，这也是"势事自然"所致。就拿《红楼梦》中的皇妃贾元春来说，她不仅想脱离那不得见人的去处，而且还是大观园女儿国的发端人。她在"归省"之后，怕贾政把大观园"敬谨封锁"，"寥落"了园子，因此，下令贾府姊妹进住，"也不使佳人落魄，花柳无颜"。元妃为了使佳人与花柳同春，不使春光"寥落"，才使大观园成为女儿国的。更有意思的是，她为了不冷落宝玉，也用起"幌子"来了，"读书"就是堂而皇之的"幌子"。贾政明知是幌子，也只好借"幌子"做文章，顺水推舟，训斥宝玉道，娘娘知道"你日日外头嬉戏，渐次疏懒，如今叫禁管，同你姊妹在园中读书写字"。以"幌子"为"幌子"，借题发挥，"禁管"自然成了空话。可见皇妃之情与大观园的女儿们和宝玉是相互沟通的。

正因为情人人有，不管皇妃也好，"从""德"型的女子也好，概无例外。因此，情的出路，情的发展，均应各由其道而往。虽然道路险阻，关山重叠，但人性人情的解放，总是一往无前的。何况阻碍人性人情解放的封建伦理道德的铜墙铁壁，已被自己人冲撞得百孔千疮，所以《红楼梦》在针对封建男权社会所表现的女女男男之道，就谱写出了儿女真情的新乐章，并奏出了理想的强音。至于"浊世"以后清爽的世界具体图景，只好留给未来型的男男女女们的丹青妙笔了。

《红楼梦》彼岸世界中的文化雏形

"红学"与敦煌学、甲骨文学同处于三大显学的地位。但就"红学"的涉及面和可学、可研的范畴来看，似乎要大于敦煌学和甲骨文学。别的不说，单就《红楼梦》中所涵蕴的未来世界的文化形影来看，敦煌学和甲骨文学就不可能与之相比；如果三大显学要相比较的话，敦煌学和甲骨文学对历史文化的贡献是巨大的！而《红楼梦》对历史文化的传承和发展是突出的，对未来文化的开拓与创新又是独特的。

《红楼梦》是在中华民族文化沃土中产生的。它在民族文化的发展过程中有其传承的一面，也有其创新的一面。但传承并非是保留故有文化形态，而是在开拓创新中赋予民族文化以未来的面貌，也就是说《红楼梦》已经具有了彼岸世界中的文化雏形，而探讨这种文化雏形，正是探讨《红楼梦》"真面目"的一个重要方面。

一、今古未见之人与今古未见之文化

文化包罗万象，但离不开人，离开了人，就没有文化。"万象"中最活跃的是"人象"。人创造了文化，文化又熏陶、培育了人。所以文化最终必须以"文""化"入人的生性、生活之中；但文化的各个方面，诸如文艺的发展，道德的垂范，哲学的传承，建筑的出新，都市的繁华，衣饰的时变……又都离不开人的创造、发明和开拓发展。文化是为了人化；人化又发展了文化。可以说：人类社会的进步，是文化人化交替促进，推陈出新的结果。《红楼梦》既是传统文化的产物,又是传统文化中没有见到过的产物;《红楼梦》的人物既是传统文化孕育下的人物,又是传统文化模式中所不曾见过的人物。这恐怕就是人们对《红楼梦》"仰之弥高,钻之弥坚,瞻之在前,忽焉在后"的缘故吧!脂砚斋有此感受,所以他才有两段著名的对宝玉、黛玉的批语:

> 察其幽微感触之心,审其痴妄委婉之意,皆今古未见之人,亦是未见之文字……
>
> 今人徒加评论,总未摸着他二人(宝玉、黛玉)是何等脱胎,何等骨肉。

在同一回稍前,脂砚斋在对宝玉处理茗烟与万儿私通一事时,也有类似的批语:

> 其宝玉之为人,是我辈于书中见而知有此人,实未曾亲睹者。又写宝玉之发言,每每令人不解;宝玉之生性,件件令人可笑。不独于世上亲见这样的人不曾,即阅今古所有之小说、奇传中亦未见这样的文字。于挚儿处更甚。其囫囵不解之中实可解,可解之中又说不出理路,合目思之,却如真见一宝玉,真闻此言者,移之第二人万不可,亦不成文字矣。

脂砚斋感受到宝玉、黛玉是"今古未见之人",描写宝玉、黛玉的文字是"今古未见之文字",但要进一步探求,又只能是"可解之中说不出理路来"。这也难怪,不管是曹雪芹和脂砚斋,他们都只生活在产生贾宝玉的时代。对贾宝玉之前的时代,他们可以从传统文化中得知,对贾宝玉以后的时代,只有心灵的感应与理性上的认知,而无具体的感受和真实的体验。但这"今古未见之人",又却能在

"合目思之"时，能"真见一宝玉""真闻此言者"。这就是说宝玉其人，宝玉其言，能够"思"而得之，在现实中是不能亲闻目睹的。因为贾宝玉这个"今古未见之人"的精神世界中正不断地闪现出今古未见之文化。这就是"可解之中"说不出来的"理路"。就拿"今古未见之人"这段批语来说，那是针对宝玉对袭人家那个穿红衣服的两姨妹子的感触而发的。宝玉从袭人家回来之后，问袭人："那个穿红的是你什么人？"袭人回答："那是我两姨妹子。""宝玉听了赞两声"，袭人故意激宝玉说，你心里想的是说："她那里配穿红的。"宝玉连忙否认说：她不配穿红的，谁还敢穿，那是"因为见他实在好的很"，"应该住在咱们家"。袭人冷笑道："我一个人是奴才命罢了，难道连我的亲戚都是奴才命不成，定还要拣实在好的丫头才往你家来。"宝玉一时说不出话来，最后才说："我不过是赞她好，正配生在这深堂大院里，没的我们这种浊物倒生在这里。"从袭人、宝玉的对话中可见，宝玉对袭人两姨妹子的关注和赞赏，是因为引起了他见她后的"实在好得很"的天然感受，并非是袭人所想的"花几两银子买他们进来"的事。而是和自己比，认为穿红的女子"正配生在这深堂大院里"，而生在这深堂大院里的人，却是些"浊物"。一个贵公子和家里奴才的亲戚比，不仅拉平了来比，而且还把自己拉下去比，拉在"浊物"堆里去比，所以宝玉的"囫囵不解之言""幽微感触之心""痴妄委婉之意"，确实超越了宝玉的时代，闪现出未来文化的星光。照此下去，等级伦理文化必定被毁弃，新生的自由平等的个性解放的民主文化是和宝玉"痴妄委婉""幽微感触"的心意很合拍的。

再就宝玉对茗烟、万儿事件的处理来看，若用传统的伦理道德来处理，确实是一个"死活"问题，就是用今天的观点来看此事，也很少有人能排除传统的"淫"的观念而加以支持。但宝玉在一瞬间却把"淫"化成了"情"；他不是支持"淫"，而是把"淫"化成了"情"来支持，他推翻了几千年的伦理道德观，对小奴才、小丫头的"淫行"，不仅毫无谴责之意，而且关怀备至，解除他们的思想负担，还祝福万儿将来"有造化"。这难道不是逆天而行的人遂人愿的理想？这种人遂人愿的理想，只能是属于未来的彼岸世界。难怪脂砚斋"说不出理路"来。因为这个"理路"是彼岸世界中的个性彻底解放之路，是人遂人愿之路。虽然茗烟、万儿之举不足为训，但那是在强大礼教禁锢、逼迫下所致。宝玉的反常处理，说明宝玉的心性中，确实保留了原始人性自由发展的"基因"。

要了解这个"今古未见之人"的"今古未见之文化"，还应该看一看贾宝玉对待政治文化的态度。

中国的文化总是和政治密不可分，从西周起，中国的文化体系已经形成，其核心是把家庭关系和国家关系融入血缘关系中；把家庭的"亲亲"和国家的"尊尊"合二而一。因之殷道"亲亲"就变成周道"尊尊"了，于是把亲父之亲变为尊君之尊。这就是后来孔子所推演出来的"君君、臣臣、父父、子子"的君权、父权制的封建政治、伦理、道德的文化基础。这就逐渐在三千多年的中国封建统治中，形成了阻碍社会发展的两大因素：中国封建社会男权统治的纯阳世界和个人的人性人情与创造性被长期扼杀。因此，人的价值包括占半边天下的女人价值，不能发挥出来，人性人情的发展被宗法的血缘的网络所禁锢。所谓"君者，国之隆也；父者，家之隆也。隆一而治，二而乱"，这种宗法血缘关系的等级制，形成了中国封建社会的文化特权。在长期封建统治过程中，这种封建社会的文化特权，始终对泯灭人性人情的封建政治制度进行不断的深化和完善。这是中国社会发展过程中的负面文化，它和中国传统的民族优秀文化是不同性质的两种文化。

血缘关系的中国封建统治的特权文化，表现在人与人的关系上，有明显的两大特征：即以君权、父权、夫权为中心组成的男权世界，

也就是以男人为主的一统天下的纯阳世界；再就是被剥夺了做人的
基本权利、处于从属地位的女人世界，即所谓男尊女卑的世界。若
从价值观上看，价值的体现当然在男人身上，为君、为父、为夫、
封侯、拜相、挂帅，都是男人的事，女人的一生只能在家从父，出
嫁从夫，夫死从子；就是不能"从己"。《红楼梦》中已露端倪的政
治文化，主要是摒弃封建伦理道德和血缘关系等级制。在男女价值
观上，把男尊女卑变成女清男浊，把男权社会的历史翻了过去，重
新为"闺阁昭传"谱写新章。这样一来，在中国政治文化的长河中，
那些代代献身帝王，以治理天下为己任的男子汉大丈夫，都成了沽
名钓誉的"国贼""禄蠹"和"须眉浊物"。在封建社会，男人之所
以"尊"，就尊在他们独霸人才市场上，帝王择善而用的是男人，待
价而沽的是男人，帝王要买男人的才，必先买其人，故功名富贵加
身，黄金榜上题名，就是买人的高价诱饵。就历代封建社会的人才
市场上看，是没有一个女人摊位的。《红楼梦》恰恰在这一方面，把
封建社会的人才市场来一番彻底改造，认为女儿的"行止见识"，皆
出于男人之上，女儿是天地"钟灵毓秀"的产物，女儿的地位高于
佛道两祖。这些女儿观绝不是"小说家言"，而是对传统男尊女卑地
位的互换，是重新对男女价值的定价。如果按照《红楼梦》的男女
价值观来看，男女地位必然要换成"女尊男卑"了。如有人感兴趣
的话，不妨在通读《红楼梦》全书时，把书中的男人统计一下，算
一算值钱的男人究竟有几个？

　　把男尊女卑换成女尊男卑，在封建社会绝不是一件小事！它意
味着传统政治文化中的君权、父权、夫权为中心的男权社会的统治
机构和统治系统，都要被统统推翻！不要说在封建社会实现不了，
就是今天的所谓民主社会也不能实现。先从形式上看，全世界的女
总统、女总理、女部长们和男总统、男总理、男部长们对比统计一
下，恐怕最多只能是百分之几的比例，不要说"女尊男卑"，就是男

女平等，也还没有"平"、没有"等"呢！所以说《红楼梦》中女尊男卑的文化理想，还是遥远的、未来的事。当然矫枉可能有些过正，真正实现女尊男卑也不一定好。人的心性、人的权利、人的欲求，不分男女，人人都是一样的。针对男权社会的长期统治，强调一下女儿胜须眉，女清男浊，是不算过分的。但如果真正实现了女尊男卑，我想曹雪芹的"女儿论"可能会修改的，不过要看未来社会的政治文化才能确定。

二、人的觉醒与未来文化

在封建社会，人的觉醒主要表现在对人的自我估量和对人的个性的自我解放上，所以人的觉醒必然要体现在对人的贬低、抹煞和对个人性情的压制、禁锢的斗争上。而爱情的自由追求，也是人的觉醒的主要内容。如果按封建伦理道德的规范要求，男女之间是不允许谈情说爱的，因为封建等级制规定了"男女有尊卑之序，夫妇有倡随之理"（程颐《伊川易传》）。于是人的个性和主体精神，特别是女人的个性和主体精神，都消融在"尊卑""倡随"的"天理"之中了。这样一来，占半边天的女人，就从"心"上被牢牢禁锢住了，一个个女人都成为伦理道德的活模型，哪里还谈得上对人性人情的自我解放。

《红楼梦》有意塑造了人的觉醒的一对先驱——贾宝玉和林黛玉。当然，说他们是"先驱"，是相对封建社会扼杀人性人情而言，并不排除他们与封建伦理道德的相关联的因素。就贾宝玉的一生来看，人性觉醒的追求还是主要的，首先就宝玉的出生来看，是非常奇特的。世间哪有含玉而诞的婴儿？其实含玉而诞，并非曹雪芹故弄玄虚，而是要从贾宝玉的一生体现出"无材补天，枉入红尘"的书中旨义。宝玉所含的玉，乃"假"宝玉，是被女娲抛弃的补天石，被一僧一道的幻术幻化成的。这个"假"宝玉，来到侯门簪缨之族的大富大贵人家，当然要"枉入红尘"并"潦倒一生""一事无成"。这就是青埂峰下最具有原始性的石头的入世，所以他成为"潦倒不通事务，顽愚怕读文章，行为偏僻性乖张，那管世人诽谤"的"混世魔王"。石头的本性是"顽固不化"。这对青埂峰的石头而言，就是"天不拘兮地不羁，心头无喜亦无悲"的原始先祖的原始性情。所以这个石头"枉入红尘若许年"后，又返回青埂峰过它自由自在的生活去了。当然，如果仅仅把石头返回青埂峰理解为重新去过自由自在的生活，那还不全面。因为石头已经不是"枉入红尘"之前的石头了，它对无材补天，始终耿耿于怀，所以返回青埂峰以后，还把自己的经历写在石头上，要一僧一道带去问世传奇。看来，石头并没有万事归空，对自己"锻炼通灵后"，向人间"觅是非"的经历，仍然是念念不忘的。否则写一部《石头记》，还要问世传奇，又是为了什么？可见石头的顽石般的性情，是对抗封建等级制度和伦理道德的先天成因。宝玉虽"假"，顽石是真。没有顽石作动力，人的觉醒是很难的。

那么贾宝玉这种对抗封建等级制度和伦理道德的先天成因，在《红楼梦》中有哪些主要表现呢？

首先就宝玉的性情来看，是"天性所禀来的一片愚拙偏僻，视姊妹兄弟皆出一意，并无亲疏远近之别"。所谓"愚拙偏僻"，就是"行为偏僻性乖张"，根本和世人不一样。这样的例子在《红楼梦》中是很多的，几乎随事随时可见。如在黛玉跟前的摔玉、砸玉，在世人看来，既"愚拙"又"偏僻"，然而这一摔一砸，却是"姊妹兄弟皆出一意"的心灵反映，客观上使"金玉论"的门阀等级制度要被砸碎，也是求性格解放的自发行为。又如和秦钟交往时，也发了"癖性"，只要兄弟朋友相称，把"叔侄"关系抹平，并诅咒侯门公府之家，限制了他与"寒门薄宦之家"的秦钟交往，正如秦钟所说

"'贫婆'二字限人，亦世间大不快事"。为了秦钟，他"掩耳盗铃"地去读书，表面读书，暗地里却干了许多"精致的淘气"。有时宝玉的"淘气"不仅"精致"，而且非常大胆。他居然敢夺忠顺王爷之所好，把琪官弄到乡下藏起来，危及其父的"冠带家私"，差一点死在他父亲大板子下；而且还发誓说，就是"为这些人死了，也是心甘情愿的！"从中可以看出宝玉的性情正是那个青埂峰下"无才补天"的顽石性情。他所追求的就是"天不拘兮地不羁"的个性解放之情。这种性情在宝玉所处的时代，自然会被人认为"愚拙偏僻"。如果在宝玉以后的时代，他被选为个性解放的先驱，恐怕只是迟早的事。

另外，宝玉自称是"俗中又俗的一个俗人"。"俗"是与"雅"相对而言的。在宝玉眼中，什么是"雅"呢？《红楼梦》第三十二回，贾雨村来贾府要见宝玉，宝玉不愿见他。史湘云劝他说："主雅客来勤，自然你有些警动他的好处，他才只要会你。"宝玉说："罢、罢，我也不敢称雅，俗中又俗的一个俗人，并不愿同这些人往来。"史湘云进一步劝他常常和这些为官做宰的人往来，多讲些"仕途经济的学问"，结果把宝玉惹恼了，当着袭人的面下了逐客令："姑娘请到别的姊妹屋里坐坐，我这里仔细腌臜了你知经济学问的人！"这是宝玉在姑娘面前很少有的发火。可见宝玉对这些"雅人"痛恨之深！宝玉的所谓雅人，就是"为官做宰"懂得"仕途经济学问"的人。这些雅人的所作所为，宝玉是清楚的。如贾雨村包庇薛蟠的人命案，背叛其恩人甄士隐，并"因一着错，便为人上人"成为薛家、贾家的"恩人"而飞黄腾达。宝玉怎么能见这样的"雅人"呢？他宁愿在大观园里竟日游玩，杜绝与亲戚朋友往来。宝钗等人"有时见机劝导"，宝玉生气地说："好端端的一个清净洁白的女儿，也学得沽名钓誉，入了国贼禄鬼之流。这总是前人无故生事，立言竖辞，原为导后世的须眉浊物，不想我生不幸，亦见琼闺绣阁中，亦染此风，真真有负天地钟灵毓秀之德。"这种批判的彻底精神，是古今未见的。可见宝玉心目中的"雅人"全部是为官做宰的一群须眉浊物，所以他宁愿做一个俗中又俗的俗人。这并非是世人皆浊而我独清，主要是要保持人的"清净洁白"的品性，摆脱"立言竖辞"的束缚，跳出为官做宰的陷坑，使人成为净化了的、不受任何污染的、无拘无束、无羁无绊的人！这种人只有在青埂峰的顽石性情中可见一二。至于彼岸世界中有无这样的人，还不好说，只好把它作为未来的文化雏形来看待。

探求宝玉的未来文化的形影，除了在女清男浊、国贼禄鬼、沽名钓誉的男人世界中去感知并进行理性升华外，还有一个普遍的表现方式，那就是在日常生活事件中和宝玉的心性偶然碰撞之后，所闪现出来的超越时空的星光。例子在《红楼梦》中是很多的。第十九回"意绵绵静日玉生香"，写宝黛二人对面躺在床上，玩乐嬉戏，真是情之所至，性亦至焉。二人的性情均悠游自在，既无"不及"，也无"过"。尽管二人嬉戏时宝玉"向黛玉膈窝内两肋乱挠"。黛玉也因宝玉"编"故事取笑她，"按着宝玉""拧"他，但始终不失小儿女天真烂熳的心性神态，只见一片悠游自在的情性。就是距《红楼梦》二百多年后的西方男女情事，还远远没有达到当年宝黛二人灵性中的彼岸情趣。所以宝黛二人所代表的青年男女的"意绵绵"灵性文化，不失为彼岸世界高层次的文化。

再看第二十三回，宝玉独自一人在沁芳桥边偷看《西厢记》，被黛玉发现，要索书看，宝玉以谎言搪塞，被黛玉戳穿。宝玉只好说"若论你，我是不怕的……你要看了，连饭也不想吃呢"。宝玉怎能不怕黛玉？又怎敢断言黛玉看了连饭都不想吃？没有黛玉还偷看，有了黛玉就二人公开看。稍后宝玉公然以"我就是个多愁多病身，你就是那倾国倾城貌"来挑逗黛玉。可见"连饭都不想吃"的断言断得有据，否则黛玉又怎么敢指责宝玉是"银样镴枪头"呢？"银样镴枪头"的指责，本是《西厢记》中红娘对张生的指责，红娘为莺莺着急，指责张生空有外表，而不是一个敢作敢为的男子汉，而这里却成了黛玉当着宝玉的面亲口指责。其性其情既有真诚的迎应，又有大胆的刺激，比起《西厢记》来，那确实是青出于蓝而胜于蓝的。这种谈情的开拓性和现代姑娘比，是否"过之"不好说，而"无不及"却是肯定的。起码在互相鼓励进取上，恐怕是"过之"吧！

再如在秦可卿出丧的途中，二丫头的天然野趣和宝玉的情心一碰，立即闪现出耀眼的火花。先是宝玉见到纺车，感到新鲜，去转着玩。"只见一个十七八岁的村庄丫头跑了来乱嚷'别动坏了'……宝玉忙丢开手，陪笑说道：'我因没见过这个，所以试他一试。'那丫头道：'你们那里会弄这个，站开了，我纺与你瞧。'"接着二丫头被叫走，宝玉便"怅然无趣"。临走时宝玉留心二丫头，只见他"怀里抱着他小兄弟，同几个小女孩子说笑而来。宝玉恨不得下车跟了他去"。对二丫头的笔墨总共不到一百字，而二丫头却令人过目不忘。二丫头对宝玉"野"，宝玉却还之以"礼"；二丫头令宝玉"站开"，宝玉立即"听命"；二丫头的粗野大方、自然洒脱，是宝玉不曾见过的。宝玉在荣宁二府的姊妹丫鬟之外，突遇一个没有丝毫闺阁气息的女孩子，立即被其迷住，要跟她去，而又没有秦钟那样的"淫念"。这除了原始性的人性本原的回归和自然、自由心性的相碰发光而外，还有什么更好的解释呢？

其实人们不难意识到，贾宝玉是作者现实生活与理想探索交织而成的产物。在贾宝玉身上体现了作者的经历和反思、总结和探索。这是曹雪芹痛定思痛后对历史的清醒认识，从作者塑造贾宝玉的感情上看，有一条明显的线索，即痛恨—绝望—绝裂。这也是宝玉感情发展的自然轨迹。所以贾宝玉是"天下无能第一，古今不肖无双"的特殊人物。至于贾宝玉的男女观，说它是超越好几个时代的文化观也不过分。至于情痴情种的贾宝玉，他在爱情观里面持平等观，反对等级门阀观；持儿女真情观，反对皮肤淫滥观；持自由自在的自然观，反对传统的父母之命媒妁之言的扭合观。这些难道不是给彼岸世界带来的文化信息吗？

至于林黛玉的觉醒，和贾宝玉比，又有林黛玉的特性。如果说宝玉的心性主要在顽固中现显，那么林黛玉的心性却在真诚中显现。宝玉是时时事事脱去"假"宝玉的外衣而显露其顽石之性；而林黛玉则时时事事以草木之性显示其天然的真性，真是"草木有本心"；宝玉以"无才补天，枉入红尘"返回青埂峰，回归顽石时代；黛玉则以"洁来洁去"寻觅"天尽头"的"香丘"。她很像被关在封建礼仪樊笼里的一只杜鹃，声声"不如归去"，实际是啼血啼泪地在呼喊未来。如果说宝玉是憧憬未来的话，那么林黛玉则是呼喊；从心灵深处发出的呼喊。《葬花吟》是其代表，在"一年三百六十日，风刀霜剑严相逼"的环境里，深感"明媚鲜妍能几时，一朝飘泊难寻觅"，因此，呼唤"天尽头何处有香丘"，以保持"质本洁来还洁去，强于污淖陷渠沟"的一生。在哀惋中有企求，悼花悼己两难分，花开花落，人生人亡，花有重开日，人无再生时，怜春恼春，不如"随花飞到天尽头"。而"天尽头"是否有"香丘"？"香丘"又指什么？从黛玉"相见以天"的追求中是不难看出来的。单就爱情看，她与宝玉共读《西厢记》时，公然敢指责宝玉是"银样镴枪头"！明明是暗示宝玉要积极进取；那么这种积极进取又指什么呢？我们还是读一读她的《五美吟》再说。《五美吟》是宝玉命名的题目，黛玉题西施、王昭君、红拂、绿珠、虞姬五个女子，并非题其"美"，而是哀其不幸，颂其能争。对这五个女子，黛玉的感情是"可欣""可悲""可羡""可叹"的。她赞红拂"巨眼识穷途"，骂其主子杨素是"尸居余气"的人，把红拂私奔李靖颂为挣脱"羁縻"的"女丈夫"！惋惜西施"一代倾城逐浪花"，遣责汉成帝派遣昭君和番是"夺予权何畀画工"，才使得"绝艳惊人出汉宫"，令人有"红颜命薄古今同"的感叹。对"夺予"大权，黛玉看得很重，因为这"夺予"大权和她的一生命运是生死相关的。这里面应注意的是，赞红拂的私奔是"女丈夫"的行为。如果再写一首卓文君，变成"六美吟"，肯定又多一位"巨眼""女丈夫"。这就是黛玉眼中的"私奔"。当然黛玉绝不会效法红拂，但她却很自然地"欣"之"羡"之，写诗赞其胆识和行为。如果说私奔的始作俑者是文君、红拂等人的话，那作为解意者、支持者却是林黛玉。

三、以真为假的被弃，以假为真的入世

《红楼梦》开头，就出现了一僧一道，不少论者认为这是《红楼梦》虚幻之举。表面看来确实是够虚幻的，实际上作者深有寓意。作者写一僧一道，是要写两个以假为真，以真为假的欺世玩世的超人超世的人物。青埂峰下的顽石，是"无才补天"被女娲抛弃的，一遇僧、道二人的物质引诱，动了凡心，要求二人"携带"它入世。僧道二人明明知道石头"如此质蠢""只好垫脚"，别无他用，但却"大展幻术"，把它变成"一块鲜明莹洁的美玉""再镌上数字"，一下子就把废弃之物变成了"奇物"，然后带它到"昌明隆盛之邦，诗礼簪缨之族"去"安身乐业"。显然，由废弃之石一下变成了"奇物"，石头成了真假难分的"假"宝玉。这是石头进入红尘的先决条件，否则一个"垫脚"的石头，哪里具备到"花柳繁华之地，温柔富贵之乡"去"受享"的条件？由此可见，曹雪芹赋予僧道二人的"幻术"，实际上是世间"宜假不宜真"的处世哲学的形象再现。贾宝玉之所以能入世，并获得贾母"命根子"般的看待，就是曹雪芹以假为真——以"假"宝玉冒充真宝玉去欺世玩世的总创作思路。本来，这个石头真正具有补天之才，而且是"灵性已通"，和三万六千五百块补天石一样的优质产品，但却无故被弃，这是以真为假的天界造成的。天界尚且如此，又何况人世！因此，何不反其道而行之，用以假为真的"幻术""幻形

入世"去欺世玩世一番呢，再加上"受享几年"，在欺世玩世的同时，也领略一点"享世"的味道。

以真为假的被弃，以假为真的入世。这就引出了报复不似报复，泄恨不似泄恨，又兼二者而有之的一场人世间真与假的纠缠不清的斗争。单就这一点来看，《红楼梦》对历史的提炼，对现实的挖掘，对未来的昭示，恐怕算是彼岸世界中较亮的一个闪光点吧！

我们看一看这个闪光点在《红楼梦》中的某些表露。

石头入世的地方是"花柳繁华之地，温柔富贵之乡"。这实际上即第五回的太虚幻境。太虚幻境的特征，被概括为门前石碑坊两边的一副对联："假作真时真亦假，无为有处有还无。"从太虚幻境的云山雾海中走出来，不就是石头幻形入世的一幅世态图吗？

《红楼梦》的第一次印证，就是元妃省亲。元妃省亲是《红楼梦》的重头戏，但这场戏从头到尾，无不是以真为假、以假为真的表演。

当元妃进入行宫，"但见庭燎烧空，香屑铺地，火树琪花，金窗玉槛，说不尽帘卷虾须，毯铺鱼獭，鼎飘麝脑之香，屏列雉尾之扇，真是：金门玉户神仙府，桂殿兰宫妃子家。"这真是烈火烹油似的虚热闹。待元妃和贾母、王夫人等相见时，"一手挽贾母，一手挽王夫人，三个人满心里皆有许多话，只是俱说不出，只管呜咽对泣。邢夫人，李纨，王熙凤，迎、探、惜三姊妹，俱在旁围绕，垂泪无言。半日，贾妃方忍悲强笑，安慰贾母、王夫人道：'当日既送我到不得见人的去处，好容易今日回家，娘儿们一会，不说说笑笑，反倒哭起来，一会子我去了，又不知多早晚才来！'"接着又和她父亲相见。元妃垂泪道："田舍之家，虽齑盐布帛，终能聚天伦之乐。今虽富贵已极，骨肉各方，然终无意趣。"从这些刻骨铭心的话语中，可见那"不得见人的去处""好容易今日回家"，"富贵已极"却"骨肉各方"，反不如"田舍之家"等话。说得贾政含着眼泪，口不应心地说了几句"凤鸾之瑞""上锡天恩，下昭祖德……幸及政夫妇"的"大德""旷恩"等话。贾政硬撑着内心的痛苦，强忍着眼皮中的眼泪，背诵着陈套颂歌，以及元妃为追"天伦之乐"而诅咒的"不得见人的去处"，都是虚假热闹与人情相撞而闪现的火花。这是从修建大观园到省亲时，用"千金买一哭"中哭出来的真正人情人性的本原价值。特别是元妃抚摩"外男"贾宝玉时的"泪如雨下"，读者怎么也不能相信元妃是在"顾恩思义"（正殿匾额），是真的在歌颂"天地启宏慈，赤子苍生同感戴；古今垂旷典，九州万国被恩荣"。倒是"大观园"的"大观"二字，还可以作为女儿国的年号，园内女儿们相见以天的活动，确实是大观的。可惜从"大观元年"起，大约到"大观三年"止，就再无大观可言了。像元春这样的皇妃，随时处在以假为真的混日子当中。其余的贾母、贾政、王夫人、贾宝玉以及贾府三艳，他（她）们无不是处在以真为假的应酬违心之中，也时刻延挨在以假为真的是非难辨之中。说元妃省亲是一场假戏真做的"虚热闹"的闹剧，是不过分的。

《红楼梦》还有一处以真为假、以假为真的点睛之处，是应该引起大家注意的，那就是贾宝玉与甄宝玉同时入梦的情景。《红楼梦》第五十六回，甄家四女仆来贾府，谈起了甄宝玉，说甄宝玉和贾宝玉长得一样。宝玉疑惑，不信世上哪有既同名又同貌的两个人？因而入梦，梦中居然又有一个大观园和怡红院。进了怡红院遇见正在睡觉的甄宝玉，正好甄宝玉也在梦中梦见了贾宝玉，还在叹息贾宝玉"空有皮囊，真性不知哪去了"。于是二人相会，互通姓名，都感到"真而又真了"。双方均弄假成真。虽不相信世上有同名同貌的两个人，但又都感到"真而又真"。这不就是太虚幻境石碑坊大门上的对联："假作真时真亦假，无为有处有还无"吗？在读者看来，两个宝玉真假之分，主要看谁是走"仕途经济"道路的人。在作者看来，不管真也好，假也好，同是梦中幻境，同是"真小厮"，同是"空有臭皮囊，真性不知那去了"的人。这难道不是世上假作真、真作假的共同特征吗？贾宝玉的前身是通灵补天石，是真的。入世以后，因僧道二人的幻术而又成了"假"宝玉。两个宝玉相会，确实形成了真假难分的局面了。甄宝玉若走了仕途经济之路，那就是须眉浊物之流，那里算得上"真宝玉"！贾宝玉虽"假"，但他却是"混世魔王"，他可以以假为真地去欺世、玩世，做个超世超人的"今古未见之人"。《红楼梦》的寓意既妙且深，就是在《红楼梦》以后的若干年代里，也不知真与假的界限何时才能分清？真的当然多，但假的也存在；世上无假也无真，要彻底去掉假的，恐怕也不是一件容易的事。《红楼梦》真假二玉的界分，还不完全靠客观标准，很大程度上取决于人的观念。谁真谁假，还有一个"仁""智"问题。

当然并不是说世上没有真东西。世界是客观万物的世界，主要是人的世界。人是有真有假的，贾宝玉、甄宝玉只不过是人的真假颠倒、混淆的代表而已。然而贾宝玉之所以以假做真，就是有"今古未见之人"的突出之处，即人的自由、自在、自然的真性情，这就是与传统礼教、道德背道而驰的"儿女真情"。《红楼梦》之所以"大旨谈情"，就是要拨云雾而见青天！几千年来，儿女真情在封建伦理道德的云遮雾掩下，什么爱情、个性、自主精神，被封建伦理道德一笔抹杀，稍有一点爱情、个性行为就被公认为有背"天理"。这就是封建社会的以假为真。《红楼梦》高举"大旨谈情"的旗帜，从儿女真情入手，分清情的真假，也就是要分清人的真情真性与假情假性。贾宝玉的"痴""呆"，林黛玉的眼泪，就是这种真情真性的体现。《红楼梦》的艺术光彩，相当一部分是黛玉的眼泪，是宝玉的痴和呆。眼泪和痴呆能和常人相沟通的地方，主要是奇中有平，怪中有常，痴中有俗；至怪之中充满了常事、常情、常性。本来饮食男女之事，何时无之，何日无之，何处无之；然而封建伦理的长期禁锢，使常事、常情、常性扭曲变形，像大石下的春笋，顶开压力，求穴破土，曲身见天，故形奇而性真。就像《世说新语·品藻》

中写桓温与殷侯的问答"我与我周旋久，宁作我"的顽强精神一样。脂砚斋批宝玉"一味任性"确实一语破的。"一味任性"就是一味求真，《红楼梦》第五十七回紫鹃试宝玉，写宝玉见紫鹃穿得单薄，"伸手向他身上摸了一摸"，紫鹃责怪他"动手动足的"，"一年小二年大""只管和小时一般行为，如何使得"，并说黛玉也远着他还恐远远不及呢。说得宝玉"魂魄失守，心无所知……不觉滴下泪来，直呆了五六顿饭工夫，千思万想，总不知如何是好"。这里紫鹃还没有以黛玉回苏州的谎言来试他，就把宝玉说得失魂落魄起来。后来一听紫鹃说黛玉要回苏州的"情辞"，立即痰迷心窍，不醒人事。它表明宝玉对黛玉的真情是容不得半点尘埃的。"一味任性"就是"一味任情"，也就是性情发展的天然形态，如婴儿的饥哭寒啼一样。宝玉任情任性所以同于众而颖于一者，在于表现之天然，毫无矫饰。本来，天然是无奇的，但因为无世俗之见，一派天机，随机而发，故世人以为"奇"，以为"怪"，以为"痴"。若说婴儿之恣情而发，又何"奇"何"怪"之有？只因世上以假为真天长日久，就会以真为假了。脂翁的"一味任性"实是知易行难之言。因为在"一味任性"的同时，又是时时处处有人管，行动不自由。"一派天机"与"四面关锁"就是理的制约与情的反制约的关系。光写"一派天机"不写"四面关锁"是不真实的，也是写不出真情来的。

在北宋二程倡行的"万理归于一理"，即所谓"父子君臣，天下之定理，无所逃于天地间"（《遗书》卷二上），这就是"万理归于一理"的"天理"。这就从哲学上把封建伦理道德合法化、规范化，于是人的个性都要绝对地消溶于"天理"之中。朱熹进而把"治身"发展为"治心"，即把等级尊卑之理作为修身养性之道，要求表里如一，内心要"静"和"敬"，言行举止，仪表神态都要符合规范，把道德行为都化入人的内心世界中去；把自然、自由、生机勃发的人变成伦理的模特儿，把道貌岸然变成"道心岸然"；把"修身"变成了"修心"，从根本的"心"（思想感情）上来巩固封建统治。这是中国历史上"天理"的极至时期。尽管如此，人情大于天理的定理，在人民中始终没有能够消失。著名的是黄宗羲的《明夷待访录·原君》中的话："天下之大害者，君而已"，"岂天下之大，于兆人万姓之中，独私其一人一姓乎？"在黄宗羲看来君臣关系是"为天下，非为君也；为万民，非为一姓也"。如此一来，朱熹的"天理"还有什么立脚之地呢？

人情大于天理，不仅是哲学家们理论上的论述，在唐以降的中国小说中是常有反映的，《蒋兴哥重会珍珠衫》，三巧儿被诱失身，但爱兴哥之情未泯；兴哥休三巧，但二人的灵犀通渠仍存，结果是双方自咎自责，散而复聚。读者不责怪三巧儿的不能守身，而同情她情有可原。封建礼教的"七出"的第二"淫"又怎么能使三巧儿、蒋兴哥驯服呢？

《情史·江情》篇，记福州太守吴君有女，随父还朝，于舟中与邻舟太原青年江情相识、相爱、相通，被吴君捉住。先欲杀之，江情哀求再三，吴审视久之，遂舍之，并假命江情失足落水挂在舵上，救之上船，伪称"此吾友人之子"，遂以女嫁之，舟人不觉。吴君身为太守，却将丑事化为美事，而欺伦理，欺人，欺己，却又欺之有方。

还有《薛氏二芳》（《剪灯新话》为《联芳楼记》）写苏州阊门米商有二女名兰英、蕙英，所居之楼名联芳楼。与昆山郑生相遇，悦其容，以千秋索坠竹篮楼下，生上楼，与二女通。后为薛父发现，见郑生少年标致，乃命媒通好，赘为二女之婿。

再如《章文焕》篇，记南京富人窦时雍女窦羞花，才貌俱佳，与中表亲章文焕相恋。时雍亦曾许二人相配。文焕向羞花求欢，羞花拒之。文焕说："人心翻覆，势若波澜，倘事在必偕，先之何害；万一有变，如尔我相爱何？"羞花许之。后时雍觉之，促生速遣媒行聘，成其好事。

这三篇小说均有一个共同性，即其父与其女均站在一条战线上。不管是官宦、商人、富家，不仅知而不究，反而促成其好事。这三位家长在平时岂能不遵守伦理道德？但在关键时候，便把伦理道德踢开，因之以势，谋之以计，导之以情，这难道不是人情大于天理又是什么？

看来，在中国封建社会情与理的关系是，伦理对情的不断渗透，而情又不断地扬弃伦理；伦理虽遭扬弃，但情中仍然渗透有伦理，渗透扬弃；扬弃渗透，这也是真假相混，真假相斥，求真不易，真假难分的原因吧。

四、两歌同唱，二牍并书

《红楼梦》之所以深奥难测，其原因之一就是两歌同唱，二牍并书，使人一耳难辨二声，一目难分二牍，但它能使人兼听兼读，有耳聪目明之感。这是戚蓼生序本《石头记》序所指出来的。一九八〇年笔者曾写过一篇小文在《红楼梦学刊》第四辑上发表，不过那篇文章确实是持管窥天，只从艺术手法角度立论。这和粉碎"四人帮"不久，怕触及政治问题，故意避开绕行有关。实际上《红楼梦》从立意布局、结构谋篇等方面来看，都是两歌同唱，二牍并书的。比如儿女真情与贾家衰亡，就是家庭悲剧与爱情悲剧的一声两歌，贾家大族的衰亡与封建伦理道德的崩溃，就是一手二牍的创造。至于"真事隐"与"假语村言"，"假作真"与"无为有"的"敷演"，便是"两歌""二牍"的交响艺术。

《红楼梦》的未来文化，就是从"两歌""二牍"的余音缭绕中绕出来的。就拿《红楼梦》中的家庭悲剧与爱情悲剧来说，两者是很难分开的。《红楼梦》的家庭悲剧实际上是当时社会悲剧的缩影，而爱情悲剧则是家庭悲剧的核心。"两歌"之所以能"同唱",其合拍点,就在人生悲剧上。贾宝玉之所以"无材补天",最根本的原因是带着情根入世。若以情根补天,那就必须先除去理的传统。所以要把"谈情"当作"大旨",又怎么能脱离"理"呢?情根的萌发生长,必然要破"天理"。而人情大于天理,又是《红楼梦》情理两歌同唱的最强者。从辩证唯物主义的观点来看,任何新东西的产生,都和旧东西相关相联;理生于情,其最初目的,是使情有度,不致泛滥无休,应该说情需要有度,即需要有理,但后来理发展为禁锢、压制,甚至要泯情灭性。这样一来,天生的情自然要抛弃这种毫无人性人情的"理"。本来"理"是调节情而产生的,但又人为地把"理"与"天"相合,"理"大于一切,由调节变成了禁锢,情理成了水火难容的关系。从破与立的关系来看,不破当然不会有立。因此破理立情虽是相对事物,但都是相依相存,相互促进的事物。用辩证法的话说就是对立的统一。《红楼梦》要大旨谈情,又怎么能不涉及封建大家族中的"理"呢。因此,"情""理"两歌就不得不同唱了。《红楼梦》在一些情节的具体描写中,确实体现了人情大于天理这个实质性的问题。也就是说写情的演进,必然要写理的活动,两者锋刃相交,数十回合难分胜负,甚至三百回合,也未见分晓。而《红楼梦》的结局都是家庭与爱情两败俱伤,但这两败俱伤的哀歌中绕梁的余音,却是情的最强音。《红楼梦》往往从细节描写中促进情节,又从情节的发展中谱出两歌同唱中的强弱音符。

《红楼梦》第五十八回至第六十三回,这七回书是值得仔细阅读。别看它写得细碎,其中最令人回味不尽的是以情代理、以情代法的宝玉亲政的一些崭新措施。第一件事是第五十八回的藕官烧纸,触犯贾府禁忌,被一老婆子发现,要拉她去受惩处。被宝玉保护下来,说是"我昨夜作了一个梦,梦见花神和我要一挂白纸钱,命藕官来烧的",待宝玉从芳官处得知藕官烧纸是烧给她死去的同台"常做夫妻"药官的，"两人竟是你恩我爱"产生了同性恋。宝玉听了"又是喜欢，又是悲叹，又是称奇道绝"，并要芳官转告藕官，不要学"异端"烧纸钱，只要以"诚心二字为主""只在敬，不在虚名"。只要是"情"，不管同性异性，宝玉均一视同仁。世人以为"呆"的，宝玉却视为"奇"视为"绝"！对小儿女把演戏当真，有情有义，正是宝玉的心性。所以藕官深知宝玉"是自己一流人物"。《红楼梦》第五十九回，莺儿贪玩，但玩得很有兴致，摘了几枝嫩柳条编了个花篮，采几朵鲜花放在里面。而春燕妈和她姑妈因承包大观园花草，不许人采花摘柳，"惟利是命"。结果春燕姑妈指桑骂槐地辱了莺儿，还挑唆春燕的娘打了春燕，使莺儿更加受辱。春燕告状到宝玉跟前，平儿要打春燕娘四十大板撵出去，被宝玉留下，并命春燕娘和春燕去宝姑娘处给莺儿道歉，并特别关照春燕，道歉时，要避开宝姑娘，免得"莺儿受教导"。这就是宝玉以情代理的主政原则，既救了春燕娘，又支持了春燕，同时又非常细心、妥贴地安慰了莺儿。再就是玫瑰露与茯苓霜盗窃案。它涉及芳官、柳五儿和五儿哥嫂与孩子、赵姨娘、贾环、彩云等一干人，同时还碍于探春的面子，不能"为打老鼠伤了玉瓶"。宝玉在处理此案时，一概承认是自己干的，说"是唬他们玩的"。他丝毫没有想到五鬼事件自己被赵姨娘谋害以及内部长期正庶之争。这样一来，把赵姨娘、贾环、彩云、柳家的、柳五儿都包庇下来，一场沸沸扬扬的盗窃案风平浪静了。这不仅是以情代"理"，而且是以情代"法"，所谓真情，大概就是无怨、无悔、无恨、无私的纯洁自然的人的本源之情吧！

再看《红楼梦》六十二、六十三两回，写寿怡红的文字，可以说这是大观园里面性情最解放的文字。宝玉生日一到，姑娘们大家凑份子。以宝玉为主，连带和宝玉同日生的宝琴、平儿、邢岫烟一齐过生日。大伙行令猜拳，玉动珠摇，湘云醉卧，香菱解裙，群芳夜宴，关门尽性。一个个"卸妆宽衣",行令豪饮,酒馨坛空;主子丫鬟"胡乱"躺一炕,"黑甜一觉,不知所之"。这样的文字,就是在《红楼梦》中也是无以比拟的。大观园确实是另一个世界。这回书,叙事是寿怡红,抒情却是人的性情个性的大解放。虽然在大观园中是仅有的事件,但它在大观园以后的时代却是普通的现象。它确实是不分等级、不分男女、尽情尽性的自由世界。更有意思的是第六十回芳官、藕官、蕊官、葵官、豆官大战赵姨娘的场面,这何尝不是一场情与理的大混战。赵姨娘因贾环受芳官的骗,亲自去找芳官算账,仗着准主子身份,又听了夏婆子的挑唆,抓住藕官烧纸的把柄,就"抓住理扎个筏子""把威风抖一抖",骂芳官为"娼妇粉头",并打她一记耳光,遭到藕官、蕊官、葵官、豆官的围攻。"豆官先便一头,几乎不曾将赵姨娘撞了一跌","那三个也便拥上来,放声大哭,手撕头撞,把个赵姨娘裹住……蕊官、藕官两个一边一个,抱住左右手;葵官、豆官前后头顶住。四人只说'你打死我们四个吧!'芳官直挺挺躺在地下,哭得死过去……赵姨娘便气得瞪着眼粗了筋,一五一十说个不清。"这个准主子乘上理扎的筏子,却被五个小戏子战得狼狈不堪。这也是怡红院才有的事,别的地方是断不能有的。表面看来这是写芳官等人大战赵姨娘,实际上是把封建理治的残余势力,在怡红院里来一次清扫。小戏子们唱了一出真戏,把准主子所乘的理扎的筏子掀了个底朝天,打了一场漂亮的围歼战。看来,《红楼梦》的细节不细,它不时地谱写了情理两歌的强弱音符。芳官她们和赵姨娘之战,恐怕不仅仅是作者戏弄、作践赵妾吧?

　　再从大的方面看,《红楼梦》是通过爱情悲剧演绎了人生悲剧。这个人生悲剧是以贾府为框架的。石头入世降生在贾府,它的历程不外"无材补天,枉入红尘"八个字。入世的无材,与绛珠的还泪,构铸成了儿女真情的主要内容,于是形成了大观园与贾府的情理两大壁垒。以封建大家族兴衰史为框架的衰败之势,与以儿女真情为主要内容的人生之求，既相依赖又相冲突。污浊的土壤长出儿女真情，儿女真情又必须改换其污浊的土壤。《红楼梦》要写儿女真情，就必须改换封建土壤；封建家族要维护其传统统治，就必须扼杀儿女真情。所以不管金玉缘也好，笞打宝玉也好，抄检大观园也好，其目的就是要从封建土壤中剖除儿女真情。而人生之求的人性人情的解放斗争，还不能单枪匹马地与封建大家族较量，所以对封建大家族必须揭示出它的悲剧必然性，即封建家族树倒猢狲散的必然性。所以在两歌同唱、二牍并求的时候，既要唱出儿女真情的新兴气势，又要唱出百年旺族的衰败之音；特别是要把伦理道德的衰朽与"自执金矛又执戈，自相戕杀自张罗"的自杀自灭写出来。所以《红楼梦》中的儿女真情与封建家族的兴衰史，不是两条线，而是立意结构上的一声两歌，一手二牍。如果要从中探索一下彼岸世界的文化信息，那不会是牵强附会的。文学艺术作品，是有所谓"境界"的，不独诗歌如此，《红楼梦》更是如此。如果把贾家大族看作实境的话，那么儿女真情的描写就是诗境；在实境、诗境"两歌"同唱中，缭绕出来的余音，就可称之为"意境"。意境即意中的境界，将因"意"之不同，而有见仁见智之境界。可以说《红楼梦》就形成了"两歌同唱，三境交融"的独特之作。"三境"中的"意境"，用道家的话来说，就是"一生二，二生三"的彼岸境界！

　　一向被认为《红楼梦》写作提纲的梦游太虚幻境，对《红楼梦》的悲剧是交代得比较清楚的。太虚幻境实际上是贾府衰亡与儿女悲惨结局的主题歌，正如警幻室内壁的一副对联"幽微灵秀地，无可奈何天"。这副对联非常精当地概括了贾宝玉（也可以说是作者）的理想追求与现实生活的无比残酷。"幽微灵秀地"中，宝玉所闻的"群芳髓"，所品的"千红一窟（哭）"，所饮的"万艳同杯（悲）"以及"红楼梦十二支曲"的收尾，飞鸟各投林，把"为官的""富贵的""有恩的""无情的""欠命的""还泪的""看破（红尘）

的""痴迷的"都统统归结到"好一似食尽鸟投林，落了片白茫茫大地真干净！"表面看来，警幻仙姑要警醒宝玉之处，是毁了今天，不见明天，什么儿女真情，百年旺族，都是茫茫一片，无可寻觅。但细味警幻所训，又非如此，特别是有关"意淫"之训，这才是"幽微灵秀地"的"幽微"所在，是"无可奈何天"的另一重天！

关于警幻所述的那段话，研究的人不少，特别对"意淫"的研究，更不乏人，但令人较为满意的答案，却难以见到。这段话至少有三点还应深入研究：第一，如何理解"好色即淫，知情更淫"？情与淫究竟有无区别？表面看来，警幻是淫情相混论者，但警幻又把"巫山之会，云雨之欢"的悦色恋情之人分了出来，揭穿其"饰非掩丑"的假态，以"好色不淫""情而不淫"自我标榜。这说明悦色恋情者是借情猎色。这是封建社会的普遍现象。这些人都"恨不得尽天下美女供我片时之兴趣"。由此看来警幻的淫情相混说，是指"饰非掩丑"之徒而言的。所以才有第二点独赞宝玉"吾所爱汝者乃天下古今第一淫人也"。猛然一听，不仅宝玉唬了一跳，就是读者也会吃一惊的："淫人"而且是"天下古今第一！"如果按警幻的说法，"淫人"是那些轻薄浪子，调笑无厌，云雨无时的"饰非掩丑之徒"，那么"古今天下第一淫人"，岂不比这些轻薄浪子更甚！宝玉是这种人吗？当然不是。那么这"天下古今第一淫人"是指什么呢？从警幻的训示看，那些"饰非掩丑"之徒，太普遍了，但全都是些皮肤滥淫之辈。所以封宝玉为"天下古今第一淫人"，这是把宝玉从"皮肤滥淫"中分化出来。这样一来，天下古今第一淫人，就是天下古今第一情人！正因为如此，才得到警幻的"爱"，才赠他以"意淫"的称号。所以第三点对"意淫"的理解，就不能失之浮泛。以"天下古今第一情人"来充实"意淫"是可以的，所以警幻说宝玉"汝今独得此二字"。天下古今都没有第二个人得到这两个字。"意淫"当然有悦色恋情之心，但有别于皮肤滥淫，不是云雨无时的"蠢物"

行为，而是用"天分中生成一段痴情"，去作闺阁良友，为闺阁争光。情之所痴，在于"意"在于心，与皮肤滥淫的区别是淫欲流的泛滥与意绵绵的体贴。从男女关系上看，不是专注两性媾合，而是先求两心统一。宝玉的意淫境界是在和皮肤滥淫相对中和男女悦色恋情的相爱中生发出来的第三种境界，即悦色恋情必须求得两心的融合，两心相融是男女之间相悦相恋的基础。这就是宝、黛爱情的方式。"意"与"心"其义相近，"意"《说文》段注：意之为训，为测度，是"识心之所识"。从爱情的角度讲，"心之所识"即真心的爱，"识心之所识"，就是要真正理解、珍惜你心中之所爱。"意淫"的"意"和传统的"意境"之意相似，也可以理解为男女情事中的意中美境。所以它不止于两身之间的肉欲，而是包含男女相爱中的全部情趣过程，概而言之，就是两心相融相合的灵性生辉的全部过程。也就是"幽微灵秀地"的"幽微"境界，只能神思、意会，不能言传语达；因它是在"无可奈何天"的环境中，朦胧闪烁的另一重天地。现实中的"无可奈何天"，是"奈何"不了"意淫"的。所以现实中的"无可奈何天"，经过"古今天下第一淫人"的改造，"天"也就"奈何"不了"情"了。由此看来，"意淫"者，是心灵中的灵犀通渠，是"心合"，把一般男女间的云雨之欢升华为由真情构筑的两心相合的爱情天地。这种爱情天地相对父母、媒妁的"扭合"来说，堪称是"无可奈何天"的另一重天！所以"意淫"是男女爱情诗中的"意境"，它是有情韵的"诗"，也是有画意的"境"。从情史上看，它的开始是贯古今而通天下的！

由此看来，《红楼梦》中的境界，既是"追踪蹑迹"之境，又是"太虚幻境"之境，是写史与写诗的结合；融史于诗而又不是"诗史"；以诗为史，而成为生活的诗篇。因此《红楼梦》之境，是现实再创造之境，意象飞驰之境，既不失真传，而又真到无以为证。当然这种"证"并非以现实事物的原貌原形相证，而是以事物的性情、事物的实质及事物的发展变化来证其生生不灭、永无休止。这就是事物不灭的永恒性。这是一种意中的追求，在文学作品中往往表现为浪漫境界，也就是彼岸境界，"意淫"只是其中一例。

五、还需求甚解

对《红楼梦》思想意蕴的理解，往往失之两个极端：即过于求隐与不求甚解。过于求隐，达到了无中生有、附会牵强的地步，已逐渐形成了红学研究中的一条死胡同；不求甚解，主要表现是"贴标签"，以政治、哲学（包括外来的）简单对号，生拉硬拽，对《红楼梦》的好多细节，一览而过，即使有所体悟，也是知其然而不知其所以然。过于求隐，姑不论及，不求甚解，却不能不论。前面已有所提及，《红楼梦》好多思想闪光是从细节描写中闪显出来的。它不只使人感到"有趣"，而且使人感到"有意"，而这些"意"正是彼岸世界的文化信息。前文已举不少例子。中国文学批评家，对传统文学佳作，有一句人所共知的评语，叫"言有尽而意无穷"。也就是所谓言外之音，文外之意。这虽是文学评论中的常用语，但对解读《红楼梦》却是用得着的，随便举一例就值得好好咀嚼。《红楼梦》第二十八回，薛宝钗羞笼红麝串，写元妃送来的端午节礼物，独宝玉宝钗二人的礼物全部一样，其中有"红麝香珠二串"，宝钗戴上到王夫人住处。宝玉要看红麝串，宝钗只好褪下来，但"宝钗生的肌肤丰泽，容易褪不下来，宝玉在旁看着雪白一段酥臂，不觉动了羡慕之心……不觉就呆了，宝钗褪了串子来递与他也忘了接"。这确实是写宝玉见了姐姐忘了妹妹的绝妙文字，但它更是刻画宝钗的点睛之笔，那"宝钗生的肌肤丰泽，容易褪不下来"就具有文外之意。既然褪不下来，又怎么戴上的？由臂膊上褪下来较容易，因为它由粗到细；而戴上去则是由细到粗，比较难；戴上去虽难，但还是戴了，还是这位平常不爱花儿粉儿的小姐戴上的；如果褪下来容易，就不能突出"雪白一段酥臂"，就不能使宝玉有非非之想。另外，这红麝串来自元妃，且与宝玉的礼物相同，而宝钗不爱花儿粉儿，偏偏爱这串子，立即艰难地硬戴上去……这些都不用读者去问为什么，这"容易褪不下来"的本身就存在很多为什么，不过已把答案包括在里面了。《红楼梦》第三十回，二玉口角后，宝玉登门道歉，并拉着黛玉的手去贾母处。黛玉责怪宝玉拉拉扯扯，嬉皮赖脸"连这个道理也不知道"。宝玉从来就没有把"道理"放在心上，他并不是不知道"男女授受不亲"的道理，正因为知道这个"道理"才容不得这个"道理"。很明显，儿女真情怎能容下这样的道理！这是非常普通的细节，在《红楼梦》中几乎随处可拾。所以我说读《红楼梦》需要求点甚解，否则就会食而不知其味。再如《红楼梦》第四十二回"蘅芜君兰言解疑癖"写"从""德"型的女子，也有不"从"不"德"的思想和言行。首先她要"审"黛玉说《西厢记》《牡丹亭》中的词句，但她都坦白了自己"你当我是谁，我也是个淘气的，"早就背着家人把"西厢""琵琶""元人百种"都读过了。言外之意是，你别自诩为熟读"西厢""牡丹"，其实我比你读得早呢。这是审问，还是自矜？其实两个女孩子要在"淘气"问题上比个高下。谁能想到宝钗真比黛玉高出一筹呢！宝钗不仅坦白事实，而且还坦白了思想感受，"你我只该做些针黹纺织的事才是，偏又认得了字……最怕见了些杂书，移了性情，就不可救了"。这才是真正的"兰言"（知心话）。至少宝钗已体会到"杂书"会"移性情"，也可以说宝钗在"性情"上多少受到了"移"的影响，否则是说不出这样的话来的。虽说宝钗的"性情"终没被"移"，但她是从"最怕"的"不可救了"的边沿中走过来的。这个"从""德"型的女子，并非天生就是又"从"又"德"的。可惜钗黛没有真正合一，要是合一了，那还痴谈什么"移性情"！

从整个《红楼梦》来看，《红楼梦》悲剧是必然的，也是不可救药的。但它却是在毁灭中闪现出新生曙光。就整个行文过程来看，是悲喜交集、祸福相倚、吉凶并存、成败攸关。这都是为了显示其山雨欲来风满楼的悲剧的自然发展和必然结局。这是一种实中生虚，火中生光的美学哲学。因此《红楼梦》的悲剧意蕴不应该在"白茫茫大地真干净"的废墟上去考察，而应该在悲剧发生发展过程和结局过程中去条分缕析，哪怕是火花与亮点，也有其火种之用。如前所述，《红楼梦》中情理两大壁垒，即大观园与贾府，所形成的儿女真情与封建伦理道德之争，从结局上看是"两败俱伤"。但这"两败俱伤"中，还是有一方的胜利。在雍正、乾隆时期，代表封建社会大家族的灭亡，还不是普遍现象，也不是所谓的"末世"现象，但它却在不是"末世"之时，反映了末世之景。这就是"两败俱伤"中一方的胜利。因为在情理相抗中，儿女真情本身及其求生存谋发展的方式，是生生不灭的、所以《红楼梦》中的儿女真情虽灭犹存！这就是"到底意难平"中终久要"平"的前景。所以说《红楼梦》的意蕴有待于挖掘。解弢在《小说话》中有一段话：

> 山蕴宝藏，光泽外泄，矿师争入，求之未得。斯时也，知此山必有矿，而究不知其矿穴之所在……今世之读《红楼梦》者，乃大类是，争谓其底里有极大之秘密，为世之所乐闻者，皆欲争先探出，供饷社会，以鸣奇功。推敲字句，参校结构，恍惚迷离，妄加比附，人持此说，纷然聚讼，迄未一贯之发明，钳息众喙。

这段话中以"一贯之发明"来"钳息众喙"，是不对的，也是不可能的。但"山蕴宝藏，光泽外泄，矿师争入，求之未得"的比喻是恰当的。《红楼梦》这座"山"里的"宝藏"，虽引得许多"矿师争入"，但还有待于探测之所得。

《红楼梦》的真假两个世界

　　自一九七四年余英时先生提出大观园和大观园以外是《红楼梦》的"两个世界说"以来，得到红学界不少人的赞同。这在《红楼梦》文本研究中，不失为新的创见。但窃以为《红楼梦》中的两个世界，不是以"园"的内外来划分，而是以一"真"一"假"来划分，就大观园和荣国府来说，它们之间互有真假。大观园比较荣宁二府而言确实是"真"，但它是假中之真，无贾府之"假"，也无大观园之"真"；贾府可称之为"假"，但它在整个封建社会的历史长河中，又假得太真，确实算得上假做真，对假人假世来说，它又假得乱真。《红楼梦》是将"真事隐去""用假语村言""敷演出一段故事来"，同时又是作者"半世亲闻亲睹""追踪蹑迹"不敢失真之作。"真事隐去""假语村言"自然是假，而"亲闻亲睹""追踪蹑迹"必然是真。显然《红楼梦》中的真假问题，是作者在艺术框架结构中精心策划的重要问题，不仅仅是艺术创作上的写实和虚构问题。要读懂《红楼梦》，在真假问题上的用心是要下一番功夫的。

一、从源头说起

　　这里指的"源头"当然是真假的源头。什么是《红楼梦》的真假源头呢？我认为是被女娲所弃之补天石和赤霞宫中的神瑛侍者。这里首先需弄清楚的问题是，补天弃石和神瑛侍者是一还是二？它们两者是什么关系？

　　甲戌本第一回一僧一道叙述神瑛与绛珠神话故事，交代神瑛侍者的来历时，与青埂峰的石头无关，只说"西方灵河岸上三生石畔有绛珠草一株，时有赤霞宫神瑛侍者日以甘露灌溉，这绛珠草便得久延岁月……"庚辰本、列藏本也如此记述，凡脂本叙述大都如此。这表明神瑛与石头是二而非一。到程高本，则神瑛与石头合二为一了。程乙本在叙述神瑛来历时："只因当年这石头，娲皇未用，自己却也落得逍遥自在，各处游玩。一日来到警幻仙子处，那仙子知道他有些来历，因留他在赤霞宫中，名他为赤霞宫神瑛侍者……"中国艺术研究院红楼梦研究所校注的《红楼梦》，主要据庚辰本，与脂评所叙同。

若从石头"无才可去补苍天，枉入红尘若许年""离合悲欢，炎凉世态"来看，这是石头入世的主要内容。一僧一道"夹带"石头去"造劫历世"时，忽插入一件"千古未闻罕事"，即绛珠报神瑛的甘露恩惠，导致双双下凡。绛珠以一生眼泪回报甘露之恩，这就是《红楼梦》中的还泪因由。这段还泪因由被茫茫大士评为有别于风月故事的"将儿女真情发泄一二"的"大旨谈情"之作。这就是儿女真情的"木石前盟"。看来石头与神瑛，就其来源来看，虽然一个在青埂峰下，一个在灵河岸上，但入世以后，逐渐靠近了，但还不能说合二为一。

那么"造劫历世"的石头与"发泄""儿女真情"的神瑛，又是什么关系呢？绛珠还泪的还债人是林黛玉，石头"造劫历世"的幻形是贾宝玉。在《红楼梦》中是如何将"造劫历世"的贾宝玉与还泪报恩的林黛玉融而为一呢？答案是融合双方最好的媒介就是儿女真情。

石头的"造劫历世"是经一僧一道幻化的结果，把顽石变成美玉，在贾家衔玉而诞，这就是"假"（贾）宝玉。脂砚斋在石头入世时有句批语："世上原宜假不宜真也。"因为石头出生之家，是皇亲国戚的大富大贵人家，这块只能"垫脚"的石头，哪能出生在这样人家？只好变成美玉衔玉投胎，使顽石变成"宝玉"，才能成为贾家的"命根子"。这分明交代了宝玉是假，顽石是真；假，只是"天下无能第一，古今不肖无双"的"混世魔王"；真，是顽石本性，"天不拘兮地不羁"的青埂峰世界，一切封建制度、礼法家规，都不能改变顽石本性。《红楼梦》第八回宝钗看通灵，"只见大如雀卵，灿若明霞，莹润如酥，五色花纹缠护"，这就是大荒山青埂峰下那块顽石的幻相。这就明明白白告诉读者，顽石是真，宝玉是假。同时还在一首诗中说宝玉入世是向"荒唐演大荒"，一入世就失去了"幽灵真境界"，只成了一具"臭皮囊"。至于"金无彩""玉不光"，更指出了幻化的"宝玉"终要走向"运败""时乖"的下场。可见这顽石、宝玉就成了《红楼梦》的真假源头；宝玉之形，顽石之性，就是以假为真。以真为假的《红楼梦》的真假源头，也是《红楼梦》的"梦"中境界。

有"源"必然有"流"，其"流"大体可分为两支，即以黛玉为代表的儿女真情的"发泄"；再就是以宝玉赖以生存的贾府及其树倒猢狲散的过程。前者是假世中的人间真情，也可以说是"假世"中的"真世"；后者是虚假大家族随着宝玉"混世"而坍塌败亡的过程。

石头入世，是针对"假世"的挑战，是假作真与真亦假的撞击。神瑛下凡是对"真世"的理想演绎，是适应真情的通盘需要，是以女儿的知音、知己而出现的。这大概就是石头与神瑛的统一。神瑛与绛珠，事幻而情真，以幻事演真情，以真情证幻事；石头与贾府，是幻形入假世，贾府中的宝玉又以假作真。而儿女真情就把真假虚幻融而为一，把两个世界相互沟通起来。

二、《红楼梦》中的"真事隐"与"真世隐"

以甄士隐喻"真事隐"，是《红楼梦》第一个批评家脂砚斋在第一回甄士隐出现时指出来的，后来几乎被所有红学家认可，特别是被索隐派、考证派所信奉。应该承认脂批确有重要参考价值，他确实指出了某些雪芹家世、生活与历史事实，并在艺术鉴赏方面，有不少独具慧眼的评语，但有的评语似乎有些矛盾，或者说欠严谨。就拿甄士隐来说，他一出场，脂评："托言将真事隐去也"，把"甄士"指为"真事"。这样一来，就将"甄士隐"局限在"真事隐"上。究竟《红楼梦》中哪些事是"真事隐"？这就诱发了诸多的索隐和考证，而索隐、考证之多，自然要积"事"为"世"，但偏偏索隐其事多多，整理其"事"为"世"者甚少。但在同一回中，当石头被僧道幻化为美玉，准备托生入世时。脂批："世上原宜假不宜真也。"这里的"真事"被扩大为"世上"的事，"宜假不宜真"并非单指石头幻化美玉的事，而是泛指"世上"所有的"事"。究竟"事"与"世"有什么关系？还是先看看同一回中的原文。僧道二人是携石头"到那昌明隆盛之邦，诗礼簪缨之族，花柳繁华之地，温柔富贵之乡去安身乐业的"，以这样大环境来安排石头一生，该是指"世"，而非指具体的"事"。所以"世上原宜假不宜真"的批语，较切合《红楼梦》真假两个世界的构思和立意。甲戌本凡例："此开卷第一回也，作者自云因经历过一番梦幻之后，故将真事隐去，而撰此石头记一书也。"其中的"真事"并非指具体的某事，因"经历过一番梦幻"之后，可证明是一生一世之"世"，而非一时一事之"事"。当然这样说并不排除具体的"事"，没有具体的事，也没有人生在世的"世"。不过"事"与"世"不仅是谐音问题。在《红楼梦》中积事为"世"，随时可见，所以不能就事论事。这是对《红楼梦》思想意蕴涵盖面的界定问题。"真事隐"的事，有的确实有证可考，有隐可索，但不能扩大事无巨细地去考索。在百年红学的研究中，"自传说"甚嚣尘上，在红学派别中大有霸主之势。追源溯流，不能说与"真事隐"无关。真事之隐，在某些事中是可考、可引、可申的，但不能以史代文，以实代虚。"自传说"，有其历史背景之据，但严格说来，就是以史代文，以实代虚。从真假观上看，就是真假不分，把真中之假全部当真，又把假中之真作为真的证据，真真假假的《红楼梦》结构，就成了只求其真，不问其假了。

《红楼梦》中的"真事隐"，并非只隐"某勋贵家事"，也不在于故事情节有无其事，有无其人，而在于具有"真世"之隐。这种"真世"即包括"勋贵家事"和某些故事情节中的史事，但不能以此来取代全部故事情节。《红楼梦》乃真假二重天，真是一重天地，假也是一重天地。这两重天地往往又是真中有假，假中有真，不能一剖为二，截然断分。如果说《红楼梦》隐有"真世"，那么产生"真世"的基础却是"假世"。因其世之假，所以需求真，而求真，又非当时求而可得之真，往往是想象中未来之真，当其求而未得时，所求的愿望就有所谓假，所不同者，产生真世之假，乃是当时和过去的"假世"，而"假世"中的求真，乃蝉蜕浊秽之真，就好像刚出污泥的荷花，只是蓓蕾隐现，但终久必绽！

索隐派的求真，主要特征是将"真世"局限为"真事"。故索隐虽入微，但最多乃一草一木的工笔画，虽多识于鸟兽草木之名，但未必真能索《红楼梦》之"隐"。考证派的求真，若以科学为准绳，是无可非议的，如胡适的《红楼梦》的作者曹雪芹及高鹗续作的考证之类，至于曹雪芹家世、籍贯、第八十回以后的探佚等考证，也是十分必要的，但文不足证，一时半时难以求成，多花些时日，是会有进展的，但须防以臆代证。百年红学史证明将"真世"化"真事"，是会因小失大的，至于上了纲的"真事"，其所失更大，这也是人所尽知的事，不必细论。尽管索隐派、考证派、阶级斗争为纲派前后嚣嚣"红"尘半个多世纪，但《红楼梦》是何颜貌，尚不清晰。

其实《红楼梦》的真假两个世界，是互相渗透的，在表现时往往以一事写真假两个世界。如《红楼梦》第四回门子为贾雨村提供护官符，为雨村飞黄腾达打下基础。首先门子提醒雨村，大道理"在如今世上是行不通的"。这是对"假世"的透彻剖析，因为"大道理"在假世是假道理，越大越假，而护官符就比"大道理"管用，因为它表明要护贾雨村之官，不能靠大道理，而是必须先护贾雨村上司和相关贵族之官。雨村徇情枉法断案后，立即写信报与贾政、王子腾，使得护官符大显神通，雨村因之而显达。一张四大家族的护官符，就看你怎么画，画好了，既能展现"假世"的现象，又能揭示出假世的真谛。更有意思的是为雨村立下汗马功劳的门子，却被雨村一脚踢开。这是因为门子虽会拍马屁，但还没有成为马屁精，在上司面前逞能揭底，焉得不被踢开？这也是"假世"中普遍之真，这也算"追踪蹑迹"吧。雨村所处之世，相对真性真情的真世来说，是假世；单就假世来看，又是真世。当然这"真世"与"假世"是一世两面，而非后面要谈到的"儿女真情"的真世。

《红楼梦》第五回梦游太虚幻境，其"境"即写意的贾府，其隐去的"真世"则是金陵十二钗正副册（又副册）所有儿女们的活动天地及精神世界和悲剧的结局。实际上梦游太虚幻境是贾府与十二钗两出悲剧的合一的排演，是"假世"中隐去的"真世"的提示。"红楼梦"十四支曲子，则是"假世"与"真世"共同的主题歌，特别是《收尾·飞鸟各投林》一曲，更是两出悲剧共同的悲歌，为官的、富贵的、有恩的、无情的、欠命的、欠泪的、看破（红尘）的，把大富大贵人家的假世与痴迷的、儿女情痴的"真世"，都归到"落了片白茫茫大地真干净"的境地。这何尝不是真人入假世的共同悲歌。

由此可见《红楼梦》的"真世"，具有双重历史意义。其一，即将"假世"的历史发展的必然之真，由"追踪蹑迹"的揭示出来，"好了歌"及其解注，即是总的揭示，而"树倒猢狲散"的演绎，即"假世"历史发展必然之真；其二，因"假世"而孕育、生长出来的"儿女真情"的活动天地以及超越封建时代预示出来的未来文化，这就是《红楼梦》中很有价值的"真事"。对"假世""追踪蹑迹"揭示出来的"真"如果还可以说是"真事隐去"之"事"，那么对超越封建历史时代而展现出来的未来文化，那就不仅是"事"，而是有"世"的意味！特别是《红楼梦》中一再展示的贾宝玉等人所反对的封建礼教、伦理道德的精神枷锁，封建血缘关系的等级制度，男尊女卑的男权社会的统治，门阀婚姻的锁链……这些难道不是《红楼梦》中的"真世"？当然这个"真世"虽是历史发展的必然，但在当时又是不可能实现的。《红楼梦》的价值在于她敢于在当时不可能实现的"假世"中，描绘出未来的"真世"，虽然不可能像"假世"的"追踪蹑迹"那样逼真，但毕竟有形可睹，有迹可察，有标可识。

三、真真假假的两个世界

《红楼梦》中的真假两个世界，假世因"追踪蹑迹"之故，写得生动、具体，而"真世"相对地来说，因其超时代的特征显得较为虚幻，但又使人觉得有其形影存在。我们不妨在作品中看一看作者在理论上对真假问题的阐述。《红楼梦》第十七、第十八回试才题对额，宝玉驳其父贾政"杏花村"的题额时说："'天然'二字不知何意……此处置一田庄，分明见得人力穿凿扭捏而成。远无邻村，近不负郭，背山山无脉，临水水无源；高无隐寺之塔，下无通市之桥，峭然孤立，似非大观……古人云'天然图画'四字，正畏非其地而强为地，非其山而强为山，虽百般精巧而终不相宜。"论者大都认为这是宝玉的美学观。但还应进一步指出，也是作者与宝玉的真假观。这里公然倡导以"天然"为真，反对穿凿扭捏之假；要以"自然之理""自然之气"为真。这难道不包括封建社会的以假作真，以真作假"穿凿扭捏"人间真情真性吗？何况题额的对象大观园，确实是以"自然之理""自然之气"为真的儿女真情的活动天地。

再看这两回书中元妃省亲，假得逼真，真得太假的绝妙场面。

当元妃进入"金门玉户神仙府，桂殿兰宫妃子家"的省亲别墅时，和贾母、王夫人相见："一手搀贾母，一手搀王夫人，三人满心皆有许多话，只是俱说不出，只管呜咽对泣……半日，贾妃方忍悲强笑，安慰贾母、王夫人道：'当日既送我到那不得见人的去处，好容易今日回家，娘儿们一会不说说笑笑，反倒哭个不了。一会子我去了，又不知多早晚才来。'"接着又和她父亲相见。元妃垂泪道："田舍之家，虽齑盐布帛，终聚天伦之乐，今虽富贵已极，骨肉各方，然终无意趣。"弄得贾政含着眼泪，口不应心地说了几句"凤鸾之瑞""上锡天恩，下昭祖德……幸及政夫妇"的"大德""旷恩"的陈套老调。贾政硬撑着内心的痛苦，强忍着眼皮下的眼泪，背诵着言甜心苦的颂辞。这难道不是虚假热闹与真情的冲撞而闪现出来的火花？特别是元妃抚摸"外男"贾宝玉时"泪如雨下"，这才是真正的人性人情的自然流露。这种假作真时倍加其真的真假相生的艺术场面，是《红楼梦》的一大艺术魅力。

真真假假两个世界中一个主要观点，即"世上宜假不宜真也"。以假为真的贾宝玉就坚持这种观点。黛玉刚进贾府，宝玉就给她取字颦颦，被探春指出无所根据，是"杜撰"。宝玉坦然答道："除四书外，杜撰的太多，偏只我是杜撰不成？"这实际上是"宜假不宜真"的随意注释，它说明"假世"是离不开"杜撰"的。在《红楼梦》不仅表明假世"宜假不宜真"，而且还不能有"不宜"的言论。第十回焦大骂人，彻底揭穿了"假世"之底，结果被小厮们认为是"没天日的话""唬的魂飞魄丧"，把他捆起来，"用土和马粪满满地填了他一嘴"。本来假世的假一戳就穿，没有什么了不起，但即使是被戳穿的假，也是有无穷的威力的。小厮们唬得魂飞魄散，立即采取应急措施，把马粪派上了用场。

《红楼梦》第十二回"贾天祥正照风月鉴"，写风月宝鉴只照反面，不能照正面，因为反面为骷髅，正面为美人，贾瑞照正面因而淫媾致死。贾代儒气极，用火来烧宝镜。"只听镜内哭道：'谁叫你们照正面了，你们自己以假为真，何苦来烧我。'"贾瑞戏熙凤，就是以假为真，而且坚持假到底，不惜把性命搭上。这里显然不只是鞭笞王熙凤。骷髅为反，美人为正，是说明正面无正可言，世上就是宜假不宜真的一面"宝镜"。

在同一回中，秦可卿死时，托梦凤姐说："烈火烹油，鲜花着锦之盛""也不过是瞬息的繁华，一时的欢乐"，并告诫凤姐"我们家赫赫扬扬已将百载，一日倘或乐极生悲，若应了那句树倒猢狲散的俗语，岂不虚称一世的诗书旧族了"。以假世的假象观之，"烈火烹油，鲜花着锦"只是"瞬息的繁华，一时的欢乐"，而"树倒猢狲散"才是虚假繁华中的真正衰败。这是《红楼梦》的大纲要领。"假世"之衰败，正是《红楼梦》假中之真。"陋室空堂，当年笏满床；衰草枯杨，曾为歌舞场"的"好"便"了"，"了"便"好"，不正是真假虚幻的双重写照吗？

要探讨《红楼梦》的"真世"，当然离不开儿女真情。但又不能只停留在儿女情真意切恩爱缠绵的本身，而应在贾府发生大事件时去观察。元妃晋封贤德妃，荣宁两府，上下里外，莫不欣然踊跃，"言笑鼎沸"。突然插入智能儿逃进城，私会秦钟。其父秦业得知，被气得生病致死，秦钟也因之一病不起。"宝玉心中怅然如有所失，虽闻得元春晋封之事，而未解得愁闷"，"皆视有如无"。"众人嘲他越发呆了"。可见宝玉之情，其情源、情趣、情态和假世之情迥然有别。宝玉之情不为富贵所动，不为世俗所移，不趋炎附势，只求儿女们天性自然发展，随情适性，以此为情性天机，余无所求，这就是"真世"真情，也可以说这种情是未受假世杂质污染的纯洁之情。

余英时的《红楼梦的两个世界》是把大观园作为理想世界来看待的，说大观园"不是现实，而是理想""不在人间，而在天上"。说大观园是"理想世界"。相对现实世界来说是可以的，但大观园不在"天上"仍在"人间"。因为大观园是相对贾府而存在的半开放区，也是相对世俗风习而存在的女儿乐园。"理想"是有的，"天上"则未必。这在宝玉的女儿观中自有阐述："女儿观"是儿女真情的核心观。一部《红楼梦》表明，只有女儿阶段之情才是真情，女儿阶段以外之情，是有很多杂质的世俗之情，所以谈不上"真情"。因此，宝玉的女人三段论是以嫁不嫁男人来画线的。要保持儿女真情就不能嫁人，只要嫁了男人，就与儿女真情绝缘了。从金陵十二钗正副册（又副册）的女子来看，已经嫁人的有元春、王熙凤、秦可卿、李纨、香菱、平儿以及后来的迎春，还有一个未嫁先婚的袭人。这些人都没有儿女真情。元春进入了"不得见人的去处"，王熙凤正如她丈夫贾琏所说"他无论小叔子、侄儿，大的小的说说笑笑"，其实与贾蓉、贾蔷的关系，贾琏是知道的。秦可卿与贾珍的乱伦关系，欲盖弥彰。李纨死去丈夫便成了枯株槁木。香菱如鲜花插上牛粪。平儿似芝兰生于溷污。迎春误嫁了中山狼。袭人更似逐水之萍。真情与这些人都失之交臂。

以嫁不嫁男人作为是否是"真情"的画线，是有些矫枉过正的，甚至要走向人欲人情发展的反面。要是真不嫁人，大观园的女儿们岂不成了惜春、妙玉？当然禁欲主义的帽子无论如何是戴不到宝玉头上去的，他的女儿不嫁人，是在"假世"中女人无人可嫁，因为假世的男人都是"浊物"，女儿一嫁人，"珍珠"就要变成"鱼眼睛"。不过要真的等到女人有人可嫁，不知要经过几世几劫？即使封建制度消灭了，"浊物"是否成了"清物"，也不一定，诸如金钱万能，权势无敌的权钱主宰一切（包括男女问题）的社会，还是存在的。因此儿女真情的世界还是一个较为遥远的世界。所以说大观园还是在"地上"。《红楼梦》中的儿女真情，只能"发泄一二"，真正地实施是不太可能的。大观园中的真情是有限的，不是绝对的，是一个半开放区，它有三方面的限度：第一，只能是儿女年龄阶段中天性流露，儿女年龄阶段以外、或嫁了男人，就与儿女真情无缘了，这也是宝玉杏子林伤春之故；第二，不能损坏贵族家庭的门楣家声及家庭利益和封建道德，这就是傻大姐拾到绣春囊成为抄检大观园导火线之故；第三，只能以大观园半开放区为域，那怕是荣宁二府，也不能对其开放，这就是寿怡红群芳开夜宴，要把大门关上之故。

可见真假两个世界，虽有明显区别，但不能截然断分。假世中的真，是"追踪蹑迹"之真；儿女真情之真，是人性天然生长与自然发展之真，也是真人入假世的悲剧之真。总之真真假假两个世界是在历史发展过程中的一定阶段的必然结局。两个世界同为悲剧收场，但从历史发展的观点看，是有所不同的，一个是寿终正寝，灰飞烟灭，一个是凤凰涅槃，终将再生。

虽然真假不能断分，但《红楼梦》毕竟给人们以真假世界的感受，特别是在儿女真情上，既升华了传统的爱情，又拓展了古今情域之"真"。我们不妨从四十四回平儿理妆看一看宝玉的感情世界。凤姐泼醋，无故迁怒平儿，使平儿挨了打。宝玉让平儿到怡红院，先替凤姐贾琏赔不是，然后又吩咐丫鬟给平儿舀水洗脸，烧熨斗熨弄皱了的衣服，接着又对平儿说"姐姐还应搽上些脂粉"，因为今天是凤姐生日，不能给人看见"像是和凤姐姐赌气了似的"。接下来是宝玉亲自调粉，使平儿"甜香满颊"，同时又亲自将花盆内一枝并蒂秋蕙用竹剪刀撷了下来，与她簪在鬓上。我们且慢欣赏其理妆之细微，应先进入其感情世界看看：首先因平儿已嫁人，宝玉不能在平儿跟前"尽过心""深为恨怨"。其次是今日"竟得在平儿前稍尽片心，亦今生中不想之乐也"，所以"歪在床上""怡然自得"。第三，想到"贾琏惟知以淫乐悦己，并不知作养脂粉"还供贾琏夫妇二人"茶毒"，又"洒然泪下"，趁无人看见"尽力落了几点痛泪"。第四，又亲自把平儿衣服熨好，叠好，把擦泪的手帕子洗好，这才"又喜又悲"地完成了平常不能尽心的心事。

平儿理妆情节虽小，感情天地却大，连嫁了人的平儿也在内心称赞他"果然话不虚传，色色想的周到"，顺从地让他调脂弄粉，理鬓簪花。这说明宝玉之所以在女孩子中都能过得去，就是因为他的情与世俗之情有别，他的情是和"淫乐悦己"之徒分清泾渭的，他的体贴入微是和平儿遭"荼毒"相关的，因为他"洒然泪下"的泪，不是一般的泪，而是"痛泪"；因此，他的"怡然自得"是为了"稍尽片心"，并非为了赢得女孩子的倾心。这恐怕就是儿女真情与一般男女之情的区别所在，这大概就是大观园女孩子不在宝玉跟前构筑防线的原因吧。

如果说平儿理妆仅仅是宝玉真情中一方面的话，那么不妨从宝玉的《芙蓉女儿诔》中看宝玉真情的另一方面。宝玉与晴雯的关系，是《红楼梦》着重表现的儿女真情的关系。晴雯对宝玉虽有很亲密的关系，但为了维护宝玉，爱而有度；宝玉对晴雯是娇之、纵之而不能护之，致使晴雯成为抄检大观园的替罪羊之一。晴雯之死，虽然表明了她与宝玉是清白的，但也不见容于"假世"，是典型的"真亦假"。晴雯之死，在一定程度上说，是代表儿女真情的夭折，宝玉为之痛彻心肝。这种感情集中体现在《芙蓉女儿诔》中。只从宝玉写这篇祭文的立意来看，就很不一般，决心"另出己意""不可蹈前人套头""必须洒泪泣血，一字一咽，一句一啼，宁使文不足悲有余，万不可尚文藻而失悲切"。其目的是要以纯真之情诔晴雯，不仅要用古人的"微词"隐喻，而且要"随意所之，信笔而去……辞达意尽为止"，"所以大肆妄诞""杜撰"成一篇千古仅见的诔文。这是借诔文来"洒泪泣血""一字一咽"将儿女真情"发泄"无余。从全文看，一是尽情尽性的"以言志痛"；二是不怕"不合时宜"，不怕于"功名有碍"；三要"微词挞伐，以泄心中之恨"。所以这篇诔文是明宝玉之志，尽宝玉之情，寄宝玉之托，不能以行文的"别开生面"来对待。在"前序后歌"的序言中，对晴雯的评价是"其为质则金玉不足喻其贵，其为性则冰雪不足喻其洁，其为神则星日不足喻其精，其为貌则花月不足喻其色"。颂晴雯，实则是颂儿女之性、情、质、貌，也是儿女世界的"真"的总貌。因此文中不仅用"微词"，而是用怒目金刚式的挞伐"诼谣謑诟，出自屏帏；荆棘蓬榛，蔓延户牖"，因此恨不能"钳诐奴之口，讨岂从宽；剖悍妇之心，忿犹未释"，一心要将"鸠鸩""薋葹""蛊虿""荆棘"等凶禽恶草，铲除干净！这哪里是一篇诔文，分明是一篇儿女真情被扼杀而布告天下申讨邪恶的檄文！从诔文上看，儿女真情夭折了。从价值观上看，儿女的质、儿女的性、儿女的神、儿女的情，甚至儿女之貌，都宛然如在！在红学史上，有人以为袭为钗影，晴为黛影，虽不太准确，但也不是无因。因此这篇诔晴雯的文章，兼有诔黛玉之嫌，它不失为儿女真情世界中"真情"的明证。晴雯之死，芙蓉花之神，是真是假，在《芙蓉女儿诔》中是难以分清的。

四、真假相生的艺术天地

《红楼梦》不仅在思想内涵上有真假两个世界，而且在艺术表现上也相应地采用了真真假假、以假为真、真假相生的艺术手法。这是《红楼梦》有别于其他小说、戏剧和一切文学作品的特殊艺术魅力。

《红楼梦》第七回，写周瑞家的问宝钗"从胎里带来的一股热毒"，用什么药医治。宝钗说了一个秃头和尚配的"海上方"："要春天开的白牡丹花蕊十二两，夏天开的白荷花花蕊十二两，秋天开的白芙蓉蕊十二两，冬天的白梅花蕊十二两……于次年春分这一日晒干，和在药末子一处……又要雨水这日的雨水十二钱……白露这日的露水十二钱，霜降这日的霜十二钱，小雪这日的雪十二钱……再加十二钱蜂蜜，十二钱白糖，丸了龙眼大的丸子，盛在磁坛内，埋在花根底下，若发病时拿出来吃一丸，用十二分黄柏煎汤送下。"单看这一药方，真有些扯淡，或认为是作者的游戏文字，绝不会有哪一位医生去研究其医学价值，或作临床试验。但若听其名"冷香丸"三字，你就不会笑其药方之假，而会品味其丸药名字之真。这"冷香丸"三字，正是宝钗性格及为人处世的点睛。从字面上看三字的注解应是既冷且香而又圆滑。从配方上看，春夏秋冬都有鲜花，四季宜人；从药效上看，专治胎里带的热毒。这"热毒"并非就是有人猜测的是父母传给下一代只能意会不能言明之病，而是隐喻天性所禀的人欲人性。宝钗作为青年女子，也是有这种"病"的，在《红楼梦》中也有多次自然流露，但经"冷香丸"一治，"热"逐渐变成了"冷"，虽有余"香"，但很"圆滑"。至于令人眼花缭乱的各种十二之数，谁还会记下来去按数配方呢？可见这"把人琐碎死了"的药料，正是配制冷香丸的绝妙药方，否则哪位名医能将胎里带来的"热毒"变"冷"呢？冷香丸呵，这是改造人性人情把人变成冰的封建祖宗的祖传秘方！可见一剂冷香丸若非其假又焉能出其真！

　　这种真假相生相需的艺术手法，在爱情描写中，很多地方用得出神入化。宝黛二人在爱情探试阶段时，往往多用此法，即你也将真心真意隐藏起来，我也将真心真意隐藏起来，两假相逢，必然出真。这就是宝黛二人表面争吵，内心炽热，求近而致远，越远越近的绝妙表现。这些例子，论述多多，不必烦引。这里只就四十一回栊翠庵妙玉请宝钗黛玉吃"体己茶"为例，看一看作者在表现爱情时真假相生的绝妙运用。贾母带着刘姥姥到栊翠庵，妙玉亲自斟茶给贾母，把贾母安顿好后，用一个小动作"把宝钗和黛玉的衣襟一拉"，二人随她出去。宝玉早就"留神看他是怎么行事"，发现妙玉的动作后，便"悄悄地随后跟了来"。妙玉亲手烧水泡茶，用"晋王恺珍玩"和苏轼密藏的一对古玩茶杯斟给宝钗黛玉，又用"自己常日吃茶的那只绿玉斗斟与宝玉"，并"正色"对宝玉说："你这遭吃的茶是托他两个的福，独你来了，我是不给你吃的。"宝玉也会说话："我深知道的，我也不领你的情，只谢他二人便是了。"妙玉请钗黛品茶的描写，全是一场爱情发展的真假天地。请钗黛品茶是假，引宝玉跟来是真；以古玩茶杯斟茶给钗黛是假，以绿玉斗斟茶给宝玉是真；用手拉钗黛二人衣襟是假，把信息传给宝玉是真。从妙玉方面来看，"真"在假中，别人不能识其真；从宝玉方面看，是能体察到假中之真的。所以妙玉要点醒他，不要自作聪明，"你这遭吃的茶是托他两个的福"，宝玉就以"真"为"假"，给妙玉反馈信息："我也不领你的情，只谢他二人便是。"妙玉一听宝玉回答得体，说道："这话明白。"更有情韵的是妙玉的表演，宝玉的配合，钗黛二人怎么能无动于中呢？这两个聪明绝顶的女子难道真的被假象迷惑了？事实上是作者巧妙的安排。钗黛二人这里是"难得糊涂"，因为这只纸糊的灯笼是戳穿不得的，钗黛二人也绝不会去戳穿它。难道常年空守道院的青年妙姑，连内心深处一点点真情也不给她吗？钗黛二人的糊涂，正好使人看到了"曲径通幽处，禅房花木深"的景象。可见爱情中的以假为真，比真情直达真而又真！

五、翻新情史　去伪存真

真亦假有个前提，即假作真时真亦假。《红楼梦》特别提醒全体读者："假作真时真亦假，无为有处有还无。"这是进太虚幻境门前一副醒目、醒心的对联。百年旺族树倒猢狲散，是假世中的真世。"大旨谈情"所谈的"儿女真情"，是假世中最值得颂扬并大书特书的"真"。虽然是"花谢花飞飞满天""一朝漂泊难寻觅"，但这是"真"之所以不能成为"真"的必然结果。《红楼梦》虽是"一篇情文字""天下必有的情事"，但"必有的情事"不等于现有的情事。"情之所必有"的事，对当时来讲未必是"真"；但从发展的观点来看就未必是"假"。按鲁迅的说法就是"不必是曾有的事实，但必须是会有的事"（《且介亭杂文集·什么是讽刺》）。不管是"大旨谈情"也好，"儿女真情"也好，"是一篇情文字"也好，其核心都必须经得住"情"的推敲、经得住情的推敲的就是真，经不住推敲就是假。什么是真？本色是真，本性是真，本来面目是真！反之即假。为什么李贽把童心说成真心？就是因为人世间的真情最真的时候是在儿女阶段。到了以闻见道理为心的时候，就变成了假心假性假人。这是因为闻见道理掩盖了真心真情之故。儿女真情就是因为人间真情在儿女阶段尚未被掩盖之故。有人认为谈《红楼梦》中之情，有缩小《红楼梦》思想内涵之嫌。问题是对《红楼梦》的情如何理解。《红楼梦》中之情，同样表现在男女身上，但绝非男贪女爱所能限制得了的，《红楼梦》中的情是真假两个世界的分水岭！儿女真情的提出，从情史上看，涉及纵观历史，横看当今，是综合分析探讨扬弃的结果，也就是去伪存真的结果。封建社会的故步自封，把过去、现在当未来，也把未来当现在，还不断高呼万岁、万万岁！这就是封闭型的以假为真，还没有从南柯一梦中醒来。《红楼梦》的儿女真情，有对历史的综合，所以才形成对历史的批判性；在其对当今的亲身体验、分析才形成对未来的预见性。《红楼梦》第三十三回宝玉挨打后，被贾母放了几个月的假。宝玉有机会整天"甘心为诸丫鬟充役""十分闲消日月"。宝钗辈"有时见机劝导"，他反生气地说："好好的一个清净洁白的女儿，也学的沽名钓誉，入了国贼禄鬼之流。这总是前人无故生事，立言竖辞，原为导后世的须眉浊物，不想我生不幸，亦且琼闺绣阁中亦染此风，真真有负天地钟灵毓秀之德。因此祸延古人，除四书外，竟将别的书焚了。"这些话涉及的内容相当广泛。女儿的规劝，使宝玉对女儿的神洁信赖有了动摇，所以迁怒于"沽名钓誉"的"国贼禄鬼"；对历来的"立言竖辞"的所谓圣贤之言，导须眉浊物还不够，还要污染"琼闺绣阁"，这是对历史综合分析的结论；其恶果是"有负天地钟灵毓秀之德"；其措施是"除四书外"把所有的书统统烧掉！这些话是在对假作真时的历史综合分析的产物。

再看《红楼梦》第三十六回书中，宝玉和袭人在生死观问题上的一段对话。这是大家熟知的，引论的人不少，但对这段话中对历史和现实的批判性、对未来的预见性，评价却有限。先看宝玉是怎么说的：

"人谁不死，只要死得好。那些个须眉浊物，只知道文死谏，武死战。这二死是大丈夫死名死节。竟如何不死好！必定有昏君他方谏，他只顾邀名，猛拼一死，将来弃君于何地！必定有刀兵他方战，猛拼一死，他只顾图汗马之名，将来弃国于何地！所以这皆非正死。"

袭人道："忠臣良将，出于不得已他才死。"

宝玉道："那武将不过是仗血气之勇，疏谋少略，他自己无能，送了性命，这难道也是不得已！那文官更不可比武官，他念两句书汗在心里，若朝廷少有疵瑕，他就胡谈乱劝，只顾他邀忠烈之名，浊气一涌，即时拼死，这难道也是不得已？……可知那些死的都是沽名，并不知大义。比如我此时若果有造化，该死于此时的，趁你们在，我就死了，再能够你们哭我的眼泪流成大河，把我的尸首漂起来，送到那鸦雀不到的幽僻之处，随风化了，自此再不托生为人，就是我死的得时了。"

这一段生死论，在生死观上是对历史的总批判，指出千古以来的死忠死节的人，都是沽名之死，其原因是"不知大义"。那么宝玉所指的"大义"又是什么呢？表面看来是"弃君""弃国"，这实际上是以子之矛攻子之盾的战术，因其沽名之故，名"为君"而实"弃君"；名"为国"而实"弃国"。而宝玉所指的死的"大义"是一个"情"字，是生得有情，死得有情。他以自己为例，说他死后能够用女儿们哭他的眼泪"流成大河"，把他的"尸首漂起来"，"还要送到那鸦雀不到的幽僻之处，随风化了""再不托生为人。"这就是说生得有情，死更要有情，不能像那些沽名钓誉之徒，浊气一涌去拼死，得到的只是沽名钓誉。死在女儿之世，必须要有情，要用代表"真情"的眼泪送走他的尸骨，随风而化，再不托生到假世中去。这就是把传统的忠烈观、生死观和真情对比，是宝玉之所求生生死死都是真情。也许有人以为这只是作者随笔成趣的文字，或者是宝玉这个痴子的痴话。实际上作者如果不杂以"假语村言"，又怎么能将"真事隐去"，并透露出女儿"真世"的形影来呢？从真假角度看，在以假作真的历史社会里，宝玉所求的真，只能在死去后寄托在儿女真情的眼泪中，随泪波逐流而风化。这是不得已的"假化"。

我想不会有人把《红楼梦》的真亦假假亦真看成真假不分，是非不辨吧，除了上面提到的前提假作真时才真亦假外，还应该看到真假之间存在着穷通变化的辩证关系。从情史上看，大凡儿女真情，无不诞生于假。刘兰芝焦仲卿是被假孝、假理、假法逼得走投无路才双双殉情的，殉情是真情的结晶，是由生到死的质的变化，是在假世中自我树立的爱情丰碑！梁祝化蝶，是封建礼教、门户观念、等级制度的逼迫所致，先死而后"化"，"死"非人之愿，故来一个"化"，"化"虽假，但又是情的最真。红娘之所以为人所称道，是因为她在张生莺莺生前撮合了二人姻缘，这就比"殉"和"化"更进一步。在情的问题上才从理想之真变成现实之真，所以她在"拷红"时，敢于以崔张二人之情对抗老夫人之理，敢于以崔张二人的勇敢结合揭穿老夫人的虚假欺诈，把责任全推到老夫人头上，逼老夫人就范。从情史上看，儿女真情自古以来就是真实存在的。但假世中的真情必定要被假伦理假道德所扼杀。这就是假作真时真亦假的历史结论。一部情史，从"野有死麕"起到《红楼梦》这篇"情文字"止，都是一部探讨、发展和去伪存真的情史，这是情史发展的总风貌。《红楼梦》中"儿女真情"的演进过程，不仅是集情史之大成，而且更是去伪存真地翻开了情史的新一页！

《红楼梦》中的隐线脉络

自《红楼梦》问世以来，在研究《红楼梦》中，有一个著名的学派，即索隐派。在二百多年的红学史中，索隐派的是非功过自有定评，姑且不论，我们要谈的是，为什么在《红楼梦》研究中，索引派能成为一个较大的学派，特别是在旧红学的学者中，像蔡子民这样的大学者也成了索隐派的主要人物？应该说，这是事出有因的。从中国传统文学来看，五经之文，不仅有隐情、隐事，而且还隐有深远的哲理。一部《易经》几千年来的研究者大都在索隐，不索隐即不可能读懂《易经》。由八卦组成的长短不同的符号，却隐寓了各种人、事、情、理，例如乾卦，文言曰："元亨利贞。元者善之长也，亨者嘉之会也，利者义之和也，贞者事之乾也……君子行此四德者，故曰：乾，元亨利贞。"而《说卦》的解释则是："乾，天也，故称乎父……乾为天、为圜、为君、为父、为玉、为金、为寒、为冰、为大赤、为良马、为老马、为瘠马、为驳马、为木果。"仅此一卦，就够研究者大索其隐的。这就很自然地使仁者见仁，智者见智。这是《易经》本身的易象所决定的。所以《系辞下》说，易经之文"其称名也小，其取类也大，其旨远，其辞文，其言曲而中"。孔颖达疏云："其旨远者，近道此事，远明彼事，是其旨意深远……其辞文者，不直言所论之事，乃以义理明之，是其文饰也……其言曲而能中者，变化无恒，不可为体例，其言随物屈曲而各中其理也。"所以《易经》之文，大都是"其事肆而隐"。可以说《易经》是中国文学索隐之源，其所索之隐虽"变化无恒"，但必须"各中其理"，能于义理上阐明，而不是随意附会。章学诚在《文史通义》中所说，易象虽变化无穷，但"事得比而有其类""其理不过曰通于类也，故学者之要，贵乎知类"。"类"，即《系辞》所说的"方以类聚"，也即是方以自然之象，但必须通于人、事、情、物之理。易象虽取"天地自然之象"，但它毕竟是"人心营构之象"，必须与人的意象合一。不仅《易经》如此，《诗经》亦然。章学诚说"易象通于诗之比兴"。《诗经》中的比兴，亦是易象的引申。如《诗经·周南·关雎》，毛传："雎鸠，王鸠也，鸟挚而有别。述，匹也。""即以为淑女配君子之象。"毛传虽把这种爱情诗，说成是君子与淑女之配，但尚不脱离诗的大意。而《诗》小序却云："关雎，后妃之德也。"而"窈窕淑女，寤寐求之"则是"哀窈窕，思贤才"。这可以说是《诗经》中的索隐派吧，本来是一首男女爱情的诗篇，却说成是一首对文王的"后妃之德"的颂诗。显然这是索隐并未"中其义理"，是随意附会，但这种附会却为历代封建统治者所接受。可见索隐之由来古老而又久远了。

《易》中的象，《诗》中的比兴，有其义理在，也有其人情在，故使人不得不索隐而求旨。在索隐中有真得其义理者，也有牵强而附会者，故索隐必然有得有失。这种得失互见的索隐，五经已肇其端。降而至于《庄》《列》之寓言也，则触蛮可以立国，蕉鹿可以听讼。《离骚》之抒愤也，则帝阙可上九天，鬼情可察九地（《文史通义》），取譬设喻又从《易》象和《诗》的比兴中发展而为散文、韵文中的寓言、比譬。作者所取的自然之象已和营构的意象合二而一。毫无疑问，这一传统的寓意取譬之作，后世的诗文词曲小说多继承而张皇之，虽不如《易》象隐微深邃，但取譬以寓旨，设喻以明义，则成为历代文学中的传统。《红楼梦》也不例外。《红楼梦》的作者明确告诉读者，此书是书"真事隐"去的书，因此有探讨"真事"的索隐派。所以《红楼梦》研究中的索隐派，既是历史传统的产物，亦是《红楼梦》本身的产物。

一、《红楼梦》有明隐两条线

《红楼梦》的结构，是由明隐两条线相互交错而成，明线是以石头入世出世所经历的"红楼"梦断的故事，以"假语村言""敷演"出来的一部问世传奇；隐线即是这部传奇隐去的"真事"脉络，在明线中隐约闪灼地贯穿全书。这两条线并非截然分开的，而是相互渗透，明中有隐，隐中有明。但既然是"真事隐"，其所隐的真事，就不可能完全反映在《红楼梦》的文字表述中。《红楼梦》之所以称为中国封建社会的百科全书，并不是说中国封建社会的"百科"都能在《红楼梦》中得到准确的解答，而是指《红楼梦》的内涵所涉及的涵盖面及其引申出来的认识价值可与百科全书媲美；也可以说是"真事隐"所"隐"的深邃意蕴涉及封建社会的众多方面。这里对"隐"字有必要解释一下，《红楼梦》中的所谓"隐"，是不能简单地理解为隐藏了什么东西的，"真事隐"并不是把真事隐藏起来、掩盖起来，让人去寻、去猜，成为文字上的猜谜游戏。《文心雕龙·隐秀》篇云："隐也者，文外之重旨也。""隐以复意为工"，"隐之为体，义主文外，秘响旁通"；"隐"应该达到"深文隐蔚，余味曲包"的境界。《红楼梦》的"真事隐"就是寓以"文外之重旨"，"以复意为工"，确实达到"深文隐蔚，余味曲包"的境界。当然"文外之重旨"是不能割断《红楼梦》"文内"的描述而去单独求索的。"文内"之中也有"文外"的"重旨"。也就是说《红楼梦》在结构布局上，明线中交织着隐线，而隐线结构则成为《红楼梦》的广阔背景和框架支柱，而在框架文柱内的各个建筑部位则必须由明线来完成。

甲戌本凡例在解释《石头记》书名时说：《石头记》是自譬石头所记之书也。""自譬石头"的"自"字，表面看来是指《红楼梦》一书，但"自譬石头"又表明《红楼梦》的主人公不是石头，而是一种比譬。所以"自"字是宝玉和作者兼而有之。作者把所记之事托为石头自记，正如章学诚在《文史通义》所说是以"自然之象"寓"人心营构之象"，亦即"情之变易为之也"。把天地自然之象变成"人心营构之象"，又以女娲炼石补天的弃石神话为开端，于是"无材可去补苍天，枉入红尘若许年"的"人心营构"的创作"旨义"，便在开宗明义的第一回中埋下了全书的结构大纲，这个大纲和"旨义"相得相彰，便成为补天无才而又幻形入世的潦倒半生一事无成的石头幻化后真实生活的记载。这条结构线在全书的脉络就是石头—通灵玉—贾宝玉—红楼梦断—石头。一部从石头起至石头终的《石头记》，通过幻形入世，在诗礼簪缨之族，花柳繁华之地，厮混半生，终成红楼一梦。这就是《红楼梦》的一条结构明线。这条明线以从石头到石头的回环脉络贯穿起"红楼"之所"梦"，而红楼所梦不外第一回"贾雨村风尘怀闺秀"所指，即把"当日所有的女子，编述一记，以告普天下人"。其中又以"绛珠还泪"为楔子，以封建婚姻金玉良缘作为"发泄""儿女真情"的对立面，以金玉良缘断却情痴之梦，促使石头返本归真，回至青埂峰。这是指"发泄""儿女真情"的主要内容方面而言。此外红楼之所以梦断，其根本原因还不仅是金玉良缘的破坏，而是红楼所梦的环境——贾家百年旺族的"树倒猢狲散"。而贾家败亡的原因，除了写其内部矛盾，自执金矛，自相争夺以外，有些带根本性的原因，就不用明线交代，而是有隐线暗示。

《红楼梦》的隐线提纲，在第一回中作者已有了交代，在甲戌本凡例中，有这样一段话：

　　此开卷第一回也。作者自云，因曾历过一番梦幻之后，故将真事隐去而撰此《石头记》一书也……自云今风尘碌碌，一事无成，忽念及当日所有之女子，一一细推了去，觉其行止见识皆出于我之上，何堂堂之须眉诚不若彼一干裙钗……以致今日一事无成，半生潦倒之罪，编述一记，以告普天下人。

在同一回中，石头曾对空空道人说：《石头记》所记的"离合悲欢，兴衰际遇，则又追踪蹑迹，不敢稍加穿凿，徒为供人之目，而反失其真传者"。既然作者自云"曾历过一番梦幻之后，故将真事隐去而撰此《石头记》一书中"，但又强调"追踪蹑迹"，不敢"失其真传"。"真事隐"与"追踪蹑迹"二者之间是什么关系呢？作者本意是以"追踪蹑迹"来反映"真事"，但"真事"又曾是作者"历过的一番梦幻"，这就必然要涉及封建大家族的方方面面，特别是写其"梦幻"破灭的根由时，还有上下左右的牵扯，因此在"追踪蹑迹"的同时，不得不以"假语村言"来"敷演"石头故事。这就表明作者隐去真事的苦衷。"真事隐"与"追踪蹑迹"交叉起来，互为表里，就形成了"一声而两歌""一手而二牍"的明隐同时进行的表现手法。这也是《红楼梦》对传统的取譬寓旨，设喻明义，言近旨远创造性的运用。在《红楼梦》第一回中，当空空道人看完石头所记之事，听石头答辩时，甲戌本眉批："阅其笔则是庄子、离骚之亚。"这里的《庄子》《离骚》，并非指《庄子》《离骚》的全文，而是指《庄子》的寓言，《离骚》的巧譬善喻，而石头所记，正是同道。但《红楼梦》开头的巧譬善喻，在《红楼梦》的后文描写中已经作了解答。如石头幻形入世变成一块宝玉，实际是"假宝玉"，这在贾宝玉半生的言行和际遇中，已经作了完满的答复。再如绛珠还泪，在后文的宝黛爱情中以及作者"发泄"的"儿女真情"和洁来洁去的结局，也作了形象的解答。所以这条线在《红楼梦》中虽以取象设譬开始，但后文已逐次表明，因此，它是一条明线。

那么《红楼梦》的隐线何在？"真事隐"所隐的"真事"又指什么？要回答这个问题，似乎又要参与到索隐派的行列中去了，其实只要从《红楼梦》的描写实际出发，是不会重蹈索隐派的覆辙的。就在《红楼梦》第一回中，作者把"真事隐"化作一个活生生的人物——"甄士隐",并特地由他来作"好了歌解注"。大家都知道甄士隐即"真事隐"的点睛,以甄家的败落预示着贾府的衰亡,以甄英莲的命运暗示红楼诸钗的命运,这一点,也可以说是隐中有明,前后文相照应,寓意自明。但甄士隐却真有隐情,而隐情就在《好了歌解注》里面。《好了歌解注》虽是对《红楼梦》悲剧结局的预示,但它的涵盖面很广,它不仅仅是指贾府的败亡,而是包括贾府在内的封建社会末世的达官贵族。如"陋室空堂,当年笏满床,衰草枯杨,曾为歌舞场,蛛丝儿结满雕梁,绿纱今又糊在蓬窗上","乱哄哄你方唱罢我登场",这些"解注"绝非指贾府一家的事。这种"忽新忽败忽丽忽朽"(脂批)转眼云烟,万境归空的局面,都是封建社会末世的写照。所以《好了歌》及其解注不愧是封建社会末世的一首挽歌,也可以说是《红楼梦》的主题歌。通过"甄士隐"的亲口解注,不正是"解注"其"忽新忽败忽丽忽朽,已见得反复不了"的"真事"吗?这些真事显然已超越贾府范围而与封建社会"末世"联系在一起了。《好了歌解注》既然出自"甄士隐"之口,我们就可以隐约看见甄士隐所解的不正是《红楼梦》的广阔社会背景吗?所以说四大家族的衰亡,不是孤立的,它是和封建社会发展到后期的必然归结联系在一起的。

二、《红楼梦》隐线结构的核心

如果说《好了歌解注》隐约勾勒出《红楼梦》广阔社会背景的话,那么第四回的"护官符"就是这个社会背景的框架支柱,在某种程度上说,"护官符"是《红楼梦》隐线结构的核心。

护官符在作者创作思想上,又确有隐线结构的纲要性质,护官符名义上是把贾、史、王、薛四大家族的声威势力、荣华富贵着力一写,实际上是为《红楼梦》全书支撑起一个总的框架,以四大家族荣损扶持及婚姻联络，形成一张庞大的官僚贵族网络。这张官僚贵族网络的兴衰成败，不仅影响全书故事情节的演进与人物的遭际命运，而且必然和官僚贵族网络本身以及与最高统治集团休戚相关。也就是说这四大家族的一荣皆荣、一损皆损和上面的王公侯伯甚至帝室宗亲，不可能毫不相干。这实际就和历史上曹氏世家的兴亡与清朝皇室内部的党争联系在一起了。这也是曹雪芹写《红楼梦》的重要原因。如果没有曹氏世家的百年兴衰，也不可能有《红楼梦》的问世。所以护官符表面上渲染了四大家族的赫赫声威，而实际上也暗示了这赫赫声威与上下左右的密切关系及其最终结局。读者只要联系《好了歌解注》来看，"悲凉之雾"早已"遍被华林"，何况还有"一荣俱荣，一损皆损"的提醒呢！可见，所谓"树倒猢狲散"的"树"，在"护官符"中已经"树"起来了，而这棵"树"的荣枯过程，不正是《红楼梦》隐线结构的核心吗？护官符所谓的荣损皆同，并非指四大家族团结无间，扶持照应到了生死与共的地步，不管四大家族的哪一家，一家荣，其他三家未必皆荣，反之一家损，其他三家未必皆损。而能使四大家族荣损皆同的力量，不在四大家族本身，而是与四大家族上下关联的皇室王公的利害冲突。皇室王公的内部斗争，必然涉及下面有关的官僚贵族，而皇室王公斗争的结果，正如冷子兴所说"成则王侯，败则贼了"。这样，在"王侯"之党"俱荣"的同时，而"贼"党又安能不"俱损"？在一家获罪，株连九族的封建统治下，连络有亲的贵族家庭，就必然一损俱损了。这种荣损关系的背面，确实是有"隐"可"索"的。

护官符从表面上看来很简单，它不过是门子教贾雨村枉法断案，草草了结薛蟠打死冯渊一事，借此攀上贾、王二大家，以便"护"贾雨村之"官"。但是，要护贾雨村的官，就必须维护贾、王、薛三家的利益，也就是说要护小官必须先护大官，实际就是抓住机会卖身投靠，进一步成为大贵族的党羽和爪牙。不管四大家族的哪一家，他们的势力绝不是孤立的，门子在对贾雨村介绍四大家族时，一方面说四家"扶持遮饰皆有照应的"，另一方面又指出薛家"也不单靠这三家（贾、王、史），他的世交亲友在都在外者，本亦不少"，这就说明四大家族"在都""在外"都有势力。在都者，薛家有京营节度使后兼大学士之职的王子腾，贾家有皇妃贾元春，当然也就和皇帝成了姻亲关系了。这就是说四大家族的荣损关系，是与皇室王公的利益相关的，具体说来，就是和清廷皇室内部的党争密切相关，特别是清代前中期的党争和曹氏世家的兴亡，确有其内在的必然联系。把清代和封建社会的历代王朝相比，清代似乎是党争最多的一个王朝。从清太祖努尔哈赤起直到慈禧、光绪止，最高统治集团内部的党争一直贯穿了二百七十多年。朝廷内部的党争，必然促成朝臣之间的党争，朝臣之间的党争又必然要发展到地方官员及下属官员中培植私党的活动。清代前中期的党争以及曹氏世家的兴衰过程，是《红楼梦》写四大家族荣损关系的现实基础。当然历史和文学不能等同，但历史和文学又不能截然分开。《红楼梦》是一定历史阶段的文学，曹雪芹也是一定历史阶段的作家。清代前中期的皇室内部的党争和曹氏世家的兴亡，是《红楼梦》"真事隐"的主要内容，不然一道护官符，居然能使四大家族荣损皆同，其灵符的神力又来自何方，出自何地呢？

从清代党争的性质来看，自清初直到乾隆时期连续不断的斗争，大都是围绕皇权问题而开展的。如努尔哈赤与八和硕贝勒共议国政之争，皇太极与诸大贝勒之争，皇太极死后的政权谁属之争，康熙与鳌拜之争，索额图与明珠的党争，康熙末年皇位继承之争，雍正巩固皇位之争……这些斗争不仅有其延续性，而且基本上是以皇室诸王与贵族大臣的斗争为核心。在雍正实行中央集权制以前，更是这样，虽然也有满汉官员之争，但总的看来汉官势力较小，还没有形成与满族贵族相抗衡的力量，所以满族贵族内部阋墙是清初上层党争的一大特点。这样势必形成满族贵族之间各自的势力范围。《红楼梦》所写的护官符中四大家族的上层社会关系，就是满族各贵族集团之间的政治斗争关系。从皇室来看，皇帝、贾元春（贤德妃）、贾政，这是皇亲国戚关系；再从上层贵族来看，北静王、南安郡王以及已死的"八公"，即镇国公牛清、理国公柳彪、齐国公陈翼、治国公马魁、修国公侯晓明、缮国公石某，加上荣、宁两家。还有钦差金陵省体仁院总裁甄应嘉（甄宝玉之父）等贵族的兴衰成败，都和贾家有这样那样关联，如甄应嘉的被抄，也即是贾家被抄的前兆。由此可见，满族贵族内部阋墙之争又涉及王公侯伯的荣辱得失。《红楼梦》就是在清朝王室长期斗争基础上，写出了护官符中的四大家族荣辱与共的必然关系，特别是贾家的兴衰史与曹氏世家的成败和清代皇室斗争的关系更是不能分开。艺术虽不是历史翻版，但艺术却不能脱离历史发展的轨迹。《红楼梦》一书是以贾府这家百年旺族的兴衰史为框架的。护官符能护贾雨村之流的官，但不能护四大家族本身的官；要护四大家族的官，就必须以皇室王公为靠山；而皇室王公长期不断的党争，又给四大家族以安而复危的转换。所以护官符是具有两重性的符，即福兮祸所伏的符，它不可能永远护官，护官与丢官都在这张符里存在，所以最终弄得贾府"树倒猢狲散"。这大概就是护官符隐而不宣的"言外重旨"吧！

三、曹家的兴衰与清廷的党争

说护官符是福兮祸所伏，具有两重性质的"符"，这从曹氏世家的兴衰史来看，是可以看出其历史根由的。《红楼梦》中"追踪蹑迹"，虽不是在写曹氏家史，但它却是《红楼梦》出世的胎床。曹氏世家的兴衰史，上联清廷帝室之争，下启曹家阋墙之衅；帝室党争的胜负兴亡与曹家的荣辱升沉攸关，阋墙之衅的内讧和曹家一败涂地相联，上下交攻，内外相残，自执金矛，自相戕戮，上连皇亲，下关贵族，在升平中露杀机，在繁华中寓衰兆，这就是《红楼梦》悲剧性的涵盖内容。从历史上看，曹家兄弟不和，不仅在曹寅诗中有反映，就是在曹寅死后，康熙在命谁做曹寅的嗣子问题上，也是颇费斟酌的。康熙五十四年（1715年）正月，曹颙病逝，在立嗣问题上，康熙下谕："原伊兄弟亦不和，若遣不和者为子，反愈恶劣，尔等宜详细查选，钦此。"这就证明曹寅与曹宜兄弟不和，已为康熙所知。《红楼梦》中所反映的"乌眼鸡似的"内讧，不能说没有根据。当然，皇室与曹氏世家的依存关系，是福祸转换的主要关系。从清人建国之初，一直到乾隆时期，曹家这个"百年旺族"从康熙时的鼎盛到雍正、乾隆时的败亡，始终是和帝室的政治风云变幻紧密相关的。《红楼梦》中四大家族"一荣俱荣，一损俱损"的关系，正是在这种政治背景下的产物。从曹氏世家的兴衰来看，大体上可分为三个阶段，即太宗、顺治时"从龙入关"的兴起阶段；康熙时"格外殊恩"的鼎盛阶段；雍正朝兄弟阋墙的株连阶段，到了乾隆初期，曹家即彻底败落了。

从曹氏世家的谱系来看，经过红学家们多年考证，大体上可以确定，曹家远祖为宋代开国大将军枢密武惠王曹彬。曹俊是入辽之始祖，曹雪芹上世久居辽阳，后迁居沈阳。雪芹祖籍辽阳是确凿无疑的。雪芹的五代祖曹世选（即锡远）"令沈阳有声"，是明末较好的地方官，是忠于明朝的。但努尔哈赤于天命六年（1622年）三月攻陷沈阳时，世选被俘，分给旗主为奴。世选子振彦于天聪八年（1635年）转为多尔衮属下的满洲正白旗，所以《清史稿·曹寅传》说："曹寅是汉军正白旗人。"多尔衮死，正白旗由顺治掌握。据《辽东曹氏宗谱》载："锡远从龙入关，分入内务府正白旗。子贵，诰封中宪大夫；孙贵晋赠光禄大夫，生子振彦。"锡远"从龙入关"并未得到官职，与一般俘虏无别，只是分在内务府做包衣（奴隶），可能和他没有投降满人有关。但内务府是总管皇室财富、食用及生活琐事的总务机关，与皇帝较亲近，正白旗又直属皇帝，加上镶黄、正黄两旗，合称"上三旗"，皇帝的侍卫，皆从上三旗子弟中选取，与皇室关系较为特殊。世选子振彦随多尔衮对明作战有功，做了旗鼓牛录章京，顺治九年（1652年）随王师征山右（山西）平定姜瓖叛乱，升浙江盐法道，诰授中右大夫，官阶是"从三品"，曹家开始显贵起来。振彦子曹玺"补侍卫，随王师征山右有功"，被顺治提为"内廷二等侍卫，管奕仪事，升内工部"。康熙二年（1663年）任江宁织造，把多年江宁织造的"积弊"整理得一清二楚，"干略为上所重"，康熙特赏给他"正一品"的最高官阶（原为正三品），这是康熙的"格外殊恩"。曹玺得为终身江宁织造，任职二十二年，一直到死。曹玺之所以得到康熙如此重用，除他本人才干外，其妻孙氏是玄烨保母，从小把玄烨奶大，所以康熙特别关照曹家。

到了曹雪芹祖父曹寅时期，康熙对曹家恩宠倍加。曹玺死，康熙即诏曹寅"晋内少司寇，仍督织江宁，特赦加通政使、持节，兼巡两淮盐政"。后又被选入宫为康熙侍读。康熙二十九年（1694年）曹寅出任苏州织造，三十一年（1696年）又兼江宁织造，四十三年（1704年）钦点巡视两淮盐务监察御史，康熙三十九年（1690年），四十二年（1703年），四十四年（1705年），五十一年（1712年）先后四次南巡，均由曹寅接驾，并以江南织造署为行宫。康熙五十一年（1712年）七月，曹寅患疟疾，康熙派专人星驰送药，药未至，曹寅死。康熙命其子曹颙补放江宁织造。曹颙死，康熙又命曹頫过继为曹寅子继任江南织造。曹寅为官四十年，在江南任职二十二年，他所担任的官职是江南财政经济的命脉所系，连康熙的诸子亲王均不能染指，独委以曹寅，可见对曹寅信任之专。由于康熙多次南巡，造成曹寅巨额亏空。康熙深知情由，不许追究，还命李陈常以两淮巡盐课羡余银子代赔。曹寅临死时，承认贪污挪用公银九万余两，两淮巡盐任内银子二十二万两（实际不止此数），这正是后来雍正抄没曹家的主要罪状。

上述可见，曹氏家族从曹玺、曹寅到曹颙、曹頫一连三代，前后达半个多世纪之久的"特殊恩宠"，确实非比寻常。而曹氏祖孙三代对巩固康熙江南半壁江山的统治，确实尽了犬马之力，特别是在政治、经济、思想、文化方面起到了别人起不了的作用。正因为曹家三代是康熙的犬马功臣，在康熙晚年，康熙与太子允礽，允礽与其他诸兄弟之间的夺位之争，使康熙第四子胤禛渔人得利，以表面恭顺友爱，实际结党营私的阳奉阴违的手段，骗取了康熙的信任，在康熙死时，获得了皇位继承权。胤禛为了巩固自己的统治，于是一场兄弟相煎、君臣相残的新的一朝天子镇压旧的一朝臣的斗争立即开始。而在这场斗争中，享受三代殊荣的曹氏家族成为雍正父党的犬马之臣，岂能被雍正轻易放过。在即位不久，即罢了曹頫的官，抄了曹頫的家。曹氏家族对雍正来说至少有三大忌。第一，曹家三代为雍正父党，因此对宫廷斗争内幕知之甚多。康熙四十三年（1704年）七月二十九日在曹寅奏折上批道："倘有疑难之事，可以密折请旨，凡奏折不可令人写，但有风声，关系匪浅，小心，小心，小心，小心。"一连四个"小心"告诫，可见这种"疑难之事"绝非小事，当然也不一定就是宫廷密事。但从康熙口气看，也可能与宫廷密事有关。"但有风声，关系匪浅"，连康熙也在为曹寅担惊受怕，至少可以肯定，这类事不会是曹寅官职上是非功过一类的事。及太子被废后，朝野震动，江宁织造李煦两次密奏原户部尚书王鸿绪等人"探听宫禁之事"，议论废太子"异常之变"，并请求康熙阅后把奏折毁掉，"以免祸患，则全家保全"（《李煦奏折》第79页）。康熙同意毁折，并令李煦"尔正打听是什么话，再写来，密之察之！"当时苏州、江宁、杭州三织造实为一体，都是康熙在政治上的爪牙和耳目。三织造和康熙有如此关系，雍正即位之初，岂能不忌！第二,三织造网罗大批江南名士和明代遗臣,这都是为康熙思想统治的需要而下的力量,对稳定江南人心起了一定的作用。雍正上台伊始,皇位并不巩固,而对曹頫任职以来,大批文人名士齐集曹门频繁交往,雍正安得不为之动心!第三,江南富庶之地,为清廷大批财源所在,雍正心里很清楚,这等富庶之地必须掌握在自己手中,因此及时派了自己的心腹去江南,取代三织造,三织造的败亡已是势所难免。这就是曹氏世家在"从龙入关"之后,在康熙朝鼎盛时期所形成的福兮祸所伏的根子。正如《红楼梦》中所发出的荣辱自古周而复始的感叹一样,"君子之泽,五世而斩",这并不是自然的轮回,而是封建皇权争夺战所株连的皇室外围的政治斗争的结果。这就更印证了冷子兴所说"成则王侯,败则贼"了。把成功的"王侯"与失败的"贼",都归入"正邪两赋",并加以一锅熬,这何尝不可理解为这是清室皇位之争以及所牵连的贵族大臣之冤的一篇阆阖形态的《离骚》。

四、护官符中的官僚网络

谁也不能否认《红楼梦》扣人心弦的艺术感染力,如木石前盟的细腻逼真的描写,对金玉良缘及大观园女儿国兴亡历程的生动描述,都可以说是由花团锦簇、字字珠玑的文字所构造的艺术殿堂。凡是读过《红楼梦》的人,有谁不为宝黛爱情悲剧而痛心疾首?又有谁不被书中千姿百态、天真烂漫的女儿所陶醉?正因为这样,这许多锦绣文章后面的历史背景,就容易在沉醉中忽略过去。其实只要仔细地、冷静地对待《红楼梦》,你就会发现《红楼梦》是一部绵里藏针的文学巨著。《好了歌解注》及"护官符"所涉及的方方面面,就是这部书里所藏的"针"。它的"针"锋所向,是直指封建官僚贵族及其血缘宗阀、官衙黑幕、朋党纷争,把四大家族的兴亡与封建帝室王公之间的斗争、朝廷党争联系起来，使贵族的兴衰与宫廷党争枝干相连、因果相关，从而使《红楼梦》的广阔背景显示出封建社会"末世"的重要特征，揭示出封建大家族树倒猢狲散的必然性。

四大家族与皇室主公的关系及与其他官员的横向联系，《红楼梦》中有过多次描写，但都点到为止，没有深入细致地描写。这一方面有碍于时事，不得不如此；另一方面，它毕竟是属于隐线中的提示，不能够写得过繁过碎，显得故事情节枝蔓、杂芜，所以做到"义生文外，秘响旁通"就行了。《红楼梦》第十四回写秦可卿丧事，这只不过是贾敬的孙子媳妇的丧事，是小字辈的死亡，并没有什么了不起。但比起后来的贾敬乃至后四十回中贾母的丧事来看，却是一次最风光的丧事，也反映了贾府鼎盛时期的繁华。单就送殡的权贵来看，有"镇国公牛清之孙现袭一等伯牛继宗，理国公柳彪之孙现袭一等子柳芳，齐国公陈翼之孙世袭三品威镇将军陈瑞文，治国公马魁之孙世袭三品威远将军马尚，修国公侯晓明之孙世袭一等子侯孝康"以及缮国公一家，这六家与荣、宁二家合称"八公"。其余还有南安郡王之孙、西宁郡王之孙、忠靖侯史鼎、平原侯之孙世袭二等男蒋子宁、定城侯之孙世袭二等男兼京营游击谢鲸、襄阳侯之孙世袭二等男戚建辉、景国侯之孙五城兵马司裘良、锦乡伯公子韩奇、神武将军公子冯紫英、陈也俊、卫若兰等王孙公子。再就是设路祭的，有东平王、南安郡王、西宁郡王、北静郡王四王的祭棚，其中北静郡王亲临路棚奠祭，还与宝玉相会。这就是一幅王公侯伯的人物网络图。曹雪芹不厌其烦地写下这么多读者陌生作者熟悉的名字，这不仅不是多余的笔墨，而且是有意借秦可卿丧事把四大家族官僚网络关系交代给读者，对第四回护官符作了一次生动的注释。以上所述是属于红白喜事当中四大家族与王公侯伯等官宦人家的往来。此外，在日常生活中与官僚贵族之间的应酬，也是贾家的常事。

比如《红楼梦》第五十五回，凤姐病，由李纨、探春理事，"连日有王公侯伯世袭官员十几处，皆系荣、宁非亲即友或世交之家，或有升迁，或有黜降，或有婚丧红白等事，王夫人贺吊迎送，应酬不暇"。从这些日常家事中可窥见荣宁亲友、姻戚之间的联系，而王公侯伯与荣宁二府之间构成的密切交往，已显示出关系并非一般。再看第七十一回写八月初三日贾母八旬寿辰："从七月二十八日到八月初五日止，荣宁两处齐开筵宴，宁国府单请官客（男宾），荣国府中单请堂客（女宾）。大观园中收拾缀锦阁并嘉荫堂等几处大地方来作退居。"紧接着连日筵宴："二十八请皇亲附马王公诸公主郡主王妃国君太君夫人等，二十九日便是阁下都府督镇及诰命等，三十日便是诸官长及诰命并远近亲友及堂客。初一日是贾赦家宴，初二是贾政，初三是贾珍、贾琏，初四日是贾府中合族长幼大小共凑的家宴，初五日是赖大、林之孝等家下管事人等共凑一日。"单是筵宴就接连摆了八天，前三日全是王公侯伯及各级达官贵人和诰命夫人国君太君夫人等，声势之大，绝非一般豪门贵族可比。再看送寿礼者，从七月上旬开始就络绎不绝，"礼部奉旨钦赐金玉如意一柄，彩缎四端，金玉环四个，帑银五百两"，这是皇帝的寿礼。下来是元妃的"金寿星一尊，沉香拐一只，伽南珠一串，福寿香一盒，金锭一对，银锭四对，彩缎十二匹，玉杯四只"。其余"自亲王驸马以及大小文武官员之家，凡所往来者，莫不有礼，不能胜记"。所有礼品都展览在堂屋内，贾母只是头一二日瞧瞧，后来连瞧都瞧不过来，只好"叫凤丫头收了，改日闷了再瞧"。这真是"白玉为堂金作马"的一次真实写照。从中可见贾府这家皇亲国戚的政治背景以及与权门豪贵之间的密切关系。

至于历史上曹家四次接驾的事，在《红楼梦》中有略写也有细写。第十六回赵嬷嬷与贾琏夫妻谈及当年王家接驾一事，那是略写。虽然是略写，但从中可见当年康熙南巡时排场之大，浪费之巨。至于对接驾的详写，那是用移花接木的手法，通过元妃省亲来反映的。

从兴修大观园到迎接元妃省亲为止，其场面的宏伟，非有自家的经历是写不出来的。一次接驾如此，四次接驾的铺张糜费所造成的巨大亏空就可想而知了。从《红楼梦》对元妃省亲的描写中可见，皇室的姻亲关系正是贾家大族能够"护官""护家"的根基所在，也是护官符赫赫声威的源头和背景。

《红楼梦》对四大家族官僚网络的描写，从篇幅上看远不如描写"儿女真情"的鸿篇巨制那样挥洒自如、那样激动人心。但经过作者多次点染，却使人看到了《红楼梦》中的"官场现形记"。而这种官场状况又是《红楼梦》的黑幕背景，贾家大族以此为背景，到头来必然树倒猢狲散。在《红楼梦》前八十回中，曹雪芹虽然没有来得及交代清楚贾府衰败时的情景，但在高鹗续书中，也没有为之掩饰。尽管高鹗有手下留情之意，但写查抄宁国府的罪名，还算抓住了一点实质。"贾赦交通外官，依势凌弱，辜负朕恩，有忝祖德，着革去世职"，"交通外官"这是官僚结党的必然。京官结党，其势力范围若仅限京师，是不能成气候的。所以凡结党的京官必须拉拢外地地方官员，才有巩固的基础。《红楼梦》中曾写贾赦两次派贾琏去平安州，从情节安排上看，作者是有意支开贾琏、使凤姐好施展手脚，大闹宁国府、陷害尤二姐，实际上也是"一手二牍"。写贾赦交通外官，为抄家伏线。当贾琏第二次从平安州回来向贾赦"将所完之后回明"后，"贾赦十分喜欢，说他中用，赏了他一百两银子，又将房中一个十七岁的丫鬟名唤秋桐者，赏他为妾。"只是作者闪烁其词，又将"真事"隐下了。到《红楼梦》一百零五回高鹗写查抄宁国府时，才将真事点明，贾赦交通平安州，又被李御史参奏，成为抄家的罪状之一。正因为如此，清代吏部规定："如外官赴任时，谒见在京各官或任所差人来往交结者革职，其在京各官与之接见差人至外官任所往来者亦革职。"这是清廷明文规定的京官私下交结外官，视为结党营私之罪。可见清朝官僚网络结成的朋党，使朝廷深感不安。

所以到雍正朝就制定穷治朋党的法律措施，而雍正本人也颁发《朋党论》，一反欧阳修君子小人分别结朋之说，不问青红皂白一概严禁朋党。所以贾赦的"交通外官"，自然犯了清廷的大忌。从雍正时的政治背景来看，是直接违反皇帝旨意的，何况贾府还有其他罪状。因此贾家的被抄也是自然的事。

五、隐线结构的脉络

"字字看来皆是血，十年辛苦不寻常"，在古今中外文学史上，能够真正符合这种呕心沥血的作品，除了《红楼梦》外恐怕不是太多的。就作者来说，他不仅是经历过"盛席华筵终散场"的过来人，而且是在红楼梦断之后清醒地思索过"华筵散场"的前因后果。作者曾在梦中，作者又不在梦中；以不在梦中之日思索曾在梦中之时，故梦前梦后的因果关系，得到了冷峻而深刻的认识，而这个认识只好以"真事隐"的隐线贯穿全书，而不宜明显表露。这就是《红楼梦》形成"文外重旨"的主要原因。

那么《红楼梦》的隐线脉络是否可以理出来呢？根据上面的论述，《红楼梦》书中的隐线脉络大体上可以简单归纳如下：

1. 勾背景。这是通过《好了歌解注》和"护官符"勾勒出来的。《好了歌解注》既隐寓了贾家大族及其他贵族衰亡的必然，又囊括了封建统治阶级"忽新忽败忽丽忽朽，已见得反复不了"的"末世"前景。"你方唱罢我登场"的"乱哄哄"的走马灯似的封建王朝的政治局面，正是《红楼梦》扩大了的梦境。所以红楼一梦，万境归空，不正是《好了歌解注》的"解注"吗？

2. 埋根子。护官符是在《好了歌》基础上，埋下了封建贵族兴亡的总根。《红楼梦》中四大家族的赫赫扬扬，百年兴旺，根基在皇帝，是皇帝的"格外殊恩"；待到时衰运败，抄家没籍，根子也在皇帝；四大家族的荣损与共，其根源是历史上皇位争夺和政治斗争的株连。总之，历史上曹家的兴，是皇帝；亡，也是皇帝。这种荣损同根的真实原因，作者怎能不隐，隐时又怎能不表现为"满纸荒唐言，一把辛酸泪"呢？

3. 立框架。护官符中的四大家族，除了以皇室为根子外，它的横向联系也是广阔的。从皇帝、皇妃直到王公侯伯、地方官员，共同组成了一张广泛的官僚网络，他们彼此照应，互相扶持，并以婚姻联络，形成皇亲国戚、官僚姻亲。所以以四大家族为核心，上下纵横伸展开去，就形成了《红楼梦》的大框架。这个大框架牢固时，可使贾府繁花似锦，富贵风流；一旦动摇坍塌，就使贾家江河日下，一败涂地。这个大框架不仅是四大家族荣损的支柱，而且也是《红楼梦》故事情节的演进和主要人物命运变迁之所系。

4. 立树干。《红楼梦》中的主干就是曹氏世家兴亡的艺术再现，没有历史上曹家的兴衰，也不会有《红楼梦》贾家的兴衰。曹氏世家自"从龙入关"的兴起；"格外殊恩"的荣宠；皇室夺位的株连；终于由盛到衰，最后使曹家"食尽鸟投林，落一个白茫茫大地真干净。"使当年"笏满床"的达官贵族，一下变成"陋室空堂"。而作者的笔下尽管写了不少"秦淮风月"的"繁华"景象，但终归是"忆"出来的过眼云烟。所以《红楼梦》中的"悲凉之雾"，始终是围绕曹氏世家的败亡而"遍被华林"的。尽管这是隐去的"真事"，但它仍不失为《红楼梦》全书的主干。

5. 鉴福祸。大家知道《红楼梦》另有一名曰《风月宝鉴》。一般认为"风月"是指男女之间的爱恋之事，其实风月也可解释为美好的景色。《宋书·始平孝敬王传》拟《李夫人赋》云："徙倚云日，裴回风月。"《梁书·徐勉传》写徐勉拒客人求官时说："今夕止可谈风月，不宜及公事。"所以《风月宝鉴》中的风月，不一定仅限于男女情爱。《红楼梦》中写"皮肤淫滥"之事，是可以做"风月宝鉴"看的，但如果"风月宝鉴"仅限此义，无疑是自我缩小了《红楼梦》的广阔内容。所以繁华时的"秦淮风月"、萧疏时的"冷月诗魂"，也可称"风月"。凡是曹家盛衰时的景象又何尝不可以"风月"概之，因此《风月宝鉴》实际含有鉴福祸之意。前文谈到护官符集护官与丢官为一体，是福兮祸所伏的双重性质的符。这就寓有以福祸转换为鉴之意。因为护官符中的荣损一体，兴衰同根，是曹家的历史证明了的。"荣辱自古周而复始"，"君子之泽，五世而斩"，这绝非泛泛之叹，而是以福祸无常的历史为鉴，暗中指出福祸之与"成则王侯，败则贼"的政治风云变幻关系。正因为福祸无常，随政治风云而转换，因此"王侯"与"贼"也是可以转换的。《红楼梦》的作者给读者留下一个值得深思的问题是，贾府的福祸，是以兴衰来划分吗？福时"王侯"，败时就是"贼"吗？可以说曹家福祸转换的根子同是皇帝，这就表明福祸的遭际是皇帝造成的。"王侯"与"贼"的界分，是由胜利者来定的。《红楼梦》所反映的荣辱兴衰是不能和当时的政治斗争分开的。说《红楼梦》是政治小说的红学家，除蔡孑民先生的"红"隐"朱"，"朱"即"明"的"吊明"说以及王梦阮的《红楼梦》是为清世祖、董鄂妃所作，可称为"附会红学"的代表外，从这部作品中探讨其政治意蕴，应该说是没有错的。特别是就《红楼梦》描写的本身探讨其"真事"的隐线脉络，弄清百年旺族荣辱兴衰所涉及的上下左右的因果关系，还是很有必要的。也许有人说这也是一种索隐，不错，笔者在本文的开头即论证过，研究《红楼梦》中的索隐，既是中国文学史上历史的产物，亦是《红楼梦》本身的产物，只不过和新旧红学家中的索隐派不同蹊径而已。

哲理与艺术的交融

——《红楼梦》哲理内蕴探微

一部成功的文学艺术作品，它之所以感人至深，除了高度的艺术魅力外，还要有丰富内涵的哲学意蕴。没有艺术的感染力，是不能称之为艺术作品的；有艺术感染力，而没有发人深省、耐人咀嚼的人、事、情相互关联及其发展、变化的因果关系，也不能称之为文学艺术作品，至少不能说是一种完整、充实的文学艺术作品。黑格尔在他著名的《美学》一书中说："艺术的内容就是理论，艺术的形式就是诉诸感官的形象，艺术要把这两方面调和成为一种自由的、统一的整体。"五经之文可以说是艺术与哲理的整体，诸子百家之文大体上也可以这样说。中国传统文学几千年的文质关系中的"质"，莫不包含哲理。当代人把"质"当作政治思想来对待，而对政治思想的阐述，大都以自己理解的辩证唯物主义与历史唯物主义以及马列主义的各种理论为依据，虽曰古为今用，但因为政治的帅位较为绝对，往往以古为今，非古是今，导致不少人走向了"质胜文则野"的道路。所以要做到艺术与哲理的交融，哲理从艺术中显现，实非易事。窃以为在文学艺术的长河中，《红楼梦》堪称是哲理与艺术交融的杰作。

一、石头的"有"和"无"

《红楼梦》又名《石头记》，两个名字比较，前者华而后者朴，华有华的情韵，朴有朴的内涵。若从哲理的角度看，后者要优于前者，难怪脂评系统的版本大都以《石头记》名书。《石头记》是石头所记补天石入世后的离合悲欢、兴衰际遇的事实，这是名正言顺的。从艺术手法上看，石头既是比兴托喻的继承和发展，又是"一物立义"的发扬光大；既是神话新编，又是奇巧布局，这些都是艺术上的独步。若从思想意蕴来看，它应该是《红楼梦》哲理体系之纲。

说石头是《红楼梦》哲理体系之纲，应该先从石头的性质说起。石头是经过女娲精炼成为"灵性已通"的补天石，和三万六千五百块石头同属合格产品，但又偏偏"不堪入选"而被不明不白地抛弃。虽然被弃的说法是"无才补天"，可是既然"灵性已通"，就不是无才，而是有才。所以石头是有才变成了无才，合格的补天石变成了假（贾）宝玉。这样就把石头弄得有无难分，真假不明。它先天就集有无真假于一身。其实就石头本来面目而言，是"有"和"真"；有补天之才，是货真价实的补天之石。把"真"当作"假"，把"有"当作"无"，这种是非错位，不是而是的现象，何止一个补天石？千古以来，有才补天而又"不堪入选"之士，都集中化入在这块石头里面去了。石头一记正是这些"不堪入选"之士集体创作而又没有写完的一部《离骚》。"假作真时真亦假，无为有处有还无"，用作这个石头的铭文，也是恰当的。曹雪芹把有无真假用作艺术上的相反相成，相需相生，艺术就很自然地和哲理融为一个整体了。

关于有无问题，在哲学上历来就有争议，佛家认为一切皆空，包括自己在内。"天地万物的本体"就是"空"，世上一切事物都是虚幻假象。而道家则把"无"作为万物的本源来看待，"有生于无"，"无"就是"道"，道生万物。明末清初的哲学家王夫之则认为"天下之用，皆其有者也，吾以其用而知其体之有"（《周易外传大有》），他把天地间的一切事物都看作"实有"，认为"实有者，天下之公有，有目所共见，有耳所共闻也"（同上）。这种观点认为宇宙间，不管是有形无形的东西，都是"有"，甚至于在天地未分之前，也是有。王廷相认为："两仪未判，太虚固气也，天地既生，中虚亦气也，是天地万物不越乎气机聚散而已。"（《慎言卷二·乾道篇》）他举例说："雨水之始，气化也，得火之炎，复蒸而为气；草木之生，气结也，得火之灼，复化而为烟，以形观之，若有有无之分矣，而气之出入于太虚者，初末尝试也。"（《慎言卷一·道体篇》）既然气是物质，那么气聚气散都是客观存在的东西。吕坤在《正蒙太和篇第一》中也说："太虚无形，气之本体。其聚其散，变化之客形尔。"这都说明世上不是万物皆空，或有生于无，而是"虚空不虚"，"虚空即气"。气就是物质，散则无形，聚则有象，如水蒸气之于水一样，有形无形都是物质，世上没有所谓"无"。"无"只是和"有"相对而言。石头的有和无，实质上是"有"。石头是气之所聚，有形有体，是实实在在的"有"。女娲炼石的结果，是"灵性已通"的补天之才，更不能说"无"（才）。把"有"说成"无"，把"真"说成"假"，这不能不怪那一对阴阳怪气的一僧一道，是他们的幻术把补天石变成了假宝玉，也可以说是在佛家一切皆空的哲理指导下，把实实在在的"有"变成了空幻的"无"。但他们的"魔术"实在笨拙得很，先把石头形体弄得来像个"宝物"，"再镌上数字使人一见便知是奇物"，这只不过是僧道的虚假广告招数而已。虽有形体的"酷肖"，又有"镌字"的宣扬，但仍然没有达到以假乱真的目的。因为就石头的本性来讲，这不是以假乱真，而是以真作假，以"假宝玉"的"酷肖"形体来掩盖补天石的实质。虽然这种魔术在历史舞台中上演过一阵子，但一遇曹雪芹就把这种魔术的障眼法撕掉了，交代出石头来源的"有"和"真"的本来面目。同时曹雪芹还巧妙地以石头立意，有心用石头有无真假的双重性，借以表明《红楼梦》的哲理内涵。《红楼梦》不少地方所表现的虚无，正和石头一样，无不是实有。把有视如无，把实视为虚，其着眼点和出发点均是"有"和"实"；若无"有"和"实"，就不会有"无"和"虚"。比如著名的"太虚幻境"，只不过是"实"的幻影，它并不虚幻。因为所谓虚幻之境，无不是贾氏世家聚散之影。无贾家之聚散，也就没有太虚幻境。所以太虚幻境之"虚"，正是贾家环境之"实"；贾家环境之"实"，终归为太虚幻境之"虚"。从表面上看，"太虚幻境"预示贾家及金陵十二钗正副册中的人物的悲剧结局，是先知先觉之作。但读者明白，这不是先知先觉，而是后知后觉；是过来人醒悟后带有哲理意味的总结。"有若无，实若虚"确实有虚幻境界，但产生这种境界的前提是"有"和"实"，而不是"无"和"虚"。当然太虚幻境确"有"可以转化为"无"，"实"可以转化为"虚"的意味，但那不过是事物的变化的转换。王安石在《道德经注》里就说过："盖有无者，若东西之相反而不可以相无也，故非有则无以见无，而非无则无以出有。"这即是哲学上的万物转换观，也是艺术上相反相成的辩证法。《红楼梦》中之"无"之"假"，是基于贾家环境之"有"之"真"；贾家环境之"有"之"真"，又可以由量到质的转化为"无"和"虚"，"有"和"真"的穷通变化，既有世世无穷的沧海桑田，也有代代相承的侯门公府；而侯门公府又未有不随沧海桑田的变换而成为荒野古丘的。《红楼梦》是在"无"和"虚"之时写"有"和"实"之事，所以是若虚而实，实而若虚。《好了歌》及其解注，"好"便是"了"，"了"便是"好"，"当年笏满床"，而今"陋室空堂"；当年"歌舞场"，而今"衰草枯杨"。富贵荣华的转换与虚无实有之间的人非物换，使"虚""无"哲学有了现实的依托，也就是说虚无产生于现实事物的变换。这就破了道家"有"生于"无"和佛家"一切皆空"的哲理。现实事物不管如何千变万换，它都离不开"有"和"真"。方以智在《物理小识·总论》中指出：天地之间"其至虚者即至实也，因为归根结底是一切物皆气所为也"。气即是物的哲理，早在《周易》中已有论述。《周易·系辞》云："精气为物，游魂为变。"疏："精气为物者，谓阴阳精灵之气氤氲积聚而为万物也，游魂为变者，物既积聚，极则分散，将散之时，浮游精魂，去离物形而改变，则生变为死，成变为败，或未死之间变为异类也。"王夫之在《张子正蒙注》中说："阴阳二气，充满太虚，此外更无他物，亦无间隙。天之象，地之形，皆其所范围也。""聚而成形，散而归太虚，气犹是气也。"太虚即太空，太虚是充满元气的。所以王廷相在《雅述》中说："是气也者，乃太虚固有之物，无所有而来，无所从而去者。"由此看来，不管石头是原始石头，还是经女娲炼就的补天石，其"真"与"有"的性质不言自明，即使石头在未成形体之前，处于气体时期，也就具备了"有"的性质。可是女娲的无故抛弃，僧道的有意施魔，"假"与"无"就人（姑将女娲僧道称为人）为地硬栽在石头身上了。石头不能要求平反昭雪，只好"日夜悲号惭愧"。可是曹雪芹却追源溯流地将石头的性质原原本本地昭告世人，这也算得上不是昭雪胜似昭雪了！

"满纸荒唐言，一把辛酸泪"的哲理意蕴，恐怕就在这真假有无之间吧！

二、石头的"情根"

石头被弃，偏偏弃在青埂（情根）峰下，不管女娲有意无意，而作者却是一种新奇别致的立意。石头入世不带别的，只带"情根"，这就抓住了人生与人世相依相存而又相互搏击的根本问题。这也是贯穿《红楼梦》哲学思想的一条中心线。

如果说石头真假有无的哲理包括了历代有才与无才相互颠倒了的事实的话，那么石头的"情根"则涉及人类生存发展的一个永恒问题。"情根"被石兄带到尘世来，就为《红楼梦》的"大旨谈情"奠定了基础，并形成一种必然趋势，使与生俱来的情和后天人为的理，始终相对而相成。这样全书的总纲目就天然浑成，情与理相对而又相需相生，"情根"就在相对相生中贯穿了石兄的一生，搏击了一生。

石头所带的"情根"，其中有一个最普遍性的问题，就是人欲。开卷第一回写石头被弃，"日夜悲号"，听一僧一道谈红尘中的荣华富贵，"打动了凡心"，要求一僧一道带他到人世间去"受享"几年。这不正如《乐记》开头所说："人心之动，物使之然也，感于物而动，故形于声。""感于物而动"，这就是"情根"入世的起因。这个起因，恐怕对古今中外的人来说都不能例外。凡世人都不会没有"情根"，当然情根不等于荣华富贵，但它即是人欲的内涵之一，连孔子都说："富与贵是人之所欲也。"人生而有欲，带着情根入世，恐怕人人均如此。入世后的情欲，也是人人都有的。这本应是先天与后天的统一，但在《红楼梦》中却成为先天与后天的尖锐对立。这就是"情根"成为《红楼梦》哲学思想中心线的重要原因。当石头化为假（贾）宝玉后，从始至终与社会相对、与家庭相对，与大观园以外的人际关系相对，形成了"相反而仇"的对立。经过石兄一生的"搏击拼发"，对立双方，不管是社会、家庭、人际关系都又相互促进"互以相成"。这就是张载在《正蒙》中所说的"物无孤立之理""不有两则无一""两不立则一不可见"。设若贾宝玉不与家庭对，他就会成为贾家的接班人，贾宝玉就不复存在，世上就只有甄宝玉；若不与社会上的"须眉浊物"对，则"孽根祸胎""混世魔王"也不会存在；若不与功名富贵、国贼禄蠹对，则不会有"天下无能第一，古今不肖无双"的"今古未见"之人。

石头带来的"情根"，为什么与生俱来就具有执着顽强的拼搏精神呢？就思想体系上看，它体现了明清之际王夫之等人的哲学思想。在读完《红楼梦》之后，你会对王夫之所说的"有欲斯有理"（《周易外传》）、"随处见人欲，即随处见天理"（《读四书大全说》卷八）有着更深的理性感受，这些哲理，在《红楼梦》中都体现了它的合"理"性。"有欲斯有理"实际就是"有情斯有理"，"理"在"情"中，"私欲之中，天理所寓"，"天理者，无非人情也"（同上），"人欲之大公，即天理之至正。"戴震则进一步指出："人生而后有欲、有情、有知，三者血气心知之自然也。"（《孟子字义疏证》）"有是身故有声色臭味之

欲""凡出于欲，无非以生以养之事"(《孟子字义疏证》)，所以"理
存于欲者也……欲，其物；理，其则也"(《孟子字义疏证》)。有物斯
有欲，有欲斯有理。就是遂情达欲的规范，即所谓"则"。"则"在情
欲中的标准就是"遂己之欲者，广之能遂人之欲；达己之情者，广之
能达人之情。道德之盛，使人之欲无不遂，人之情无不达，斯已矣"
(《孟子字义疏证》)。"欲无不遂，情无不达"就是道德之盛世。实际
上情欲之"则"就是立己立人，达己达人的个人利益与他人利益的统
一。看来"情根"的本身，就包含着"己之情"和"人之情"两个方
面。它是公私兼顾，由私及公，个人利益与他人利益相融并存的统一
体，而不是一方排斥一方。所以石头在《石头记》中的一贯表现，都
体现了情欲之则，即情欲自身中的"天理"，它既表明"私欲之中，
天理所寓。"又从石兄的言行中体现了"遂己之欲"与"遂人之欲"，
"达己之情"与"达人之情"的具体情态，《红楼梦》第三回宝玉摔玉，
就是摔不尽情理之事，表达自己的情理；是己情与人情的相达，它要
求"姐妹兄弟皆出一体，并无亲疏远近之别"。宝玉会秦钟，虽然自
己让秦钟"比下去了"，但他不自尊、自傲，而是想自己"竟成了泥
猪癞狗"，"可恨我为什么生在这侯门公府之家，若生在寒门薄宦之家，
早得与他结交，也不枉生一世"。这不能不说是"理存于欲"，宝玉之
情欲很自然地涉及人人都有的遂情达欲的自由。人人都有的遂情达欲，
就是"人欲之大公"，只是"侯门公府"与"寒门薄宦"的鸿沟形成
了"世间之大不快事"，达情遂欲的大公之理被窒塞了。再如宝玉之
于琪官。这不能不是双方达情之举。但这种达情之举，却使忠顺王爷
之情不能达，欲不能遂；再进而使贾政的"冠带家私"之欲不能遂，
"光宗耀祖"之情不能达。同是一件事，却有截然不同的两种情理。忠
顺王爷私自占有琪官，既无情，又无理；宝玉解放琪官，既有情，又
有理，可是有情有理之举却偏被无情无理之势所压制。这就是私欲与
大公的分界线。就全书来看，绛珠仙草与神瑛侍者诗一般的神话，就

是相互达情遂欲的完美境界。神瑛甘露灌溉之情，被绛珠报之以一生的眼泪。这里面虽然以两心相知、两情相契为主要内容，但相知相契而不能相婚，这是和"风刀霜剑""金玉良缘"的逼迫分不开的。黛玉眼泪之所以由多到少直至泪尽夭亡，那都是无奈"风刀霜剑"的结果。尽管宝、黛二人情浓意切，但他们所缔造的爱情境界却始终是净化无尘的。在除了一对石狮子还算干净的府第里，只有他们是洁来洁去的。这难道不是"情欲之大公"和"公理之至正"的生动演绎！

看来"情根"入世的种种表现，使宝玉之情经受了各方面的考验，最终而成为"情圣"。纵观宝玉的生也，长也，行为也，言谈也，其动力源泉是不能离开他先天带来的"情根"的。特别是以宝玉为首的大观园女儿国，这就是曹雪芹有意展现的"顺民之情，遂民之欲"的"王道"乐土！也是"情根"萌发、开花的大花园！

三、事体情理

《红楼梦》第一回空空道人批评石头所记的事迹算不得奇书，只写几个"异样女子"的"小才微善"。而石头却责备空空道人"太痴"，说《石头记》只按自己的"事体情理"论述亲身经历的事实。这说明空空道人并没有真正读懂《石头记》，更不理解"事体情理"。从哲学上看，"情理"即恰到好处的"人欲"，而"人欲"正是产生天理的母体。黄宗羲在《陈乾初先生墓志铭》中说："人心本无所谓天理，天理正从人欲中见，人欲恰好处即天理也，向无人欲则亦无天理可言矣。"所谓"情理"，实则是理在情中。戴震在《孟子字义疏证·理》中指出："理也者，情之不爽失也，未有情未得而理得者也。"这和黄宗羲的"天理正从人欲中见"是一个意思。可见"事体情理"中的"情理"，是情中之理，理在情中，情之不爽失即是理。宝玉的情理观，就是如此。凡事都是以情度理，而不是以理衡情。大而至于从仕途经济引发出来的对国贼禄蠹之恨，小而至于用一土一草一茶一水的祭祀去"感格"鬼神（五十八回对藕官烧纸的开导），这都是有情即有理。反之，无情即无理，对王善保家等"老女人"则把她归入比男人更可杀之列，甚至对宝钗、湘云也不讲情面，只要于情有碍，即下逐客令。可见宝玉之理是在情中，理生于情。从哲学上看，理是不能离开情而单独存的。李士恭在《论语传注问·为政二》中说："事有条理曰理，即在事中，今曰理在事上，是理别为一物矣。"李士恭所指的事，即石头所谓的"事体"，事体乃事的体统，而不是孤立的一时一事。《红楼梦》中"追踪蹑迹"的事件，也是《红楼梦》情理的载体。宝玉的理在情中，而情理又均在事中。大而言之，凡是《红楼梦》中一饮一食之事，均可以成为《红楼梦》情理的源泉。因为一饮一食之事和百年旺族的兴衰际遇构成了事态的整体，也就是说把一饮一食之事都纳入了《红楼梦》事体情理之中。反过来说《红楼梦》中的事，又是在情欲驱遣下的种种作为。一饮一食之所以成为"事体"中的情理，是因为一饮一食为人人所需求的基本索取，它涉及整个人类。因此，事体和情理的关系，又是在人的情欲能动作用下所发生的种种事态。戴震《原善》中说得好："有欲而后有为，有为而归之于至当之不可易之谓理，无欲无为又焉有理。"因此，"怀生畏死"，"羞恶、辞让、是非之心"等"仁义礼智"都不求于所欲之外（《孟子字义疏证》）。可见理是在人"为"中体现的，而人为又是基于人欲。推而广之，一切物质的、道德的、心理的需求和准则，皆基于有欲有为，所以说"圣贤之道，无私而非无欲"（《孟子字义疏证》）。欲既然是人人有之，所以就不能只遂一人之欲，而不遂他人之欲，欲中的私和公，就在于遂欲于私人还是遂欲于人人。北宋以来的欲外之理，之所以是倒行逆施，就在于它是遂欲于少数统治者而禁欲于人民众生。"存天理、灭人欲"虽然嚣张一时，但它根本无法灭欲。因为"天理"的母体就是人欲，要以"天理"灭"人欲"，实际上就要先消灭自己。只有有欲而无私，才能因私及公，有遂有节。遂己遂人，达己达人，这就是欲中之公理。《红楼梦》就是这种"万物之公欲"和"万物之公理"的具体演绎。就贾宝玉而言，他在和众姐妹（包括大小丫头）的交往中，虽说"爱博而心劳"，但他不为己私，多为对方设想，长期在弱水三千中游泳，但只取一瓢饮。这从封建社会男女之间的关系来看，不能不说是"公欲"和"公理"。只要和《红楼梦》中的贾赦、贾珍、贾琏、贾蓉、薛蟠这一组人物相比，就可以明显看出，后者的欲是淫欲，是极端利己的私欲。因此，他们的"理"，只能和"馋嘴猫儿似的"，借兽性之"理"来作为"从小世人都打这么过来的"没脸没皮的"理"。这些人总以遂己之欲为理，遂他人之欲为非理。这就是一切"谋虚逐妄"的人的思维特点。设若"馋嘴猫似的"事件，不发生在贾琏身上，而是发生在贾府老爷、公子以外的人身上，贾母岂能以兽性之理为理！

那些口口声声讲理治的人，以理来衡量事物时，往往是双重标准，对人是虎视眈眈，毫厘不爽；对己则饰非掩丑，隐恶扬善。理为人设，不为己循。因此，同为一事，而情理有二。一为情中之理，有情斯有理，理是遂情达欲的大公准则；一为把情理分开，以理制情。这是灭公欲而纵私欲的虚妄之情。在他们看来，公情不灭，私欲难达。所以凡是不承认理在情中的人，其言行都是虚妄的。《红楼梦》第一回石头在回答空空道人的指责时说："今之人贫者日为衣食所累，富者又怀不足之心，纵然一时稍闲，又有贪淫恋色，好货寻愁之事，哪有工夫去看那理治之书。""富人"的"不足之心"就是私欲无节，"贪淫恋色，好货寻愁"无度无厌。这些人虽提倡理治，但并不看理治之书，甚至他们就是理治的破坏者。但对己如此，对人则不许越理治雷池一步，这难道不是最大的虚妄。由此可见，《红楼梦》在按自己的"事体情理""追踪蹑迹"的记述过程中，"谋虚逐妄"就是"事体情理"的对立面。曹雪芹之所以把"谋虚逐妄"与千部一套的才子佳人的书相提并论，恐怕在"自相矛盾""大不近情理"的内容上，是同出一辙的吧。这在《红楼梦》的具体描写中是有暗示的。《红楼梦》第五十六回，宝钗借探春的改革，引朱熹的《不自弃文》论兴利除弊之道。探春说朱熹的书都是"虚比浮词，那里都真有的？"宝钗批驳道："朱子都有了虚比浮词了？那句句都是有的。你才办两天事，就利欲熏心，把朱子都看虚浮了。你再去看那些利弊大事，越发把孔子也看虚了。"探春引《姬子》的话说："登利禄之场，处运筹之界者，窃尧舜之词，背孔孟之道。"探春与宝钗的争议，表面看来是相互对立的，因为从探春的改革"事体"中，自然要否定那些"虚比浮词"；但实际上双方也有共同点，即从"利欲"观（宝钗的话是"利欲熏心"）上看，不仅朱子的话是虚浮的，就连孔孟之道、尧舜之词都是虚浮的。探春的观点，不仅是对"君子喻于义，小人喻于利"公开反驳，而且还以一草一木、一饮一食当中，悟出了"使之以权，动之以利"的经营管理之道。作者在这里借宝钗之口赞扬探春在改革上的理性意义，她认为凡事"于小事上用学问一提，那小事越发作高一层了；不拿学问提着，便都流入世俗去了"。这几句话既是对探春改革"事体情理"的总结，也是作者在创作《红楼梦》问题上，非常清醒地"拿学问提着"创作思想，使其不"流入世俗"的警策！所谓无才补天，枉入红尘；所谓假语村言与真事隐去，这难道不是中国传统哲学中有无真假的活用吗？而且在《红楼梦》第一回书中一用，就很自然地有纲举目张之感。作者所说的"学问"，显然不是儒释道三教的教义，更不是当时盛行的程朱理学。小而言之，就探春改革大观园的利弊一事来看，就很像现代经济的个人承包责任制，但在二百多年前曹雪芹的事体情理中，却规划得那样具体细致，而又切实可行，这难道不是在反对"君子喻于义"的"虚比浮词"中，"有欲有为"的超前意识的具体演习吗？大而言之，作者对书中"半世亲睹亲闻"的那些女孩子以及他的至交好友，无不体现出"用学问提着"的"事体情理"。

先从秦钟说起，就宝玉初会秦钟的心态来看，脂砚斋也"用学问来提着"，批了如下两句话："使此后朋友中无复再敢假谈道义，虚论常情。"宝玉在会秦钟时从内心独白中所表现的情理，是一触即发，一发即悟，非常敏感、快捷地感到侯门公府无真情，富贵等级泯灭人性人情。宝玉对情的悟性，可以说是地设天生。这就是那些尚谈假道义和虚假常情的人，在看了宝玉会秦钟之后免开尊口的原因。宝玉对情一触即发的悟性，不仅证明理与情欲的一致性，而且还使"情""理"双双创新；"情"丰富了"理"，"理"又升华了"情"。只有情中之理才是天然之理。

宝玉对万儿的事，事情虽小，情理却大。宝玉无意撞见茗烟与万儿私通，猛然一见，所触发的情，是为这两个小儿女担心，怕贾珍碰见是一个"死活"问题，继之是为万儿解围，提醒她快跑。在宝玉看来，一跑了之，既解除了窘态，又跑掉了羞愧；继之，怕万儿有思想包袱，又自己跑出去告诉她"我是不告诉人的"，让她放心；继之，又责备茗烟，连她的岁数都不知道，就干起这种事来，为万儿叫屈；继之，又琢磨万儿这个名字很奇特，希望她将来有些"造化"。只在这瞬间工夫，宝玉对万儿这件事却谱成了情的"五部曲"。事情就怕比较，此事不管是和《红楼梦》中的其他儿女私情比，还是和其他小说中男女情人比，或者是和历史上风流韵事比，还有谁能比得过宝玉这个"情圣"呢？宝玉此举，不愧是对历史上"情""理"的双双创新和升华，也是在哲理上对理在情中的创造性的发展。

《红楼梦》第六十三回，寿怡红，群芳集资为宝玉设宴。宝玉对小丫头每人出三钱银子过意不去，"忙说，他们是那里的钱？不该叫他们出才是。"晴雯反驳道："他们没钱，难道我们是有钱的？这原是个人的心，那怕他偷来的呢，只管领他们的情就是了。"宝玉听了以后"笑说，你说的是"。宝玉不忍芳官他们四人每个各出三钱银子，这也是宝玉的寻常情理，也是很自然的。听了晴雯的训斥以后，又连称是，为了"领情"，哪怕是偷来的，也不应该冷了"各人的心"。

正因为有"各人的心"在，这情分就不只是三钱银子了，所以宝玉接受了晴雯的训斥。这就从哀怜小丫头"没钱"的感情升华到只要有心就应无条件"领情"的高度。宝玉在情的问题上把小姐丫鬟、大丫鬟与小丫鬟、有钱的、没钱的都通通同化了，贫富之分，贵贱之别，都消失在将心比心的心情中了。这就是寿怡红群芳集资这件事中的情理，有此情理，才有后面小姐丫鬟们的真情流露，各自畅怀尽性，在杯盘狼藉中，横七竖八地醉卧在一起。

晴雯撕扇，是写晴雯性情的点睛之笔。可是撕扇之举却是在宝玉事体情理理论指导下发生的。在撕扇前宝玉认为"这些东西原不过是借人所用，你爱这样，我爱那样，各自性情不同。比如那扇子原是扇的，你爱撕着玩也可以使得，只是不可生气时拿他出气。就如杯盘，原是盛东西的，你喜欢听那声响，就故意地碎了也可以使得，只是别在生气时拿他出气，这就是爱物了。"宝玉的爱物观是以适应人的性情为前提的。这一理论被晴雯的撕扇实践以后，不仅使晴雯娇憨之态毕露，而且使晴雯任情由性的本性非常自然地流露出来。晴雯撕扇既撕得其情，又撕得其"理"！

藕官烧纸，本是同性恋之举，但宝玉不仅支持她、包庇她，而且还从理论上指导她不搞烧纸等异端，要以心诚为主。不管是同性恋还是异性恋，只要有情，就有宝玉之理。宝玉向王一贴求"疗妒汤"，是基于对夏金桂妒病的关怀，如果把夏金桂的妒病治好，岂不又多了一个清洁的女儿。斯情斯理，施之于夏金桂，本来有些多余，但非此不足以显宝玉的情理。这种情理不仅对泼妇夏金桂无怨无恨，而且还抱着治病救人的心，使金桂不至于变成鱼眼睛似的女人，更不要变成比男人更可杀的老女人。这虽是一厢情愿，但确确实实翻新了古今痴情人的情理。

上述宝玉对万儿的言行，对王一贴的心态，对晴雯撕扇、藕官烧纸的理论以及书中所描写的龄官画蔷痴及局外的特殊表现，杏子林落叶成荫子满枝论，都是"事体"中的"情理"。这和"谋虚逐妄"的情理是根本对立的，在《红楼梦》中的表现，是和贾氏家族之理、以四大家族为主的社会之理、以大观园以外人际关系之理相互排斥的。在相互对立排斥中显示出对立一方的事外之理、情外之理，是"别为一物"之理。这种理当然不能和情合称为"情理"，只有事中之理、情中之理，才能情理合一，成为真正的情理。而"情理合一"的主要内容，是情欲行于所当行，止于所当止。情的适度即理，理的节制即情。戴震在《孟子字义疏证·理》中说："情之当也，患其不及而亦勿使之过；未当也，不惟患其过而务自省以救其失。欲不流于私则仁，不溺而为慝则义，情发而中节则和，如是之谓理；情欲未动，湛然无失，是谓天性；非天性自天性，情欲自情欲，天理自天理也。"可见情欲自有天理，情欲出于天性之自然。故先使尽情欲，尽而不使其过，就是理。情欲之中不私不慝则为仁义。情欲不及要使其及，及而"勿使之过"，这就不会"溺而为慝"。所以天性中自有情欲，情欲乃天性自然，而天理则是情欲发展过程中的自然节制。这就是荀子在《礼论》中提出来的情理中的"度量分界"。可见礼是为了情欲顺当而健壮地发展，在发展中节制其过，这就是对《红楼梦》事体情理的界定。其中的事体情理往往是闻所未闻，见所未见，但却没有矫枉过正之嫌。以宝玉为首的女儿国，其情理表现，大都是"天真烂熳，相见以天"，不管是宝黛相知相恋，还是二丫头的瞬间露面，都是清彻透明的绝假纯真之情，既没有"谋虚逐妄"的习染，也没有"别为一物"的理套。这就是曹雪芹从事体情理中推导出来的"儿女真情"。这种"儿女真情"的取得，除了始终和"谋虚逐妄""搏击拼发"外，还应看到作者觉醒后的哲理思想的指导，也就是时刻以"学问提着"创作思想，没有"学问提着"的创作思想，《红楼梦》就不会成为哲理与艺术交融的杰作。

《红楼梦》"注彼而写此"的艺术手法管见

中华人民共和国成立以来，特别是近十多年来，在《红楼梦》的研究中，对该书的思想内容和作者的世界观以及有关史料、文献的研究、考证比较多，并取得相应的成绩。这是应该肯定的，但是在《红楼梦》的艺术研究方面却显得比较薄弱。不管怎么说，《红楼梦》是一部文艺作品，不是政论文集，研究《红楼梦》必须研究《红楼梦》的艺术性，这是无可非议的。

戚蓼生石头记序，认为《红楼梦》(应是《石头记》，但为了统一名称，文中一律用《红楼梦》书名)的艺术特色是"一声也而两歌，一手也而二牍，此万万所不能有之事，不可得之奇，而竟得之《石头记》一书"。戚氏此评是很有见地的，不过"万万所不能有之事"又未免过分一点。因为这种艺术手法有其传统的渊源关系，并非创于曹雪芹之手。但曹雪芹却能运用这种手法把深刻的思想内容与高度完美的艺术形式和谐地统一在一起，从而表现出新颖独特的艺术风格。

"一声也而两歌，一手也而二牍"也就是戚氏序文的后面所说的"注彼而写此"的手法。在曹雪芹笔下彼和此往往双管齐下，所以譬之声音似两歌，方之行文为二牍。当然"两歌"也好，"二牍"也好，绝不是彼此一样，而是整体与部分的关系。"注彼"而重在"写此"，"写此"又同时写了"彼"。这样使部分与整体之间相互辉映，参差错落，和谐统一。而部分与部分之间又各自独立成为特殊的个体，各自放出自己的异彩。这确实是《红楼梦》研究课题中，很值得探讨的一个重要方面。

先从《红楼梦》中的两个主要人物——林黛玉和薛宝钗谈起。林黛玉和薛宝钗这两个形象是既相对立又相联系的。曹雪芹在塑造这两个光辉形象时，往往把她们二人都放在眼里，用互相渗透、互相制约的方法来揭示二人本质特征的。如果把贾宝玉参禅时写的寄生草中的两句话"无我原非你，从他不解伊"稍微改一下，用以说明钗黛两个形象的关系，倒是很恰当的。那就是"无我亦无你，从她能解伊"。比如第八回写宝钗要看宝玉的通灵玉，表面看来是写宝钗，实际上是写黛玉。从这回书的具体描写来看，宝钗看玉是有心，宝玉看锁是无意。宝钗看玉是"翻过正面来细看，口内念道'莫失莫忘，仙寿恒昌'。念了两遍，乃回头向莺儿笑道：'你不去倒茶，也在这里发呆作什么？'莺儿嘻嘻笑道：'我听这两句话，倒像和姑娘的项圈上的两句话是一对儿。'"而宝玉看锁是从莺儿口里得知宝钗项上有金锁，因好奇而强着要看。正因为宝钗有心，所以才使得黛玉处处不放心，而金玉之论又时刻牵动着黛玉之心。正是基于这种内在的必然联系，在宝玉宝钗互看通灵金锁之际，林黛玉出场了。林黛玉一出场，艺术光彩立即夺人眼目，从"来得不巧"到"送小手炉"这些描写，真个把一个锦心绣口，随机成趣，讥讽敲打的林黛玉刻画得惟妙惟肖。此时此刻的林黛玉不是孤立的"这一个"，而是在金呀玉呀的议论中逼得她的心较比干还多长出一窍来，而"这一窍"对黛玉形象来讲是独特的，然而它又是和宝钗的形象关联着。黛玉的身世和处境，必然使她把自己的命运和宝玉宝钗二人的关系联在一起。所以宝玉、宝钗的活动，特别是相亲相近的活动，在一定的条件下就正好成为揭示林黛玉内心世界的关键情节。注彼之所以能写此，就是因为她们彼此之间相对而又相承，相反而又相关。曹雪芹以他自己的身世和经历对这种生活中的辩证关系是有感受的，因此，对钗黛两个形象的塑造也就很自然地体现了这种艺术上的辩证法。特别是在处理钗黛二人和宝玉之间的关系问题时，作者并没有处理成一种你争我夺的关系，而是根据钗黛二人不同条件分别处理。在黛玉方面，确实体现了一个"争"字，而在宝钗那方面却蕴藏一个"征"字。以黛玉的身世和处境来看，除了拼死命去争取宝玉之心外，实无其他办法。而宝钗则不必然。以薛家之富之势，以待选才人赞善的身分，以与王夫人的亲戚关系，造成宝钗的绝对优势。因此，她表面上对宝黛关系"浑然不觉"，也不去和黛玉直接争夺宝玉，但实际上却"大得下人之心"，不仅大得下人之心，而且还大得上人之心。她先"征服"了宝玉"房里人"袭人，随后又借金钏儿事件"征服"了王夫人；对贾府的最高统治者贾母，则通过察言观色，投其所好，赢得了贾母的欢心；甚至最后还抓住林黛玉说酒令时说了《西厢记》中的一句话，又进而"征服"了林黛玉。宝钗不与黛玉争宝玉，而却迂回包抄了黛玉。因此，她用不着去"征服"宝玉（实际上是征而不服）就已经胜券在握了。由此看来，宝黛之爱与宝钗之"征"，金玉之论与黛玉之"争"，实在是环环相扣，动静相关。设若没有宝黛之爱，而宝钗之"征"则毫无意义；反之，设若没有金玉之论，而黛玉之"争"，则不可能存在。这里绝不仅仅是一个艺术形式问题。用黑格尔的话来说就是"观念性的统一体"问题。所谓"观念性的统一"，实际上是指事物的内在联系。钗黛二人的形象之所以关联密切，是和《红楼梦》的主旨——揭露封建统治阶级的腐朽没落以及在封建社会没落过程中所产生的叛逆者和叛逆者的悲剧意义和谐地统一在一起的。过去有钗黛合一的说法，若从二人的地位、身份、个性来看，两人是合不在一起的。但事物绝不是截然对立的，钗黛之间的相对相承、相互制约、彼此联系、却是事实。

其实《红楼梦》中的人物塑造，何止是黛玉宝钗相关相承，在其他人物形象身上，也是多用此法。如《红楼梦》十二回写王熙凤毒设相思局，搞了两次假幽会来惩罚贾瑞。最有意思的是第二次幽会，这次幽会的替身却是贾蓉。人们不禁要问哪有年轻的婶子和年轻的侄儿谋及如此淫毒而露骨之计？贾瑞何人，怎敢有非份之思和非法之举？如果把前面焦大的话"爬灰的爬灰，养小叔子的养小叔子"联系起来看，则知贾瑞之举是有恃无恐，而且实不为过。因此，写贾瑞之淫，实际是写王熙凤之淫且毒。贾瑞此举，正是为王熙凤立传不可缺少的重要情节。作为部分来看，贾瑞是一个独立的形象；作为整体来看，通过写贾瑞更把王熙凤写得入木三分。彼此既对立又联系，因而能够相得益彰。如果说一箭双雕是对善射者的神化，那么一手二牍却是对曹雪芹的真正评价。

上面所举黛玉之于宝钗，贾瑞之于凤姐，彼此之间存在着内在的必然联系，因此能彼此照映，这是必然性使然。但是在《红楼梦》中还有一种情况，好些出于偶然性的事件，却能揭示出人们意想不到的必然。比如《红楼梦》第二十七回写宝钗扑蝶，演出滴翠亭一出精采好戏，就是属于这种情况。这回书的前半回是为红玉立传，但就在红玉与坠儿谈到自己与贾芸的私情时，红玉央求坠儿给自己传递信物，又生怕别人听见而打开窗户，就在这当儿，刚扑完彩蝶的宝钗正好在窗外听见，要躲也来不及了，只好来一个金蝉脱壳的法子，故意叫嚷和黛玉捉迷藏，把红玉的惊疑转到黛玉身上。本来红玉的私情与宝钗毫不相干，因扑蝶无意之间听了人家的私情话，这是有很大的偶然性的，可是这种看来不经意的偶然性却为宝钗的性格下了点睛之笔。平时端庄肃穆、安分随时的大家闺秀，偏偏在这一瞬间，把自己的心机和盘托出，不仅使读者闻其声，见其人，而且叹其术，惊其变。一个年轻的女孩子，居然有这种权变，而又变得这样自然，这样巧妙，若不是借红玉私情来挑开宝钗心机，读者就不可能看到滴翠亭这出精彩好戏。

现在我们进一步来探讨一下这种注彼而写此的渊源关系，这对发扬我国自己的传统艺术是很有价值的。

我国传统的文学艺术，不管是诗歌、散文、词曲、小说、戏剧，一般看来，很少对人物和人物的心理状况进行详尽细致的描写，往往是寓神于形，注情于景，借彼写此，所以有"物一无文"的说法。既然"物一无文"，那就必须"两物相对待"或"物相杂"才有文。这确实是中国传统艺术美的一大特色。"白发三千丈"孤立起来看，近乎怪诞；"缘愁似个长"着一"愁"字，这就生发出一种奇异的感情色彩。《木兰诗》中的木兰代父从军，并没有直接描写悲壮的离别之情，但"朝辞爷娘去，暮宿黄河边，不闻爷娘唤女声，但闻黄河流水鸣溅溅。朝辞黄河去，暮宿黑山头，不闻爷娘唤女声，但闻燕山胡骑鸣啾啾"，这种动人心弦的抒情，也是妙在"两物相对待"。"朝辞爷娘去"与"暮宿黄河边"；"爷娘唤女声"与黄河流水声相对而又相互关联，给人一种无限情深的意境。

这种艺术美，不仅诗歌如此，我国传统的绘画艺术亦然。王维的《山水诀》云"远岫与云容相接，遥天共水色交光"，"远景烟笼，深岩云锁"，都是这种艺术经验的总结。画家们熟练地运用这种经验，就能"咫尺而写千里之景"，也能"笼天地于形内，挫万物于笔端"。这不能不说是我国传统美学辩证法的艺术魅力。

这种传统美学的具体体现，不外两种手法，一是借，二是寓。借是借景或借物，寓是寓意或寓情。一般说来，所借之景要与所述对象相对而又相关，就是既相矛盾又相联系，而联系是主要的。至于借和寓的关系，借是主要的。只有借得好，才能寓得深。就好似诸葛亮借东风一样，虽然万事俱备，如没有东风，周郎只好束手。这里的东风之于火，就好像艺术的借景与寓意（情），只有景借得好，意和情的境界才能升华得更高、更美，也就更感人。

现在把话说回来，《红楼梦》注彼而写此的手法就是这种传统的继承和发展。在人物刻画上，不仅在同一时间，同一地点，同一事件中，同时刻画出两个或两个以上的生动形象，而且还能画龙点睛地把人物最本质的特征揭示无余。这中间两物相关相联是其艺术生命，风马牛不相及的人、事、景是不可能起作用的。我们假设贾瑞在贾府中的地位既高且贵，那么贾瑞之于王熙凤即使不是第二个贾蓉，至少也不至于落得一个一命归阴的下场。一方面贾瑞是癞蛤蟆而又盯着天鹅，这必然和凤姐形成对立；但另一方面贾瑞这只苍蝇又叮在凤姐这只有缝的鸡蛋上，这又是联系。这种既对立又联系的结果，就形成彼此之间复杂的对立联系。对立离不开联系，在联系中表现对立，这就是注彼必能写此的原因。这种艺术表现之所以使人感到美，绝不仅仅是两个人物形象写得好，而是通过形象的美，使读者由此及彼地感受到作者的意图和作品的思想，感到了封建统治者本质的丑，从而收到"兴发于此，而义归于彼"（白居易《与元九书》）的效果，这就有点近似传统的春秋笔法。刘熙载《艺概》中说"春秋文见于此，起义在彼，左氏窥此秘，故其文虚实互藏，两在不测。"《红楼梦》在很多地方，确实有其春秋笔法在。《红楼梦》第二十五回写贾宝玉、王熙凤双双被赵姨娘谋害成疯病，贾府上下乱成一团，偏偏在此时写了一个薛蟠比众人忙十分，"又恐薛姨妈被人挤倒，又恐薛宝钗被人瞧见，又恐香菱被人臊皮，知道贾珍等是在女人身上做功夫的，因此，忙的不堪"。庚辰本行批云："写呆兄之忙，是躲烦碎文字法。"这未免曲解了曹雪芹的用心。实际上作者交代得明明白白，薛蟠之忙是防贾珍等人专在女人身上做功夫。所以薛蟠之忙并非瞎忙，而是为香菱设防而忙。这对贾珍等人的鞭打和揭露，可以说"不著一字，尽得风流"。薛蟠虽丑，但比起贾珍等人还强三分。在这回书中，曹雪芹的笔锋只是稍稍一带，就从薛蟠那里剥了贾珍等人的皮。这种手法誉之以春秋笔法是不过分的。

所谓春秋笔法，在我国古典文学评论中早有其理论根据。《易·系辞下》："其称名也小，其取类也大，其旨远，其辞文，其言曲而能中。"孔颖达《正义》云:"其旨远者,近道此事,远明彼事。其辞文者,不真言所论之事,乃以义理明之,是其辞文饰也。其言曲而能中者,变化无恒,不可为体例,其言随物委曲,而各中其理也。"从孔颖达解释《系辞》中的这段话来看,可以看出曹雪芹注彼而写此的渊源关系。《红楼梦》第一回开宗明义地写道:"此开卷第一回也,作者自云,因曾历过一番梦幻之后,故将真事隐去,而借通灵之说,撰此《石头记》一书也。"作者之所以隐去真事,用"假语村言敷演出一段故事来",其目的不仅是"寓褒贬,别善恶",更明显的是颂叛逆,笞邪恶。正因为曹雪芹要使读者"能解其中味",所以才融经义于小说,以十年辛苦开创了自己的艺术道路,从而使《红楼梦》一书成为无愧于中华民族自己的伟大杰作。

《红楼梦》塑造形象中的人物相生法

在《红楼梦》开宗明义的第一回中，作者借石头之口道出了艺术创作的宗旨"我想历来野史，皆蹈一辙，莫如我不借此套者，反倒新奇别致……再者亦令世人换新眼目，不比那些胡牵乱扯，忽离忽遇，满纸才人淑女，子建文君，红娘小玉等，通共熟套之旧稿"（引文出自《戚蓼生序本石头记》，下同）。这种使人"换新眼目"的"新奇别致"，确确实实是作者说到做到的艺术独创。正如戚蓼生《石头记序》中所说"敷华掞藻，立意遣词，无一落前人窠臼"。一部文学作品，要真正做到"换新眼目"，并不那么容易，但堪称世界名著的作品，又必须做到这一点。这是毋容置疑的。

就《红楼梦》艺术创作经验看，值得总结的地方是很多的。单就人物塑造方法来说，就有不少值得借鉴的经验。其中一点，就是曹雪芹常常把一组人物放在一起来写，利用这组人物之间人与人、事与事的相互关联和相互交错关系来揭示人物心灵、刻画人物性格。这种方法在我国传统艺术上叫作"相生相需"法，而在《红楼梦》中，也可以说是"人物相生"法。这种方法的特点，不是孤立的、静止的、直接地去写人物，而是抓住人与人之间相关相联的关系，使其相摩相荡，相需相生。这就使一组人物之间相互为用，很自然地构成形象群的相互依赖关系，使他们彼此渗透而又相互制约。这样一来，写甲就和乙关联，写乙又和甲关联，"这一个"往往从"那一个"或"那几个"中写来。这确实是很值得研究的方法。

这种方法，就其传统的美学理论来看，是和"以偶为文"的理论分不开的。《文心雕龙·丽词》篇说："造化赋形，支体必双，神理为用，事不孤立。"这不仅仅是指骈俪对偶文的艺术形式而言，实际上，正好说明孤立的文章同孤立的事物一样，是不可能存在的。《国语·郑语》中说"和实生物，同则不济"。"和"就是"以他平他谓之和"，直言之，"和"就是指两种以上不同事物的联系与统一。正因为客观事物之间存在着相互联系的关系，所以才能"和实生物"。为了说明这个道理，后面还举例说"声一无听，色一无文"，就是说音乐必须五音相和，而文彩必须五色相间。把这个理论运用到创作方法上，就是"相生相需"。清人沈宗骞在《芥舟学画编》中说画人物"因眉目之定所向，而五官之部位生之；因头面之定所向，而肢体之坐立生之"，这就是所谓"笔笔相生"。宋人郭熙在《林泉高致》中说："山以水为血脉，以草为毛发，以烟为神彩。故山得水而活，得草木而华，得烟云而秀媚。"这就是物与物之间相需而相生。文学作品主要是写人，但作为社会的人来说，人与人之间总是在特定的社会关系中生活。因此，真正孤立的个人是没有的。没有真正孤立的个人，哪里会有不与任何人发生关系的个性？个性与共性的辩证关系，正是艺术形象塑造中相需相生的现实基础和理论根据。曹雪芹虽然没有自觉认识这一点，但他在《红楼梦》中对人物形象的艺术处理，却充分地体现了人与人之间的相需相生的关系。

就以《红楼梦》中的三大主角贾宝玉、林黛玉、薛宝钗来看，作者常常把这三个人紧密地联在一起，从形象关系上看，谁也离不开谁。在曹雪芹的笔下，往往是从林的活动中写薛，从薛的活动中写林，或从林薛的活动中写贾，或从林贾的活动中写薛。这就不仅仅是戚本序言中的"注彼而写此"了，而是甲乙丙互注互写。用这种方法写出来的人物，真使读者眼花缭乱，叹为观止。

《红楼梦》一开始就把宝玉、黛玉、宝钗三人放在一起来写。《红楼梦》第三回黛玉进荣府，宝玉在黛玉跟前做了两件事，头一件为黛玉送"颦颦"为字；再一件是摔玉，因为这个玉连"神仙似的妹妹"

都没有，"连人的高低不择""不是个好东西"。二人刚见面宝玉就恨不得与这神仙般的妹妹平等地、亲密无间地相处。两小无猜，这样的基础是再好不过了。可是第四回宝钗来了，宝钗之来，声威赫赫，要待选才人赞善，而黛玉之来是孤独凄清，唯外祖母是依。一开始就是双峰对峙，两种气氛，两相对比，"人多谓黛玉所不及"。而宝钗是"行为豁达，随分随时"；黛玉是"孤高自许，目下无人"。刚来不久，宝钗就比黛玉"大得下人之心"，而黛玉便有"悒郁不忿之意"。在钗黛对峙中的贾宝玉，对她们二人则"并无亲疏远近之别"。本来宝玉和黛玉见面时狠命摔玉的表现，是足以使黛玉动心的，这一行动也的确引起了黛玉的第一次流泪，可是宝钗一来却又成了半斤八两，"无亲疏远近之别"了。这样一来，黛玉产生"悒郁不忿之意"不是很自然吗。当然宝玉这种"无亲疏远近之别"，也只是暂时的。随着三人之间错综复杂关系的发展，由"无亲疏远近"逐渐发展为"有亲疏远近"。在这样一个发展变化的过程中，三人之间的错综关系，写得丝丝入扣。对宝玉来说，钗黛之间的言行活动，是宝玉亲疏远近的依据；对黛玉来说，宝钗宝玉的言行活动，又是揭示林黛玉内心活动的重要情节；对宝钗来说，宝玉黛玉的言行活动同样和宝钗性格相牵联。《红楼梦》第二十一回，接前回写湘云打趣黛玉，黛玉不依，追打湘云，宝玉拦阻黛玉，不让打。这时宝钗来了，见此情景，便笑道："我劝你两个看宝兄弟分上，都丢开手吧！"脂批云："好极，妙极，玉、颦、云三人已难解难分，插入宝钗云'我劝你两个看宝兄弟分上'，话只一句，便将四人一起笼住，不知孰远，孰近，孰亲，孰疏，真是好文字。"其实呢，"我劝你两个看宝兄弟分上"，是宝钗针对黛玉而发的。这句话表明，宝钗并不比黛玉近。而此时湘云、黛玉与宝玉的亲密关系，对宝钗的求近心情不可能没有触动，所以才说出这句言外含酸的话。这并没有冤枉宝钗，就在这回书的稍后，宝钗到宝玉处，"留心观察"袭人的"言语志量"，正好宝玉进来，宝钗一见宝玉进来，便起身走了。这里的脂批是"钗与玉，远中近；颦与玉，近中远。是要紧两大股，不可粗心看过"。此批是有道理的。宝钗欲近宝玉，正如脂砚斋所指出的那样，又恐宝玉"不逊，反成远离之端"。所以宝钗之远宝玉，实是为了近宝玉，是远中求近。至于"颦与玉，近中远"是求近而致远，是求近心切的欲速不达，也就是所谓"求全之毁，不虞之隙"。这三人之间的关联处，就是远近之争。宝钗欲近宝玉，但方式很讲究，因为她深知宝玉的为人，太亲近，则必有"不逊"之举，故以远求近。而宝玉虽然近黛玉，但也没有完全远宝钗。宝钗宝玉二人的这种关系，反映在黛玉身上则是急于求近的内心与似近非近的方式。这样，就使宝玉在左右周旋中，把钗黛二人的内心世界次第地表现出来。反过来，在钗黛的夹缝中也写出了宝玉的远近倾向和矛盾的性格特征。

比如《红楼梦》第二十八回，曹雪芹就是集中用这种方法，抓住宝玉、黛玉、宝钗三人千丝万缕相互牵联的关系，写他们各自的内心世界。

这回书先后用三个专场来写三人难解难分的复杂联系。第一个专场是接第二十七回的黛玉葬花，宝玉在山坡上听见了，特别是对葬花词中的"侬今葬花人笑痴，他年葬侬知是谁，一朝春尽红颜老，花落人亡两不知"几句，感触最深，"恸倒在山坡之上"，一时思绪万千，由黛玉而想到宝钗，黛玉宝钗都像落花，"将来亦无可寻觅之时"，自己"尚不知何在何往"，因此，一而再，再而三反复推求了去。这一推求，使钗、黛、玉三人互相渗透，互相照应，把各自的内心活动写得十分精彩。本来黛玉葬花，宝玉推之黛玉则可，由黛玉而推之宝钗则不可；因为只推之黛玉，则宝玉心中必无宝钗，宝玉心中无宝钗，则黛玉心中就不会有宝钗；正因为宝玉心中没有排除宝钗，所以黛玉必然有一个宝钗在怀。这样一来，正好形成一而三、三而一的关系。每当黛玉不快时，十之八九就是为此事。宝玉也深知这一点，所以在这回书中黛玉生气不理宝玉，宝玉就用"既有今日，何必当初"来开导黛玉，并直截了当地点破黛玉心事："如今谁承望姑娘人大心大，不把我放在眼里，倒把外四路的什么宝姐姐凤姐姐放在心坎上……谁知我白操了这个心，弄得有冤无处诉。"说着，不觉滴下泪来。

这个场面宝钗没有出场，但不管是在黛玉心中还是宝玉心中都有宝钗在。黛玉因宝钗而对宝玉不放心，宝玉却用自己对宝钗的态度去解黛玉愁怀，把宝钗放在"外四路"的地位上，把黛玉放在比亲兄妹还亲的位置上。黛玉虽然无话可说，但并没有因此而相信宝玉的话。后来当黛玉弄清楚昨天晚上去宝玉处不给她开门的原因后，又说道："你的那些姑娘也该教训教训，只是论理我不该说，今儿得罪了我的事小，倘或明儿宝姑娘来，什么贝姑娘来，也得罪了，事情岂不大了。"这几句话并不是俏皮话，是黛玉对宝玉的攻心话，特别是从她口中说出来的宝姑娘、贝姑娘，真把宝玉弄得招架不住："又是咬牙，又是笑。"

在这个场面中，尽管宝钗是虚写，但在宝玉、黛玉二人心中又都是实在的，都在暗中起作用。就黛玉来说，心中装不下宝钗，但偏偏又要装一个宝钗。对宝玉来说，心中确实有黛玉，但并没有排除宝钗。正因为如此，曹雪芹在塑造这三个形象时，就紧紧抓住三人心灵上的内在联系，一笔而三用，着眼于联系处，而又着力刻画其矛盾的微妙差别。这种写法，比起那些静止的、孤立的、直接的形象描写，不知要高出多少倍。

第二个专场写宝玉在王夫人处要三百六十两银子，给林黛玉配什么丸药，还说已把配药方子给了薛蟠，要宝钗替他证明。宝钗推说不知道。林黛玉在宝钗背后"抿嘴笑，用手指头在脸上画着羞他"，接着凤姐出来证实宝玉不是说谎。宝玉便向林黛玉说道："'你听见没有，难道二姐姐也跟着我撒谎不成？'脸望着林黛玉，却拿眼睛瞟着宝钗。"按理宝钗不替宝玉证明，宝玉应直接向宝钗，但他却面向黛玉，眼瞟宝钗。一方面是宝钗和宝玉关系毕竟不如林黛玉，因而在宝钗跟前不能放肆；一方面宝玉在宝钗跟前碰了一个小钉子，黛玉又羞他，正好凤姐出来作证，宝玉抓住这一点，用"脸望"和"眼瞟"说话：你宝钗不该给我"没脸"；你黛玉也不应该羞我。这就是艺术上的所谓"一击两鸣"法。从黛玉方面来说，她羞宝玉还包含有"谁叫你拉扯宝钗"之意。而宝玉只理解为黛玉也给他"没脸"，所以用脸望着她。黛玉受了委屈便拉着王夫人告状，说宝姐姐不替宝玉圆谎，反而"支吾"她。宝玉不仅不安慰黛玉，反而替宝钗开脱，说"宝姐姐先在家里住着，那薛大哥的事，她也不知道。何况如今在里头住着呢，自然是越发不知道了"。宝钗不知道，而黛玉却羞他，那么以为宝玉撒谎的，就不是宝钗而是黛玉了。黛玉一听，就气得丢下宝玉独自一人去贾母处吃饭去了。这时要是没有宝钗在场，宝玉一定会跟了去的。宝钗在场，宝玉只好硬着头皮在王夫人处吃一顿素饭。可是宝钗故作不理会，反而笑道："你正经去罢，吃不吃，陪着林妹妹走一趟，她心里打紧的不自在呢。"要是宝钗真的"浑然不觉"，那就根本不应该多嘴，宝钗对宝玉、黛玉二人此时此刻的心情了若指掌，所以一点就点在宝玉心坎上。而宝玉在宝钗跟前绝不能坦然应承宝钗的话，只好说："理她呢，过一会子就好了。"其实，宝玉正忙着去看黛玉，探春惜春问他忙什么，宝钗说："你叫他快吃了，瞧黛玉妹妹去罢。"宝钗之所以一再捅宝玉的心灵秘密，并不是给宝玉过不去，而是对宝玉发动的一种特殊攻势，也是求近的表现。当宝玉去看黛玉时，宝钗也跟着来了。宝钗见黛玉裁衣服，就称赞几句。黛玉笑道："这也不过是撒谎哄人罢了。"宝钗又提起不给宝玉圆谎之事，黛玉说："理他呢，过一会子就好了。"这时，钗黛对宝玉的态度一明一晦，一敲一刺，都在围绕宝玉打拉锯战，但又隐隐灼灼，明暗相间，真是笔如龙蛇，尾首莫见。宝玉终究是倾向黛玉的，就借贾母要抹骨牌把宝钗支走。宝钗不乐意，但也只好说："我是为抹骨牌才来么？"说完便走了。

在这个场面里，黛玉宝钗和宝玉难分难解，围绕一个很平常的配丸药细节，展开了如此引人入胜的描写。在联系当中写矛盾，在矛盾当中揭示各自的内心世界。俗话说牵一发而动全身，在艺术领域中要发现"一发"之微与"全身神经"的联系，这并不是容易的事。而曹雪芹在这方面却给我们提供了非常可贵的经验。

这回书的第三个专场，是对薛宝钗羞笼红麝串的描写，在这个场面中把宝玉对待钗黛的态度作了生动、真实的描写。宝玉心中确实有"妹妹"，但也不是没有"姐姐"。黛玉之所以不放心，"姐姐"是一个重要原因。但在这回书中还有一个原因，那就是身为皇妃的元春也看中了宝钗，在端午节送礼时，独宝玉、宝钗二人的一样，而黛玉和探春她们一样，礼品也少好几件。面对这种厚此薄彼的情况，黛玉心中怎么能平静下来呢？当宝玉派人把自己的礼物送到黛玉处，让她挑，而黛玉一件也不取。后来宝玉问她为什么不取时，她说："我没有这么大福禁受，比不得宝姑娘什么金、什么玉的，我们不过是草木之人。"宝玉一听，就急得发誓："我心里要有这个想头，天诛地灭，万世不得人身。"并说："除了老太太、老爷、太太这三个人外，第四个就是妹妹了。"黛玉也相信这一点，但她非常清楚宝玉"心里有妹妹，但只见了姐姐，就把妹妹忘了"。果然，紧接着写宝玉要看宝钗带的红麝串，宝钗"少不得褪了下来，宝钗原生的肌肤丰泽，容易褪不下来。宝玉在一旁看着雪白一段酥臂，不觉动了羡慕之心，暗暗想道，这个膀子要长在林妹妹身上，或者还得摸一摸，偏生长在她身上，正恨没福得摸，忽然想起金玉一事。再看宝钗形容，只见脸若银盆，眼同水杏，唇不点而红，眉不画而翠，比黛玉另具一种妩媚风流，不觉呆了。"宝钗把串子取下来给他看时，他也忘了接。此情此景，能说宝玉对黛玉的发誓是百分之百吗？黛玉的担心"见了姐姐，忘了妹妹"能说是多余的吗？正当宝玉发呆、宝钗害羞之时，真是鬼使神差，"只见林黛玉蹬着门槛子，嘴里咬着手帕子笑呢"，并故意引宝钗出去看呆雁，用手比划，将手帕向宝玉脸上甩来，正打在宝玉眼上，"嗳哟"一声才把宝玉打醒。

这个专场很大程度上是为黛玉而写的，因为羞笼红麝串不只是写宝玉动心，写宝钗有情，更重要的是用这个场面去挑起林黛玉丰富多彩的内心活动。宝玉对待宝钗的态度，直接牵动黛玉的心，特别像羞笼红麝串的情景，反映在黛玉眼里，必然在黛玉心中激起异乎寻常的浪花，因此也必然有相应的出乎寻常的反应。这些异乎寻常的反应，正是林黛玉在十二钗形象群中出乎其类、拔乎其萃的重要原因。

上述可见，这回书中三次写他们三人之间的复杂关系，都是用相互牵制，相互促进的方法。在钗黛对峙中的宝玉，就好像李白的诗意"两岸青山相对出，孤帆一片日边来"。在对立与联系的相生相需中形成一个诗情画意的整体。

这里还必须进一步探讨一下，艺术美固然有其独立的艺术效能，但它还有一个重要因素，就是必须与生活息息相关。《红楼梦》中的艺术技巧就是深深扎根在生活之中的。就以人物相生这个方法来看，艺术上的相生相需是和人物之间的真情实感相摩相荡、密切扣合分不开的。奇妙的艺术魅力与真实的现实生活是不能脱节的。沈宗骞在《芥舟学画编·神韵》篇中还说"人人自具性情，又人人日在性情中周旋，性情有何奇处？人诚能尽性情之正，则可传不泯之事以成。可知至平之间至奇出焉。"这段话说明"至奇"的艺术作品是出于"至平"的现实生活。宝玉、黛玉、宝钗三人的形象价值就在于充分地反映了当时封建贵族大家庭中的真实生活，是"至平"中写出的"至奇"。宝玉在钗黛之间的性情，亦人之常情，作者没有把宝玉拔到忠贞无杂念的高度，故见宝钗之美，情不自禁地动了心。同样作者也没有真正把宝钗写成"任是无情也动人"的牡丹，写她同其他少女一样，对宝玉也是有意而有情的。黛玉的性情也不是超人的性情，只不过在金玉论的高压下不断迸发出心灵的火花，使得形象性更真实更典型而已。人之常情与金玉论相矛盾，这就产生了一对叛逆者形象的典型意义。金玉论是封建道德封建礼法的变相论，因此，在那个时代中，宝玉、黛玉都具有着新人的意义。因为一对叛逆者结为知己，互相热爱的本身就包孕着封建社会末期的新人新事新思想。从这一角度来看，艺术上的相生相需与思想上的对立统一也是相辅相成的。当然作为一对叛逆者的对立面，绝不能归之于薛宝钗，但薛宝钗这种人是代表封建社会末期的典范妇女。把这样的三个人放在一起来写，就很自然地形成了三方面的关系。即金玉之论，加剧了一对叛逆者的结同心；木石之盟注定了一对悲剧形象的结局；钗黛对峙导致了两败俱伤的后果。在这三方面的矛盾发展中，富有戏剧性的矛盾冲突随时随地都存在，并因时因事而爆发出各种矛盾的火花。当然就《红楼梦》的思想内容而言，绝不仅仅是靠这三人的组合而包含得了的，但这三个形象却能比较集中、比较典型地体现《红楼梦》的主要思想内容。

用人物相生法塑造人物，要事先经过作者通盘安排，精心部署，所以从整部作品来看，显得笔无余笔，人无闲人，不仅主角之间各有神通，就是次要人物也不是跑龙套的。比如第四回中的小门子与贾雨村。前者真是个无名小卒，但这个门子对贾雨村来说却至关重要。有名的护官符就出自这个门子之口，而贾雨村包庇薛蟠的断案，是这个门子的主意。可以说贾雨村的飞黄腾达，这个门子的"功劳"应居首位。总之，用人物相生法塑造人物是一条很好的途径，但并不是一条简单的捷径。只有善于学古，才能善于创新；只有无所不包，才能无所不扫。曹雪芹的《红楼梦》当然有其民族的美学传统，但他能"取熔经义，自铸伟词"（《文心雕龙·辨骚》）。今天我们研究《红楼梦》的艺术性，当然也要"取熔"《红楼梦》的创作经验来铸造社会主义文学的新词，使《红楼梦》的研究工作为当前文艺创作做出应有的贡献。

以虚出实　以幻出真

——谈《红楼梦》中的虚幻手法

凡读过《红楼梦》的人，都感到《红楼梦》中有虚幻色彩。对这种虚幻色彩如何评价，却是一个值得探讨的问题。在肯定和否定的两种意见中，看来持否定态度的居多。在区分精华与糟粕中，显然，虚幻色彩是被当成糟粕来剔除的。有人认为曹雪芹受佛教思想的影响，书中不时地流露出梦幻虚无思想。有人认为《红楼梦》的主要思想是"色空观念"。有的文学史也认为"色空"观念是属于曹雪芹的世界观问题，这就必然"使作品带上一层不能抹去的悲观主义、宿命论色彩"❶。

笔者认为《红楼梦》中的虚幻问题，既不属于作者的创作思想，也不是作者的世界观，而是属于一种特殊的艺术表现手法。这种艺术表现手法概括起来说，就是"以虚出实，以幻出真"。

一、云空未必空

为了说明虚幻是写真实的一种手段，首先应该简单谈一谈曹雪芹及其作品《红楼梦》中有关佛教思想问题。

就现有的材料看，至今还没有发现曹雪芹信仰佛教的足够证据。不管是脂砚斋、畸笏叟的评点，还是敦诚、敦敏、张宜泉等人的诗文，都没有曹雪芹信仰的记述，相反地在这些人的笔下，曹雪芹给人的印像是狂放不羁，闲云野鹤。即使过着卖画食粥的贫困生活，也常常

---

❶　社会科学院文学研究所编写：《中国文学史》，人民文学出版社 1979 年再版，第 1114 页。

"白眼向人斜"（敦诚：《赠曹雪芹》），傲骨嶙峋的精神始终未改。这种胸中尽是"块磊"的人，是不太可能看破红尘去拜倒在佛祖脚下的。

至于《红楼梦》一书，从表面上看确实有一些佛教思想，特别是第一回中的"因空见色，由色生情，传情入色，自色悟空"四句话，被一些人认为是《红楼梦》的主要思想——"色空"思想。再如第一回的《好了歌》和甄士隐的《好了歌》注解，第五回的太虚幻境以及书中若干灯谜、诗词和"渺渺""茫茫"的一僧一道，确实都有空幻味道。还有书中主人公贾宝玉最后的"悬崖撒手"（佚稿）也给人以皈依佛教之感。

但问题是，作品中的这些佛教思想是不是就等于作者思想？作品中反映的这些思想，是不是等于作品宣扬了这种思想？笔者看最好不要这样划等号。"云空未必空！"《红楼梦》一书寓意之深，寄情之曲，用词之微，是历来文学作品少有的。如果简单划等号，只能把自己划入迷宫，既不能得其门而入，当然更谈不上得其门而出了。问题的实质应该是，作品中这些佛教思想和作品的整个思想是什么关系？它对于阐述《红楼梦》的主旨究竟起什么作用？本文试图从艺术的角度来谈一谈对这一问题的看法。

"色空"观念出自佛教《大般若经》"色不离空，空不离色，色即是空，空即是色"。佛家认为客观事物都是"因缘和合"，事物本身没有质的规定性，是不能独立存在的，所以是"空"。"色"就是人们所能感觉到的有形物质。既然客观的一切事物都是"因缘和合"的假象，那么能使人感觉到的有形物质也是空的。曹雪芹的"因空见色，由色生情，传情入色，自色悟空"虽然和《大般若经》的话相似，但它的目的并非是宣扬佛教思想，而是借"色空"二字来概括贾府的衰败，用佛家一切皆空的思想来托喻"树倒猢狲散"的封建贵族阶级在崩溃时所产生的虚幻感，在一定程度上看，可以说是反其意而用之。因为"色"既然不是单指女色，而是泛指所能感触到的事物，那么《红楼梦》中所写的百年旺族，也是包括在"色"的概念之中的。这个百年旺族就像贾母所珍藏的人参一样，虽然是上等名参，但历经百年之后，也成为枯株朽木了。"千里搭帐棚，没有不散的筵席"，百年旺族，沦于破灭时，正如佛教所说的"色空"一样，这种"色空"是用来象征破灭感的。至于书中着力刻画的金陵十二钗及正副册中的女子，都是"明媚鲜妍能几时，一朝飘泊难寻觅"，最后落得个"飞鸟各投林"，死的死，夭的夭，远走的远走，遭劫的遭劫。这些悲剧事实，正像佛教的"色空"观念。然而这仅仅是一种"形似"，它的实质却是封建社会活生生的现实。可见曹雪芹是借"色空"思想来进一步加深《红楼梦》的悲剧意义。俞平伯先生在一九二一年给顾颉刚的信中，对《红楼梦》的梦幻问题提出如下的看法："由盛而衰，由富而贫，由绮腻而凄凉，由骄贵而潦倒，即是梦，即是幻，即是此书本旨，即以提醒读者。"俞平伯先生有关《红楼梦》问题的研究，其是非功过，姑不具论，然而这几句对梦幻问题的解释却是一语破的。它给人以启示，使人从《红楼梦》的空幻感中感到曹雪芹的寓意，曹雪芹是以空幻感来衬托贾府没落的悲剧气氛，不是以贾府没落来证明佛教的空幻，相反地从《红楼梦》的整个思想意义上看佛教的空幻思想正好渲染了贾府的没落、败亡。如果说贾府的败亡和诸钗的结局是一场悲剧，那么"色空""空幻"就是悲剧的乐曲。

二、借幻说法

现在我们可以接触到虚幻问题在《红楼梦》艺术表现上的作用了。

打开《红楼梦》第一句第一行就写道"此开卷第一回也，作者自云，因曾历过一番梦幻之后，故将真事隐去。而借通灵之说，撰此《石头记》一书也"。这几句话交代了作者的创作意图。"将真事隐去，而借通灵之说，撰此《石头记》一书"，这里面就包含着梦幻的意思。"将真事隐去"就是将当时的现实斗争的政治事态隐去，以避免指责时弊之嫌。"借通灵之说"，也可以理解为借虚幻之说。因为那块被女娲遗弃的顽石就是虚幻之设，是"无才补天，幻形入世"的虚拟和幻化。也就是具有补天之才的贾宝玉，而却偏被"天"所遗弃的一种托喻手法。顽石—通灵玉—贾宝玉，不就是虚拟—幻化—真实的一个艺术公式吗？如果再从思想内容上进一步推求，联系作者、作品的思想内容来看，不就是顽石—曹雪芹—作品思想的一种寄寓方法吗？"傲骨如君世已奇，嶙峋更见此支离。醉余奋扫如椽笔，写出胸中块磊时"，这首敦敏《题芹圃画石》的诗，就像是对这种寄寓方法的不证之证。

　　把虚幻之设作为一种艺术方法来看待，并不是有意立异，而是有其传统的依据。这种以虚幻之设来写真实生活的方法，有点近似我国传统的"兴"法，就是"先言他物以引起所咏之辞"的方法。就《红楼梦》的全文而言，作为"他物"的石头，就是"虚"和"假"，但通过这些虚假幻设而引出一部深刻、全面地反映中国封建社会的"百科全书"来，这又是现实主义的最大真实。这种借通灵以言他的方法，并不是什么梦幻的记录，而是作者"半生潦倒""一事无成""无才补天，幻形入世"的辛酸眼泪和愤懑情怀的总汇集，是作者一生坎坷的真实回顾。从这一点上看，《红楼梦》和《离骚》又有其相似的地方，它们不仅在抒愤的内容上相似，而且表现方法也相似。《离骚》的"宓妃佚女，以譬贤臣""飘风云霓，以为小人"和《红楼梦》中的顽石通灵以寓叛逆，不是很相似吗？都是借物言他。这也是从《诗经》到《离骚》的传统比兴的发展。而《红楼梦》除了具有《诗经》《离骚》的比中见义法外，还兼有《庄子》的虚幻手法，即由虚谈到实，由彼说到此。那块在青埂峰下不知待了多少岁月的石头，就兼有虚实、真幻的双重性。说它虚，它却和"补天"遭遇有关，以"补天"喻怀才不遇，埋没一生，这又是实；说它幻，它却偏要"入世",要"向人间觅是非",这又是真。所以《红楼梦》中虚幻之非虚,有如《离骚》中"宓妃佚女"之非神。虚幻其表,真实其里,对《红楼梦》中的虚幻问题,应作如是观。

在《红楼梦》第一回中,作者还借空空道人与石头的对话来暗示虚幻非虚。当空空道人对石头上所记的故事感到既无朝代可考,又无大忠大贤的人物,只记一些"异样女子"的"小才微善",怕世人不爱看时,石头却讥笑空空道人"太痴",并告诉他这样记叙石头故事有它的好处:一是"新奇别致",不落前人窠臼;二是"只取其事体情理","至若离合悲欢,兴衰际遇,则又追踪蹑迹,不敢稍加穿凿,徒为哄人之目,而反失其真传者"。可见,借通灵之说,一方面有艺术上的需要,作者有意针对"佳人才子等书""千部共出一套","大不尽情理之说",而另辟新径;另一方面,却严格地以现实生活为依据,"追踪蹑迹",不敢失真。这样一来,石头故事虽属"荒唐言",但记的却是真实生活,是取石头经历的"事体情理"。这就明明白白地告诉读者,虚幻是出真的一种手法,是以幻出真,寓真于幻。一方面借空幻说法,另一方面则写人间的"离合悲欢,兴衰际遇"。可见虚幻,只不过给真实盖上一层薄纱,是"毫不干涉时世"的"假语村言",是"指奸责佞,贬恶诛邪"的特殊手法。

一些红学家在空幻问题上,几乎都采取一致的批判态度,认为这是曹雪芹唯心主义世界观的反映。这连日本汉学家大高岩先生也认为《红楼梦》具有虚构与真实两种倾向。大高岩所指的虚构,并不是艺术创作上的虚构,就是指的虚幻,他用一个图表来表示:

《红楼梦》→梦幻→道教的虚无主义→对现实的逃避→浪漫主义

《红楼梦》→真实→所谓"一饮一食"主义的人生记录→正视现实→现实主义 ❶

---

❶ 《红楼梦学刊》1982年第一辑,第173页。

大高岩先生把虚幻与现实对立起来，而且把前一种倾向认为是"一个极其消极的倾向"，"在渲染《红楼梦》'色即是空'的观念上，起到了重要作用"，可见把"色空"观点列入批判范畴的人，不仅在中国，在外国也是有的，足见其影响之广了。

记得何其芳同志在世时，对《红楼梦》的虚幻问题曾作过力排众议的论述。他认为"太虚幻境，就和子虚乌有先生等人名一样，已经点明是假托"，对书中多次出现的一僧一道，只"不过是小说家言，正如谚语所说'演戏无法，出个菩萨'，或许是为了某些情节的发展和结束的方便，作者才采取了这一类的写法"。❶正由于这种出自艺术上的需要，所以对"尚未发生的事情，作者就只好用这种迷离的梦境和神秘的金陵十二钗册子来作一次总的暗示了"，并进一步指出"如果根据这，就判定作者有虚无神仙思想或宗教情绪，或宿命论，我看结论未免下得太快了"。这个观点，今天看来，基本上是正确的。何其芳同志敢于从艺术需要的角度提出问题，进行研究，这比起那些不看整体，只看某些有虚无色彩的章句，不加具体分析地联系世界观和思想倾向的人来说，要实事求是一些。但何其芳同志认为这种手法仅仅是为了情节的需要，是"演戏无法，出个菩萨"，这就很难令人信服。因为曹雪芹的艺术技巧，在通部《红楼梦》中，还没有发现捉襟见肘的地方，这对曹雪芹的艺术评价未免失之过低。其实这种艺术上的需要是和作者的创作本旨与作品的思想内容紧密相关的。虚幻在作品中不是真正的虚无缥缈，幻之又幻，而是现实生活的幻化，真实性情的虚化，是作者给自己发愤之言涂上一层保护色。在封建社会真正的"才"，不一定为"天"所需，像曹雪芹那样长满"傲骨"的人，必然落得个被遗弃的下场。这"无才补天"的反语反意是不言自明的。生活给曹雪芹的教训，使他不能像孟浩然那样直率，孟浩然有"不才

❶《文学研究集刊》第五册，北京大学文学研究所编，人民文学出版社 1957 年版，第 109—110 页。

明主弃"之句,一下把唐玄宗得罪了,弄得终身当不了官,这还要算唐玄宗的宽大,否则身家性命也难保全。而曹雪芹的"无才补天,幻形入世"八个字,虚虚实实,真真假假,耐人寻味。这八个字即使唐主再生,也抓不住什么小辫子,更谈不上打棍子了。这既是艺术,又是思想,当然还是思想的艺术。

有正本在第一回的回末总评中指出:"出口神奇,幻中不幻,文势跳跃,情里生情,借幻说法,而幻中更自多情,因情捉笔,而情里偏成痴幻。""出口神奇"不在于宣扬虚幻,而在于写"幻中不幻",同时也给人以"新奇别致"之感,这也是艺术上的创新,是作者有意为之。所以"幻中不幻"的"借幻说法",就成为《红楼梦》艺术特色之一。"幻中更自多情",正是寓情于幻,寓实于虚,这和历代诗人寓情于景的意义相同。钱锺书先生的《管锥编》引陈骙《文则》卷上丙云:"《易》之有象,以尽其意;《诗》之有比,以达其情;文之作也,可无喻乎?"钱先生引这段话在于说明"穷理析义,须资象喻"。不管是《红楼梦》中的虚幻之象,还是诗人所取的各种景象,都是一种艺术手段,是借助于各种景象来"穷理析义"。曹雪芹笔下的虚幻之象,经过意匠经营。幻境便成了意境,这和诗人的景语即情语是一个意思。比如《好了歌》和《好了歌》注解,表面看来确实有一种宗教的渺茫解脱思想,实际上是以虚幻写现实,《好了歌》的要害是在"真事隐"上用甄士隐来注解《好了歌》,目的就是要处处闪烁着隐去的真事,也可以说是以虚无缥缈的形式来概括出当时现实的一个轮廓。"陋室空堂,当年笏满床;衰草枯杨,曾为歌舞场",这里面包含有多少隐去的真事!它不仅是荣宁二府由盛到衰的写照,也是历代王侯第宅、宫廷苑囿的一笔总勾勒。当"古今将相"都成了"荒冢一堆"的时候,吊古伤今,固然有一种空虚之意,但是就封建统治阶级末世将临的时候来看,这几句话不仅言之有物,而且还言之成理哩!还有像"因嫌纱帽小,致使锁枷扛"这种自警警人的句子，是作者亲身体验和长期观察后抓住的实质性的问题。历代统治阶级对待臣下，不仅兔死狗烹，鸟尽弓藏，而且一贯对"补天"无力，或不愿"补天"的人采取残酷的镇压手段。因此，在"天"不可补的世道下面，只能提出"身后有余忘缩手，眼前无路想回头"的处世论断。

总之，一部封建社会的新陈代谢史，就是"乱哄哄，你方唱罢我登场"的历史，《好了歌》及其注解词中的虚幻感慨，就是以衰败之日视荣盛之时的一种空虚之叹。而这种空虚之叹仅仅是问题的表面，其实质正是以封建统治阶级的腐朽的现实为内容的。没有封建统治阶级腐朽没落的现实生活，又从哪里去产生这种空虚的浩叹？所以注解词中某些厌世的话，是对过去和即将崩溃的统治阶级的现实生活的否定，包括甄士隐所属的那个阶级在内，这恐怕不能说是一件坏事。

三、寓真于诞

体现虚幻思想比较突出的，是第五回贾宝玉梦游太虚幻境。这回书从表面上看的确虚无缥缈，光怪陆离，但就其实质看只不过是一种寓真于诞的手法。金陵十二钗正副册的题词，以及红楼梦十二支曲，都是荒诞的形式，真实的内容。这回书写幻不是目的，写幻是为了预示贾府中主要人物的悲剧结局。如果说这回书有点像全书的写作大纲的话，那么太虚幻境中的种种虚幻情节，就是对这部写作大纲的形象化。其目的是在全面开展故事情节之前，通过神话般的故事给以暗示，使读者对全书的脉络隐隐在心。红楼梦曲子的第一支"红楼梦引"中有这样几句话"奈何天，伤怀日，寂寥时，试遣愚衷，因此上演出这怀金悼玉的红楼梦"，这几句话，可以说是作者写作思想的自白。尽管这里的"红楼梦"是指曲子，而不是书名，但作者在潦倒半生之后，在"奈何天，伤怀日，寂寥时"写《红楼梦》却是真实的。至于

"怀金悼玉"的内容，当然和宝钗、黛玉相关，但也不一定没有其他寓意。黛玉确实可怀可悼，而宝钗终归为宝玉所弃，至少不能和黛玉并提而同归于可怀可悼之列。这里的"金"和"玉"，有可能泛指昔日的荣华富贵。作者是过来人，自然免不了有抚今追昔之叹。在作者看来，"往者不可谏"，而来者也不可追，尽管荣宁二公重托警幻，寄希望于宝玉，欲扭转宝玉"怪谲"的性格，把"宝玉引入正路"，但忠于现实真实的曹雪芹，他不能违心地把宝玉写成荣府的接班人。现实的真实是"大厦将崩兮，一木难扶"，何况宝玉并非扶厦之木。所以尽管太虚幻境中的子虚乌有，确有万事皆空的意思，但应该看到，这种思想并不包含现实世界的各种事物。所谓"万事"只是与封建贵族的盛衰密切相关联的事，是"为官的家业凋零，富贵的金银散尽"这一类的事。从家业凋零之日，看荣华富贵之时，所反映出来的空虚情绪，正好表现了那个阶级真实的思想感情，也反映了封建社会"末世"的现实。可见这里的空并非是佛家的空虚，而恰恰体现了作者现实主义的精神。作者以他的亲身体验，深感过去的生活没有什么好留恋的，用"白茫茫大地真干净"的空虚思想来加以否定。这里，虚幻就已经失去了佛家原来的本意，而成为反映现实的一种特殊形式。因为现实主义并不是对现实生活都不加取舍地一概反映，它可以是典型的反映，可以是曲折的反映，也可以借某种适合的形式来反映。"虚幻"这种形式，对于"树倒猢狲散"的封建统治阶级来讲，就是比较合适的形式。如果不分青红皂白，一概把这种思想统统称为消极思想，笔者看未必妥当。消极和积极是相对而言的，贯穿《红楼梦》全书的主旨是一种积极的反抗精神，有时甚至体现了与封建制度绝裂的精神。当然和积极相比较，有些地方确实有消极情绪，但这些消极不能和"悲观主义""宿命论"相提并论，而是和积极反抗相比较的一种消极反抗，消极仍然是反抗的一种形式。金陵十二钗正副册题词和红楼梦曲子的内容，消极和积极是杂糅在一起的。一方面"叹人间美中不足今方信"，另一方面又"到底意难平"。一方面是"青灯古殿人将老"，另一方面又是"太高人愈妒，过洁世同嫌"。一方面"叹芳魂艳魄"，另一方面咒骂"山中狼，无情兽"；一方面叹"荡悠悠三更梦，哗喇喇如大厦倾"，另一方面又指出"机关算尽太聪明，反送了卿卿性命"。这都和佛教思想有着本质上的不同。再从金陵十二钗正副册的全部判词来看，十二个女子没有一个不是封建礼教下的悲剧人物，她们之所以入"薄命司"，就是因为这些"金玉之质"的女儿，一个个都陷于封建礼教这个"淖泥"池中。至于十二钗副册里的人物，一个个都是"有命无运"的人，她们所受的压迫比起正册中的人来看，还多一层等级的枷锁，她们在那个"淖泥"池中陷得更深。用贾宝玉痛心疾首的话来说"为什么要生在这侯门公府之家"，"富贵二字真正把人荼毒了！"这倒不失为对十二钗判词的正面总结。

　　这回书还有一个值得注意的问题，就是警幻请宝玉喝的茶，名叫"千红一窟（哭）"，请宝玉喝的酒，名叫"万艳同杯（悲）"。既然警幻引宝玉到太虚幻境来是要"警其痴顽"，使宝玉"跳出迷人圈子"，待"将来一悟"。那么还有什么必要，令"千红一哭"，使"万艳同悲"呢？哭什么，悲什么？这不正好证明抛不开儿女情，看不透人间事，千种感情，万般思绪，无一能超脱吗？千红之必哭，万艳之必悲，正是《红楼梦》所真实反映的悲剧现实的必然。由此可见，宝玉游太虚幻境，是宝玉未来经历的预习。所谓"太虚幻境"者，就是未来的蓝图也。不看蓝图看神话，就有可能被"神""化"了去。

　　有人认为曹雪芹受到庄子思想的影响。从《红楼梦》的某些章节来看，这是可能的。但要说曹雪芹受到庄子消极思想的影响，表现有虚无主义思想，那就值得研究了。看一部文学艺术作品，如果把艺术和思想割裂开来，把思想的整体性、一贯性割裂开来，抓住局部思想来分析，那是很容易看走样的，包括对庄周的看法，也应该客观一些。否则庄周是唯心主义的，受其影响的曹雪芹也必然是

195

唯心主义的了。这样推论的结果，我国丰富的文学遗产，值得继承的就不多了。刘熙载对庄周文章的评价，就是把思想和艺术统一起来看的。他在《艺概·文概》中说，庄子之文"寓真于诞，寓实于玄"，既指出了庄子文章的艺术特点，又点明了庄子文章的思想寓意。他还说："庄子文看似胡说乱说，骨子里却尽有分数，彼固自谓猖狂妄行而蹈于大方也，学者何不从蹈大方处求之。"曹雪芹虽受庄子某些思想影响，但他能自蹈大方，能从"谬悠之说，荒唐之言"（庄子《天下篇》）中去"寓真于诞，寓实于玄"。"满纸荒唐言"，与"一把辛酸泪"始终是糅合在一起的。当然，庄周、雪芹二子的"荒唐言"还不能等同，庄周有"窃钩者诛，窃国者为诸侯，诸侯之门而仁义存焉"那样锋芒毕露的语言，而曹雪芹的"荒唐言"，则是用橡皮裹着的钢丝鞭子。一般看来，《红楼梦》中的情节，都是作者思想寄寓的一种曲笔。除了青埂峰下的那块顽石外，还有诸如诗词灯谜、酒令戏文等也都有寓意。像史湘云《点绛唇》那首谜语："溪壑分离，红尘游戏，真何趣，名利犹虚，后事终难继。"谜底是耍猴儿。谜语本身确实充满空虚思想，可是它和贾府的一败涂地吻合，这又是千真万确的真实。像这样的例子，在《红楼梦》中比比皆是。作者就是这样借虚幻以寓意，从开拓现实的深度和广度上去曲折地反映现实。尽管形式上的虚幻也有某些独立的消极作用；但只要从整体上看，和全部内容联系起来看，某些形式上的消极因素，就会被深刻的思想内容所抵消。由此可见，我们从《红楼梦》的真实描写中可以看出，所谓"色空"云者，不外是对封建社会、封建制度腐朽没落的预示、渲染和否定。因此，应该反过来透过某些"色空"的薄纱去看这场现实悲剧。这样反而会感到更为真切动人。作者和脂砚斋都曾多次提醒读者，看《红楼梦》不要光看正面，还要善于看反面。那么在"色空""空幻"方面也是应该看一下反面的。风月宝鉴中的骷髅与美人分别处在正反两面中，正面的美人是王熙凤，反面的骷髅也是王熙凤。有人认为这是空空道人以"色空"观念来警诫贾瑞，笔者看不是，作者是以风月宝鉴来象征王熙凤。王熙凤这个形象在全部《红楼梦》中都是使用的正反照映法塑造出来的，协理宁国府，确实具有"杀伐断决"的英雄气势，而弄权铁槛寺则奸诈歹毒胜于常人。大闹宁国府使出了浑身解数，而在赚尤二姐时则楚楚动人，所以风月宝鉴不是寓什么"色空"，而是暗示凤姐的两面性格。《红楼梦》不仅不宣扬"色空"，有时甚至从正面描写中去否定空幻思想。《红楼梦》第二十二回中的宝玉参禅就是这样。

这回书写宝钗过生日，演戏庆祝，湘云等人把演小旦的演员比作林黛玉，宝玉怕黛玉多心，使眼色阻止湘云，结果把黛玉和湘云都得罪了，落得两头不讨好，两个人都不理他。宝玉被"两处贬谤"弄得"心灰意懒"，正和他前两天所读庄子南华经的文字"巧者劳而智者忧，无能者无所求，饱食而遨游，泛若不系之舟"碰到一起，便自以为"解悟"了，写了一首偈文和填了一首《寄生草》词。其偈云："你证我证，心证意证，是无有证，斯可云证，无可云证，是立足境。"《寄生草》词是："无我原非你，从她不解伊，肆行无碍凭来去，茫茫着甚悲愁喜，纷纷说甚亲疏密，从前碌碌却何因，到如今回头试想真无趣。"由于两处碰壁，深感无趣，产生空虚之感，表面看来是宗教思想俘虏了宝玉。可是没有想到林黛玉一来，局势为之一变。她先跑去问宝玉，"至贵者宝，至坚者玉，尔有何贵？尔有何坚？"把宝玉问得张口结舌，不能回答。落后黛玉又在宝玉的偈文后面续上两句"无立足境，方是干净"，这就比宝玉的偈文更深了一层，这对封建统治阶级的彻底完蛋，确实说得够"干净"的。这一下弄得宝玉心甘情愿地服输。很明显，宝玉的"解悟"与黛玉的机智灵慧相比，是人的机智灵慧制服了佛教的空幻思想。这真是"以子之矛，攻子之盾"的绝妙文字！这哪里是宝玉败阵，分明是佛祖智穷，不然为什么不助宝玉一臂之力去战胜林黛玉呢？曹雪芹歌颂的是人的灵心慧性，嘲弄的是佛道的虚幻解悟，这绝不是一个有虚无思想和宿命论的人能做得出来的。

另外，从曹雪芹的笔下来看，他写的和尚道士，都不是好人，如清虚观的张道士、馒头庵的静虚、水月庵的智通、地藏庵的圆信、天齐庙的王一贴，都是批判嘲讽的对象。至于书中的主人公贾宝玉，在平时也只信女儿，而不信佛祖。尽管他也说过一些化灰化烟的话，但他的真实思想却和甄宝玉一样，他们相信"女儿两个字，比那阿弥陀佛、元始天尊的两个宝号还尊贵无对呢！"有这种女儿至上的思想，阿弥陀佛、元始天尊当然就摆不上位了。至于宝玉末后的"悬崖撒手"，曹雪芹的原稿究竟如何写法，我们不得而知。退一步说，即使宝玉真像高鹗续书那样出了家，当了和尚，那也不像佛教徒那样诚心皈依佛法，而是利用出家这一最后行动作为反抗的武器，只不过这种武器对封建制度没有什么摧毁力罢了。

当然我们也不能绝对地看问题。《红楼梦》中的某些虚幻情节和具有虚幻色彩的诗词灯谜等，是有可能起到一些不良影响的。正因为如此，所以需要对这个问题进行必要的澄清。我们之所以不把虚幻描写和作者的世界观等同起来，主要有两方面的原因。一方面从思想内容上看，对封建社会没落贵族阶级的空幻感，并不等于对现实世界的空幻，甚至可以反过来说，正因为现实世界的斗争使封建贵族阶级感到幻灭。一些阶级胜利，一些阶级失败，这是阶级社会的必然。那么从失败阶级的空幻感中不也反映了胜利阶级的真实存在么？所以我们说《红楼梦》中的空幻手法是现实主义的曲折反映。另一方面，正由于空幻感是与现实主义紧密相关的，所以就给艺术表现提供了辩证依据，只要对现实生活"追踪蹑迹"不加"穿凿"，就可以以虚出实，以幻出真。因为在这个前提下，虚实真幻就成了对立联系的统一体。如果孤立地、片面地看问题，把虚幻与真实对立起来，割裂开来，那么，像曹雪芹这样伟大的现实主义作家，也难免被戴上一顶虚无主义或宿命论的帽子。今天是不是也应该给曹雪芹摘下这顶帽子呢？

言近旨远　神余言外

"言近旨远""神余言外"，一般说来是对构成诗词意境的幽深、含蓄的评价，这是传统诗歌美的一条准则。然而这条准则不仅限于诗歌，对散文也适用。优美的散文被称为散文诗，散文与诗在美学上至少是近亲关系。除散文之外，戏剧中也有不少充满诗情画意的场面。绘画则更是与诗结下不解之缘，被人称为"诗中有画，画中有诗"。唯独小说似乎与诗隔得较远，既没有人称"小说诗"，也没有人说"小说中有诗"或"诗中有小说"。其实也不尽然。《红楼梦》这部举世闻名的小说，虽不能说成"小说诗"，以免有借诗以增身价之嫌，但把它说成小说中有诗，这大概不算过分吧。小说中的诗，当然不是指《葬花词》《芙蓉诔》之类的名诗，而是说《红楼梦》的叙事、写景、抒情、刻画人物，在不少地方都充满了诗情画意，是以诗的笔触来写小说。至于"诗中有小说"，我看也并不是缺乏根据，特别是在写人方面，不少诗词中的人物形象非常传神，这和中国小说中塑造人物的方法是基本一致的，如有名的叙事诗《木兰辞》《长恨歌》《琵琶行》等就不用说了。其他如一些短小诗词也善于刻画人物。如李清照在一首《点绛唇》中写一位少女，就写得生动如画："蹴罢秋千，起来慵整纤纤手。露浓花瘦，薄汗轻衣透。"接着在下半阕中，这个少女的心情神态简直就在目前：见客人来，"袜刬金钗溜。和羞走，倚门回首，却把青梅嗅"。这样的少女神态，不要说在诗词中，就是戏剧、小说中也少见。所以诗和小说并不是互不相关的。特别是在传神写心上，它们都是在同一个美学原则指导下的不同表现而已。《红楼梦》在叙事、写景、抒情、刻画人物方面，非常成功地融诗于小说，用传统的传神手法构成隽永深长的意境，给人以美的无限享受。在这个问题上，前人和今人都有所论及，但较为系统的美学总结则不多见。笔者只是在前人研究的基础上，借题发挥，谈一点粗浅的看法而已。

一、剪影求神，虚实相间

《红楼梦》是一部小说，小说是以写人为主的，因此，我们先从《红楼梦》描写人物形象方面，看一看与诗歌的关系。《红楼梦》中的几个主要人物，贾宝玉、林黛玉、薛宝钗、王熙凤等人，在曹雪芹笔下，都是有定神而无定形的人物。在广大读者心中都有贾宝玉、林黛玉、薛宝钗、王熙凤的形象。但又都不完全相同，恐怕没有几个画家能画出一个相同的林黛玉来，也没有一个演员能扮演出众所公认的贾宝玉来。徐玉兰演贾宝玉，也仅仅是徐玉兰演的贾宝玉，而不是众人心中共同的贾宝玉。所以虽有"活曹操""活关公"之誉的演员，但也仅就"神"而言，而非对"形"而说。在曹雪芹的笔下，不管是贾、林、薛、王，都不是工笔细描的人物，而是剪影求神，虚实相间。它也不像某些传统小说中对人物外形的描写，什么身长八尺，腰大十围，面如冠玉……等一般化的写法，而是写一人酷似一人，但这一人又非神态各异的庙中罗汉，而是实实在在出现在读者眼前的活人。曹雪芹笔下的人物总是给读者以心知，而不给人以形识。先看曹雪芹对贾宝玉第一次露面时的描写："面若中秋之月，色若春晓之花，鬓若刀裁，眉如墨画，面如桃瓣，目若秋波，虽怒时而若笑，即瞋视而有情。"待进屋换装出来以后，则是"面如敷粉，唇若施脂；转盼多情，语言常笑。天然一段风骚，全在眉稍；平生万种情思，悉堆眼角"。甲戌本批道："真真写杀。""写杀"固然写杀，而贾宝玉究竟是怎样一个形象，读者只能在心里相识，而不能在眼前看清。也就是说，这样的形象只能在读者心底，而不是在读者眼中。

再看曹雪芹从宝玉眼中写黛玉：

> 两弯似蹙非蹙罥烟眉，一双似喜非喜含情目。态生两靥之愁，娇袭一身之病。泪光点点，娇喘微微。闲静时如姣花照水，行动处似弱柳扶风。心较比干多一窍，病如西子胜三分。

甲戌本评："此十句定评，直抵一赋。"不管是宝玉的写照，还是黛玉的写照，作者都沿用传统的剪影求神法。这一对"冤家"的外形都是"神"中露"形"，是"略其形迹，伸其神理"（金圣叹《水浒序三》）的美学原则的具体体现。读完这二人的形象描写，睁眼却看不清，而闭目却能得之，不在于看，而在于思。闭目一思，宝黛二人之形、之态、之情、之质、之气，俱在心中，然而却又是睹而不清，近而实远，似而不似，人人心中相同，个个眼前又殊。这就像"巧笑倩兮，美目盼兮"的写法一样，凡是读过两句诗的人，没有不被庄姜之美所陶醉的，但美到什么程度？具体的美是什么样？却又说不出来。这实际上是美学中的有限与无限的关系。就形写形，仅限于形，虽美而有限；剪影求神，形寓于神，美而无限。因为这种美不仅在于客体本身，更重要的是有读者主体的审美观点和美感积极性的补充，在美的领域，人人都有驰骋的余地。《陌上桑》中的罗敷，《洛神赋》中的洛神，都是根据这条美学原则塑造出来的。而这种似而不似的形象，可以获得人们思而得之之美的补充，这也就是传统诗歌中的意境美，也就是所谓诗一样的美。这种诗一样的美，从写人方面来看，多半是人的精神神态美；而不仅限于外在美。这种美似具体而又飘忽，说飘忽而又鲜明深刻，这主要是"形"从"神"中露的缘故。以宝玉外形来看，"面若中秋之月，色若春晓之花"，美则美矣，但看不出"气韵生动"来。而"虽怒时若笑，即嗔视而有情"，就写出"神"来了。"怒"与"笑"，"嗔"与"情"显然是不能调和的矛盾，而宝玉却在这两者之间以情制嗔，以笑抑怒，故怒是多情人之怒，嗔是多情人之嗔，于是这位多情公子的"神"却被作者从"眼角""眉梢""剪"了下来："天然一段风骚，全在眉梢；平生万种情思，悉堆眼角。"这种描写，把它称为人物形象塑造的抒情诗，一点也不过分。再看黛玉的外貌："罥烟眉""似蹙非蹙"，"含情目""似喜非喜"，这也是融形于神的写法。这不仅是写黛玉的眉眼与众不同，而且还隐隐约约地写出了黛玉的心思情绪。"两靥"本来很美，而"愁容"生焉；身材本来很窈窕，而病态出焉；这又把黛玉的身世遭遇寓于形象描写之中。所以写黛玉的十句"赋"，句句都在虚实之间，都在形与神之间，剪影求神，形神交织，这就是写黛玉形象的诗笔文心，这就是传统的"遗貌取神"（天目山樵《儒林外史新评》）的"传神写照"。叶昼评《水浒传》第二十一回指出小说中写宋江、阎婆惜，"不惟能画眼前，且画心上；不惟能画心上，且并画意外"。画眼前易，画心上难，画意外更难，而我们的艺术大师却能以简单的笔墨把"心上"和"意外"同时画出来。这就是我国诗、词、画、文当中一条共同的美学经验。

再看作者写王熙凤："一双丹凤三角眼，两弯柳叶吊梢眉。身量苗条，体格风骚，粉面含春威不露，丹唇未启笑先闻。"头两句实写眉眼，三四两句泛写身材，五六两句则是剪影写神，从"粉面""丹唇"中写熙凤独具的"威不露""笑先闻"的神态，再和丹凤眼、吊梢眉一配，此人似正似反、似伪似真的性格不是已经使读者隐隐在心了吗？写宝钗也是如此，《红楼梦》第八回比通灵时，作者第一次从宝玉眼中写宝钗外貌："唇不点而红，眉不画而翠，脸若银盆，眼如水杏。"在《红楼梦》第二十八回羞笼红麝串中，又一次从宝玉眼中重复地写了一遍。甲戌本在《红楼梦》第二十八回描写宝钗的文句下批以"太白所谓'清水芙蓉'"一句。若从形容宝钗的外表文字看，确实有"清水芙蓉"之淡雅，给人一种天然美的感觉。然而

第八回的文字，却还有两句："罕言寡语，人谓藏愚；安分随时，自云守拙。"一个"人谓"，一个"自云"，意味深长。人谓藏愚，并不等于自己藏愚；自云守拙，也不等于别人认为守拙。所以这"罕言寡语""安分随时"八字，就具有虚处藏神的功力，这个具备天然淡雅条件的美人，并不一定具有天然淡雅的性格。

剪影求神，关键是有神；虚实相间，主要是出实。不管是贾、林、薛、王中的任何一个，如果没有写出这些人的神，那么好些形容外表的词就显得空泛苍白。如写宝玉的"面如敷粉，唇若施脂"之类，孤立起来看，只能是写一个一般的具有女性美的青年。如果配以"天然一段风骚，全在眉梢；平生万种情思，悉堆眼角"就形神俱出。虚实配搭得好，以虚可以出实。剪影剪得妙，就可以影中出神。反过来看，由于实从虚出，由实又可以带出令人遐想无穷的虚境。我们仍以宝玉为例，《红楼梦》第二十八回写黛玉葬花后，宝玉使黛玉消除了头天晚上晴雯不给黛玉开门的误会，黛玉说："你的那些姑娘也该教训教训，只是我论理不该说。今儿得罪了我的事小，倘或明儿宝姑娘来，什么贝姑娘来，也得罪了，事情岂不大了。""宝玉听了，又是咬牙，又是笑。"这"又是咬牙，又是笑"就是以实生虚，七个字包含很多妙趣。此时宝玉虽不像爱黛玉那样爱宝钗，但心里仍然有宝钗。宝钗的美，对宝玉来说也是有相当大的魅力的，此回书稍后的羞笼红麝串就是明证。因此，当黛玉提到宝姑娘、贝姑娘时，既是含嘲带讽，又是一针见血。首先，宝玉一时难以招架，"又是咬牙，又是笑"就把这种难以招架的神情活画无余。其次，宝玉刚把黛玉哄好，黛玉的话虽然嘲讽意味太重，但宝玉也不便反驳，生怕又得罪了林妹妹，所以哭笑不得，只好"咬牙"忍受，最后，"又是咬牙，又是笑"。对宝玉来讲，有忍、有爱、有愧、有让。因此在黛玉看来，就只好罢休，一腔委曲，都化在抿嘴一笑中。这也是最好的收场。以上这三层意思都是从宝玉特定的表情中生发出来的，给人以妙趣无穷之感。俗话说好诗不厌百回读，《红楼梦》中好些以诗笔写出来的文字，就具有这种艺术魅力。

二、回风舞雪，倒峡逆波

《红楼梦》第二回写贾雨村在智通寺遇到龙钟老僧时，甲戌本眉批：

> 未出荣宁繁华盛处，却先写出一荒凉小境；未写通部入世迷人，却先写一出世醒人。回风舞雪，倒峡逆波，别小说中所无之法。

不错，这种手法在别的小说中是不多见的，但在传统诗歌中却有这种表现手法，这叫"逆挽"法。沈德潜《说诗晬语》中，李义山的"'此日六军同驻马，当时七夕笑牵牛'，飞卿的'回首楼台非甲帐，去时冠剑是丁年'，对句用逆挽法。诗中得此一联，便化板滞为跳脱"。这实际是指前后倒置的一种写法。李商隐的《马嵬》这首诗，先写"海外徒闻更九州，他生未卜此生休"，再追述长生殿定情誓言，目的是"化板滞为跳脱"，使马嵬之死与当年七夕密誓相比，增加了诗的悲剧力量。而温飞卿写的是苏武事迹，汉武帝曾造甲乙帐，分出帐幕次序，诗意是苏武从匈奴回来时，武帝已死，而遥想当年苏武出使匈奴时却正当壮年（丁年）。这是用倒插法来增加诗的感情色彩。《红楼梦》的"倒峡逆波"并不是前后倒置的倒插笔，而是近乎传统诗歌中的"兴"法，就是"先言他物以引起所咏之词"的方法。不过这种"化物"和"所咏之词"并非彼此无关，而是"睹影知竿"，由"影"往上看就能看到"竿"，所以从形式上看是"倒""逆"关系。就是从碧波中的峡影由下往上，由波中之影落到岸上的山峰，这自然增添了一层优美的诗意，并导入正文。《文心雕龙》认为"兴者，起也"，是"依微以拟议"。在传统诗歌中往往是"托物以起情"，而同时又兼有托寓比喻的意义，因此人们常常"比兴"并称。但"兴"法并不完全是比中见义，而是借景起情，借物起兴，有借物发端之意。从这个角度上看，《红楼梦》第一回、第二回，都是这种兴法的继承和创新。以石头"无材补天"的遭遇，引起"幻形入世"的洋洋百万言的宏文；以绛珠、神瑛的神话故事引起木石前盟的爱情悲剧；以甄士隐的衰败出世，引起荣宁二府的兴衰际遇；以甄英莲的被劫，引起"薄命司"中众多女孩子的可怜命运。脂砚斋从小说的角度来评小说，当然认为是"别部小说所无之法"。其实这种手法和前人的"入话""楔子"相似，若从诗歌的角度来看，依然是"依微以拟议"的传统兴法的发展。不过《红楼梦》中的兴法与《诗经》中的兴法，不完全相同，"关关雎鸠"所引起的"君子好逑"，没有什么必然的联系，与那位"君子""辗转反侧"的相思之情，也没有多大关系。这一点在唐代诗人中所运用的比兴，就有较大的发展。如李白的《将进酒》，开头是用"君不见黄河之水天上来，奔流到海不复回"来引起"君不见高堂明镜悲白发，朝如青丝暮成雪"，这就从单纯的起兴发展到此物与彼物感情之间的内在联系，以黄河之水奔流到海不复回，来引出时光易逝、人生易老的感叹。这不管是对感情的抒发还是诗句的构成都是顺理成章的。《红楼梦》先以甄士隐一小宦人家的破败来引出荣宁二府的繁华，以龙钟老僧和士隐的出世，引出宝玉的入世。看起来是"回风舞雪"，实际上仍然是"顺风舞雪"，因为甄士隐的家败，是贾府"树倒猢狲散"的先声，甄士隐的出世，也是贾宝玉"悬崖撒手"的预告。只是这种借物发端给人以感情上的激荡，在艺术上给人们新奇曲折之感，故有"倒峡逆波"之妙。

第一回写至神瑛、绛珠一段神话时，甲戌本眉批：

全用幻，情之至莫如此，今采来压卷，其后可知。以顽石草木为偶，实历尽风月波澜，尝遍情缘滋味，至无可如何，始结此木石因果，以泄胸中悒郁。古人之"一花一石如有意，不语不笑能留人"，此之谓也。

这段批语，对神瑛、绛珠神话起兴的内涵，作者的用意以及这种起兴法所达到的"抒愤"效果都说得不错，它的诗情画意不在神瑛侍者灌溉绛珠仙草的本身，当然这个神话的本身也是美妙动人的，但更重要的是在于一草一木均有意。草木仙缘，表明宝黛二人的爱情真挚如天生本性，而还泪之托，恰恰是诗一般地表明这对情人爱情悲剧的不可避免的必然性，用泪尽夭亡来证绛珠之还泪，这是悲壮优美的爱情诗，它与梁祝化蝶，望夫化石，姜女哭城，有异曲同工之妙。只不过作者把神话般的升华放在主人公的生前，而不是放在今生或死后罢了。

至于顽石—通灵—贾宝玉的幻化过程，则不仅以曲折委婉、新颖奇特引人入胜地进入贾宝玉正文，而且对全书文气文势之发展起到锁合开启的作用。《红楼梦》庚辰本在第二回回前总批云：

> 通灵宝玉于士隐梦中一出，今又于子兴口中一出，阅者已洞然矣，然后于黛玉宝钗目中极精极细一描，则是文章锁合处，盖不肯一笔直下，有若放闸之水，然信之爆，使其精华一泄而无余也。究竟此玉原应出自钗黛目中，方有照应。今从子兴口中说出，实虽写而却未写，观其后文，可知此一回，文则是虚敲旁击之文，笔则是反逆隐曲之笔。

正因为通灵玉是贾宝玉的象征，是顽石的化身，是宝玉的"命根子"，同时也涉及封建世袭的婚姻制度在书中所表现的金玉良缘，所以作者在写通灵玉时，就非常慎重，以云龙雾豹、鳞迹斑点的表现方法，一描再描，绝不使"精华一泄无余"。一直到第八回，宝钗看通灵时，才详细描写。这就是"文章的锁合处"，以"反逆隐曲之笔"婉转写出，使读者从点点滴滴中获得全貌。这也是"曲径通幽"的诗笔文心。姜夔在《白石道人诗说》中指出："波澜开阖，如在江湖中，一波未平，一波已作。如兵家之阵，方以为正，又复为奇；方以为奇，忽复是正；出入变化，不可纪极，而法度不可乱。"这也是黄山谷所说的"曲折致意"。不管是一首诗，一篇文，一部小说，开门见山、一览无余的作品，是不能抓住读者的。袁枚在《随园诗话》中说："凡作人贵直，而作诗文贵曲。"袁枚举了一首王仔园的《访友》诗为例："乱鸟栖定夜三更，楼上银灯一点明。记得到门还不扣，花荫悄听读书声。"本是深夜访友，而友人却三更夜读，银灯一点，表现了友人勤学精神，这是第一层；正因为挑灯夜读，来访者本欲扣门，而又忍住不扣，这和访友是矛盾的，然而这种心情的转折却是合理的，这又是一层；而来访者不忍扣门，但更不忍离去，于是便去"花荫悄听读书声"，这是第三层。到此才看到"柳暗花明"的境界，来访者与被访者的心思情怀，已了然于读者心中。司空图《二十四诗品》的"委曲"一品中提出"似往已回，如幽匪藏"，这就是脂批"回风舞雪"之意。"回风舞雪"主要在顿折委婉处下功夫。王仔园《访友》一诗三层三转折，全于转折处见诗意。其文愈曲，其意愈幽，其情也愈深。《红楼梦》在行文时的笔触，往往表现为已到"门前"，似欲"扣门"，而又"不扣"，在"不扣"之中又似有"轻扣"，只是"扣"而未开，一直经过山回路转，才把读者引到"幽"处，经过"翠绕羊肠"，才"登彼太行"，这就不仅陶醉于诗的境界之中，而且亦有一种玩尝诗味的自我陶醉。

三、于无字处，偏见精神

中国传统的诗歌很讲究含蓄，讲究"含不尽之意于言外"，因此有所谓"不写之写"，"不言之言"。"不言"，当然并不是不说话，而是"寄言也。如寄深于浅，寄厚于轻，寄动于婉，寄直于曲，寄实于虚，寄正于余。皆是"（刘熙载《艺概·词曲概》）。早生于曹雪芹半个世纪的作家蒲松龄，对于文章的"无字句处"的作用，体会较深。他在《与诸弟侄书》中说："虽古今名作如林，亦断无攻坚搋实，硬铺直写，而其文得佳者。故一题到手，必静相其神理所止，由实勘到虚处；更由有字句处，勘到无字句处。既入其中，复周索之上下四旁焉，而题无余蕴矣。"这虽是讲写文章前的构思经验，但它却和诗的写作相同。读《红楼梦》也必须"静相其神理所止，由实勘到虚处；更由有字句处，勘到无字句处"，这才能解得"其中味"。《红楼梦》第五十七回，有正本回末总评："写宝玉黛玉呼吸相关，不在字里行间，全在无字句处，运鬼斧神工之笔，追魂摄魄，令我哭一回，叹一回，浑身都是呆气。"我们先不管批书人被宝黛二人的真情感动得哭叹交加，而批书人所指出的此回书中宝黛二人情极之笔，确实没有一字言情，宝玉被紫鹃用黛玉要回苏州去一句顽话吓得"已死了大半个了"。而黛玉一听宝玉如此，"哇的一声，将腹中之药一概呛出，抖肠搜肺，炽胃扇肝的大嗽了几阵，一时面红发乱，目肿筋浮，喘的抬不起头来"，其中每一个字无不情溢字外，都含蕴着爱情的广阔天地，说它"追魂摄魄"并非溢美之词。这正是作者"既入其中，复周索之上下四旁焉"的情心、文心、匠心的天然妙合，只有"既入其中"，才能把宝黛二人的"情心"变成作者的"情心"；在此基础上复运之以匠心，构之以文心，这才能"由实处勘到虚处"。读者很自然地在虚处看到二人纯真而炽热的爱情，并被感动得哭叹交加！

其实这一回的于无字处见精神，又何止是"慧紫鹃情辞试忙玉"，就是"慈姨妈爱语慰痴颦"的神情，也是从无字句处得来。当薛姨妈和黛玉、宝钗谈到女儿婚姻时，薛姨妈主动提出来要把黛玉说给宝玉。这时早为黛玉思前虑后的紫鹃在刚刚用巧妙的方式试过宝玉之后，对宝玉的心底已明，便抓住这个机会，立即跑来对薛姨妈说："姨太太既有这个主意，为什么不和太太说去？"紫鹃虽然很聪明，但毕竟不谙世故，这心直口快的"为什么"一问，薛姨妈无论如何也不能回答。因为这

"为什么"直问到她的心坎上，不要说对黛玉的虚情假意不能说，就是对金玉良缘的心机也必须守口如瓶。所以薛姨妈只好倚老卖老地"哈哈笑道：'你这孩子急什么？想必催着你姑娘出了阁，你也要早些寻个小婿子去了。'"这种恶意的倒打一把的方式，使紫鹃羞恼交加，一下子就把紫鹃的口堵死。这里无一字写紫鹃的热心、诚实、天真，也无一字写薛姨妈的胸中城府，老于世故，然而若从实处勘到虚处，则无字处，处处见精神。薛姨妈的这个"玩笑"，一方面给紫鹃以无法招架的一击，另一方面又是借此保住快被紫鹃戳破的虚伪的面孔，在使了一记回马枪之后溜之乎也。曹雪芹就是这样把传统的"言外之旨"用于人物刻画当中，使人物的性格、思想、品性于不写之中写之。这就是塑造人物中的诗情笔意，这样塑造出来的人物就多了一层诗的境界美。我们不妨仍以薛姨妈、薛宝钗母女二人为例，看一看这种人物塑造中的境界美。《红楼梦》第六十七回写薛姨妈闻知尤三姐自刎、柳湘莲出家之事，"心甚叹惜，正自猜疑，是什么缘故"，便问宝钗。而宝钗却视有若无，"并不在意"，以"天有不测风云，人有旦夕祸福"来宽慰其母，接着便忙于发放薛蟠带回来的货物。对她哥哥的救命恩人，抱着"由他罢了"的态度。接着是薛蟠带着泪痕进来，向他母亲叙述尤三姐、柳湘莲事件经过，薛姨妈要他去找柳湘莲，薛蟠回答说四处找过，"连个影儿也没有"，"急的没法，唯有望着西北上大哭了一场。"这里曹雪芹只是如实地把柳湘莲出家事件，把薛姨妈、薛宝钗、薛蟠三人对比来写，围绕三人对待救命恩人柳湘莲的态度，把三人的心思、感情藏在无字句处，让读者"勘"而得之。就连平时品行极坏、胡作非为的呆霸王薛蟠还充满"哥们义气"，大动感情，急得大哭一场。而薛姨妈虽然关心，但只不过为了在救儿子问题上过意不去，并没有动什么感情。唯独薛宝钗冷面冷心，不要说"人情味"，就连一般人的好奇心也没有。像这样一件轰动贾府的大事，她听而不闻，好像没有发生任何事情一般。这母子（女）三人在对待柳湘莲和尤三姐的问题上，真是一个不如一个。桐花凤阁于此有几段批语：

> 宝钗真是无情之尤，于此可见一斑。兄救命之恩，淡焉漠焉，而急于酬伙计之劳，宝钗真是世故中人……
>
> 可见宝钗并薛蟠之不如……
>
> 夫尤柳之事，乍闻之无不惊怛惋惜者，人情也，（宝钗）懵若不闻，尚可与之言情夫？

这几段批语，正好说出了读者的心里话，是读者读后自然发生的疑问。当然也是曹雪芹有意营构的"虚处藏神"的艺术境界，把读者由实导至虚处，把薛家母女三人对比一描，平时被誉为端庄稳重的小姐，却不如平时表现最坏的其兄。这样一来，宝钗的心肠不是昭然若揭了吗？作者在比较中如实写人，而读者则在比较中窥见人心，这是非常巧妙的不写之写，不书之书。

晚清桐城派文人林纾在他的《春觉斋论文》中标"神味"说。他认为"神者，精神贯彻处永无漫灭之谓；味者，事理精确处耐人咀嚼之谓"，并引宋人吕本中的话说："东坡云'意尽而言止者，天下之至言也'，然言止而意不尽，尤为极至。"文中的情理不完全在字面，而是蕴藏于字外，要经得起读者的咀嚼，比东坡的"言止意尽"还要高出一筹。只有达到这种境地，才能称之为"极至"之文。《红楼梦》中这种"极至"之文，在用来表达人物丰富的内心世界时，说它是壶中天地的文字，是不过分的。《红楼梦》第三十四回，写宝玉被其父贾政打得死去活来之后，除袭人守护外，薛姨妈、薛宝钗、香菱、史湘云都在场，后来宝钗还手托丸药特地来瞧宝玉。而奇怪的是，为什么黛玉偏偏不来？就情理而论，黛玉应该迫不及待地来看宝玉，可是直到宝钗送药之后，已到黄昏时分，宝玉昏昏入睡时，才被黛玉推醒。黛玉为什么"迟到"了呢？且看曹雪芹对黛玉的描写："宝玉犹恐是梦，忙又将身子欠起来，向脸上细细一认，只见两个眼睛肿的桃儿一般，满面泪光，不是黛玉，却是那个？"接着王熙凤来，黛玉要走，被宝玉一把拉住，"黛玉急的跺脚，悄悄的说道：'你瞧瞧我的眼睛，又该他取笑开心呢。'"宝玉才放开手，让黛玉从后门溜走。黛玉来得迟，走得快。只是从宝玉眼里给读者留下一双肿得桃儿大的眼睛。就是这双桃儿大的眼睛把什么都告诉了读者。当宝玉被打得皮开肉绽时，黛玉比谁都着急，但她不能来。因为从她得知宝玉挨打起，一直到黄昏时分止，她一直独自一人躲在家里悄悄哭泣，直到哭肿了一双眼睛，其心痛之沉，悲泣之长，岂是宝钗的一时动情所能比得了的吗？正因这样，别人可以去看宝玉，只有她不敢去，要知道封建礼教的压力，怎么能允许黛玉把爱情的标志留在一双桃儿大的眼睛上并让人发现呢！只好等到日暮时分，黄昏来临，去看宝玉的人少了，而别人也不容易看清她的眼睛时，她才敢去。这种描写，真是"此时无声胜有声"，说它一字一句都包含着爱情的天地，这又有什么过分呢？难怪桐花凤阁在此十分动情地批道：

读此一段，真令人心酸骨楚，双泪如雨……
此回写宝黛心情，真乃追魂摄魄，读之而不心酸者，非人情。

这种感人至深的艺术力量，和虚处藏神的美感力量是无论如何也分不开的。"江流天地外，山色有无中"，诗的意境于虚处见之，《红楼梦》中的意境又何尝不是如此。

这种"虚处藏神"的艺术手法，在《红楼梦》中，不仅用来揭示丰富多彩的内心世界，而且还用来写景，有时笔尖稍稍一带，寥寥几个字，就能包罗万千景象，把人引入一个花团锦簇的世界。如《红楼梦》第二十三回，写诸钗奉元妃之命一齐搬进大观园，曹雪芹先交代了贾府姐妹各自的住处，接着就用"登时园内花招绣带，柳拂香风"八个字一齐结住。庚辰本批云：

八字写得满园之内处处有人，无一处不到。

的确，"花招绣带，柳拂香风"，把众姐妹进园时欢乐的景象、热闹的场面，全都包括无余。同时还给后文着力描写诸钗的各种活动留下余地。如果一进园就详细描写一番，这难免和后文相犯。故这八个字有立后文于方寸的匠心。曹雪芹是深得诗家三昧的。草舍居士的《红楼梦偶说》中说：

题轩名以逗蜂，不言花，而花香馥馥矣；颜馆额以凤仪，不言竹而竹翠森森矣。沁芳桥畔钓鱼，不言树而绿树浓荫矣；滴翠亭边扑蝶，不言草而碧草活色矣。

这段评语虽然也想指出曹雪芹文外之旨，但有些地方不一定就是作者本意。如"逗蜂轩"之名，未必就是以蜂言花。《红楼梦》第十三回"逗蜂轩"之名一出现，庚辰本批道："轩名可思。"因逗蜂轩在宁府，又于秦可卿丧事中出现，这就更加引人深思。"有凤来仪"也不止于言竹，是另有双关之意，如以此推论，稻香村岂不真的"勾引"贾政"归农"吗？这都是"微而显"与"虚处藏神"重在写神的诗情笔意。《红楼梦》第七十回周瑞家的送宫花至王熙凤处，正逢凤姐夫妻白天行风月之事，而作者仅以"奶子摇头""那边一阵笑声"轻轻一描。《红楼梦》甲戌本批云：

妙文奇想，阿凤之为人岂有不着意于风月二字之理哉。若直以明笔写之，不但唐突阿凤身份，岂亦无妙文可赏。若不写之，又万万不可。故只用柳藏鹦鹉语方知之法，略一皴染，不独文字有隐微。亦且不至污渎阿凤之英风俊骨。所谓此书无一不妙。

脂翁这段批语，有明显的庇凤倾向。作者有明显的揭露和批判意味，而这位脂翁总是"阿凤"不离口，并认为作者这样写才"不至污渎阿凤之英风俊骨"。白昼宣淫，还有什么英风俊骨可言！但"柳藏鹦鹉语方知"的评价却美而当。这句话虽然来自《金瓶梅》，但脂砚斋把它引用到这里，却说明了传统美学中的"隐秀"原则。黄侃《文心雕龙札记》载张戒《岁寒堂诗话》引刘勰语"情在词外曰隐"。所谓"隐"就是使"情""委婉曲达"，不使文章"如放闸之水"一泄无余，而要"令人再三吟咀而有余味"（《历代诗话》）。用送宫花来点凤姐风月之事，正是要把凤姐"着意于风月"的心思婉转地表现出来。使人很自然地想起贾蓉，想到凤姐的为人和她的品性。文字虽隐微，而讥讽却得诗人之旨。在《红楼梦》中，我们可以看到曹雪芹对"隐"的美学原则用得非常自觉，在第四十二回中，作者借薛宝钗之口议论惜春画大观园的一段话就是明证：

　　这园子却是象画儿一般，山石树木，楼阁房屋，远近疏密，也不多，也不少，恰恰的是这样。你就照样儿往纸上一画，是必不能讨好的。这要看纸的地步远近，该多该少，分主分宾，该添的要添，该减的要减，该藏的要藏，该露的要露，这一起了稿子，再端详斟酌，方成一幅图样。

　　曹雪芹的这种美学观，不仅反映在惜春画大观园上，而且还反映在《红楼梦》的若干行文之中，上面所举的若干例，都不外是"藏""减""添""露"得恰到好处，特别是"藏"中之"露"，"减"中之"添"，给人以字外天地的美的享受。仔细的读者定会发现，惜春画园的理论，却早已体现在曹雪芹写大观园的文字之中。《红楼梦》第十七回写大观园建成之后，贾政带着宝玉一行去游览。桐花凤阁对这回书的评价是：

此回妙诀，全在从贾政眼中看出来，能参活法，读之如在目前，可当卧游。更妙在未曾游毕，当有余不尽之致。盖见此园广大，使人想象无穷。文字之妙，偏于没文字处生色，尤奇。

这种"余不尽之致"的写法，确是曹雪芹美学理论的体现。画园如此，写园亦如此，如果不这样写，就不可能给人以无穷的想象。此回书之所以余不尽之致，从艺术上看，全在于"没文字处生色"。李东阳《麓堂诗话》说："予尝题柯敬仲墨竹云：'莫将画竹论难易，刚到繁难简更难。君看萧萧只数叶，满堂风雨不胜寒'。画法与诗法通，此类是也。"这是艺术上有限与无限的辩证规律，它不仅"画法与诗法通"，亦与文法、戏剧法、小说法通，关键在于能否处理好有限与无限的关系，能否给人以"浓绿万枝红一点，动人春色不须多"的美的享受。

四、字句精警，神貌无遗

在我国传统的诗歌中，很讲究炼字法，讲究"诗眼"，"诗眼"就像人的眼睛，诗中有了"诗眼"就能顾盼生姿，使全诗的精神跃然字外。在传统的诗话、词话中有不少佳例，因为不是论诗，我不能过多涉及。但《红楼梦》中又确实有"诗眼"，只不过与诗词中的诗眼不完全相同。诗词的炼字，多炼在动词上，如人所周知的"推敲"之类。《红楼梦》在炼字上，动词炼得很见功夫，但除动词之外，还炼名词、副词；不仅炼实词，还炼虚词；不仅炼字，还很注意炼句。其次《红楼梦》的炼字，不炼典雅奇险的字，而是炼平常的口语白话。正如沈德潜《说诗晬语》卷下说："古人不废炼字法，然以意胜而不以字胜，故能平字见奇，常字见险，陈字见新，朴字见色。"从总的方面来看，这很符合《红楼梦》的炼字精神。

我们先看《红楼梦》在虚字上的锤炼功夫。第三回黛玉进荣府，在宝玉还未出场之先，王夫人特向黛玉简要地介绍了宝玉。黛玉听后说道："在家时亦曾听见母亲常说，这位哥哥比我大一岁，小名就唤宝玉，虽极憨顽，说在姐妹群中极好的。"甲戌本批云：

> 虽字是有情字，宿根而发，勿得泛泛看过。

是的，"虽"字在此炼得很有神理。因为此时此地，宝黛尚未见面，黛玉只在家听她母亲说过宝玉。这时又从王夫人口中听到了对宝玉的贬谤，什么"孽根祸胎""混世魔王"都灌进了黛玉耳中。所以黛玉用一"虽"字来回答是非常妙的，第一，"虽"字从口气上看，既没有对王夫人的表面贬谤随声附和，又没有对王夫人的介绍表示不同意，但"虽"字又明显地和王夫人的贬谤对立；第二，"虽"字表明黛玉在家听母亲介绍宝玉时，就产生了倾向性。"虽极憨顽"，然而"在姐妹群中极好的"，有肯定而无否定，为后文宝黛二人情意相投伏下了根。脂砚斋说"虽"字"有情"，是说得很对的。当然这并不是指两个小儿此时就产生了爱情，而是表明宝玉黛玉是天生一对"知音"，是知己之情。正因为未见面就能知己，所以脂砚斋说它是"宿根而发"，这就是为后文宝黛二人的爱情发展奠下了基础。黛玉仅以一"虽"字就不自觉地把自己划归到宝玉一边。

又比如《红楼梦》第二回冷子兴演说荣国府，记荣府"如今外面架子虽未甚倒，内囊却也尽上来了"。《红楼梦》甲戌本批云：

> 甚字好，盖已半倒矣。

"甚"字在这里之所以下得好，是因为这个字有前后关联关系，在时空方面给人以无限的领域。"甚倒"联系到"未倒"的过去，自然有王谢楼台之惜；"甚倒"又是针对现在来说的，面对现在就必然有"内囊已尽上来了"之叹；"甚倒"还和未来的"树倒猢狲散"联系，这就有"落一片白茫茫大地真干净"的虚幻之悲。脂批只理解为"半倒"，只从现在看，没有看到一个"甚"字它还联系过去和未来。若从字面上看，理解为"半倒"当然没有错，理解为"将倒"也未尝不可，但都未尽全意，只有联系荣府兴衰史来看，庶几可见这个字的妙用。

"虽"字，"甚"字，都是平常字，但却经得起后世读者的咀嚼，其中奥妙就在于"以意胜而不以字胜"，是以炼意为主。赵翼《瓯北诗话》卷六说："知所谓炼者，不在于奇险诘曲，惊人耳目，而在于言简意深，以一语胜人千百，此真炼也。""言简意深"是炼字的目的，要将丰富的思想内容缩于一字之中，不首先炼意是不行的。当然字的挑选锤炼也是重要的，字炼得好，反过来又可加深思想内容，增强艺术感染力，产生更好的艺术效果。杜甫《羌村三首》的第一首，写杜甫经过安史之乱，九死一生之后，回到当时的家乡鄜州羌村，与妻子相见，相见之后，夫妻双方竟无一语相问，只在末尾两句写道："夜阑更秉烛，相对如梦寐"，而千言万语均在其中。试想夜深人静，夫妻对坐，烛尽复燃，离情别绪，吐之不尽，不都在一"更"字中体现吗？过去的诗家多注意"相对如梦寐"一句，而忽视这一"更"字的感情天地。实际上"相对如梦寐"中的"如"字，是在"夜阑更秉烛"中的"更"字中逐渐消失的。开始"如梦寐"，久之，由"如"到"真"，其中夫妻双方感情的变化和时间的推移，都包含在"更"字之中。由此可见，炼字之所以是我国艺术的一个传统，是因为它"一滴水可知大海味"（王士祯《渔洋诗话》），有着无限的内涵，给人以一匹想象的骏马，任其驰骋，乐在其中。

《红楼梦》中动词的锤炼，也不同于一般。从美学角看，《红楼梦》中的动词，具有形、行、神三者的统一美。《红楼梦》第十四回写宝玉因有秦钟伴读，急于上学，向凤姐要牌，领纸裱糊书房，"便猴向凤姐身上立刻要牌"。庚辰本夹批：

> 诗中知有炼字法，不期《石头记》中多得其妙。

"猴"字本来是名词，这里炼为动词，它不仅像一般动词以行动取胜，在"行"之外，还有生动的"形"，更有心灵活现的"神"。就"行"而言，屈身攀抱，搓揉纠缠之举可睹；就"形"而言，撒娇调皮、涎脸嬉皮之状可知；就"神"而言，为秦钟而情急之心可见。因此，要在炼字中得其神妙，必须使炼就的字在行、形、神三方面都能得到充分体现。所以炼字是根据作者所要表达的情志意来决定的。《红楼梦》第六回写刘姥姥到了荣府门前的神态是"蹭到角门前"。甲戌本批云："蹭字（有）神理。"这也是欲行又止的行，行而又缓的形和内心高度紧张的神的统一。再如《红楼梦》四十四回写王熙凤过生日，饮酒过量，回家休息。不意贾琏正和鲍二家的通奸，放风的小丫头"一见了凤姐，也缩头就跑"，庚辰本批云："如见其形。"其实何止见其形，那个小丫头怕凤姐的本能都表现在"缩头"上。这不仅是小丫头全部恐惧心情和全部紧张神经的集中体现，而且还从侧面写出了凤姐对待下人凶狠残暴的本性。这也是行、形、神三者天然凑泊的字。如《红楼梦》第十四回写凤姐协理宁国府时，下令重打迟到的下人二十大板。这时众人"又见凤姐眉立，便知是恼了，不敢怠慢"，赶快执行。庚辰夹批："二字如神。"是的，"眉立"二字形神俱现，其威慑力量，突然从丹凤眼、吊梢眉中跳了出来，使人不寒而栗！

下面笔者想简单谈一谈《红楼梦》在炼句上的功夫。

炼句也是炼字的发展，炼字是字中含余意，一个字的内涵十分丰富。炼句，则是"句中有余味，篇中有余意"（姜夔《白石道人说诗》）。因此，有所谓"百炼成字，千炼为句"之说。《红楼梦》中几乎每回都有精警的句子，而这些句子不仅在绘声绘形上增加了形象的生动感，而且在传神写意上给人以永远难忘的印象。《红楼梦》第二十一回写贾琏与多姑娘通奸，被平儿从"枕套中抖出一绺青丝来"，贾琏发现后要抢回去。正在这时凤姐走了进来，贾琏吓得"只望着平儿杀鸡抹脖使眼色儿"，平儿只装不见，很巧妙地把凤姐对付走了。这时平儿"指着鼻子，晃着头笑道：'这件事怎么回谢我呢？'"庚辰本夹批"好看煞"。这"指着鼻子，晃着头笑道"真把平儿写得跳了出来。读者闭目一思，平儿的天真、娇俏、调皮、自夸以及斗倒凤姐后的喜悦等形态心神全都表现无余，真是"一片化机，天真自具"（王士禛《古学千金谱》）。为什么作者能在一句之内把平儿写得活灵活现呢？这就是前文所说"浓绿万枝红一点"的写法。如果说贾琏与鲍二家的鬼混，是写凤姐泼醋，与尤二姐的外遇是写凤姐大闹宁国府的话；那么这一回写贾琏与多姑娘的一段文字，则是为了写平儿。平儿此时的形貌神态，是从贾琏与多姑娘的胡搞之中一层一层地写出来的。特别是"枕套中的一绺青丝"是个关键，而这绺青丝的前后文都是为了写平儿"指鼻晃头"一句，也就是说，作者把事件过程的矛盾点集中在平儿身上，集中在平儿"化险为夷"后的行动、形态和心理上，所以能收到"动人春色不须多"的艺术效果。

《红楼梦》的精警字句，用于写人、记事，固然不同凡响，但更值得一提的是，用于警世讽时，抒愤写怀，更有它的警醒作用。这样的句子不仅给人以艺术享受，更重要的是给人以严肃的思考。如《红楼梦》第一回中写被女娲遗弃的石头是"无材补天，幻形入世"，庚辰本批道"八字便是作者一生惭恨"。其实这八个字饱含作者一生的愤懑情怀，是《红楼梦》主旨的提炼和概括，从这八个字的含义来看，把《红楼梦》称为《补天外传》亦无不可！又如第二回写甄家丫头娇杏被贾雨村看中，娶去后不久即成为正室夫人。作者说她"命运两济"，说她"偶因一着错，便为人上人"。甲戌本在"命运两济"下批"此则大有深意存焉"，在"便为人上人"句下批"更妙，可知守礼侯命者终为饿莩，其调侃寓意不小"。这些句子显然不只是用来写娇杏的，而是借题发挥，用来"调侃"世态人情，引起人们的深思，激起人们的不平之情。又比如第四回中有名的"护官符"，过去一度把它说成是《红楼梦》的总纲，这当然已经是过去的事了，但护官符本身的意义是不能否认的，也是不能低估的。四句护官符表面是夸富尊荣，实际是讽刺鞭挞，做官人如不知此，便不能保住乌纱。甲戌本批这四句护官符是"骂得痛快！"并对贾雨村一类的官员批以"可怜、可叹、可恨、可气，变作一把眼泪也"。这四句护官符所讽刺批判的现实，不就是一部《官场现形记》的内容吗？所以脂砚斋对这样的官员既可怜又可气。可见《红楼梦》中经过千锤百炼的字句，既充满了诗情画意，又暗藏着匕首投枪！

五、情景交融，由画入化

小说中用诗的笔调写景抒情，在情景交融中塑造人物，并不始于曹雪芹。《三国演义》写诸葛亮的出场，就是在充满诗情画意中徐徐托出来的。毛宗岗认为这种写法是"风动竹声，只道金珮响；月移花影，疑是玉人来"（第三十七回回首总评），并认为"盖善写妙人者，不于有处写，正于无处写"。写孔明正是这样。

罗贯中写孔明，是把隆中的景色、风情、人物组成一幅长轴画，使读者在展轴看画中，如见"空中之龙，东云见鳞，西云露爪"（金圣叹语），最后于轴尽处始睹"卧龙"真容。这在美学上起到"隐而愈现"的作用。曹雪芹写人物也用此法，当然由于所写的人物不同，不可能像罗贯中写孔明那样，从众多的高人隐士中来烘托孔明，但融情入景，由画入化的写法却显得更为凝练，往往寥寥数笔就把景中之情，画外之意，写得韵味无穷。以写林黛玉为例，在《红楼梦》第十七回贾政游园至潇湘馆时，作者通过宝玉的口吟一副对联来写黛玉："宝鼎茶闲烟尚绿，幽窗棋罢指犹凉。"庚辰本批云：

尚绿犹凉四字，便如置身于森森万竿之中。

这副对联，固然写出了潇湘馆的"千百竿翠竹遮映"的情景，但写景的同时却写出了黛玉孤苦飘零的身世和高标见妒的悲剧气氛，这对于写黛玉的性格无疑是有力的笔墨。《红楼梦》第二十六回写宝玉来至潇湘馆"只见凤尾森森，龙吟细细，举目望门上一看，只见匾上写着'潇湘馆'三字，宝玉信步走入，只见湘帘垂地，悄无人声。走自窗前，觉得一缕幽香从碧纱窗中暗暗透出。宝玉便将脸贴在纱窗上，往里看时，耳内忽听得细细的长叹一声道'每日家情思睡昏昏'"。庚辰本眉批：

先用"凤尾森森，龙吟细细"八字，"一缕幽香从碧纱窗中暗暗透出"，"细细的长叹一声"等句，方引出"每日家情思睡昏昏"仙音妙音来，非化工之笔不可能，可见行文之难。

这一段描写说它是一首优美的抒情诗，一点也不过分。它深得诗家三昧，由景入情，情景相生，景语情语妙合无垠。"凤尾森森，龙吟细细"与"一缕幽香从碧纱窗中透出"，这已经由画入化了，把景色化入"细细的长叹一声"，化入"每日家情思睡昏昏"。这种由景入情，由画入化的写法，在一些古典诗词中是不乏其例的。如李白的《玉阶怨》："玉阶生白露，夜久侵罗袜；却下水晶帘，玲珑望秋月。"这二十个字中的五样景物和那个整夜不眠的宫女的心情已融为一体，一件也不能分开。"情景名为二，而实不可分，神于诗者，妙合无垠"（王夫之《薑斋诗话》），这就是由画入化的高境界。

《红楼梦》第二十三回，写宝玉搬进大观园后，感到烦闷，茗烟偷偷地给他《西厢记》等书看：

宝玉携了一套《会真记》，走到沁芳闸桥边桃花底下一块石上坐着，展开《会真记》，从头细玩，正看到"落红成阵"，只见一阵风过，把树头上桃花吹下一大半来，落的满身满书满地皆是。宝玉要抖将下来，恐怕脚步践踏了，只得兜了那花瓣，来至池边，抖在池内。那花瓣浮在水面，飘飘荡荡，竟流出沁芳闸去了。

回头只见地下还有许多，宝玉正踟蹰间，只听背后有人说道："你在这里作什么？"宝玉一回头，却是林黛玉来了，肩上担着花锄，锄上挂着花囊，手内拿着花帚。宝玉笑道："好、好，来把这个花扫起来，撂在那水里。我才撂了好些在那里呢。"林黛玉道："撂在水里不好。你看这里的水干净，只一流出去，有人家的地方脏的臭的混倒，仍旧把花遭蹋了。那畸角上我有一个花冢，如今把他扫了，装在这绢袋里，拿土埋了，日久不过随土化了，岂不干净。"

这段描写，也是由画境进入化境的好文字。写宝玉是由情入景，写黛玉则是由景入情，但最后都化入一个情字，只见情，而不见景。宝玉因看《会真记》看至"落红成阵"，而引起情思，这时正好"一阵风过后，把树头上桃花吹下一大半来"。庚辰本在此批道："好一阵凑趣风。"这一阵"凑趣风"正好把宝玉的情思具体导入"落花"中来，因此，产生"恐怕脚步践踏了"的情思。当黛玉肩担花锄，手拿花帚来葬花时，这是因景生情，惜花惜人，由建造花冢专门葬花而写出黛玉"宁使香魂随土化"（庚辰本眉批）的坚贞纯洁的心性。这时引起读者深思的不是"满身满书满地"的落花，而是"日久不过随土化了，岂不干净"的深刻含意，这已和"质本洁来还洁去"的黛玉一生化为一体了。

《红楼梦》第五十八回，写宝玉病后在清明节日到园中走走，偶见杏花落叶成荫子满枝，引出了一段伤春文字：

只见柳垂金线，桃吐丹霞，山石之后，一株大杏树，花已全落，叶稠阴翠，上面已结了豆子大小的许多小杏。宝玉因想到："能病了几天，竟把杏花辜负了！不觉倒'绿叶成荫子满枝'了！"因此仰望杏子不舍。又想起邢岫烟已择夫婿一事，虽说是男女大事，不可不行，但未免又少一个好女儿。不过两年，便也要"绿叶成荫子满枝"了。再过几日，这杏树子落枝空，再几年岫烟未免乌发如银，红颜似槁了，因此不免伤心，只管对杏流泪叹息。正悲叹时，忽见一个雀儿飞来，落在枝上乱啼。宝玉又发了呆性，心下想到："这雀儿必定是杏花正开时他曾来过，今见无花空有子叶，故也乱啼。这声韵必是啼哭之声，可恨公冶长不在眼前，不能问他。但不知明年再发时，这个雀儿可还记得飞到这里来与杏花一会了？"

这段伤春文字，也是由画意导入诗情，由"感物怀人"到"以身化雀"，"幻中生幻"，"推到情的尽处，又复生情"（陈其泰评语）。这比梅圣俞在《苏幕遮》词中所写的"落尽梨花春事了，满地斜阳，翠色和烟老"的意境还要深婉。圣俞词，只限于少女伤春，"堪怨王孙，不记归期早"，误了她的美好青春；而宝玉杏子林对雀儿神驰一段，不仅有年华随春逝之悲，为岫烟择婿而叹息，而且还以身替雀，为雀儿设想，情移客体，与雀儿发生共鸣，实际是心驰到雀儿，以雀儿抒发胸中之情。正如浦起龙在《读杜心解》中所说："心已神驰到彼，诗从对面飞来。"这就比一般诗的意境多了一层幻化的天地，任人在化境中驰骋。

《红楼梦》平中出奇的艺术

诸联在《红楼评梦》中说"若《石头记》,则人甚多,事甚杂,乃以家常之说话抒各种之性情,俾雅俗共赏,较《西厢》为更胜。"的确,一部洋洋百万言的封建社会的"百科全书",大都是从一些大量的家常细事中描绘而成,而这些大家所熟悉的家常琐事,却产生了不同凡响的思想和艺术效果。这就构成了《红楼梦》平中出奇的艺术特色。

"以家常之说话"是平,而"抒各种之性情"就是奇。人各有性,事各有情,性情总是有"各"字色彩。李渔在《闲情偶记·戒荒唐》中说:

> 世间奇事无多,家事为多;物理易尽,人情难尽……性之所发,愈出愈奇,尽有前人未做之事,留之以待后人……即前人已见之事,尽有摹写未尽之情,描画不全之态。若能设身处地,伐隐攻微,彼泉下之人自能效灵于我,授我以生花之笔,假以蕴绣之肠,制为杂剧,使人但赏服极新极艳之词,而竟忘其为极腐极陈之事者。

李渔所说"物理易尽,人情难尽",道着了艺术创作上一个普遍的美学真理。美的客体总是取之不尽用之不竭的,特别是人们的社会生活,任何天才的作家也难以写尽,只要做到"性之所发",就能"愈出愈奇"。这就需要从大量的现实生活中去精观细察,"伐隐攻微",抓住难尽之人情,就能写前人之未写,道前人之未道。《红楼梦》最善于从家常细事中看出"性之所发",所以能"愈出愈奇"。

请先看在第六回中刘姥姥见凤姐之前的一段描写。

刘姥姥以一个"小小人家"进入侯门公府，其心情的紧张是可想而知的，再加上要求人施舍，心中更加忐忑不安。如果按照一般写法，写她心慌意乱、手脚无措的种种表现，也是不过分的，或者像西方作家那样，直接地静止地写她内心的各种细微活动也未尝不可。可是曹雪芹没有这样写，他只是从刘姥姥的感觉器官上写，感觉器官人人有之，并不是什么奇妙之笔。然而此时此地刘姥姥的感觉器官和奇文、奇情、奇异的心理融为一体，使人为之赞叹不绝。曹雪芹先写刘姥姥"才入堂屋，只闻一阵香扑了脸来，竟不辨是何气味，身子如在云端里一般"。《红楼梦》甲戌本在"一阵香扑了脸来"下批云"是刘老老鼻中"。接着又从听觉上写："刘姥姥只听见咯当咯当的响声，大有似打箩柜筛面的一般……正呆时，只听得当的一声，又若金钟铜磬一般，不妨倒唬了一展眼。"同时又从视觉上写："满屋中之物都耀眼争光的，使人头悬目眩。"下面又："忽见二人抬了一张炕桌来，放在那炕上，桌上碗盘森列，仍是满满的鱼肉在内，不过略动了几样，板儿一见了，便吵着要肉吃，刘姥姥一巴掌打了他去。"

曹雪芹就这样用凤姐家中的香气、时钟、饮食和各种摆设，把刘姥姥的感觉器官塞得满满的，从而把刘姥姥的每根神经都绷到紧张的程度。读者就从这些琐碎的事件中洞察了刘姥姥的全部心情。西方作家中有直接描写心理的圣手，在他们的笔下，不少人物写得如闻如见。但和曹雪芹相比，我觉得虽能各尽其妙，然而要说好中有巧，巧中有好，那就不得不推雪芹。曹雪芹能做到"至平之中至奇出焉"（沈宗骞《芥舟学画编》）。贺贻孙在《诗筏》中说："吾常谓眼前寻常景，家人琐俗事，说得明白，便是惊人之句。盖人所易道，即人所不能道也。"《红楼梦》的艺术工力最突出的表现之一，就是以"家人琐俗事"道人之所不能道。所以林纾在评《石头记》时，不得不叹道："惟叙家常平淡之事为最难着笔"（《孝女耐儿传序》），这确实是甘苦之言。

家常琐俗事之所以有别于自然主义，关键就在于写出与众不同的"性情"。反过来看，"性情"之于"琐俗事"又必须"触处成趣"，或者说"信手拈来，随笔成趣"（脂砚斋批语）。"琐俗事"必须起"触处成趣"的作用，正因为"琐俗事"能"触处成趣"，所以给人以"信手拈来"之感。问题是"琐俗事""触"什么"处"，"成"什么"趣"？答曰：触性情之处，成性情之趣。《红楼梦》第二十回，写史湘云来荣府，可是黛玉却先来看湘云，因问宝玉从哪里来？宝玉回答从宝姐姐那里来。"黛玉冷笑道：'我说呢，亏在那里绊住，不然早就飞了来了。'"庚辰本夹批云："总是心中事语，故机括一动，随机而出。"这就是"触处成趣"，文字很平常，但工底很深。粗心的读者，可能不注意黛玉比宝玉先来看湘云的奥妙，这就是文字的吃力处。就宝玉性情论，一听湘云来，不说"飞了来"，至少早就急急忙忙地跑了来，而黛玉来时却不见宝玉，这时黛玉心中已经伏下"机"了。宝玉、宝钗双双来看湘云，这就触动了黛玉心中的"机"。所以黛玉的"机括一动"，"心中事语"就"随机而出"。司空图《诗品》对"冲淡"的品评，提出"妙机其微"的说法。孙联奎注云："机者，触也，契也。微，微妙。机其微，谓一触即契其微妙也。"把这条注释借来用在此处，用以注黛玉的"心中事语"，不也很"契其微妙"吗？

我们还是顺着黛玉的"心中事语"往下看。宝玉得罪了黛玉，当然要"打叠起千百样的款语温言来劝慰"，最后两个人都说是为了自己的心，这才使黛玉平静下来。这时林黛玉说："你只怨人行动嗔怪了你，你再不知道你自己怄人难受，就拿今天天气比，分明今儿冷的这样，你怎么反把青肷披风脱了呢？"庚辰本批云："真真奇绝妙文，真如羚羊挂角，无迹可求，此等奇妙非口中笔下可形容出者。"这个比喻妙在天气人情相触成趣。"分明今儿冷的这样"是天气也是人情。湘云之来，宝钗之"绊"，黛玉内心是不会感到"热"的。"你怎么反把个青肷披风脱了呢？"是怨，是恨，是爱，是怜；是提醒对方，还是委屈自己？妙在言外，趣在意中。这也是从黛玉"机括"中发射出来的。不过比起前面的"早就飞了来了'"的"随机而出"更加深沉，更加委屈罢了。

即空观主人在《拍案惊奇序》中说："今之人但知耳目之外，牛鬼神蛇之为奇，而不知耳目之内，日起用居，其为谲诡幻怪，非可常理测者固多也……则所谓必向耳目之外学谲诡幻怪以为奇，赘矣。"这段话说得很不错，关键就在于奇人奇事是否出于读者"耳目之内"，在"耳目之内"则为"近人之笔"，"近人之笔"可以立即调动起读者的美感积极性。因为平易近人的亲切感，是构成美感的重要因素。张岱在《琅嬛文集·答袁箨庵》中说：《琵琶》《西厢》，有何怪异，布帛菽粟之中自有许多滋味，咀嚼不尽，传之永远，愈久愈新，愈淡愈远。"

《红楼梦》在这方面确实达到了一个新的高度。当然，绝不能因此把平中出奇的艺术手法，看作轻而易举的事。葛立方在他的《韵语阳秋》中认为"大抵欲造平淡，当自组丽中来，落其华芬，然后可造平淡之境"。"组丽"就是指文采，平淡是从文采中来的，不过要"落其华芬"，提炼出文采中的精英，然后才能达到平淡之境。"清水出芙蓉"是从"组丽"中来的，而"天然去雕饰"就要"落其华芬"才能做到。《红楼梦》第五十二回，宝玉去看黛玉，临走时宝玉对黛玉说："如今的夜越发长了，你一夜咳嗽几遍？醒几次？"庚辰本夹批云：

此皆好笑之极，无味扯淡之极，回思则皆沥血滴髓之至情至神也，岂别部偷寒送暖，私奔暗约，一味淫情浪态小说可比哉。

　　脂砚斋为什么先嘲之以"无味扯淡之极",后颂之以"沥血滴髓之至情至神"呢?若用宝钗的一句诗来回答,那就是"淡极始知花更艳"。此时宝黛二人经过多方探试,彼此心迹已明,宝玉对黛玉一腔心事早已了如指掌,在《红楼梦》第三十二回诉肺腑以后,黛玉已完全放心。所以二人见面比起先前来就不一样了,黛玉再不"行动爱恼人"了,宝玉也用不着"打叠起千百样的款语温言"来安慰黛玉了。他们心中的话彼此都心照不宣,再加上封建社会的礼制家规,对男女爱情只能心会意达,而不能言传躬行,所以宝玉那几句貌似平常的话,正反映了与黛玉息息相关之情,别的什么"款语温言"都是多余。而这几句朴实无华的平常询问,却是淡语中的"至情至神",确实是从"血""髓"里流出来的,咀嚼之余,难禁泪盈眶际。从艺术上看,这就叫作"平淡而有思致"(葛立方《韵语阳秋》)。

　　当然《红楼梦》中,也确有新奇的文字,近乎"俯拾即是",初看起来这些文字对人物的心理感情作用不大明显,只是在艺术上给人以新鲜奇特的感受,实际上这些平常笔墨绝非一般。如第十九回茗烟对万儿名字的介绍就属于这一类。这个名字确实是想人之未想,道人之未道。这个奇特名字对万儿来说没有什么性情的联系,好像只给人以新奇之感。其实不然,万儿这个名字的来历,引起了宝玉的深思:"'真也新鲜,想必她将来有些造化',说着沉思一会。"试想当时的情景,宝玉不仅没有因为万儿与茗烟的苟且行为而鄙视她,而且还有意包庇她;不仅有意包庇她,还赞赏她新奇别致的名字,祝福她"将来有些造化",原来曹雪芹杜撰万儿这个希奇古怪的名字不是为了写万儿,而是写宝玉性情的有机之笔!难怪庚辰本脂批在这里要大唱赞歌了:

千奇百怪之想。所谓牛溲马勃皆至药也，鱼鸟昆虫皆妙文也。天地间无一物不是妙物，无一物不可成文，但在人意舍取耳。此皆信手拈来，随笔成趣，大游戏，大慧悟，大解脱之妙文也。

如果把万儿这个名字比为"牛溲马勃"，那么它之所以成为"至药"，关键在于恰到好处地揭示出宝玉与众不同的性情。清人孙联奎的《诗品臆说》注《绮丽》中的"淡者屡深"时，引苏东坡对陶渊明的评价说："渊明诗质而实绮，癯而实腴。"又引刘后庄云"所贵于枯淡者，谓外枯而中膏，似淡而实美"。这对"淡者屡深"的解释是很恰当的。所谓"淡"，并非真淡，而是和"绮""腴""膏""美"互为表里的。所谓"平"也并非真正的平，而是以至平的形式，出至奇之情，没有至奇之情，就没有至平之文，就像钱锺书先生所说"浑朴中出苕秀"（《谈艺录》）。"苕秀"不止是一种艺术美，而是性情美与艺术美的统一。在《红楼梦》中"苕秀"应是人物丰富的内心世界，作者笔下的"琐俗事"，具有含蕴深厚的人的复杂性情。曹雪芹在匠心独运当中寓奇于平。"以家常之说话，抒各种之性情"，这是现实主义的艺术真谛，它的"滋味"确实令人咀嚼不尽，而且能"传之永远，愈久愈新"。

不失真传与虚幻假设

《红楼梦》中的虚幻假设问题，从《红楼梦》问世至今，一直是一桩争论不休的公案，包括《红楼梦》的第一批评论者脂砚斋、畸笏叟等人在内，对《红楼梦》的虚幻假设，都曾发出过虚无渺茫的浩叹。这个问题不仅直接涉及对待曹雪芹和《红楼梦》的评价问题，而且还涉及如何正确对待美学上的虚实问题。中国传统美学中的虚实问题，自来就是彼此相生的关系，而不是彼此对立。《文心雕龙·隐秀》篇中的"隐"就是虚，但虚中有"实"。"夫隐之为体，义生文外"，文外之义就是虚中之实，是"珠玉潜水"，"隐而愈现"。这条"隐而愈显"的美学原则，在中国古典小说中运用得非常成功。《三国演义》写孔明的出场就用此法，正如毛宗岗所批："盖善写妙人者不在有处写，在于无处写"。《红楼梦》中的"虚幻假设"，就是"无处写"，是无中生有，有无相生。《红楼梦》所反映的现实生活的主要基地，是侯门公府皇亲国戚的荣宁二府，而且是着重反映它由"赫赫扬扬"到"树倒猢狲散"的"末世"，再加上这个"百年旺族"与作者青少年时期的密切关系，这就不能不使作者认真考虑一个问题，怎样才能做到既"不失真传"又能将"真事隐去"。这就是书的开头作者自己说的"因曾历过一番梦幻之后，故将真事隐去"。这句话照字面看来是有矛盾的，既是"一番梦幻"，又哪里谈得上"真事隐去"？因为梦幻本身非真，用不着再"隐"去什么"真事"。这里作者故意把"半生经历"说成"梦幻"，显然有不堪回首话当年之叹！因此，"梦幻"在这个地方乃"真事"的反话，是用"梦幻"隐去"真事"之意。"梦幻"是《红楼梦》写真的特殊需要。

一、运实于虚　尽一情字

在虚幻问题上，旧红学家们虽然没有明确地指出虚幻就是写真的特殊手法，但在虚幻真假问题上，却发表了很多看法。在这些看法中有的是以假为真，把虚幻问题弄得更加虚无缥缈，越弄越糊涂；有的则看出虚中有实，是"运实于虚"。从脂砚斋开始，到"五四"运动以前的旧红学家为止，后一种看法还是不乏其人的。《桐花凤阁评红楼梦》对第一回"那茫茫大士、渺渺真人，携入红尘引登彼岸的顽石"下面批道："如此入手迥绝恒蹊。世间传奇有此运实于虚之妙否？"对茫茫大士、渺渺真人的批语是："名为茫茫渺渺，实则明明白白。"桐花凤阁的批语，就没有从虚幻本身着眼，而是抓住了"运实于虚"这一艺术创作上的特色，看出了虚中有实，虚只不过是实的寄寓形式。因此，他能把书中最富有虚幻色彩的两人——茫茫大士、渺渺真人看成虚幻之设，从"茫茫""渺渺"中看得"明明白白"。从这个观点出发，陈其泰进一步把有些人认为是"色空"观念的十六个字，即"因空见色，由色生情，传情入色，自色悟空"说成是一个"情"字。他批道：

一部《红楼梦》读法，尽此十六字，即尽此一情字。

这种看法，就是从"运实于虚"的观点出发的，因此才能从"渺渺茫茫"中看到真实的内容，才能把一些人认为代表"色空"观念的十六个字，说成是"尽此一情字"。虽然这种说法还比较含混，但毕竟比把一部《红楼梦》说成是"色空"观点的人要切合实际一些。因为从"运实于虚"的观点出发，就把所谓"色空"的观念变成了"尽情"的"情域"，从而抹去了"空"的色彩。

当然《红楼梦》的"尽一情字"，并不单指男女爱情，"大旨谈情"绝不能孤立地去谈情，谈情必然要涉及封建制度、封建道德和封建礼教，还涉及封建社会的整个世道。饮冰等人的《小说丛话》中，把这种情与封建社会的对立称为"人性与世界的抵触"。这个说法并非夸大其词，我们不妨把这段话引录如下：

> 今观《红楼梦》开宗明义第一折曲曰"开辟鸿蒙，谁为情种？都只为风月情浓"。其后又曰："擅风情，秉月貌，便是败家的根本。"曰"情种"，曰"败家的根本"，凡道德学一切所禁事之代表也。曰"风月情浓"，曰"擅风情，秉月貌"，人性之代表也。谁为情种，只以风月情浓故。败家根本，只以擅风情，秉月貌故。然则谁为败道德之事？曰人性故。欲除情种，除非去风月之浓情而后可；欲毋败家，除非去风情月貌而后可。然则欲毋败道德，亦除非去人性而后可。夫无人性，复何道德之与有？且道德者，所以利民也，今乃至戕贼人性以为之，为是乎，为非乎，不待辨而明矣。此等精锐严格之理论，实举道德学最后之奥援、最坚之壁垒一拳搥碎之、一脚踢翻之，使上穷碧落下黄泉，而更无余地以身处者也。

这段话提出了人性、人情与封建道德的不两立，同时又指出人性人情与封建道德的不能分离。当然，这里的人性人情是针对封建道德而言的具有资产阶级民主性的人性人情，我们暂不评论，但文中所指的无人性就无道德，要"毋败道德"就"非去人欲"不可的说法，却是现实。要在这种"誓不两立"当中写情，当然避不开封建的道德礼法，但如果按照"誓不两立"的真实去写，那《红楼梦》又怎么能写下去呢？写"情"与"理"拼死斗争不行，写双方一触就败，不管哪一方败，也不行。所以对"情"的强大对立面，就不能不避实就虚，运实于虚。这不仅是"大旨谈情"的内容使然，而且也是"情"的对立面的大势使然。

　　问题是《红楼梦》一书"运实于虚"的"实",是指哪些方面的内容?当然,就整个思想内容而言,"实"的生活面是非常丰富深广的。大而言之,《红楼梦》所涉及的现实生活,都可以称之为"实",而这些"实"也不能一概而论,说它们都被运于"虚"。事实上《红楼梦》中的主要故事情节都是实事实说,只是在某些大关节处,才"运实于虚"。比如"太虚演出,预示荣枯";石头入世,无材补天;《好了歌》等关系全书思想本旨和整个结局的关键处,才用这种表现手法。我们只就其中"尽一情字"与"预示荣枯"两点来看一看《红楼梦》"运实于虚"的妙用。"尽一情字",不只是尽男女之间的爱情,而且欲尽宝玉所追求的人的真性情。这种性情在封建统治下是求之不得的,不求犹可,一求就会被视为"逆",就要遭到封建统治者的围攻和镇压,其结果只能以失败告终。宝黛二人的爱情的悲剧意义,就是从这种矛盾中显现出来的。就人之常情而言,人的理想的破灭,或追求的失败,往往会产生的一种幻灭感,当然也是指历史上的一般情况而言。因此,求真与幻灭,从当时现实的角度看,是人情与理治的矛盾;从艺术上看,就是这种现实斗争与艺术表现的统一。在"预示荣枯"这个问题上,作者是过来人,以过来人回顾往事,其感情内涵难免有虚幻成分。正因有这种感情在内,所以从读者方面来看,就能从梦幻中感到真实,不仅因为有相通的感情渠道,而且还有虚幻中的真实生活。

　　现在我们还是从情的方面来谈"运实于虚"。有正本第一回回末总评:

　　出口神奇,幻中不幻,文势跳跃,情里生情,借幻说法,而幻中更自多情,因情捉笔,而情里偏成痴幻。试问君家识得否,色空空色两无干。

这段评语中的"神奇""幻""痴幻"都是虚，是借"幻中不幻"来"情里生情"，是以"借幻说法"的方式来"捉笔"，它的着眼点不在"幻"而在"情"。这段评语虽然带有虚幻色彩，但就"借幻说法"而论，大体上是符合《红楼梦》实际的。从情和幻的关系上看，在《红楼梦》中不是绝对对立的，"幻"是情的一种形式，"情"又是"幻"的实质，两者不能截然分开。有正本的回末总评，就抓住了"幻"与"情"的关系，特地指出"借幻说法"这一点，还是可取的。

乐钧在《耳食录》中，对《红楼梦》"情"和"幻"的评价，就比有正本的评语进了一步，他认为《红楼梦》中的"幻"，是因为"情"不能实现"而姑托于悟"，他说：

非非子曰："《红楼梦》悟书也，非也，而实情书。其悟中，乃情之穷极而无所复之，至于死而犹不可已，无可奈何而姑托于悟，而愈见其情之真而至。故其言情，乃妙绝今古。"

乐钧的这段评语肯定《红楼梦》是"情书"，而不是什么"悟书"，这比有正本模棱两可的语气进了一步，同时还指出"悟"乃"情之穷极"的表现，是"无可奈何而姑托于悟"。因此，"悟"并不使人感到虚幻，反而使人感到"愈见其情之真而至"。乐钧还指出，《红楼梦》之所以妙绝古今，正是由于这种特殊的"言情"方式，他认为：

是故情之所结，一成而不变，百折而不回，历千万劫而不灭，无惬心之日，无释念之期，而穷而变，变而通，通而久，至有填海崩城，化火为石，一切神奇怪幻，出乎寻常思虑之外者。

由于乐钧把"一成不变"的情，看成万劫不灭，因此就很自然地有"出乎寻常"的"思虑"，像精卫填海、孟姜哭城那样的"神奇怪幻"就相应地产生了。所以"情"和"幻",实际上是至诚至真的幻化,两者成了相依相存的关系。因此,乐钧的结论是:"且情之所结,无真不幻,亦无幻不真。"真和幻都是"情之所结"的缘故。这个看法是有道理的。就以宝黛之情而论,确实是"夺之不可,离之不可,合之犹不可"。有情而不能合,情愈坚,愈坚愈真,因此,必然产生"幻",幻乃真的必然,真是幻的实质。这不仅从感情上把情幻关系论得较透,而且还从艺术上指出了"借幻说法"的真实基础。所谓绛珠仙子为报神瑛侍者"甘露灌溉"之恩,"一生所有眼泪还他"的神话,看来确实是"千古未闻的罕事",而实际上正是在情的问题上"夺之不可,离之不可,合之犹不可"的幻化。"泪尽夭亡"的黛玉,幻化为绛珠仙子还泪之说,这不仅能将"女真情发泄一二"以别于一般"风月故事",而且对现实中的真情,在既不可夺,又不能合的情况下,"泪尽夭亡",正好表现出一种强烈的悲剧力量。《红楼梦》甲戌本在绛珠神瑛一段,有一段眉批:

全用幻。情之至莫如此,今采来压卷,其后可知。以顽石草木为偶,实历尽风月波澜,尝遍情缘滋味,至无可如何,始结此木石因果,以泄胸中恺郁。古人之"一花一石如有意,不语不笑能留人",此之谓耶?

这段脂批和乐钧之意大体一致,都把写幻当作"情之至"来看待,都是"历尽风月波澜,尝遍情缘滋味"以后,在"无可如何"的情况下"结此木石因果,以泄胸中恺郁"。可见用虚幻写情,不仅不幻,而且"愈见其情之真而至"。如果把"无可如何"的"情极"比成"山穷水尽",那么"幻"就是"柳暗花明"。物到极处必然生变,"穷则变,变则通,通则久",是事物发展的辩证法,也是美学上的辩证法,艺术也因之而"柳暗花明。"

上述可见《红楼梦》中的"幻"和"情"是相生相需的关系，不是对立排斥的关系。不能避开"大旨谈情"去论幻，过去一些旧红学家之所以在"幻"的问题上越谈越幻，主要原因就是把虚幻和真实对立起来。在产生《红楼梦》的历史条件下，"幻"是时代逼出来的，所以幻是情的变态。如果在艺术上处理得好，"幻"就可以成为"情"的升华。这一点梦觉斋主人在《红楼梦序》中，有类似的看法，他说：

> 书之奚究其真伪，惟取乎事之近理，词无妄诞，说梦岂无荒诞，乃幻中有情，情中有幻是也……
>
> 似而不似，恍然若梦，斯情幻之变互矣！

这段评语不仅把情和幻统一起来看待，而且还看出情和幻之间的相互作用。正因为"情幻之变互"，所以在艺术上才有"似而不似"之感。情中之幻虽然"恍然若梦"，但又不同于梦，是感情结郁不舒的一种反映，从"求之不得"到"梦里神游"，当然会有"似而不似"之感，然而这"似而不似"的真实性是谁也无法否认的。

《桐花凤阁评红楼梦》对第五十八回宝玉病后在杏子林对雀儿惜花一段的批语，不仅把"幻"和"情"紧密联在一起，而且还逐层分析出"幻"对"情"的升华。这段批语是：

> 第一层感物情人，情尚浅近，多情人往往有所感慨。第二层见雀儿飞鸣，体会入微，一往情深，非常人能解。第三层想入幻境，推到情的尽处，又复生情。幻妙绝伦，索解人不得也。

感物怀人之情人人有之，对杏子"绿叶成荫子满枝"而"流泪叹息"，只是表现情真意切，艳恨浓愁而已。一见雀儿在枝上乱啼，便进一步发了"呆性"，"这雀儿必是杏花正开时他曾来过。今见无花空有子叶，故也乱啼。这声韵必是啼哭之声，可恨公冶长不在眼前，不能问他。但不知明年再发时，这个雀儿可还记得飞到这里来与杏花一会了？"这就由艳恨浓愁而进入了幻境，把情推到尽处，又生出与众不同的"痴绝""幻化"之情。这就是从"情"的尽处着笔而生出来的"幻妙绝伦"的艺术光辉。

琅嬛山樵在他的《补红楼梦》序言中认为，《红楼梦》之所以不好补，就是因为《红楼梦》的"情"和"梦"是"二而一者也"，别的续书是"无此情而竟有此梦"，所以补不好。这虽然为他的续书自占地步，但实际上却是老实话。我们先看他的一段话：

> 多情者始多梦，多梦者必多情，犹之善为文者，文生于情，情生于文，二者如环之无端。情不能出乎情之外，梦亦不能出乎梦之外。昔晋乐令云："未尝梦乘车入鼠穴，捣齑啖铁杵，皆无想无因故也。"无此情即无此梦，无此梦缘无此情也。妙哉！雪芹先生之书，情也，梦也；文生于情，情生于文者也。不可无一、不可有二之妙文，乃忽复有后、续、重、复之梦，则是乘车入鼠穴，捣齑啖铁杵之文矣。

正因为琅嬛山樵作《补红楼梦》，故有此甘苦之言，但不知是自嘲还是嘲人？这且不管他。这段话有一点是说对了，即"无此情即无此梦，无此梦缘无此情"。梦和现实总是分不开的。所谓日有所思，夜有所梦，在一定程度上说明了梦与现实的关系。"无想无因"是不会有梦的。所以《红楼梦》中的梦幻问题和作者所要表达的情，就在特定的情况下构成了艺术与生活的合理关系。这也是传统的有无、虚实的美学观念在《红楼梦》中创造性的运用。

旧红学家们在谈到情幻问题时，也有不少偏颇之处，特别是表现在对"情"的论述上，没有更深入地涉及人情、世情。只是抽象地论情。这对《红楼梦》中"尽一情字"的意义，没有进一步论述。

但这些旧红学家们都有一个共同的认识，就是"情"和"幻"不能截然分开，情到无可如何的"尽处"，就和"幻"结下不解之缘，而且从"幻"中"又复生情"。这些观点包含了我国传统美学的辩证法。按对立统一的观点来看，虚实真幻也和其他事物一样，都是既对立又联系的统一体，无虚无实，无真无幻，真幻迥异，但相对而又相依。"女儿是水做的骨肉，男人是泥做的骨肉"，这绝不是真！要认真追究起来，真有点像上帝造人的神话，这样一来宝玉就和基督教牵联上了。笔者想，不会有人据此而去写宝玉与上帝造人的文章的，然而要尽宝玉身上的"情"，就没有比这两句话更真的了。情到极处是幻，幻中之情更真。宋朝诗人李觏《乡思》一诗说："人言落日是天涯，望极天涯不见家。"这也是情极之语，虽然没有到幻境，但做到了极处生情情更真。再看汉乐府《上邪》：

上邪，我欲与君相知，长命无绝衰。山无陵、江水为竭，冬雷震震夏雨雪，天地合，乃敢与君绝。

这种真挚无二的感情就已经进入了幻境，并从幻境中表现出更真的爱情。如果抛开爱情去谈这首诗，那是荒诞不经的胡话。高山不可能变平地，长江的流水不会干枯，冬天也不会打雷，夏天更不会下雪，天和地永远也合不到一起，就是神话也不能这样"神"，但它却能做到极处生幻，幻中出情。这种手法在一些民歌中经常采用，如敦煌曲子词中的《菩萨蛮》：

枕前发尽千般愿，要休且待青山烂，水面上秤锤浮，到黄河彻底枯。白日参辰现，北斗回南面，休即未能休，且待三更见日头。

当然这里有较大的夸张成分，但词语中所反映的事实，却是幻想的产物，而这些幻想与真挚的爱情又结合得恰到好处。"真"与"幻"两两相得而益彰。

情和幻虽然能相互关联，彼此相生，但这只是问题的一面，问题的另一面是，幻并不是无故而生的。幻的产生，往往是情不遂意的结果。假如柳生和杜丽娘生前结合，就不会有掘墓还魂的奇幻情节。贾宝玉生下来就有"天生一段痴情"，在一周岁"抓周"时，就专拣胭脂抓，惹得贾政大怒，骂他为"酒色之徒"。以后宝玉一生的情从来没有遂意过，有草木之爱，偏有金玉之缘；有琪官之谊，偏有贾政之笞；有秦钟之交，偏有秦业之责；有晴雯之好，偏有王氏之逐；有女儿国欢聚，偏有大观园的抄检。宝玉的情的通衢条条被阻，这才逼出情极之幻。由此看来，情和幻的联系，是情与理的矛盾斗争的幻化。旧红学家们看出了情幻一体，提出了虚幻是为了"尽一情字"，这是应该肯定的。披沙拣金，我们不能因为旧红学家们有许多不正确的观点，而把他们的言论一概否定，事实是，他们的某些观点，不仅对《红楼梦》有参考价值，就是用于今天的创作，也不是没有借鉴作用。

二、再现枯荣恍然若梦

至今为止，《红楼梦》中有关问题，争论都比较大，而且各立门户，很难统一，但其中有一个问题，大体上没有多大分歧，即曹雪芹写《红楼梦》是从衰败之日写荣盛之时，而且和曹雪芹自己的身世紧密相关。因此在写赫赫扬扬的百年旺族的"末世"的时候，这其中的离合悲欢、兴衰际遇，总是要牵动作者心肠的。正视这个事实，至少在思想认识上、感情沟通上，更切合实际一些。

二知道人在《红楼梦说梦》中说：

蒲聊斋之孤情，假鬼狐以发之；施耐庵之孤愤，假盗贼以发之；

曹雪芹之孤愤，假儿女以发之。同是一把辛酸泪也。

盲左、班、马之书，实事传神也；雪芹之书，虚事传神也。然其意中，自有实事，罪花业果，欲言难言，不得已而托诸空中楼阁耳。

这段话指出曹雪芹借儿女之情以抒孤愤，是"壮年吞之于胸，老年吐之于笔"，因为有不少"罪花业果，欲言难言"之隐，才"不得已而托诸空中楼阁"。这还是比较符合实际的。

《红楼梦》开宗明义的第一回，作者就塑造了甄士隐这个人物。这个人物刚出场，《红楼梦》甲戌本在"姓甄"后批："真。后之甄宝玉亦借此音。"在"名费"下面批"废"，在"字士隐"下批："托言将真事隐去也。"这说明甄士隐的故事是《红楼梦》写"兴衰际遇"的楔子。那个"有命无运"的英莲，亦是"托言寓意"，暗示书中所有女子都是如此。众所周知，甄士隐是用来作"真事隐"的。脂砚斋在这回书中一再点明这一点，当写到葫芦庙旁住着一家乡宦时，甲戌本批道：

> 不出荣国大族，先写乡宦小家，从小至大，是此书章法。

批者虽说是"章法"，但也指明甄士隐这个"乡宦小家"，正是荣国府的缩影。当书中写至"惯养娇生笑你痴"时，甲戌本批道："为天下父母痴心一哭。"在"菱花空对雪澌澌"下批道："生不逢时，遇又非偶。"在"好逢佳节元宵后"批道："前后一样，不直云前而云后，是讳知者。"在"便是烟消火灭时"批"伏后文"三字。这些批语是要指出甄士隐的遭遇，就是《红楼梦》"兴衰际遇"的"总冒"。这一点在《好了歌》和《好了歌》注中表现得最为明显，当甄士隐注《好了歌》时，甲戌本眉批：

> 先说场面，忽新忽败，忽丽忽朽，已见得反复不了。

一段妻妾迎新送死，倏恩倏爱，倏痛倏悲，缠绵不了。

一段石火光阴，悲喜不了，风露草霜富贵嗜欲，贪婪不了。

一段儿女死后无凭，生前空为筹划，计算痴心不了。

一段功名坠黜无时，强夺苦争，喜惧不了。

总收古今亿兆痴人，共历幻场，此幻事，扰扰纷纷，无日可了。

这段批语，实际上是对甄士隐《好了歌》注解的注解，是批书者与作者共同回顾往事，是"一脂一芹"的心灵呼应。他们对人们热心追求的荣华富贵视有如无。不管是《好了歌》还是脂批，都是虚中有实，《好了歌》笼统地唱，批书人具体地批，作者隐去真事，批者指出真事。特别是对甄士隐《好了歌》注解词的批语，更是如此，每句批语都从虚无缥缈的迷雾中注明真事。这是实与虚的对照，幻与真的唱和。现在我们根据杨光汉同志《关于甲戌本"好了歌解"的侧批》一文（《红楼梦学刊》1980 年第四期）将《好了歌》解注脂批抄引如下：

陋室空堂，当年笏满床。

侧批：宁荣未有之先。

衰草枯杨，曾为歌舞场。

侧批：宁荣既败之后。

蛛丝儿结满雕梁，

侧批：潇湘馆紫芸轩等处。

绿纱今又糊在蓬窗上。

侧批：雨村等一干新荣暴发之家。

说什么脂正浓粉正香，如何两鬓又成霜。

侧批：宝钗湘云一干人。

昨日黄土陇头堆白骨，今宵红灯帐里卧鸳鸯。

侧批：黛玉晴雯一干人。

金满箱银满箱，展眼乞丐人皆谤。

侧批：熙凤一干人。侧批：甄玉宝玉一干人。

正叹他人命不长，那知自己归来丧。训有方保不定日后作强梁。

侧批：言父母死后之日，柳湘莲一干人。

择膏粱谁承望流落在烟花巷，因嫌纱帽小，致使锁枷扛。

侧批：贾雨村一干人。

昨怜破袄寒，今嫌紫蟒长。

侧批：贾兰贾菌一干人。

乱哄哄你方唱罢我登场，反认他乡是故乡。

侧批：总收，太虚幻境青埂峰一并结住。

甚荒唐到头来都是为他人作嫁衣裳。

侧批：语句虽旧，用于此，妥极是极，苟能如此，便能了结。

从这些批语中可以看出一部《红楼梦》的结局，有荣宁二府的衰败，有大观园的荒凉，有正副十二钗和宝玉等人的归结，有贾雨村等人的暴发和应得的下场，有贾兰贾菌的再登场。总之表面上看，《好了歌》和《好了歌》解，是一首虚无缥缈的挽歌，是看破红尘的解悟。实际上，是用这种虚幻来寄喻"真事"，预示后文的再现荣枯。如果说甄士隐的故事可当作《红楼梦》的楔子看，那么《好了歌》和《好了歌》解就是这篇"楔子"的核心。曹雪芹之所以这样写，从感情上看，确实有往事不堪回首的沉痛心情，也有富贵荣华转眼空的想法。但主要的不只是这种思想，而是产生这种思想的现实生活。这种现实生活却被曹雪芹一丝不漏地在后文中如实描写下来。因此，不能把产生空幻思想的真实生活抛在一边而去单看空幻思想。《好了歌》注解的幻灭感与甄士隐的解悟，不是别的原因，正是那个大家族的破败所引起的。甄士隐所属那个阶级的破败，被真实地概括和预示出来，这只能说在未写具体事实之先，用虚幻的形式来暗示，这不是宣传虚幻，相信虚幻，而是通过虚幻来曲折地反映现实。现实生活是真实的，属于衰败贵族的人所产生的幻灭感也是真实的。假如曹雪芹不这样如实描写，而是像高鹗那样，从虚无幻化中又来一个"宝玉中举""兰桂齐芳"，重振家声，光宗耀祖，这才不虚无主义吗？曹雪芹和高鹗比，究竟哪一个更现实一些呢？曹雪芹是过来人，他又怎能超越那个贵族大家庭去写作呢？用《红楼梦》中某些虚幻情节去指责曹雪芹是有些欠公道的。事实上曹雪芹不仅用虚幻隐喻真事，而且在一些篇章中对统治阶级的绝裂精神那也是大家所公认的。宝玉惨遭其父毒打，不仅没有一句告饶的话，而且还对林黛玉说，就是为这些人死了也是心甘情愿的。这种"傲骨嶙峋"的精神和看破红尘的虚无主义思想又怎么能够和平共处呢？

有些旧红学家单纯从虚幻着眼，认为《红楼梦》是"求其解免方法为宗旨"，成之在他的《小说丛话》中就持这种观点。他对第五回红楼十四只曲子的评语就是这样。如对"终身误"一曲的评语认为是"言入世之苦，终不如出世之乐也"。对"悲中乐"一曲的评价是："言人生在世，自然与苦痛俱来，除大解脱，决无解免之方，破养生达观之论也"。"人生在世，一切忧患，实与有生而俱来，欲解免之，除大解脱外，决无他法。"对"虚花悟"一曲的评语是：

> 伤有识之苦，而破自谓深识者之谬也。一切现象，皆由心造，无所谓有，也无所谓无，无所谓苦，亦无所谓乐。自执着者言之，以无为有，然后有所谓苦乐矣。

用"一切现象，皆由心造"的虚无观点去评价第五回，把太虚幻境中的情节完全说成是人生的解脱，这就把"太虚演出，预示荣枯"（梦觉斋主人《红楼梦序》）的现实意义彻底否了，把"似而不似，恍然若梦"的艺术境界完全视为虚幻。他一点也不了解"恍然若梦"是"若梦"，而非真梦，"似而不似"亦非真幻。艺术之有别于生活，一个最大的特点就在于真假之间。生活中的真，必须和善的本质联系起来才能称为美；而艺术上的真，必须靠善的升华，才能显得比生活更美。艺术必须在真的基础上借助于假的想象和创造使其更真，因而也就更美。这就是我国传统的"似而不似"的真和假的艺术辩证法。郭沫若在《历史·史剧·现实》一文中说："说得滑稽一点的话，历史研究是'实事求是'，历史创作是'失事求是'。""失事"而又能"求是"，就是要假得真实，以假乱真，从而使真实显示出真实美。曹雪芹所处理的真幻关系，就是这种真幻相生的关系，是通过"幻"的寓意来达到"幻中更自多情"的目的。如果脱离现实去妄评虚幻，那末所得的结论必然与《红楼梦》的本意完全相反。无怪成之在"收尾，飞鸟各投林"一曲后面写道："总收，教人以免除痛苦之法也。因果之理，如响应声，毫发不爽。"把一部《红楼梦》看成是因果报应"毫发不爽"的宗教教义，这都是单看虚幻，不看现实，而自己又被"幻化"的结果。

实际上第五回的梦游，是《红楼梦》的写作蓝图，只不过作者采用"运实于虚"的手法，在正式开展《红楼梦》故事之前。先由警幻导演，宝玉试演一番，目的是使读者对"再现荣枯"有一个总的印象，对若干大事件、大关节能够隐隐在心。如果把《红楼梦》比作一部悲剧乐章的话，那么第五回梦游就是这部乐章的前奏。从这一回的脂批来看，不难看出作者写这一回书的良苦用心。我们不妨摘要抄录几条批语来看一看。甲戌本在"生于末世运偏消"句后批道："感叹句，自寓。"在"势败休云贵，家贫莫论亲"后批道：

非经历过者，此二句则云纸上谈兵，过来人那得不哭。

在"枉与他人作笑谈"句后批："真心话。"在"呀！一场欢喜忽悲辛，叹人世终难定"后批："过来人睹此，宁不放声一哭。"在"为官的家业凋零，富贵的金银散尽"后批道："二句先总荣宁。"在"痴迷的枉送了性命"后批道："将通部女子一总。"

这些批语说明了两点：一是作者抚今追昔的感叹和自寓；一是荣宁二府所有女子的归结。事实上红楼梦十四只曲子和正副十二钗的判词都不外这两点。所以梦游太虚幻境的"梦"和"幻"并非真梦真幻，而是"似而不似"的蓝图，"恍然若梦"的预习，只是警幻这个导演太狡猾，她以"警"之以"幻"的面貌出现，而实际上却对宝玉"诲"之以"情"，用一个似是而非的"意淫"来吓唬宝玉，迷惑读者。而被警幻批判的"以好色不淫为饰，又以情而不淫作案"等"饰非掩丑"之徒，对宝玉的教育意义是很大的，宝玉以后的言行就是对那些"饰非掩丑"之徒的有力批判。所以我们说警幻不幻，她的"诲情"对宝玉来说是起了很大作用的。既然警幻不幻，那么由警幻导演的太虚幻境已如前述，处处都落在实处，这又何幻之有？

《红楼梦》第十三回写秦可卿死后魂托凤姐，当可卿向凤姐说到"若应了那句'树倒猢狲散'的俗语"时，庚辰本眉批：

> 树倒猢狲散之语，余（今）犹在耳。屈指三十五年矣，衰哉伤哉，宁不痛杀。

当可卿说到"三春去后诸芳尽，各自须寻各自门"时，庚辰本眉批：

> 不必看完，见此二回，即欲堕泪。

庚辰本夹批："此句令批书人哭死。"这些批语不厌其烦地把梦中之事点明，而且毫不隐讳批书人的感情。这明明是梦中的真情实事令人"痛杀"，而不是梦的本身使人"堕泪"。可见《红楼梦》中之梦，和幻一样，是写真托喻的手法。正如庚辰本这回书的回前总批中云：

此回可卿托梦阿凤，盖作者大有深意寓焉。

写梦，是为了写真，为了预示将来的真，也是过来人"追踪蹑迹"的托寓手法。从审美角度来看，虚幻托寓的本身就笼罩一层悲剧气氛，这对写"树倒猢狲散"的思想内容来看，毫无疑问地能收到特殊的艺术效果。

从总的方面来说，《红楼梦》中的虚幻托喻的方法，主要用在前五回。当然第五回以后的戏文、灯谜、诗词、酒令等也有不少托喻，但总的来看集中表现在前五回，也即第一回中的石头入世，绛珠还泪，士隐家败；《红楼梦》第五回中的梦游太虚。这四个虚幻故事，各有寓意而又相互联系，并构成《红楼梦》真事隐的总纲目。

石头入世是因为"情根"难断，不能补天，而见弃于娲皇，这是寓"无才"人一生坎坷遭遇和愤懑情怀；绛珠还泪，是寓在情与理的冲突中，"情于情"的黛玉最后必然遭到泪尽夭亡的悲惨结局；士隐家败出家，是隐荣府的败落；梦游太虚是总荣府及其主要人物的归结。这都是再现荣枯的四个主要方面。荣府的败落必然与荣府中的主要人物相关，这在甄士隐《好了歌》解和梦游太虚幻境中已经点明。至于石头入世和绛珠还泪，主要是寓书中主人公的结局。石头因惹"情根"而被弃，绛珠因感恩而报情。这就为"大旨谈情"奠定了基础，并以"谈情"为核心，把主人公的家族、亲人、家属、主要社会关系编织起来，构成一幅"百年旺族"的盛衰荣枯图卷。这就是《红楼梦》虚幻假设中的真正现实。虚幻其表，真实其里，这是《红楼梦》艺术表现的一大特色。

梦觉斋主人的"似而不似，恍然若梦"的评语，确实评到点子上了。从艺术的特征上看，这两句评语是符合艺术规律的。但在梦觉斋主人之前的脂砚斋等人在不少地方也指出了真和幻在艺术创作上的作用。他们并不只是像批《好了歌》解和可卿托梦那样一件一件地注明隐去的真事，而且还注意到幻和真相结合在艺术上所产生的特异效果。这一点不管是脂砚斋等人，还是后来的梦觉斋等人，他们的这种美学观都是值得重视的。比如《红楼梦》第一回写青埂峰下的石头被一僧一道"大展幻术，将一块大石登时变成一块鲜明莹洁的美玉，且又缩成扇坠大小的可佩可拿"之物时，甲戌本批道：

> 奇诡险怪之文，有如髯苏石钟赤壁用幻处。

批语说它像苏东坡的《石钟山记》《赤壁赋》那样以幻写真。这虽然不太贴切，但批语指出作者写幻不是目的，而是像苏轼那样不过是一种艺术表现手法。这种看法没有错。梦幻本身就是生活的变态，因此它能和真实相需而相成，在表现方法上就能起到单纯写实所不能起到的作用。

《红楼梦》第八回写宝钗看通灵，写到通灵玉的形状和癞头僧所镌的篆文"今亦按图画于后。但其真体最小，方能从胎儿口内含下"时，甲戌本眉批：

> 以幻弄成真，以真弄成幻，真真假假，恣意游戏于笔墨之中，可谓狡猾之至。做人要老实，作文要狡猾。

这也是从美学角度来看问题的。通灵玉被"按图画于后"确实是"以幻弄成真"，但胎儿含玉而生，这又是"以真弄成幻"，究竟是真是假，令人捉摸不定。但这真假合一却产生了无穷的妙义。这个通灵玉的前身，是被女娲遗弃的一块顽石，是"无材补天，幻形入世"的幻化。这本身就是真真假假的合一。"无材补天"就宝玉一生性情、思想来看，这是真的。但由石头入世到"花柳繁华之地"，这又是假托。所谓"作文要狡猾"，这个"狡猾"的要诀，这里全在真假之间，唯有真假之间才耐人寻味。《红楼梦》的文章好些地方都在真假之间。就艺术创作而论，无真不实，不实则失去艺术的生命；然而无假亦不真，无假则类同史料，味同嚼蜡。真假实幻彼此为偶，相需而相生，这是《红楼梦》在小说美学上的一大发展。

《红楼梦》之所以采用真假虚幻的手法，固然有它内容上和艺术上的特殊需要，但此外还具有在封建统治下更广泛的社会意义。在程朱理学的统治下人欲和天理是水火不相容的，特别是朱熹，他认为"天理人欲，不能并立"（《孟子》滕文公上注），必须一方消灭一方，"天理存则人欲亡，人欲胜则天理灭"（《语类》十三），二者始终是根本对立的，"此胜则彼退，彼胜则此退，无中立不进退之理"（同上）。所以在这种"存天理，灭人欲"的统治下，人的性情不能得到自由发展，生而有欲的人要受到严格禁锢。灭人欲的结果，真正的人性被视为假，而天理等假的东西被视为真。于是人欲成了"恶"的同义语，天理成为"善"的同义语。那些封建统治者就以除恶务尽的态度来对待人性。因此，真情实性不仅被视为"假"，而且被视为"痴"，被视为"逆"，被视为"顽"。在这种情况下，要"大旨谈情"，那么所谈的情越真，也就被理学家的徒子徒孙们认为越假，甚至认为大逆不道。所以"假作真时真亦假，无为有处有还无"，这就不仅仅是贴在太虚幻境大门上的一副对联了，它其实是当时社会的一面"风月宝鉴"！因此，真假虚幻在《红楼梦》中的运用，就不止是艺术上的需要了。从这个意义上看，《红楼梦》第一回把虚幻作为书的"本旨"提出来，恐怕是要提醒读者从反面去理解。如果真的把虚幻作为书的本旨去批判，恐怕太冤枉作者了。何况脂砚斋在有些批语中，是在不断提醒读者的，就在《红楼梦》第一回中写僧道二人把石头幻化为通灵玉，并要刻上一些字"使人一见便知是奇物"时，《红楼梦》甲戌本批道："世上原宜假不宜真也。"这句批语的分量是很重的，对以假为真的用意，可以说是一语破的。在那样一个理治统治达六百多年之久的

"世上",人的真情实性是不可能得到自由发展的。因此,要表现人的真性情,就必须以假作真,以真作假。从贾宝玉这个形象就可以证明,他的所谓"痴呆愚顽",从他的心地性情来看,完全是真;从统治阶级的眼光来看,则是"假",是"逆"。所以要贾宝玉的真性情,在假人统治的假世,只能被视为"真亦假"。

对宝玉的真性情,脂砚斋看得比较清楚,他对作者写宝玉这种性情总是持歌颂态度,并在批语中帮助读者去发现这种真性情。《红楼梦》第二十一回写袭人娇嗔箴宝玉,故意不理宝玉,弄得宝玉一人续庄子文,第二天"宝玉将昨日的事已付与度外"。《红楼梦》庚辰本批云:

> 更好,可见玉卿的是天真烂漫之人也。近之所谓呆公子,又曰老好人,又曰无心道人是也,殊不知尚古淳风。

在"假作真时真亦假"的社会,难能可贵的就是这种"尚古淳风"。人的"天真烂漫"的性情是可贵的,但当今之世已被当成"呆",当成"痴",甚至当成"逆"。这都是真极反成假,假极反成真,所以脂砚斋为此大唱颂歌,这是值得肯定的。《红楼梦》第五十六回写贾宝玉梦见甄宝玉,有正本在回前总批中指出:

> 叙入梦境极迷离,却极分明,牛鬼蛇神不犯笔端,全从至情至理中写出,《齐谐》莫能载也。

这段总评不仅指明梦境不幻,而且特指出梦中之事"全从至情至理中写出"。这一看法不仅适用于贾宝玉这次的梦,而且适用于《红楼梦》中所有的梦。没有"至情至理"就没有《红楼梦》中的若干好梦。

季新在《红楼梦新评》中有一段话,是值得重视的。这段话不仅说明"世上原宜假不宜真",而且还揭露了仁义道德与男盗女娼的表里关系。

　　今读《红楼梦》，见其父子叔侄兄弟姐妹之间，姑媳妯娌之间，宗族戚友之间，纷纷然相倾相轧，相攘相窃，加膝堕渊之态，衫臂夺食之技，极残忍，极阴惨，极诡谲，极愁惨，鬼谷之捭阖，不足喻其险，孙吴之兵法，不足拟其诈，战国之合纵连横，不足比其乱；使人伤心惨目，掩卷而不欲观。然其外则彬彬然诗礼之家也，周旋揖让，熙熙然光风霁月之象也。呜呼，吾不得不叹专制组织能逼人为不慈不孝不友不悌之人，如是其甚也；吾尤不得不谈礼教之维系能强人为假孝假慈假友假悌之人，更如是其甚也。今试举一端以明之：贾珍、贾蓉之居贾敬丧也，寝苫枕块，俨然孝子，而聚麀之行，公然为之而不恤。此犹曰狗彘之徒不足齿也。

　　这段话对《红楼梦》的真假问题，从实质上予以揭露，这对封建礼教"强人为假孝假慈假友假悌"的事实批判得很痛快，从中可以看到曹雪芹以假出真的客观意义。当然曹雪芹并不像季新所分析的那样自觉地去揭露、批判，但"追踪蹑迹"的描写，就必然描绘出真假颠倒的现实。曹雪芹不是以虚幻迷人的魔术师，而是巧妙的现实主义大师。

　　由此可见，《红楼梦》里面的梦幻真假问题，绝不能等闲视之，更不能用什么消极思想和虚无主义来否定。生长在封建社会的作家，要写出真正性格解放的人物，就必须和理治对着干。但当时不管是曹雪芹本人还是他精心塑造的贾宝玉，都不可能成为"舍得一身剐，敢把皇帝拉下马"的"造反派"！这不仅因为有强大的封建统治机器，而且还有以理治为核心的一整套封建锁链。因此，曹雪芹笔下的真假虚幻，可以说是时代逼出来的产物。如果说《水浒传》是因为"乱自上作"而"逼上梁山"的话，那么《红楼梦》则是因为"无材补天，幻形入世"而逼出了"太虚幻境"之类的艺术境界。

以儿女常情谱写儿女真情

——论林黛玉性格内涵

《红楼梦》中的两位主角贾宝玉、林黛玉，虽积累了二百来年评说争论的文山卷海，但见仁见智，莫衷一是。要弄清二位在人世间扮演什么角色，并非易事。本文只就读《红楼梦》有关林黛玉笔记整理成文，只是挂一漏万而已。

一、草胎木质与天地精华

《红楼梦》男主角的前身是石头，原来只是供人垫脚填坑之用，但被女娲修炼为灵性已通的补天石，却因人欲不灭，幻形入世，混世终生；女主角本为三生石畔的一棵绛珠草，因受神瑛甘露的灌溉，遂随神瑛入世，以泪偿灌情，泪尽夭亡。石头质地是石，虽幻化为神瑛，但仅似玉而非玉，到僧道手里才变为玉，而玉也非真玉，故曰"贾（假）宝玉"，而绛珠仙草胎木质，因受天地精华和雨露滋养，变成人形、修成女体。

看来《红楼梦》这对主角，他们都有一个共同的特征，即以木石之质，受到仙家的修炼和天地精华的滋养，在生前自然结成木石前盟，双双入世，共铸真情。因先天灌溉之情未偿，后天金玉之缘未了，所以才有"还泪"与"结缘"的纠葛。

简单追述一下这对主角的来历，可见他们的本质不过是石头草木，平凡之极，并无奇特可言。但平凡草木受到天地精华和雨露的滋养，就修成了人形，位列仙班，成为警幻仙姑的妹妹。而垫脚的石头，因女娲急需补天，被炼为灵性已通的补天之材。从二人的来历看，是平凡之极与奇特之极的合一；平凡是草木石头的质地，奇特是草木石头从无知到有知，从有知到有欲，从有欲到有求，从有求到空幻。但平凡与奇特的合一，不是合于仙家，而是合于人世，是仙家的灵性融于人情当中。从木石前盟到入世酬灌情，到共铸儿女真情，到泪尽夭亡，始终贯穿一条红线，就是"人欲"。这种人欲在木石前盟中已经播下了。石头是受僧道入世间荣华富贵的蛊惑；绛珠下凡是甘露之情挂怀。这里的情与欲是明显的，也是不能排除的。

就还泪酬灌情整个过程来看，是以人之常情，即一般的儿女之情一点一滴来还债的。把还泪的仙缘融入儿女常情之中，使仙缘变成人缘，使万千读者为人缘之乐而乐，为人缘之悲而悲。这种乐而乐、悲而悲并非单指主人公与读者的悲乐共感，而是主人公心灵深处由乐而感到乐非所乐，从而产生乐中之悲。所以林黛玉的眼泪，并不是一般的"乐极悲生"，而是悲随乐至。《红楼梦》第三回二玉初见面，双方均表现为惊喜，相见如故。但宝玉的摔玉，黛玉因摔玉的哭泣，就是"悲从中来，不可断绝"。黛玉的第一次还泪，是儿女常情，但也是真情，很难分开是摔玉而哭，还是还泪而哭。二人从两小无猜到为知己，作者都是从儿女常情中铸造儿女真情的。二玉的爱情过程脱不了儿女常情，但却有儿女常情所不能达到之情；在抒发儿女常情中又不时突颖出超越一般儿女之情；是儿女共有之情与林黛玉独有之情的完美统一。表面看来木石之情与天地精华，有天渊之别，但在黛玉身上就很难区分。简单地说，儿女常情与儿女真情，在黛玉身上一身而二任焉。还泪酬灌情，是儿女情的一生体现；泪尽夭亡，是儿女情的返本归真。以一生之泪还债而泪尽夭亡，这不能不说是情之信，情之贞，情之忠，这是洁来洁去的情的精华。故情榜标黛玉为"情情"。这恐怕不能只解读为钟情于宝玉之情，这是否可以理解为共有的儿女之情与独特的儿女真情的"物华天宝"的统一。

二、儿女常情与儿女真情

《红楼梦》第五回的开头，作者对宝玉、黛玉、宝钗三人有一个简单的对比：黛玉孤高自许，宝钗随分从时，宝玉浑然不觉。在三人对比中，宝钗"大得下人之心"，而黛玉则产生"悒郁不忿之意"。三人性情各异，但黛玉的性情更异于二人。三人虽在孩童时期，但黛玉身上的少女之情已露端倪，而且比较凸显。可见林黛玉的性情从孩童开始，就充满了普通儿女常情，同时也突现出"悒郁不忿"的特有之情。

《红楼梦》第八回宝玉、宝钗、黛玉三人合传中，可以感受到黛玉在儿女常情中就异于常情，它异就异在女儿的灵心慧舌自然犀利，别的女儿难以企及。开头是宝钗批评宝玉平日"杂学旁收"，却不知饮冷酒的害处，要宝玉热了再饮。宝玉心服，把冷酒烫热再饮，黛玉在场，心情当然不能平静，只好待机而发。此时的宝钗一是使宝玉心服口服，二是批了"杂学旁收"的无用，在学识上顺便刺激黛玉一下，彩头被宝钗夺得。黛玉始料未及。待雪雁送手炉来时，战机突然出现，黛玉抓住不放，一石二鸟地巧借"圣旨"，既把宝玉讽刺得哑口无言，又把宝钗狠刺一枪，使宝钗躲闪不及，没有还手之力，"只好不去睬他"。这个细节之所以好看，不在于黛玉以奇巧机智胜，而是以三人平常自然的言行写平常自然的性情，而在平常自然的言行中加上颊上三毫，写出人人心中所有，个个言行所无的兵刃交光而只闻其声不见其形的奇招。谁人碰上这奇招，都会弃甲丢兵而走，宝玉、宝钗当然不能例外。其实这也是"三角"中的常情常事常言常行。妒这种心态不管常人奇人都有，而且人人相通。黛玉之奇，是妒之敏，妒之巧，妒之锐而已。妒有常人之妒，有常人所没有的妒，这就是平中之奇。黛玉的心灵性情都不能超越平奇中的人与平奇中的情，离开了平奇双方的任何一方，林黛玉就不可能成为林黛玉！正因为平常之情人人有之，人人相通，故林黛玉才能成为万千读者心中的林黛玉；又因为从人人有之的平常之情中能挖掘出人人所无的独特之情，如在一般的妒狠、妒泼、妒辣的共有之情中提炼出"敏""巧""锐"来，这当然在万千读者心中，只有一个林妹妹了。

《红楼梦》第十七、第十八回，是写宝玉的重头戏之一，其他人物都避道躲闪，唯独在游园之后，写了黛玉剪香袋。这和游园题咏比，是较次要的情节，但《红楼梦》中的情节很难分主次大小。剪香袋的穿插几乎掩盖了试才题吟的情节。剪香袋也是儿女常情引起来的，是黛玉误会宝玉把自己绣来赠给他的荷包，让人抢走了，怒宝玉不珍惜自己所赠。一向心细的黛玉，此时却"莽撞"起来，不分青红皂白剪坏了正在给宝玉绣的香袋。这也是儿女间的喜怒常情，只是表现得自然真切而已。当宝玉从红袄里面掏出荷包时，弄得黛玉"又愧又气"，偏偏宝玉又把荷包掷向黛玉怀中，"奉还"黛玉，把黛玉气得"声咽气堵"，无以为情，拿起剪刀又剪荷包。这本是一场儿女双方情上增情，情中求情，心急情切的心态，但却表现为怒上加怒，气上加气。这种互相撞碰的情，表面看来表现在宝黛双方身上，实际上只表现在黛玉心中；是黛玉心中常情与真情的碰撞。黛玉的"莽撞"表现是黛玉情中之情的点睛。本来情上增情是相爱中的人双方乐为的，是共同协力完成的，但事先双方没有商量过，更没有任何协定，所以往往欲速不达。这种感情很难有什么尺度，难免随情纵性表现为你怒我、我怒你。这本来也怪不了谁，但偏偏又是你怪我，我怪你。其实这是宝黛双方情上加情的跌宕形式。所以在对黛玉的心灵揭示中，似乎可以看出一条轨迹，即无常情真情不见；无真情则常情落俗。所谓儿女真情，确是"如矿出金"，要炼出真金，离开金矿石是不行的！

看来常情与真情在二人身上是不需要区分的。在二人身上常情仍是性情之常；真情则是常情的极至而不落俗套，但还是在人情物理之中。第十九回"意绵绵静日玉生香"，宝玉"擂"了胭脂来见黛玉，黛玉不究，反而主动替他揩拭，只是告诫他干这种事要小心谨慎些，免得惹人议论，此时女儿的妒意在黛玉身上却无影无踪。宝玉笼袖嗅黛玉的"奇香"，黛玉听之由之。隔肢窝之戏，并无礼仪之防，仅尽嬉戏之乐，编偷香玉的故事，把黛玉比成小老鼠，黛玉仅拧嘴警告，并未深责。此时此地，情之所至，情性俱真，悠然自在，不知有防线之设。这可以说是儿女真情的极至。当然并不因此而否定黛玉性情中有妒的毛病，但她并非妒非所妒，而是妒其所妒。《红楼梦》第二十回湘云来荣府，黛玉先来迎湘云，不见宝玉，心中疑惑宝玉为什么不曾"飞了来"，后来一问，方知被宝钗"绊"住了。宝黛因之口角，这才是真正的妒。本来金玉之论最终成为金玉之缘，这才是黛玉妒意所在。设若宝玉听湘云来荣府而"飞了来"，黛玉就不会担心宝玉被"绊"住，就不会产生这种妒的真情。常情与真情并非处处可分，但又确有泾渭之别。《红楼梦》第二十一回宝玉早晨去探黛玉湘云，二人均未起床。湘云掀开被子，露出臂膀，宝玉替她盖好。湘云醒后梳洗，宝玉就用湘云洗过的水洗脸，又请湘云替他梳头，湘云发现头上珍珠少了一颗，追问宝玉，宝玉搪塞说丢了。宝玉又顺手掏胭脂吃，被湘云"拍"掉。黛玉都看在眼里，但并不生气，平常的妒意丝毫没有，见惯不惊。可是当袭人碰见后，醋意大发，以"分寸礼节'来挟制宝玉。而此时的宝钗却始终留神观察一切，深许袭人。在宝玉晨探湘黛细节中，在黛玉身上，明显表现出来常情与真情之别；还未"上头"的袭人比"上"了"头"的妾还要庸俗；而宝钗则细中窥大，心机深远，可是黛玉的真情却自然而然地突颖而出。当然黛玉有时候确实有点"小心眼"，但"小"得不可恨，而是可爱。比如《红楼梦》第二十二回，黛玉因湘云说她像演戏的旦角而生气，宝玉曾示意湘云不要说破，结果把湘云、黛玉都得罪了。湘云生气是仅仅闹着玩，宝玉就护着黛玉，别人开玩笑行，我就不行；黛玉生气是"拿我比戏子取笑"。宝玉辩解"我并没有比你，我并没笑"，黛玉劈头盖脑地回答："你还要比，你还要笑，你不比不笑，比人家比了笑了的还利害呢！"这里黛玉所表现的并非一般的儿女常情，而是一种情中情、爱中爱、情中恨融合为一体的独有之情。这种情不仅把湘云比下去了，而且也把她心中人贾宝玉比下去了。"我恼他与你何干？"更容不得宝玉对此进行调和，这是爱中爱，情中情。宝玉顾两头，岂有不两头失落之理？所以受到委屈，心灰意懒，深感"忙忙碌碌""真无趣"，大哭一场，在参禅中求解悟。而黛玉虽然生气，但看得很准，心中有数，在宝玉的偈语中发现还有"立足境"，所以续上"无立足境，是方干净"。一方求解误而不误，另一方未求解误而误。这是慧心灵性自然胜出情急情痴了。这正是黛玉"情情"之所以无人能及之故！

三、人之常情与人的欲求

常情与人欲虽不能等同，但亦不可截然断分。如前所述，黛玉的常情仍然是人欲贯穿始终的，具体地说，青年男女爱情中的性感欲求是人性发展的自然。曹雪芹没有为宝黛二人讳，问题是曹雪芹能在万众所共有的人欲中捕捉真情。虽然这种真情中也并未绝欲，但其中的性感欲求是情化了的性感欲求，情欲之求并非淫欲之泛，而是以情帅欲，不是以占有天下女人为满足，而是痴迷于专一为目的。这就是"第一淫人"有别于"滥淫"而被推为"第一"的根本原因。"第一"不是从数量说淫于滥的第一，而是从质量上看淫于专、淫于痴。而天下第一淫人的对象就是林黛玉，虽然在男女间的具体行为有别，但男女间的"意淫"则同。如《红楼梦》第二十三回，宝黛共读"西厢"，这并没有跳出常人的儿女之情。先是宝玉偷看，但他心中有数，毫不惊慌，并说："若论你，我是不怕的"，"你若看了，连饭也不想吃呢。"黛玉一口气看完"西厢"后，回答宝玉"好不好"的问讯时，是"果然有趣"。宝玉趁机以张生自比，以莺莺比黛玉："我就是多愁多病身，你就是倾国倾城貌。"黛玉立即大怒，骂宝玉以"淫词艳曲"来"欺负"她。这"淫词艳曲"和"果然有趣"，林姑娘是如何统一起来的？当黛玉要去告诉贾政、王夫人时，宝玉被唬得诅咒发誓。黛玉忽然口吐真言："呸！原来是苗而不秀，是个银样镴枪头。"原来黛玉并非真恼宝玉以"淫词艳曲"来"欺负"她，而是说张生的银样镴枪头比宝玉的"苗而不秀"要强些，所以还用鄙视的口吻"呸"了一下。这不能说宝黛二人的欲求有什么不同，在"意淫"问题上，是同属一"意"的。

共读"西厢"之情人人有之，而黛玉不仅有之，而且还敢主攻之，当着宝玉的面说出"苗而不秀""银样镴枪头"的话。这是很明显的挑战！谁能把其中情欲之求断分开？难道真有必要去断分吗？

《红楼梦》第二十六回"潇湘馆春困发幽情"。宝玉被黛玉情不自禁发出的"幽情"撩拨得"心痒""神魂早荡"，忍不住借紫鹃倒茶之机说出与黛玉"同鸳帐"之戏。宝玉的"神魂早荡"，正好填补了黛玉"情思睡昏昏'的实际内容。虽然"神魂早荡"，然也就到此为止，这不是自我强制，而是自然遵守。

由此可见，宝黛二人的人欲冲动与常人无别，但和情史的挑战者、突破者有别。逾墙相从的张生之类，淫欲之求，暂时达到了，但这不等于情的目标达到了，不是金榜题名以补门第高贵，就是就范于传统势力始乱终弃。这些结局，实际上只有人欲之胜，爱情在功名富贵门第家声中被剔除尽净。这种所谓"喜庆"似的"大团圆"，不是喜于有情人皆成眷属，而是使有情人又堕入富贵浮沉之中，人欲横流淹没了爱情清流。黛玉所追求的情，可以说是绕开人欲横流的石上清泉。泪尽夭亡的结局，虽使清泉断流，但始终未受浊流污染，是弃浊流而觅香丘的清新洁质之求。《葬花吟》的花塚就是绕开浊流另觅净土的"香丘"。脂砚斋之所以不能对《葬花吟》下批，是因为此诗乃"诸艳归源""诸艳一偈"。"风刀霜剑"百花飘零之世，到处空枝泪痕，并无"香丘"之地，人性人情的自然发展是没有出路的。求于"风刀霜剑"之丛，只能是"红消香断"。黛玉的命运虽同于诸钗，但归源之途特异。绛珠与百花同运，花木与人生皆同。所不同者，花草轮回，岁岁相似，人生苦短，洁来洁去，所以只能是锦囊艳骨，返本归真。《葬花吟》仅是宝黛二人同悲同悼，亦是红楼诸钗共同的祭文。出于黛玉之口，入于儿女之心，它是"风刀霜剑"的檄文，亦是"红消香断"的祭文。泪尽夭亡，情欲均无所获。

四、悲喜同源的黛玉爱情

林黛玉的爱情与人欲相关，也与常人无异，但所以异于常、颖于众者，是在它充分表现了常情与爱情悲喜同源、悲喜相关，特别是悲喜共存于心，同时存于心。即使二玉共表至爱之情时，也难去掉心中之悲。《红楼梦》第二十二回宝黛诉肺腑，宝玉只对黛玉说"你放心"三个字。黛玉故意不明白，追问宝玉。宝玉说："皆因你不放心的原故，才弄了一身病。"黛玉一听，纵有个千言万语也难吐半个字，"回身便走"。宝玉拉住她要求只听他一句话再走。黛玉推开他的手说："有什么可说的，你的话我早就知道了。"这正是悲喜交加的诉肺腑。难怪黛玉回身便走时，一边走，一边流泪，这是喜极与悲极合流的眼泪。黛玉的一身之病，确实系在"不放心"三字上。别看这平平凡凡的三个字诉肺腑，可以回味中国情史中的诉肺腑，却没有超过这三个字的极至之笔！就是爱的长河中所通用的国际名词"我爱你"，也被宝黛二人自然而然地唾于口外，这不是排外，是宝黛二人所共铸的儿女真情，哪里还用得着"我爱你"三个字的肤浅表达！

《红楼梦》第三十四回，宝玉挨打后，黛玉没有马上去探视，因为一双桃儿大的眼睛不能去，这当然胜过千言万语。但黛玉抽抽噎噎的问话"你从此可都改了罢？"既是对宝玉痛切的劝慰语，也是对宝玉的探询语。挨打与宝玉改不改直接相关。黛玉明白宝玉本性难移，所以有此探问。宝玉却回答："你放心，别说这样的话，就是为这些人死了，也是情愿的。"宝玉又以"你放心"三字来安慰黛玉，要她别说这样的话。很明显黛玉改不改的询问，不是担心他不改，而是担心他改！如果因挨打而改，宝黛之爱以及大观园女儿国的开基创业都会被"改"掉。所以黛玉的询问是"探底"，宝玉的回答是"交底"。正因为不放心才探底，宝玉明白只有"你放心"的定心丸才是交底。"探底"与"交底"的底，恐怕不仅是宝黛二人的爱情。一个为"这些人"不放心，一个为"这些人"而死。这难道仅仅限于宝黛二人？宝黛二人的爱情是核心，但从二人共铸之情中辐射出来的情，其领域必定宽广得多！

在宝玉挨打之后，黛玉接受宝玉派晴雯送来的半旧手帕，对宝玉的"苦心、苦意"感到"可喜"；但"将来如何"是一个未知数，又深感"可悲"；自己受之而无所作为，又感到"可愧"。其感情有喜有悲有愧。定情可喜，但喜中有悲；悲从喜中来。所以"暗洒闲抛"的眼泪，只能任其"点点斑斑"。能解其鲛绡手帕情意，但难拭干从心里流出来的眼泪。这种定情的感情，是喜定中的悲定，私定中的"若定"，交心中的剜心，这难道不是一水中分，悲喜合流吗？

爱情也是人之常情，黛玉不可能例外，但黛玉的爱情似乎有别于其他人的爱情，根本原因是爱情的纯洁度有多高。别人的爱情往往是常情与传统中的理结合在一起，成为情理，并借理以占优势。木石前盟与金玉姻缘的胜负原因就在此！爱情的纯洁度必然要排除理的桎梏，要把"理"变为情中之理，理在情中，以情的发展为主导，情到成熟时，自然有理的节制。这是防人欲自由泛滥的节制，所以理是情的自然调节剂。但如果把节情变成泯情，这就使理变质成为统治者泯灭人性人道的工具了。为了使爱情不要发展为"滥"，所以在男女之间自然形成维护爱情的防线。在黛玉身上即表现为反攻为守，亦攻亦守，攻守兼备的特别防线！

《红楼梦》第四十二回，写宝钗审黛玉。宝钗好容易抓住黛玉说酒令时带出了《牡丹亭》《西厢记》中的词语，趁机整治她。黛玉不能公开反驳，只好借用女儿的撒娇惯技，搂着宝钗说："好姐姐，原是我不知道，随口说的，你教给我，再不说了。"聪明的黛玉明知宝钗早已知晓"西厢""牡丹"故事，但不说明，只说"你教给我"，宝钗被黛玉反戈一击，击中要害，只好坦白背着家人偷看过，并承认自己"淘气"，做了自我检讨：偷看"西厢"不是女儿"分内之事"，"最怕看了杂书，移了性情，就不可救了"。这是借"检讨"为名，以传统的伦理道德来压服黛玉，说得黛玉只好"垂头吃茶"，"暗服"对手，所以不得不"敌进我退"。这确实是理与情的交锋，一比一，各胜一局，宝钗明胜，黛玉暗胜；宝钗是借常情中占优势的理为援兵而取胜的，而黛玉心中的心灵阵线仍坚不可摧。宝钗是借"天时"进攻，以天压人；黛玉则是凭"人和"固守，以情设防。情与理究竟谁胜？可能不是"双赢"，也不是"和局"。人心就是秤，胜负有准绳！

五、此情中的林黛玉不是彼情中的林黛玉

前面提到宝玉挨打后，黛玉问："你从此可都改了吧？"宝玉以

"你放心"三字回答，这是"探底"与"交底"的问答。这一问一答表明，二人之情，共有一种超常之情，这不是爱情所能包括得了的。因为爱情所牵涉到的人与人间之情，与爱情是一种"有关"与"无关"的关系。黛玉的"探底"，实际上也是一种间接的"交底"，它暗示宝玉，你可不能因挨打而妥协，所以宝玉才以"你放心"相回答。再如《红楼梦》第五十回，因宝玉题诗落后，众人罚他去栊翠庵妙玉处乞红梅插瓶，因天雪路滑，李纨要派人跟了去，黛玉阻止说"不必，有人反不得了"，李纨方才省悟地说"是"。黛玉对宝玉心明眼亮，对妙玉的为人更是清清楚楚。罚宝玉乞红梅，正是罚得其情、罚得其人，别人不能代替，所以黛玉不叫人跟去。就儿女之情看，此时此地的黛玉没有妒，只有助，是助情人去办情中雅事，不但没有酸情、苦情，而且替妙玉设想得如此严密。这恐怕就是超爱情之情吧？要说爱情是自私的，恐怕不会遭到多数人反对；要说爱情是大公无私的，也不会获得多数人的赞同。妙玉对宝玉爱慕之情，在栊翠庵留茶时，就用自己经常用的绿玉斗斟茶给宝玉，黛玉知而不愠，故作糊涂。这虽不是"大公"，但也不是"自私"。这和湘云给宝玉梳头时处之泰然一样，不能妒非所妒。但如果在宝钗那里"绊"，一阵子，就不能无动于衷。所以黛玉的爱情，在她心中有块试金石，即使与爱情相牵扯的情事，只要是似金而非金，黛玉也是采取开放政策的。如果笼统地说她小心眼，尖酸刻薄，这对黛玉的爱情来说，那确实是差之毫厘，失之千里了。

林黛玉是完整的林黛玉，但她又是局部的林黛玉；即此情中的林黛玉不等于彼情中的林黛玉，特别是在不断"探底"时的林黛玉和宝玉"交底"后的林黛玉是不一样的。

《红楼梦》第五十七回紫鹃试宝玉之后，紫鹃也心明眼亮了，所以回来才敢给黛玉掏出心里话："作定了大事要紧。"要黛玉自己"拿主意"。黛玉指责她"疯了"，要把她退回给老太太。紫鹃说"不过叫你心里留神，并没有叫你去为非作歹"。其实黛玉早已"心里留神"了，而"为非作歹"倒是黛玉所不能为的，但不等于黛玉心中没有想过此事。如《红楼梦》四十回黛玉说酒令："纱窗也没有红娘报。"黛玉并非不需要红娘，但对所谓"非""歹"的认识，紫鹃却没有真正理解黛玉。黛玉心中不仅羡慕张生莺莺，而且就连私奔的红拂也颂之为"女丈夫"。宝玉以张生自况，被黛玉责骂为苗而不秀的银样镴枪头。尽管在认识上有如此高度，但对"非""歹"这层纸，宝黛二人均不能捅破，如果捅破了，则与情史上的红拂、杜丽娘、莺莺无异。"洁来洁去"在人世走一遭，不受污淖渠沟之劫者，千古情人中，恐怕无出林黛玉之右！黛玉在情史上的异处，高处就在此！

本来在紫鹃试宝玉之前，黛玉已经心中有数，对宝玉已放心。紫鹃探试之后，黛玉心中更加踏实。宝黛爱情的发展，似乎水到渠成了，没有必要在"交底"之后再去"探底"。因此，在《红楼梦》第六十二回以后，黛玉内心的矛盾是事关成败的自我斗争。《红楼梦》第六十二回宝黛议论探春理家的才干，黛玉认为贾家需要这样的人，不然"出多进少，后手不接"。宝玉笑道："凭他怎么后手不接，也短不了咱们两个人的。"黛玉听了，"转身就往厅上寻找宝钗说笑去了"。如此当面议及婚后家计之事是书中唯一的一次。黛玉说"咱们家里太花费了"，把贾家说成"咱们家"，显然把自己划到贾家成员中去了。宝玉进一步明确"短不了咱们两个人的"。一个隐隐以孙媳妇自居，一个以一对小夫妻自命，黛玉不恼，而是默认，这是未成婚的恋人说了夫妻的话。爱情发展到这一步，似乎应该暂时打住了，但这不等于说黛玉内心安定了。《红楼梦》第六十四回的《五美吟》，不是随感而发，所吟对象是古史中有才色的女子，因这些人"可欣、可羡、可悲、可叹者甚多"，其选择标准是"才色"，未提"品德"。观其所吟"五美"，各有寄托：西施，被东施所效，虽东村女丑陋衣旧，但能浣纱到白头；虞姬，美人英雄，匹配称优，然而饮剑楚帐，只为免于黥彭之醢；明妃绝艳惊人，然予夺权被侵占，难逃陷害之苦；绿珠，石崇不辨瓦砾明珠，空有殉情之悲。只有红拂堪颂，巨眼识英雄，毅然私奔李靖，而成为"女中丈夫"。黛玉的择美而吟，只基于才色、胆识，不顾所谓贞洁、节操。五美之吟，只是千美之悲的点滴，是未完之吟。颦儿对这五人的欣、羡、叹、吟，正反映了黛玉"放心"后的不定心，不然不会择五美而吟出千美共悲的吟叹调！

在《红楼梦》第八十回之前，还有两处情节，值得关注，即第七十回的《桃花行》和第七十六回的黛玉湘云联句。这两处题诗联句，都是写黛玉在爱情问题上有了底数以后，对这心中的"底"仍然"如临深渊"，一方面对宝玉是放心了，一方面对自己的命运仍无可奈何。泪尽夭亡之兆，已经到了"泪干春尽花憔悴"的地步，而且使黛玉在病中预感到泪已逐渐减少。《桃花行》之作，正是花之憔悴激发人之眼泪。此时宝黛爱情虽然成熟，彼此相知，但结局如何？谁也不知，特别是黛玉更是难卜。到杜宇声中春归尽时，人与桃花，隔帘风透，其奈桃花命运何！宝玉看完《桃花行》后，评为"曾经离乱，用此哀音"，实际上并未透彻解读《桃花行》。这哪里是份离乱之作？在结尾处明明吟道"憔悴花开憔悴人，花飞人倦易黄昏。一声杜宇春归尽，寂寞帘栊空月痕"。人与花随春而尽，花飞人憔悴，人倦春归，只剩下帘栊空月，这就是泪尽夭亡之象。到了《红楼梦》第七十六回的黛玉湘云联句，尾声中余韵凄凉，白日好景，到夜间只剩一片"霜雪痕"了，而此时的林黛玉确实是"药经灵兔捣，人向广寒奔"了。在"壶漏声将涸"的深夜，"寒塘渡鹤影，冷月葬诗魂"，黛玉至此，其能久乎？虽有妙玉逞才，要把全诗"翻转过来"，但力不从心，空有情怀而已。可见湘黛联句，已把黛玉泪尽夭亡结局推向终点。在《红楼梦》第七十七回《芙蓉诔》中的"黄土坳中、卿何薄命"，和"冷月葬诗魂"的意境合一，悼晴雯实悼黛玉，弄得黛玉听了以后"怵然色变"！这充分证明第八十回之前黛玉的结局，已经安排好了，只是泪尽夭亡的具体描述还来不及写，以悬念告终。我们只好"悬念"下去了！

六、钗嫁黛死与泪尽夭亡

大家知道钗嫁黛死，是高鹗所续，泪尽夭亡为曹雪芹未完成的遗笔。历来对此争论颇多，见仁见智，一时难下结论。应该承认，程高续书中的钗嫁黛死，由后四十回传世，经电影、电视、各种地方戏的改编、演出，已经得到相当多的群众认可，好像钗嫁黛死是《红楼梦》的必然归结。但续作、改编、演戏，毕竟非原著，也不能代替原著。改编可以，若要改变《红楼梦》原著原意，事实证明是难上加难。

就一般情理而言，钗嫁黛死，也在悲情逻辑之中。但钗之嫁黛之死，包含一个传统的情理双方的胜负问题。金玉缘之缘，多缘于传统封建之理所涵盖的内容。情与理在金玉缘中是理胜而情败。钗嫁黛死之悲，不悲于人为的金玉结合，而悲于黛玉焚稿后之死，为黛玉悲恨而绝所震撼！黛玉之死关键是"嫁""死"同步，而宝玉又为痴呆病所迷。这样看来，黛玉之死有被"逼"的意味，对宝玉的生死爱情在死前而产生悔恨。如焚稿前的撕稿、死前的直声叫道"宝玉、宝玉，你好……"这纵然撕裂人心，但凑巧和人工痕迹是存在的。如果黛死真是基于钗嫁，那还泪酬灌情，泪尽夭亡在《红楼梦》前八十回中的许多伏笔就应删去。但又有谁敢于把三生石畔的绛珠仙草锄去呢？谁又能无视《红楼梦》中仙姝下凡的女主角呢？谁能否认绛珠还泪翻开了情史的新一页呢？

千古情人的共同愿望是生生世世比翼连理，但事实上人生一世，草木一秋。情似长流水，长流水虽逝者如斯，但情和情人实无生生世世之共。抽刀断水水更流，正如逝者未往一样；而泪尽夭亡，则似长流水中一段起伏浪花，贵在体现了自然之势。木石前盟所谓"盟"，并未有"结"的意思，而是体现了与生俱来的人性人情，是人人俱有的先天性情。但这种与生俱来的性情，进入人分等级贵贱的社会以来，情的自由世界就逐渐被统治者统治去了。所以虽然绛珠立志还泪酬情，但她在人世间只能是欠债人，而不能做还债人。"泪尽夭亡"是一生立志还债而一生又不能还债的封建社会常情常理统治的必然！所以绛珠在未入世时，就决定以一生眼泪相还。这不是以情还债，而是以命抵债！

但对贯穿全书的"金玉缘"又该如何对待呢？应该说金玉缘与木石之盟构成了"生瑜生亮"之说。但金玉并无先天之迹，而木石则有前生甘露之情，木石之所以不能胜金玉，并形成"金克木"，这是曹雪芹在构思神瑛与绛珠甘露之情与世间人为的金玉之缘时，已经把几千年的中国封建社会理治势力浓缩在木石与金玉当中去了！所以当绛珠入世，寂然一身时，她面对的是"一年三百六十日，风刀霜剑严相逼"的日日夜夜。在这样的大环境里，明媚鲜妍的娇花，又怎能不红消香断呢？所以钗嫁之"逼"，宝玉之"傻"，根本没有走进"泪尽夭亡"的大门。

已如前述，钗嫁黛死赢得万千读者的眼泪，但就钗嫁黛死的同步发生而言，"巧"的人工，"逼"的人迹，是难以抹掉的。虽说无巧不成书，但前八十回就有无巧也成书的计划。《红楼梦》有一个著名的美学观点，就是宝玉所主张的"天然"二字，并以这两个字驳倒了其父及清客相公们人工扭捏而成的所谓景观。可惜后来钗嫁黛死时宝玉的痴呆病，已经是人工扭捏而成了，但偏偏还传染到逼死黛玉的情节中，这只能说"巧"得太过了。

其实泪尽夭亡，对黛玉来说是三大因素必然造成的。一是孤苦无依，寄人篱下，婚姻大事与薛家比，形成孤女与大家族的门不当户不对的局面。第二，自铸真情，但不能自主爱情。加上体弱多病，面对风刀霜剑的日日夜夜，又如何生存下去呢？第三，树倒猢狲散，本来已无家可归，偏偏是寄居的大树也倒了。贾家获罪，宝玉被捕，确实到了"无立足境，是方干净"之秋。这时黛玉不死何待？

泪尽夭亡之所以优于钗嫁黛死，是因为黛玉自然之死中体现最大的不自然之死。刚才归纳的泪尽夭亡的三大因素，没有一条不是自然的，但也没有一条不是最大的不自然的。王国维评《红楼梦》有一句名言，即《红楼梦》是悲剧中的悲剧。具体地说，这是悲剧的历史，悲剧的社会，悲剧的家族，悲剧的传统理治，对封建家族中一个小儿女层层逼挫，在历史、社会、家族、传统理治强大势力下，"孤标傲世"的鲜花，也只能昙花一现。历史、社会、环境都是悲剧的宝塔势力，而一朵鲜花般的悲剧角色，在年年岁岁，日日夜夜风刀霜剑的逼迫下，不知要比"嫁"的压力大多少倍？"春蚕到死丝方尽"，这是悲剧历史、悲剧环境中的必然悲剧，也是自然悲剧！自然的生死加必然的生死，是黛玉泪尽夭亡的规律，又何劳"钗嫁"之逼与宝玉痴迷之惑呢？

可见"泪尽夭亡"是《红楼梦》悲剧的壶中天地，它包括木石前盟的因果渊源；包括林如海一家的凋零与星散，形成了一个孤女的寄人篱下；包括了为山九仞的铸造真情而功亏一篑；包括树倒猢狲散所形成的"无立足境，是方干净"的白茫茫的结局。看来如果要真正保存《红楼梦》的悲剧结局，"泪尽夭亡"这四个字的深广内涵是无法取代的！

《红楼梦》对曲艺的融会贯通

在文学领城，由于文体的不同，它们的艺术表现手法，也是各不相同的，各种文体有各自的艺术特征，这是毫无疑问的。但艺术又是相互勾通、相互影响的，特别是从美学原理上看，它们是同源而异流的。如中国传统美学中的虚实相生，正反相成，情景交融，此物与彼物的相通，人与人之间的相需相生等。再就是"引类譬喻"，"举类见义""着形于绝迹，振响于无声"的艺术法则，不管在诗歌、绘画、戏剧、小说、曲艺等方面都是适用的，当然运用起来又是各具特色的。本文所涉猎的范围是《红楼梦》与曲艺之间的艺术联系，因此只能就《红楼梦》与曲艺的相互关系，作一次简要探讨，以便进一步看出《红楼梦》这个博大精深的艺术海洋里是怎样吸收传统曲艺这一支流的。

一、"入话"与"入意"

在我国的传统说唱艺术中，往往在说（唱）正话之前，在篇首引几首诗词，并加以发挥，然后引入作品的正话，统称之为"入话"。其作用在于听众未聚齐之前，为了填补时间，等候听众，就引一些与正话相近的诗词或说一段对正话有开导、启发性的小故事，以便"言归正传"，在说正话之前吸引了听众。它能起到醒目、点题、交代内容等作用，因此"入话"就成为话本或唱本的重要组成部分。元以后的杂剧、传奇、小说中的"楔子"同"入话"就有着渊源关系。入话和楔子都起到借彼引此，点出主题，交代故事，提絜情节，隐括人物的作用，所以它和话本、唱本是密不可分的整体。一般论者，都认为"入话"来自民间的说书艺人。其实从"入话"或"楔子"的作用来看，在我国历代散文中，已经有了"楔子"（入话）的雏形，只不过它不是一个短小故事或是与内容相近的诗词，而是对全文内容的交代、主题的提示，给人以未读全文之前，已知文意之所在，这当然有隐括全文的作用。比如李斯《谏逐客书》，一开头就说："臣闻吏议逐客，窃以为过矣。"通篇文章就围绕"逐客为过"而展开。两句话既交代了主题，又表明了上书秦王的用意，这何尝不可称之为散文较早的"入话"或"楔子"。再比如《史记·孔子世家赞》，开头就写道：《诗》有之：'高山仰止，景行行止，虽不能至，然心向往之。'"这又和以诗入话没有多少差别。唐宋以降，文人创作散文就多用此法，在开头就楔括全文的例子是举不胜举的。所不同的是散文往往直截了当地提示全文，以概括性很高的话作为主脑、展示主题、交代写作意图；话本、小说、戏剧的"楔子"则多是借彼比此、借物喻意、借诗（词）引情，但从开首引入正文，点题示意等方面来看，又是相互贯通的。

《红楼梦》的前五回，有人认为是《红楼梦》的"楔子"，是全书的提纲。这是没有错的，但《红楼梦》前五回的楔子结构既与散文、话本、戏剧、小说有相通之处，又有它独特的、其他文体和其他作品所不能比拟的特殊成就。话本中以篇首诗词或短小故事入话，都是用单一的简短故事象征性或比拟性地引出正文，就是长篇小说的楔子内容也是较简单的。如《水浒传》的楔子，"洪太尉误走妖魔"，引出三十六天罡七十二地煞一百零单八将梁山英雄好汉，这显然是由话本入话而来，并加以发展。《儒林外史》的第一回是"说楔子敷陈大义，借名流隐括全文"，标题就标得一清二楚，是借王冕这个"名流"来立一个标竿，作为臧否人物的标准，把功名富贵彻底否定，把书的主旨说得很清楚。它们和话本一样，都是借彼喻此，以简短的故事引出全书正文。《红楼梦》前五回就不能说它是以一个简短故事楔括全文，或者以彼一事物喻明此一事物。由于《红楼梦》内容的博大精深，就很难取法传统的话本、小说、戏剧、散文中楔子表现手法，以《红楼梦》的思想内容来看，不管是传统文体中哪一种"楔子"，用起来都难以胜任楔括全书的任务。因此，《红楼梦》前五回综合运用了散文、小说、戏剧、话本中的各种楔子手法，又融会贯通，独创出一种任何文体、任何作品所没有的"楔子"方式，即以系列的楔子，分司其职、各自楔括出书的某一部分内容，然后又用一个楔子作总收，将各楔子所隐括的内容，统而一之，并且不像话本、小说、戏剧的楔子，可以相对独立成篇，与正文缺乏直接的内在联系。而《红楼梦》则不然，它的系列楔子，是与正文交织在一起的，一边是楔子隐括书的内容，一边又是人物故事正在伴随楔子不断推进，情节也在不断发展，和前五回之后的全书文笔密不可分。所以《红楼梦》不像以往的话本、小说、戏剧那样在楔子写完之后，才转入正文，而是正文与楔子一开始就结成全书的结构整体。因此，不能说《红楼梦》的正文是从第六回刘姥姥一入荣国府开始的。

《红楼梦》第一回中一共写了三段入话，即三个楔子。第一个楔子是女娲补天的弃石，第二个楔子是绛珠还泪，第三个楔子是《好了歌》及其解注。第二回中又写了一个楔子，即冷子兴演说荣国府。第四回的护官符，可以说是第五个楔子。第五回写了第六个楔子，即"红楼梦十四支曲"（包括引子和尾声）。这六个楔子对全书来看，各辖所属领域，分别交代各自的内容，再以甄士隐、贾雨村为穿针引线人，使各个楔子成为故事发展的有机部分。然后在黛玉、宝钗进荣府之后，来一个贾宝玉梦游太虚幻境，把以上五个楔子一起收住，同时又把全书的总的纲要形象地显现出来，以仙姑演曲、警幻宴客、参观薄命司等，交代了主要人物的结局，使入话中又有入话，楔子中又套楔子。

这是古今小说、戏剧、话本中见所未见的奇特创造。

我们先看第一个楔子，女娲补天的弃石。这个弃石是和女娲所炼三万六千五百零一块的补天石一样，俱是炼成"灵性已通"的补天材料，而不是什么"无材补天"的残次品。可是三万六千五百块都用了，只单单剩下一块不用，被弃在青埂峰下，遂"自怨自叹"，想"幻形入世"，结果被一僧一道带入红尘，"历尽离合悲欢，炎凉世态"，于是一部《石头记》由此产生。这就是"无材补天""枉入红尘"的写作《红楼梦》的指导思想。也可以说这个女娲弃石，既点明作者愤世之由，也交代了贾宝玉混世之根。灵石无故被弃，而且还弃在青埂（情根）峰下，如果说因为带着情根入世，不可能再去补尘世之天的话，那么责任在谁？是谁炼成了石头又抛弃了它？是谁偏偏把它弃在青埂峰下？这不都是女娲一手造成的么？由女娲一手造成的补天之材而又无故被弃的矛盾，就成为《红楼梦》的创作思想。因为石头无罪，罪在女娲，一部"无材补天""枉入红尘"的"荒唐言"，是女娲逼出来的，而结果当然是"枉入红尘"。不论是作者还是他笔下的贾宝玉，在红尘中走了一遭，都落了个"一技无成，半生潦倒"的结果，只好以"情根"为由，为"闺阁昭传"，"大旨谈情"，写出古今独步的"儿女真情"的《红楼梦》。可见这个楔子从思想内容上看，它是创作《红楼梦》的思想根由，先有"无材补天""枉入红尘"的"兴衰际遇"，才有将"身前身后事""记去做奇传"的写作动机。所以女娲弃石，实际上是《红楼梦》写作思想的楔子。

石头"幻形入世"以后，干了些什么事呢？既称"枉入"，就必然有"背父兄教育之恩，负师友规谈之德"，不可能干出封建家族所希望的光宗耀祖的大事来。因此，只好将"半世亲闻亲睹的这几个女子""追踪蹑迹"地写成"大旨谈情"的"问世传奇"。"大旨谈情"谈的什么样的情？作者回答得很清楚，就是写出"令世人换新

269

眼目"的"儿女真情"。这个"儿女真情"的内涵是什么？它的表现形态怎样？作者在第一回书中，又写了第二个楔子，即绛珠还泪，以神瑛侍者给绛珠仙草的甘露灌溉为因由，绛珠即同神瑛一同入世，以眼泪还甘露之恩，结果是泪尽夭亡，洁来洁去。这就是宝、黛爱情的楔子。这个楔子就成了宝黛爱情的悲剧根由，从始至终贯穿到底，为女娲弃石幻形入世充塞了生活内容，把宝、黛爱情的悲剧结局事先交了底。

这回书的第三个楔子，就是通过甄士隐与疯跛道人的遭遇，谱写了《好了歌》及《好了歌》解注。《好了歌》实际上是这个楔子的引文，《好了歌》解注才解出了本意，把"好了"思想落在实处。甲戌本《红楼梦》在《好了歌》解注中有不少脂批，作为"解注"的"解注"，大体上是说《好了歌》解注分别指出了荣宁二府的兴衰，大观园的破灭，金陵十二钗的凄惨下场等，把功名富贵、脂粉裙钗全部否了。这是"真事隐"中"真事"的暗示，使读者明白所隐真事原来如此。同时也以甄士隐的随道人出走，预示贾宝玉的最后归宿。《好了歌》解注的虚幻气氛、悲剧意蕴，给读者以强烈的感染力，使读者在接触《红楼梦》正文之先，已深深感受到"悲凉之雾"确实"遍被华林"，这给"树倒猢狲散"的中心思想事先作了一次强烈渲染。

《好了歌》解注的"好了"思想，虽然实指贾府的衰亡，但也泛指封建贵族兴衰成败的事实。"当年笏满床"而今"陋室空堂"，当年"歌舞场"而今"衰草枯杨"，这又何止贾府一家！因此"好了"思想又具有封建贵族"末世"到来时的普遍性。所以《好了歌》解注作为"楔子"来看，它的普遍意义与具体意义是相互结合的，从具体中看到普遍，这也是《红楼梦》思想的普遍性。但具体到《红楼梦》来看，难免太笼统一些，只知其不离普遍的"好了"规律，而不清楚如何"好了"，因此，才有第二回冷子兴的演说荣国府。演说荣国府体现了"好了"思想的具体内容。演说荣国府的前一半特别强调贾府儿孙一代不如一代，同时突出了贾宝玉的奇怪性情。这里有两层意思，贾府儿孙一代不如一代，和"好了"思想相接，表明贾府的"末日"到来的必然。突出贾宝玉奇怪性情，是要进一步演说后面的正邪两赋。正邪两赋是泛论，也是具体论述。从具体上看，是要把贾宝玉从贾府的历代儿孙中分化出来，不使贾宝玉与贾府各辈同流合污。在冷子兴的演说中，对贾赦辈、贾珍辈、贾蓉辈几乎都是异口同声的贬词，唯独对贾宝玉以他"淘气异常"和"聪明乖觉"突出出来，明贬暗褒。作者借贾雨村之口把宝玉的所生归为天地间"秀气之余"和一丝半缕的邪气相遇，"偶秉此气而生者"，故"上不能为仁人君子，下亦不能为大凶大恶，置之于万万人之中，其聪明灵秀之气，则在万万人之上，其乖僻邪谬不尽人情之态，又在万万人之下"。而作者把这两气相遇而生的人归结为许由、陶潜、阮籍、唐明皇、宋徽宋、温飞卿、柳永、秦少游、唐伯虎、卓文君、红拂、薛涛、崔莺莺等。把帝王、名士、私奔少女、妓女杂糅在一起，这就是正邪两赋评人的标准。在贾府儿孙一代不如一代当中，独给宝玉两气相交相融而生的机遇，而且以古证今，上至帝王，下至妓女，就其聪明灵秀之气来看，确实是出于万万人之上的。所以演说荣国府是一分为二的：一方面说"末世"儿孙促进"末日"的到来；一方面说鸡窝中的金凤凰贾宝玉，他是天地间秀气之余与一丝半缕邪气相交相融的产儿，所以具有"行为偏僻性乖张，那管世人诽谤"的性格。演说荣国府是对贾府中嫡派人物的一篇总赋，和第一个楔子女娲弃石幻形入世相呼应，给《红楼梦》的主人公在未出场之前已给人以非凡的感受。一反世俗好人绝对好，坏人绝对坏的陈腐偏执观念，从根本上为"行为偏僻性乖张"的贾宝玉定下了是非标准。

《红楼梦》中第五个楔子，是第四回的"护官符"。过去红学界有第四回总纲说，此说政治色彩十分浓厚，而其中"护官符"是主要根据。以第四回为"总纲"，确有"上纲上线"之嫌，未免言过其实。但第四回中的护官符有无《红楼梦》中某一部分的纲要性质，这还是可以研究的。从小说、戏剧、话本的楔子来看，都有程度不同的纲要性质。如果护官符是《红楼梦》系列楔子之一，那么它的纲要性质却是客观存在的。护官符之所以能护官，是因为四大家族显赫一时，正如门子所说，一旦"触犯了这样人家，不但官爵，只怕连性命还保不成呢！"护官符中的贾、史、王、薛四大家族组成一幅官僚网络："这四家皆连络有亲，一损皆损，一荣皆荣。"所以薛蟠把人命当儿戏，打死人如无事一般。这对当时封建统治阶级上层社会来看确实是一面现实的镜子，它对贾府这个框架的生存根基和显赫势力，确实有纲要性质，否则王熙凤不可能为三千两银子而害死张金哥两条人命，贾赦也不可能为了几把扇子而逼疯了石呆子使其自杀，薛蟠也不可能在打死冯渊之后，逍遥法外，贾雨村也不能以一穷酸而飞黄腾达。所以护官符也是《红楼梦》四大家族的"风月宝鉴"，正面为人，反面为魔的性质是照得十分清楚的。因此，护官符对提高读者对《红楼梦》的认识价值，自然增值不少。

《红楼梦》第五回的梦游太虚幻境，是对前五个楔子的总收。前面五个楔子有作者的创作指导思想，有爱情的悲剧预示，有荣宁二府的末世图影，有贵族家庭嫡派子孙的群像及宝玉的特殊性情，有四大家族的官场网络及其荣败攸关的联系。而第五回的梦游太虚幻境的《红楼梦曲》，则是一幅玉石俱焚的彻底毁灭图，十二钗的悲剧结局与"树倒猢狲散""落了片白茫茫大地真干净"的封建贵族大家族的毁灭融为一体。本来大观园的净土与贾府的污浊在《红楼梦》中是泾渭分明的，但到头来均同归于尽。《红楼梦曲》虽着重叙十二钗的结局，但在《收尾》一曲中却连同"为官的""富贵的""有恩的""无情的""欠命的"，"欠泪的""痴迷的"均一网打尽，真是

"落了片白茫茫大地真干净！"这并非良莠不分，而是因为从封建土壤中萌发出来的超前意识，必将随着"土壤"的覆灭而覆灭。所以梦游太虚幻境，把前五个楔子所辖的各自的内容，收拢起来，集中展现给读者，不仅使读者对《红楼梦》全书有纲目之明，而且能令读者在"遍被华林"的"悲凉之雾"笼罩中把握《红楼梦》的思想意蕴。

上述可见，《红楼梦》六个楔子的联用，不仅是形式上的独创，更是为了适应博大精深的思想内容的需要，不仅使读者在读全书之前，得知全书大致内容，而且能对"荒唐言"与"辛酸泪"的内在联系有所理解。所以《红楼梦》的系列楔子，不仅是单纯的"入话"，更重要的是要"入意"；"入话"是表面上的形式引导，而"入意"则是深层次的思想内容的路标；"入话"与内容也有一定的象征意义，但比不上"入意"可以曲径通幽，不致迷失方向。可见《红楼梦》对入话的引用，不单是"令世人换新眼目"，而是要使世人"能解其中味。"

二、虚幻与真实

虚幻与真实，在艺术上是彼此相需的，而不像现实生活中的彼此对立。虚幻与真实表面看来，确实是矛盾的，但它们彼此之间又是相互联系的，无虚无实，无真亦无幻，这在哲学上看，是矛盾的普遍规律，在艺术上看，则是相生相需的法则。虚实相生，真幻相需，不管在小说、话本、戏剧、诗歌、绘画中都是普遍存在的。

在曲艺领域虚幻与真实的相生相需法则，主要表现在两方面，即话本（唱本）中和说话艺人的表演上。就话本来说，虚实真幻所构成的作品，不仅是灵怪类的作品，在许多传奇、小说中，也有虚实、真幻之作。比如南宋末年说话人演说的《王魁负心》就是这类作品。万历末年的《小说传奇》合刊本，就载有《王魁》话本。话本说的是山东秀才王魁与妓女殷桂英相恋，海誓山盟永不变心。后王魁赴京考中状元，与崔相国之女完婚，抛弃了桂英。桂英激愤自杀，其鬼魂至王魁家，将王魁活捉。随后其父召马道士驱鬼，马道士游神至王魁当初与殷桂英盟誓的海神庙，只见桂英正拉了王魁向判官告状。马道士向判官求情，判官笑道："可惜你是一个有名的法官，原来只晓得阳间的势利套子，富贵人只顾把贫贱的欺凌摆布，不死不休……他纵官居极品，富比陶朱，也偿不清哩！况俺大王心如镜，耳如铁，只论人功过，那论人情面；只论人善恶，那管人贵贱。料王魁今日这负义忘恩罪，自然要了结，你也不必替他修醮了，请回罢。"王魁终于被活捉了。这与其说是写鬼蜮世界，不如说是写人间世情，特别是海神庙判官对马道士的一席话，实际上就是人心民意的"代言"。正是虚中有实，幻中有真，否则一个烟花弱女怎敢和负心的状元抗衡？更不用说索取他的性命了。宋话本《碾玉观音》也是这样。在现实生活中，邪恶势力可以将追求爱情的秀秀处死，但在鬼的世界，即使像咸安郡王那样的人，也对秀秀的鬼魂无可奈何。它表明生的不自由，而死后可以自由。这里面的虚幻情节，正是对现实遭遇的改变，也即是以理想取代了现实。所以秀秀为了爱情而顽强的斗争精神，是理想升华了现实，这就是"幻"中之"真"，"虚"中之"实"。

以上是谈话本中的虚实、真幻问题，另外在说书艺人的说唱表演中，也成功地运用了虚幻真实的表演手法。有些很难以说唱来表演的情节，往往以虚拟动作代之，同样收到很好的艺术效果。曲艺艺人在长期为艺术实践中，他们悟出了虚实相生的妙用。李斗《扬州画舫录》卷十，记有乾隆时的说书艺人吴天绪说《三国演义》的实况：

　　吴天绪效张翼德据水断桥，先作欲叱咤之状，众倾耳听之，则唯张口怒目，以手作势，不出一声，而满室中如雷霆喧于耳矣。谓其人曰：桓侯之声，讵吾辈所能效。状其意，使声不出于吾口，而出于各人之心，斯可肖也。

吴天绪的经验是非常可贵的，可以说是在自觉地以虚生实的美学理论指导下创造的经验。以"状其意"的虚，取代"状其声"的实，"使声不出吾口，而出于各人之心"，这难道不是"着形于绝迹，振响于无声"的活用吗？"于无声处听惊雷"，无声胜有声，寂静的听众室却充满了雷霆喧耳的效果。这是传统艺术中的虚实相生在曲艺表演中创造性地运用。

再看雍正时期的另一著名说书艺人叶霜林，他的说书则在以实生虚上和吴天绪的以虚生实正好相反相成。据徐珂的《清稗类钞》三十六《音乐》类，记叶霜林说《宗留守交印》时的情景：

（宗泽）抚膺悲愤，张目呜咽，一时幕僚将士之听命者，及诸子之侍疾者，疏乞渡河之口授者，呼吸生死，百端岔集，如风雨之杂沓而不可止也；如繁音急管之惨促而不可名也；如鱼龙呼啸，松柏哀吟之震荡凄绝，而无以为情也。

这段记载，把叶霜林说宗泽交印时悲愤之极的心情以及不能渡河杀敌的口吻情态，委曲入情地、一丝不漏地表达出来，实境中有无限感情驰骋的天地，也有无限场景的延伸扩张，怪不得"座客憬然""欷歔泣下。"

上述可见，我国传统曲艺中的一些美学原理是十分可贵的，它不仅丰富了曲艺作品和发挥了说唱艺人的天赋，而且影响到文人创作。如《红楼梦》中虚幻与真实的描写，就有其传统的民族渊源。表面看来，《红楼梦》的虚幻色彩是十分浓烈的，上一节所举的六个楔子中，除演说荣国府和护官符以外的四个楔子，都具有强烈的虚幻气氛。此外，书中多次出现的一僧一道以及若干诗词、酒令、灯谜等，都难免虚无气息。但《红楼梦》中的虚幻问题，却与"追踪蹑迹"不敢失真密不可分。不管是《好了歌》解注、"红楼梦十四支曲"，其虚幻的底蕴都是封建末世大家族的毁灭以及依附在这个大家族中所有成员的毁灭，《红楼梦》中所有虚幻情节，包括诗、词、曲等的虚无思想，都真实地预示了贾府这个百年旺族的消亡。因此《红楼梦》中虚幻是更好地为真实服务的，它成为全书"悲凉之雾"而"遍被华林"。这是任何传奇、话本中的虚幻情节所不能比拟的。话本、传奇中的虚幻情节，悲时十分可悲，但最后往往是以团圆作结，即使《牡丹亭》也不例外。这对人们的理想可以说是真实的，但对当时的现实社会来说，却不能说是真实的。《红楼梦》则不然，它是把丑恶与美好同归于尽，丑恶是既存现实的邪恶势力，美好是既存现实中萌芽的超前因素；既存现实容不得新生的东西，在现实中往往是邪恶毁灭新生，而邪恶仍继续存在。在《红楼梦》中，美好的毁灭应属必然，因为越是到了末世，顽固、保守的封建势力就更加顽固、保守，其对于新生势力誓不相容的势头也更为强烈。在这种形势下，《红楼梦》敢于如实毁灭封建顽固、保守的势力，这是很不容易的。所以书中某些虚幻情节形成笼罩全书的"悲凉之雾"，这是为顽固、保守势力的毁灭事前作势，事前交底，这是统一而不是矛盾。可以说《红楼梦》虚幻情节的涵盖面是整个封建社会的"末世"，而代表这股"末世"力量的就是赫赫扬扬的"百年旺族"贾府。这也是其他作品不可企及的独特的悲剧意蕴。所以《红楼梦》的"追踪蹑迹"，不敢失真，是建立在封建末世的历史发展的必然基础上的。如果《红楼梦》也像其他传奇、话本一样，从虚幻境界中来一个团圆的或别的什么美好的结局，这就势必削弱《红楼梦》虚幻的涵盖内容，也势必违反"追踪蹑迹"的写真原则，同时也不符合当时现实的真实。所以《红楼梦》中的虚幻不是什么"消极的虚无主义"，实际上是作者构思网络中的"悲凉之雾"，是更好地为了以虚出实，以幻出真。从艺术表现手法上看是以虚幻状真意，像吴天绪一样，使"意"出于读者之心，而不先出于作者之笔。由此可见，《红楼梦》中的虚幻情节及有关诗词俱具有"状意"的作用，这也是作者创作构思时的良苦用心。

三、铺叙与穿插

曲艺中的铺叙与穿插，可以说是一种普遍现象，特别是说书艺人，为了紧紧抓住听众，往往在一些重要情节中，大加敷衍，在动听的吸引人的部分尽量擒而不纵，故意盘旋，使情节摇曳生姿。在故事转折处，大加渲染，对人物的外貌到内心进行全面的精雕细描，添枝加叶，虚构创造，使观众完全投入故事中去，收到很好的效果。如话本《西山一窟鬼》，仅六千来字，而说书艺人能把它敷衍成数十回来说。南宋郑樵《通志·乐略》记说书人的情况："虞舜之文，杞梁之妻，于经传所言不过数十字耳，彼演成千万言。"《梦粱录》形容说书人敷衍本领"谈古论今，如水之流"，但他们并不是一味拖长故事，而是要求："敷衍处，有规模，有收拾；冷淡处，提掇得有家数；热闹处，敷衍得越长久。"在敷衍中要抓筋节，对铺开的情节，要收拾得爽利。这不仅话本如此，就是一些唱本中也多有铺叙。如《红楼梦子弟书》中的《葬花》第三回，宝玉去看黛玉，黛玉正躺在床上，这里对黛玉是这样铺写的：

鬓云半绾上别着簪，绣枕儿半按半弹纤手儿动，药珠儿半闻半隐叹声儿舍，杏眼儿半掩半开微微一顾，泪珠儿半垂半转点点相连。身儿傍罗帕儿上半带涕痕半染泪，手儿边绣枕儿畔半边摊放半边圆。

用一系列的排比句把黛玉因吃了晴雯的闭门羹后，伤心怨恨的心情、神态、姿式、病态，辅叙得细致入微，楚楚堪怜。《红楼梦》是小说，但它在某些情节的处理上，也吸收了曲艺的铺叙穿插的手法。不过《红楼梦》中的铺叙穿插，不是"肆为出入"的"添枝加叶"去迎合听众的趣味，显示说话人"如水之流"的口才。《红楼梦》铺叙堪称"新奇别致"，铺叙得奇巧，收拾有雅趣，最终和人物性格照映，恰似锦上之花。如《红楼梦》第七回，写薛宝钗和周瑞家的叙说配制冷香丸的过程，就是传统的穿插铺叙法。请看冷香丸的配制药方：

春天开的白牡丹花蕊十二两，夏天开的白荷花蕊十二两，秋天的白芙蓉花蕊十二两，冬天的白梅花蕊十二两。将这四样花蕊，于次年春分这日晒干，和在药末子一处，一齐研好，又要雨水这日的雨水十二钱……白露这日的露水十二钱，霜降这日的霜十二钱，小雪这日的雪十二钱，把这四样水调匀和了药，再加上十二钱蜂蜜，十二钱白糖，丸了龙眼大的丸子，盛在旧磁坛内，埋在花根底下。若发了病时，拿出来吃一丸，用十二分黄柏煎汤送下。

《红楼梦》甲戌本脂批："以花为药，可是吃烟火人想得出者。诸公且不必问其事之有无，只据此新奇妙文悦我等心目，便当浮一大白。"脂砚斋只着眼于"新奇妙文"，"不必问事之有无"，这说明脂砚斋认为本无其事，乃作者的想象。本无其事是对的，但若认为全是想象出的新奇妙文，这并不准确。其实曹雪芹手下无闲笔，这里虽然用了铺叙之笔，但仍然暗中抓住筋节，那就是以复杂而奇怪的药方配制的"冷香丸"，是象征宝钗深层次的性格。"冷香丸"照字面解释是既冷且香而又溜圆，这正是对宝钗性格所下的针砭。宝钗和其他人一样，先天是带了"热"来的，但这种常人之热却被后天的"冷"所根治了。这"冷香丸"的真正意蕴，绝非那些近似文字游戏的许多个"十二两""十二钱"所能掩盖得了的！正因为"冷香丸"的药方是虚拟的，所以"冷香丸"的虚假性不言自明。这"冷香丸"三字联系宝钗一生的言行来看，不是令人回味无穷么？同样的辅叙手法，曲艺与《红楼梦》相比，不仅有深浅之分、雅俗之别，而且有俗中见雅，谑中见讽的诗人之旨。

在同一回书中还有一个周瑞家的为薛姨妈送十二枝宫花的情节，这本是很简单的情节，但曹雪芹在铺写这个情节的过程中，紧抓送宫花这条线，从宝钗始到黛玉止，穿成一串晶莹闪烁的串珠，为十二钗主要人物做了一次很好的点睛。首先是王夫人要把宫花留给薛宝钗戴，薛姨妈说："宝丫头古怪着呢，他从来不爱这些花儿粉儿的。"点明了宝钗的古怪性格。接着把花送给探春、迎春之后，送与惜春。惜春正在和智能儿玩，她却说："我明儿也剃了头同他作姑子去呢……若剃了头，可把这花儿戴在那里呢。"为惜春归宿伏笔。周瑞家的又把宫花送到凤姐那里，正逢琏凤夫妇白日行风月之事。脂砚斋批云："阿凤之为人岂有不着意于风月二字之理哉。"但不便明写，只好用"柳藏鹦鹉语方知之法略一皴染"，读者就明白于心了。最后来找黛玉，黛玉正在和宝玉解九连环玩。"周瑞家的进来笑道：'林姑娘，姨太太着我送花儿与姑娘带来了。'宝玉听说，便先问：'什么花，拿来给我。'一面早伸手接过来了，开匣看时，原来是宫制堆纱新巧的假花儿。黛玉只就宝玉手中看了一看，便向道：'还是单送我一人的，还是别的姑娘都有呢？'周瑞家的道，'各位都有了，这两枝是姑娘的了。'黛玉冷笑道：'我就知道，别人不挑剩下的也不给我。'周瑞家的听了，一声儿不言语。"《红楼梦》甲戌本脂批云："送宫花一回，薛姨妈云，宝丫头不喜这些花儿粉儿的，则谓是宝钗正传。又至阿凤、惜春一段，则又知是阿凤正传，今又到颦儿一段，

却又将阿颦之天性从骨中一写，方知亦是颦儿正传。小说中一笔作
两三笔者有之，一事启两事者有之，未有如此恒河沙数之笔也。"确
实以一人一事铺叙之文，在其他小说、话本中并不少见，但像《红
楼梦》这样以一事而点数人之睛，写数人之性者，这是未曾见过的。

四、使砌与打诨

使砌是曲艺名词，又叫"打砌"或"点砌"，就是说话人的插科
打诨、便人发笑的滑稽话，在曲艺中使用较为普遍。使砌具有辛辣
的讽刺性，也充满了喜剧性，这是说话人的基本功之一。《醉翁谈录·
小说开辟》中说，说话人要"白得词，念得诗，说得话，使得砌"。
使砌，就是要使演说的故事充满滑稽和趣味。一部作品的趣味性很
浓厚，就自然而然的增添了一层魅力，并使艺术性多姿多彩。《红楼
梦》在这方面吸收曲艺的使彻是做得不错的。如《红楼梦》第九回
"恋风流情友入家塾，"分写宝玉恋秦钟，主动向贾政请求去上学。
贾政唤了宝玉的跟班李贵进来问道；

"你们成日家跟他上学，他到底念了些什么书？倒念了些流言混
语在肚子里，学了些精致的淘气。等我闲一闲，先揭了你的皮，再
和那不长进的算账。"吓的李贵忙双膝跪下，摘了帽子，碰头有声，
连忙答应："是。"又回说："哥儿已念到第三本《诗经》，什么'呦呦
鹿鸣，荷叶浮萍'，小的不敢撒谎。"说的满座哄然大笑起来。贾政
也撑不住笑了。

作者借李贵的"学舌"口吻来使砌，不仅一下冲淡了当时的紧
张气氛，而且也揭去了道学先生贾政的威严面纱，使贾政也忍不住
笑了起来。喜怒哀乐人之常情，假道学强撑起来的仪容，毕竟是经

不住人之常情的冲突的。

《红楼梦》第三十三回，写宝玉挨打，宝玉被贾政吩咐他"不许动！"他知道凶多吉少，正盼有人去里头捎个信，偏生没有人，就连焙茗也不知在那里。"正盼望时，只见一个老姆姆出来，宝玉如得了珍宝，便上去拉她，说道：'快进去告诉，老爷要打我呢，快去，快去，要紧，要紧！'宝玉一则急了，说话不明白；二则老婆子偏生又聋，竟不曾听见是什么话，把'要紧'二字听作'跳井'二字，便笑道：'跳井让他跳去，二爷怕什么。'"这里借老婆子耳聋，把"要紧"听成"跳井"，把火急火燎的贾宝玉急得更加了不得，使本来就很紧张的气氛显得更为紧张了。老婆子虽然耳聋，但她还能听出近音字"跳井"，她对"跳井"事件很清楚，并不以为然，认为"太太又赏了衣服，又赏了银子，怎么不了事的！"这有点近似"打岔"的使砌，把宝玉迫切希望送信入内的想法断送了，使一场痛打成为必然，给贾政打宝玉矛盾高潮的到来，增加了一股雷前闪电。读者对聋老婆感到既可笑又着急，而且更为宝玉捏了一把冷汗。这里的聋老婆子既可作为打诨的笑料，又可以作为加剧矛盾到来的巧妙穿插的细节。

再比如《红楼梦》第四十二回，写贾母要惜春画大观园，宝钗给她开了一张所需材料和工具的单子，命宝玉记下，一口气说了大小排笔和各种笔一百二十支，颜料十三种，三十六两，其他各种材料二十多种，其中有各式大小的粗碗粗碟等。黛玉拉着探春悄悄地道："你瞧瞧，画个画儿又要这些水缸箱子来了，想必他糊涂了，把他的嫁妆单子也写上了。"说得探春"嗳了一声，笑个不停"。这里同时写了十二钗的两个冠首女子，一个博学多才，知识面广，一个锦心绣口，灵牙利齿，两个才女相逢，黛玉趁机把宝钗嘲讽一通，使两个人物各现异彩，特别是黛玉，真是呼之欲出。所以曹雪芹不仅为逗乐而使砌，而是把使砌和写人的性格结合在一起，作为人物性格的组成部分。

的确，使砌打诨，不仅增添了作品的趣味性，而且还充分展现了人物性格的丰富性。这在王熙凤的身上表现得更为突出，她本人就具有说书人的某些特征，如《红楼梦》第十六回，贾琏送林黛玉奔父丧回来，凤姐摆酒接风，凤姐笑道："国舅老爷大喜！国舅老爷一路风尘辛苦，小的听见昨日的头起报马来报，说今日大驾归府，略预备了一杯水酒掸尘，不知赐光谬领否？"凤姐不知书不识字，这段话从那里来？显然是从说书人和戏剧中套来，而且套得十分贴切。因此，王熙凤在向贾母讨好卖乖、故意给贾母逗乐时，便运用了说书人的使砌手段，十分灵验，十有九回把贾母逗乐，使得贾母时刻离不开她。《红楼梦》第二十二回，写贾母为宝钗作生日，拿出二十两银子来交凤姐操办。凤姐凑趣说："一个老祖宗给孩子们作生日，不拘怎样，谁还敢争，又办什么酒戏。既高兴要热闹，就说不得自己花上几两，巴巴地找出这霉烂的二十两银子来作东道，这意思还叫我赔上。果然拿不出来也罢了，金的银的，圆的扁的，压塌了箱子底，只是勒唣我们。举眼看看，谁不是儿女，难道将来只有宝兄弟顶了你老人家上五台山不成？那些梯己只留于他，我们如今虽不配使，也别苦了我们。这个够酒的？够戏的？"说得满屋子都笑了起来。在《红楼梦》中，只有凤姐敢于拿贾母来开心，一方面固然是孙儿辈的撒娇手段，另一方面也说明凤姐摸透了贾母的享乐心理。只有抛开封建伦理等级观念，以下逗上，冲破封建礼教的虚假尊严，才能使性情获得真正解放，特别是像"老祖宗"这样的性情，如果都在一大家子毕恭毕敬当中，像出朝的君主那样，那么她的享乐主义就不能畅怀。所以王熙凤敢于多次拿贾母来明嘲暗褒，使贾母开心。《红楼梦》第三十五回，写贾母去看挨打后的宝玉，临走时，贾母"问薛姨妈等：'想什么吃，只管告诉我，我有本事叫凤丫头弄了来咱们吃。'凤姐儿笑道：'姑妈倒别这样说，我们

老祖宗只是嫌人肉酸，若不嫌人肉酸，早已把我还吃了呢！'一句
话没说了，引的贾母和众人都哈哈大笑起来。"这种取乐方式，只
有王熙凤敢这样做，除此之外，别的任何人这样说，都不会产生这
种喜剧效果。原因在于，使砌打诨已成为王熙凤的性格内涵，从性
格中冒出来的情趣，别人是取代不了的。再如《红楼梦》第三十八
回，写贾母带领凤姐她们在藕香榭赏桂花。贾母想起小时候家里有
一个叫"枕霞阁"的亭子，一次在亭上玩耍，不慎掉下水去，被
木钉碰破了头，至今鬓角上还留下指头大的一个窝儿。凤姐"笑
道：'那时要活不得，如今这么大福可叫谁享呢？可知老祖宗从小儿
的福寿就不小，神差鬼使碰出那个窝儿来，好盛福寿的，寿星老儿
头上原是一个窝儿，因为万福万寿盛满了，所以倒凸高出些来了。'
未及说完，贾母与众人都笑软了。"像类似这样的例子，在《红楼
梦》中还有不少。

五、诗词与小说

就文体来说，诗、词是独立的两种文体，从《诗经》开始到现
代为止，诗词总是和文相对而言。但诗词又和文密不可分。章学诚
《文史通义·诗教上》说后世之文"其源多出于诗教"，因为诗的
"比兴之旨，讽谕之义"，"能委折而入情，微婉而善讽"。的确从
古代经史中不难看到援引《诗》句"推而衍之"使其"委折而入情，
微婉而善讽"，并通过比兴之旨，以达到"讽谕之义"。这种"诗教"
不仅为历代的正统文学所重视，就是非正统文学亦受此影响，如后
世的话本、唱本、小说、戏剧，也把诗的"委折入情""微婉善讽"
的功能普遍地用到各自的作品中，并"推而衍之"。除利用诗歌中的
劝惩意识外，更用于描写人物，评论时事，写景抒情，使诗歌成为
话本、小说、戏剧的组成部分。元明以来的讲唱文学，就诗赞系来

看，诗话、词话的出现，干脆融诗、词入话，诗（词）话一本。王国维《诗话》跋语中说："其称诗话，非唐宋士大夫所谓诗话，以其中有诗有话故得此名；其有词者，则谓之词话。"现存的诗话，仅有《大唐三藏取经诗话》一种，是诗和话杂糅在一起的，所用的诗都是通俗的诗赞。杨慎《历代史略十段锦词话》云："一段词，一段话，联珠间玉；一篇诗，一篇鉴，带武间文。"至于"词话"，元初已经形成，并向戏剧方面发展。孙楷第《词话考》云："元明人所谓'词话'，其'词'以文章家及说唱人所云'词'考之，可有三种解释：一词曲之词；二偈赞之词；三骈丽之词。"它的范围比较广泛，不限于词调之词，而是包括民间的说唱文学。宋金元，乐曲系的说唱文学也称词话。胡应麟《少室山房笔丛》卷四十一说："元人杂剧之类戏文者，又金人词说之变也。"现存的《金瓶梅词话》，还有宋元乐曲系词话遗迹。冯沅君指出，《金瓶梅》书中人物往往以韵语来代替普通语言，这些代言语的韵语都是用以供"说话"时歌唱的。

明代中叶以后，词话的说唱伎艺逐渐发展为弹词和鼓词两个系统，取代了词话名称。词话虽被取代了，但话本、小说、戏剧中的诗词始终被保留下来，而且不断发展着。就诗词在小说、话本中的功能来看，不外是引入正文、交代旨意、评论人事、渲染人物、褒贬忠奸、劝善惩恶，写景抒情等。从话本、小说来看，劝惩意识是比较明显的。"三言"之所以名为"喻世""警世""醒世"，就是突出的证明。就其中的作品来看，几乎每篇的开首和结尾都有诗词点明皆又讽劝世人。但由于话本人物形象的客观意义，故事情节的真实反映，作者的主观劝惩意义，往往被作品人物形象和故事的真实性所掩盖，读者真正感受到的是人物的命运，故事情节的曲折离奇，而劝惩思想反而成为脱离作品内容的空洞说教。

话本中也往往用诗词来渲染人物，《钱塘渔隐济颠师语录》写济公背着灵隐寺长老，偷出山门去店家沽酒喝，又身无分文，和酒保争吵，被沈五官付了钱，解了围。济公一连吟了五首诗，其中向沈五官索酒喝的两首诗是："平生只爱呷黄汤，数日无钱买得尝，今老见君君莫阻，再求几碗润枯肠"。"自来酒量无拘管，惟有穷坑填不满，要同毕卓卧缸边，告君再贷三十碗。"这些诗，虽然很俚俗，但对渲染济颠的性格起了一定的作用。这种渲染人物的诗词在长篇小说中又有进步。如《三国演义》写张飞在长坂坡独退曹兵时，有诗云："长坂坡头杀气生，横枪立马圆眼睁，一声好似轰雷震，独退曹家百万兵。"这诗通俗而传神，读到这里，读者的眼前都有一个活生生的张飞。至于话本、小说中的评论人事、抒情写景的诗，大都是作者爱憎是非和审美情趣的体现，与作品的内在联系并不十分紧密。

话本、小说中的诗词发展到了《红楼梦》，诗与小说的交融，再也不能界分。书中诗文交流合为一体，把传统话本、小说、戏剧中的诗文相衬，以诗引文，以诗喻意的手法发展成为文不离诗，诗不离文的有机整体，这是别的小说、话本不能企及的。不难想象，如果从《红楼梦》中抽出了《好了歌》及其"解注"，抽出了"红楼梦十四支曲"，《红楼梦》中的"悲凉之雾"就会消失大半；如果从林黛玉传中抽去《葬花词》《桃花行》，那么林黛玉的形象将为之减去光彩。同样从贾宝玉传中剔除两首《西江月》，其形象的完整性与突出特征也将为之减弱。反之，薛宝钗之于《临江仙》"好风凭借力"，岂不是她内心深处出人头地隐私的自我暴露吗？林黛玉的《唐多令》"粉堕百花洲"，岂不是她深感自己无力把握自己命运的沉痛哀怨！史湘云的"泉香而酒冽"的醉中词，难道不是她任情由性、乐观豁达性格的写真吗？总之，《红楼梦》中的诗词，一方面与作者创作思想合一，寓意于诗，从诗中可以感受到作者的创作意图与甘苦，如，"无材可去补苍天，枉入红尘若许年，此系身前身后事，倩谁记去作奇传"。"满纸荒唐言，一把辛酸泪，都云作者痴，谁解其中味？"《红楼梦》甲戌本凡例后的一首诗："浮生着甚苦奔忙，盛席华筵终散场。悲喜千般同幻渺，古今一梦尽荒唐。漫言红袖啼痕重，更有情痴抱恨长。字字看来皆是血，十年辛苦不寻常。"这些都是作者呕心沥血之作，随着《红楼梦》故事情节的开展，人物命运的变迁，读者的心就会被上述的诗所揪着，读者就会深深感到，作品的思想和作者的感情是水乳交融地会合在一起的，这是任何话本、小说、戏剧的作者、编者写不出来的诗。尽管后者的诸多作品中写了不少诗词，但那都是皮毛上的相关相联，而不像前者是筋骨血脉上的贯通。

再一方面是诗词与写人，这在《红楼梦》中也是无与伦比的。传统的话本、小说、戏剧的诗词写人的不乏其例，但不外是夸张其形象，渲染其性情，突出其特征。真正深入到人物的内心世界，并以准确而鲜明地揭示出来的，并不多见。而《红楼梦》则不然，可以说凡是《红楼梦》主人公所写的诗（实际上都是作者代笔），真是无诗不关性，无词不人情，成为《红楼梦》刻画人物的着力之笔，有的还不失为点睛之笔。如，薛宝钗的"好风凭借力，送我上青云"，林黛玉的《唐多令》"飘泊亦如人命薄，空缱绻，说风流"，这种揭示人物深层次性格的词，绝非散文的描述所能代替。

关于《红楼梦》的诗词问题，红学家的论著已经不少，我只拈其与曲艺诗词的渊源关系这一点作一次尝试性的探讨。尽管如此，我们仍然可以看出《红楼梦》是真正地把相对的诗文融为一体。在作品中，诗文虽有形体之别，但无实质之分，而且难以分割。在《红楼梦》的行文过程中，当文则文，当诗则诗，诗文相得益彰，会合无垠。这在古今小说、话本、戏剧中，堪称独步。

上述可见，《红楼梦》是善于吸收我国民族传统艺术的，就像纳百川的大海，其浩瀚无际的水域中，包含很多川流。曲艺对《红楼梦》来说，仅仅是百川中的一川，但它却被《红楼梦》继承、吸收、发扬光大，与《红楼梦》艺术殿堂融为一体，这在《红楼梦》研究中，是不应忽视的。

《红楼梦》中的枢纽性人物——贾母

被王昆仑同志称为封建"宗法家庭的宝塔顶"的贾母，在《红楼梦》中，她不只是一个高高在上的统治者，而且是《红楼梦》思想和艺术结构的枢纽。曹雪芹塑造这个形象，表面上看来是把她塑造成为一个贾府的太上皇，实际上是把她摆在思想和艺术结构的中心位置上，充分发挥她的枢纽作用，使《红楼梦》思想和艺术的光辉都直接、间接地从这个枢纽性人物中闪现出来。从思想内容上看，这个福寿双全最善于享乐的"老祖宗"，并不单纯享福，她是在享福当中致祸，在享福当中酝酿着各种祸根，是福兮祸所伏。从艺术上看，这个人物是《红楼梦》花团锦簇文字的源头，是展示各个人物性格的中心人物。尽管她不是《红楼梦》中的主要角色，但她却是曹雪芹在《红楼梦》中精心安排下的具有提挈掉阖作用的人物。

一、福兮祸所伏

《红楼梦》的思想内容，很难以一两句话准确地概括出来，但有一点似乎可以肯定，即它通过荣宁二府"树倒猢狲散"的如实描绘，写出了封建大家族面临"末世"的必然结局。当然以宝黛二人爱情为线索的对人间真性真情的追求，也构成《红楼梦》的一大思想内容，但后者和前者是密不可分的。宝玉"幻形入世"的追求，正是蝉蜕于秽浊的挣扎，是"末世"的腐朽现实造成的。这个"末世"的特征就是"外面的架子虽未甚倒，内囊却也尽上来了"。因此，作者对《红楼梦》的构思和创作，就不能不始终以"末世"为基础，把外面的架子和"尽上来"的"内囊"统一起来。在描写"虽未甚倒"的过程中，写《红楼梦》的"主仆上下"，特别是对封建大家族的主人公的描写，是和"末世"的特征紧密扣合在一起的。也就是说在"虽未甚倒"的封建大家族的"架子"当中，对这个大家族的主人公的描写，既不可能把他（她）们写成开基立业的英雄，又不可能写成中兴家业或善于守成的人才，他们只能是"安富尊荣者尽多，运筹谋划者无一"的"一代不如一代"的封建大家族的陪葬品！如果说贾母是封建宗法家庭的宝塔顶，那么它已经是倾斜了的、行将倒塌了的"宝塔顶"。这个太上皇式的人物，确实是"安富尊荣"的典型，而"运筹谋划"的大事，则完全交给了她宠爱的孙子媳妇王熙凤。王熙凤的"运筹"，实际上钻了贾母"无为而治"的空子。这个"乱世之奸雄"，之所以敢于在"乱世"藏奸要奸，是因为在"太上皇"的庇护下做了贾母治家的全权代表。所以就思想内容来看，这个善于安富尊荣、善于享福受乐的"老祖宗"，在她的所作所为当中，恰好表明封建大家族处在末世时候一个普遍的问题，即"福兮祸所伏"。这位"老祖宗"的享福是和致祸分不开的，她的每一次享福都在埋下各种各样的祸根。

我们不妨从她的尽情享乐与王熙凤的承欢取宠谈起。

贾母为了乐得痛快，她时刻也离不开王熙凤。王熙凤是她最宠爱的孙子媳妇。本来贾母和王熙凤之间是祖孙关系，按照封建伦理规矩来看，王熙凤应该和贾府诸姐妹一样，对老太太俯首帖耳、言听计从。但王熙凤这个孙子辈媳妇，却和元春、探春、迎春、借春、宝玉、黛玉大不相同，这个不同之点就在于，她敢于用冲破封建伦理关系的言行，去获取贾母的欢心。《红楼梦》第三回王熙凤一出场就是这样。在贾府上下"个个皆敛声屏气"和"恭肃严整"的气氛当中，突然出现一个未见其人、先闻其声的"放诞无礼"的人物。"敛声屏气"的贾家诸夫人、诸姐妹，使贾母像坐朝的皇帝，"严肃

"恭整"得使人受不了。而"放诞无礼"的王熙凤一出来,气氛登时活跃起来,喜得贾母称她为"泼皮破落户""凤辣子"。王熙凤之所以敢于冲开封建礼制的缺口,是因为贾母对待封建礼教家规本身就存在着缺口,王熙凤看准了贾母的薄弱环节,勇于冲破它,这才能投贾母之所好。

《红楼梦》第五十回芦雪庵赏雪,薛姨妈说要请贾母喝酒,王熙凤趁机凑趣,要薛姨妈先拿出五十两银子来交给她准备着,贾母趁着兴头说她和凤姐每人二十五两。到下雪时,她装心里不快,白得二十五两银子。当凤姐说贾母的主意和她一样时,贾母却说她"顺着竿子爬上来"让客人请客,"不害臊"。凤姐反说贾母有"眼色",先"试一试,姨妈若松呢,拿出五十两来,就和我分。这会子估量不中用了,翻过来拿我做法子,说出这些大方话来。如今我也不和姨妈要银子,竟替姨妈出银子治了酒,请老祖宗吃了,我另外再封五十两银子孝敬老祖宗,算是罚我个包揽闲事。这可好不好?"像类似这些玩笑话,《红楼梦》中还有很多。这都是冲破了封建伦理家规去承欢取乐的。如果把这段话中的称呼"老祖宗"去掉,说它是平辈人的讥讽敲打也不为过。

《红楼梦》第三十八回写贾母往藕香榭赏桂花,忽然想起她年轻时贪玩失脚落水碰破头的故事。凤姐说:"那时要活不得,如今这大福可叫谁享呢!可知老祖宗从小儿的福寿就不小,神差鬼使碰出那个窝儿来,好盛福寿的,寿星老儿头上原是一个窝,因为万福万寿盛满了,所以倒凸高出些来了。"这虽是拍马、恭维,但却是以贾母的碰破头来取笑,正如王夫人所说,是老太太"惯的她这样",惯得王熙凤在贾母跟前没上没下,而贾母也因此而更加开心。

从贾母、王熙凤的关系中,我们可以看到一个不太引人注意的问题,即贾母的享福寻欢与王熙凤的承欢取宠,都是冲破了封建伦常的那种父父、子子、祖祖、孙孙的清规戒律的结果。这个问题在《红楼

梦》中，并不是一个无关紧要的问题，而是和"树倒猢狲散"的思想
紧密相关。贾母对凤姐的放纵，实际上是助长了她大胆妄为的气焰。
王熙凤的承欢是为了取得一个强有力的靠山；而贾母的享乐主义又给
王熙凤的非法营私创造了有利条件。这祖孙二人各有所图。如果按照
严格的封建礼制家规来办事，这祖孙二人之所图，都不能实现。王熙
凤不敢越封建礼制雷池一步，贾母的享乐主义就只能有享无乐；贾母
不打开封建礼制的豁口，王熙凤则不能施展其杀伐征剿的才干。当
然，平心而论，贾府败家之由，不完全在个人，也就是说不完全在贾
母、王熙凤。贾母、王熙凤对封建礼制各取所需的态度，这也是封建
礼制面临末世的必然。因为封建礼制即使在它的信徒当中，也被看成
可有可无、可用可不用的东西了。曹雪芹塑造贾母这个形象，不只是
塑造一个封建家族的最高统治者，而是塑造一个封建家族的末代统治
者。这个末代统治者，对封建社会的一整套上层建筑，是采取虚与周
旋、取其所需、去其所恶的态度。在维持统治方面，他们不得不靠封
建制度，在纵情逞欲方面又不能不踢开封建制度。这就充分说明在封
建社会后期，封建制度、封建道德对封建统治者的束缚力正在逐步消
失。贾母这个形象揭示出来的一个真理，就是封建礼制正在伴随着它
的末代统治者一齐完蛋！所以我们说，贾母这个形象在《红楼梦》思
想内容上所起的枢纽作用就在此。

二、对封建礼教的两面态度

封建社会之所以能在中国统治两千年，除了监狱、法庭、军队以
外，最主要的是有一整套完整的封建礼法、封建道德和封建制度。历
代统治者都牢牢地掌握着这一套精神锁链，用来统治人民的思想和行
动。《红楼梦》中的封建大家族，是处在"末世"之时，曹雪芹要如实
地描写这个"末世"的末日，就必然要涉及一整套封建制度、封建家

规和封建伦理道德。而《红楼梦》中的几个主要人物，对待封建制度的态度是很不一样的。相对地说来，贾宝玉可以说是一个否定派；贾政是坚决的维护派；王熙凤则是既不否定也不维护的自我扩张派；贾赦、贾珍、贾琏、贾蓉都是封建礼教的蛀虫，是自我腐蚀的蛀虫派；探春是力不从心的改革派。而这个封建大家族的最高统治者——贾母，又属于什么派呢？这是一个十分有趣的问题。综观贾母的言行和她的封建伦理观，她既维护封建礼教，又放纵违反封建礼教。她需要封建礼教，但有时又置封建礼教于不顾。她似乎看透了封建礼教，能够随心所欲对封建礼教进行取舍。她一方面要靠封建礼教来维护自身的尊严，使贾府上下毕恭毕敬地围着她身边转，她的地位，她的身份使她一刻也不能离开封建礼教；但另一方面，她又以她的言行不断地去冲击封建礼教。值得令人深思的是，她冲击封建礼教的言行反而被贾府上下公认为就是封建礼教。她把男盗女娼一类的事视为"馋嘴猫""馋嘴"那样平常，但未闻异议，大家默认"馋嘴"这类事为正常。她甚至和宝玉联合起来对付她的儿子贾政，自己参与了弄虚作假的勾当。《红楼梦》第七十回写贾政捎回家书，说他六七月回京。宝玉怕他父亲回来查问功课，急得临阵磨枪，赶着念书写字。贾母怕他急出病来，但又想不出好办法。这时探春、宝钗给贾母出主意，"笑着说：'老太太不用急，书虽替他不得，字却替得的，我们每人每天临一篇给他，搪塞过这一步就完了。一则老爷到家不生气，二则他也急不出病来'。贾母听说，喜之不尽"。贾母为了包庇宝玉，不惜和孙子、孙女们联合起来"搪塞"她的儿子。这种行为是以非为是，以是为非，是不是，非不非。这哪里有维护封建礼教的意思？明明是带头冲击封建礼教！《红楼梦》第四十四回写凤姐过生日，捉住了贾琏与鲍二家通奸，夫妻二人大吵大闹，并殃及平儿。官司打到贾母那里，贾母笑道："什么要紧事，小孩子们年轻，馋嘴猫儿似的，哪里保得住不这么着。从小儿世人都打这么过来的。"这哪里把封建礼教放在眼里？当然，这事出在贾府，要是出在外姓，贾母必然以封建道德观来痛斥这类事，但正因为出在贾府，贾母就抱一种毫无所谓的态度。这就清楚地表明，封建道德只施之于被统治者，并不适用于统治者。封建统治者可以逍遥于封建道德之外。这当然揭露了封建道德本身的虚伪性，但同时更指出了封建道德的腐朽性。这就是封建统治者不能维持其自身统治的一个重要原因。封建统治者到了"末世"不仅不依赖这一套神圣的礼教，反而不断地冲击封建伦理道德的束缚，自己解除了自己的统治武装。这不仅符合封建社会末期的现实真实，而且还给与封建道德观相对立的人情观开辟了发展道路。贾母的封建伦理道德观就具有这个"末世"的特点。她需要封建礼教来维持尊严、装饰门面；同时又需要踢开封建礼教尽情享乐。这就表明，即使是封建统治者，为了"尽情""纵情"也不得不冲破"理治"的束缚。与此相关联的一个重要问题就是，统治者所冲破的"理治"豁口，就必然给"末世"的人性人情的发展开辟一条小小的通道。贾母正是这样一个人。她对待封建"理治"是睁一只眼闭一只眼。在日常生活中，只要不影响封建门楣，不损害封建家声，使她能享福受乐，她就闭一只眼；如果有损家门利益，有损她自身私利，她就睁一只眼。《红楼梦》第四十六回，贾赦要讨鸳鸯做小老婆，贾母一听鸳鸯诉说就"气得浑身乱战"，并对王夫人说："你们原来都是哄我的；外头孝敬暗地里盘算我！有好东西也来要，有好人也要，剩了这么一个毛丫头，见我待她好了，你们自然气不过，弄开了她，好摆弄我。"贾母之所以大动肝火，倒不是因为她的大儿子是一个老色鬼，而是她慧眼识奸，看透了她的儿子和媳妇在"暗地里盘算"她，其目的是"弄开了她好摆弄我"。鸳鸯是贾母的内当家，一切个人私产全由她掌握。李纨曾经指出过，老太太的东西"要不是她经管着，不知叫人诓骗了多少去呢"。贾赦娶鸳鸯，是想一箭双雕，人财两得。正因为如此，贾母才大发雷霆。如果仅仅因为贾赦一味好色乐淫，贾母不仅不反对，反而会支持他。她当着邢

夫人的面，就下命令要他花"一万八千的"去买一个，结果贾赦真的
买了一个只有十七岁的嫣红来，收在屋内。这件事本身，正好证明贾
母对封建礼教就是睁一只眼闭一只眼。就伦理道德观来看，在鸳鸯问
题上，贾母还不如王熙凤。当邢夫人先去找凤姐商量贾赦娶鸳鸯这件
事时，凤姐还对她婆婆说："老爷如今上了年纪，行事不妥，太太该劝
才是。比不得年轻，做这些事无碍。如今兄弟、侄儿、儿子、孙子一
大群，还这么闹起来，怎么见人呢？"凤姐多少还受封建伦理道德观
的约束，她还有"怎样见人"的顾虑。而贾母连这点顾虑也没有，只
是对凤姐说，把鸳鸯带去"给琏儿放在屋里，看你那没脸的公公还要
不要了"，明知自己的儿子"没脸"，却用另一个女孩子作替罪羊，去
满足自己"没脸"的儿子的淫欲。"有脸""没脸"在贾母看来并不重
要，因为表面上仁义道德，背地里男盗女娼这类的事，作为封建家族
的统治成员来说，那是习以为常的。对待贾琏也是这样，明知贾琏是
"下流种子"，却对与人通奸之事一笑了之。这个熟谙封建世故的老太
太，她离不开封建礼教，但又在不断地玩弄封建礼教。但是这个玩弄
封建礼教的人反过来又被封建礼教所玩弄。《红楼梦》第六十五回写甄
家四女仆见了贾宝玉以后，极口称赞贾宝玉比她们家的甄宝玉强。这
时贾母有一段话：

> 可知你我这样人家的孩子们，凭他们有什么刁钻古怪的毛病儿，
> 见了外人，必定要还出正经礼数来的。若他不还正经礼数，也断不
> 容他刁钻去了。就是大人溺爱的，是他一则生的得人意，二则见人
> 礼数竟比大人行出来的不错，使人见了可怜可爱，背地里所以才纵
> 他一点子，若一味他只管没里没外，不与大人争光，凭他生的怎样，
> 也是该打死的。

这就证明贾母对待封建"正经礼数"的态度。她只要子孙们在

人前人后装出"正经礼数"来，即使"刁钻"一点，也可以在"背地里""纵他一点子"。如果"没里没外"就"该打死！"贾母对"正经礼数"并不真心崇奉，而是虚与周旋，只要子孙们"与大人争光"，只要表面上过得去，背地里"刁钻古怪"一些，也没有关系。因此，贾母对待她的儿孙们，并非用封建礼教去引导他们循规蹈矩，而是她自己把封建礼教的围墙打开一个"缺口"，让她的儿孙们从这个"缺口"中冲出去。不过冲破封建礼教缺口的人并不都是一样，贾琏冲出去是陷入封建社会极其腐朽的烂泥塘，让他这颗下流种子烂在里面。贾珍、贾蓉冲出去，则成了父子麀集，衣冠禽兽。而宝玉冲出去，则是追求一种与封建制度相对立的人性人情的解放，尽管这种解放没有取得胜利，但我们不能不承认，宝玉的所作所为，贾母是帮了大忙的。所以贾母对封建礼教的两面态度，对宝玉性格的发展、思想的求索是大有好处的。宝玉为了追求他的理想王国，不得不在人前人后装出正经礼数来，甚至允许毫无珠光宝气的鱼眼睛式的女人们拉着他的手说话。宝玉也只有违心地做到这一点，才能换取贾母的"纵他一点子"。这倒不是宝玉有意捉弄贾母，而是贾母所玩弄的封建礼教反过来又玩弄了她。宝玉在《红楼梦》中是最真诚的一个人，但在封建礼教面前也不得不"假"。如果不假，宝玉就混不下去。可见只有争取贾母"纵他一点子"，才能有一个"刁钻古怪"的贾宝玉。有了"刁钻古怪"的贾宝玉，才能有《红楼梦》思想和艺术上的万丈光茫！所以《红楼梦》叛逆思想的形成和灿烂的艺术光辉的闪烁，都是和贾母这个枢纽性的人物分不开的。

三、应运而生的"女儿国王"

一部《红楼梦》，如果离开了大观园这个"女儿国"，那就不成其为《红楼梦》了，因为一切花团锦簇的文字，都是和大观园这个

"女儿国"分不开的。但是大观园这个女儿国之所以能建立，是因为有一个理想国的"国王"贾宝玉，而贾宝玉之所以能成为这个天真烂漫之国的"国王"，主要应归功于贾母。我们可以这样说，大观园"女儿国"的产生，实际上是应贾母之运而生。如果说贾宝玉"枉入红尘"历尽离合悲欢，兴衰际遇，而终于"一事无成"的话，那么女儿国的建立和宝玉的自然成为"国王"以及女儿国中的一切活动，都可以说宝玉的"红尘"并没有"枉入"。因为这位国王的"政绩"，终于使他成为千古以来的第一位"情圣"，单就"情圣"这件事来看，就不能说"一事无成"，应该说贾宝玉是集古往今来情天情海之大成。那么这位"国王"的成长过程，是靠谁的力量呢？毫无疑问，这是贾母大力庇护的结果。按照封建宗法家族的规矩，贾宝玉只能成为贾政第二，一代一代地接宗法家庭的班，不能越封建家规的雷池一步。但宝玉却把他生长的家庭环境视为束缚他思想行为的桎梏，他咒骂自家的"侯门公府"，因为这条等级的锁链使他不能广泛交结秦钟、蒋玉菡、柳湘莲那样的朋友。可是在贾府这个封建家族中，他却开辟了一个任情由性的女儿国这个小天地，成为"闺阁中的良友"。在这样一个封建宗法家庭里，居然存在这样一个小天地，这绝不是一件偶然的事。贾母的庇护固然是重要条件，但贾母为什么要庇护宝玉，这却不是一个简单问题。前面我们论述了贾母的伦理道德观，这才是问题的核心。贾母对待封建末世的伦理道德观，不仅有理性的认识，还有切身的感受。当年她和贾代善教育出来的儿子，没有一个像样的，也就是说没有一个真正符合封建道德规范的。贾赦荒淫无耻，敲诈勒索；贾政金玉其外，败絮其中，是一个维护正统的庸才。再看孙子辈，更是一个不如一个。这些严酷的事实本身，使贾母对封建礼教不能不持保留态度。《红楼梦》第三十三回写宝玉挨打，贾母痛斥贾政，贾政以"教训儿子""光宗耀祖"来反驳。贾母回答他的是："你说教训儿子是光宗耀祖，当初你父亲怎么教训你来！"这绝不是以大话压贾政，而是历史的教训！所以贾母说完这句话后，"不觉就滚下泪来"。贾母从自己的儿孙们身上看见了封建道德的破产。因此，她不以严格的封建家规来要求宝玉，对宝玉总是采取"纵他一点子"的政策。贾政欲以武力征服宝玉，在贾母看来，那是徒劳的。当然，作为一个老祖母对孙子的疼爱感情的作用也不能否定。但贾母终究是过来人，所以她总是以放纵为怀。在对待宝玉问题上一个以镇压为能，一个以放纵为怀，宝玉就在这"镇压"与"放纵"的矛盾当中沿着放纵的崎岖小道登上了"女儿国""国王"的宝座。

从宝玉挨打这件事来看，贾政和贾母的冲突，不仅是祖母溺爱孙子与贾政暴力行为的冲突，更主要的是体现了贾母与贾政伦理观的冲突。贾政认为这件事涉及忠顺亲王的私利，因此"冠带家私"难保，是"祸及于我"的大事，如果任其发展下去，就要"弑父弑君"。这是大逆不道的行为，因此，必欲置之死地"以绝将来之患"。在贾母看来，贾政的行为就是"不孝"。因为贾政居然敢于逆"老祖宗"之意行事，所以她当着贾政的面骂他——"可怜我一生没有养个好儿子"。显然，贾政的行为，贾母是从根本上反对的，她并不认为"冠带家私"会毁于宝玉之手。她心里明白，当年贾代善从严管教的贾政，亦不过是一个碌碌庸才，外不能治国，内不能齐家，她早已把他划到不是好儿子之列。在贾政看来，他的此举是光宗耀祖之事，而贾母看来不过是贾政有违父训的自我暴露。所以贾政自认为"大义灭亲"之举，在贾母看来却是愚蠢的行为。总之从宝玉挨打这件事来看，贾政是当局者迷，贾母是旁观者清，贾政欲改造宝玉而又没有本事和力量，贾母庇护宝玉，是有心不让他做封建礼教的牺牲品。宝玉就是在这种镇压无力、庇护有心的夹缝中，逐步成长起来的，但毕竟有心的庇护起到了决定性的作用。

如果说贾母对待凤姐，还有些享乐主义需要的话，那么对待宝玉则应该承认具有一个老祖母对孙子的爱。这种爱有慈爱，也有关系贾家命运的爱。宝玉一生下来，贾母便"爱如珍宝"，周岁时候，因抓周之举，被贾政骂为"酒色之徒"，"独那史老太君还是命根一样。"这当然和宝玉衔玉而生这件事有关，因为他生得奇异，万人皆说："只怕这人来历不小。"再加上宝玉长得很像乃祖代善，故贾母坚信宝玉比她的两个儿子强，比她的众孙子强，这也是爱宝玉的原因之一。宝玉的衔玉而生是荒诞的，但因衔玉而生被认为"来历不小"这种传统的迷信认识却是真实的。这"来历不小"的孙子又重新给贾母带来了希望，因为贾母一生没养一个好儿子，儿子也没有养个好孙子。唯独这个衔玉而生的孙子与众不同，所以把希望寄托在宝玉身上，所以拼命保护他。宝玉不愿念书，贾母就任他自在；宝玉讨厌浊臭逼人的清客相公，贾母就允许他不去应酬；宝玉挨打以后，贾母下令给他几个月的病假。这一切庇护行为，都顺理成章地使贾宝玉成为大观园"女儿国"的"国王"。

宝玉与众姐妹搬进大观园，固然是元妃的旨意。但元妃也认真考虑过，若不让宝玉进去，一则"冷清了"宝玉，二则使"贾母王夫人愁虑"，所以"须得也命他进园居住方妙"。可见令宝玉进住大观园一事，元妃也是度贾母之意而行的。

四、艺术发展的两条线

艺术是体现思想脉络的相应形式。贾母既然在《红楼梦》思想内容上起到提挈掉阖的作用，那么在《红楼梦》的艺术表现上，也必然有她特殊的作用。

就《红楼梦》的艺术结构来看，确实像一幅巧夺天工的织锦，很难抽出一些丝缕来把它说成主线，但也并非是"羚羊挂角，无迹可求"。如果从封建宗法家庭的宝塔顶——贾母来看还是有迹可求的。

与上述思想内容相关联的，至少有两条线索是《红楼梦》艺术发展的主要脉络：一条是以宝玉为首的女儿国的兴衰史；一条是以王熙凤为中心的贾府的末日史。这两条线索的牵线人不是别人，正是贾母。宝玉的成长，王熙凤的得势，已如前述，都和贾母密不可分。宝玉从小在姐妹群里厮混是由于贾母的溺爱。林黛玉的进京，是贾母的决断。宝黛二人爱情的成因，不能说与贾母无关。《红楼梦》第三十三回写宝玉挨打是宝玉性格成长的关键。在这场尖锐的矛盾冲突中，如果贾政取胜，就没有文学史上的贾宝玉，也没有一部《红楼梦》。但这场斗争是以贾母获胜而告终。贾母的胜利，实际上就是宝玉的胜利，说得明白一点是宝玉依仗贾母而获胜。第三十六回宝玉挨打后，伤已养好，可是贾母还下一道旨意，"命人将贾政的亲随小厮头儿唤来，吩咐他'以后倘有会人待客诸样的事，你老爷要叫宝玉，你不用上来传话，就回他说我说了：一则打重了，得着实将养几个月才走得；二则他的星宿不利，祭了星不见外人，过了八月才许出二门。'"贾母这道旨意，绝不只是起到庇护宝玉的作用，更重要的是为了艺术发展的需要。有了贾母这道旨意，才有下面第三十七回结海棠社、题菊花诗，第三十八回的贾母和大家吃螃蟹、吟螃蟹诗，第三十九回、第四十回的刘姥姥二进荣国府、史太君两宴大观园等热闹文字。大观园的文字，是一源万脉的文字；所有丫头、小姐们的天真烂漫的描写都是在"女儿国""国王"王的积极参与下进行的。至于园内仆人与仆人之间，丫头与丫头之间，丫头、仆人与主子之间的各种矛盾，差不多都和宝玉挂上号，都由宝玉来结案。黛玉、宝钗、湘云的活动和宝玉密切相关，那是毫无疑问的。就是别的女孩子们的事，无一不与宝玉相关。鸳鸯拒婚，宝玉躲在暗处听见，拉她去怡红院，自己闷闷不乐，无言地反对他伯父；邢岫烟订婚，引起他杏子林伤春；春燕被她娘打了，因牵扯莺儿宝玉亲自结案。茉莉粉、蔷薇硝、玫瑰露、茯苓霜等案件，牵涉主子、仆人、姨娘、丫鬟若干人众，而宝玉大包大揽，承担责任，救了五儿、彩云、赵姨娘等人。至于平儿理装，香菱解裙，更是和宝玉心心相通的事件。大观园中，这些万脉归源的写法，都把源头追溯到宝玉头上，在实际上这个源头的开辟者却是贾母。自第二十三回诸钗入园起到第五十七回贾母给邢岫烟主亲止，这一大段文字中凡是热闹的地方都有贾母在，特别是刘姥姥二进荣国府，她给大观园的热闹场面开了一个好头。以后的各种集会活动，这位老太太都起了推波助澜的作用。从第五十八回宝玉杏子林伤春到第六十三回寿怡红群芳开夜宴，这一大段《红楼梦》中写女儿国多事之秋和宝玉祝寿的热闹文字，表面看来与贾母无关，实际上是借朝中老太妃薨这件事，把贾母、王夫人支开，让"国王"当政，亲自处理几件包括盗窃案在内的棘手事件。同时放手写国中"臣民"任情由性、无拘无束的性格，并围绕"国王"生日，把每个人的真性情写出来，成为写大观园自由王国的高潮。这也是贾母种瓜得瓜的必然结果。作者只不过把贾母身上残存的一点封建礼教随同贾母一起调遣开去，以便让女儿国的君臣们任情由性地表现出人们理想的真性情罢了。

至于王熙凤这条线，是在承欢取宠获得成功之后发展起来的。她投贾母之所好，承贾母之所欢，给《红楼梦》增添了不少生动活泼的场面，在这若干场面中使她自己和贾母的形象脱颖而出，而王熙凤的伶牙俐齿也在这些场面中得到充分的描写。另外，她又利用投贾母之好，承贾母之欢的有利条件，使她杀伐决断的各种活动能够肆无忌惮地表现出来。她依靠贾母作靠山，又在强有力的靠山下施展她的伎俩。当然，如果单凭靠山没有能耐，那么贾母也不会做她的靠山，她也不能在这个矛盾重重的大家庭里主持家政。她的机变权术是主持贾府家政的主要条件；但她又从这些机变权术中抽出相当部分来花在贾母身上，反过来又用花在贾母身上的一点机变权术的效果作为营私舞弊的资本。当然从整个王熙凤传来看，她的一些主要活动，似乎与贾母没有多大的直接关系，如协理宁国府、弄权铁槛寺、毒设相思局、大闹宁国府等，但这都是构成王熙凤这个形象不可缺少的有机组成部分。就王熙凤这个形象之所以能在《红楼梦》中存在来看，却和贾母有不可分割的关系。王昆仑同志在《王熙凤论》中认为："如果把王熙凤这一人物从书中抽了出去，《红楼梦》全部故事结构就要坍塌下来。"这是对的。但如果再作进一步探求，把贾母这个形象从《红楼梦》中抽了出去，那么王熙凤这个形象虽不至"坍塌下来"，但至少不能"舌烂莲花迷五色"（沈慕韩《红楼梦百咏》）"手飞霹雳口翻澜"（杨维屏《红楼梦戏咏》）那样"骎骎乎擅两府，而惟其其所欲为矣"（青山山农《红楼梦广义》赞王熙凤）。不管怎么说，王熙凤是贾母这个宝塔顶下面一根强有力的支柱，在表现贾府这个封建家族的末日当中，她在贾母的支持下加速了"树倒猢狲散"的坍塌作用。

总之，综观《红楼梦》全书（八十回），贾母在《红楼梦》思想内容方面，起了两点重要作用。第一，由于王熙凤的承欢取宠，她喜欢、依靠、重用了王熙凤，为贾府造就一个当家奶奶。这就给"虽未甚倒"的贾府"架子"，起到加速推倒的作用；第二，她庇护、疼爱贾宝玉，反对她儿子的高压政策，对宝玉始终以放纵为怀，客观上支持了宝玉的叛逆言行，以致形成一个与贾府相对立的女儿国。造成这两方面的根本原因，就是封建礼教、封建伦理道德在贾母心目中失去了必胜的王牌作用，而变成了一张可用可不用的"听用"。

贾母是女儿国的元勋，又是"乱世奸雄"的后台。她福寿双全，但也体现了福祸兼备、福尽祸来。

试说"说不得"的贾宝玉

百年红学史表明,《红楼梦》是学术界争论最多、分歧最大的一部书。有人不无感慨地说,《红楼梦》说不清,也说不得。其实《红楼梦》中最不容易说清说明的,不能笼统地说是《红楼梦》,而是《红楼梦》中的主人公"混世魔王"贾宝玉。因为贾宝玉本身很复杂,他的来历与别人不一样,他的蝉蜕挣扎有自己的方式,他的上下求索空无依傍。这些都是不易说清的原因。如果主人公都说不清,《红楼梦》又如何说得清呢?

关于这个问题,脂砚斋在《红楼梦》庚辰本第十九回,对宝玉有一段批语如下:

听其囫囵不解之言,察其幽微感触之心,审其痴妄委婉之意,皆今古未见之人,亦今古未见之文字。说不得贤,说不得愚,说不得不肖,说不得善,说不得恶,说不得正大光明,说不得混账恶赖,说不得聪明才俊,说不得庸俗平(凡),说不得好色好淫,说不得情痴情种,恰恰只有一颦儿可对,令他人徒加评论,总未摸着二人是何等脱胎,何等骨肉。

一连十一个"说不得",等于说贾宝玉不能评、不能说,否则是不着边际的"徒加评论"。1999年,笔者把出版不久的《红楼品味录》送给老作家王昌定先生,请他指正。他对我说,你这本论文集,没有一篇专论贾宝玉的文章,但篇篇都离不开贾宝玉。我把这话记住了,促使我准备写一篇专论贾宝玉的文章。脂砚斋虽有十一个"说不得"的慎告，但笔者还是认为研究《红楼梦》甩开了贾宝玉就不能真正解得"其中味"。所以拖了几年后，笔者才着手写这篇文章，并在标题上冠以"试说"二字，这不是谦虚，确实有试一试之意。

一、本源一气　正邪难分

把贾宝玉的来源和中国传统哲学的"气"连在一起，好像有些虚幻玄奥，但《红楼梦》第二回冷子兴演说荣国府，又确实把贾宝玉的来源追到"气"的哲理中去了，也就是正邪两气生人说。这当然不是曹雪芹的创造，早在《周易·系辞》中就有论述，云："精气为物，游魂为变。"精气就是气，疏："精气为物者，谓阴阳精灵之气氤氲积聚而为万物也；游魂万变者，物既积聚，极则分散，将散之时，浮游精魂，去离物形而变。"北宋张载认为，气本于太虚，太虚就是气的本性，气未聚是虚，已聚为气。所以他说："太虚无形，气之本体，其聚其散，变化之客形尔。"他认为，气之为物"散则无形"，"聚为有象"。故气有潜在之性能，即气的运动变化。所以张载把气分为二，即天地之性与气质之性，"形而后有气质之性"，包括人体形成之后，因与天地万物发生关系，所以产生了"气质之性"，但人还有天生的本性，即天地之性，二者相合，就是人性的由来。王夫之也说："阴阳之气，充满太虚，此外更无他物，亦无间隙。天之象，地之形，皆其所范围也。"（《张子正蒙注》）太虚就是太空，是充满元气的。所以王廷相在《雅述》中说："是气也者，乃太虚固有之物，无所有而来，无所从而去。"从中国哲学来看，包括人在内的万物来源，都是太空的气。这从万物生成观来看，是符合唯物主义的。但到了程颐手里，气的问题就变了味，程颐把气分为清浊，赋于人，就有贤愚贵贱之分。他在《遗书·卷十八》中说："才禀于气，气有清浊，禀其清者为贤，禀其浊者为愚。"朱熹更认为人禀受的气是各不相同的:"禀得清高者便贵,禀得丰厚者便富,禀得衰颓薄浊者便为愚不孝、为贫、为贱、为夭。"(《语类》卷四)这就叫"天命之谓性",是先天注定的,也就是"天理"。

气生万物观,到了程朱手里,进一步把气说成是"理一分殊"的"天理"所定,是永恒不变的。这样一来,禀气而生的人,就自然形成高低贵贱、贤愚善恶、君子小人了。当然这种人分贵贱的发明者,不是程朱。孔孟的君子、小人之分,就是截然对立的;君君臣臣的定位成为千古不变的"天理"。"气"的"理一分殊",就是要落实千古不移的"天理",把人欲从天性中分出来。有人问朱熹:"饮食之间,孰为天理,孰为人欲?"朱熹回答:"饮食者天理也,要求味美者人欲也"。(《语类》)很明显饮食是不包括味美的,味美是人的欲求。假如提问者以饮食男女一起问,朱子又如何回答?仅仅以男女之事论,"不孝有三,无后为大"的"天理",是包括在人欲之中的。朱熹能这样回答吗?而曹雪芹却敢于追源溯流地正面回答。他把还在青埂峰下顽石时期的补天弃石培养出"情根",并形成天然的人欲,还把这些与"天理"不容的东西原封不动地带到尘世中来,再借用冷子兴、贾雨村之口,把贾宝玉包括在天地间正邪两气生人中去,从而形成一部向人间"觅是非"的《石头记》。

《红楼梦》第二回冷子兴演说荣国府,也提出天地生人同样是禀气而生,气也分清浊,认为:"清明灵秀,天地之正气,仁者之所禀也;残忍乖僻,天地之邪气,恶者之所禀也。"这一点和程朱说相似,对于大仁大恶两种人所禀的正气与邪气,并未否定。但和程朱正邪两气生人论的根本不同点是,还有"清明灵秀"所余的"秀气"与泄漏的一丝半缕残忍乖僻之邪气,两相"搏击掀发"赋与人,于是就有介乎仁人君子与大凶大恶之间的"情痴情种""逸士高人""奇优名倡"等"易地则同"的人,而贾宝玉"八九亦是这一派人物"。别小看这一哲学上的异说,它第一次对传统的正邪两气的绝对对立、君子小人，大仁大恶，贤与不肖，富贵贫贱等"天理分定"，提出了公开的挑战！这样一来，"帝王将相宁有种乎"的质问，就从根本上得到了准确的回答。这个回答就是以成败论王贼，而非天生的王与贼；王与贼是依时依势"论"出来的。依正邪两气生人说，必然得出天生的圣人是没有的，天生的坏人也是没有的。各禀正邪两气而生的人，之所以成为大仁大恶的对立物，那是把天性、天命作为正气的法宝之故。正邪两气生人说就把张载的先天之性与气质之性合一说发展了，特别是把气质之性——主客观相生的人性肯定为人性主体，这样一来，就无性善性恶之分。所以《红楼梦》正邪两气相交相融而相生的人，就把历来划分人的好坏的壁垒打破了。以正邪两气相融相生，把人置于好坏之间，把历来的君子小人、善恶正邪放在同一气中来观察；所以贾宝玉之性不是"人生而静，天之性也"，而是"感于物而动，性之欲也"的气质之性。"食色性也"，既是天性，也是人欲。人类的生存繁衍就是人性。程朱把张载二元之性，衍为义理之性与气质之性，以义理为天性，人未出生之前，就有天性，所以后天的人性应纳入先天的天性，人性应该服从于天性。由此看来《红楼梦》正邪两气相交相融而生人论，不仅是人性的本源回归，亦是贾宝玉在天性的蛹壳中蜕化为带翼的鸣蝉，使人性能振翅高飞。

所以正邪两气合而生人对宝玉来说，是"今古未见之人"的理论基础，也是《红楼梦》产生未来人的胎胚。这个理论，把自古以来正邪两气一剖两开的理论推翻，也就把人禀气而生时只是大仁大恶、君子小人、善恶正邪的绝对对立推翻了。这样一来，"天理""天性"的哲学根据也不能成立了，唯上智与下愚不移的永恒定律也被根本扫除！所以冷子兴演说荣国府，从荣宁的兴家祖宗荣国公、宁国公直说到来历不小的贾宝玉。贾宝玉天生有异，与祖宗不同。所以曹雪芹借贾雨村之口说：这种人"若非多读书识事，加以致知格物之功，悟道参玄之力"是不能说清的。这里面暗示：同是气，同是物，同是人，但还有一丝半缕的邪气，并未飘散。它与聪明灵秀的余气合一而为大仁大恶之外的第三种人；这三种人有皇帝、贵胄、侍女、文人、名士、奇优、名娼、逸士、高人、闺秀、小姐等。表面看来这第三种人是大仁大恶之外的人，实际上是以第三种人取代历来划分的两种人，即天地间只有正邪两气相合而生的人，没有天生的王侯将相和圣人贤人，君子小人。所谓"应运而生"的圣君贤相与"应劫而生"的暴君奸臣的"运"与"劫"，并非上天事先设定的，而是后天人为的，把这些通通归入"成则王侯，败则贼"七个字当中，这正是石头的经历、经验。顽石之被弃而入世，就是经历的"运""劫"，而"补天"的被弃，全是莫明其妙的人为。可见正邪两气生人论，是翻历史天理分定之论，是宝玉的来源论，也是《红楼梦》中"今古未见之人"的根本论！

二、幻形入世　来历不小

探索了贾宝玉的来源，再来看一看贾宝玉的来历。所谓"来历不小"，是指宝玉投胎时"衔下一块五彩晶莹的美玉"，这确实是"新奇异事"，不仅世人以为来历不小，就是贾雨村也认为"这人来历不小"。要说来历，此人涉及远古神话和哲学所产生的神化了的第一个男人和神化了的第一个女人，就是盘古和女娲。

关于盘古开天辟地的神话，记载较多，《艺文类聚》引《三五历纪》云："天地浑沌如鸡子，盘古生其中。万八千岁，天地开辟，阳清为天，阴浊为地……"盘古是开天辟地的第一个神人，从此有了天地。但新开辟的天，容易出毛病，"四极废，九州裂，天不兼覆……"弄得"天倾西北，地陷东南"，于是女娲炼五色石以补苍天，"断鳌足以立四极"。有了天，有了地，还没有人，女娲又抟黄土造人，"剧务，力不暇供。乃引绳于泥中，举以为人。故富贵者，黄土人也，贫贱凡庸者，绲人也"（《太平御览》引《风俗通》）。这样人们想象中的天地人的来源就有了。缔造天地人的盘古、女娲和贾宝玉就拉上了关系：开天辟地，有了阳清阴浊的天地之分，阴阳二气清浊之别，始于混沌之初；又因天倾西北，地陷东南，女娲炼石补天的余石被弃青埂峰，而幻形入世；入世以后，由于女娲造人时已分出富贵贫贱，人分等级，世间是非由此而生；曹雪芹再加上一点故事新编，把补天弃石的地点明确在青埂峰，又请一僧一道把顽石幻化为晶莹洁净的宝玉，幻形入世，混世终身。贾宝玉就是这样直接、间接地与古老神话、哲学相结合而产生的。

古老的神话和哲学，当然不能以今天的万物生成观和人的起源、进化观去考究，但它却是《红楼梦》写作的开篇之源。从此入手去探源溯流，也算是个头绪。

为什么这样一个故事新编的神话，却成为宝玉不小的来历呢？这里不妨探索一下神话中的哲理。

从开天、补天、炼石、弃石、幻化、混世的若干过程来看，不知经历了多少世纪，最后才写成为石头一记，以告世人。总之在石头入世以前的经历，从时空上看，是辽阔悠长无边无际的，但其中有两点是凸显在书中的，而且伏线千里，贯穿始终。第一点是关于石头的灵性已通而又无故被弃；第二点就是带着情根与人欲入世。

先说第一点，《红楼梦》一开头就交代得很清楚。石头经过女娲锻炼之后，它已经"灵性已通"，与三万六千五百块石头无别，均为合格产品，而无故被弃，却与三万六千五百块石头有天渊之别，凡炼成的石头几乎全数入选，而这一块却被弃青埂峰。这就把仙界带来的"灵性已通"与无故被弃的对立，在"入世"之前就确定下来了。这就意味着这块通灵顽石入世后的"不通世务"与入世前的"日夜悲号惭愧"是一脉相承的。这种人间不平事，神仙也难逃其责。盘古开天，质量不过关；女娲造人，造就了等级之分；炼石补天，又不能对石头择优录用。难怪灵性已通的顽石要脱离天界而入红尘了。

再说第二点，石头入世，确实是带着情根与人欲入世的。这一点和石头的本源是气紧密相关。正因为盈天地间都是气，在一分为二，分为清浊时，很难绝对分清，而且"天命之性"的气，其真纯度，多为后世理学家所吹嘘，是想方设法在为"唯上智与下愚不移"找出哲学依据。历代的人群，十足赤金的人，是少有的。凡人，无情无欲者几乎没有！从贾宝玉来看，他的入世既不神仙化，也不圣人化，虽然被女娲炼得"灵性已通"，又被僧道幻化为美玉，但他终归是性情中的人。宝玉入世的起因，是物欲使然，是僧道以世间的荣华富贵引诱之故，静而思动，想去世间受享几年，求僧道助他。所以石头为物欲而动，是气质之性蠢蠢欲动之故。青埂就是情根，是先天生就的，情欲是很难去净的，这块石头是带着情根物欲和"天理"相对而到世上来的。这就是入世以后"行为偏僻性乖张"与入世前的"悲号惭愧"在先天后天发生相关相承而又相互贯通的前因后果。

只要仔细体会《红楼梦》中的细节，总会觉出宝玉来历的味道。司马光在《资治通鉴·周纪》中说"夫事未有不生于微而成于著"。就以封建社会的"礼"来说，凡一衣一食，一饮一宴，一举一动，一静一坐，没有不以"礼"来规范化的。所谓"非礼勿动，非礼勿视，非礼勿言，非礼勿听"的规范化，就是把礼具体化，把人驯服化，把社会等级化，并以天理来总而统之。"生乎微"正是为了"成于著"。《红楼梦》开头的顽石、炼石、弃石、化玉等发于微的记述，正是为了陆陆续续地成全书之"著"。不过《红楼梦》的成于著，不是成封建社会全盛之"著"，而是全盛后的逆向发展，即礼的逆转。以穷通变化的宇宙观观之，凡顽石之生于微，即逆向发展的起始点：

衔玉而生者，假作真也，顽石之性先天如此；幻化为玉者，通灵遭弃，仙界通人如此也；摔玉砸玉者，与等级尊卑之天然绝裂也；抓周取脂粉者，只有女儿可堪为知己也。其他诸如"国贼禄蠹""须眉浊物"的诅咒，化灰化烟、悬崖撒手的绝世，都是那个青埂峰下的顽石入世以后不断展出其来历的展示。其展示的来历，概而言之，大抵有以下三点：第一，开天造人的原始天界，造就了入世的不公不平与是非混淆，幻形入世的顽石就是这种代表产品；第二，人欲与情根是天生的一对。谁都分不开它，静极思动，情欲使然；第三，带着满腹块垒而入红尘，自然要向人间"觅是非"，所以时时"寻愁觅恨""似傻如狂"，以"呆""傻"待人，以"痴""狂"应世，到头一梦、万境归空。所以石头一生是从情根来又回到情根去，还原其石头的本来面目，只不过多了枉入红尘的石头一记。

就《红楼梦》生于微的若干小事中，仅以抓周为例，来看一看一鳞片爪与腾云驾雾的关系。抓周是冷子兴用来补充万人皆认为宝玉来历不小的证据。抓周的目的，是其父贾政欲试其"志向"，故世上所有之物都摆在他面前，让他任意抓取，但"他一概不取"，只抓脂粉钗环，贾政骂他将来是酒色之徒。抓周只不过是一般人的迷信之举，并不奇异，而奇异的是"一概不取"，包括代表荣华富贵、功名利禄、文武仕途、光宗耀祖的东西。本来石头入世是物欲使然，要去尘世受享几年，而他却对人人所欲的荣华富贵无动于衷，伸手只抓脂粉钗环。这就是宝玉物欲的集中反映，也是人性人情的点睛。有此一抓，石头就通体透明。加上冷子兴又补充了他在八九岁所说的几句话："女儿是水作的骨肉，男人是泥作的骨肉，我见了女儿我便清爽，见了男人便觉浊臭逼人。"一岁婴儿的举动与他八岁所说的话连在一起，补天被弃的愤世与绝世，顽石本身的永恒不变，入世以后的混世弃世，在脂粉队里埋下的精神，都在这抓周中"抓"了起来！以后，凡是《红楼梦》中与宝玉相关的文字，或与宝玉性情发展形成一体的情节，都像脂砚斋说的，与宝玉挂上了钩。凡"挂钩"的描述，大体都可说是"今古未见之人"与"今古未见之文字"，同时也可以看出宝玉与常人不同的来历。

三、千年铁树 一花独秀

当石头要求一僧一道带他入世时，僧道曾告诫他，尘世中虽有些乐事，但"美中不足，好事多磨"，"乐极悲生，人非物换，究竟是到头一梦，万境归空，倒不如不去的好"，但石头坚持要去。于是僧道把它幻化为美玉而入世。入世后带去的先天禀性，就是"顽劣异常，极恶读书，最喜在内帏厮混"，这是对宝玉的总括。《红楼梦》全书的宝玉传也是从这三句话中敷演出来的。

在《红楼梦》第三回宝玉与黛玉见面时，作者写了两首著名的《西江月》来评宝玉，其中最有代表性的两句话是"天下无能第一，古今不肖无双"。这可以说是对宝玉的绝评。绝就绝在天下古今找不出第二个像贾宝玉这样不肖无能的人物；对天下古今的家国来说，都是毫无希望的人物。从这里可以觉出，这块顽石未能入选补天，被弃青埂峰，倒是女娲确有预知远见，而弃之于青埂（情根）峰，却有一点手下留情之意。所以一僧一道让它入世"受享"几年，再认祖归宗。

从全书的伏线来看，青埂峰下的顽石，一身二任：既有顽石之性，顽固不化，终生无悔；又有情根之质，倾心铸造儿女真情。顽石被弃青埂峰，恐非女娲随便乱弃，她对自己百炼而成的补天石，既然灵性已通，就不能弃置不顾，选青埂之地实非乱扔，而是安放。这不能不说是女娲既恨其非补天之材，又惜其灵性已通；故弃置他对家国之无望，怜惜他贯古今之有情，所以青埂峰是对石头安放之地而非弃而不顾之地。脂砚斋之所以以"今古未见之人"评宝玉，就是说今古时空未有之人，即历史和当时当世都没有寄托过的人。这种人可不成了客里空，但他却活在人心中，使人"思而得之"，连曹雪芹也是思而得之。但此人却带着情根入世，萌发出儿女真情，这大概就是前文所引司马光言"生于微而成于著"吧。

就《红楼梦》对宝玉的细节描写来看，可以说无不和"情根"相连。除尽人皆知的钗黛外，诸如平儿理妆，流下"痛泪"；香菱解裙，只为尽心；怡红共榻，男女无猜；万儿幽会，祝她"造化"；龄官画蔷，痴及局外；智能斟茶，喝她情意；觅药疗妒，一厢情愿……凡事一化为情，事情就发生了质的变化。只要是有土壤，播下这粒情种，准能落地开花，这大概就是情种的生命力之所在。在中国几千年的封建社会中，只有到了曹雪芹手里，才培养出一粒珍稀品种。这在宝玉的时代来说，由于"天理"的绝对统治，人情、人欲、人性岌岌可危，只有宝玉的儿女真情，才呈现天生的人性人欲。李贽的童心即真心说，在曹雪芹笔下得到了充分的体现。难怪金陵十二钗和众丫鬟、侍女，都在儿女阶段发挥出真性情，过了儿女阶段或嫁了人，宝珠也会变色的。

如果说"童心说"只是理论上的立论，那么儿女真情，则是从封建社会熔炉中，对人的提炼、分解；不仅提炼、分解出真性真情，而且铸造成没有"闻见道理为心"的，令人"思而得之"的"今古未见之人"。

看来，这块青埂峰下的顽石，确实是不幸中的大幸。有才无故被弃，弄得"日夜悲号惭愧"，引起千古才人的共鸣，确实是不幸；然而它的"情根"犹存，青埂峰是其适宜土壤，所以它幻化后，在花柳繁华之地，温柔富贵之乡，儿女童心之年，落地开花，成为千年铁树，一花独秀。这又是人间的大幸！

当然还需进一步弄清宝玉是否"天下无能第一，古今不肖无双"呢？是否"顽劣异常""不通世务"呢？这就涉及宝玉的性情是否有正邪两气相混的问题。即使以封建道德文章的标准衡量，所谓"无能",实际上是"非不能也,是不为也"。"无双"则是不与世人同流合污,躲入脂粉丛中,悠然自得。且看《红楼梦》第十七、第十八回大观园试才题对额。如果说这是"试才",最多只说对一半,还有一半是"试性",而且"试性"才是主要的。仅就试才的全过程来看,也非试宝玉之才,而是试贾政及其清客相公之才。观其题潇湘馆以"有凤来仪"四字,若从封建社会的政治标准来看,真乃超群出众,把贾政和众宾客一齐抹倒。宝玉若周旋于官场间,其父当退避三舍。观其对"武陵源""秦人旧舍"的批驳,其政治感官可谓敏锐之极,贾政之"才"又安在?观其赏蘅芜院的香花异草,贾政只知"有趣",却不大认识,宝玉一一指出名字及其出处。可见贾政连圣训"多识于鸟兽草木之名"都不会,在儿子面前丢丑,只好断喝一声"谁问你来!"这是"试才"。再从"试性"来看,父子对稻香村的欣赏,不仅是审美观点的分歧,更重要的是天性上的分歧。宝玉只以"天然"二字,就把贾政及其清客相公驳倒:

> ……"天然"二字不知何意……此处置一田庄,分明见得人力穿凿扭捏而成,远无邻村,近不负郭,背山山无脉,临水水无源,高无隐士之塔,下无通市之桥,峭然孤出,似非大观……古人云天然图画四字,正畏非其地而强为地,非其山而强为山,虽百般精而终不相宜。

这哪是辩驳,分明是宝玉情性的天然流露,以"自然之理""自然之气"的"天然图画",把一切"非其地而强为地,非其山而强为山""人力穿凿扭捏而成"的东西,进行彻底批判。这才是《红楼梦》对宝玉性情的点睛之笔!

可见宝玉从青埂峰带来的情根,是天生天然之情,这种情自然要和各种"人力穿凿扭捏"而成的情针锋相对。即使是他父亲有这种情，也被他驳得体无完肤，逼得他父亲喝命把他"又出去！"宝玉的大胆，贾政的恼怒，正是一场天然性情与天理定性的父子交锋。这场交锋与第三十三回宝玉差点被其父打死是一脉相承的。

就在宝玉挨打之前，宝玉确有自我挣脱、自我求索的探寻与思考。《红楼梦》第二十二回宝玉参禅之举，他又回到了"天不拘兮地不羁"的青埂峰境地，欲以"赤条条来去无牵挂"求解脱，无羁无绊自由自在的潜意识又在浮动。但此时的宝玉已是在人间觅是非的宝玉了，不是无羁无绊的顽石。所以"无牵挂"却是最大的牵挂，使宝玉一生都无法解脱。当他听了"寄生草"曲词时，"喜的拍膝画圈"。这并非真羡慕鲁智深"芒鞋破钵随缘化"，而是羡慕他的"无牵挂"。但一想到连湘云、黛玉二人之是非都应付不了，"将来犹欲何为？"这怎么能说"无牵挂"呢？在"觅是非"中解决不了"是非"，而是非又纷繁复杂，求解脱偏不能解脱，"不禁大哭起来"，只好从庄子《南华经》中寻求"解悟"。"解脱"不能"脱"，"解悟"亦不能"悟"，黛玉的两句续偈"无立足境，是方干净"，把宝玉从所谓"解悟"中拉了回来，"仍复如旧"。现实中的"解脱"与精神上的"解悟"都双双落空，所以贾宝玉的蝉蜕挣扎，终身不辍。这就表明"古今未见"的完美的人的性情，还只能像"怪影"一样，在人的心灵中游荡，在宝玉的灵魂中流浪。似花还是非花，究竟是什么样的花，还有待来日绽放。

四、昨日夕辉　明朝彩霞

读《红楼梦》有一点似乎可以体会出来，即曹雪芹写贾宝玉这个人是对历史的提炼、对现实的挖掘、对未来的昭示。也就是说，对过去、现在、将来人的发展变化，是以人的情性为主线贯穿下来的。贾宝玉既有过去的渊源，又有当时的风貌，还有未来的胎形；把这三者贯穿下来的，就是人的性情。这个性情包括人的本源性情，现实性情，还孕育着未来人的胎状性情！把三者合一，使宝玉成为今古、未来性情交会的代表人物。因此，宝玉这种人，虽然今古未见，但又是纵贯古今未来性情中的人。从古到今有多少理想人士，想象和追求过朦胧而不真实、超尘出世而总欠完美的人物。只有曹雪芹笔下的贾宝玉才是"众里寻他千百度，蓦然回首，那人却在灯火阑珊处"。这种人虽然看不清，但似乎摸得着，抓得住。因为人的情性的本原价值，包括贯穿历史的人性人情价值以及未来的人性人情价值，是千秋万代也不会变的。宝玉之所以从青埂（情根）峰来，算是找到了来历的好地方。

"明朝彩霞"，是理想色彩较浓的比喻，对宝玉的比喻是否恰当，这倒可以考虑。但比喻终归是比喻。《共产党宣言》中把共产主义比作在欧洲游荡的"怪影"，虽然模糊不清，但却在千万人心中扎根。过去和当时的文化都有形可睹，有事可查，有源可溯，而未来的文化却不好说，特别是未来的具体文化，谁也说不清，连马克思、恩格斯都只能以"怪影"视之。所以对未来的文化，比较能抓住的就是人的性情自然表现种种。就宝玉来讲，他具有原始性情，但又不是原始性情的回归，因为他不可能回到原始社会中去。但宝玉有一点却无法否认，即永远是性情中人，千秋万代也不会变。这不变的性情，必然要受到历史、当世、未来的时代发展的影响，所以在不变中有变。因此一个人的性情，它本身就具有"一而三"的成因，即原始人、当世人、未来人，其中有一点很重要，即物欲所形成的功利观、是非观、道德观。所以人的性情是在变化发展中充实、前进的。

宝玉的性情虽然"今古未见"，但是今古有之；对未来模糊，但有未来形影。因为他生长的时代是承上启下的，所以要摸他是何等脱胎，何等骨肉，必须从承上启下的当时当代入手。就承上来说，作者当然不是泛取原始人普遍之性，而是着重取其人性人情的一贯渊源，如情欲的本性，求生存、发展的顽石之性，真性真情自由发展之性……在宝玉身上则大体表现为混世不通世务，天不羁兮地不拘，愚顽怕读文章，天下无能第一，古今不肖无双……再从启下来看，就是在儿女真情的大旗下向人间觅是非。一部《石头记》就是在石头"枉入红尘"终身觅是非之记。"觅是非"又奈何不得是非，奈何不得，扎挣不已。所以贾宝玉的一生，都在是非围困之中，他只能是牢笼中的人做牢笼中的梦。所以他表现为"痴""呆""疯""傻"，这是破牢而出又不得出的变态性情，也是最真的性情。我们不妨随便举一例被称为"痴""呆"的典型事件来看一看。《红楼梦》第二十九回的砸玉表明，宝玉的"痴"是宝玉的真性情爆发出来的火花，是以宝玉的真性情去砸黛玉的真性情，是真相碰后火花四溅光辉夺目的境界，没有比"痴""呆"更真的真情了。

再如遐思遥爱傅秋芳，爱屋及乌，亲自接见平生最讨厌的老婆子，还让她们拉着手说话，自己不慎碰倒了玉钏儿端来的汤，自己受烫，反问玉钏儿烫了没有。傅家两个老婆子评他"外像好，里头糊涂，中看不中吃的""是千真万真的有些呆气""连一点刚性都没有"。斯时宝玉只有对傅秋芳的遥爱之情，对金钏儿的忏悔之情，对玉钏儿的惭愧之情。这些情被融进了荷叶汤中，汤中荡漾出来的"呆意"，乃性情中的真情，而且是出于众、颖于类难得一见的真情！

《红楼梦》第五十七回紫鹃试宝玉，可把宝玉的"呆根子"全挖出来了。开头紫鹃只说，一年大二年小的，连黛玉还远着他呢，宝玉一听马上"魂魄失守，直呆了五六顿饭工夫"。后来当紫鹃说到黛玉长期住亲戚家"落人耻笑"，"该出阁时自然要送还林家的"，这一下把宝玉试得如"头顶上响了一个焦雷一般""一头热汗，满脸紫胀""死了大半个了"！宝玉的"呆根子"的扎根处与人不同，一般的痴情者，不外生死与共，以死了事，或弃世遁世，而宝玉是死而不了，还要继续争斗。他死后要"连皮带骨一概化成一股灰——灰还有形迹，不如再化一股烟——烟还可凝聚，人还看见，须得一阵大乱风吹的四面八方都登时散了，这才好！"比死还要彻底。这种生死观，可以说是"情种"的自我宣言。冯梦龙在"三言"序言中说"倒却情种子，天地亦混沌"。有情即有万物，无情即无万物，情生万物，包括天地在内，总之无情即无一切。宝玉此论的核心，是风吹烟散，无形无迹，情也随之无形可觅，无迹可求。凡是混沌之初，也是无情无迹，无知无识，朦胧一气。看似无物，实际就是万物之始，"极"至之点，就是转换之始，这就是宝玉禀正邪两气而生的源头。所以说极至的转换，就是气生万物的开始，也是人类气质之性即将萌发之时。

同样是生死观，我们再看一看宝玉对袭人又是怎么说的。当二人谈到人总是要死的时候，宝玉说：

> 人谁不死，只要死的好。那些个须眉浊物，只知道文死谏，武死战，这二死是大丈夫死名死节，竟何如不死的好。必定有昏君他方谏，他只顾邀名，猛拼一死，将来弃君于何地！必定有刀兵他方战，猛拼一死，他只顾汗马之名，将来弃国于何地！所以这皆非正死。

袭人不同意他的看法，认为"忠臣良将，出于不得已他才死"。宝玉驳她"那武将不过仗血气之勇，疏谋少略，他自己无能，送了性命，这难道也是不得已？那文官更不可比武官，他念了两句书汗在心里，若朝廷少有疵瑕，他就胡说乱劝，只顾他邀忠烈之名，浊气一涌，即时拼死，这难道也是不得已？"宝玉把文臣武将之死，通通归为"不知大义"的"沽名"，把历来的死忠死节观推翻；并以身说法，证明只有像他这样死，才不是"沽名钓誉"，才是真正的"大义"。他说，趁她们都在时死了，得到"你们哭我的眼泪流成大河，把我的尸首漂起来，送到鸦雀不到的幽僻之处，随风化了，自此再不要托生为人，就是我死的得时了"。这可以说是宝玉的遗嘱。从宝玉和袭人、紫鹃的两次谈话比较起来看，它的内容有同有异：同是无情即无物，情灭如风吹烟散，无形无迹；不同的是传统的死忠死节观均不是"大义"，是沽名钓誉的行为。只有为情而死，死后仍然有情，得到女儿们的眼泪漂尸，随风而化，这才是大义。细思起来，宝玉的生死观不无道理。沽名钓誉之死，不是文臣武将尽忠尽节而死，而是寻机会找死！死谏的背景是君昏政乱，死战的机会是战火纷飞，民不聊生。这哪有什么"大义"可言。为情而死，死后仍然有情，确实是"大义"之理。按宝玉的观点是情不灭，人灭情也不能灭，如果死不为情，死后又不得情，那就回到了混沌朦胧的宇宙之初的时代了，人既然是性情中的人，不管千秋万代，人灭情也不能灭。这就是千古情人的性情观，也是所有的人，包括未来人的性情观。

宝玉的这种性情在曹雪芹笔下，可以说处处闪光。寿怡红的描写，知之者多，醉之者众，姑置勿论。《红楼梦》第四十九回以白雪红梅之景，诸钗吟咏之兴，衬以装在"玻璃瓶盒内"的贾宝玉。在写宝玉的笔墨中却未有如此娇艳、如此绚丽者。正是诗化其情，韵化其性；在诗意如画，诗情如醉之际，宝玉、湘云首先放飞自己的性情，找块地方去割腥啖膻，共同计划那块生鹿肉，并把诸钗引诱下海，一群闺阁成了真名士。这是大观园的大观，饮食男女之性，谁能否定？

《红楼梦》第四十一回刘姥姥醉卧怡红院，带着酒屁臭气"扎手舞脚"地仰卧在宝玉床上。这并非是亵渎宝玉，而是刘姥姥与贾宝玉自然性情的绝妙对衬。在天仙般的起居室里，住的本来是补天石幻化的假宝玉，是臭皮囊的象牙床，这里却和村姬老妇躺的土炕相等同。村姬老妇受自然性情的驱遣，酣甜一觉，不知所在。刘姥姥不求真，而真实自然；贾宝玉处处求真，偏不得真。仙宫神殿与酒囊饭袋相交相融，一下子就把天地之别抹平了。虽有袭人的弄虚作假，但很难抹去这种性情的纯真！这里只有性情之真，哪有等级之别，刘姥姥的一醉驱贫富，难道不是作者一梦入洞天的幻境吗？

王国维《红楼梦评论》有云："宇宙—生活之欲而已。"为了达情遂欲，往往是"自犯罪，自加罚，自忏悔，自解脱"，而"人生的痛苦"不外是求其"解脱之道"。就宝玉一生观之，他的"枉入红尘"的"混世"，无非是对封建社会的"犯罪"；但他的"犯罪"，无不与"生活之欲"紧密相关。因为王国维指出"生活之本质者何？欲而已"。只要生活，无不有欲；有欲就是自然而然的"犯"封建正统的"罪"，就自然而然的要遭"罚"。"犯罪"虽无罪之实，但在生活中却充满了"孽根祸胎"的种种作为。宝玉一生是为了求生活的大欲而痛苦，在痛苦中求解脱；宝玉一生都在痛苦挣扎中寻求解脱之道，虽然他寻求的解脱之道，仍然似隐似现。曹雪芹不是预言家，贾宝玉更不是先知先觉者，但宝玉始终生活在"人生所固有的事当中"，"不过是通常之道德，通常之人情，通常之境遇为之而已"。这些生活中的通常事件，不可能与历史、现实割断联系，更不可能不昭示未来。他在不断地否定自我，不断地追求自我；否定和追求不断地折磨自我；宝玉自己把自己折磨得今古无席位，未来无实形，只给人留下"思而得之"的广阔空间。

统观《红楼梦》全书，贾宝玉的梦中世界，虽欲寻求彼岸，但彼岸何方，彼岸何颜，均不得而知。在《红楼梦》中勉强可以称为出国留洋的人，只有薛宝琴。她在游西洋时，遇一真真国十五岁的女孩子，叙其奇事时，也不过是中国化了的金发姑娘。她能诗，但其诗是中国传统的五言律诗。这是《红楼梦》中的留洋见闻。不管曹雪芹也好，薛宝琴也好，都不可能出国留学，虽有"汪恰"鼻烟等洋玩意儿，但也只能令晴雯打几下喷嚏，连感冒也治不好。可见顽石、通灵、宝玉的追求和解脱，是在中国封建牢笼中进行的。如果曹雪芹生活在今天，贾宝玉可能会是另外一个样，《红楼梦》的"其中味"也可能另有一番风味。但从《红楼梦》的主人公贾宝玉的来源、来历以及一生的挣扎解脱来看，终其"枉入红尘"一世，始终保留着青埂峰顽石的原汁原味。

美丑正反的辩证人物——王熙凤

在现实生活中，美丑界限十分清晰，美就是美，丑就是丑，如自然界的风景美，人们的外表美，都不会有大的分歧。而艺术则不然。艺术中的美，有的是指正面美，如一幅山水画、一座雕塑、一首诗、一支曲、一部电影等，人们对这种美也没有多大分歧。然而艺术中还有一种美，不是正面被人公认的美，而是反面被人认为的丑，但它却不以丑定性，而被认为"丑的美"，或者说"丑得好"。行为丑、思想丑的人，本应该是丑，但在艺术中他的艺术性从不单纯是"丑"，而是把"丑"和"美"结合在一起，是丑中有美，化丑为美。这种美的概念，不属于自然美的范畴，而是艺术美的辩证法。

《红楼梦》王熙凤的形象塑造，就是在这种美丑正反之间塑造出来的艺术典型。涂瀛的《红楼梦论赞》把《三国演义》许劭评曹操的两句话用来评凤姐，即"治世之能臣，乱世之奸雄"。二知道人则把王熙凤称作"胭脂虎"。青山山农在《红楼梦广义》中赞王熙凤"智足以谋天，力足以制人，骎骎乎擅两府，而惟其其所欲为矣"。沈慕韩《红楼百咏》则赞熙凤"舌烂莲花迷五色，心藏机械刻三分"。杨维屏《红楼梦戏咏》则颂凤姐"手飞霹雳口翻澜"。这些评论都是从凤姐的才能、性格上着眼，没有看到凤姐这个形象的美学意义。不过如果从这些评语中进一步加以引申，也并非不能和美学挂钩，如"能臣"与"奸雄"，这是一正一反，从审美观点上看，也可以说是一美一丑。许劭把它用来统一在曹操身上，曹操确实当得起，在文学史上还成为"奸"与"雄"相统一的典型。涂瀛借此二句话来评凤姐，则凤姐之奸可与曹操比美，而凤姐之"能"则又独放异彩。曹操给人的"恨"要比熙凤多一些，也就是说王熙凤这个形象在正反美丑的辩证运用上比起曹操的塑造要高出一筹。曹雪芹究竟是怎样体现这种辩证法的，这是值得研究的一个问题。尽管曹雪芹不可能自觉地认识到这是艺术辩证法，但王熙凤这个典型形象的塑造，证明了我国传统的美学理论具有辩证的艺术魅力。

一、勾走三魂六魄

《红楼梦》第三回写王熙凤出场时，甲戌本批云：

> 第一笔，阿凤三魂六魄已被作者勾走了，后文焉得不活跳纸上，此等非仙助非神助，从何而得此机括耶。

脂砚斋所指的"第一笔"，就是"一语未了，只听后院中有人笑声，说我来迟了，不曾迎接远客"。为什么这里说凤姐的"第一笔"就能把她的"三魂六魄"勾走呢？脂砚斋也想从艺术上给以答复："另磨新墨，搦锐笔，特独出熙凤一人。"（甲戌眉批）笔者认为，脂砚斋的问题提得准，但回答问题并不很高明。说作者一开始就把"阿凤"的"三魂六魄勾走"是对的，说"另磨新墨"就不一定对。这里的"一语未了，只听后院有人笑声……"也不是写熙凤的"第一笔"，请看黛玉当时的想法："黛玉纳罕道：'这些人个个皆敛声屏气，恭肃严整如此，这来者系谁，这样放诞无礼？'"前面"个个皆敛声屏气，恭肃严整"的贾府诸姐妹以及邢、王二夫人等的文笔，就有写熙凤的笔墨，曹雪芹是很善于"眼看这里，手写那里"的，所以"墨"并非"新磨"，"笔"也非"第一"。那么前文写贾府诸姐妹的文字是否就是为了烘托凤姐出场呢？笔者认为也不尽然。问题的所在是"恭肃严整如此"的"诗礼"之家，而偏偏有一个与众不同的"放诞无礼"的孙子辈媳妇，这就是作者塑造王熙凤与众不同的基点。"恭肃严整"与"放诞无礼"是矛盾对立的，而王熙凤的三魂六魄被作者勾走的主要原因，就是王熙凤的性格特征都是从这个一正一反的矛盾点上生发出来的。也就是说王熙凤的矛盾焦点，不在正的一面，也不在反的一面，而是恰恰在正反之间。贾母向黛玉介绍王熙凤，称她为"凤辣子"。"凤"，五彩斑斓，十分好看，然而她又是"辣子"，谁敢尝她一尝，就会被辣得眼泪鼻涕一起流。再看她的外表："粉面含春威不怒，丹唇未启笑先闻。""春"和"威"是矛盾的，但在凤姐身上却是统一的，因"含春"而"藏威"，她的性格特征，恰恰就在这"春""威"之间。当然就大的方面来说，任何人物形象都是在正与反的矛盾冲突中塑造的。比如贾宝玉，他的"逆"的一面对封建礼法来讲，统治阶级认为是"反"的，而读者很自然地以为是正的，但贾宝玉在一正一反中他是正面形象。而王熙凤则不然，她在一正一反的矛盾点上，基本方面是反的，然而她在很多场合的表现又是正的，或者说一身而兼正反两面。

如果说贾宝玉、林黛玉是中国封建社会末期的叛逆者，薛宝钗是封建制度封建礼教的维护者，那么像王熙凤这样的人，则既非叛逆者，又非维护者。她在《红楼梦》中扮演了一个特殊角色，她以当家奶奶的身份出现在荣国府的夕照余辉之中，其才力过人，但又逃避不了她与家族同归于尽的命运。此人是只凤凰，但偏生于"末世"，其聪明睿智既不遇其时又不得其主。但她却"知命"强为"英雄"，不过她的聪明睿智是以"我"为轴心，立脚于个人的荣辱安危而确定其攻守杀伐。所以从"末世"中飞出来的这只雌凤，只能借荣府为基地，从荣府自家杀起，一方面"当家"，一方面"败家"。当然绝不能把败家之由归于王熙凤，但从当家人以权谋私的角度看，王熙凤的所作所为也不能说与荣府的败家无关。她只能对贾家大宅中局部的一时一事的革新起作用，对荣府的大局，她必然随着江河日下的大流而被淹没。

王熙凤不是叛逆者，但在谋取私利时，不怕鬼神，不怕国法家规，进行暗中反叛。她不是驯服者，但又越不出"三从四德"的大限，她能掌握贾琏，但最终又被贾琏所弃。不管从妇道家规来讲，她都不是一个规矩人，可是她终归被封建大厦的崩塌所压碎。

由此看来，王熙凤的悲剧意义和宝玉的叛逆性、宝钗的驯服态度相比，是处在不叛不顺、又叛又顺这个矛盾点上的。这个矛盾点就是王熙凤"三魂六魄"的所在。所以一开始作者就从这个矛盾点上着笔，把王熙凤放在封建大家族的"恭肃严整"与"放诞无礼"的矛盾之中。当然王熙凤的"放诞无礼"还有她个人利益的需要，这一点后面还要谈到。曹雪芹看准了这样一个矛盾点，并抓住它作为塑造王熙凤形象的核心，在一正一反中相摩相荡。所以王熙凤就能始终"活跳纸上"，不需"仙助神助"，就能得到塑造王熙凤形象的"机括"。

旧红学家之所以把王熙凤比曹操，不外乎集中在"治世之能臣"与"乱世之奸雄"两句话上，这两句话正是曹操的性格焦点。"治世"与"乱世"是矛盾的，"能臣"与"奸雄"也是对立的，而曹操偏能在这种矛盾对立中站起来，成为千古奸雄中的一绝，这绝非偶然。王熙凤的形象亦然，脂砚斋也把她称为"乱世之奸雄"，和曹操的称号并立。但她无曹操之权，无曹操之势，无曹操之贵，她只是荣府的孙子辈媳妇。她虽然也想把"天下人计算了去"，但她的权势范围限制她这样做。她的权只不过是一个大家族中的当家奶奶，她的势力也仅仅是贾府范围中的一支小力量。从兴儿眼中看来，上班的八个小厮中"有几个是奶奶的心腹，有几个是爷的心腹，奶奶的心腹我们并不敢惹，爷的心腹，奶奶的人就敢惹"。即使这样，也不过"王派"比"贾派"略占上风而已。然而在贾府这个小天地中，她的攻守策略和杀伐征剿，却表现为千姿百态，令人眼花缭乱。王熙凤的许多表现与她所处的环境和时代要求是很不一致的，有时甚至相反。比如她为了巩固其当家奶奶的地位，必须在贾府找一个坚强有力的靠山，这个靠山就是贾母。按理，王熙凤对待贾母应该是循规蹈矩，不敢越封建礼仪、封建等级雷池一步，但她在贾母跟前的表现大都是"放诞无礼"，有时甚至嬉皮赖脸。她既不像东方朔之于汉武，又不像李莲英之于慈禧。她在礼仪肃穆的"诗礼簪缨之族"以"无礼"取胜；她在等级森严的侯门公府之家以"放诞"闻名。在荣府这样一个典型环境中，能出叛逆者，如宝玉；能出驯服者，如宝钗；还能出介于二者之间，超于二者之外的王熙凤。

王熙凤的出现，使中国文学史的典型画廊又增一绝！不管在奸雄形象中，还是在巾帼英雄中，她确实是一枝独秀的奇特形象。为了弄清王熙凤的形象意义，还是应该循着曹雪芹的笔触，从具体塑造王熙凤形象的过程，去精观细察，然后得出结论。

在《红楼梦》中，曹雪芹塑造王熙凤与塑造其他人物相比，似乎另有一个规律在起作用——那就是对王熙凤丰富多彩的性格特征的描写，是紧紧抓住她本身的性格矛盾来着笔的，也就是充分利用王熙凤的性格矛盾来揭示王熙凤的内心世界。这一点和写贾宝玉、林黛玉、薛宝钗很不一样。贾、林、薛三人的形象无疑是三个"这一个"，但他们三人的形象塑造多采用相互渗透、彼此作用的方法来塑造的，是用"注彼而写此"或"人物相生"的方法来塑造的，三个典型形象的独特光彩很强，但三个形象的相互依赖性也很强。王熙凤的形象塑造虽然也离不开有关形象的烘托，但就其主要方面来看，是用王熙凤的正面写她的反面，或从她的反面来否定她的正面。也就是说是用她自身的性格来写她丰富多彩的内心世界，也就是充分利用她性格本身的正反两重性，使其互相照映，我们把它称之为正反照映法。这种正反照映法，就像风月宝鉴中的王熙凤，一身而两面焉。

二、风月宝鉴与王熙凤

把风月宝鉴和王熙凤联在一起，似乎不好理解，但若从塑造王熙凤的正反照映法着眼，也不难理解。

《红楼梦》一书，不外写封建社会的"末世"，也可以说这"末世"就是《红楼梦》典型环境的背景。不过与曹雪芹关系密切的批评家脂砚斋尚不知有"典型环境"之说，故用"末世"二字把时代背景和具体环境都概括在内，并多次提醒读者注意这一点。《红楼梦》第二回冷子兴演说荣国府，谈到"如今这宁荣两门也都萧疏了，不比先时光景"时，甲戌本的侧批指出："可知书中之荣府已是末世了。""作者之意，原只写末世。"《红楼梦》第十八回元妃省亲，谈及"家中旧有曾学过歌唱的女人们，如今皆已蟠然老妪了"时，《红楼梦》庚辰本夹批云："又补出当日荣宁在世之事，所谓此是末世之时也。""末世"，当然不同于"盛世"，也不同于中兴，"末世"有它自己的特征，这个特征就是"外面的架子虽未甚倒，内囊却也尽上来了"，也就是说它具有"外""内"不同的两种特征，表面看仍然是只"百足之虫"，而实际上是"死而未僵"。王熙凤是"凡鸟偏从末世来"的当家人，她有这"外""内"不同的两面形象和两重人品。不过绝不是"末世"特征在她身上的再现，而是她在这种"末世"环境中产生了与之既相适应又相矛盾的两重性，被作者紧紧抓住，并让她尽情施展出来，进行自我刻画。作者借贾瑞与王熙凤的"风月"事件，先用一个象征性的风月宝鉴，把王熙凤放在这面镜子之中，暗示王熙凤性格正反两面的特征。

《红楼梦》第十二回，风月宝鉴这面镜子正式出现在读者眼前。在这回书中凡是有关风月宝鉴的文字下面都有脂批。当贾瑞被王熙凤的相思局弄得奄奄一息时，那位在书中多次出现过的跛脚道人送来了风月宝鉴这面镜子，这面镜子与众不同的是两面皆可照人。《红楼梦》庚辰本在"两面皆可照人"这句话下面批道"此书表里皆有喻也"。在"千万不可照正面"这句话下面批道："观者记之，不要看这书正面，方是会看。"当贾瑞已死，代儒夫妇大骂这面"妖镜"，并要烧毁它时，脂批"此书不免腐儒一谤""凡野史皆可毁，独此书不可毁"，这些批语的共同点是把风月宝鉴和"此书"联在一起，把"会看""不会看"《红楼梦》联在一起，并提醒读者要从正到反地去看，因为"此书"表里有喻，只有从正到反，由表及里地去读《红楼梦》"方是会看"。可见"风月宝鉴"之所以一度作为《红楼梦》的书名，不是没有来由的。这个书名，正好把"末世"的"外""内"统一在那面镜子中，美人和骷髅，也就是"外"和"内"的表面和实质。这面表里皆有喻的镜子，不就是《红楼梦》的"点睛"吗？

既然风月宝鉴是《红楼梦》的点睛，那就很自然地要联系到镜中用来"点睛"的美人，这位美人不是一般的抽象美人，也不是别的具体美人，而偏偏是荣国府的当家奶奶王熙凤！这就是说荣国府这个"末世"与从"末世"来的"凡鸟"是一个不可分的整体。《红楼梦》第五回"红楼梦曲子"第十支"聪明累"表明王熙凤的生死和荣府的兴衰是紧密相连的。"生前心已碎，死后性空灵，家富人宁，终有个家败人散各奔腾。"王熙凤的生前与死后，总是与荣府的"家富人宁""家败人散"密切相关的。

可见，风月宝鉴作为表里有喻来看，它象征荣府这个末世，是"点睛"之笔；而作为正反来看，美人与骷髅又是同一凤姐，这又是王熙凤双重性、两面人的"点睛"。如若不信，请看作者对王熙凤的具体描写。

我们不妨还从贾瑞打王熙凤的主意谈起，贾瑞这只"癞蛤蟆"之所以想吃"天鹅肉"，是因为贾瑞这只"苍蝇"叮住了王熙凤那只有缝的"鸡蛋"，所以贾瑞有恃无恐，而被称为"水晶心肝玻璃人"

的王熙凤当然明白。因此，她不能赏他以耳光，只可喂之以钓饵。表面温情脉脉，反面杀气腾腾，下决心定让贾瑞死在她手中。所以风月宝鉴在这里并不是戒什么"妄动风月之情"，而是表明"癞蛤蟆"与"天鹅"之间的一场勾心斗角。假设在这场"风月"之战当中，贾瑞变成贾蓉，而王熙凤只露美人一面足矣，又何需反正两面？我们可以这样说，《红楼梦》第十二回中的风月宝鉴，是通过贾瑞对王熙凤在"风月"问题上的一次"点睛"，这次"点睛"表明，知道王熙凤"风月"内情而又欲借机打王熙凤"风月"主意者，王熙凤绝不善罢甘休，必要置之死地而后已！特别是像贾瑞这样的"癞蛤蟆"，她只用了儿戏般的手段，就断送了他的性命。这就是王熙凤的性格！就女人的"风月"问题上看，更有甚于"毒设相思局"之"毒"乎？

可是"毒设相思局"中王熙凤的性格却有着丰富的内涵，它表明王熙凤沉着、冷静、有胆有识，面和心毒，敢想敢干；一事在手，全盘在胸，斗争伊始，胜券在握。这种超人的才干，若用于君国大事，必然是个英雄；若用于个人勾心斗角，就是一个奸雄。在王熙凤传中，这种"英雄"与"奸雄"的合一，往往先后出现在同一事件中。《红楼梦》第十三、第十四两回书，写王熙凤协理宁国府，先写她抓住了宁府五大弊端，雷厉风行地整理宁国府，充分展现了她"杀伐决断"的气势。她调查研究，洞察时弊；定立制度，切中要害；派兵点将，人尽其用；赏罚严明，令行禁止，一下子把宁国府从混乱的局面中"筹划得十分整齐，于是合族中上下无不称叹"。这是王熙凤传中得意之笔。可是到了第十五回，秦可卿丧事未了，王熙凤马上弄权铁槛寺，收受贿银三千两，害死张金哥和李守备之子两条人命。英雄乎？奸雄乎？还是一身而二任焉？在第十三回回末，有正本有两句批语，褒奖凤姐抓五件大事协理宁国府是"岂独家庭，国家天下治之不难"。可是一到害死金哥和守备之子时，平时"阿凤"不离口的脂砚斋，也不得不说王熙凤和贾雨村一样，是"一对乱世之奸雄！"其实贾雨村"奸"则有之，其"雄"则无，他比起王熙凤来，差距不是一星半点。王熙凤有英雄的才干，而长着一副奸雄的心肝，塑造这样的人，用她性格本身的两面性，进行正反照映，不亦宜乎。

三、正反照映法与艺术辩证法

正反照映法，必然要涉及人的性格的复杂化和多样化，这就不能简单地以人的阶级属性和阶级特征概括一切，阶级特征也不是单一的特征，这就是阿 Q 的精神胜利法至今不能找出其阶级属性的原因。我们说人的聪明、愚蠢、爽朗、拘谨以及人的外表的美丽、丑陋，都不能以阶级界限截然分开的。正反照映法的辩证因素在于，绝对正的人，百分之百正的人，是没有的；反之，绝对反，百分之百反的人，也不会有。一个人本质的正，或本质的反，总是在他自身内部正反双方相依相荡而相生的。我国历史上的史学家、文学家、诗人、画家、戏剧家是很懂得其中奥妙的。《左传》第一篇"郑伯克段于鄢"的郑庄公，就是在写其奸的同时又写其逐母后的悔恨。颍考叔知道后用掘地及泉的补救办法，使他们母子相会如初。写庄公之悔，并没有影响庄公之奸，在一定程度上反而使庄公之奸更加完美。因为在庄公消灭了他的政敌之后，姜氏已无所作为，如果因其弟而及于母，对于一国之君来说极为不利。所以写庄公之悔，是庄公蓄谋得逞之后不可缺少的补充笔墨，有了这一笔补充，庄公性格就更加深化了。这种写其反的同时而不妨写其正的手法，就是我国传统艺术中的辩证法之一。钱锺书先生的《管锥编·老子王弼注》中引魏源《古微章集·学篇》中的一句话："天下物无独必有对"来说明"事物之称正反者，必有等盛衰，分强弱，'对而不失为独'"，因为"正反相对者，未必势力相等，分'主'与'辅'"。这就说明写正不要怕涉及反，因为"对而不失为独"，正反双方在一件事物中，或在一个人身上，绝不是半斤八两，是有"主"有"辅"的。正因为如此，施耐庵写李逵之莽而不失其忠；罗贯中写张飞之躁而不失其义。《左传》中写郑庄公，写了他的悔而不失其奸，也是同一道理。

王熙凤的形象塑造，是符合这种艺术辩证法的。如果说毒设相思局，不写她温情的一面不足以显其毒的话，那么在赚尤二姐和大闹宁国府时，不写她的正面就不足以显其狠。赚尤二姐、大闹宁国府是王熙凤传中最精彩的文字。凤姐为了实现她"一计害三贤"的计划，先请来"各色匠役，收拾东厢房三间，照依自己正室一样装饰陈设"，然后带着平儿和见面礼去请尤二姐回贾府。两人见面，如知己相会。凤姐先动之以情，说她早就劝过贾琏娶二房，生一个一男半女的，她也有靠，不料被贾琏误解，只有"唯天下可表"。次又晓之以理，说什么像尤二姐这样偷偷地住在外面"使外人闻之，亦不甚雅观"。同时还要尤二姐照顾贾琏名声，她保证和尤二姐"同居同处，同分同列，同待公婆，同谏丈夫；喜则同喜，悲则同悲，情同姊妹，和同骨肉"。一连"十同"，真好像把心都掏出来了，尤二姐也被感动得哭了，"竟把凤姐视为知己"，把兴儿的介绍抛诸脑后，心甘情愿随凤姐回了贾府。

凤姐"赚"尤二姐，是为了"攥"尤二姐，要"攥"，必须先"赚"，如果"赚"不成功，下面的一切计划都会成为泡影。所以必须先"赚"后"攥"，攥住了尤二姐，也就攥住了贾珍、贾琏、贾蓉和尤氏等人，就可以处处打主动仗。所以"赚"这场戏，必须正面演，越正越好，越正派，越真诚，就越显得凤姐奸极、狠极！这对王熙凤其人来讲也是生活的真实。从艺术上看，写正就是为了更好地写反。以正写奸，倍增其奸，这就是王熙凤这个艺术形象之所以光彩照人的一个重要原因。

从生活真实来看，王熙凤赚尤二姐这场戏也是逼出来的。为了保存自己正室夫人的地位，她不能不排除异己，只是在排除异己中的精彩绝招，才是王熙凤异于常人的独到之处。而这种独到之处正好是充分展现艺术上奇光异彩的好镜头。只有充分挖掘生活中的奇人奇事，才能在艺术上出奇制胜。

如果说毒设相思局、大闹宁国府的"正"的一面，是为了写好"反"的一面有意为之的话，那么在《红楼梦》第四十六回贾赦要娶鸳鸯做小老婆的事件中，凤姐的正面表现却是真实的，合情合理的。当邢夫人先找到凤姐商量贾赦娶鸳鸯这件事时，凤姐忙说："依我说，竟别碰这个钉子去，老太太离了鸳鸯，饭也吃不下去的，那里肯。"并要邢夫人去规劝贾赦，儿子孙子一大群，干这些事"怎么见人！"尽管凤姐这样说，有先见之明，也有不排除把自己摘出事外之意。但作为一个儿媳妇来讲，凤姐是对的，她说的也是真话，也是为她公公婆婆设想，一来免得她公公出丑，二来也免得她婆婆去碰钉子。可是邢夫人不识好歹，反而把凤姐数落一顿。凤姐立刻换了一副面孔，"连忙陪笑说道：'太太的话说得极是，我能活了多大，知道什么轻重。想来父母跟前，别说一个丫头，就是那么大的一个活宝贝，不给老爷给谁……'"并进一步怂恿邢夫人今儿就去讨，她先去哄老太太发笑，给邢夫人在贾母跟前创造条件，还稳定邢夫人的心，说什么就是鸳鸯听见了，也是"千妥万妥的"，结果使邢夫人在贾母跟前碰了一鼻子灰，挨了一顿训。

这次凤姐正反两面的变化，只在察言观色的一瞬间。而正的一面与前面的"假正"大不相同，是出自内心的真话。因此，她"反"的一面并不令人讨厌，而邢夫人的愚蠢无知反而比凤姐更令人厌恶。凤姐之所以转变，全是邢夫人忠言逆耳的结果。在这场事件中，读者却偏向凤姐，究其原因很可能是做媳妇之不易，像凤姐这样八面玲珑的人，能在贾母面前做一个好孙媳妇，却不能在自己婆婆跟前做一个好儿媳妇。这里同样用正反照映法写出了凤姐的圆滑乖巧，但它却充满了生活的感人力量。难怪有人读《红楼梦》总喜欢凤姐出场呢。这除了她的八面玲珑的性格外，是否和她在某些场合奸而不丑有一定的关系？

朱光潜先生在《谈美书简》中，认为雨果的《巴黎圣母院》中的敲钟人卡西莫多是艺术中创出来的"奇迹"。"敲钟人的身体丑烘托出而且提高了他的灵魂美。这样自然丑本身作为这部艺术作品中的一个重要因素，她就转化为艺术美。"这就是艺术上美与丑的辩证法。这和王熙凤的形象正好相反，王熙凤是美中出丑，是外表美与本质丑的统一。但同样的道理是，王熙凤的本质丑，作为王熙凤这个典型形象的重要因素，也能化为艺术美。敲钟人的外表丑，被他高尚的灵魂美所转化，因而他的外表丑就转化为朴实、真诚的外在特征。而王熙凤的本质丑和她的外表美互为表里，再加上她的聪明才识，这就使她奸诈的内心世界更加五彩缤纷。这样就成为艺术的典型美。曹操与高俅同属于奸臣形象，但曹操比起高俅来就显得奸得可爱，这种爱并不是爱他的奸，而是爱他奸得奇绝。同是奸臣，高俅始终是奸，而曹操除了奸以外，还有他独特的"雄"的一面。故"奸雄"比起奸臣来，当然要高出一筹。何况"雄"的具体表现，又是那样令人叫绝。这样的典型说他丑得好，丑得美，是符合艺术辩证法的。

由此可以得出，写丑不一定非写成高俅似的人物不可；写美也不一定写成"潘安"一类的人不可。笔者并不是提倡美化高俅，丑化潘安，而是说从美学角度看，高俅还不妨奸得更高、更好一些。潘安在历史上，品德是不怎么好的，仅仅以貌取人，也不是一个完备的美男子。像王熙凤这样美丑相转化，正反相关联的典型，倒不失为纠正简单化的一个范例。

兼并立冠军之美而居殿军

——秦可卿排位深思

　　《红楼梦》第五回，十二钗判词和《红楼梦》十二支曲（加上引子和收尾，共十四支），对十二钗的排位是令人深思的。在判词中以钗黛二人为并立冠军，以秦可卿为殿军。在"红楼梦曲子"中除"红楼梦引子"外，紧接着就以"终身误""枉凝眉"列钗黛为首，而秦可卿则放在"收尾"之前的"终身误"，也是殿后。看来，以钗黛为并立冠军，以秦可卿为最末，这是十二钗的定位。但这样的定位标准是什么？值得推敲。如果以地位相排，冠军非元春莫属，但她却居第二；如以权力相排，凤姐则不应排第八，至少应在探春、迎春、惜春、湘云、妙玉之前；如果以辈分相排，巧姐虽与秦氏同辈，但年纪太小，也不应排在可卿之前而居第九；如果说可卿美不若钗黛，但又名"兼美"："其鲜艳妩媚有似宝钗，风流袅娜则又如黛玉"。试问十二钗中谁敢称兼钗黛之美？就是钗黛二人也不能兼之，可卿却兼而有之。若论聪明才干，在魂托凤姐时，未雨绸缪，深谋远虑，想凤姐之未想，虑凤姐之未虑，其才其识和凤姐比，只有过之而无不及。若论人缘，她深得贾府上下人众的喜爱；她以对长一辈孝顺，与平一辈和睦，对下一辈慈爱以及对仆役们的"怜贫惜贱""慈老爱幼"而大得人心，连贾母也深深喜爱她，称她是重孙媳妇中第一个得意的人，是很"妥当"的。如此一个人，却被作者排名最末，其原因何在？

一、淫情难分　为淫所累

先看一看秦可卿的判词和红楼梦曲的〔好事终〕。

秦可卿的判词是：

情天情海幻情身，情既相逢必主淫。
谩言不肖皆荣出，造衅开端实在宁。

〔好事终〕为：

画梁春尽落香尘，擅风情，秉月貌，便是败家的根本。箕裘颓
堕皆从敬，家事消亡首罪宁。宿孽总因情。

这两首词曲，可以把它作为天香楼事件的解读，其中心意思是
指明"家事消亡首罪宁"。从贾敬到贾珍两代人，一个不以祖先家
业为怀，任其子孙胡作非为；一个践踏了封建社会的伦理纲常，把
宁国府闹得翻了个天。秦可卿案不在于揭露了翁媳通奸的丑行，而
在于体现了"败家的根本"。要害是支撑封建社会的精神支柱、伦
理道德，被封建统治者自身所践踏。天香楼事件，就是这种典型事
件：其实警幻室内壁上悬挂的一副对联，已经提醒了人们，那就是
"幽微灵秀地，无可奈何天"。甲戌本批云"通部大书""皆从无可
奈何而有"。本来"幽微灵秀地"代表一种理想的境界，"无可奈何
天"却是残酷的现实。"灵秀地"和"奈何天"是大观园与贾府的对
立世界，在大观园未形成之前，宁国府就是天香楼"无可奈何"的
"天"！其中的典型事件之一就是翁媳乱伦；它所牵扯的实质，就是
"败家的根本"。因为伦理道德的消亡，标志着支撑封建大厦的精神
支柱的坍塌。秦可卿生活在这种"天"下，是"奈何"不得的，自

己被蹂躏，却不敢泄漏，被丫头发现，羞愤自缢。

秦可卿虽是情的化身，但她却坠入了淫的深渊，为淫所累。秦可卿虽属被害者，但这事与"败家的根本"相联，"造衅开端"的人，就成了"家事消亡"的罪魁祸首。秦可卿虽死，但是羞惧而死；天香楼事件，不能把秦可卿干干净净地择出来。就作者感情倾向看，是同情秦可卿的，但对往事"追踪蹑迹"，笔之于书时，却"不敢失真"。翁媳通奸已经超越了情的范畴，更何况事涉伦理纲常，与"家事消亡"相关。天香楼事件的意义，不在"通奸"本身，而是揭示了封建伦理纲常的瓦解。作者是"家事消亡"的过来人，对旧家族的毁灭，在感情上不可能无丝毫牵挂。因此，作者被自己的长辈"命"其"删去"时，一定要考虑到，在笔伐贾珍时，怎么才能不兼及可卿呢？可卿虽然美兼钗黛，才逾凤姐，义及贾府，但不能坦然居冠，甚至连前十名都不便排，只好殿居末位了。

可卿的排位，除了为淫所累外，还有一条根据，就是《红楼梦》品人的标准：正邪两赋。

所谓正邪两赋，实指天地生人的正邪两气，即天地的清明灵秀的秀气之余与残忍乖僻一丝半缕的邪气相遇，不管男女，若秉此气而生者，"上不能成为仁人君子，下亦不能为大凶大恶"。其所举的人物，有皇帝、王侯、名士、文人、倡优、小姐、侍女、妓女之类，都是正邪两气相交相融而生的人物。这些人正不全正，邪不尽邪。反映在《红楼梦》中，宝玉为"今古未见之人"，黛玉为千古未有的情痴，宝钗为"淡极"与"艳极"的"冷香"合体，王熙凤是"奸"与"雄"的统一，妙玉是"空"与"不空"的交汇……在《红楼梦》中，很难找到好人全好，坏人全坏的人物。秦可卿也不例外，她融情与淫为一体，所以"情既相逢必主淫"。就她短暂的一生来看，情非情痴，淫非滥淫；情而可亲，淫而乱伦。但她仍是十二钗中的佼佼者。她美兼钗黛，情涉翁媳，融情与淫为一体，淫情难分。在读者心中，她是美玉有瑕，但不失为玉；情中有淫，但令人可亲。若以才貌论，可卿排居末位，似乎有些委屈；若以人的秉赋论，这也是正邪两气相交相融的自我表现和自然形态。天地生人如此，难以截然断分。作者既然秉此而述，读者何须斤两比较。

二、意淫之训与云雨之欢

人的正邪两气，既然为天地所秉，那就是生来如此。宝玉也好，秦可卿也好，都不例外。关于宝玉的正邪，此文不能论及，但秦可卿的正邪却不能不涉及。还是从警幻将可卿匹配给宝玉前所训的"意淫"开始。

"意淫"是可卿之姐警幻赠与宝玉的，因他"天分中生成一段痴情"，故推为"意淫"，使宝玉独得此二字。但事实是宝玉并非"独得"此二字，而是与可卿共得。因为"意淫"之训以后，马上就是云雨之欢，而促成此事的正是警幻，落实此事的却是她的妹妹可卿。这种梦中境界，说它是"意"，其虚幻恍惚差似；说它是"淫"，却是男女间的常事。若以天地间无时无地无此事证之，这种梦中之事并不奇怪。但警幻却以"淫虽一理，意则有别"，把宝玉从"皮肤滥淫"的"蠢物"中区分开来，并选为妹夫。究竟是警幻警醒宝玉"速作回头要紧"，还是一种淫情难分，"好色即淫"的具体演习呢？若从正邪两赋品人的标准来看，这个问题也不难解决。正邪两赋品人中的女性历史上有卓文君、红拂、薛涛、莺莺、朝云等人，再加上可卿，确实堪称"易地则同"的人。更值得注意的是，正邪两气生人当中，有一个皇帝李隆基，他就是以公公身份娶其儿子寿王的媳妇，并对天盟誓"在天愿作比翼鸟，在地愿为连理枝"。和可卿比，翁媳婚媾是相同的，所不同的是杨玉环多了一个当尼姑的过渡期。但这个过渡期和天香楼贾珍急切的兽欲比，似乎比出了风流天子与爬灰老公公的根本差别！这似乎是"淫""情"难分中的一点分别。

"意淫"二字，对宝玉是定评，对可卿是梦境。平心而论，警幻授云雨于宝玉，具体教会行云雨于可卿，这怎么也不能避开"淫"。令人费解的是，警幻竟封宝玉为"天下古今第一淫人"！看来这"第一淫人"的内涵，是和"好色即淫，知情更淫"的"饰非掩丑"之徒泾渭分明的；是和"调笑无厌，云雨无时"的以情作案的人区别开来的。否则和这些人相混，何以封为"第一"呢？它的分界处在于天下之人不能无云雨之事，但天下之人的云雨之事，绝不能为"皮肤滥淫"的"蠢物"所霸占！警幻看中的是"痴情"，反对的是"滥淫"。为情而"痴"，因情而"滥"，这就是"淫虽一理，意则有别"的"淫"与"意"的分界。所以可卿被其姐配与宝玉，是警幻看中了宝玉的痴情。"意淫"的落实，是在梦中，似真非真，也仅仅在"意境"之中。这和后来可卿被辱天香楼与这次梦中意淫之落实，是两种境界、两种遭遇，即常情与滥淫。这两种遭遇，可卿均身历其境。梦中境界常人如此，天香楼事件是倡滥淫而灭人伦。天香楼事件本身，没有人认为符合人之常情。所以落实"意淫"的云雨之欢警幻能"训"，滥淫之举则深恶痛绝。可卿云雨之欢乃在梦中，而贾珍滥淫之肆却在诗礼之家。也就为可卿判词"造衅开端实在宁"明确了矛头指向。因此，警幻敢把在世道中遭"万目睚眦"的宝玉作为"闺阁良友"匹配可卿。警幻在宝玉情窦初开时，授以男女秘事，而又以滥淫为戒，这是否包含有使"情种"萌发，使"情痴"成长的用意？使宝玉在与钗黛相交相知之前，已知男女之事，这对宝玉黛玉在铸造儿女真情过程中是会起到一些警醒作用的。

三、英才枉死　魂托凤姐

可卿之死在《红楼梦》第十三回，而庚辰本脂批却在第十回回末误批："此回可卿梦阿凤，盖作者大有深意存焉。可惜生不逢时，奈何奈何，此必出阿凤之意也，则又有他意寓焉。"最后有一首诗："一步行来错，回头已百年。古今风月鉴，多少泣黄泉。"脂批中的"深意""他意"，没有明言。但从魂托凤姐的过程来看，"他意"也可以推知一二，特别是从诗中的哀惋、悲伤的感情中可见。可卿确实有错，而且影响一生。她没有以古今风月为鉴，纵然赴了黄泉，也不甘心。在魂托凤姐中，是否寓有"他意"和"深意"，这是事关可卿一生定评的关键问题。天香楼事件，原来的回目标题是"秦可卿淫丧天香楼"。从"淫丧"改成病死，虽是奉命行事，但作者写天香楼事件的感情倾向，很难在奉命行事中根本扭转过来。事实变了，而作者的命意和矛头指向，难以根本改变。这就不自禁地要形成"文"与"意"的某些矛盾。改后的病死，虽将可卿"死故隐去"，但隐去的"深意"却在较深层次中隐现。特别是魂托凤姐的过程中是有所体现的：

凤姐方觉星眼微朦，恍惚只见秦氏从外走来，含笑说道："婶子好睡！我今日回去，你也不送我一程。因娘儿们素日相好，我舍不得婶子，故来别你一别。还有一件心愿未了，非告诉婶子，别人未必中用。"

凤姐听了，恍惚问道："有何心愿？你只管托我就是了。"秦氏道："婶婶，你是个脂粉队里的英雄，连那些束带顶冠的男子也不能过你，你如何连两句俗语也不晓得？常言'月满则亏，水满则溢'，又道是'登高必跌重'。如今我们家赫赫扬扬，已将百载，一日倘或乐极悲生，若应了那句'树倒猢狲散'的俗话，岂不虚称了一世的旧族了。"凤姐听了此话，心胸不快，十分敬畏，忙问道："这话虑的极是，但有何法可永保无虞？"秦氏冷笑道："婶子好痴也，'否极泰来'，荣辱自古周而复始，岂人力能可保常的。但如今能于荣时筹划下将来衰时的事业，亦可谓常保永全了。即如今诸事都妥，只有两件事未妥，若把此事如此一行，则后日可保永全了。"

凤姐便问何事。秦氏道："目今祖茔虽四时祭祀，只是无一定的钱粮；第二家塾虽立，无一定的供给，依我看来，如今盛时固不缺祭祀供给，但将来败落之时，此二项有何出处？莫若依我定见，趁今日富贵，将祖茔附近多置田庄、房舍地亩，以备祭祀供给之费皆出自此处，将家塾亦设于此，合同族长幼，大家定了则例，日后按房掌管这一年的地亩、钱粮、祭祀、供给之事。此此周流，又无争竞，亦不有典卖诸弊。便有了罪，凡物可入官，这祭祀产业连官也不入的。便败落下来，子孙回家读书务农，也有个退步，祭祀又可永继。若今日以为荣华不绝，不思后日，绝非长策。"

首先，托梦表明，可卿死非所愿。所谓"心愿未了"，即有志未成。而这"心愿"恰好是长房孙媳妇所当有的。以秦氏的地位而论，主持宁府内务家政，迟早应属于她。年轻如此，便思前虑后。此非为凤姐虑，也非为贾蓉虑，而是为贾府否极泰来。秦氏没有自暴自弃，而是深知自己所负重任，"心愿"未了而枉死、死不甘心，通盘考虑贾家子孙，无一人可托其心愿，贾府中所有束带顶冠的男子，都不如一个"脂粉队里的英雄"王熙凤。所以对秦氏来说，大志未酬，而贾府又衰败将临，不仅振兴无人，就是败下来以后，一家人的安全和生活都无人想到。因此魂托凤姐表明，秦氏虽死，但死而不撒手，仍以一家人员和家业为怀。她不仅早有"近忧远虑"，而且还有知人之明，以托梦的方式，希望凤姐力挽狂澜。这就使脂砚斋不能不"感服"，何况"淫丧"之责，不应由秦氏负担，"命"芹溪删去"淫丧"之文，确实在情理之中。

其次，居安思危，未雨绸缪，是秦氏托梦的中心。秦氏托梦两件事，不仅贾府所有男人所预料不及，就是贾母、王夫人、王熙凤、探春及全体裙钗都不会思虑得这样周密，筹措得如此得当。它不仅有居安思危的通盘考虑，而且有知人之明的远见卓识。在脂粉队里识英雄，虽然没有达到"可保永全"的目的，但她却知其不可为而为之，明知"荣辱自古周而复始，岂人力能可保常的"！但她却为子孙安排了一个"读书务农"的"退步"。仅凭这一点，秦氏的才略就超凤姐而越之。这样看，"造衅开端实在宁"，如果把秦可卿也包括在内，实在是冤哉枉矣！

再次，魂托凤姐两件事，并不是秦氏凭主观愿望决定的，她依据的是国家法律："便有了罪，凡物可入官，这祭祀产业连官也不入的。"这就是说国法也有机可乘，即使犯罪抄家，祭祀产业也能保留，子孙生活无虑。所以秦氏托梦两件事既可解决祭祀家塾的常年开销，又能使同族长幼"读书务农"，能生活下去。看来秦氏的筹措是有法可依，切实可行，居安思危，绸缪牖户。这绝非一般人能想得出来的。

因为秦可卿枉死、早死，天香楼的文字又不能读到其丰满的形象，所以秦可卿和其他诸钗相比，显得薄弱一些。王昆仑认为："秦可卿是没有写完整的人物"，她"出场早，声势大，分量足，可是结束得很快"（《红楼梦人物论》）。从人物叙述来看，确实如此。但刚死时的托梦之笔，却是对这个"不完整的人物"的重要补充，虽欠形象勾画，但"隐秀"的文心可见。秦氏个人的心愿、才识、卓见、慎思、明断，都在托梦中意生文外，难怪令凤姐"敬畏"，征询其"永保无虞"之策。这是融可卿之魂与凤姐之才"一声两歌"的妙文，同时也是写可卿知人善任，相信凤姐能堪当重任。《红楼梦》甲戌本批云："此回只十页，因删去天香楼一节，少却四五页也。"这条脂批透露"魂托"一节是未删的原文，是删去四五页后保留下来的文字。因此，可以推定，就是在原文中，也有魂托之叙，不仅使脂翁这一亲人"感服"，而且对可卿之死，充满了痛惜之情。因为在功过直书的春秋史笔中，即使不删去"淫丧"之文，亦可把"托梦"保留下来。贬过褒功，以事实为据，这是很有说服力的。

四、但见贾珍悲　不闻贾蓉哭

删去天香楼事件，是脂砚斋给曹雪芹出的一个难题，这事并不简单，因为天香楼事件是贾珍、可卿翁媳二人之事。脂翁的意思很明显，那是为了照顾可卿。可是删去天香楼文字，不能删可卿的一半，不删贾珍的另一半，而且另一半可能还是主要的。删可卿的一半，必然要删贾珍的相关文字。这样一来，"造衅开端实在宁""家事消亡首罪宁"的首要人物和主要罪行，岂不随可卿行为的删去而删去？何况情节的前后关联与人物之间的牵扯，不一定能删净。天香楼原文虽不可见，但从删改后的文笔中，可见其"微而显，志而晦"的"文外重旨"。正因为天香楼事件的造衅者是贾珍，所以对贾珍其人绝不能让他捡可卿被"赦"被"删"的便宜。所以春秋史笔的运用，在这里得到了创造性的发挥。

首先是写贾珍的自我暴露，对可卿之死如丧考妣，哭得如泪人，恨不得代她死去……这些早被读者看穿。最令人不解的是，可卿之死，作为丈夫的贾蓉却被冷落一旁，丧事不过问，迎送不参与，祭奠不陪礼。这对恩爱夫妻本来情深义重："他敬我，我敬他，从来没有红过脸。"情笃如此，可卿一死，贾蓉岂有不悲痛之理？可是这个丈夫应有的感情天地，却被贾珍侵占了。自己不仅哭得泪人一般，而且要"尽我所有"来办丧事，为了"风光"，花了一千五百两银子为贾蓉捐了一个五品龙禁尉，又花了一千两银子买了樯木棺材来殓秦氏；自己还"病"得来拄着拐杖行动。很明显，这些都是对贾珍的诛心之笔，是以自我暴露的形式来写的；对贾珍的"诛心"，也就是对秦可卿责任的减轻，甚至把她和贾珍笼统并称为"淫"的一种洗雪。表面看来，天香楼文字删削了，但文删意显，把伏兵埋在贾珍身上，用来围奸贾珍自身的逃敌！

贾珍的言行，不仅自我围奸，而且以自己的行为向自己攻心。既然在大厅拜大悲忏，超度亡魂，为什么还要设一坛于天香楼，打"解冤洗业醮"？难道拜了四十九日大悲忏，还不足以超度亡魂？非要再打四十九日的解冤洗业醮。这是解谁的"冤"，洗谁的"业"？明明是贾珍心中有鬼，在可卿自杀之地，为自己逼死可卿赎罪。这也可能是未删之文，保留下来，以启读者深思。

《红楼梦》的人物形象塑造艺术，不仅是中国小说之冠，就是在世界名作中，也是名列前茅的。但不等于说《红楼梦》的塑造人物，都是精雕细刻，毫发不爽。从中国史传文学的传统来看，有好些"记言""记事"之文，并非都是如实记叙，这不仅是因为当时、当地史家不能亲闻目睹，更重要的是当时当地当事人之行言却不如后世史家文学家的"拟言""代言"。"拟""代"之言，虽非原来的真正语言，但比起实话实说，实事实叙要精深、隽永。这是因为在"追踪蹑迹"中有"踵事增华"的艺术作用，因此言必传神，事必逼真。这就是"拟言""代言"的不敢失真而又倍加其真的艺术魅力，所以受到历代史家和文学家的继承和发扬。秦氏刚死，尤氏就犯病卧床不起，此时来吊念的人有长辈、平辈和下一辈的，按理尤氏应挣扎起来应付一下，但尤氏没有动。红学研究者都以为此举在于出凤姐，非此贾珍不能借凤姐出来理事，但这不是"风人之旨"。作者对秦氏之死，采用了某些"代言"式的叙述，如整个托梦过程，作者不会见到或听到，只好代拟，但拟得来情理逼真，不仅令人相信，而且令人"感服"。秦氏刚死，作者就用了两个字的"代言"，就是贾府上下"都有些疑心"。全府的人都有些"疑心"，而作为贾珍的妻子、秦氏的婆婆尤氏岂能无丝毫怀疑？她的"患病"，才令人起新的疑心。其实尤氏是"心病"，以病为由，躺在床上，静观贾珍的热闹。这是否是受伤害的妻子，在维护家声的前提下所能采取的应对之策？再就是贾珍愿代秦氏而死。这"代死"也是作者的"拟言"。这是在贾政劝阻不要以樯木棺材殓秦氏时，贾珍不同意地无言反抗。作者以"此时贾珍恨不得代秦氏之死"来表述。这种表述连贾蓉都没有，贾珍却有。从贾珍的感情中，可以略窥秦氏并非完全被迫，否则哭成泪人，甘心代死，就有些言不由衷，而且不值得了。贾珍怎能在大庭广众之中哭成泪人，毫无掩饰？这本身就表现了"他意"，起码他无所顾虑地公然侵占了其子的感情天地，越俎代庖。这是以贾蓉之"无为"，衬贾珍之"有为"。贾珍对秦氏之情生死与共，这还有贾蓉立脚之地吗？以非翁媳之情写翁媳，此足以证明天香楼"爬灰"之责不在秦氏。虽然作者在贾珍身上埋伏下奇兵，欲将其自身的遁敌围而歼之，无奈事涉可卿，歼而不能尽。对可卿既"赦"之，又何必"罪"之；既大发"慈悲之心"，产生了"感服"之情，就不能不使贾珍多少捡一些"赦"可卿的便宜！这大概就是秦可卿在十二钗排位不能不殿后的原因吧，因为她在"赦"前"赦"后都不可能完全脱离天香楼事件的关系。

十二钗集金陵女子之美，但不能集金陵女子的尽善尽美；不尽善尽美，方是真实的美。秦可卿的殿后，又复何言！

中国传统艺术中的相生相需

灿烂辉煌的中国文化艺术，源远流长几千年，世代相因，代有异彩。就其理论研究而言，历代的文论、诗话、词话、画论、批注，见仁见智，成家树派，各自总结出不少具有民族特色的文艺理论。这些理论对我国传统的艺术实践是有很大普遍意义的，即使放在今天，这些艺术理论仍然有一定的借鉴作用，比如相生相需，就很有研究的价值。

一、何谓相生相需

相生相需作为艺术理论来讲，不能像自然科学那样，先来一个定理、定义，然而为了明白起见，不妨借用清人沈宗骞的说法来作为开头。沈氏在《芥舟学画编卷四·人物琐论》中指出，画家"须要识笔笔相生，物物相需"的道理。何谓"笔笔相生"？他说："如画人，因眉目之定所向，而五官之部位生之；因头面之定所向，而肢体之坐立生之。"何谓"物物相需"？他说："如作密树，需云气以形其蓊郁；作闲云，需杂木以形其暧曃，是云与树之相需也。"接着又进一步阐明："至于烘托之妙，则有处与无处相需，而穿插之处乃显，繁乱者浓淡相需，而条理得以井然，萧疏者远近相需，而境界得以旷阔。"总之，他认为一幅画无非是相生相需之道。

沈氏的这种见解，并非他的创见，是有其前人的理论作为依据的。唐人荆浩在《画山水赋》中说："山借树为衣，树借山为骨，树不得繁，要见山之秀丽，山不可乱，要显树之精神。"这和沈氏的

"此物与彼物相需"是同一道理。宋人郭熙在《林泉高致》中说"山以水为血脉，以草为毛发，以烟为神采，故山得水而活，得草木而华，得烟云而秀媚"，这也是物物相需之道。

这种艺术上的相生相需，是和我国古代朴素的万物生成观分不开的。易经的八卦是分别代表天、地、雷、火、风、泽、水、山。天、地是总物质，风、火、雷、泽、水、山是天、地所生。由八卦产生的八八六十四卦和三百八十四爻，都是由阴阳两大范畴发展变化而成。《洪范》里头提出金、木、水、火、土的五行说，"以土与金、木、水、火杂以成百物"（《国语·郑语》），这都是我国古代万物相生的朴素形态。这种朴素形态对我国的文艺是有影响的。《易·系》传里就明白地指出"物相杂故曰文"，《国语》也说"物一无文"。用朱熹的话来说，就是"两物相对待故有文，若相离去便不成文矣"（《朱子语录》）。这种"物一无文"的观点，就是艺术上相生相需的理论基础。我国最早把这种观点用来说明艺术的，恐怕要数春秋时代齐国的晏婴，他以音乐为例，认为一首乐章必须是"清浊、大小、短长、疾徐、哀乐、刚柔、迟速、高下、出入、周疏"等声音的相和，才是美好的乐章。如果是单一的音调，就像"以水济水，谁能食之，琴瑟专一，谁能听之"（《左传·昭公二十年》）一样。这种既对立又统一的相和观点，基本上符合矛盾同一性的观点，同时也就是艺术上相生相需的基本观点。所谓"相需"，是指物与物之间的相互联系；所谓"相生"，就是事物相互联系的相互转化。艺术上的主观的情与客观的景相联系，而生发出来的艺术境界就比客观景物更美，比主观的情更动人。

二、相生相需在艺术上的具体运用

相生相需在艺术上的运用，可以说遍及文学艺术各个领域，它是我国传统艺术的表现方法。

以我国最早的一部诗歌集《诗经》为例，它的比兴手法，就是相生相需在艺术上的滥觞。比兴，一般都同意朱熹的说法，即"比者以彼物比此物也，兴者先言他物以引起所咏之词也"。彼物与此物，他物与所咏之词之所以能相比并起兴，就是因为物与物之间相需而相生。当然艺术上的相生相需和哲学上的事物之间相互联系、相互渗透、相互依赖还不能等同，这是因为艺术上的相生相需还要通过作家、艺术家的主观条件，即作家、艺术家的情、志、意的作用。"关关雎鸠"中的雎鸠之所以与淑女能联系，不在于二者之间有什么客观的同一性，而是和那位"好逑""君子"的"寤寐求之""辗转反侧"的相思之情相联系。所以，不管比也好，兴也好，对诗人来说是比其所要比之事，兴其所应起之情，诗人的情志意在相生相需里头起着主导作用。当然，情的主导作用是必须通过恰当的比喻才能更好地体现。《硕鼠》一诗之所以好，就是因为"举类"与"喻情"都恰到好处。王逸的《离骚经序》说："离骚之文，依诗取兴，引类譬喻，故善鸟香草，以配忠贞；恶禽臭物，以比谗佞；灵修美人，以媲于君；宓妃佚女，以譬贤臣；虬龙鸾凤，以托君子；飘风云霓，以为小人。"这一系列的比喻，虽然开了赋体文的先河，但它不像后来的汉赋那样，多"比"而少"义"。不难想象，一篇《离骚》，如果除去丰富多彩的比喻，屈原的悲愤之情、忠贞之志又从何而显？

从以物比物方面来看，后来的诗歌已超出"引类譬喻"的范围，跳出了"举类见义"的圈子。唐诗就是这样。唐诗中的景物不是单一的"取象"与"取义"，而是在一首诗中生发出无穷的旨趣和不绝的余音，情景浑然一体，不着痕迹，而从景物生出来的境界却非常幽深。如"月落乌啼霜满天，江枫渔火对愁眠"；"明月松间照，清泉石上流"；"鸡声茅店月，人迹板桥霜"；"野旷天低树，江清月近人"，这些诗句每句都有两三样景物，但它不是用某一景物来取某种喻义，而是利用一组景物之间互相联系、互相渗透的作用，使其达到诗中无我、借景物为我的境地，使诗的本旨生于物象之中，而又超于物象之外。可见相生相需在唐诗里的运用已经达到一个新的高度。

若从散文方面来看，用"引类譬喻"来表情达意也是很普遍的。在先秦诸子中，寓言固不用说，就以其他散文来看，各家都有不少脍炙人口的比喻。而孟子、庄子的文章尤为出色。翻开一部《孟子》，往往为孟子雄辩滔滔的声势所吸引，而这种雄辩并不见于声色，而是表现为从容闲暇，不疾不徐，不费力气，在使人心服的同时，又有一种艺术美的享受，这和孟子善用比喻有很大关系。如五十步笑百步、牵牛而过堂下、揠苗助长、齐人有一妻一妾等，都是比喻清新，寓意深刻，设想奇特，在说理服人的同时，能增添一种使人啧啧称奇的效果。正如汉赵岐在《孟子注题辞》中说，孟子之文"长于比喻，辞不迫切，而意以独至"。

至于庄子的文章，那种汪洋恣肆、蹈海飞天的气势是很能吸引人的，著名的《逍遥游》和《秋水》篇，就是很好的明证。如《逍遥游》，忽而鲲，忽而鹏，忽而"水击三千里"，忽而"抟扶摇而上九万里"。这种忽上忽下，忽南忽北，逍遥于尘世之外，遨游于太空之中的广阔意境，实在令人目不暇接。清人刘熙载评庄子之文是"意在尘外，怪生笔端"。这是寓意于奇，"寓真于诞，寓实于玄"的独特方法。也许有人会说，庄子的这种方法是浪漫主义的方法，是依靠想象和夸张来表现的，但是想象和夸张并没有超出比和寓的范围，仍然是彼物比此物。不过应该看到，庄子的文章已经不是简单的彼物比此物，而是在彼物与此物之间把"诞"与"真"，"玄"与"实"的虚实相生相需很好地结合起来，从而使相生相需超越了物与物的相比，而开拓了虚实相生的领域。

这种虚实相生，在诗歌、绘画、戏剧、小说中运用得非常普遍。

以诗歌为例，如"前不见古人，后不见来者；念天地之悠悠，独怆然而涕下"（陈子昂《登幽州台歌》）。这首小诗，连诗人常用的情景相生也没有，通篇无景，而情溢于天地之间，但它又不是叙事诗或议论诗，仍然是一首抒情诗。它靠什么东西来抒情呢？我们不妨先看一下谢榛在《四溟诗话》中的几句话："凡登高致思，则神交古人，穷于遐迩，系乎忧乐，此相因偶然，著形于绝迹，振响于无声也。""著形于绝迹，振响于无声"，我们把这两句话和陈子昂的诗联系起来一想，"绝迹"似乎真可"著形"，而"无声"好像正在"振响"。这首诗中抽象的时间、空间是"绝迹"和"无声"，而诗人怀才不遇、报国无门的心情以及想到乐毅见知于燕昭王而自己被害于武攸宜的遭遇。因此，诗中呼天抢地之声，忧愤填膺之情，不是可听可见吗？这是一首较好的虚实相生的抒情诗。"前"和"后"，"古人"和"来者"，"悠悠天地"都是虚境，而怆然涕下之情却是实情。虚实相生，上下古今，悠悠天地，都成为诗人感情驰骋的场地了。这种无限广阔的意境，是和无限的时空领域相需相依而相生的。

这种虚实相生的手法，不少诗人运用得非常成功。如柳宗元的《江雪》："千山鸟飞绝，万径人踪灭。孤舟蓑笠翁，独钓寒江雪。"从虚实两方来看，一幅寒江独钓图，只有孤舟蓑笠翁是实写，其余千山万径、人鸟绝迹的景象都是虚写。但它却很好地体现了诗人内心深处不屈不挠、顽强傲世的精神。如果从取景的角度来看，实际上就取一雪景。唯其大雪，才使千山无鸟，万径无人。反过来看，那种空旷无生机的景象，又正好是产生孤翁独钓意境的胎床。诗人的匠心确实是很高妙的。

唐代著名的诗人兼画家的王维，在虚实相生方面的运用，也是很有特色的。如"江流天地外，山色有无中"，这两句诗所展现的浩渺无垠的画面，也是从虚实相生中得来。有无中的山色，天地外的江流，自然生发出极目千里的画面，使人遐想无穷，玩味不尽。又如"空山不见人，但闻人语响"，给人以此处有声胜无声的感觉。这和"蝉噪林逾静，鸟鸣山更幽"是同一手法。

苏东坡说王维的诗，诗中有画，王维的画，画中有诗。诗中有画，我们可得而读，画中有诗，我们不可得而见。但王维的画论却给我们提供了他的创作经验。他在《山水诀》中说"远岫与云容相接，遥天共水色交光"；"远景烟笼，深岩云锁"。"遥天"之于"水"，不正是"江流天地外"的手法吗？"远景"之于"烟"，"深岩"之于"云"，又何尝不是"山色有无中"。

人们常说的诗情画意，往往得于言外和画外，但这种得来的诗、画外的旨趣，并不像沈宗骞说的"写帘于林端，则知其有酒家；作僧于路口，则识其有禅舍"那样简单。帘与酒家，僧与禅舍，虽然也得之于画外，但暗示多于联想，而画外之境也是很有限的。一首好诗的境界要比这猜谜式的画外之意婉转得多，优美得多。"玉阶生白露，夜久侵罗袜。却下水晶帘，玲珑望秋月"，这首诗只有题目标明是《玉阶怨》，而诗中却没有一个怨字，可是正如肖士赟所评"无一字言怨，而隐然幽怨之意见于言外"。其实何止是见幽怨之意于言外，而且还见到了幽怨之人；不仅见到幽怨之人，而且还见到了幽怨之人的内心的复杂活动、外在动作以及一夜无眠的全过程。这正是以实生虚所产生的艺术魅力。

虚实相生在其他艺术领域的运用也是很成功的。如绘画方面"尺幅而写千里之景"，离开虚实相生，是没有办法完成的。我国传统的绘画艺术，特别是山水画，往往采用"实其虚以发微，虚其实而不窒"（《薑斋诗话》）的方法。这种方法直至今天，仍然被画家们广泛采用。钱松嵒同志在谈他的《枣园曙光》一画的体会时说："虚实二字是中国画创作中构成画面节奏感的重要因素，也是艺术处理的重要手段。"他认为"山是实的，遮以云就显得空灵；山是静的，云是活的，云活山也变活了"（《美术》1977年第6期）。

　　一般说来，虚实相生在诗歌、绘画、戏剧等领域运用得比较普遍，也比较明显，在小说中的运用则不那么普遍，也不十分明显。小说中的虚实相生有它自身的特点。如果和诗歌相比，诗歌偏重于情景间的相生，而小说中的虚实相生则有近乎传统的春秋笔法，通过虚实相生，使读者见微而知著，心领神会，而在字里行间却不露痕迹。我们不妨以《红楼梦》为例，第十一、第十二两回，写贾瑞见王熙凤而起淫心，王熙凤借机毒设相思局，搞了两次假幽会。而在第二次幽会中是王熙凤的侄儿贾蓉去替她干的。读者不禁要问，哪有一个年轻的婶子去找一个年轻的侄儿替她幽会之理？而年轻的婶子又哪能和年轻的侄儿谋及如此露骨而淫毒之计？贾瑞何人，胆敢如此妄为？如果没有前面焦大口中"爬灰的爬灰，养小叔子的养小叔子"，贾瑞怎敢产生"吃天鹅肉"的想法？写贾瑞之淫是虚，写王熙凤之淫且毒是实。这里虽然没有直接写王熙凤，但通过写贾瑞，就是对王熙凤丑恶灵魂的最好揭露。戚蓼生在《石头记》序中说《石头记》往往"注彼而写此"，这是很有见地的。彼与此，就是虚与实，写实也就同时写了虚。试观贾瑞之于王熙凤，不正是这种手法吗？这种手法，也是左氏春秋以来的传统笔法。刘熙载在《艺概》中说："春秋文见于此，起义在彼。左氏窥此秘，故其文虚实互藏，两在不测。""注彼而写此"，就是这种春秋笔法在小说中的具体运用。

　　再如《红楼梦》第二十五回写王熙凤、贾宝玉二人被赵姨娘谋害成病，贾府上下乱成一团，偏偏在此时写了一个薛蟠。写他比众人忙十分，"又恐薛姨妈被人挤倒，又恐薛宝钗被人瞧见，又恐香菱被人臊皮。知道贾珍等是在女人身上做功夫的；因此忙得不堪"。在这种乱成一锅粥的当中写薛蟠，对薛蟠来说固然是点睛之笔，但实际上又是一种虚敲旁击法。呆霸王这时并不呆，因为他担心的事正是贾府中的事实，正因为贾珍等人的丑行兼兽行，才逼得薛蟠比别人忙十分。此回书中薛蟠之于贾珍就是虚虚实实，一笔而兼双管齐下之妙，这不能不算是《红楼梦》艺术手法超人之处。

相生相需在艺术上的广泛运用，不仅仅限于比兴、虚实等手法，还有一种相反相成的正反相生的手法。本来生活中的正反两方面并不是绝对对立的，对立而相成的东西是不少的。《老子》第二章中说："有无相生，难易相成，长短相形，高下相倾，声音相和，前后相随。"这里的有无、长短、难易、高下、前后都是相对而相成的。在艺术上正反双方不仅仅具有相互依存的关系，而且还由于双方的相互作用而产生一种特殊的艺术美。如"昔我往矣，杨柳依依，今我来思，雨雪霏霏"，这恐怕是我们看到的最早的运用正反相生的方法而创作的一首好诗。王夫之已经看出其中的奥妙，"以乐景写哀，以哀景写乐，一倍增其哀乐"（《薑斋诗话》）。后人很多以乐景写哀的诗，诸如送别诗之类就多用此法，如王维的"渭城朝雨浥轻尘，客舍青青柳色新。劝君更尽一杯酒，西出阳关无故人"等就是沿用这种手法，而所收到的艺术效果确实比以乐景写乐、以哀景写哀要深婉得多。前面提到的"蝉噪林逾静，鸟鸣山更幽"，既是虚实相生，也是正反相生。"噪"与"静"，"鸣"与"幽"都是相反的，可是在这里却倍增其幽静。从这里我们可以悟出"两物相对待故有文"的说法，不仅仅限于客观世界中的此物和彼物的关系，而且还包括事物之间的正反关系。凡是读过《水浒传》的人，没有不喜欢李逵这个艺术形象的，但李逵的性格是鲁莽的，而李逵的鲁莽在很多地方又恰好和他的赤胆忠心互为表里的。著名的李逵负荆，不管在小说中，还是在戏剧里，都不会引起读者或观众去责怪他砍倒杏黄旗和要杀宋江的莽闯行动，相反，对李逵感到十分可敬、可亲、可爱。正与反之所以能相生，一方面是它们本身就有不可分割性，另一方面正因为不可分割，所以就其本质特征来看，正中不可能没有反，反中也不可能没有正，这就是艺术创作上的"显其长而不妨露其所短"的生活依据。如果说李逵的鲁莽和他的赤胆忠心是表里关系的话，那么李逵的长处和短处就绝不能简单地截然分开。嫉恶如仇、性烈如火是李逵的长处，又是短处；胸怀坦白，不会拐弯抹角，不会搞阴谋诡计，是长处，但不讲方式方法，不问青红皂白，动不动就三板斧，这又是短处。前者是本质的东西，后者是非本质的、次要的东西。正因为正反双方都统一在一个人的性格中，所以在"露其短"的时候，往往又恰好"显其长"。艺术创作首先要写现实中的人和事，要写人民群众看得清、摸得着、信得过的人。当然一个人的优点与缺点、正确与错误，在艺术上应该允许选择取舍，否则就谈不上典型化，就容易陷入自然主义泥坑，但绝不能把英雄人物写成超人。诸葛亮被《三国演义》的作者涂上一层神圣化的色彩，但街亭之败却符合历史真实，而诸葛亮的形象并没有因此而受到丝毫损害。历史上很多著名的人物也是这样，比如封建社会赫赫君主李世民，史学家并没有隐讳他为了兄弟争权而杀死建成、元吉的事实，但唐太宗仍然无愧于英明君主。

相生相需在艺术上的运用，还不仅仅限于比兴、虚实、正反等方面，还有其他形式。比如"朝辞白帝彩云间，千里江陵一日还。两岸猿声啼不住，轻舟已过万重山"，这首诗的一、二、四句给人一种飞快的感觉；唯第三句是沉重的停顿，给人以静的感觉。这又是相生相需的一种形式，即动静相生。在飞快中突出静止，使诗的节奏感更强烈，而意境也更开阔。至于绘画中的浓与淡，远与近，都能起到相需相生的作用。

本文仅就其中带有普遍性的几个主要方面作一点探讨。笔者总觉得一个民族的文学艺术是有它自己的表现规律的，相生相需是不是我们民族传统艺术的表现规律，这当然还可以深入研究，不过笔者认为起码是具有规律性的表现方法。作为规律性来看，并不是严羽所说的那样"羚羊挂角，无迹可求"，还是有迹可求的。现在笔者就来简要地理一理可求之迹。由"无一物文"这个理论基础所导致的必然结果是"物相杂故曰文"。由"物相杂"而成文，中间还要通过一些途径，故比兴、虚实、正反等就是这些途径的具体表现，在这些途径中又可以看出几点共同特征。这就是一曰比，二曰寓，三曰借。比，是"两物相对"而成文，《硕鼠》《离骚》是也；寓，是取象寓意或寓情，孟、庄之文是也；借，是借景或借物以明旨趣，虚实相生，正反相成是也。这些特点构成了我们民族文艺传统的表现特色。有的还不仅仅限于文学艺术，比如我国传统的建筑艺术，特别是园林艺术，主要是靠借景来表现的。

总之，相生相需的艺术生命是十分旺盛的。它给我国民族艺术带来了可贵的传统，形成了我们民族自己的表现特色。就是到了今天，仍然有其现实意义。

从踵事增华到虚实相生

——中国古典小说与史传文学艺术渊源探微

　　章学诚《诗教》（上）认为中国文学"至战国而后世之文体备"，这话不无道理，追源溯流，各种文体无不与战国以前的"经""史"密不可分。中国古典文学之"典"，大都与战国以前的文学有关。一树千枝，一源万派，这是源与流的关系；千枝一树，万派宗源，这又是流与源的关系。《诗经》中的比兴，成为诗家的正宗。魏《左传》《国语》一直被后世史家作为叙书、记言、写人的楷模，后世之传记、笔记、传奇，无不取法于此。文体虽异，而手法相通。试以古典小说而言，究其艺术渊源，与"经""史"就有亲缘关系。

　　从史籍看，不论是史诗，还是史书，都不一定是实录，而是存在着程度不同的"虚饰"。《诗经·大雅·生民》篇，对姜嫄生后稷的记叙就充满了神话色彩。《诗序》认为它是"尊祖"之作，"后稷于姜嫄，文武之功起于后稷，故推以配天焉"。严格说来，这不是历史，是神话，但它又被当作历史而记载下来。后世帝王的本纪，大都因袭了此说，如《史记·高祖本纪》写刘媪梦与神遇，与龙交而生高祖；高祖卧时，王媪见龙；高祖斩蛇后，有老妪夜哭，谓赤帝斩了白帝；高祖亡匿芒砀而有云气等，都是明显的"虚饰"。这就是说，即使是历史事实，也不等于实录，而存"虚饰"成分，为后世小说的夸张的滥觞。

　　刘师培在《论美术与征实学之不同》一文中说："记事贵真，不尚虚词。""记事贵真"是对的，但就艺术手段来讲，却不能尽是真。盖事有不知，言有不闻；对不知之事，不闻之言，作为史官来说又不能不记，这就需要以虚补真。所以，刘师培又说："后世史书，事资虚饰，而观者因以忘倦。"这里有两点值得注意：第一，"事资虚饰"的发端，不是别的，而是"记事贵真"的史书；第二，在与事实大体相符的情况下，加以"虚饰"，无疑会增强文章的感染力量，所以"观者因以忘倦"。由此可见史家叙事离不开"踵事增华"，"踵事"要求"贵真"，"增华"就是"虚饰"。"虚饰"，不仅不影响史实的真实，反而会使史实更可信、更动人，因为"虚饰"并不是脱离历史的真实去随意夸张，而是经过作者的揣度、酝酿后进行艺术修饰的结果，它包含了作者的加工、创造因素。正如刘师培所说，后世"词章之文，不以凭虚为戒"。刘先生的本意是要论证征实与美学的不同，而相反恰恰说明了征实与美学的相同。事实上，实与虚不是绝对对立的，而是在对立中有其相互联系。史家的"实"与"虚"，就是"事"与"华"的关系。"踵事增华"，当然以"踵事"为主，"增华"只不过是在"事"的基础上的艺术加工，其中必然会包括一些必要的"虚饰"，通过"虚饰"以增其事实之"华"。所以，后世的"词章之文"，不仅"不以凭虚为戒"，而且往往以虚生实，须知，虚在文艺领域有着极为重要的地位。

从古典小说与史传文学的艺术渊源来考察，从"记事贵真"到"以虚补真"，再至"虚实相生"，终于"寓实于虚"，这恐怕是史传文学向小说发展的一条清晰脉络。

实与虚的相辅相成、相需相变，这是我国文艺领域中一个重要的美学问题，始于史传文学，发展于小说、戏剧的虚实问题，是一个值得探索的课题。

一、"悬想事势"与"拟言代言"

史书记事，那是历史真实的反映，但绝不等于历史的原貌，如前所举史书中的神化之笔，因有史家的加工、创造和观点，已非历史原样，但人们丝毫不怀疑。因为，史家把神话素材与史论结合在一起，是可以理解的。

鲁迅先生《中国小说史略》云："幽明虽殊途，而人鬼乃皆实有，故其叙述异事，与记载人间常事，自视固无诡妄之别矣。"不过，就总体看，史书上这种神鬼笔墨，并不占主要地位，不影响历史真实。值得注意的是，史书中有一种"真"，并非事实之真，而是情理之真，是史家的以理度真，以情揆真。史家对一些史实，只知其略而不知详情，有的只依靠史家的想象、揣度、斟酌，而求其大概。这种以理揆真的结果，虽不一定就是历史原貌，但人们却公认为真。这种情理之真与事实之真的统一，是中国历史典籍的普遍现象。如《左传·闵公二十二年》春，"晋太子圉为质于秦，将逃归，谓嬴氏曰：'与子归乎？'对曰：'子，晋太子，而辱于秦，子之欲归不亦宜乎？寡君之使婢子侍执巾栉，以固子也，从子而归，弃君命也，不敢从，亦不敢言。'遂逃归。"这是夫妻的密谋，绝不允许别人听见，左氏何以得闻？类似的例子还很多。这都是史家揣度的结果，于情理中求真实而已。

这种以理揆真的写作方法，对后世的小说创作是有影响的。无碍居士《警世通言·叙》中说："人不必有其事，事不必丽其人"，应做到"事真而理不赝，即事赝而理亦真"。这种"事赝理亦真"的写作方法是和史传文学相因相沿的。这里的理之真，不仅包括事之真，而且也包括情之真，有理无情是不能动人的。情理合一，寓理于情，不仅小说如此，就是散文也是这样。如《出师表》《陈情表》之类就是。只有理真情切，才能收到"触性性通，导情情出"的效果。就像无碍居士所举关云长刮骨疗毒能感染小儿使菜刀切了手指而不哭一样。所以史家的真实与小说家的真实有共同之处，即以情理之真来揣度事实之真，真实不完全是事迹的原样，而是事和理、事和情的统一。从这里可以看到史家的以理揆真，比起实事实叙，更能收到感染和教育作用。因为以理揆真的过程，就有史家潜心遐想、以虚饰实的创作过程在内，它自然比事实的原型更精粹。这样一来，史家在"踵事"的同时，就增加了"华"的色彩，因而也就更加感人。史家在修饰文章时，有时虽借助于神话，但只要在情理之中，人们也会承认它是真实。如《左传·宣公十五年》记所谓结草之报就是这样。结草之报，显然是不真实的，但用来"虚饰"魏颗，却显得非常真实。因为，魏颗的仁德善良，早已赢得人民的敬佩，结草之报虽是假的，但在人们心目中是默认了的。也就是说，离"虚饰"于情理中，特别在情感上，会引起人们的共鸣。后世把结草衔环之典，作为报恩的代名词。这是属于神话一类的"虚饰"，但史家更多的"虚饰"并非神话，而是靠自己的想象。

钱锺书先生《管锥编》第一册《左传正义》中说："上古既无录音之具，又乏速记之方。驷不及舌，而何其口角亲切，如聆謦欬欤？或如密勿之谈，或乃心口相语，属恒烛隐，何所据依？"钱先生认为："盖记言者，乃代言也，如后世之小说、剧本之对话独白，想当然耳，然其颇悟正史稗史之意匠经营，同贯共规，泯町畦而通骑驿，则亦何可厚非哉。史家追叙真人实事，每须遥体人情，悬想事势，设身局中，潜心腔内，忖之度之，以揣以摩，庶乎入情合理。盖与小说、院本之臆造人物，虚构境地，不尽同而可相通。"钱先生的结论是："《左传》记言而实乃拟言代言，宾白之椎轮草创，未遽过也。"

"悬想事势"与"拟言代言"是史家必须具备的硬功夫，这手硬功夫既不能违背史实，又要"事资虚饰"，使"拟言代言""入情入理"。这和后世小说、戏剧作家们的"臆造人物""虚构境地"确实是相互沟通的。可见实和虚在一定条件下是相辅相成的，史家的文笔，即便实录，亦有作者修饰、润色在内。"言之无文，行而不远"，这里所指的文，就广义上说，应该包括各种文休，当然也包含虚和实两方面。"踵事增华"的文，是对史实的修饰、润色，"事资虚饰"的文，是以虚补实，求其性理中的真实。待别是"事资虚饰"，已经具有"悬想事势""臆造人物""虚构境地""拟言代言"等艺术创作的基本因素。从基本因素到小说创作上的"迁想妙得""虚构境地"，当然还有一个发展过程，这在六朝志怪和唐宋传奇中，还可以窥视出从史传文体到小说创作的过渡痕迹，这个迹象就是传真人言假事。鲁迅先生的《唐宋传奇集》共八卷四十八篇，其中六、七、八等卷所记，大都有史实可据。人是实有其人，事是实有其事，只不过杂以民间传闻和佚事而已。这和《史记·管晏列传》写法相似，史传文学的痕迹显而易见。鲁迅先生的《古小说钩沉》所录，大部分以真人写假事，其人可考，其事无据，此种现象表明从史传文学到小说的过渡过程中，既受到史传文学"记事贵真"的影响，又受到史家"事资虚饰"的启发。

随着文学的发展，史家的"虚"与小说家的"虚"已经有了很大的不同，用金圣叹的话说，史家的虚是"以文运事"，而小说家的虚是"因文生事"。"以文运事"要在事实基础上"算计出一篇文字来"。这"算计"当中就包括"悬想事势"在内，但还不能任意虚构，而小说家的"因文生事"，则突破了史家的框框，可以"削高补低""虚构""臆造"。史传是"本事以造情"，而小说则"本情以造事"。"本事以造情"，这是因为"理不可见"，需"依事而章"（蔡元放《东周列国志·序》）；"本情以造事"，也就是《文心雕龙·情采》篇的"为情而造文"。所以金圣叹认为小说创造可以"顺着笔性去，削高补低都由我"（《读第五才子书法》）。由此可见，从"以文运事"到"因文生事"，这是从史传文学到小说创作的一个飞跃。这个飞跃的主要标志是突破了史传文学的框框，能够做到"顺着笔性"去"生事"和"造文"。从虚实的角度看，不仅是以虚补实，而是凭虚生实，虚的成分被大大扩充了。由于虚构的成分扩大，从艺术表现上看，就不仅是"事资虚饰"了。显然只凭一点点"虚饰"是很不够用的，而必须是虚实相生，如果不借助于虚实相生的手法，那就不能"臆造人物""虚构境地"，小说最多也超不过"史补""史余"说的范围。所以，虚和实在艺术表现手法上并不是互相排斥的，应该说虚中有实，实中有虚。虚中有实，就是情理中的真实；实中有虚，是事实中的情理。事实中的情理靠"依事而彰"；而情理中的事实，就要靠虚实、真幻相需相生。蔡元放《东周列国志·序》说："已然者事，而所以然者理也。"一般说，艺术上的"所以然"并不囿于史书的"盛兴成败，兴废存亡之迹"，而是从作者的思想感情的倾向性出发，借助于想象、创造，托喻以"言志""抒情""泄愤"。但史传文学的抒愤与文学作品的抒愤显然是不尽相同的。《左传》只能以史实来善善恶恶，以一字见褒贬，《史记》也只能凭史实来抒作者之愤，寓褒贬于字外。小说则不然，它的抒愤手段比史书要自由得多，它可以"驾虚游刃"，不受实事真人的局限。《聊斋》伪托鬼狐，寄寓花妖，就是"驾虚游刃"的典范，但究其艺术渊源来看，仍然是"事资虚饰""以虚补实"的发展和创造。它和传统的假托寄寓的表现方法，只有形式之分而无实质之别。

总之，"悬想事势""拟言代言"是以情度真、以理揆真。从艺术表现上说，就是以虚补真，这就为后世小说、戏剧起了一个发端作用，在"臆造人物""虚构境地"上开了一个好头。由信史记实到以虚补实，这是史家记言、叙事、写人的一个发展，这个发展的重要贡献，不仅在于以情理中的真实弥补了史实不足的真实，而且以"必然如此"取代了"本来如此"。"虚"不仅在史书上占有一定地位，更在小说、戏剧中占据了重要地位。

二、"虚者实之，实者虚之"

史传文学中的虚实，虽然给小说、戏剧开了一个好头，奠定了"驾虚游刃"的基础，但它毕竟是以实为主，虚只不过是"饰事""补真"的一种手段，是"踅事"后的"增华"。只有到了小说创作阶段，虚的作用才得到充分的发挥，它不仅仅是"饰事"，而且是"创事"，也不仅仅是补事实之不足，而是幻化现实，使生活升华到理想高度。但究其实质来看，不管如何幻化，虚和实始终是相依而相生的。这一点在我国古典小说理论中是有人论到的。明李日华的《广谐史·序》中对小说的"幻化"问题有较好的见解。他说："因记载而可思者，实也；而未必一一可按者，不能不属之虚。古至人之治心，虚者实之，实者虚之。实者虚之故不系（系：束缚、拘束之意），实者虚之故不脱（脱：无着落之意），不脱不系，生机灵趣泼泼然，以坐挥万象，将无忘筌蹄之极，而向所雠校研摩之未尝有者耶。"这段话说明即使历史著作，也有虚的成分，而文艺创作的虚构，却又感到真实可信，这就是虚实间的相互作用。所以，李日华提出"虚者实之，实者虚之"的创作方法。这种虚实间的相互作用，既不囿于生活，又不虚无缥缈，在艺术上却能起到"生机灵趣泼泼然"的作用。这就是从"虚者实之，实者虚之"的虚实相生中得来。当然就《广谐史》本身来看，它的艺术境界不很高，只是用拟人化的手法将草木禽兽、服食器具"饰之以言动举止、灵觉感应，又举所谓须眉面目、衣冠革带者而与之相酬酢"，但它确实在"虚"的领域有所开拓。

到了明代末年，张无咎在《北宋三遂平妖传·序》中，提出"真""正""奇""幻"相互结合的创作方法。他说："小说家以真为正，以幻为奇，然语有之，画鬼易，画人难。《西游》幻极矣，所以不逮《水浒》者，人鬼之分也，鬼而不人，第可资齿牙，不可动肝肺。《三国志》人矣，描写亦工，所不足者幻耳。然势不得幻，非才不能幻，其季孟之间乎？尝辟诸传奇，《水浒》《西厢》也；《三国志》《琵琶记》也；《西游》到近日《牡丹亭》之类矣。"他认为一部成功之作，必须"备人鬼之态，兼真幻之长"，所以特别推崇《水浒》。这在中国小说理论上，又把虚实问题推进了一步。

清代戏曲作家袁于令则认为"文不幻不文，幻不极不幻，是知天下极幻之事，乃极真之事，极幻之理，乃极真之理"（《西游记·题词》）。如一味强调"文不幻不文"，那就不对了。但他认为《西游记》"驾虚游刃""不复一境"应该首肯。虚幻问题，在小说创作上的运用，即使是《西游记》以外的其他小说，也有普遍意义。

清人黄越《第九才子书平鬼传·序》则提出"传有"与"传无"的说法。他认为"有可传，传其有可也；无可传，传其无可也"。《西游记》《金瓶梅》是"传无"。《西厢记》的"草桥惊梦"、《牡丹亭》的"还魂配合"都是"传无"。作家不受真人真事的拘束，应该"涵天地于掌中，舒造化于指下，无者造之而使有，有者化之而使无，不惟不必有其事，亦竟不必有其人"，"总之自无而之有，亦且自有而之无"。这在有无问题上，亦即虚实问题上，论述得非常酣畅，事实也正如此。

小说的创作过程无不是"自有而之无，自无而之有"的有无相需、虚实相生的过程。从李日华到黄越，大都是指神妖鬼怪一类小说而言，因而在立论方面偏重于幻。但虚实真幻问题，即使对其他小说，也是适用的。例如，历史小说，实的部分显然要比神怪小说多一些，但也不能无虚。金丰《说岳全传·序》说："从来创说者，不宜尽出于虚，而亦不必尽由于实。苟事事皆虚，则过于妄诞，而无以服考古之心；事事皆实，则失于平庸，而无以动一时之听。"他认为小说中的虚实各有各的作用，就社会作用讲应是实，"故以言于实，有忠有奸有横之可考"；就艺术感染作用看，应属于虚，"以言乎虚，则有起有复有变之可观"，把两者结合起来就能相得而益彰，"实者虚之，虚者实之，娓娓乎有令人听之而忘倦矣"。李日华的命题又被金丰提了出来，这个观点是对的。写小说不管是历史小说还是世情小说，都有一定的现实生活为依据（历史小说多是以当时生活为根据），即使写狐妖的《聊斋》，也不能超出"情理之外"。这个情理，就是人们心中共有的真实。但小说又不能不虚构，不虚构就不能展开想象的翅膀，"坐挥万象""涵天地于掌中，舒造化于指下"。虚有实的基础，实为虚的源头，虚的合理性，在于人们心中的志向理想和喜好，是"人人心中所有"的情、志、意，否则，就不是艺术上的虚，而成了真正虚无缥缈的东西。所以，虚不是海市蜃楼，而是必然如此或可能如此的蓝图，它必须具备"必然性"和"可能性"。《聊斋志异》在写作实践上和理论阐述上解决了这个问题。冯远村的《读聊斋杂说》是值得重视的，他认为《聊斋》"多言狐鬼，款款多情，间及孝悌，俱见血性，较之《水浒》《西厢》，体大思精，文奇义正"，同那些"说鬼说狐，侈陈怪异……道理晦涩，义不足称"的小说相比，《聊斋》确实"为当世不易见之笔墨"。冯远村的立论正是基于人"情"和人的"血性"，所以，他认为《聊斋》是"得其性情之正"的书，做到了"文奇义正"："试观《聊斋》说鬼狐，即以人事之伦次、百物之性情说之。说得极圆，不出情理之外，说来极巧，恰在人人意愿之中。"

这种虚实相生的结果，在艺术领域就"如福地洞天"，别开世界、"不似他人，黄茅白苇，令人一览而尽。"

上述可见，从"以虚补实"到"虚实相生"，是史传文学到小说创作的一个质的变化。当然，就小说来说，不管是外国的，还是中国的，都有现实生活的真和想象虚构的假，但中国小说史的发展，有它独特的源和流。虚实、真幻的命题，上古神话发其端，《易经》《庄子》殿其后，《左传》《史记》慎其用，传奇、小说穷其变，形成了小说创作独特的表现方法和民族传统。

略其形迹　伸其神理

——中国小说与史传文学艺术渊源探微

从中国小说史来看，神话、志怪、传奇、说话，是其发展的一条纵的线索。这条线索虽然说明题材内容和表现形式在创作过程中发生发展的源流关系，却没有完全说明其本身发生发展的艺术渊源和艺术规律。中国小说有一个普遍的客观事实，即在文学史上有名的作品，都是经过文人加工或由文人直接创作而成，而这些加工者（包括创作者）都不像近代和外国的专业小说家那样专门从事于小说写作，而其中好些是文人或史官，如刘义庆、沈既济、陈鸿、白行简、韩愈等。即使明清一些没有当官的作家，也都是《四书》《五经》和诸子百家的饱学之士。那么他们是凭借什么样的艺术手段对历史、佚事、传说、神话、鬼怪、话本进行加工的呢？民间艺术当然有可取之处，它在小说艺术中自然有它的血脉，但促使小说获得成功的主要因素却是那些饱学之士熟读的经、史、子、集和诸子百家。从文学史上看，《左传》《国语》为史传文学的记言、叙事、写人开了一个好头。《史》《汉》等书中的史传文学，又为后来的文学家们写传记文学提供了创作经验。而唐传奇的写作方法，又与当时的古文运动密不可分。明清两代小说创作达到了高峰，但这些小说创作都程度不同地受到史传文学的影响。如果这个看法符合事实的话，那么中国小说的艺术渊源和艺术表现规律，就和经、史，特别是史传文学的艺术手法不能分开。

一

关于中国小说和史传文学的关系，历代小说评论家是有所评论的。东晋葛洪在《西京杂记跋》中说《西京杂记》是"补《汉书》之阙"，亦即《西京杂记》是《汉书》的补充。修髯子的《三国志通俗演义引》认为《三国演义》是"羽翼信史"。甄伟的《西汉演义序》认为《西汉演义》是"补史所未尽"。笑花主人的《今古奇观序》提出"小说者，正史之余也"的论断，冯远村的《读聊斋杂说》则认为《聊斋》兼《左传》《国》《史》《汉》的体裁，"以传记体叙小说事，仿《史》《汉》遗法，一书兼二体"。类似说法还有不少。这是不是有些形式主义呢？笔者认为不能这样简单看待。中国小说之所以和史传文学密不可分，并不只限于讲史和历史演义一类之书，也不是指这些书在史实方面与史书有共同的地方，更重要的是它的艺术渊源，有不少方面甚至主要方面是从史传文学那里继承下来的，并结合小说的艺术实践发展成为中国小说的艺术特色，这恐怕是不应忽视的一个客观事实。然而有人对此持否定态度，根本无视史传文学对中国小说的影响。刘世德同志编的港台评论家们的《中国古代小说研究》，第一篇是夏志清的《中国古典小说导论》，文中涉及中国古典小说与史传文学的关系，他说"金圣叹为了使《水浒传》能侧身中国文学杰作之林，竟把《水浒》与《史记》并列"，又说"在记叙文中，唯有无人不重视的传统史籍可征用来增进小说的身价"。在夏志清看来，"中国小说家没有充分利用小说的艺术"。笔者认为夏文所说的"小说的艺术"，只能是西方的小说艺术（这个标准就有以今强古之嫌），但他们却自有其传统的小说艺术。被夏志清批评的金圣叹，并非有意用《史记》来"增进"《水浒传》的"身价"，实际上《水浒传》的身价是用不着"征用"任何名家名著来"增进"的。金圣叹比前辈评论家们高明的地方，就在于他看到了我国古典小说自身的艺术渊源。他在《水浒序三》中说：

"若诚以吾读《水浒传》之法读之，正可谓庄生之文精严，《史记》之文亦精严……何谓精严，字有字法，句有句法，章有章法，部有部法是也。"金圣叹所谓的"法"，就是"精严"的表现法则。这种表现法则从哪里来？在金圣叹看来，不仅从"史"而且还从"经"里来，他在《水浒序三》里接着说："只如《论语》一书，岂非仲尼之微言，洁净之篇节？然而善论道者论道，善论文者论文，吾尝观其制作，又何其甚妙也！《学而》一章，三唱'不亦'，《叹觚》之篇，有四个'觚'字；余者一'不'两'哉'而已。"金圣叹所举的《学而》《叹觚》两章。文字不多，且引如下：

> 《学而》：子曰：学而时习之，不亦说乎，有朋自远方来，不亦乐乎，人不知而不愠，不亦君子乎。
>
> 《叹觚》：子曰：觚不觚，觚哉觚哉。

这里金圣叹所赞赏的《学而》章中的三个"不亦"皆"微言"而蕴深意，前两个"不亦"之"说"与"乐"，并未言明所以"说""乐"，后一个亦未言明为什么"不愠"。实际三个"不亦"中皆具"神理"，"学"，已堪"说"，"习"而有得，故曰"不亦说"；学而有得，已堪"乐"，有朋从远方来切磋商讨，故曰"不亦乐"；学有成就，别人不知，而自己却能坦然对待，故是君子。至于《叹觚》中的"觚"，本是一种饮酒器具。古代一升曰爵，二升曰觚，孔子从尚礼出发，用之比喻人君的为政。在他看来，为政以道则是觚，为政不道就是不觚，因为为政不道就等于用觚不当。这都是"微言"中的"大义"，"形迹"中的"神理"。这也就是金圣叹所谓的"精严"之"法"。金圣叹以此类推，认为"彼《庄子》《史记》，各以其书独步万年，万年之人，莫不叹其何处得来。若自吾观之，彼亦岂能有其多才者乎？皆不过以此数章引而伸之，触类而长之者也"

（同上）。在金圣叹看来，《庄子》《史记》《水浒》都是从《论语》论文论道之法中引申而来，那么引申的脉络是什么呢？金圣叹把它归结为两句话："略其形迹，伸其神理"。一部《水浒传》如"举其神理"，正如《论语》之一节两节，浏然以清，湛然以明，轩然以轻，濯然以新，彼岂非《庄子》《史记》之流哉！不然，何以至此。"金圣叹所标的"略其形迹，伸其神理"，笔者认为是贯通"经""史"小说的一条美学原理，所以我们说中国小说家，不是没有充分利用小说艺术，而是充分利用了我们传统的艺术于小说。

二

就史传文学来看，"略其形迹"当然不是泯其形迹，否则就根本没有史；然而也不能尽其形迹，不能类同流水账。"神理"依"形迹"而生，而"伸其神理"往往是在关键性的"形迹"之外，有点像谢榛在《四溟诗话》中所说的"著形于绝迹，振响于无声"。这种在"形迹"以外求神的方法，《左传》已开其端。杜预《春秋左传序》解释"五体"曰："一曰微而显，文见于此，起义在彼……二曰志而晦，约言示制，推以知例……三曰婉而成章，曲从义训，以示大顺……四曰尽而不汙，直书其事，具文见意……五曰惩恶而劝善，求名而亡，欲盖而章。"刘知几在《史通》中认为《左传》之文"其言简而要，其事详而博"，刘熙载在《艺概·文概》中则认为《左传》行文"虚实互藏，两在不测"。《左传》的记言叙事，确实做到了寓要于简，寓志于晦，欲显而微，欲盖而彰。这种方法对后世的影响非小，可以说是立史家之楷模，树传记之典范。后世诗家营构的"意境"从美学意义上看也是与此相互沟通的。刘知几在《史通·叙事》篇中还说："夫经以数字包义，而传以一句成言，虽繁约有殊，而隐晦无异……虽发语已殚，而含义未尽，使夫读者望表而知里，扪毛而辨骨，睹一事于句中，反三隅于字外，晦之时义大矣哉。"这里的"表""里""毛""骨"，与"五体"中的"微""显""志""晦"同义，也就是"形迹"之外的"神理"，亦即后人所谓文外之旨，词外之情。叙事用晦，意余字外，也即是《文心雕龙·隐秀》篇所谓"余味曲包"。很显然，这一美学传统被后来的诗人、文学家、小说家、词曲家所继承，不仅用以记事，亦用以写人。从小说史上看，《世说》《传奇》发其端，《水浒》《红楼》继其后。在这些作品中，形迹不必尽，而神理得以伸的文字是不乏其例的。

钱锺书先生《管锥编·史记会注考证》在《项羽本纪》一节中有言曰：

"诸将皆从壁上观，楚战士无不以一当十，楚兵呼声动天，诸侯军无不人人惴恐，于是已破秦军，项羽召见诸侯将，入辕门，无不膝行而前"；《考证》："陈仁锡曰：叠用三无不字，有精神；《汉书》去其二，遂乏气魄。"按陈氏评是，数语有如火如荼之观。贯华堂本《水浒》第四十四回，裴闍黎见石秀出来，"连忙放茶"，"连忙问道"，"连忙道：不敢，不敢！"，"连忙出门去了"，"连忙走"，殆得法于此而踵事增华者欤。

钱先生这段话说得不错。项羽破秦军的具体情节并没有详写，而诸侯之"惴恐"神情却跃然纸上，三"无不"即"精神"所在。《水浒》第四十四回亦沿此法，不直写裴闍黎胆怯心虚之状，而于五个"连忙"之中使其"精神"毕现。这确实是"踵事增华"，有继承而又有所创新。

林纾《春觉斋论文·风趣》篇："《史记·窦皇后传》叙与广国兄弟相见时，哀痛迫切，忽着'侍御左右皆伏地泣，助皇后悲。'悲哀宁能助耶？然舍却'助'字，又似无字可以替换，苟令窦皇后见之，思及'助'字之妙，亦且破涕为笑。"这真是《春秋》一字褒贬之笔。再看《红楼梦》第三回。黛玉进荣府，"只见两个人搀着一位鬓发如银的老母迎上前来，黛玉便知是她外祖母，方欲拜见时，早被她外祖母一把搂入怀中，心肝儿肉叫着大哭起来，当下地下侍立之人，无不掩面涕泣"。一个"侍御左右""助悲哀"，一个"地下侍立之人无不掩面涕泣"，两段文字都写亲人相会，而文笔确有异曲同工之妙。"助"者公开哭也，所以必须挤出眼泪来，"掩面"者偷偷哭也，流泪几何却不得而知。曹雪芹是否有意仿史笔，笔者看用不着去考证，就《红楼梦》的全部行文来看，使用"春秋笔法"那是毫无疑问的。如《红楼梦》第十八回，元妃省亲和贾政相见时说道："倘明岁天恩仍许归省，万不可如此奢华糜费了。"《红楼梦》庚辰本脂批："只看他用一倘字，便隐讳自然之至。"一个"倘"字，很有神理，从元妃心理上看，"倘"字中徘徊着希望与疑虑。"天恩"难测，政治风云变化多端，因此"天恩"与"天谴"就很难逆料，这确实"隐讳"而又"自然"。又如《红楼梦》第三回黛玉进荣府，在宝玉还未出场之先，王夫人特向黛玉简单地介绍了宝玉。黛玉听后说道："在家时亦曾听见母亲常说，这位哥哥比我大一岁，小名就唤宝玉，虽极憨顽，说在姐妹群中极好的。"《红楼梦》甲戌本批云："虽字是有情字，宿根而发，勿得泛泛看过。"是的，"虽"字在此下得很有"神理"，因为此时此地，宝黛尚未见面，黛玉只在家听母亲说过宝玉，这时又从王夫人口中听到了对宝玉的贬谤，说什么宝玉是"孽根祸胎""混世魔王"，所以黛玉回答用一"虽"字，确是回答得恰到好处。"虽"字对王夫人的贬谤不仅不赞同，反而有驳斥之意，但又不着痕迹。另外"虽"字表明了黛玉的思想倾向，对宝玉的行为有肯定而无否定，为宝黛二人情意相投作伏笔。黛玉尚未见宝玉的面，却不自觉地把自己划归到宝玉一边。从以上所举可见，若不是曹雪芹真正体会到《春秋》微旨，就很难下此耐人咀嚼的字眼。

余象斗《题水浒传述》谓"昔人谓春秋者，史外传心之要典；愚则谓此传者，纪外叙事之要览也"。不管是《春秋》之"史外传心"，或是《水浒传》的"纪外叙事"，都是"春秋笔法"一脉相承、因沿相革的结果。要做到"史外传心""纪外叙事"，就必须事先把丰富的思想内容提炼在"约言"之中，做到"志而晦"，使读者"推以知例"，也就是刘知几所说的"文约而事丰"。这在我国史传文学和古典小说中确实是一个可贵的传统。我们先看一下《项羽本纪》。鸿门之宴，事情紧急，樊哙带剑闯入席中，对项羽慷慨陈词：

> 夫秦有虎狼之心，杀人如不能举，刑人如恐不胜，天下皆叛之，怀王与诸将约曰："先破秦入咸阳者王之。"今沛公先破秦入咸阳，毫毛不敢有所近，封闭宫室，还军霸上，以待大王来。故遣将守关者，备他盗出入与非常也。劳苦而功高如此，未有封侯之赏，而听细说，欲诛有功之人，此亡秦之续耳，窃为大王不敢也。
>
> 项王未有以应，曰："坐。"

这里仅以一"坐"字，就写尽了项羽理屈词穷的心理和窘态。若和前面的杀宋义、破秦军对照来看，是相反的。然而鸿门宴上项羽之败于樊哙，是败于无理，理不直，气不壮，所以一个拔山扛鼎的英雄，反无词还击，而曰"坐"。这可以说是"略其形迹，伸其神理"的典范，这样"文约事丰"，妙义无穷的文笔，后之饱学之士，不管是写散文，抑或是写小说，又怎能不"引而伸之，触类而长之"呢？《红楼梦》第三十四回，写宝玉被其父贾政打得死去活来之后，薛姨妈、薛宝钗、史湘云、香菱等人都来看宝玉，但奇怪的是黛玉没来。一直到宝钗送药之后，天已黄昏，宝玉已经昏昏睡去时，才被黛玉推醒。黛玉为什么"迟到"？这似乎不近情理，但看完曹雪芹的描写："宝玉犹恐是梦，忙将身子欠起来，向脸上细细一认，只见两个眼睛肿得桃儿一般，满脸泪光，不是黛玉，却是那个？"你才知道这是至情至理的文字。

"一双桃儿大的眼睛"具有丰富的感情和言外的旨意。黛玉岂有不来看宝玉之情之理？因宝玉被打得太重，黛玉心疼得禁受不住，躲在暗处哭泣，不能同众姐妹一起来看宝玉。哭泣既久，眼睛肿如桃儿。白天更不敢来看宝玉，怕人瞧见笑话，只有在黄昏后，人少了，才能悄悄地来看宝玉。其情之深，痛之切，哭之久，岂是宝钗一时之动情送去一枚丸药所能比得了的？这样的文字说它一字一句都饱含着爱情的天地。史传文学的"略其形迹，伸其神理"的方法，在小说中被广泛采用，这一点金圣叹看得很清楚，他在《水浒传》第八回的回前批中，特举例来说明：

> 吾之为此言者，何也？即如松林棍起，智深来救。大师来此，从天而降，固也；乃今观其叙述之法，又何其诡谲变幻，一至于是乎！第一段先飞出禅杖，第二段方跳出胖大和尚，第三段再详其皂布直裰与禅杖戒刀，第四段始知其为智深。若以《公》《谷》《大戴》体释之，则曰：先言禅杖而后言和尚者，并未见有和尚，突然水火棍被物隔去，则一条禅杖早飞到面前也，先言胖大而后言皂布直裰者，惊心骇目之中，但见其为胖大，未及详其脚色也；先写装束而后出姓名者，公人惊骇稍定，见其如此打扮，却不认为何人，而又不敢问也。盖如是手笔，实惟史迁有之，而《水浒传》乃独与之并驰也。

金圣叹的艺术见地是高的，他的这段批语点明，野猪林对鲁智深的写法，是从两个公差的心中目中、惊慌惴恐的神态中写来，写鲁智深的同时，就写活了两个公差。从文字上着，两个公差的"形迹"并不清楚，但他们的"神理"却得到很好的体现。这就是《经》《史》中的笔法。当然，后来的小说家在用史传笔法写人物时是有创造的，如《水浒传》第三十三回写花荣、宋江设计赚秦明，秦明上当"怒得脑门都粉碎了",金圣叹行批道:"怒得脑门都粉碎了,全用史公章法。"这里所指史公章法,也就是史传文学写人的方法。如《史记·廉颇蔺相如列传》写蔺相如怒挫秦王时"持璧却立,倚柱,怒发上冲冠",其神态写得栩栩如生,这是史传文学与小说家写人的共同特征,着墨不多,甚至可以说惜墨如金,然而人物气态神情却跃然字外。

三

"略其形迹,伸其神理",实际上是和我国传统美学理论中的"传神说"密不可分的,"传神"的理论虽然是东晋时顾恺之提出来的,但"形"与"神"的问题,前人早已注意到了。西汉刘安在《淮南子·说山训》中说:"画西施之面,美而不可说;规孟贲之目,大而不可畏,君形者亡焉。"这里提出的"君形者",就是指能起统帅形态的"神",也就是西施、孟贲的内心世界和独特的性情。"神"生于"形"而又总是受"神"支配的。孟子早就说过,一个人的内心活动是可以从人的形态上看出来的。"胸中正,则眸子瞭望焉;胸中不正,则眸子眊焉;听其言而观其眸子,人焉廋哉。""神"在中国美学史上是重于"形"的。"神"被认为是人的"精诚之所至",是一个人有别于其他人的"真性情"。《庄子·渔夫》篇说:"真者,精诚之至也,不精不诚,不能动人。"只有"真"才能有"神",所以庄子认为"真在内者,神动于外"。这些都可以说是"伸其神理"或"传神"的早期理论。中国的传统绘画,特别是人物画,需要把握住人的面部表情或身体形态的特征。顾恺之总结出"传神写照尽在阿堵中"的经验,孟子观察人也注意眼睛,这都说明人的真情真性是要形之于外的,而眼睛是人的心灵窗户,最能传神。如果把这一理论移之于文学创作,这就必须在写形中抓住形态与心灵相沟通的特征事物、面部表情或语言行状,如上文所举《项羽本纪》中项羽的一个"坐"字就是。只有观察选择好与神沟通的言语形态，才能以"形"写"神"，"神理"才能得以伸张。从写作的角度看，以"形"写"神"，就必然舍去与"神"无关或不重要的"形"，就要"略其形迹"。由此看来"经""史"中的记言、叙事，是很适合于这种方法的。但"略其形迹"不是不要形迹，而是不拘于形迹。所以"略其形迹"看起来"形迹"少了，或者"小了"，但少中有多，小中有大，所以我国古代文学创作，不管是史传、笔记、传奇、小说，静止地、孤立地、详尽地写人、记言和心理描写是很少的，大都是静中写动，动中写静，以少总多，以小概大，以影求神，以形写神。

中国传统的美学原理，从《诗经》开始，在各种文艺形式中被广泛运用。孔子、孟子以及诸子百家，都从《诗经》中吸取了不少思想的、政治的和艺术的营养。就艺术方面来看，《诗经》中的"略其形迹，伸其神理"，在某些诗篇中，至今仍不失为典范。如《卫风·硕人》中有名的诗句"巧笑倩兮，美目盼兮"（《论语·八佾》子夏问孔子时，还有"素以为绚兮"一句，《毛诗》已佚），《毛诗正义》认为这是写庄姜之美。这一"倩"一"盼"，不仅笑貌如见，而美目转动之神态亦可掬，但庄姜的外表究竟如何美？却没有说清楚，而庄姜的神态却使人久久难忘。神态美使人遐想无穷，这比写出具体的形态美来拘束人们的想象要高明得多。具体美，受具体的限制，也就是美而有限，而一"倩"一"盼"之美，是美而无限，美而有神，使人以遐想来补充其美，使美人的神态在人们的遐想领域任其驰骋，任其升华，而不受具体形态的拘束，所以几千年以来，写美人的诗句，仍未有出其右者。可见我们的文艺从源头开始，就是以"神理"取胜，降而至于《史记》，至于《世说》，至于唐传奇，这种以"神理"取胜的传统一直被继承下来，就是唐代的大文学家韩愈，他们一些传记文学，也是这一传统的继承者。如有名的《张中丞传后叙》，写南霁云求救兵于贺兰，抽刀断指，怒射浮图，矢没砖半，这都是以神理取胜的好文字。

比兴与写人

中国文学史上，历来都是把比兴作为诗歌的正宗表现手法来对待的。从《诗经》开始，一直到近代的诗歌，都继承了比兴手法。朱自清先生认为，《诗》中的赋、比、兴是我国古代诗论的"开山的纲领"，这当然是对的。不过，若从美学的角度看，比兴除了是古代诗论的"开山纲领"外，它还是其他文学艺术产生艺术美的重要条件。因此，比兴问题，不仅限于诗歌的美学范畴，就是在整个文学艺术范围内，它的生命力都是十分旺盛的。中国小说的写人传统，有它自己的民族基础。不管是写形、传神、寓意，都和比兴的运用有很大关系。如果说诗中的意境，在很大程度上与比兴密切相关的话，那么小说中的人物传神也和比兴的巧妙运用不能分开。历来的文学理论，差不多都把比兴局限于诗歌领域来研究，很少涉及诗歌以外的比兴领地，特别是小说中的比兴写人问题，更是罕见。本文试就这个问题进行初步探讨。

一、象其物宜

章学诚《文史通义·易教下》说："物相杂而为文，事得比而有其类，知事物名义之杂出而比处也，非文不足以达之，非类不足以通之。"这种连类比譬，相杂为文，确实是《易经》的特点。这个特点自然和文学上的比兴相通。所以章学诚又说："《易》象虽包六艺，与《诗》之比兴，尤为表里。"这种看法是符合事实的。章氏之所以把《易》象与比兴作为表里关系来看待，是有其根据的。《易·系辞上》

说："圣人有以见天下之颐，而拟诸其形容，象其物宜。""拟诸其形容"是取其物象特征，"象其物宜"是取其物理人情，把物象特征与物理人情相结合，用以观天下之事，就能"引而伸之，触类而长之，天下之能事毕矣"。孔颖达正义云："天下万事，皆如此例，各以类增长，则天下所能之事，法象皆尽。"《易》象所起的这种作用，并不仅限于《易》象本身，而是需要人的"触类引伸"。《易》象的功效在于："天生万物，圣人则之，天地变化，圣人效之，天垂象见吉凶，圣人象之。河出图，洛出书，圣人则之。"这就是所谓"象天法地"的法则，这种"象天法地"的自然宇宙观，既不是单一的唯物主义，也不是纯粹的唯心主义，而是二者杂糅在一起的。人类的思想认识也有一个发展过程，对自然界认识之物，有的东西可以理解，有的东西不可理解。可以理解的东西都有客观依据，在世界观上看，当然是唯物的；不可理解的东西，则似是而非，牵强附会，难免有唯心主义的成分，这是不足为怪的。"象天法地"的本身，应该说是唯物主义的，因为它以自然界的事物取法，以自然界的规律观察事物，这应该说是对的。但"象天法地"中的望物生义，以物象判吉凶，这就有些牵强附会了，这不能说是唯物主义的。可是若从基本方面看，《易经》中则之于天地万物，效之于自然变化，又没有什么不好。这种"象其物宜"的哲学思想，反映在文学艺术上，自然就如章学诚所说，它们就和比兴成为"表里"关系了。所以比兴的产生是和古代"象天法地"的宇宙观分不开的。由"象天法地"进而"立象以尽意"，再加以"触类引伸"，这就成了文学艺术中的比兴。可见比兴既有较为充实的哲学内涵，又有相当坚实的传统的美学基础，所以比兴在中国文学史上的产生，不是偶然的，也不能简单地说成是一个表现手法问题。它是事物相互联系相互转化在文学艺术上的反映。朱熹认为："比者，以彼物比此物也；兴者，先言他物以引起所咏之词也。"这种解释只涉及表面，最多只说对一半，还有更重要的一半没有涉及。比，从表面上看，固然是以彼物比此物。

但比不是目的，目的是通过相比，而生发出和两物似与不似的新的形象、新的旨趣、新的境界。"芙蓉如面柳如眉"，不管是芙蓉和面，还是柳和眉，两者之间都不会真的相似。无论哪一位美人，她的眉毛真如柳叶那样遮住半个额头，那恐怕不能说是美。但两者一比，却又比芙蓉和面、柳和眉，更高更美。这个美，不是美在具体的美人身上，而是美在人们的审美情趣中，美在人们的美感遐想中。其中的奥妙就在于"象其物宜"以后，物理人情而生辉。至于"兴"，朱熹也说得不全面，"先言他物以引起所咏之词"，这是兴的开头，是第一层，更深的层次是引起所寓之情、所托之意、所传之神、所造之境。"桑之未落，其叶沃若"，并不是单纯的弃妇词，而是引起少女时期的美妙年华、结婚初期爱情的浓烈，以及下面"桑之落矣，其黄而陨"爱情破裂后的悔恨。这种比兴法，在《诗经》中是很普遍的。除了《诗经》外，在其他散文著作中，也运用得很好。《论语·子张第十九》云：子贡曰："君子之过也如日月之食焉，过也人皆见之，更也人皆仰之。"这个比喻一用，恍惚是在读诗，把散文化入了诗的境界，不仅写出了君子的品德既异于常人，又与常人一样，难免要犯错误，同时又写出了人们对君子关切、爱护、希望、景仰之情。《孟子》一书的比兴用得也很好。我们只从比兴与写人的角度来谈，比兴与叙事、比兴与说理，只好暂不涉及。这里我们不得不提一下历史著作，在一些历史著作中用比兴写人是用得很不错的。《晏子春秋》中写晏子使楚，机敏善辩，智服楚王，即多用此法。其巧妙的"橘生淮北"的比喻，说明晏子反应敏捷，言辞犀利，同时又写出了晏子在与楚王针锋相对过程中的从容不迫和稳操胜券的神态。这类比喻，史家写人是常用的。《文艺类聚》引《蜀志》中写简雍的一则故事：

　　天旱，禁酒酿者。刑吏于人家索得酿具，欲令与作酒者同罚。简雍从先主游，见一男子行道，谓先主曰："彼人欲淫，何以不缚？"

先主曰："卿何以知之？"雍曰："彼有淫具与欲酿者同。"先主大笑，而原欲酿者。

这个比喻寓庄于谐，比中有讽，通过这一讽谏，而简雍之为人又有甚于东方朔矣。晏子和简雍都通过他们自拟的比喻，使人领略到他们的用心，看出他们的机智，感到出人意表的艺术效果。它不仅使动机与效果相统一，而且还使效果更美于动机，而人物的情趣、神态也就在人们咀嚼之中领略了。降而至后世的诗、词、文、史、小说、戏剧，它们的取譬设喻，无不是从"象其物宜"和"立象以尽意"的哲理中引申、发展而来。《文心雕龙·比兴》篇，把它归纳为"拟容取心"。"拟容取心"，实际就是"拟容取意""拟容取情"，对作者来说，即拟容寓意；而对读者来说，就是因容见义，见微知著。比如诗歌中具有普遍意义的情景相生，或情景交融，就是彼物与此物，主观与客观的"容"与"心"的相生相需。情因景而升华，景因情而易色，这就是情与景相需相融后的相生。至于《世说新语》中的"容止""品藻"等有名的篇章中所写的人物，那是人与景相比之后的相需相生。《三国演义》《水浒传》《儒林外史》《红楼梦》中，许多人物相衬相比的描写，那是从以彼物比此物发展为以此人比彼人的人与人之间的相生相需。即是金圣叹批《西厢记》所说："红娘本非张生、莺莺，而张生、莺莺必得红娘而愈妙。"没有红娘就没有张生、莺莺，更不会有一部《西厢记》。从"象其物宜""立象以尽意"到张生、莺莺、红娘的人与人之间相生相需，虽似黄河九曲，蜿蜒千里，但其源则出于青海巴颜喀拉山下。一源万派，比兴之为道也，一源而流贯古今！

二、指事类情

中国文学一开头就注重"立象尽意"。"立象"的目的是为了更好地"尽意",因此,中国文学很讲究"写意"。这和西方的摹仿艺术是很不相同的两种美学体系。摹仿强调"自然的作品本身原来既是如此,直接摹仿自然的艺术品也就应该如此"(《西方美学家论美和美感》);而"写意"是要很好地言志抒情,着重写人的精神世界。要体现人的精神世界,用摹仿的写法,显然是不能胜任的,"意"是很难把它直接描写出来的。王安石在《明妃曲》中说得好:"意态由来画不成,当时枉杀毛延寿。"意态即神态,即人的精神面貌,的确是很难表现出来的。毛延寿的案翻得有道理。"意""志""情"都不宜于直接描写,那么最好的办法是什么呢?就是"指事类情"。"指事类情"就能较好地将难以摹仿的"意"和精神世界,通过借、寓、比的方法,在彼物与此物的相需相生中生发出来,就能"化景物为情思",把景语变为情语。要达到这个目的,就必须借助于比兴。所以比兴手法是写意的最佳需要!"写意"必然要构成所谓"意境"。什么叫"意境"?意境者,意中之境界也,它和眼中之境界相对而言,是意与物相需相生的境界。意不直写,借物喻意,物本无情,寓意得情,所谓意境者,即主观的情、志、意凭借客观的景象相得而益彰的旨意与情趣的新境界。就作者而言,情意引而不发,托物写情,意在言中,趣在言外,以有限之景物寓无限之情意;就读者而言,言触性通,景导情出,感而得之,遐想无穷。这就构成了读者审美心理上任其驰骋的艺术境界。作者寓情于景中,读者感情于言外,作者、读者两相得,读者见仁见智,以遐想之虚境补充作者之实情。可见意境的构成离不开"指事类情"。要"指事类情"就需要借助于比兴,因为彼物与此物相交,彼物的特征与此物的性情交相融合之后,就综合了彼此之长,加上作者"意"的化合作用,一种新的景象就似是而非地产生出来。刘大櫆《论文偶记》云:"理不可以直指也,故即物以明理;情不可以显出也,故即事以寓情。即物以明理,《庄子》之文也;即事以寓情,《史记》之文也。"其实,这种"即物以明理""即事以寓情"的法则，何止《庄子》《史记》，它在诗、史、文、小说、戏剧中，都有普遍意义。《少室山房笔丛·九流绪论下》谈《飞燕别集》，叙昭仪浴："帝自屏罅觇之，兰汤滟滟，昭仪坐其中，若三尺寒泉浸明玉，帝意飞扬。"这本来是很香艳的文字，弄不好容易流于淫俗。但这里用"三尺寒泉浸明玉"的比喻，对昭仪的肌体美写得明丽而不妖冶，但又颇具诱惑力。汉成帝的行为固不足训，但成帝那种淫荡气息，已被美丽的比喻所转化，转化为一种美的感受而不再是单纯的感官的刺激。

用"指事类情"来写人，写出新水平、新高度的，恐怕要首推《世说新语》。其中的《雅量》《识鉴》《赏誉》《品藻》《容止》等篇，大都是写人的品性、言行，就比兴方面看，其中不乏创造性的运用。首先是晋人的"指事类情"的"情"，和前人的情不太一样。集比兴之大成的《离骚》，它是"忧愁幽思"之情，是以比兴手法寄托"信而见疑，忠而被谤"的一腔幽怨。而《史记》则是"意有所郁结，不得通其道也，故述往事，思来者"（《太史公自序》），是在"动而见尤，欲益反损，是以抑郁，而无谁语"的境况下，寄托自己悲愤抑郁之情。而晋人的情和屈子、司马迁不一样，他们是追求一种与自然化合的真情，以净化个人、乐天自乐为准则，所以晋人之情是摆脱儒家礼教束缚的追求个性自由之情。这就决定了晋人对宇宙自然界的精神意识，他们以自然景物净化自己的心灵。因此，《世说新语》中写人的景物，是以晋人主观的乐旷奇情化合到自然景物中去，因此，景也就成了奇景。这就是《世说新语》中的比兴具有创造性的基本原因。请看《容止》等篇对嵇康等人的描写：

> 嵇康身长七尺八寸，风姿特秀，见者叹曰："萧萧肃肃，爽朗清举。"或云："肃肃如松下风，高而徐引。"山公曰："嵇叔夜之为人也，岩岩若孤松之独立，其醉也，傀俄如玉山之将崩。"

裴令公有俊容仪，脱冠冕，粗服乱头皆好，时人以为玉人。见者曰："见裴叔，则如玉山上行，光映照人。"

时人目王右军，飘如游云，矫若惊龙。

有人叹王恭形茂者云："濯濯如春月柳。"

《赏誉》篇："王公目太尉，岩岩清峙，壁立千仞。"

《识鉴》篇："世目李元礼，谡谡如劲松下风。"

这些比喻加形容，把人写得英姿俊爽，自然而又高稚，有超尘之态，而无世俗之气，把人体美、性情美与自然美化合在一起，这真堪称"指事类情"的"奇文"。郭璞《山海经序》云："物不自异，待我而后异，异果在我，非物异也。"此论正好说明景异在于情异，情深而文明，情异而文奇。"指事"是为了更好地"类情"。景同而情异，情异而景新，感人至极之情，有赖于至极之景；景无所谓至极，情至而景亦至，情极而景亦极。《涵芬楼文谈·命意第十一》云：

夫风云月露之形，草木鱼虫之状，虽以李杜之能诗，不能不赋及此，而人无有从而厌之者，正以吾心之所寄不同，则景可随时而变。是故景一而已。今日之所见，视前之所见已判然矣；此人之所见，较彼人之所见又判然矣。

正因为景随时变，情寓景迁，故情异则景新，可见比兴写人，人的性情总是个性化的，而无雷同之感。

三、连类喻义

比兴在文学史上也有个发展过程。大体看来，它是由彼物比此物，到彼物与此物交融，彼物与此物相需相生。彼物与此物的相生相需在用于写人方面，晋人做得不错。《世说新语》的许多篇章已经达到了景和人妙合无痕的境地，客观景物与人的性情妙合。这就给传统的写意开辟了一条很好的途径，因为它能使作者意不直指，而于妙合无痕的情景之中，寓文外重旨。正如《文心雕龙·比兴》篇说："兴之托喻，婉而成章，称名也小，取类也大。"作者就能"依微以拟议"，这就是写意的适当方式。写意在小说来讲，不外两个方面：一是作品中的旨意；二是作品中主要人物的形象意义。前者是总的思想意义，后者是体现总的思想意义的人物形象。这就决定了比兴在小说中应有它独特的发展道路，首先是如何能够概括性地托喻全书旨意，其次是塑造人物形象如何通过比兴写出人的心性神韵。这就和诗中的比兴不太一样，写诗，一景或数景即可寓情托意。《世说新语》中的写人的一言一行，也可以用一景一物或数景数物把人的性情写出来。而小说，特别是长篇小说，由于事件纷繁，人物众多，情节曲折，如果再沿用诗歌或《世说新语》中的比兴法则，显然是不能胜任的。那么小说中的比兴特征又是什么呢？概括地说，就是连类喻义在小说中的进一步发展。这里的"类"，不只是指景物与性情的触类相通，而是根据小说人物众多的特点，进行人与人之间的连类相生。在小说中景物与人的相比和起兴，不是主要的，因为小说中的抒情写意要比一首诗、一则故事的容量大得多！比兴要适合内容的需要。根据中国的传统，写文章很少是"无为而作"的，用金圣叹的话说就是"怨毒著书""冤苦设言"，这是从《诗三百》到《红楼梦》以来"发愤著书"的传统。周克达《唐人说荟序》说："其人皆意有所托，借他事以导其忧幽之怀，遣其慷慨郁抑无聊之说。"这也可以说是小说中的比兴特征。这一点，蒲松龄自己是深有感受的，他在《聊斋自志》中说："浮白载笔，仅成孤愤之书，寄托如此，亦足悲矣！"《聊斋》中的花妖狐魅，是孤愤的形象寄托，也就是《聊斋》中的比兴，是"借他事以导其忧幽之怀"。李东阳《怀麓堂诗话》云："所谓赋、比、兴者，皆托物写情而为之者也。""托物写情"在诗、史、文、小说、戏剧中全都适用，只不过各用其宜罢了！小说中的"楔子"，就是楔括全书旨意的比兴。它兼有叙意和写人的双重作用。如《水浒传》第一回写洪太尉放走妖魔就是。袁无涯刻本《画像评点忠义水浒全传》第一回，金圣叹在回前总批中指出："楔子者，以物出物之谓也。以瘟疫为楔，楔出祈禳……楔出三十六天罡、七十二地煞，此所谓正楔也。"当第一回行文到洪太尉放倒石碣，掘起石龟，揭开青石板时，"只见一道黑气，从穴中滚将起来，掀塌了半个殿角。那道黑气直冲到半天里，空中散作百十道金光，望四面八方去了"。金圣叹于此夹批道："骇人之笔，他日有称我者，有称俺者，有称小可者，有称洒家者，有称我老爷者，皆从此句化开。"这个"楔子"楔出了造反英雄一百零八将，也楔出了"乱自上作"的书中微旨。这对提挈全书，无疑是起了醒人耳目的作用。《儒林外史》第一回的标题是"说楔子敷陈大义，借名流隐括全文"，这已经标明此回书是"敷陈"全书"大义"的。而王冕的为人，又给全书人物的思想品性、道德行为，树立一根标杆，比兴意义十分明显。在小说中楔括旨意用得最好的要数《红楼梦》第一回。这回书，开头就写一个被女娲抛弃在青埂峰下，"无材补天"而又"幻形入世"的顽石。这块顽石和三万六千五百块五彩石一样，都是女娲亲自炼成的，都是"灵性已通"的补天之石，但不知为什么单单剩下它一块是"无材补天"的废品，这块顽石难道不是作者一生愤恨怨毒之情的结晶吗？所以，这块石头"幻形入世"的神话，正是作者潦倒半生，一事无成，无材补天，枉入红尘的坎坷经历与愤世之情的总的寄托，也可以说是看破红尘的"醒世恒言"！这个顽石愤世之情与顽固不化的韧劲，不正是贾宝玉这个叛逆形象的核心灵魂吗？所以说是顽石入世的神话，不管是楔括全书旨意，还是隐喻贾宝玉的核心性情，都非常深刻而又贴切自然。

现在我们再看看小说中具体塑造人物形象的比兴问题。人物形象塑造中的比兴法则，只不过塑造人物的彼和此都是人，也即是此人与彼人的相生相需。它的特征就是戚蓼生在《石头记序》中所说的"注彼而写此"，形成"一声两歌""一手二牍"的神效。这种彼人与此人的相需相生，绝不限于《红楼梦》，金圣叹评《西厢记》就提出来了。他在《读第六才子书西厢记法》中说："文章最妙是目注彼处，手写此处。若有时必欲目注此处，则必手写彼处。"戚蓼生"注彼而写此"说即本此。金圣叹认为这种"注彼写此"的手法，不仅王实甫运用过，施耐庵也运用过，他在《水浒传》第八回回前批云：

> 善之为此言者，何也？即如松林棍起，智深来救。大师此来，从天而降，固也；今观其叙述之法，又何其诡谲变幻，一至于是乎！第一段先写飞出禅杖，第二段方跳出胖大和尚，第三段再详其皂布直裰与禅杖戒刀，第四段始知其为智深。若以《公》《谷》《大戴》体释之，则曰：先言禅杖而后言和尚者，并未见有和尚，突然水火棍被物隔去，则一条禅杖早飞到面前也；先言胖大而后言皂布直裰者，惊心骇目之中，但见其为胖大，未及详其脚色也；先写装束而后出姓名者，公人惊骇稍定，见其如此打扮，却不认何人，而又不敢问也。盖如是手笔，实惟史迁有之，而《水浒传》乃独与之并驱也。

这是对野猪林鲁智深救林冲的批语。这段批深得施耐庵在这回书中写鲁智深的用心。施耐庵在这里写鲁智深的诀窍，就是以彼写此，着重从董超、薛霸的惊慌恐惧中来写鲁智深。越是写董超、薛霸失魂落魄，越能写出鲁智深"从天而降"的神武；越是写超、霸二人"惊心骇目"，就越能写出鲁智深的英雄气概！这就是小说中的写人时以人比人、以彼写此的特色。它不是简单的人与人的对比，而是在特定的人与人的关系里，从他们的性情、思想相交相接的变化中使之彼此相需相生。这就是"注彼"之所以能"写此"的根本原因，类似这种写法在《三国演义》中也有。第三十七回"刘玄德三顾茅庐"，即用此法。毛宗岗在这回书的回前总评中只指出：

此卷极写孔明，而篇中却无孔明。盖善写妙人者，不于有处写，正于无处写。写其人如闲云野鹤之不可定，而其人始远；写其人如威凤祥麟之不易睹，而其人始尊。且孔明虽未得一遇，而见孔明之居，则极其幽雅；见孔明之童，则极其古淡；见孔明之友，则极其高超，见孔明之弟，则极其旷逸；见孔明之丈人，则极其清韵；见孔明之题咏，则极其俊妙。不待接席言欢，而孔明之为孔明，于此领略过半矣。

在孔明出场之前，作者不厌其烦地写孔明隆中诸友及其岳丈、兄弟、小童，这都是注彼而写此，目的是让读者在孔明出场之前，先对孔明"领略过半"。通过隆中诸友的相生，就能无中生有，于无孔明处写出孔明来。至乎《红楼梦》中的注彼写此的运用，笔者在一九八〇年《红楼梦学刊》第四辑上发表过《〈红楼梦〉"注彼而写此"的艺术手法管见》一文，已有粗略论述，这里不再重述。

总之，比兴手法从《易经》《诗经》开始，一直到明清小说，有一个不断充实、不断丰富、不断发展的过程。从哲学基础上看，它具有唯物辩证因素。它是以自然界客观事物的相互联系相互作用为依据的，所以它能在长时期历史发展过程中，始终保持旺盛的生命力。从艺术上看，它是从物与人、景与情的相需相生，发展为人与人之间人际关系的相需相生，形成了独特的"注彼而写此"的人物塑造法则。

比兴手法与小说中的写人形成紧密联系，并作为一个传统贯穿下来，这也说明一个问题，即中国小说的写人，与"经""史"是一脉相承的，它的源头出自"经""史"，并和诗文同源而异流地发展下来，根据文体的特点和需要，各取所需，各用其宜。由此看来，中国小说的写人传统，确有"经""史"脉络，有自己民族的美学体系，在中国小说研究中，做一点数典而知祖的工作，看来还是很有必要的。

文其言与文其人

——谈经典与小说的渊源关系

中国的文章，其源出于经典，这大概没有什么异议。《文心雕龙·序志篇》中指出："唯文章之用，实经典枝条，五礼资之以成，六典因之致用，君臣所以炳焕，军国所以昭明，详其本源，莫非经典。"这是大家公认的事实。但中国古典小说之源是否出于经典？这就有了争议。其实经典中的记言、记事与写人，和后世的小说、戏剧有着十分密切的关系。本文仅就其中的记言与写人的关系来看一看经典与小说的渊源关系。

中国古代把死而不朽之事，归纳为"三立"，即立德、立功、立言（《左传·襄公二十四年》）。孔颖达对其中的立言疏云："立言，谓言得其要，理足可传……其身既没，其言尚存。"后来曹丕在《典论·论文》中，说得更加明白："盖文章，经国之大业，不朽之盛事，年寿有时而尽，荣乐止乎其身，二者必至之常期，未若文章之无穷。"按照儒家的传统观念来看，"立言"的核心是"得其要"，即得修身齐家治国平天下之道，只有言得其要，才能"理足可传"，才能成就"经国之大业，不朽之盛事"，这充分体现了儒家讲求实效的观点。但是为了使"得其要"的"言"能够传下去，发挥文以明道的作用，那就必须"文其言"，否则就会"言之无文，行而不远"。有人认为儒家所讲究的"文其言"不是真正讲究文学艺术，只不过是一种"政治学、伦理学的辅助手段"。这当然有道理，但我国文学史的发展证明，儒家所讲究的"文其言"逐渐突破了"载道"的框框，跳出了"辞达而已矣"的圈子，在儒家思想占统治地位的封建社会里，为史学家、文学家、诗人、小说家、戏剧家用来"文其人""文其事""文其情"。特别是小说家们，他们所写的东西，虽被视为"小道"，然而又不能不承认他"可观"，这可以说是和最初的儒家"文其言"意图的相反走向。这种现象看起来是矛盾的，实际上也并不矛盾。正是由于儒家思想、儒家经典统治了中国封建社会，历代皓首穷经的饱学之士只能从经典中学习"文其言"的经验和方法。他们诵经、学经，在写作实践中用经，最多再参考一些诸子百家之文，这就是中国文章的传统范围。所以中国古典文学中最早的"典"，很难跳出先秦文章的圈子。因此，历代学而优则仕的人，无不把千秋大业和经典联在一起；而学而优不仕者，则难免要进行发愤之作。于是在写"小道"时就很自然地采用了写"大道"的方法。这就是同一事物可以发展为不同的走向的历史原因。由"大道"变为"小道"，并不是后世的学者都背叛了儒家，恰恰相反，他们中间的绝大多数仍然是儒家的信奉者。事物之所以向相反的方向，还在于事物的内部。因为"文其言"并非是绝对的载道工具，就是在经典中也还有别的说法。《易传》中说："言，身之文也。"《系辞》中说："圣人之情见于辞。"孔子的得意门生子贡也说："文犹质也，质犹文也，虎豹之鞟，犹犬羊之鞟。"从这些言论中可以看出"言"与"文"，"文"与"质"是密不可分的。"文其言"与"文其质""文其情""文其人"是没有绝对界限的。正因为如此，后世的史学家可以融经意于史，文学家可以融经意于文，小说家可以融经意于小说，各自都有发挥的余地。王充《论衡·书解篇》云："人有文，质乃成。""龙麟有文，于蛇为神；凤羽五色，于鸟为君。""物以文为表，人以文为基。"王充在"文"和"质"的关系上，则更强调"文"的作用。实际上我国历来所谓的"文附质""质待文"，就是我国文质关系的辩证法，所以文质不能分割，必须是"文质彬彬，然后君子"。

文质辩证关系的确立，标志着我国文学美学基础的确立。我国文学史上正确的审美标准，是很难离开文和质这个辩证关系的。因此"文其言"的传统，从"经""史"开始，直到明清小说，都是一贯到底的。我们不妨先从"经""史"里面看一看"文其言"与"文其人"的关系。《诗经·国风》："桃之夭夭，灼灼其华，之子于归，宜其室家。"以"夭夭""灼灼"状少女的豆蔻年华和她丰美的姿态，这正是很好的"文其言"与"文其人"的统一。这虽然是起兴，但对于即将作新娘的美丽少女来说，给人以不能错过这美好的天然良机之感。《论语·述而》记孔子的仪态与修养是"子温而厉，威而不猛，恭而安"，用语很讲究，也体现了儒家中庸思想的修养。其实孔子并不完全这样，也有"温而不厉""威而猛"的一面。"子见南子，子路不说"，孔子不得不放下老师架子，给自己的学生诅咒发誓："予所否者，天厌之，天厌之！"冉求为季氏聚敛，孔子大怒，要发动学生"鸣鼓而攻之"，这都和上面"温而厉，威而不猛，恭而安"很不协调。从这里可以看出，为了"文其人"不能不"文其言"。"文其言"实际就是记实中的"增华"，通过语言的提炼与修饰，使语言与人的心性更加贴切，或者说通过"文其言"使人的思想、性情更加鲜明显豁。这对后世小说、戏剧的写人是有很大影响的。《论语·阳货》写阳货与孔子的对话，就能清楚地看出二人的神情来：

> 阳货欲见孔子，孔子不见，归（同馈）孔子豚。孔子时其亡也，而往拜之。遇诸途。谓孔子曰："来，予与尔言。"曰："怀其宝而迷其邦，可谓仁乎？"曰："不可。""好从事而亟失时，可谓知乎？"曰："不可。""日月逝矣，岁不我与。"孔子曰："诺，吾将仕之矣。"

阳货想利用孔子来帮助他，劝孔子出来做官，态度傲慢，以开导的口气和孔子说话。孔子深恶其为人，不愿意和他合作，但又不想得罪他，只好虚与周旋，顺着阳货的口气敷衍一番，写得心情如画。后世小说中的对话，能如此表现其神态心性的笔墨也不是很多的。再如《孟子·梁惠王下》，写孟子与齐宣王问答式的对话，已经使语言达到了传神的境地：

> 孟子谓齐宣王曰："王之臣有托其妻子于其友而之楚游者，比其反也，则冻馁其妻子，则如之何？"王曰："弃之。"曰："士师不能治士，则如之何？"王曰："已之。"曰："四境之内不治则如之何？"王顾左右而言他。

最后一句不愧为点睛传神之笔。孟子设譬取义，步步紧逼，齐宣王理屈辞穷，彻底败北，但为了掩藏其窘态，只好"顾左右而言他"了。这是一种白描式的语言，但它的"文饰"作用，不管在揭示人物心理，还是在表现人物神态方面都有其典范意义。

古代记言文学中的"文其言"，不仅限于对语言的精选、提炼，更主要的是在纪实基础上的"虚饰"。正如《文心雕龙·夸饰篇》所说："天地以降，豫入声貌，文辞所被，夸饰恒存。""夸饰"就是"虚饰"。对语言进行必要的"夸饰"，不管在经、史、子、集中，还是在小说、戏剧中，都是共有的"恒存"现象。刘知几《史通·杂说下》说："王平所识，仅通十字，霍光无学，不知一经，而述其语言，必称典诰，良由才乏天然，故事资虚饰者矣。"这确实是史传文学中的"虚饰"现象。这种"虚饰"的目的，不外是对一些出身"大老粗"的将军们，进行必要的"文饰"，好使他们的形象"文质彬彬"一些。实际就是史家有意给以美化。这在小说创作上讲，就是虚构创造。"经""史"的作者们早就给小说、戏剧的"文其人"树立了榜样，只不过"经""史"的作者们是偶而为之，还不能普遍虚饰，即使虚饰也是有分寸的。而小说、戏剧的作者们则把"虚饰"作为常规常法而被普遍地、创造性地运用了。从偶而为之到常规常法的运用，中间当然有一个发展过程。不过"偶而为之"确实具有作者匠心独运而创造出来的"恒存"价值，特别是在"文其言"方面，后世的文人融会贯通则可，超越、比肩则难，其典范意义可以说是不朽的。且看《孟子·万章上》：

> 有馈生鱼于郑子产，子产使校人畜之池。校人烹之，反命曰："始舍之，圉圉焉，少则洋洋焉，攸然而逝。"子产曰："得其所哉，得其所哉！"校人出，曰："孰谓子产智，予既烹而食之，曰'得其所哉，得其所哉！'"

这实际是一篇很精彩的"微型小说"，故事很简单，而语言却达到了出神入化的境地。顾炎武在《日知录》中论文章的繁简问题，曾对这段文章有评价。他认为《孟子》中的这段文章"必须重叠而情事乃尽……使入《新唐书》，于子产则必曰'校人出而笑之'。"这就犯了"不简于事而简于文"的毛病。"简于事"则"其事多郁而不明"，这哪里还谈得上"文其人"。所以语言的"文饰"是十分重要的。可见后世小说中，用于写人的传神语言，和经、史中的写人语言是同出一源的。钱锺书《管锥编·左传正义》襄公四年："崔杼'盟国人于大官，曰：所不与崔杼者——'晏子仰天叹曰：'婴所不惟忠于君、利社稷者是与，有如上帝'，乃歃。"钱先生认为："吾国古籍记言，语中断而脉遥承之例莫早于此。"崔杼弑君篡国，而强迫大臣对他盟誓，晏子于誓词中截断强答，将原词忠于崔杼之意迁于齐庄公。文辞巧，文心细，而晏子之忠与智有如脱缰之马，一纵而逝，难以捕捉。钱先生在引述上文之后，又与贯华堂本《水浒》第五回中的一段文字作比较：

> 那和尚便道："师兄请坐，听小僧——"智深睁着眼道："你说！你说！""——说，在先敝寺"云云；金圣叹批："'说'字与上'听

小僧'本是接着成句，智深自气忿忿在一边夹着'你说，你说'耳。章法奇绝，从古未有！"不知此章法开于《左传》，足征批尾家虽动言"《水浒》奄有邱明、太史之长"，而于眼前经史未尝细读也。

　　钱先生的看法是对的。"经""史"当中写人的语言和后世小说写人的语言确实是同法共规的。"文其言"与"文其人"是小说与"经""史"的艺术渊源之一，只不过小说在"夸饰"问题上，不为事实所拘，更可以"因文生事"，在虚构、创造中任其驰骋罢了。

传奇事写奇人

——谈经典与小说的渊源关系

一提起文学作品中的"奇"，很容易使人想起中国的小说和戏剧。的确，从神话开始直到明清小说，神话、志怪不用说，唐宋元明清的短篇小说、话本、戏剧、长篇小说，总是和"奇"结下不解之缘。其实，奇的问题不仅表现在小说、戏剧中，在中国的经史典籍里头，也不乏尚奇之作，已经给中国文学开创了一条写人的经验，即传奇事、写奇人。对后世的影响是不容忽视的。

表面上看，儒家经典并不追奇，"子不语怪、力、乱、神"，孔子和他的弟子对神奇之事并不感兴趣，但这并不等于对生活中的奇人奇事不感兴趣。如孔子的弟子对孔子生活中的奇事，并没有放过，比如"子在齐闻韶，三月不知肉味"，只此一笔，就成为千古传颂不衰的佳话。还有孟子，也爱奇，在滔滔不绝的雄辩声中用了许多取譬设喻的故事，而这些故事经过长期的历史考验，至今不失新奇之感。《孟子·滕文公章句下》中，孟子对"廉士"陈仲子的评价，就是一种"出奇制胜"的表现方法：

仲子齐之世家也，兄戴，盖禄万钟，以兄之禄为不义之禄，而不食也，以兄之室为不义之室，而不居也，避兄离母，处于於陵，他日归，则有馈其兄生鹅者，已频颇曰："恶用是鶃鶃者为哉！"他日其母杀是鹅也，与之食之。其兄自外至，曰："是鶃鶃之肉也。"出而哇之。以母则不食，以妻则食之。以兄之室则弗居，以於陵则居之，是尚为能充其类也乎，若仲子者，蚓而后充其操者也。

既然识鼿鼿在先，食鸩鸩之肉在后，食时哪有不知之理？知而食之也罢，当被其兄揭穿后，又"哇之"，其矫情如此，怎能称"廉士"？《儒林外史》中的儒林群丑、斗方名士，不难看出他们"反祖"于陈仲子的迹象。又如《孟子·离娄章句下》，写"齐人有一妻一妾"的故事，早已脍炙人口，这则故事，对那些"求富贵利达"不惜贱身行乞，而又骄于人前的人，真是刻画得入木三分。这不仅是讽刺小说的滥觞，亦是传奇事、写奇人的范例。总之，不管是儒家经典还是历史著作，"奇"是不能排除的。尽管一些正统的儒门学者，对"奇"的看法，总抱有一种蔑视的偏见，但他们并没有意识到，他们所斥责的，往往又出现在他们所崇奉的经典著作中。刘勰《文心雕龙·史传》篇说："俗皆爱奇，莫顾实理。传闻而欲伟其事，录远而欲详其迹，于是弃同即异，穿凿傍说，旧史所无，我书则传，此讹滥之本源，而述远之巨蠹也。"这未免太偏颇了，一味猎奇是不对的，但撷取生活中的奇人奇事，以奇事写奇人，是无可非议的。就拿《左传》来说，"传闻而欲伟其事"的例子，也是不胜枚举的。宣公十五年，写了一个"结草之报"，至今仍被人作为报恩的代名词：

> 初，魏武子有嬖妾无子，武子疾，命颗曰："必嫁是。"疾病，则曰："必以为殉。"及卒，颗嫁之，曰："疾病则乱，吾从其治也。"及辅氏之役，颗见老人结草以亢杜回，杜回踬而颠，故获之。夜梦之曰："余，而所嫁妇人之父也。尔用先人之治命，余是以报。"

结草之报，本是不可能的，是左氏的"传闻"，但左氏却慎重书之，达到了"伟其事""伟其人"的目的。僖公二十三年，写晋公子重耳出亡："过卫，卫文公不礼焉。出于五鹿，乞食于野人，野人与之块，公子怒，欲鞭之。子犯曰：'天赐也。'稽首受而载之。"一个贵公子行乞，受到农人的侮辱，重耳欲鞭之，此乃人之常情，而子犯以天赐土地暗示将来能建立国家，以此相鼓励，重耳立即化怒为喜，饿着肚子，"稽首受而载之"。这就是奇人奇事，但它却和未来的霸主——晋文公的胸怀联在一起。只此一事而写出了现在的重耳和将来的晋文公，虽奇而不失真，堪称神来之笔。又如闵公二年，写狄人灭卫，却插入卫懿公好鹤的记述：

> 卫懿公好鹤，鹤有乘轩者。将战，国人受甲者，皆曰："使鹤，鹤实有禄位，余焉能战。"

结果，卫国被狄人灭亡。写鹤乘轩车，受禄位，确实是奇事，但它写出了卫懿公亡国的必然。清人冯镇峦在《读聊斋杂说》中指出："千古文字之妙，无过《左传》，最喜叙怪异事，予尝以之作小说看。"《左传》不是小说，但《左传》中确有若干小说因素，传奇事写奇人即为其一。

实际上，奇与平，在中国传统美学中是不能分割的。奇离不开平，平中又有奇。奇之所以被人承认，是有一个共同的基础的；虽然是奇特的，但人们公认它是从现实生活中提炼出来的。章学诚在《文史通义·贬异》中说："学之至者，人望之而不能至，乃觉其异耳，非自有所异也。"这也可以说平之至即为奇。"子在齐闻韶，三月不知肉味。"奇中有平。孔子"祖述尧舜，宪章文武"，对舜时的韶乐，当然十分崇敬，加上他是礼、乐、射、御、书、数的全才，对音乐有特殊爱好，这些都是众人所承认的同。所以"三月不知肉味"，对人来说是"人望之而不能至，乃觉其异耳"，至于孔子本人则是"非其自有所异也"。重耳拜土块，也是此理，重耳长期流亡在外，目的是回国夺取政权，虽受尽苦难，但矢志不移，故子犯一提醒，重耳才有异于常人的举动。所以说"至平之中至奇出焉"（沈宗骞《芥舟学画编》）。平与奇的统一，用今天的美学观念来看，就是作者的审美观念与读者的美感心理的统一。章学诚在《贬异》中曾举例说明，"譬如善割烹者，甘旨得人同嗜。"只有"甘旨得人同嗜"，奇与平才能达到和谐的统一。求异必先求同，求同正是为了出异。

奇与平的和谐统一，到了司马迁手里，已经达到臻于完善的境地，这特别是体现在《史记》的列传和本纪当中。《史记》中的传记作品，几乎篇篇有奇事。如《孙子吴起列传》中的孙武以宫女试兵、斩二爱姬事、孙膑用齐、马陵之战、射杀庞涓；《孟尝君列传》中的鸡鸣狗盗事；《平原君列传》中的毛遂自荐；《魏公子列传》中的窃符救赵事；《刺客列传》中的曹沫劫齐桓公；《廉颇蔺相如列传》中的完璧归赵、渑池之会、负荆请罪；《李将军列传》中的射石没镞等，真是举不胜举。悠悠千载，青史留名者不可胜数，而出类拔萃者，往往是这些奇人奇事。"奇"的作用，经史作家们是十分重视的。经史中尚奇之笔，形成了写人的一大特点，就是以一事之奇，使人神形俱活。这正是小说写人最需要的宝贵经验。比如《史记·西门豹列传》中的西门豹，他之所以"名闻天下，流泽后世，无绝已时"，除兴修水利为人民做了好事外，主要就是为河伯娶妇而沉巫妪、弟子及三老于漳河一事。像《西门豹列传》这样的历史著作，和后世的传奇小说相比，很难说有什么不同，《西门豹列传》可以说是人、事、情、文四奇俱备。这种四奇俱备的作品，完全有资格为后世的小说充当先导。

到了《世说新语》，写奇人奇事已蔚为大观。刘应登《世说新语序》说："晋人乐旷多奇情，故其语言文章别是一色。"《世说新语》中的魏晋人士，大多是奇人、奇情、奇性，而《世说新语》的作者又能以"一言半句，为终身之目"，成为与奇人奇情相应的奇文。这又给后世小说提供了更丰富的经验。如《德行》篇的管宁割席，堪称一事点睛之笔：

> 管宁、华歆共园中锄菜，见地有片金，管挥锄与瓦石不异，华捉而掷去之。又尝同席读书，有乘轩冕过门者，宁读如故，歆废书出看。宁割席分坐曰："子非吾友。"

《世说新语》中类似这样记载就很多了。

总之，从经史到笔记小说中的奇，都是人的智意、情操、性情的真实反映。由经史而来，其后的小说继续在这方面下功夫，融奇事、奇人于艺术创作之中。奇，实际上是对人物性格挖掘的深化和提炼。一个人在日常生活中，平事多，奇事少，奇事往往是从平事中激发出来的。这种激发出来的事往往最能显示人的性格特征的，所以不管是经史的作者，还是小说的作者，他们之所以去"传奇事"正是为了"写奇人"。这些作家们（包括经史和小说）的高妙处就在于他们没有落入一味的追奇猎异的俗套中去，而是在"饮食起居之内，布帛菽粟之间"写出"事之极奇，情之极艳"者（李渔《笠翁余集·窥词管见》）。即使是《聊斋志异》，也并非为"志异"而"志异"，作者交代得很明白："集腋为裘，妄续幽冥之录，浮白载笔，仅成孤愤之书：寄托如此，亦足悲矣！"（《聊斋自志》）所以《聊斋》中的花妖狐魅，全是世人真情实性的寄托。《红楼梦》的出现，可以说在"饮食起居之内，布帛菽粟之间"把奇人奇情奇事推向了最高峰，成为天下奇文！

记言与写心

——谈经史与小说的渊源关系

言为心声，从中国的记言文学来看，确实如此。中国经史中的记言，实际上是记志、记性、记情。章学诚在《文史通义·古文十弊》中指出："记言之文，则非作者之言也，为文为质，期于适如其人之言，非作者所能自主也。"这话说得不错，"记言之文"确实必须是"适如其人之言"。同是写历史，记言要比记事难，因为"叙事之文，作者之言也"，而"记言"必须是人的心声，必须把人的情、志、意都恰如其分地表现出来。这是很不容易的，但又恰恰是中国经史写人的一条重要经验。

杜预《春秋序》把《春秋左传》的体例归为"五体"，即"微而显""志而晦""婉而成章""尽而不汙""惩恶而劝善"。其中除"惩恶而劝善"是指思想意蕴外，其余四体均和语言功力有关，特别是"微而显"的语言，对后世影响甚大。刘知几在《史通》中对史籍语言的特点概括为："略小存大，举重明轻，一言而巨细咸该，片语而洪纤靡漏。"这就是"微而显"的史家语言的功力。特别在写人方面，这种"微而显"的语言对后世小说的创作有着非常深远的影响。

从经史的记言来看，"微而显"的语言，大概可分为两个方面：一是用语精严，小中见大；一是迂徐含蓄，微婉多切。

在经史记言中，用语精严，小中见大的语言较为普遍。《论语·雍也》篇记孔子夸孟之反的谦逊精神：

孟之反不伐，奔而殿，将入门，策其马曰："非敢后也，马不进也。"

打了败仗，主动殿后，为了消除争先恐后败逃者的愧赧心理，而以"策其马"来表明殿后是马跑不快的缘故。语言和心性正好构成表里关系，在表现他谦逊精神的同时，也表现他勇敢、缜密的性格。再如《论语》中有名的子路、曾皙、冉有、公西华侍坐，小中见大的语言也是很典型的。每人不过几句话，不仅达到"各言其志"的目的，而且充分体现了各自的性情：子路坦率而自负，冉有量力而自信，公西华谦恭而有礼，曾皙潇洒、脱俗而有隐逸之风，而孔子则谦和、善诱不失良师之表。而这些人物的心性神韵都是从各自的三言两语中表现出来的。正因为言与性表里相关，所以"知言"即可"知人"。孟子就能够"诐辞知其所蔽，淫辞知其所陷，邪辞知其所离，遁辞知其所穷"，从不同人的不同语言中，察其心理，度其行为。

先秦的记言文学，除经典外，诸子之文亦有不少精采之作。仅举《列子·说符》篇所记一则故事为例：

> 昔齐人有欲金者，清旦，衣冠而之市，适鬻金者之所，因攫其金而去。吏捕得之，问曰："人皆在焉，子攫人之金何？"对曰："取金时，不见人，徒见金。"

这虽是夸张之作，但它确实是偷金者的心性。正因为如此，古代记言的诸子百家与史籍都非常注意以言写心。《文心雕龙·书记》篇引扬雄的话说："扬雄曰：'言，心声也；书，心画也。声画形，君子小人见矣。'"

后代的笔记小说，效法经史记言之笔，而日臻于妙境者，更是不可胜举。《太平御览》三百八十二录已佚的东晋郭澄之所著《郭子》中的一篇故事，用对话写人，其口舌之利，不亚于战国策士之言：

> 许允妇是阮德如妹，奇丑；交礼竟，许永无复入理。桓范劝之
> 曰："阮嫁丑女与卿，故当有意，宜察之。"许便入，见妇即出，提
> 裙裾待之。许谓妇曰："妇有四德，卿有几？"答曰："新妇所乏唯容；
> 士有百行，君有几？"许曰："皆备。"妇曰："君好色不好德，何谓皆
> 备？"许有惭色，遂雅相重。

　　新郎与新妇舌战的语言都很锋利。新郎以"四德"之一的"容"
字见责，不能说不力，而新妇以"四德"之首的"德"字反击，和
圣训"君子好德不好色"中的"色"字对举，一下击中许允要害，
而潜伏下来的婚姻危机，立即化险为夷，新妇的机敏、胆识、品行
和盘托出，令人钦佩。所以优秀的记言文学，都是人的心性智慧的
结晶。言，并非一般的语言，而必须是"适如其人之言"。这给后世
小说家、戏剧家用语言传神奠定了坚实的基础。

　　记言在司马迁手里，已臻于完备。他的记言记事并不求全，但
从不全的言和事中能看出"全人"，即给人以人的个性系统的整体
感。《史记·淮阴侯列传》记刘邦与韩信关于"将兵"的一段对话，
两人的神态、心性跃然纸上：

> 上问曰："如我，能将几何？"信曰："陛下不过能将十万。"上曰：
> "于君何如？"曰："臣多多而益善耳。"上笑曰："多多益善，何为为
> 我禽？"信曰："陛下不能将兵，而善将将，此乃信之为陛下禽也。且
> 陛下所谓天授，非人力也。"

　　这段对话表面看来，君臣相戏，坦率无拘，而实际上是钩心斗
角。其时，韩信已被刘邦罢去齐王王位，封为淮阴侯，刘邦对韩信

是有猜疑的，故借戏言以汉六年巡守云梦而擒韩信相警告。而韩信以自己"多多益善"贬高祖，当高祖以擒信回敬时，韩信表面以"善将将"相许，而实际是不满高祖的权诈，所以末后又添上一句"所谓天授，非人力也"。"天授"是虚，"非人力"是实，明褒暗贬，表明韩信内心不服。可见《史记》的记言，已经把写人推向一个新高度，通过记言，不仅写人的情、志、意，而且写出了人物的完整独特的性格，有时寥寥数语，人物性格立即活灵活现。如《张仪列传》写张仪去楚国游说，不仅没有成功，反而被疑为盗玉人，遭到"掠笞数百"的体罚，受辱以后放回家，夫妻间有一段对话：

其妻曰："嘻！子毋读书游说，安得此辱乎？"张仪谓其妻曰："视吾舌尚在否？"其妻笑曰："舌在也。"仪曰："足矣。"

这一简短的对话，把夫妻二人都写活了。张仪受辱而不气馁，其妻虽责之而无怨意，张仪表明可以凭三寸不烂之舌取功名如反掌的雄心壮志。一言而睹肺肝，妙趣横生。

毋庸置疑，《史记》记言之妙，对后世小说创作的影响不能低估，因为这些语言浸透了人的性格特征，它能恰如其分地体现人的志向、智慧、情趣和有别于他人的个性。这对后世小说家、戏剧家来说，足可以"引而伸之，触类而长之"，在吸收经验的同时进行自己的创造。唐传奇《柳毅传》写钱塘君为侄女复仇、惩治泾河负心郎归来与洞庭君的对话，就是很典型的传神语言：

君曰："所杀几何？"曰："六十万。""伤稼乎？"曰："八百里。""无情郎安在？"曰："食之矣！"

短短的"三问三答"把钱塘君刚猛、凶暴的性情写得毫发无遗，而且完全可以从中看到经史语言的功力。《三国演义》第二十一回曹操煮酒论英雄，所记曹操、刘备的语言，不仅见性、见志，而且在杯酒交欢中看见刀光剑影。特别是刘备听曹操认定他为英雄时，失箸落地，而又巧借雷霆掩饰："一震之威乃至于此。"并轻松地回答曹操"大丈夫亦畏雷乎"之讥："圣人迅雷风烈必变，安得不畏！"将惊恐失箸的原因轻轻掩过，毫无痕迹。这种语言正是经史记言的创造，它不仅把人的情、志、智、性和盘托出，而且还把二虎相争的方式和立脚现实着眼未来的心胸都包孕在内，从一言一事中展现一个真正英雄的内心世界。

小中见大，言简意深，固然是从经史到小说的记言传统，但这仅仅是问题的一面。"微而显"的语言不仅是言简意深，有时也表现为"微婉而多切"。这种语言不像前面所举的以一言片语去达到传神的目的，而是迂徐回环，婉转曲达。刘知几的《史通》指出史籍语言的另一特点是："语微婉而多切，言流靡而不淫。"古代把直言称言，论难称语，实际上两者也很难分开。不管是语和言，在古籍中确有相当一部分是通过微婉曲达的语言去切中人情世态。《孟子》齐桓晋文之事章，目的是劝说齐宣王实行王道，但孟子却由"牵牛而过堂下"说起，指出宣王有"不忍之心"；以"不忍之心"分析出宣王的"仁术"，然后又以"力举百钧""明察秋毫""挟泰山以超北海""为长者折枝"对比引申出实行王道之可为；接着又以"缘木求鱼"、邹楚交战指出霸道之不可为，最后使齐宣王悦服："愿夫子辅吾志，明以教我，我虽不敏，请尝试之。"在这一章中，孟子的巧譬妙喻，就是用以小明大的方法达到"微婉而多切"的目的。从写人的角度看，是迂徐曲折的攻心术，使文中的人物从对立转变为信服，这样的写人就不能以一言片语来传神，因为写一个人的"心折"过程，不是一言片语所能完成的。《战国策·赵策四》写触龙说赵太后，也是"微婉而多切"的记言写人的典范。先是赵太后听说大臣

们要送她最心爱的小儿子长安君到齐国去做人质，齐国才同意发兵
解秦兵之围。太后坚决反对，甚至怒气冲冲地宣称："有人复令长安
君为质者，老妇必唾其面！"紧接着触龙请见，"太后盛气而胥之"，
好像正准备"唾其面"！而触龙则"徐趋"，"自谢"，敬问太后身体
状况、饮食情况，并告诉太后自己的养身之道，消除了太后的"盛
气"，使太后"色少解"。接着触龙就迂回包抄了太后，为自己小儿
子"走后门"，请太后接纳他的小儿子为宫廷卫士。

> 左师公曰："老臣贱息舒祺，最少，不肖。而臣衰，窃爱怜之。
> 愿得补黑衣之数，以卫王宫，没死以闻。"太后曰："敬诺。年几何
> 矣？"对曰："十五岁矣。虽少，愿及未填沟壑而托之！"太后曰："丈
> 夫亦爱怜其少子乎？"对曰："甚于妇人。"太后笑曰："妇人异甚。"
> 对曰："老臣窃以为媪之爱燕后，贤于长安君。"曰："君过矣，不若
> 长安君之甚。"……

绕了很大一个弯子，在谈家常中转入正题，触龙才从燕后远嫁
而安、赵氏世代子孙在身边而衰亡的事实，推出一条真理："位尊而
无功，奉厚而无劳，而挟重器"是不会长远的。从赵太后的切身利
害关系上说服了赵太后，送子为质，请得齐兵。中国有句俗话："知
人知面不知心。"史籍记言恰恰相反，是"知心知人而不知面"。从
知心知人入手写人，首先要"知言"，而知言又必须知心、知人，把
人的整个内心世界浓缩在精练的语言中。一滴水而含大海味，"微"
与"显"达到有机的统一。这恐怕是中国文学写人的一条不成文的
规范。后世小说虽然对人物的外貌有所描写，但大都是大笔写意，
比兴兼施，而很少作静止的详尽的描绘，外貌的特征描写往往为传
神所取代，而传神的手段，除了"事"以外，主要是靠"言"。有
的一言见性，如青梅煮酒论英雄中的刘备；有的则微婉出情，如赵

太后、触龙。后世小说中有一些婆婆妈妈的语言，被称为"老婆舌头"，但"老婆舌头"却能讲出大道理来。如《红楼梦》第十六回赵嬷嬷与贾琏夫妇谈起当年皇帝南巡时的一席话，就是"微婉出情"的语言。从赵嬷嬷口中叙述甄家四次接驾的盛况："把银子都花的淌海水似的"，"罪过可惜四个字竟顾不得了"，再加上"嗳哟哟，好势派"的语言，真是使人如闻如见。微婉多切的语言，微中孕大，徐中见疾，迂中有近，它和片言见性的语言具有同等效果，都能很好地传神写心，只是环境场合的不同而各用其宜罢了。

唐以前的小说人物结构

结构，按中国字的原意来看，是指建筑物的组合构造。而今，"结构"一词颇有时髦之感，姑且不论，我们只是借中国字的本意来分析我国的小说人物。小说中的人物形象，也有组合构造问题，只是人物形象的构造，并不等于人的构造。人物形象是在人的构造基础上的再构造；人的构造是机体构造和机体与精神的相互关系和相互作用的构造，而人物形象的构造，更多的是精神反作用于形体使形体更充满精神化的再构造。

中国小说初期的人物形象，不是靠人物本身的才能、智慧、性情、爱好组成，而是靠精神世界中的幻化形象——神来组成，是以神代人，寓人于神。中国小说中的人物结构，一开始就给中国美学创造了虚与实、真与幻的矛盾统一的基础，创立了幻化的神与真实的人相交融的结构。鲁迅在《中国小说史略·神话与传说》中说："传说之所道，或为神性之人，或为古英雄，其奇材异能神勇为凡人所不及，而由于天授，或有天相者，简狄吞燕卵而生商，刘媪得交龙而孕季，皆其例也。""神性之人"的形象，就是神人结合的神象。这种形象大都是具有"奇材异能"的英雄，是"天授"的本领，而非人世间所能得到的。因此，这种神人结合的形象，很自然地被授予最高统治者，因为他们是受命于天的"天子"，是天生的主宰者。《艺文类聚·帝王部一》引《六韬》曰："王者之道，如龙之首，高居远望，深视而审听，神其形而散其精。若天高而不可极，若川深而不可测。"因此人君也就具有天授神予之尊，把人君之为人写得幽深广大而不可测。首先在"神其形"上面夸大其词，尽量使人望而生畏。如《艺文类聚·帝王部》引项峻《始学篇》记天皇氏、地皇氏、人皇氏：

> 天地立，有天皇十三头，号曰天灵，治万八千岁。
> 地皇十一头，治八千岁。
> 人皇九头，兄弟各三百岁。

这是传说中的人君，也是传说中的多头之神。这种"神其形"的目的，无非是将人君神化，树立起一个人世间的绝对主宰者。这些形象，都是神气太重，人气太少，和小说中的人物形象比还相距很远。但就是这种传说中神人两不像的形象，却渗透到历史领域中来，给历史人物的塑造带来了虚与实、真与幻的双重结构。这种结构一般说来人的性情是主要的，开初神的因素多一些，后来发展为以人为主。这样就由"神其形"进入到"神其人"上面来了。《帝王世纪》写黄帝也仅仅是"龙颜，有圣德"，三战而克神农、擒蚩尤。人的力量大，神的作用相对的就少了一些。《史记·封禅书》虽云："黄帝得仙上天，群臣葬其衣冠"，但比起"三皇"来说，毕竟人的作用大一些。《抱朴子》为了写黄帝真正成仙，写他"生而能言，役使百灵，可谓天授自然之体者"，但和《始学篇》比，还是前进了一步，特别在"神其形"方面，已经去掉了奇形怪状的外貌特征，而给人以人的感觉。不过虚幻的神味仍占很大比重。司马迁在《史记·高祖本纪》中对高祖的记述就是如此：

> 高祖，沛丰邑中阳里人，姓刘氏，字季。父曰太公，母曰刘媪。其先刘媪尝息大泽之陂，梦与神遇。是时雷电晦冥，太公往视，则见蛟龙于其上。已而有身，遂产高祖……（高祖）常从王媪武负贳酒，醉卧，武负、王媪见其上有龙，怪之……

接着又写高祖酒醉，在大泽中拔剑斩了当道大蛇，一老妪夜哭，说赤帝子杀了吾儿白帝子。这种记载，赋予了汉代开国皇帝以神圣色彩。司马迁虽然在写《五帝本纪》时，去掉了不少神异传说，但在写《高祖本纪》时，却采用了有关刘邦的神话。这说明"天授神予"的观念在司马迁看来也是可信的。不过《高祖本纪》中的神异之笔，和"三皇"的传说已经很不相同。《高祖本纪》中有关龙的附会，是以神饰人，神已经退到只用来修饰帝王的作用，是"神其人"，而不是把帝王神化，神人不分。所以幻化的神，虽然仍具有"天授神予"的性质，但就刘邦这个人来说，他在《高祖本纪》中，首先是活生生的真实存在，龙种、龙颜、龙气对刘邦来说，只具有修饰、夸张的作用，在具体描写中的无赖气、善于将将、善于掌握机遇以及为了争天下而六亲不认的种种表现，才是刘邦这个人的特质。但应该承认，在我国传统的人物形象结构中，对人的神化，总是贯穿下来的。用神勇、神智、神威来"神其人"，不仅是小说家的事，亦是史学家的事。《晋书·张华传》写张华的博物多识，就用了不少神异之笔，如写他识海凫羽毛，识龙肉，识蛇化雉等。王勃在《滕王阁序》中所指的"物华天宝，龙光射斗牛之墟"，也是指张华事迹。这都是以神饰人，目的是为了写张华的"博物洽闻，世无与比"，给张华涂上一层超人的神智色彩，使其形象介于历史人物与小说人物之间。后来的《三国演义》"状诸葛之智而近妖"的手法和张华传的写法是有其渊源关系的。

这种神人结构的写人法，还是比较初级的。神事与人事，在一个人身上，并不是水乳交融的，神事和人的情性，总有些游离之感，不管是"神其形"还是"神其智"，"神"得愈凶，离人就愈远，所以不能达到传其神、神其性的目的。写刘邦的传神之笔都是在现实事件中形成的，如韩信索求封王事，将兵将将事，这都不是靠龙气、龙种所能完成的。既要"神其形",又要"传其神",还要"神其性",这才是人物形象成熟的标志。在我国小说史上,只有唐传奇做到了这一点。

写历史人物毕竟要注重真实,神话之类的传说,可以适当采用,以便修饰"奇材异能"的帝王将相和英雄人物,但如引用过度,则必失真,《张华传》就有过多采用传闻神怪之失。而传奇作品则不然,它是有意为小说,在人物结构上可以不受历史真实的约束,这样就可以在神形和人性的开拓上下功夫。在幻与真、虚与实的问题上,不像古代神话那样以幻代真、以虚代实,给人以虚无缥缈之感;而是以虚出实,以幻饰真。虚幻已经被纳入写人的具体性情之中,不再游离于人情人性人事之外,真正成为人物塑造的有机结构。陈玄祐的《离魂记》中的倩娘,不仅神其人,而且曲尽人情。倩娘之形并不十分清晰,而倩娘的真情实性却宛然如在。这是融神奇于性情之作,是以离魂的奇异来写爱情的真挚和行为的果敢。这可以说是既神其人而又神其性的佳作。倩娘,神也,人也,但神是情的幻化,为真情的出路而神化。其幻化、神化都是人的精神所致。这就把神融入人的性情之中了,人神结构天然一体,而无人、神两张皮的感觉。再如李朝威《柳毅传》中的龙女、洞庭君、钱塘君,可以说已经不再"神其形"了,只有钱塘君复仇时施展了一下超人的神威,而其余的事件均平实如人事,人情、人性十分鲜明。通过神境写人间不平之事,在是非邪恶之中写出了天从人愿的理想,使神力服从了人愿,这是神人结构的佳作。特别是钱塘强婚,柳毅拒婚,义责钱塘,迫使钱塘心折一段文字,真是大义凛然,人的血性溢于字外,这确实是一场权力与道义之争。在论战中,虽然也体现了人神的差异,但对那些"体被衣冠,坐谈礼义"而又以"蠢然之躯,悍然之性"压人的人来说,真是一篇檄文,就是百世以下的读者读之,也为之一吐胸中不平之气!

　　总之，唐以前的小说人物形象，从人神结构上看，有一个明显的发展过程，即由开初的"神其形"发展为"神其人"，再进一步发展到"神其性""传其神"。"神其形"的阶段，是中国小说的人物形象的雏形阶段。这个阶段的特点是以神为主，"形象"往往是"神象"，人在这些"形象"中，还处于附属地位，也就是人的心理还被神所主宰，本是人造的神反过来又制约着人。在史传文学中，神的因素相对地缩小了，人的因素扩大了，神是为了修饰帝王和英雄，突出其"奇材异能"才被采用的。神和历史人物的结合，历史人物是主要的，从真幻来看，幻是为写真服务的。这可以说已经由"神其形"比较自觉地进入了"神其人"的阶段，即以神饰人的阶段。这也是历史学家在回答帝王将相和英雄人物之所以具有超人的才智这个问题时所能找出的历史答案。所以在"以神饰人"这个问题上，历史学家在写作方法上还是比较自觉的，但在观念上就不一定自觉了。由于观念上的不清楚，这才给历史上留下了人神俱为历史的遗迹。到了"作意好奇"的唐传奇阶段，才把人、神结构的两张皮融为一体，做到了神人不分，神形人心天然浑成，神已经化入人性人情当中，成为人物形象的有机组成部分。唐传奇以后，完全脱离人的性情而独立出来的神鬼妖仙，是很难在小说、戏剧中立脚的。中国小说之所以有用神鬼妖仙写人性情的传统，这是和唐以前小说人物的发展演变密不可分的。

亦君亦人的刘备

本文拟从为君做人的角度，对《三国演义》中的刘备加以评析。

一、以君之尊行人之仁

《三国演义》一共写了 13 个皇帝（桓、灵二帝不算，曹操称武帝是他儿子追封的，也不算），其中汉帝 2 人，蜀帝 2 人，吴帝 3 人，魏帝 5 人，晋帝 1 人。就历史事实来看，这 13 位皇帝当中，真正称得上仁者爱人，不以卑尊等级取人，不用传统礼制制人的，也只有刘备。《三国演义》中的刘备和历史上的刘备相较，虽不完全相同，但就其基本思想、主要事实方面来说，还是比较相像的。我们先看一下陈寿在《三国志》里对刘备的评价："先主弘毅宽厚，知人待士，盖有高祖之风、英雄之器焉。及其举国托孤于诸葛亮，而心神无贰，诚君臣之至公，古今之盛轨也。"这一评价基本不错，但也有不妥帖之处，说刘备"知人待士，有高祖之风"，这不是抬高刘备，而是抬高了刘邦。刘邦知人待士能共忧患而不能共安乐，他是兔死狗烹、鸟尽弓藏的猎主。所谓"善将将"，除了精于权术外，还要靠君为臣纲来支撑，靠传统的礼这根无形的权杖来制服包括韩信在内的臣民，这是历代帝王所共有的特性。所以刘邦是不能和竭诚待人、肝胆相照、始终不渝的刘备相比的。只有"弘毅宽厚"地待人，"心神无贰"地用人，才真正称得起"君臣之至公，古今之盛轨"。后人称刘备是仁德之君，其实他首先是仁德之人。他超越历代帝王的地方，不在"君"，而在"人"。就"君"的方面来说，在雄才大略上超过刘备的帝王是不少的；但就"人"的方面说，从人的思想感情道德品质上看，刘备却在那些宏才大略的帝王之上。"三顾茅庐"请出诸葛亮，名分上是君臣，实际上是挚友。他们二人一生真诚无二，鱼水相得，共同实现隆中对策，直到刘备病逝。这在古今君臣关系中，很难有人与之相匹。《三国志·诸葛亮传》："先主于永安宫病笃，召亮于成都，属以后事，谓亮曰：'君才十倍曹丕，必能安国，终定大事。若嗣子可辅，辅之；如其不才，君可自取。'"《三国演义》中著名的白帝托孤，基本上是根据《三国志》来写的。这已非君臣之托，而是挚友之求。若从君臣关系上看，刘备绝不能说此话，因为此话一出，即陷孔明于不忠。所以刘备说了活话，一个"若"一个"如"就在忠的问题上给孔明留下余地，并不是绝对的诏命。尽管如此，刘备确有突破封建宗法家天下的思想，而诸葛亮则绝对不能有此非分之想。《三国演义》在写孔明听完刘备这番话以后："汗流遍体，手足失措"，"叩头流血"以死明志。有人认为这是刘备虚假过人处，刘备与诸葛亮一生无假，死到临头，岂能装假！这正是刘备亦君亦人的独特思想。他不以君天下自诩，而是以人间的诚信待人；他不是"君使臣以礼"，而是人待人以心。陈寿以"君臣之至公，古今之盛轨"颂之，实不为过。

刘备作为一个君主，他能把"仁"具体用于臣下，真正做到"推君及臣"，这就在一定程度上否定了君臣大限。《三国演义》第三十六回，徐庶的母亲被曹操扣为人质，伪造书信诱徐庶投曹。孙乾让刘备留住徐庶，迫使曹操杀徐母，徐庶有杀母之仇，必拼力攻曹。而刘备回答说："不可！使人杀其母而吾用其子，不仁也；留之不使去，以绝其子母之道，不义也。吾宁死不为不仁不义之事。"结果含悲忍痛送走徐庶。刘备伐吴，兵败彝陵，黄权的归路被截断，投降了曹魏。有人劝刘备收黄权家属送有司问罪，而刘备却说："是朕负权，非权负朕也，何必罪其家属，仍给禄米以养之。"历代封建统治者，经常把仁爱挂在嘴上，但真能像刘备这样付诸行动的，确实不多见。另外，在"仁"和"利"的方面，最能考验一个统治者。历代帝王舍仁取利可以说比比皆是，甚至为了争权夺利而臣弑君，子弑父，能舍利求仁者实属罕见。陶谦让徐州，刘备却而不受，因为刘备救徐州为大义而来，不能得之无名，取之不义。正如刘备所说："无端据而有之，天下将以备为无义人矣。"《三国演义》第三十九回刘表让荆州于刘备，诸葛亮亦劝刘备取荆州，刘备却说"吾宁死不忍作负义之事"。后刘琮降曹，曹兵未到，刘备若听伊籍之言，兴师问罪，以吊丧为名，乘势取荆州，未为不可。但刘备垂泪而言曰："吾兄（指刘表）临危托孤于我，今若执其子而夺其地，异日死于九泉之下，何面目复见吾兄乎？"《三国志·先主传》引习凿齿评刘备说："先主虽颠沛险难而信义愈明，势逼事危而言不失道，追景升之顾，则情感三军，恋赴义之士，则甘与同败……其终济大事，不亦宜乎。"这个评价是恰当的。在刘备的时代，群雄割据，蚕食鲸吞，各种势力的较量，莫不以武力、智力、权术、霸道胜，仁道是行不通的，然而在刘备身上却体现了仁道。以仁道来和武力相抗，仁道显然不能取得胜利，但仁与武力相抗的结果，败者虽败犹荣，因为事实上的胜利，并不等于道义上的胜利。所以刘备未得荆州而人心却依附刘备。暴力虽胜，而仁道犹存！刘备之所以能以弱小势力终成帝王之业，这和他一生比较自觉地以君之尊行人之仁分不开的。刘备的"仁"确实具有较多的"人"的成分。它不是宗法血缘关系的爱人，这是显而易见。《三国演义》第四十回携民渡江，他本可以抢先到江陵，但因拥十万百姓，日行十余里，被曹兵一日一夜急行军三百里追上，打了个大败仗，牺牲了糜夫人，还差点失去唯一的儿子。这是罗贯中对真正的仁者爱民的真实写照。纵观封建历史上的帝王，能舍身家性命于不顾而去保护百姓的，除刘备之外，确实少见。

二、受制于人的情性的君主

几千年的中国封建社会，君本位的根基是不能动摇的，"君天下"是封建君主政体的总原则。马克思说过，这种原则"总的说来，就是轻视人、蔑视人，使人不成其为人"。"君"以外的一切人，都是他的臣仆，生杀予夺之权完全集于一人手里，所以君本位的特征就是要严格地统治一切人，残酷地镇压敢于反对以君为中心的一切人。《三国演义》中所描写的魏、蜀、吴的政权，也都是君本位的政权，但它又不是标准的君本位的政权，特别是对蜀政权的描写，可以说在一定程度上突破了君本位的思想。历代中国封建统治者都是提倡以忠孝治天下。忠孝的目的，就是要严格地维护三纲五常，维护封建宗法统治。《三国演义》中的蜀汉政权，从它的君主身上体现出来的，却不只是忠孝，而更多的是忠、悌、信、义的全面结合。所谓忠，就是"事君能致其身"（为君尽忠不惜身）；信，就是诚，"人言不欺之谓信"，是人与人交往的准则；悌，是善事兄长，兄弟之间相亲相爱；义，为行事得宜，包括君臣、父子、兄弟、朋友之间，各得其宜。《三国演义》中的刘备是一国之君，但他对待臣下，并不完全求忠，对黄权降魏以后的处理是"行事得宜"的义；对托孤于诸葛亮，嘱其自为成都之主，也不是求忠，而是以心相待的诚。更主要的是体现在刘、关、张、诸葛亮、赵云等臣下的关系上，更是忠、悌、信、义的高度结合。《三国演义》第二十六回关羽对张辽说："我与玄德是朋友而兄弟，兄弟而又君臣也。"这不只是关羽一人的看法，而是刘、关、张三人共同的信念。刘、关、张三人中，关、张二人除了充分体现悌、信、义以外，还有"事君能致其身"的忠君观念，在忠君观念中又确实充满了兄弟、朋友之情。而刘备对关、张二人则更多地体现了兄弟之间的"手足之情"。桃园结义，誓同生死，三人终身信守不渝。张飞失徐州，又失刘备家眷，关羽责之，张飞惶恐欲自刎。刘备急忙夺去宝剑劝止，毫无责备之意，并比之以手足，结果三人相对而泣，"屈身守分，以待天时"。最能体现这种誓同生死的手足情谊，无过于关羽遇害，刘备伐吴这件大事上。《三国演义》第七十七回当刘备听到廖化来报，刘封、孟达不发上庸之兵救荆州时，"玄德泣曰：'云长有失，孤断不独生。'"及至得知云长遇害的确切消息时，刘备"大叫一声，昏绝于地"，见了关兴"又哭绝于地"，"一日哭绝三五次，三日水浆不进，只是痛哭，泪湿衣襟，斑斑成血"。这绝不仅是君之哭臣，更主要的是体现了兄弟天性、朋友真情。悌、信、义在刘备身上大于传统的忠。"断不独生"绝非是一句悲愤的话，而是刘备具体实践的诺言。张飞之死，死于急兄报仇；刘备之死，死于不当为而为。刘、张二人，本可以不死，或缓死，但都在为关羽报仇上殉于信义。《三国演义》第八十回曹丕篡汉，孔明等人劝刘备即帝位。刘备登基后的第一件事就是为云长报仇，并不听赵云之谏，坚决兴师，并说："朕不为弟报仇，虽有万里江山，何足为贵。"在这件大事上，历来有人指责刘备不以大局为重，弄得兵败彝陵，使蜀国元气大伤。游国恩主编的《中国文学史》第四册第二十页也说刘备"伐吴之役，连诸葛亮、赵云等心腹之臣也无力劝阻。实际上，这是把个人情谊置于国家利益之上。也正是由于这种义气存在着明显的局限……"笔者认为刘备并不是不识大局的人，自从孔明出山以后，从来言听计从，并同心协力实践隆中对策。他不是不知联吴拒曹的必要性，这是因为"万里江山"与"兄弟情谊"相较，兄弟情谊更重。从历代帝王来看，向来是万里江山重于一切，即使英明如后世的唐太宗，为了万里江山，也亲自杀死亲兄弟建成、元吉；而刘、关、张却是异姓兄弟，把异姓兄弟之情和万里江山放在一架天平秤上，而异姓兄弟之情居然重于万里江山，这只有刘备这架天平才称得出来。这就是刘备这个皇帝身上存在着的普通人情性，即使贵为天子，富有四海，也不应忘掉当初患难之交的兄弟情谊。设若刘备听从孔明、赵云的劝谏，停止伐吴，继续与东吴联盟，作为君主来说，不失为明君；但作为患难之交的兄弟来说，就谈不上信义了。刘、关、张三人之间，就只有君臣关系，而无兄弟、朋友的关系了。刘备伐吴，从大局来说，他是自知此举之非的。当兵败彝陵，在白帝城托孤于孔明时，曾对孔明说："君才十倍曹丕，必能定邦定国，终定大事。"毛宗岗在此回书的回前总批中说："观先主托孤之语，而知其不以伐吴为重，终以伐魏为重矣。其曰'君才十倍曹丕'，何不曰十倍孙权乎，盖以与汉为仇者魏耳，与我为对者曹氏耳。"这段批语是不错的。刘备并不是不知伐吴之非，只是以信义为重，终身不能相背耳。若从个人意气出发，在托孤时，必令孔明兴师复关羽之仇，雪彝陵之耻。刘备临死不提彝陵之役，这就是忍小耻而顾大局，是对孔明联吴伐魏战略思想的支持。刘备伐吴，病死白帝，也可以说是为信义而殉身。刘备炎暑用兵，初染痢疾，后得综合症，这和兴兵伐吴不无关系，再加上兵败愧悔，遂一病不起，终于实践了同生死的诺言。这正是《三国演义》在传统的君臣关系上的突破，而不是什么"局限"，若说"局限"，传统的君天下的"君""国"观念束缚了人们的真情实性，使其不能解脱，那才是最大的"局限"。退一步说，刘备即使不伐吴，以当时三国形势论，蜀亦难以统一天下，所以刘备伐吴，从根本上说不会对三国总形势发生什么重大影响，倒是刘备伐吴的指导思想为《三国演义》增添了新的思想光辉。因为这种指导思想不受传统君君、臣臣的限制，它体现了君臣、兄弟、朋友兼重，不是一人为君，天下臣服。这就一反传统的封建统治者的君本位思想。在刘备身上，君本位中有臣本位，君臣一体；君本位中有友本位，信义为本；君本位中有悌本位，手足情深。这就是人本位兼及他本位的新型的"仁"学思想。把"仁者爱人""推己及人"用到君臣、兄弟、朋友上，显然是对君本位思想的一大突破。若从君君、臣臣的关系上看，臣必须绝对忠于君，而君绝无绝对的爱臣，君要臣死，臣不得不死，即使功德巍巍，毫无罪错，也不例外。《三国演义》通过刘、关、张生死关系的描写，令人信服地表现了一种新型的君臣关系，这种君臣关系不是再现历代帝王以君本位为中心的统治关系，而是树立了君爱臣、君信

臣、君友友、君悌弟的新型的君臣榜样。这样一来，君不再是单纯的受
命于天的"天子"，同时也是受制于人的情性的普通的"人"。在封建
统治阶级君天下的思想长期统治下，罗贯中笔下的刘备这个形象不能不
说是一个大胆的突破。

三、人心向背与正统思想

如果承认上述论断，那么《三国演义》一书中所宣扬的主要思想就
绝非皇权一统的正统思想。如果从刘汉王朝的宗法血缘关系来看，从景
帝之子中山靖王刘胜算起至刘备已十八代；若按皇帝来算，除去王莽政
权，也超出二十代。而三国时期另一宗族刘焉，则是东汉章帝时鲁恭王
的后裔，比刘备近得多，而刘备又取其子刘璋之地而为帝。若以刘备为
正统，不仅舍近而求远，而且亦有掩饰鲸吞宗室之嫌。这显然不合情理。

从《三国演义》一书所显示的对君本位思想的突破来看，它不
是在宣扬正统思想，而是体现了人心的向背问题。所谓正统思想，
实际就是父传子家天下的思想。这种思想是原始社会"家天下"思
想沿袭下来的血缘亲属相承递的思想。这是一种家长权威制和君主
权威制在宗法血缘关系上的统一。因此，在所倡行的仁爱方面，首
先是"克明俊德，以亲九族，九族既睦，平章百姓"（《尚书·尧
典》）。可见封建正统思想是要维护君主亲族的长期统治。而《三国
演义》对这种正统思想的矫正首先体现在对三国历史的兴衰分合观
上面。《三国演义》开宗明义地指出"天下大势分久必合，合久必
分"。有人指责这是一种"一治一乱的历史循环论"，是"先天命
定"的思想（游国恩主编《中国文学史》），实际上并非如此。紧接
分合论之后，作者就指出"推其治乱之由，始于桓、灵二帝"，这不
是天命，而是人为。从《三国演义》具体描写来看，三国的分合兴
亡，主要是人的作用。三国的最终鼎立，并非取决于天意，而是取

决于"人才相持"，三方面均有一大批英才出众的人物，谁也吃不掉谁。就以刘备来说，他前期将寡兵微，东奔西走，连落脚之地都没有，要不是孔明出山相助，先取荆州，后取四川，再定汉中，要成帝业恐怕是很困难的。所以《三国演义》体现出来的一种思想，不是天命，而是人力。由于人才出众，各据一方，形成人才集团鼎立，这才把刘汉四百年的统治来一个三分天下。这哪里是宣扬正统思想，分明是以人力来矫正天命攸归的一种现实思想。总的看来，三国的历史是人才集团鼎立写成的历史，这不仅把天命攸归的思想冲散了，而且也把封建统治的家天下的正统思想冲散了。

毛宗岗在《读三国志法》中论及正统问题时，是以蜀为正统的。他说："论地则以中原为主，论理则以刘氏为主。"他所说的"论理"，则是"以蜀为帝室之胄，在所当予；魏为篡国之贼，在所当夺"。无疑毛宗岗是以"家天下"的思想来对待正统问题的，实际上在罗贯中笔下所表现出来的"予""夺"问题，不在于"帝室之胄"与"篡国之贼"，魏、蜀、吴三分天下，很难说没有"篡国"的意味。刘备在献帝在位时没有奉诏而自立为汉中王，这岂是帝室之胄所当为的？不当为而为之并不见责于民，这正是对正统思想的一大矫正。因为人民不是根据正统思想来"予"刘备，而是根据他一生的所作所为来公正地对待刘备。曹操能先于刘备称王，而刘备为什么不能后于曹操称王呢？曹、刘相比，人民自然会更多地倾向刘备。因此，人民在"予""夺"问题上，是根据他们思想感情的倾向性来决定的，是人心的向背，而不存在帝室之胄与非帝室之胄的争执。因为只要实事求是地看待《三国演义》，那么对其中的基本事实和思想就不能回避。蜀汉的开国君主刘备是爱民爱才、仁义卓著、深得民心的君主，他和历代封建"明君"不同，他不是纯粹的"君"，而是君臣、朋友、兄弟的交融，名为君臣，情同骨肉。人民所希望的就是这种能在皇帝身上闪现出人民情性的具有和人民思想感情相通的统治者。

忠孝·侠义·忠君·反叛
——谈宋江其人

对宋江的评价，是《水浒传》评论中争论较大的一个核心问题。要弄清《水浒传》的思想，不能不认识宋江其人。可以这样说，《水浒传》中的整个思想脉络都萦系在宋江身上，而宋江这个人又是《水浒传》中最复杂的一个人。从他的功过来看，他确实以他强大的号召力，使水浒英雄从四面八方到梁山泊聚义了，他又确实率领梁山泊全体英雄受招安。他是造反者的领袖，又是投降的倡导者，而且也是投降受招安悲剧的主角，这就决定了这个人物的复杂性。从宋江是官逼民反的领袖来看，他必须具备造反领袖的条件，其中最基本的一条就必须是一个真正的造反者、一个善于造反的组织者。从他是投降的倡导者来看，他又必须具备"忠"的条件，并显示出忠的具体活动和言行；从他在投降以后所扮演的悲剧主角来看，他又充分体现了他本人及造反英雄所走过的道路的经验和教训。

宋江的思想性格中有两对矛盾是主要的，一对是忠孝思想与侠义思想所构成的立身与处世的矛盾；一对是忠君观念与反叛行为相互作用所构成的悲剧性格的矛盾。

先说第一对矛盾。宋江是以忠孝为立身之本的，但他在处世中，更多地体现了侠义思想，在忠孝与侠义发生冲突时，往往是后者占上风。以忠孝立身，以侠义处世，是宋江思想性格矛盾的一个特点。比如《水浒》第十八回，宋江初次出场就遇到黄泥岗劫生辰纲案件。论理，他是押司，应秉公执法，协助上司破案为是，而他心里想的是"晁盖是我心腹兄弟，他如今犯了迷天大罪，我不救他时，捕获将去，性命便休了。"这时他不是忠于国法，忠于职守，更不是忠于朝廷，而是以"心腹兄弟"为重，决心舍着性命，"担着血海也似的干系"去通风报信，救了晁盖等了七人。到第十九、第二十回，晁盖打败了何涛，俘虏了黄安时，宋江认为这是"灭九族的勾当""于法度却饶不得"，但他仍从兄弟情谊出发，关心晁盖等人，"倘有疏失，如之奈何？"从晁盖事件中可见，为了行侠仗义，他的忠孝思想暂时退居次要地位。这种性格是使宋江成为梁山领袖的重要因素。宋江能"担着血海干系救人"，这在江湖上是众所称颂的事，这必然使宋江成为造反者所景仰、拥护的理想人物。其次宋江救了晁盖等七人，为梁山事业奠定了基础，正如燕顺对宋江所说："梁山泊近来如此兴旺，四海皆闻，曾有人说过，尽出仁兄之赐。"再加上宋"挥金如土"，"人问他求钱物，亦不推托"，"每每排难解纷，只是周全人性命""赒人之急，扶人之困"，有了"及时雨"的美名。这些都使他在官逼民反的过程中，很自然地被公认为领袖。另外，在奸邪专政、豺狼当道的现实面前，许多英雄豪杰本想以身报国，去边疆上一枪一刀立功效力，但当权者妒贤嫉能，"以小力缚人，而使大力者缚于人"，使千千万万有志之士报国无门，才无所托，力无所用。阮小七就曾拍着脖子说："这腔热血，只要卖与识货的。"那些有志难申而又不堪郁郁了此终身的英雄，便在宋江礼贤下士、广泛结交江湖好汉的侠肝义胆的感召下，个个均心甘情愿地把"一腔热血"交给了宋公明。由此可见，宋江侠义处世的思想使那些欲做忠臣不可得的人聚集在他的周围。官逼民反的时势，造就了《水浒传》中的众英雄和他们的领袖宋江。宋江本人也是这样。他本想立身扬名，封妻荫子，然而因结交梁山英雄被阎婆惜发现要挟，宋江不得不杀了阎婆惜，几经周折，才在性命攸关之时上了梁山。他也是"天南地北，问乾坤何处可容狂客"的人，自认为"义胆包天，忠肝盖地，四海无人识"（会见李师师所题府词），如果"有人识"，宋江青云直上，那他根本不可能成为梁山英雄的领袖。正因为"无人识"，所以在浔阳楼上醉后吐真情："恰似猛虎卧荒丘，潜伏爪牙忍受。"在"大贤处下，不肖处上"的世道里，一心要忠于王事的人，都只能是空想。至于他的"孝"，在书中也显得苍白无力，"孝义黑三郎"也仅仅是一个空泛的称号。只是在上了梁山以后，他的忠君思想，才逐渐取得了支配地位。《水浒传》第六十回，晁盖死，宋江继位，第一件事就是改聚义厅为忠义堂。从宋江上梁山到他亲自主政，他基本上把八方英雄陆续汇聚起来了，他的侠义思想已经完成聚集造反英雄的任务，梁山事业也逐渐达到高潮，而宋江的忠义思想也逐渐居于主导地位。宋江思想性格的转化，是和《水浒传》思想内容的发展变化密切相关的。

宋江思想性格中的第二对矛盾，即忠君思想与反叛行为的相互作用所构成的悲剧性格的矛盾。

忠君观念与反叛行为本来是不可调和的矛盾，但在宋江这个人物身上却要把它调和起来，而能够调和的关键，是反叛并非真正的反叛。梁山英雄的反叛，除了李逵以外，都不反对赵宋皇帝，只反对滥官污吏。这实际上是一种在忠君观念指导下清君侧的行为。所以逼上梁山并非彻底的反叛，在很大程度上是权且避难的被动措施，虽然也和官兵作过战，但那是一种保卫自身的战斗，而非夺取政权的战争。所以《水浒传》中的忠君观念有一种很巧妙的双重作用，即既可以用来洗刷前期上梁山的反叛行为，又可以用来作为接受招安的指导思想，而宋江正好是这种双重作用的体现者。他虽然是反叛与忠君的混合体，但他的忠君观念终于使他脱离了反叛的道路。作者在塑造宋江时，是执其"反"与"忠"的两端而取其中，即既反又忠，忠不可求而反，反后又不离忠。《水浒传》第三十六回宋江刺配沧州，途中为刘唐截救，要杀两个公人，宋江以死相挟，认为刘唐此举是陷他于不忠不孝之地。到了梁山，晁盖劝他留在山上，他却说："这是上逆天理，下违父教，做了不忠不孝的人。"又以死来抵制，可是到了第三十七回，宋江被穆弘兄弟追至浔阳江边时，又仰天叹道："早知如此的苦，从直住在梁山泊也罢。"《水浒传》第三十九回，宋江在浔阳楼因酒醉而题反诗，居然说："他时若遂凌云志，敢笑黄巢不丈夫。"第四十四回江州劫法场之后，宋江取无为军、杀黄文炳，并主动向晁盖提出上梁山。这都说明宋江被逼到生死关头也会铤而走险。宋江的反是可以理解的，问题是宋江的"忠"，如果在未被逼迫时还存在立身扬名封妻荫子的幻想的话，那么经过九死一生的磨难，忠君思想还存在不存在呢？如果还存在的话，即使被穆弘兄弟杀死在浔阳江边，也不后悔没有留在梁山。同样，如果真是"日月常悬忠烈胆"，就不会醉后题反诗，也不会在劫法场之后为了活命主动提出上梁山。为了逼上梁山，为了梁山英雄有一个合格的领袖，宋江必须有反叛的一面。所以在梁山泊英雄大聚义以前，官逼民反的主题是鲜明突出的，宋江及梁山英雄的造反精神是突出的。只有这样，官民的矛盾斗争才能轰轰烈烈地达到顶点。宋江上梁山以后，在公开抗拒官军、打击恶霸地主等方面确实干得不错，为梁山事业立下大功。但宋江上梁山并不是受反叛到底的思想支配的，用他的话说是，"无处容身，暂借水泊，权时避难"（《水浒传》第五十五回宋江对彭玘语）。《水浒传》第五十八回宋江对呼延灼说："小可宋江怎敢背叛朝廷，盖为官吏滥污，威逼得紧，误犯大罪，因此权借水泊里随时避难，只待朝廷赦罪招安。"以后只要和朝廷将官打交道，都要做类似的表白。可见宋江的反是在朝廷"威逼得紧"弄得"无处容身"的地步才反的，上梁山是"权时避难"。因此，上梁山以后，既有处容身，又可以避开滥官污吏的迫害，相对地说有了一个较为安定的环境，那就必然要考虑今后的出路问题，因此宋江的忠君观念又逐渐抬头。首先是忠君观念使宋江等人的反叛不能超越君天下这个限变，忠君观念是节制造反行为的总闸门。宋江当初的反叛，是在"无处容身"的情况下去找一条生路。当反叛已成气候，梁山事业兴旺发达时，宋江并不进一步扩大势力，而是等待机会投降。所以在反叛后期，投降的因素已逐渐形成。《水浒传》第七十一回在排座次之后，宋江率众盟誓，其誓词有云："愿共存忠义于心，同著功勋于国，替天行道，保境安民，神天鉴察，报应昭彰。"这篇誓词就是梁山泊今后的行动纲领，而且大伙"同声称愿"，"歃血誓盟"。至此，在忠君观念支配下，投降的思想准备已经成熟。

投降以后，宋江的性格有了明显的变化，即反叛思想已自动消失了。《水浒传》第八十三回宋江在陈桥驿滴泪斩小卒，这件事表明，宋江杀掉自己兄弟虽然是被迫的，然而又是自觉的，目的是根除反叛残余思想，以警戒那些"强气未灭"的众英雄。如果用投降以前梁山泊反对滥官污吏的造反纲领来看，"贪滥无厌，徇私作弊，剋减酒肉"的厢官，不正是应该杀掉的对象吗？投降以后，杀了以前应该杀的贪官，反而要被"枭首示众"，梁山泊的造反精神已经荡然无存，从前反叛的对象，而今成了宋江一伙人的命运的主宰者。

这里应该指出的是，由于宋江投降以后反叛思想的消失，所以使得宋江性格前后矛盾。在前期宋江虽以忠孝立身，但他的忠并没有经受得住生死考验，在被逼得生死关头，他也主动而坚决地造了反。但在投降以后，不管高俅等人怎么逼迫，甚至自己意识到饮了朝廷的慢性毒酒，也甘心受死，而且为了保护自己的"一世清名"，怕李逵造反，竟然亲手把李逵毒死。前期在生死关头求生，后期在生死关头认死。前期和后期迫害他的同是四大奸臣，而前期被逼反，后期被逼死。这种前后思想性格的矛盾，正好表明要把反叛与忠顺统一在宋江这个血肉之躯的人物身上，是多么困难！这并非是作者没有解决好形象和思想的矛盾，应该说作者为了体现《水浒传》的思想正需要宋江这种性格矛盾。如果和《水浒传》的思想联系起来看，宋江的一生说明了一个真理：同一个宋江走过的道路，前期官逼民反是生路，后期官逼民顺是死路；叛者生，顺者亡，又叛又顺的中间道路对叛逆者来说只能是一条血的教训的道路！

由此可见，《水浒传》既不是单纯地歌颂农民起义，把宋江塑造成为农民革命的领袖；又不是宣扬投降主义，把宋江写成一个农民革命的叛徒。投降的事实并不等于投降主义，作者并不赞成投降主义。从《水浒传》全面真实的描写来看，它是从反叛与投降的正反两方面认真地总结出历史的经验和教训。正确的经验与血的教训，在宋江一生所经历的道路中，不是反映得很清楚吗？这恐怕就是《水浒传》的主旨所在。

回忆汪道伦先生

宋 健

一

著名学者、红学家汪道伦先生 2006 年 2 月 6 日归道山，屈指算来，已有十余年。白驹过隙，逝者如斯，让人感叹时光之迅捷，人生之短暂。十年来，我每每回忆与汪先生的交往，总是心潮难平，总想着写一写在汪先生门下私淑求学的往事，一是懒惰，二是俗务缠身，一直拖延至今。近日，赵建忠教授来信，希望我写出这篇文章，我立刻答应了。

汪先生一生做教师，先是在天津六十一中学，后来调到天津师范大学，可我却不是他门下的弟子。我没有上过大学，因为喜爱红学，因缘巧合，才私淑于汪先生门下，向汪先生求教达 25 年之久。汪先生去世时，我前往奔丧，在汪先生遗像前跪下，三叩首，行弟子礼，心情极为悲痛。现在回想，依然热泪盈眶。

二

我幼时即爱文学，所以上学时就有些"偏科"，除数学、语文成绩一直优秀，其他课程就马马虎虎了，到了高考，成绩不理想，大学的门进不去，只是以"优异成绩"考入中专。1981—1983 年，在天津邮电学校学线路工程专业，与我爱的文学完全不搭边。但文学的梦还在，课余就钻到那个小小的图书室去读书，可以自信地说，在那两年中，我是这个小小图书室最忠实的读者。学长张启发兄，是带薪上学的，学的是会计学，也喜欢文学，我俩经常在图书室聊天，建立了兄弟的情谊。张兄其时还兼读天津广播电视函授大学，认识授课的汪道伦先生，知汪先生研究红学，人非常博学、平易，要把我引荐给汪先生。当时汪先生授课，每周都有一节课在电视上播出，我认真听了，非常敬佩。但登门求教，是有顾虑的，一是汪先生肯定很忙，冒昧打扰，心中不安；二是自知学问太浅，假如见到汪先生，也不知说些什么。张兄说："我带你去。汪先生的爱人也是咱邮电职工，在民园邮局，人极好，我们很熟的，跟汪先生没话说，就跟师母聊聊天。如果以后觉得真不适宜打搅汪先生，不去也就是了。"我觉得张兄的话近情近理，就同意了，决定在周六去拜访先生。具体是哪个季节的哪个周六，现在怎么也回忆不起来了。

当时汪先生的家在重庆道，离我就学的学校很近，我们步行，去汪先生家。张兄腿有残疾，是小儿麻痹后遗症，走路一瘸一拐，一路用纯正的天津话语调和缓地跟我聊天，那情景至今不忘。到了重庆道（记得是42号），我们咕咚咕咚地踏着木楼板到了三楼，谁知却找错了人家。女主人知道我们要找的是汪先生，很热情地告诉我们，下楼，隔壁的那个门口，院子里有个转角楼梯，也是三楼。我们道了谢，咕咚咕咚地下楼，出来。按照那位热情女士的指点，顺利找到了汪先生的家。

汪先生热情欢迎我们的来访，师母热情地给我们倒茶，问寒问暖。汪先生的家只有一间房，大约十五六平方米，陈设简朴，两把椅子，我和张兄坐在椅子上，汪先生和师母就坐在床上，两个可爱的小妹妹安静地挤在一张写字台前写作业。印象深刻的是汪先生的书橱，满满的，很多是我慕名已久或闻所未闻的书。汪先生是四川人，虽离乡多年，但乡音未改，交谈中，我听起来很吃力；师母是陕西人，说的是带有陕西风味的普通话。其时汪先生刚从六十一中校长的岗位上调到天津师范大学中文系，教学任务很重，还要兼任广播电视大学的课，平日是很忙的。在书橱旁边的一张小桌上，堆了很多书，还有几本讲稿和文稿。我随手翻阅，讲稿十分工整，修改的地方，用纸条糊住，纸条上是改正后的文字。再看汪先生的书橱里码放的书，每本都夹着或多或少的纸条。

我们谈了些什么？时过三十多年，现在已经想不起了。大致是谈了些我家乡的风土人情，也谈到了文学，谈到了《红楼梦》。我中学时代已熟读"四大名著"及"三言两拍"等古典小说，也读了一些诗词、古文，所以与汪先生交谈还不致于过于出丑，加之当时年轻气盛、无知无畏，出丑也不自知吧。总之整整一个上午的交谈，始终是非常愉快的。汪先生让人如沐春风，又亲切，又平易，让我由衷敬重。

午饭由汪先生亲自下厨，是几样川味炒菜。师母说，自己厨艺不好，平常都是汪老师掌勺。

离开时，汪先生和师母把我们送到楼下，并一再叮咛"把这里当成自己的家，有空就来"。

三

在津两年间，我读了很多书。受汪先生影响，开始接触红学。其时，《红楼梦学刊》在天津百花文艺出版社出版，每到新刊在报刊亭出现，我一定买来，逐篇阅读。学校的附近有几家书店，偶有红学的书出售，我也是见一本买一本，逐渐地，积攒了很多红学资料，也积累了一些红学的知识。于是尝试着写些有关《红楼梦》的短文，其中有一篇比较大胆，是与吴世昌先生的关于明义题红诗论文的"商榷"，正可谓无知者无畏，现在想来，实在是幼稚可笑。汪先生的论文也经常在《红楼梦学刊》发表，我更是反复阅读，感觉受益匪浅。汪先生治红学，侧重于《红楼梦》的艺术理论的研讨，多出己见，而绝不与人"争论"，这与当时红学界互相攻伐争辩的风气截然不同。我想这与汪先生平易祥和的个性有关。

汪先生对古代史论、文论、诗论、画论和小说理论具有极为丰富的知识，且能融会贯通，左右逢源。最初几次与汪先生交谈，涉及这些内容，我云里雾里，听得很吃力，但我听得懂的，沁入心田，是从心里敬佩；听不懂的呢，有时请汪先生详细解释，懂了，更是敬佩，感觉自己实在是太浅薄；太无知了，需要读的书，实在是太多了。于是，每次与汪先生交谈之后，他提及的书，只要能在图书室找到的，我一定找到，认真阅读；图书室没有而书店能够买到的，我不管书的价格如何"高昂"，也要买来，认真阅读。有时，也从汪先生那里借，抓紧阅读，尽快归还。在津门求学的两年，是我读书最认真、最勤奋的两年，我后来能够写些文从字顺的文章，在文史研究方面也能做出一些成绩，就是这两年打下的基础，与汪先生的影响和教诲是分不开的。

在津求学期间，我成了汪先生家的常客。我把汪先生的家真的当成了自己的家，我也得到了像家人一样的关爱。

毕业了，参加了工作，尽管离天津远了，只要有去天津的机会，我都要去看望汪先生。过年过节，一定打电话拜年、问候。特别是写了文章，一定要向汪先生当面请求指正。

四

汪道伦先生是四川简阳人，毕业于西北师范学院，大学期间即以勤奋好学、博学多闻而为师生所称道。1986 年，我参加在哈尔滨举办的国际《红楼梦》研讨会，与著名红学家、兰州商学院教授夏荷先生相识，夏先生与汪先生是大学同学。据夏先生讲，大学期间，汪先生的博学"是出了名的"，《诗经》中的绝大多数篇章，汪先生能出口成诵"，敬佩之情，溢于言表。从我多年向汪先生求教的经历体会，知夏先生所说，绝非虚言。我们读汪先生的文章，也能够强烈地感受到这一点。汪先生的文章，侧重于古典艺术理论的研讨，其引据之博，让人目不暇接，而皆能驾轻就熟，融会贯通，"化入"文中，为我所用。这绝非掉书袋者所能为，是真学问的体现，是才、学、识的有机统一。

对汪先生早年的经历，我了解不多。据汪先生讲，他出生于清寒农家，幼时读过三年私塾，少小离家学徒，没读过小学、初中和高中，四川解放时参加工作，中华人民共和国成立初期，上过半年西南人民革命大学；全凭自学，考入西北师范学院。他热爱的学术研究，也被迫停止了，"荒废了近二十年"。"文革"后，汪先生担任第六十一中学校长，期间一面抓教学、管理，一面"重拾旧业"，业余时间，做些《红楼梦》的研究。正如胡文彬先生在《红楼品味录》"序"中所说："道伦教授是在承受着巨大痛苦中渡过那场举世罕见的'文化浩劫'之后才回归明清小说研究这块热土上来的。"1980年《红楼梦学刊》第四辑发表《〈红楼梦〉"注彼而写此"的艺术手法管见》一文，是目前已知的汪先生的第一篇红学论文，让人有耳目一新之感。后来汪先生离开中学，调到天津师范大学中文系，才真正开始了他钟爱的教学和研究工作，写了大量高质量的《红楼梦》研究和古代文学理论研究的学术文章。这些独辟蹊径、独抒己见的文章，获得了学术界的广泛赞誉，也确立了汪先生在红学界的学术地位，成为天津红学界最有成就的红学家之一。

据我的初步统计，1980—2006年，26年间，汪先生几乎每年都有论文发表，列表如表1：

表1　汪先生发表的论文

年份	论文标题	该年期刊、期数
1980	《红楼梦》"注彼而写此"的艺术手法管见	《红楼梦学刊》第4期

续表

年份	论文标题	该年期刊、期数
1981	中国传统艺术中的相生相需	《古典文学论丛》第2辑
1983	以虚出实，以幻出真——谈《红楼梦》中的虚幻手法	《红楼梦学刊》第2期
1984	《红楼梦》人物的相生与心理描写	《河北师院学报》第3期
1984	《红楼梦》平中出奇的艺术	《辽宁师大学报》第6期
1985	《红楼梦》塑造形象中的人物相生法	《红楼梦学刊》第2期
1985	《红楼梦》中的枢纽性人物——贾母	《红楼梦人物论——一九八五年全国红学会学术讨论会论文选 》
1985	从踵事增华到虚实相生——中国古典小说与史传文学艺术渊源发微	《齐鲁学刊》第4期
1986	略其形迹，伸其神理——中国小说与史传文学艺术渊源探微	《文学探索》第3期
1988	比兴与写人	《阴山学刊》第3期
1988	文其言与文其人——谈经典与小说的渊源关系	《文史知识》第5期
1988	无材补天，枉入红尘——《红楼梦》思想赘述	《红楼梦学刊》第1期
1988	《红楼梦》风格浅论	《红楼梦学刊》第4期
1989	传奇事写奇人——谈经史与小说的渊源关系	《文史知识》第2期
1990	记言与写心——谈经史与小说的渊源关系	《文史知识》第10期
1990	亦君亦人的刘备	《天津师大学报》第4期
1990	中国传统文化中的情学与《红楼梦》	《红楼梦学刊》第1期
1991	忠孝·侠义·忠君·反叛——谈宋江其人	《文史知识》第10期
1992	唐以前的小说人物结构	《文史知识》第4期
1994	《红楼梦》对曲艺的融会贯通	《红楼梦学刊》第2期
1995	《红楼梦》中的隐线脉络	《红楼梦学刊》第4期
1997	情根·大旨谈情·情不情	《红楼梦学刊》第1期
1998	中国封建伦理文化的解体与《红楼梦》女冠男亚的新座次	《红楼梦学刊》第4期

续表

年份	论文标题	该年期刊、期数
2001	《红楼梦》彼岸世界中的文化雏形	《红楼梦学刊》第3，4期
2002	脂评"情不情"与"情情"新解	《南都学坛》第3期
2003	《红楼梦》的真假两个世界	《红楼梦学刊》第2期
2004	兼并立冠军之美而居殿军——秦可卿排位深思	2004扬州国际红楼梦学术研讨会论文集
2005	以儿女常情谱写儿女真情	《红楼梦学刊》第3期
2006	人性发展的艺术画卷——试论《红楼梦》是一部怎样的书	《红楼梦学刊》第1期
	试说"说不得"的贾宝玉	《红楼梦学刊》第2期

没有公开发表而收入《红楼品味录》一书的论文有：

《哲理与艺术的交融》

《平中出奇与淡中生艳》

《不失真传与虚幻假设》

《言近旨远，神余言外》

《试论尤三姐》

除上述所列，汪先生参与撰写的著作有：

《二十六史精要辞典》，人民日报出版社1993年出版，汪先生任副主编兼清代主编

《中国古典诗歌选注》，甘肃人民出版社2002年出版

未出版的著作有：

《中国小说人物发展史》

《〈红楼梦〉与清代党争》

《〈红楼梦〉与清代曲艺》

以上只是我个人见闻所知，应该有很多遗漏。

据师母讲，汪先生罹患癌症之后，自知余日无多，强忍病痛，

对自己的著作进行了整理。十年之后的今天，这些著作仍未面世，这对于汪先生来说，是终身憾事，对津门学界何尝不是损失！望热心的有识之士能给予关注，并能早日出版。

五

汪先生仙逝十年了。我时时回忆起与先生的交往，每每哀伤不已。今天这篇短文，仅记述了与汪先生交往的一鳞一爪，自知学识浅薄，对汪先生的学术成就，不敢妄赞一辞。天津红学界没有忘记汪先生，我感到很欣慰，而我更希望有人对汪先生的学术成就进行深入的研究、总结，以使汪先生的真知灼见能嘉惠后学，永远流传。

编后记

　　天津市红楼梦研究会拟出版天津红学家丛书，赵建忠教授委托我负责编汪道伦先生的文集，我的心情很激动。因为出版汪先生文集，是我一直惦记着的一件事。在《回忆汪道伦先生》一文中，我就表示希望热心的有识之士能对汪先生未出版的著作给予关注，并能早日出版。这个愿望终于实现了。在此，真诚感谢天津市红楼梦研究会和赵建忠会长！

　　由于个人水平所限，加之没有编书的经验，所以在篇目的选取、编排、校对等方面一定会存在这样那样的问题，请读者指正。我更希望有人对汪先生的学术成就进行深入的研究、总结，以使汪先生的真知灼见能嘉惠后学，永远流传。

　　此书能够顺利编成和出版，要感谢汪先生夫人、女儿汪晓雯女士和女婿王仁吉先生的鼎力支持。篇目选定后，下载的 PDF 格式文件要转换成可以编辑修改的 Word 文件，这件事主要是汪晓雯女士、王仁吉先生做的，很辛苦。如果没有他们的帮助，对我这个"电脑盲"来说，简直无法完成这项工作。

　　汪先生去世十三年后，遗著得以问世，想汪先生九泉之下，也会感到安慰吧！

宋　健